ullstein

Das Buch

Edward Deravanel ist ins lukrative Ölgeschäft eingestiegen und hat einen internationalen Konzern aufgebaut. Nach außen hin steht das Schicksal der Familie unter einem guten Stern, doch unter der Oberfläche brodelt es gewaltig. Betrügerische Machenschaften drohen den Besitz zu ruinieren – da stirbt Edward völlig unerwartet. Über Nacht muss Bess, Edwards Tochter und Haupterbin, die Geschäfte übernehmen und sich gegen ihre Neider durchsetzen. Derweil schmiedet ihre ehrgeizige Mutter Elizabeth eine Allianz mit dem verfeindeten Turner-Clan: Sie will Bess gegen ihren Willen verheiraten. Schicksalsschwere Tage stehen der jungen Frau bevor. Dann lernt sie Henry Turner kennen. Wird sie ihn lieben können? Und wird sie ihrer verantwortungsvollen Aufgabe gewachsen sein?

Die Autorin

Barbara Taylor Bradford ist eine der erfolgreichsten Schriftstellerinnen weltweit. Ihre bisher 24 Romane wurden in 90 Ländern und 40 Sprachen veröffentlicht und verkauften über 80 Millionen Exemplare. Die gebürtige Engländerin hat für ihre Romane zahlreiche Auszeichnungen bekommen. Heute lebt sie mit ihrem Mann in New York.

Von Barbara Taylor Bradford sind in unserem Hause bereits erschienen:

Bewahrt den Traum
Claires Geheimnis
Das Haus Ravenscar
Ein Geschenk des Schicksals
Emmas Geheimnis
Es begann in Paris
Wer Liebe sät

BARBARA TAYLOR
BRADFORD

Die Erben von Ravenscar

Roman

Aus dem Englischen
von Beate Darius

Ullstein

Besuchen Sie uns im Internet:
www.ullstein-taschenbuch.de

FSC Mix
Produktgruppe aus vorbildlich bewirtschafteten Wäldern und anderen kontrollierten Herkünften
www.fsc.org Zert.-Nr. GFA-COC-001278
© 1996 Forest Stewardship Council

Dieses Taschenbuch wurde auf FSC-zertifiziertem Papier gedruckt. FSC (Forest Stewardship Council) ist eine nichtstaatliche, gemeinnützige Organisation, die sich für eine ökologische und sozialverantwortliche Nutzung der Wälder unserer Erde einsetzt.

Ungekürzte Ausgabe im Ullstein Taschenbuch
1. Auflage November 2010

Titel der englischen Originalausgabe: *Heirs of Ravenscar*
(HarperCollins Publishers, London 2007)
Umschlaggestaltung: HildenDesign, München
(nach einer Vorlage von Wildes Blut, Atelier für Gestaltung Stephanie Weischer)
Titelabbildung: © Ellie Belcher/arcangel-images.com;
© OLD VISUALS/Jupiterimages; © Jan Bladwin/plainpicture;
© Ben Phillips/istockphoto
Satz: Pinkuin Satz und Datentechnik, Berlin
Gesetzt aus der Goudy Old Style
Papier: Pamo Super von Arctic Paper Mochenwangen GmbH
Druck und Bindearbeiten: CPI – Ebner & Spiegel, Ulm
Printed in Germany
ISBN 978-3-548-28270-1

Für Bob: für seine liebevolle und großzügige Unterstützung und dafür, dass er immer auf meiner Seite ist.

ERSTER TEIL

Die Deravenels
Ein schwieriges Trio

Edward war von vornehm zurückhaltendem Naturell und optimistischer Gesinnung; gleichwohl konnte er unnachgiebig sein in seiner Härte gegenüber Kontrahenten. Er hatte stets ein offenes Ohr für seine Freunde und galt als höflich im Umgang mit seinen Mitmenschen.

Dominic Mancini

Als die Plantagenets anfingen, sich gegenseitig umzubringen, begann der Fall ihrer Dynastie.

Londoner Bürger im 15. Jahrhundert

Weh mir! Ich sehe meines Hauses Sturz
Der Tiger hat das zarte Reh gepackt;
Verwegne Tyrannei beginnt zu stürmen
Auf den harmlosen, ungescheuten Thron
Willkommen, Blut, Zerstörung, Metzelei!
Ich sehe wie im Abriß schon das Ende.

William Shakespeare
Richard III., 2. Aufzug, 4. Szene

1

YORKSHIRE 1918

Jedes Mal, wenn er nach Ravenscar zurückkehrte, zog es ihn mit Macht wieder an jenes Stück Strand.

Es war ihm ein innerer Zwang, aber auch ein tiefes Bedürfnis, sich vor sein geistiges Auge ihre Gesichter zurückzurufen – nicht wächsern kalt und totenstarr, sondern sprühend vor Leben. Neville, sein Mentor und Partner bei vielen Unternehmungen und Herausforderungen; und Johnny, der geliebte Freund aus Jugendtagen. Sie hatten ihm sehr viel bedeutet, die beiden Watkins-Brüder, seine Cousins und viele Jahre seine Verbündeten.

Bis eine Mischung aus verletzten Gefühlen, überzogenem Ehrgeiz, Eifersucht und anderen brisanten Elementen ihre Allianz zermürbt und letztlich zerstört hatte. Dass sie seither eingeschworene Rivalen gewesen waren, erfüllte Edward mit Schmerz und grenzenlosem Bedauern. Und jetzt waren Johnny und Neville Watkins tot.

Edward Deravenel hob den Kopf und betrachtete den strahlend blauen Himmel, der sich an jenem klirrend kalten Dezembermorgen über der wogenden Nordsee wölbte. Unvermittelt wurden seine Augen feucht; er blinzelte die Tränen fort, schüttelte ungläubig den Kopf. Unbegreiflich, dass die beiden Männer an diesem felsigen Küstenstreifen ein tragisches Ende hatten finden müssen.

Plötzlich und für alle völlig unerwartet waren sie aus dem Leben gerissen worden. Ihr Wagen war über die in gefährlich engen Kurven gewundene Küstenstraße hinausgeschossen, fast zweihundert Meter in die Tiefe gestürzt und an den Klippen zerschellt.

Neville und Johnny waren aus dem Fahrzeug herausgeschleudert worden und sofort tot gewesen.

Ein dramatischer Unfall. Und er wäre, wie Edward wusste, vermeidbar gewesen, hätte Neville nicht die Kontrolle über den Daimler verloren. Sein Cousin war wütend auf *ihn* gewesen und entschieden zu schnell gefahren, von seinem jäh aufbrausenden Zorn gesteuert, den er bisweilen nicht zu kontrollieren wusste.

Unvermittelt sah Edward Johnny vor sich: ein ernsthafter junger Mann, der wie alle Watkins mit Intellekt und Fleiß brillierte und der gleichzeitig mit einem strahlenden Lächeln auf den anziehenden Zügen unbekümmert das Leben genießen konnte. Von den Erinnerungen überwältigt, presste Edward die Lider zusammen.

Eine kurze Weile später öffnete er die Augen und legte eine Hand auf seine Brust. Er konnte Johnnys Medaillon durch den dicken Mantel nicht ertasten, aber es war da, er spürte das kühle Metall auf seiner Haut.

1904, also vor inzwischen vierzehn Jahren, hatte Edward eigens einen goldenen Anhänger für die Männer entworfen, deren loyale Unterstützung es ihm ermöglicht hatte, das Familienimperium zurückzugewinnen und zu führen. Er hatte es ihnen als Auszeichnung für ihren gemeinsamen Erfolg verliehen. Das Medaillon trug das Wappen der Deravenels: eine weiß emaillierte Rose auf der einen, eine strahlende Sonne auf der anderen Seite. Unter der weißen Rose war der Wahlspruch der Deravenels eingraviert: *Fidelitas in Eternitas* – Treue bis in den Tod.

Trotz der zunehmenden Differenzen hatte Johnny sein Medaillon weiterhin getragen. Offenbar war sein Cousin ihm bis in den Tod ein treuer Verbündeter geblieben, wenngleich es sicher eine schmale Gratwanderung gewesen war: auf der einen Seite die Hochachtung für den einflussreichen älteren Bruder Neville, auf der anderen die Loyalität für seinen Lieblingscousin Edward.

Sein Bruder Richard hatte das Medaillon entdeckt, als er dem sterbenden Johnny nach dem Autounfall unten am Strand die Krawatte gelockert und das Hemd geöffnet hatte.

Er hatte es Edward an jenem Abend gebracht, der daraufhin sein eigenes abgenommen und das von Johnny um seinen Hals gelegt hatte. Er würde es bis zu seinem Tod tragen, schwor er sich.

Am nächsten Morgen hatte Edward sein eigenes Medaillon Richard geschenkt, zum Zeichen seiner Zuneigung und Wertschätzung. Sein jüngster Bruder wusste um die Bedeutung dieser Auszeichnung und hatte sich unbändig gefreut.

Ostersamstag 1914. An jenem schicksalsschweren Tag waren sie gestorben. Seither war unendlich viel geschehen: Wenige Monate später war der Krieg ausgebrochen, Freunde und Kollegen fielen auf den blutgetränkten Schlachtfeldern Frankreichs und Flanderns … seine Frau Elizabeth hatte ihm weitere Kinder geschenkt … sein Unternehmen war weltweit an Bedeutung gewachsen … es hatte Geburten, Hochzeiten, Todesfälle gegeben … Richard und Anne hatten im Beisein der nächsten Angehörigen geheiratet … der ewige Kreislauf setzte sich fort.

Dröhnender Hufschlag auf dem felsigen Gestein riss Edward aus seinen melancholischen Tagträumen. Er drehte den Kopf und gewahrte seinen jüngsten Bruder, der heranpreschte, als wäre ihm der Leibhaftige auf den Fersen.

Edward hob seine behandschuhte Hand und winkte, ehe er zu seinem weißen Hengst Hercules trat und sich geschmeidig in den Sattel schwang. Er gab dem Schimmel die Sporen und galoppierte seinem Bruder entgegen.

Noch bevor Richard einen Ton herausbrachte, befiel Edward eine grässliche Ahnung.

»Was ist denn? Was ist passiert?«, drängte er. Seine strahlend blauen Augen glitten fragend über das Gesicht des jüngeren Mannes.

Seine Stimme angespannt vor Besorgnis, antwortete Richard: »Es ist der kleine Edward. Irgendetwas stimmt nicht mit ihm, Edward, und –«

»Stimmt nicht? Ist er krank?«, schnitt der Ältere ihm ungeduldig das Wort ab, unvermittelt in größter Sorge um seinen kleinen Sohn.

Richard nickte. »Elizabeth meint, er hat Influenza. Deshalb bin ich dir schleunigst nachgeritten. Mutter hat schon bei Dr. Leighton angerufen.« Richard sah, wie sein Bruder blass wurde.

»Grundgütiger, die Spanische Grippe«, murmelte Edward. Mit angstvollem Blick schüttelte er den Kopf. »Los, komm!« Er sprengte mit halsbrecherischem Tempo über das Felsgestade davon in Richtung Ravenscar.

Richard blieb ihm dicht auf den Fersen.

2

Ravenscar erhob sich auf einer Landspitze über der Nordsee, die an jenem hellen, klaren Wintertag wie polierter Stahl glitzerte.

Das Herrenhaus war aus dem für die Gegend typischen hellen Stein erbaut und datierte bis ins sechzehnte Jahrhundert zurück. Im elisabethanischen Stil gehalten, wies es die klassischen Merkmale der Tudor-Architektur auf: Giebel und Erker, Türme und Zinnen sowie Fensterfluchten in phantasievollen Formen. Fließende Symmetrien und vollkommene Proportionen verliehen dem altehrwürdigen Herrensitz einen unnachahmlichen Charme.

Die Deravenels bewohnten das Haus am Meer seit 1578, dem Jahr der Fertigstellung. Vorher hatte die Familie jahrhundertelang in dem befestigten Kastell unterhalb des Parks, am Rande der Klippen, gelebt, das jedoch mittlerweile zu einer malerisch anmutenden Ruine verfallen war. Edward hatte das Anwesen seit seinen Kindertagen geliebt.

Während er nun über den kreisförmig angelegten Vorplatz zu den Stallungen ritt, hatte er indes keinen Blick übrig für die bestechende Eleganz der Fassade aus rosig schimmerndem Sandstein mit den vielen Fenstern, auf denen sich das winterliche Sonnenlicht spiegelte. Er hatte nur einen Gedanken: Was war mit seinem Sohn, dem kleinen Edward? Seinem Erben, den er mit jeder Faser seines Herzens liebte?

Edward musste ihn sehen. Die bloße Vorstellung, dass sein Sohn sich mit der Spanischen Grippe angesteckt haben könnte, machte ihm Angst. Der gefährliche Erreger grassierte seit dem Sommer, und inzwischen hatte sich die Infektion zu einer

Pandemie entwickelt, die weltweit Millionen von Menschen erfasste, Tausende waren bereits gestorben.

Er lenkte den Hengst auf den gepflasterten Hof hinter dem Haus, glitt aus dem Sattel und sah sich suchend nach einem der Stallburschen um. »Ernie! Jim!«, rief er. »Ich bin wieder da.«

Richard, der ihm gefolgt war, sagte hastig: »Ich kümmere mich um die Pferde, Edward. Geh ruhig schon ins Haus. Ich weiß, wie dir jetzt zumute ist.«

Nach einem knappen Nicken stürmte der Ältere davon.

Richard beobachtete, wie sein Bruder zum Hintereingang strebte, seine Miene sorgenvoll umwölkt. Etliche Leute glaubten, dass Edward Deravenel die Welt zu Füßen läge, was in gewisser Weise auch zutreffen mochte. Er hatte so ziemlich alles erreicht, was ein Mann von nur dreiunddreißig Jahren sich wünschen konnte. Aber in dieser Situation, das wusste Richard, zählte das nicht, Edward war einzig in Sorge um die Gesundheit seines Kindes. Und die konnte man nicht kaufen, weder mit großen unternehmerischen Erfolgen noch mit immensem Reichtum oder der uneingeschränkten Machtfülle, die Edward genoss. Nur der liebe Gott und ein guter Arzt konnten hier helfen. Still betete Richard, dass sein Neffe bald wieder genesen möge. Er hing sehr an dem kleinen Edward und den anderen Kindern seines Bruders, vor allem an seiner Nichte Bess.

* * *

Sobald Edward das Haus betrat, schlug ihm eine unheilvolle Stille entgegen. Eilig warf er seinen dicken Überzieher auf eine geschnitzte Holzbank und hastete durch den Flur. Zwischen seine Brauen schob sich eine steile Falte. Für gewöhnlich war dieser Teil des Hauses nämlich von reger Betriebsamkeit und lautem Stimmengewirr erfüllt. Aus der Küche ertönten sonst das Geklapper von Töpfen und Pfannen, fröhliches Lachen und die befehlsgewaltige Stimme der Köchin, die den

Küchenhilfen Anweisungen erteilte. Eigentümlich, aber es drang nicht ein Laut zu ihm, und das stimmte Edward höchst bedenklich.

Unvermittelt trat Jessup, der Butler, zu ihm und fragte rasch: »Kann ich etwas für Sie tun, Mr Deravenel?«

»Nein, nein, Jessup. Ich bin auf dem Weg zu Master Edward. Bitte, geleiten Sie den Arzt nach seinem Eintreffen umgehend nach oben ins Krankenzimmer, ja?«

»Aber selbstverständlich, Sir.«

Edward nickte knapp und setzte die Treppe hinauf, jeweils zwei Stufen auf einmal nehmend, bis in die Etage, wo die Kinderzimmer waren. Während er mit ausholenden Schritten den Gang passierte, hörte er schon von weitem das gequälte Husten des Fünfjährigen. Seine väterliche Brust krampfte sich schmerzvoll zusammen. Einen Wimpernschlag lang verharrte er unschlüssig vor der Tür, ehe er tief durchatmete und eintrat.

Elizabeth stand über ihren Sohn gebeugt und spähte zu ihrem Mann, der zum Krankenbett eilte. »Er hat hohes Fieber«, murmelte sie, während sie dem Kleinen das rotblonde Haar aus der schweißglänzenden Stirn strich. »Und er ist völlig erschöpft von dem grässlichen Husten.«

Edward trat zu ihr und streichelte ihr begütigend über den Arm. Er lehnte sich über das Bett, schockiert vom Anblick des kleinen Patienten. Das Gesichtchen war mit Schweißperlen bedeckt, die Wangen des Kindes glühten, seine blauen Augen glänzten fiebrig. Und das Schlimmste war, sein Sohn erkannte ihn nicht.

Er drehte sich zu seiner Frau und fragte leise: »Haben wir denn gar keinen Hustensaft im Haus? Irgendein Medikament, das ihm wenigstens vorübergehend Linderung verschafft?«

»Wir haben ihm schon etwas gegeben, Edward, aber ich hatte Bedenken, ich könnte ihm zu viel davon einflößen. Dann fiel deiner Mutter ein altes Hausmittel ein, das sie euch Kindern früher gegeben hat, ein Sirup aus Himbeeressig. Sie ist unten und erklärt der Köchin, wie er zubereitet wird.«

»Stimmt. Bisweilen bewirken solche Hausmittel wahre Wunder.«

»Ich hoffe es.«

Nach einem Blick zu dem Bett bemerkte Edward leise: »Ich halte es für besser, wenn er sich aufsetzt. Das hilft vielleicht, den Hustenreiz ein bisschen zu lindern.«

Er beugte sich über das Bett, schlang fürsorglich die Arme um den Kleinen und richtete ihn behutsam auf. Dabei sagte er zu seiner Frau: »Schüttle doch bitte kurz die Kissen auf, Elizabeth, und lehn sie gegen das Kopfende.«

Schweigend gehorchte sie. Er schob den Jungen sanft vor die Kissen, hauchte ihm einen Kuss auf die Stirn und zog die Bettwäsche zurecht.

Kurz darauf ging die Tür auf, und seine Mutter betrat mit einem Tablett den Raum. »Ich bin ja so froh, dass du da bist, Edward«, entfuhr es Cecily Deravenel. Sie stellte das Tablett auf eine Kommode. »Ich werde jetzt versuchen, ihm etwas von meinem Sirup einzuflößen.«

Sie setzte sich zu ihrem Enkel ans Bett und schob ihm ein Löffelchen von dem warmen Sirup in den Mund, einer Mischung aus Himbeeressig, karamellisierter Butter und Honig.

Edward fasste Elizabeth behutsam am Arm und flüsterte: »Lass uns einen Augenblick hinausgehen, Liebling.« Er führte sie zur Tür. Sobald sie im Korridor standen, zog er seine Frau in die Arme, presste sie an sich und streichelte ihr Haar. Sein Atem streifte ihre Wange, als er murmelte: »Gräm dich nicht zu sehr. Er wird wieder gesund, Elizabeth. Ganz bestimmt.«

Elizabeth ließ sich an seine Brust sinken und entspannte sich allmählich, getröstet von seiner Nähe, seiner Fürsorglichkeit und Liebe. Was das Wohlergehen seiner Kinder anging, vertraute sie ihm blind. Edwards unerschütterliches Selbstbewusstsein und seine feste Überzeugung, dass er alles und jeden kontrollieren könnte, vermittelten ihr ein starkes Gefühl der Sicherheit und Geborgenheit. Manch einer glaubte, diese Charaktereigenschaften reflektierten seine Arroganz. Sie wusste es besser; und niemand kannte ihn so gut wie sie.

3

Mr Deravenel wünscht, dass ich Sie umgehend nach oben geleite, Sir«, erklärte Jessup dem Arzt, nachdem er ihm Hut und Mantel abgenommen und im Garderobenschrank verstaut hatte. »Wenn Sie mir bitte folgen wollen, Sir.«

Edward, der ihre Stimmen gehört hatte, stand bereits am Treppenabsatz und wartete ungeduldig.

»Guten Morgen, Dr. Leighton«, begrüßte er den Mediziner. Mit einem knappen Nicken bedeutete er dem Butler, sich zurückzuziehen.

Der Arzt schüttelte Edward die Hand. »Guten Morgen, Mr Deravenel. So, so, den kleinen Edward hat es schlimm erwischt, was?«

»Ja. Meine Frau tippt auf die Spanische Grippe. Er hat Fieber und einen quälenden Husten. Vorhin war Blut in seinem Taschentuch, erzählte sie mir. Sie können sich gewiss vorstellen, dass uns das tief beunruhigt.

»Wie geht es Ihren anderen Kindern? Zeigen sie Symptome einer Infektion?«

»Nein, das nicht. Trotzdem möchte ich, dass Sie sich die Kinder vorsichtshalber kurz anschauen, sobald Sie den kleinen Edward untersucht haben.«

»Aber sicher, das ist doch ganz selbstverständlich, Mr Deravenel.« Dr. Leighton bedachte Edward mit einem aufmunternden Lächeln, bevor er hinzusetzte: »Fatalerweise ist die Spanische Grippe extrem ansteckend, aber damit erzähle ich Ihnen sicher nichts Neues. Das wissen Sie bestimmt schon aus der Zeitung und aus dem Radio. Allerdings sind daran bislang weder Kinder noch ältere Menschen gestorben. Mit diesem neuen Virus scheinen sich hauptsächlich jüngere Erwachsene zu infizieren, meist junge Männer zwischen zwanzig und dreißig. Als ich eben meinen Wagen vor den Stallungen parkte, sah ich flüchtig Ihren Bruder. Ich muss darauf hinweisen, dass eher er ein Kandidat für diesen speziellen Grippeerreger ist. Ich denke, ich schaue ihn mir ebenfalls kurz an, bevor ich wieder fahre.« Der Arzt räusperte sich unbehaglich. »Leider gibt es bislang kein Medikament gegen die Spanische Grippe. Die Forschung steckt noch in den Kinderschuhen, und eine erfolgreiche Behandlungsmethode lässt auf sich warten.«

Dr. Leighton bemerkte Edwards niedergeschlagene Miene und klopfte ihm begütigend auf die Schulter. »Schauen Sie, Mr Deravenel, es hat wenig Zweck, wenn ich Ihnen diesbezüglich etwas vormache. Jetzt kennen Sie die Fakten. Wir können nur hoffen, dass Ihr Kleiner sich nicht mit diesem heimtückischen Virus angesteckt hat, sondern an einer ganz normalen Erkältung oder Bronchitis erkrankt ist. Das ist schon schlimm genug, ich weiß, aber Erkältungskrankheiten lassen sich behandeln. Und heilen.«

Als sie das Krankenzimmer betraten, drehten Elizabeth und Cecily sich zu ihnen, begrüßten höflich den Arzt und traten dann vom Bett weg.

»Ich gehe inzwischen nach den anderen Kindern sehen«, erbot sich Cecily. »Dann haben Sie hier ein bisschen mehr Platz, Dr. Leighton.«

Der Arzt nickte und blickte ihr freundlich lächelnd nach, als sie aus dem Zimmer glitt. Elizabeth gesellte sich zu ihrem Gatten, der an der Tür stehen geblieben war, schob ihre Hand in seine und lehnte sich erschöpft an ihn.

Sie erklärte Leighton: »Der Husten hat etwas nachgelassen, Doktor, nachdem meine Schwiegermutter ihm ein paar Löffelchen von ihrer Himbeeressig-Mixtur einflößen konnte.«

Peter Leighton nickte gedankenvoll. »Solche alten Hausmittel helfen vielfach besser, als man denkt.« Er nahm ein Stethoskop aus seinem Arztkoffer, beugte sich über den kleinen Edward und registrierte dabei automatisch, dass der Junge Temperatur und einen fiebrigen Blick hatte. Er horchte ihm die Brust ab und schob ihm ein Fieberthermometer in den Mund, wo er es eine kurze Weile beließ.

Nachdem er die Temperatur abgelesen hatte, erklärte er: »Er hat leicht erhöhte Temperatur, aber das war zu erwarten. Ich drehe ihn jetzt kurz auf die Seite, Mrs Deravenel. Ich möchte seine Lungen abhören.«

Leighton rollte den kleinen Edward behutsam auf die Seite, schob das Schlafanzugoberteil hoch und horchte ihm mit dem Stethoskop sorgfältig den Rücken ab. Dann legte er ihn wieder auf den Rücken und deckte ihn zu. Nachdem er ihm mit einem Holzstäbchen sanft die Lippen geöffnet hatte, schaute ihm der Arzt in den Rachen.

Schließlich richtete er sich auf und meinte an Edward und Elizabeth gewandt: »Er hat eindeutig eine Bronchitis. Es ist nicht die Spanische Grippe.« In Leightons Stimme schwang Erleichterung.

Elizabeth presste eine zitternde Hand auf ihren Mund und unterdrückte ein Schluchzen. Als sie zu Edward hochschaute, glitzerten Tränen der Erleichterung in ihren blonden Wimpern. Sie versuchte zu lächeln, was jedoch misslang.

»Sind Sie sicher?«, fragte Edward leise.

»Ganz sicher, Mr Deravenel. Er hat die typischen Symptome für eine Bronchitis. Ich rufe den Apotheker in Scarborough an, damit er die entsprechenden Medikamente für Sie präparieren kann. Bis Sie den verschriebenen Hustensaft bekommen, können Sie ihm ruhig weiter die Himbeeressig-Mixtur geben.«

»Danke, Dr. Leighton. Was empfehlen Sie uns noch?«, wollte Elizabeth wissen.

»Halten Sie ihn warm, aber nicht zu warm. Sorgen Sie für eine gleichbleibende Temperatur im Raum und lassen Sie ihn schlafen. Er soll viel trinken, vor allem Fleischbrühe und

Hühnerbouillon – warme Getränke sind am besten«, setzte der Mediziner hinzu.

Edward räusperte sich. »Und wie ist es mit dem Essen, Dr. Leighton?«

»Ich glaube zwar nicht, dass er großartig Appetit haben wird, Mr Deravenel, und wenn, dann geben Sie ihm etwas Erfrischendes wie Obstkompott, Pudding oder leichte Eierspeisen, die lassen sich ebenfalls gut schlucken, zumal er schmerzhaft entzündete Rachenmandeln hat.« Nach einem letzten Blick auf den Kleinen packte Leighton seine Arzttasche und begleitete die Deravenels aus dem Zimmer.

»Für den Fall, dass er etwas braucht, sollte jemand bei ihm bleiben«, fügte er auf dem Flur hinzu. »Ich weiß, dass Sie das gern selber übernehmen, Mrs Deravenel, aber offen gestanden wirken Sie sehr blass und übermüdet auf mich. Sie müssen sich ausruhen, Sie dürfen uns nicht auch noch krank werden. Was ist mit Ada, der jungen Frau, die Ihrem Kindermädchen assistiert? Sie macht einen recht kompetenten Eindruck, finde ich.«

»Einverstanden, Ada ist eine gute Kraft. Unsere Nanny kommt bestimmt auch ohne sie zurecht.« Elizabeth lächelte – das erste Mal an jenem Tag –, als sie hinzufügte: »Und unsere neunjährige Bess hat sich in letzter Zeit zu einer richtigen Mutterglucke entwickelt. Sie kümmert sich rührend um ihre jüngeren Schwestern. Zudem haben wir noch die Kinderschwester im Haus, die das neugeborene Baby betreut. Wie Sie sehen, sind wir recht gut mit Personal ausgestattet, Dr. Leighton.«

»Ausgezeichnet, Mrs Deravenel.« Dann würde ich jetzt gern Ihre anderen Kinder untersuchen.«

4

Cecily Watkins Deravenel hatte sich in die Bibliothek zurückgezogen. Sie saß auf einem der großen, gemütlichen Polstersofas vor dem Kamin und gönnte sich eine Tasse Kaffee. Ihre Gedanken kreisten um den erkrankten Enkel.

Er war ein ausnehmend hübsches Kind, ihr kleiner Edward … mit rotgoldenen Locken und strahlend blauen Augen wie die Engel von Botticelli. Und er hatte ein sonniges Wesen. Nach der Geburt seiner drei Schwestern Bess, Mary und Cecily (die nach ihr benannt war), war er endlich der ersehnte Stammhalter. Wenn er erwachsen war, sollte er das Deravenel-Imperium übernehmen.

Anfang November hatten sie seinen fünften Geburtstag gefeiert. Allerdings drückte er sich bisweilen schon so gewählt aus, dass man ihn ohne weiteres auch für älter hätte halten können.

Cecily war erleichtert, dass er sich nicht mit der gefürchteten Spanischen Grippe angesteckt hatte. Eine Bronchitis war schlimm genug; allerdings hatte sie noch nie gehört, dass daran jemand gestorben wäre. Anders als die Unglücklichen, die sich mit diesem neuen Grippeerreger infiziert hatten. Die Zeitungen behaupteten, dass diese Epidemie weltweit mehr Menschenleben forderte als der zurückliegende Krieg.

Der Arzt war noch im Haus und untersuchte im Obergeschoss die anderen Kinder; sie war sich jedoch sicher, dass ihnen nichts fehlte. Sie hatte bis eben mit den Mädchen gespielt, die einen ausgelassen fröhlichen Eindruck machten. Ja, sie waren wohlauf, auch der inzwischen zweijährige Richard und Baby Anne, das Nesthäkchen, das erst wenige Monate alt war.

Ihr Sohn mochte Probleme mit seiner Ehefrau haben, die ihm weder Seelenfreundin noch verständnisvolle, kluge Lebenspartnerin war – weshalb er nur das Nötigste mit Elizabeth beredete –, indes schien die physische Attraktivität ungebrochen. Sie hatten bislang sechs Kinder, und Cecily war sich gewiss, dass es noch mehr werden würden.

Cecily Deravenel hatte ihre Schwiegertochter zwar nie sonderlich gemocht, dennoch vertrat sie wie viele andere Leute die Ansicht, dass sie eine große Schönheit war. Viele sagten, sie sei die schönste Frau Englands, mit ihren silberblonden Haaren, die ihr fast bis zur Taille reichten, kühlen, irisierend blauen Augen und einem makellos frischen, rosigen Teint.

Ihre achtunddreißig Jahre sah man Elizabeth bestimmt nicht an: Ihre Kinnpartie war jugendlich straff, sie hatte keine Falten noch Krähenfüße, die sich verräterisch um ihre Lider gelegt hätten. Ihre perfekte Figur hatte sich in elf Jahren Ehe nicht verändert. Alle rätselten, wie sie das machte, auch Cecily.

Von ihrer äußeren Erscheinung war Elizabeth Wyland Deravenel gewiss vollkommen, problematisch war ihr Charakter. Cecily hatte rasch begriffen, dass ihre Schwiegertochter grenzenlos egoistisch war und sich ambitioniert für ihre eigene Verwandtschaft einsetzte – und die Wylands waren eine große, weitverzweigte Familie. Sie hatte ein arrogantes Wesen und neigte zu übertriebener Geltungssucht. Hoffnungslos eifersüchtig konfrontierte sie Edward fortwährend mit hässlichem Klatsch und Tratsch, um ihm zu demonstrieren, dass sie über seine Affären mit anderen Frauen bestens informiert sei.

Die ältere Dame seufzte leise. Sie ließ sich gewiss nicht für dumm verkaufen und hatte längst festgestellt, dass ihr Sohn von Frauen umschwärmt war. Allerdings war er nicht der unverbesserliche Frauenheld, als den Elizabeth ihn abstempelte. Nicht mehr jedenfalls. Soweit seine Mutter wusste – und sie war über jedes Familienmitglied hinlänglich informiert –, hatte Edward schon seit langem eine feste Liaison. Die Frau hieß

Jane Shaw, war geschieden und schien für ihren Sohn die Seelenfreundin und Begleiterin, die er brauchte.

Will Hasling, Edwards bester Freund und ein Mann, auf den Cecily große Stücke hielt, kannte Jane gut. Er hatte Cecily davon überzeugt, dass Edwards Geliebte nicht das geringste Interesse daran hatte, seine Ehe auseinanderzubringen, sondern dass sie sich damit begnügte, ihm freundschaftlich verbunden zu sein. Und es verband sie vieles: Sie teilten die Liebe zur Musik, zum Theater und zur Kunst.

Wäre Elizabeth klug, würde sie den Mund halten und Edward nicht dauernd irgendwelche aus der Luft gegriffenen Affären vorhalten, überlegte Cecily stirnrunzelnd. Aufgrund ihrer reichen Lebenserfahrung wusste sie, dass man mit derart haltlosen Anschuldigungen unbescholtene Männer in die Arme der nächstbesten Frau trieb. Ihre Schwiegertochter war ja so dumm …

Unvermittelt vernahm sie Schritte und wandte sich halb zur Tür. Peter Leighton betrat in Begleitung der beiden Deravenel-Brüder die Bibliothek.

»Ich gehe davon aus, dass meine anderen Enkel sich bester Gesundheit erfreuen«, meinte sie zu dem jungen Arzt. Sie erhob sich lächelnd.

»In der Tat, Mrs Deravenel. Ihre Enkel sehen aus wie das blühende Leben. Und, ich darf hinzufügen, es sind bildhübsche Kinder.«

»Danke, Doktor«, erwiderte sie.

Richard trat zu seiner Mutter und verkündete: »Dr. Leighton hat mich ebenfalls untersucht. Ich bin kerngesund.«

»Da bin ich aber froh«, versetzte Cecily warm.

Edward murmelte: »Elizabeth wird heute nicht mit uns gemeinsam zu Mittag essen, Mutter. Das Ganze hat sie doch sehr mitgenommen. Dr. Leighton hat sie erst einmal zu Bett geschickt.«

»Das kann ich gut nachvollziehen, Edward.« Nach einem Blick auf die Kaminuhr wandte sich Cecily erneut an Dr. Leighton. »Schätze, ich vermag Sie nicht zu überreden, zum Lunch zu bleiben, Doktor. Möchten Sie nicht wenigstens eine Tasse Kaffee oder Tee? Oder vielleicht ein Glas Sherry?«

»Zu liebenswürdig von Ihnen, Mrs Deravenel. Aber danke, nein, ich muss weiter. Die Straßen waren heute Morgen vereist, und ich habe gut und gerne vierzig Minuten für den Weg hierher gebraucht, für den ich normalerweise eine knappe Viertelstunde benötige. Morgen komme ich wieder vorbei, um mir den kleinen Edward anzuschauen.«

»Nochmals innigen Dank, Dr. Leighton.«

Cecily und Richard schüttelten ihm nacheinander die Hand, dann geleitete Edward ihn in die Eingangshalle.

Richard setzte sich zu seiner Mutter und sagte nachdrücklich: »Dr. Leighton hat mich lediglich untersucht, weil er Bedenken hatte …«

»Auf mich machst du einen kerngesunden Eindruck, Richard«, unterbrach Cecily. Zwischen ihre Brauen schob sich eine steile Falte.

»Ja, Leighton wollte sich aber ganz sicher sein.«

»Verstehe. Ich mag diesen jungen Arzt. Er ist intelligent, und er kümmert sich rührend um seine Patienten. Seine Behandlungsmethoden sind sehr modern, und er scheint wirklich auf dem neuesten Stand der medizinischen Forschung zu sein. Auf mich macht er einen überaus kompetenten Eindruck.«

Edward kehrte zurück, ein breites Grinsen auf seinen Zügen. »Mir ist ein Stein vom Herzen gefallen, als ich eben wieder Geklapper und Geklirr aus der Küche hörte. Heute früh, als ich von meinem Ausritt zurückkam, war es im ganzen Haus gespenstisch still. Jessup berichtete mir, dass die Köchin wegen des kleinen Edward in heller Panik gewesen sei, deshalb herrschte so düstere Stimmung in ihrem Reich. Niemand durfte miteinander schwatzen.«

Er steuerte zu dem Konsolentisch, auf dem ein Tablett mit

Getränken stand, und goss sich einen trockenen Sherry ein. Dann trat er an die hohen Verandatüren und blickte versunken über den Garten zum Meer.

»Edward?«, hob seine Mutter an.

»Ja, was ist denn, Mutter?« Er drehte sich zu ihr und musterte sie fragend.

»Heute ist der 14. Dezember. Nur noch zehn Tage bis Heiligabend. Ich glaube, wir sollten uns überlegen, ob wir die geplanten Weihnachtsfeierlichkeiten nicht besser absagen. Eine Bronchitis dauert mehrere Wochen, wenn nicht gar noch länger.«

»Da gibt es nichts zu überlegen. Ich bin bereits fest entschlossen, allen Gästen abzusagen, und zwar noch heute. Dann bleibt allen genügend Zeit, gegebenenfalls etwas anderes zu planen. Nach dem Mittagessen telefoniere ich mit Will, Vicky und Stephen. Sie gehören praktisch zur Familie und haben sicherlich Verständnis für unsere Situation. Vielleicht sollte ich auch kurz mit George reden.«

»Mit George?!«, entfuhr es Richard. Fassungslos funkelte er seinen Bruder an. »Du hast mir gar nicht erzählt, dass unser Bruder kommen wird, Edward. Wie konntest du ihn bloß einladen?«

»Irrtum, George hat sich selber eingeladen. Du weißt ja, wie er ist. Er wollte mit Isabel und den Kindern kommen.«

»Wieso hast du ihm nicht klipp und klar zu verstehen gegeben, dass er uns an Weihnachten gestohlen bleiben kann?«, empörte sich Richard. Sein Gesicht lief vor Zorn rot an.

Edward schwieg betreten.

»Du weißt, wie erschüttert ich über sein Verhalten war, ganz zu schweigen von Anne. Wie er sie behandelt hat und wie er versucht hat, unsere Verlobung zu hintertreiben – das war eine bodenlose Gemeinheit!« Richard schüttelte den Kopf. »Ich will weder ihn noch seine Frau sehen. Isabel steckt mit ihm unter einer Decke.«

»Irrtum«, murmelte sein Bruder. »Sie wagt es nur nicht, sich ihm entgegenzustellen.«

»Es war meine Idee«, schaltete Cecily sich milde lächelnd ein.

»Warum?«, wollte Richard wissen. Er hatte die Stimme erhoben. »Grundgütiger, warum? Wie George sich mir gegenüber in den letzten Jahren verhalten hat, war einfach widerwärtig.«

»Weil ich hoffte, ihr würdet euch an Weihnachten versöhnen und wieder Freunde werden. Brüder, die einander nahestehen, wie früher einmal.«

Mit einem hohlen Lachen versetzte Richard: »Ich traue George nicht über den Weg, Mutter.«

»Er ist immerhin dein Bruder.«

»Daran solltest du ihn erinnern.«

Als sie nichts erwiderte, fuhr Richard gereizt fort: »Du hast dich immer auf seine Seite geschlagen – von klein auf. George war ein richtiges Muttersöhnchen! Er hing dir förmlich am Rockzipfel, weinte sich bei dir aus und versteckte sich hinter dir, wenn er mal wieder etwas ausgefressen hatte.«

Cecily schüttelte den Kopf. Mit stockender Stimme versuchte sie sich zu rechtfertigen. »Er wirkte immer so schutzbedürftig.« Sie schluckte schwer.

»Schutzbedürftig, dass ich nicht lache.« Richard wandte sich zu Edward. »George hat dich hintergangen, Edward. Nicht nur ein Mal, sondern etliche Male. Nach dem Zerwürfnis zwischen Neville und dir ist er zu unserem Cousin übergelaufen. Und dann hat er Neville unterstützt, als er sich mit Louis Charpentier zusammengetan hat, um Deravenels zu übernehmen. Er ist sogar freudestrahlend auf Nevilles Vorschlag eingegangen, ihn als deinen Nachfolger bei Deravenels einzusetzen. George glaubte, er könnte dich stürzen. Seinen eigenen Bruder! Isabel hat er doch bloß geheiratet, weil er genau wusste, dass du gegen diese Verbindung bist. Falls dir das nicht ausreicht, fallen mir bestimmt noch andere Beispiele für seine Machenschaften ein.«

»Glaube mir, es ist alles meine Schuld, Richard«, meinte Cecily begütigend. »Edward kann wirklich nichts dafür. Ich habe ihm in den Ohren gelegen, er möge George verzeihen, weil ich die Familie wieder zusammenbringen wollte. Mir war daran gelegen, nach außen hin den Schulterschluss zu zeigen. Wir sind eine berühmte und weithin bekannte Familie, mein lieber Junge. Wir sind die Deravenels. Und ich mochte uns nicht wilden Gerüchten oder üblem Gossenklatsch ausliefern.«

»Und was ist mit mir?«, fragte Richard, immer noch konsterniert. »Auf meine Gefühle braucht wohl keiner Rücksicht zu nehmen, was?« Er blickte von seiner Mutter zu Edward. »Du weißt genau, dass er dich hintergangen hat. Ich dagegen war dir stets loyal verbunden – egal was kam. Trotzdem hast du es gebilligt, als George damals meine Hochzeit vereitelte, was für Anne und mich ein schwerer Schlag war.«

»Aber doch nur, weil ihr beide noch so jung wart«, antwortete Edward einlenkend. »Ich wollte zunächst mit George ins Reine kommen. Wir hatten ständig irgendwelche Konflikte, und sie waren ernster, als du ermessen kannst. Um es auf den Punkt zu bringen: George verlangte Nevilles gesamtes Vermögen, weil Isabel die älteste Tochter ist. Er sah überhaupt nicht ein, dass ihre Schwester Anne einen Pflichtteil des Erbes bekommen sollte. Deshalb versuchte er auch, eure Heirat zu verhindern. Ihm war völlig klar, dass du für Annes Rechte kämpfen würdest.«

»George geht es immer um Geld oder Macht, nicht wahr, Edward?«

»Du sagst es. Nachdem du dich bereit erklärt hattest, deine Hochzeitspläne aufzuschieben, gelang es mir, mit George eine Lösung auszuhandeln. Du darfst nicht vergessen, dass ich für Anne immerhin einen fairen Anteil an Nevilles Grundbesitz herausgeschlagen habe.«

»Wenn ich mich richtig entsinne, war sein Testament unanfechtbar«, schoss Richard zurück. »Neville Watkins überließ nichts dem Zufall. Was er machte, war hieb- und stichfest! Und ich weiß zufällig, dass sein gesamter Grundbesitz an Nan Watkins fiel. Neville wollte seine Frau versorgt wissen, und erst nach ihrem Tod sollten die Mädchen die Liegenschaften erben.«

»Das ist mir durchaus gewärtig, Richard«, erwiderte Edward milde. »Was du aber vielleicht nicht weißt, ist, dass ich mir in dieser Sache Nans Unterstützung sichern musste. Zudem musste ich George einen nicht unerheblichen finanziellen Ausgleich leisten, aus meiner eigenen Schatulle wohlgemerkt. Damit war das Problem dann endlich aus der Welt.«

»Verstehe.« Richard lehnte sich mit einem missfälligen Schnauben zurück.

»Und du hast Anne jedenfalls geheiratet«, setzte Cecily leise hinzu.

»Mehr oder weniger heimlich, hier auf Ravenscar. Eine kleine Hochzeit im engsten Familienkreis«, antwortete Richard mit einem grimmigen Kopfschütteln. »Ich wüsste zu gern, wieso man George ständig entgegenkommt. Das vermag ich partout nicht nachzuvollziehen. Ehrlich gesagt wirkt er auf mich genauso verrückt wie unser Cousin Henry Grant!«

»Richard, also wirklich, das ist nicht sehr nett von dir. Euer Bruder George kann sehr fürsorglich sein, und letztlich meint er es doch nur gut«, antwortete Cecily.

Von wegen, dachte Richard im Stillen. Laut sagte er: »Wenn du meinst, Mutter. Lass uns die Diskussion über George beenden, ja?«

Edward sagte: »Ich werde die Weihnachtsfeierlichkeiten zwar absagen, Richard, aber wenn du mit Anne kommen möchtest, seid ihr selbstverständlich herzlich willkommen, nicht wahr, Mutter?«

5

LONDON

»Warum sagst du ihm nicht die Wahrheit, was das Haus angeht, Edward? Er hat ein Recht darauf, die ganze Geschichte zu erfahren.« Edward Deravenel lehnte sich in seinem Sessel zurück und musterte Will Hasling, seinen besten Freund. Er kannte Will von klein auf, und inzwischen waren sie seit vierzehn Jahren Kollegen bei Deravenels, seit Edward dort Geschäftsführer war. Und er vertraute Will wie keinem zweiten, einmal abgesehen vielleicht von seinem Bruder Richard.

Loyaulté Me Lie – In Loyalität verbunden, lautete Richards Wahlspruch, von daher durfte er sich auf dessen Integrität immer verlassen.

An diesem Morgen saßen sie in Edwards Büro bei Deravenels und diskutierten über seinen jüngsten Bruder.

»Meinst du nicht, er könnte es so auffassen, dass ich mich damit brüsten will, was ich im Laufe der Jahre alles für ihn getan habe? Dass ich ihm klarmachen will, wie sehr er mir zu Dank verpflichtet ist?«

»Schon möglich, aber das bezweifle ich sehr.« Will schüttelte nachdrücklich den Kopf. »Nein, nein, so sieht er das bestimmt nicht. Allein die Vorstellung ist grotesk, Edward. Er sollte es auf jeden Fall erfahren. Sobald er die Zusammenhänge begreift, wird sich sein Groll legen, und er wird nicht mehr denken, dass du Georges Interessen über seine stellst … ich meine, falls er so etwas überhaupt denkt.«

»Was du sagst, stimmt, Will. Ich werde offen mit ihm sein.«

Edward Deravenel erhob sich geschmeidig, trat an eines der großflächigen Bürofenster und blickte hinunter auf die Strand, die belebte Geschäftsstraße. Es war der Mittwoch vor Heiligabend, und in London herrschte große Geschäftigkeit. Nach Kriegsende konnte man zum ersten Mal seit vier Jahren unbeschwert Weihnachten feiern. Und die Menschen waren entschlossen, endlich zu feiern, es sich wohl sein zu lassen und den Frieden zu genießen.

Edward drehte sich um und schlenderte zur Mitte des Zimmers. Ein schwermütiger Ausdruck schob sich in seine gutgeschnittenen Züge.

Nach einem Blick zu Will sagte er schließlich dumpf: »An der Auseinandersetzung letztes Wochenende war in gewisser Weise meine Mutter schuld. Der sehnliche Wunsch, die Familie wieder zu vereinen, scheint ihr den Blick auf das Wesentliche zu verstellen. Sie mag einfach nicht akzeptieren, dass Richard mit George gebrochen hat. Sie wischt die Realitäten vom Tisch und betont ständig, dass wir vergessen und verzeihen müssten. Weil wir eine Familie sind.« Er schüttelte den Kopf und setzte mit einem breiten Cockney-Akzent hinzu: »Was meinst du dazu, altes Haus? Findest du das richtig?«

»Nein, sicher nicht.«

Nach einer kurzen Gesprächspause wechselte Edward das Thema und bemerkte in geschäftsmäßigem Ton: »Jarvis Merson rief mich gestern Abend an. Er drängt darauf, dass wir unsere Aktivitäten in Persien wiederaufnehmen. Und nach Öl bohren. Im Süden des Landes, um genau zu sein. Er rät dazu, dem Schah eine weitere Konzession abzukaufen. Weil wir in Louisiana so erfolgreich sind, sollten wir seiner Ansicht nach expandieren, nachdem der Krieg jetzt vorbei ist.«

Er setzte sich an seinen Schreibtisch und fuhr fort: »Ich weiß, Will, es ist noch nicht der richtige Zeitpunkt. Trotzdem habe ich mich entschlossen, eine weitere Firma zu gründen. Dann können wir sofort aktiv werden, sobald diese grässliche Grippeepidemie verebbt und wir uns von den Kriegswirren erholt haben –«

»Ich finde, es ist entschieden zu früh, uns über persisches Öl

Gedanken zu machen«, unterbrach Will ihn mitten im Satz. Er beugte sich über den Schreibtisch. »Wir haben noch genug andere Sorgen, die uns vermutlich das gesamte kommende Jahr beschäftigen werden. Lass uns zunächst 1919 hinter uns bringen. Dann können wir uns ernsthaft überlegen, etwa Mitte 1920 abermals mit den Bohrungen zu starten. Das halte ich für die beste Lösung. Vorher auf gar keinen Fall. Ich weiß, dass du auf Jarvis große Stücke hältst – ich im Übrigen auch. Seine Idee, in Louisiana Erdölraffinerien anzusiedeln, war genial, und womöglich hat er mit Südpersien ebenfalls recht. Andererseits weiß ich vom Topmanagement der Standard Oil Company und von Henri Deterding bei Shell, dass sie die Finger von Südpersien lassen wollen, weil die Erträge nach ihren Einschätzungen zu gering sind. Ich vertraue Deterdings Urteil – er ist ein kompetenter Ansprechpartner, was das Ölgeschäft angeht.«

»Was du da sagst, habe ich auch schon gehört. Trotzdem verlasse ich mich auf Jarvis. Er hat einen guten Riecher. Ich finde, er und sein neuer Partner Herb Lipson sind ein unschlagbares Team. Wie dem auch sei, ich habe fest vor, eine weitere Gesellschaft zu gründen: die Deravco. Dann sind wir für alle Eventualitäten gerüstet. Wie klingt das für dich?«

Will grinste. »Deravco? Klingt ganz nach einer erfolgreichen Ölgesellschaft. Kurz und schlagkräftig, finde ich. Hoffentlich wird das Geschäft entsprechend.«

Unvermittelt ertönte ein lautes Klopfen an der Tür; Edward spähte durch das Zimmer und rief: »Herein.« Als er seinen Bruder auf der Schwelle gewahrte, sprang er auf und grinste breit.

»Hallo, Richard!«, rief er freudestrahlend. Er fasste ihn bei den Schultern und umarmte ihn brüderlich. »Hast du meine Notiz wegen des Mittagessens bekommen?«

»Ja. Deswegen bin ich hier. Wann wollen wir gehen?«, erkundigte sich sein Bruder.

»Hol mich um Viertel vor eins hier ab, dann gehen wir gemeinsam hinüber zum Savoy Hotel«, schlug Edward vor.

* * *

Nachdem Richard und Will sein Büro verlassen hatten, blieb Edward noch eine Weile am Schreibtisch sitzen und ging gewissenhaft seine Unterlagen durch. Dabei machte er sich Notizen auf einem Block. Irgendwann lehnte er sich zurück und überlegte.

Sobald er an die Ölbohrungen in Persien dachte, schob sich ein wohliges Prickeln über sein Rückgrat. Er war der festen Überzeugung, dass Öl das Geschäft der Zukunft sei; neben den Ölfeldern in Louisiana suchte er nach weiteren Beteiligungen für Deravenels. Merson war der ideale Mann, seine Träume zu realisieren. Schon bei ihrer ersten Begegnung hatte ihn der intelligente, wenn auch etwas redselige junge Mann beeindruckt. Und mittlerweile hatte sich seine Einschätzung bestätigt.

Am Vortag hatte er sich mit Alfredo Oliveri über die Marmorbrüche in Italien ausgetauscht. Dabei hatte sein Manager angeregt, das Geschäft auszudehnen und in der Türkei nach neuen Lagerstätten zu suchen.

Edward drehte sich schwungvoll in seinem Chefsessel und betrachtete die Landkarte, die hinter ihm an der Wand hing. Die Weltkarte stammte noch von seinem Vater, der jede Nation ordentlich mit einer winzigen Ziffer katalogisiert hatte. Persien lag neben der Türkei. Womöglich könnten sie zwei Fliegen mit einer Klappe schlagen. Wie wäre es, wenn er Oliveri in die Türkei begleiten würde, um die dortigen Marmorvorkommen zu begutachten, und dann nach Persien weiterreiste, um sich einen Eindruck vom möglichen Ölgeschäft zu verschaffen?

Noch nicht, natürlich. Das hatte Alfredo nachdrücklich betont. Europa litt weiterhin unter den Verwüstungen des

Krieges, an Reisen in die Türkei war vorerst nicht zu denken. Das galt auch für Persien, wie er und Will vorhin besprochen hatten.

Gleichwohl lenkte ihn sein aufwallendes Reisefieber von seiner Verärgerung über George ab.

Er öffnete seinen Terminkalender und überflog die Eintragungen der letzten Woche. Während er mit methodischer Gründlichkeit den Lunchtermin mit Richard nachtrug, zog er nachdenklich die Stirn in Falten. Er war mit Jane zum Abendessen verabredet. Und er musste noch ein Geschenk für sie kaufen.

Heute war der 18. Dezember, genau eine Woche vor Weihnachten, und am Freitagnachmittag wollte er den Zug nach York nehmen, um nach Ravenscar zurückzukehren. Morgen hatte er ein informelles Mittagessen im Rules eingeplant, mit seinen engsten Kollegen bei Deravenels. Und am Abend war er bei Vicky und Stephen Firth eingeladen. Für die beiden und für Grace Rose hatte er bereits Geschenke gekauft.

Seine reizende Grace Rose, die ihm so ähnlich war und die demnächst achtzehn wurde. Achtzehn Jahre, murmelte er mit angehaltenem Atem. Wie schnell doch die Zeit verging!

Aufgrund der dichtgedrängten Termine blieb ihm keine Wahl: Er würde das Geschenk für Jane heute besorgen müssen. Er beschloss, nach dem Mittagessen mit Richard einen der renommierten Juweliere aufzusuchen und sich Smaragdschmuck zeigen zu lassen, Ohrringe oder eine Brosche. Jane liebte diesen kostbaren Edelstein.

Als er durch die Seiten seines Kalenders blätterte, stellte Edward missmutig fest, dass er zehn Tage in Yorkshire eingeplant hatte. Zehn volle Tage mit Elizabeth – wie sollte er das aushalten?

Er erhob sich und trat vor den Aktenschrank, der an der gegenüberliegenden Wand des Büros stand. Er öffnete die Doppeltüren und gab eine Zahlenkombination ein, bis das Geheimfach leise klickend aufsprang. Er nahm einen schmalen Ordner heraus und schloss dann sorgfältig Safe- und Schranktüren.

Ich will keine Altlasten mit ins nächste Jahr nehmen, und dafür muss ich einen klaren Schnitt machen, nahm er sich vor. Er hatte eine Vielzahl von Veränderungen ins Auge gefasst.

* * *

Richard und Edward saßen sich in dem gediegen ausgestatteten Restaurant des Savoy Hotels gegenüber. Nachdem sie sich mit Krug-Champagner zugeprostet hatten, gaben sie ihre Bestellung auf.

Als Vorspeise wählten sie Austern aus Colchester, als Hauptgang Kalbsnierenpastete. Sie hatten in vielen Dingen einen ähnlichen Geschmack, unter anderem schätzten beide elegante Kleidung. Allerdings war Richard bei weitem konservativer als sein Bruder.

Sie unterhielten sich angeregt über Bücher, Politik und die aktuelle Berichterstattung in den Zeitungen. Oft waren sie einer Meinung, zumal Edward den jüngeren Bruder praktisch aufgezogen hatte, nachdem ihr Vater in Italien einem Mordkomplott zum Opfer gefallen war.

Wie sein Bruder entwickelte Richard einen ausgeprägten Gerechtigkeitssinn, er war integer, mitfühlend und menschenfreundlich. Edward hatte Richard von Kindheit an unter seine Fittiche genommen, ihn heillos verwöhnt und vor allen Unbillen beschützt. Zwangsläufig war der Jüngere Edwards loyaler Verbündeter und sein glühender Verfechter, wann immer es nötig war. Richard bewunderte, ja vergötterte seinen Bruder.

Die beiden lehnten sich auf ihren Stühlen zurück und nippten von ihrem köstlichen, sündhaft teuren Champagner. Nach einer kurzen Gesprächspause beugte Edward sich vor. »Richard, da ist etwas, was ich dir sagen möchte –«

Richard unterbrach ihn hastig und rief: »Bevor du irgendetwas sagst, muss ich mich bei dir entschuldigen. Ich hätte am Samstag nicht mit dir streiten dürfen. Wegen George, meine ich. Verzeih mir, aber mein Temperament ist mit mir durchgegangen. Es tut mir aufrichtig leid.«

»Du brauchst dich nicht zu entschuldigen, Kleiner«, murmelte Edward fast ein wenig gerührt.

Der Kosename aus seiner Kindheit brachte Richard zum Grinsen. Unvermittelt lachte er. »Bin ich dafür nicht schon ein bisschen zu alt, Edward?«

Sein Bruder fiel in das Lachen ein und antwortete: »Nein, du bist schließlich erst zweiundzwanzig, Kleiner. Zudem war es meine Schuld. Nachdem George sich quasi selbst eingeladen hatte, hätte ich ein Machtwort sprechen müssen, obwohl er in Mutter eine starke Fürsprecherin hatte. Ich habe mich ihrem Wunsch gebeugt, ein harmonisches Fest mit der Familie zu verbringen.«

»Ich weiß. Und ich verspreche dir, dass ich bei unserem morgigen Mittagessen kein Wort darüber verlieren werde.«

»George ist morgen nicht dabei.«

»Ach nein?« Richard klang verblüfft.

»Er fährt heute mit dem Nachmittagszug nach Schottland.«

»Weswegen?«

»Ich habe ihn gebeten, mich bei einer Besprechung in Edinburgh zu vertreten, die ich für kommenden Freitag einberaumt hatte. Mit Ian MacDonald, wegen seines Spirituosenkonzerns. Ian hat keine Erben und mir schon vor einiger Zeit eine Übernahme angeboten. Ich hatte einen festen Termin mit ihm, den ich vor zwei Tagen absagen musste. Ich hab mich mit der Erkrankung des kleinen Edward herausgeredet und ihm stattdessen George als meinen Repräsentanten angeboten. Da war Ian zunächst etwas pikiert, aber letztlich hat er sich darauf eingelassen. Immerhin *ist* George ein Deravenel.«

Er benimmt sich bloß nicht so, dachte Richard, behielt seine Kritik aber für sich. Schweigend hörte er Edward zu.

»Darauf sprach ich mit George«, fuhr Edward fort.

»Und er war einverstanden? Ohne Probleme?« Richard schnippte mit den Fingern und bedachte seinen Bruder mit einem skeptischen Blick.

»Ja.« Edward nickte bekräftigend. »Weil ich ihm ein Angebot gemacht habe, das George nun wirklich nicht ausschlagen konnte.«

»Was?«

»Geld. Das A und O für unseren Bruder. Ich habe ihm einen lukrativen Firmenbonus in Aussicht gestellt, wenn er das Geschäft mit MacDonald zustande bringt. Diese Übernahme käme Deravenels nämlich sehr zugute.«

»Soll heißen, du willst tatsächlich MacDonalds Spirituosenimperium übernehmen?« Richard lehnte sich zurück.

Edward zuckte mit den Schultern und zögerte einen Moment, bevor er erwiderte: »Doch, ja, ich denke schon.«

»Und wenn George die Sache in den Sand setzt? Wenn er die Situation nicht richtig einschätzt? Du weißt, wie unberechenbar er in einer Verhandlung sein kann.«

»Stimmt, aber daran kann ich nun nichts mehr ändern. Es wird so oder so ausgehen, und ich mache mir deswegen keine schlaflosen Nächte. Hauptsache, George behelligt mich die nächsten Tage nicht mehr. Im Übrigen hat Ian MacDonald ihn und seine Familie eingeladen, die Weihnachtstage auf seinem Anwesen in den Lammermuir Hills zu verbringen.«

Richard überlegte. Er räusperte sich, blieb aber stumm.

Edward musterte ihn mit einem scharfen Blick. »Was ist?«

»Ich möchte noch einmal ausdrücklich darauf hinweisen, dass du die Übernahme stark gefährdest.«

»Darüber bin ich mir absolut im Klaren.« Ein Grinsen glitt über Edwards Gesicht. »Diese Transaktion ist nicht unbedingt wichtig für Deravenels, Richard. Natürlich hätte ich nichts gegen Ians Spirituosenkonzern einzuwenden, weil er sich hervorragend mit unserem Weinexportgeschäft ergänzen würde.

Trotzdem ging es mir in erster Linie darum, George vorübergehend kaltzustellen. Lass uns das Thema wechseln«, sagte er dann. »Wie ich schon andeutete, muss ich etwas mit dir besprechen. Und das hätte ich gern hinter mir, bevor das Essen kommt.«

Richard nickte knapp.

»Vor zwei Jahren, nach deiner Heirat mit Anne, hat Nan euch ein größeres Geschenk gemacht. Richtig?«

»Du sprichst von Nevilles Haus in Chelsea, stimmt's?«

»Es war nie Nevilles Haus, Richard. Es hat immer Nan gehört. Natürlich bezahlte er es aus seinem eigenen Vermögen, aber gekauft hatte er es für Nan. Er schenkte es ihr, und die notarielle Beurkundung lautet auf ihren Namen.«

Richard seufzte. »Na und? Nan hat uns das Haus geschenkt.«

»Irrtum, Richard. Ich hab euch das Haus geschenkt.«

Verblüfft starrte Richard ihn an. »Wie meinst du das?«

»Ein paar Monate vor eurer Heirat habe ich Nan Watkins aufgesucht. Ich wollte ihr das Haus in Chelsea abkaufen und es dir und Anne zur Hochzeit schenken. Anfangs sträubte sie sich gegen meinen Vorschlag, weil sie dieselbe Idee gehabt hatte und euch den Besitz vermachen wollte. Folglich wies ich sie auf das Problem hin, dass unser raffgieriger, missgünstiger George dem womöglich einen Riegel vorschieben würde. Ich betonte, dass er versuchen könnte, euch das Haus wieder wegzunehmen. Mit der Begründung, dass Isabel und Anne gemeinschaftlich Erbinnen von Nevilles Liegenschaften seien – nach Nans Tod. Und dass Isabel damit rechtmäßig ein Anteil an dem Haus zusteht. Folglich erbot ich mich, das Haus heimlich für dich und Anne zu erwerben. Damit waren George die Hände gebunden, und sie konnte es euch trotzdem schenken.«

»Wieso hat sie uns das damals verschwiegen? Es wäre doch nur fair gewesen, uns einzuweihen, oder?«

»Ich gestehe, es war mein Fehler. Ich bat sie, Stillschweigen darüber zu wahren, damit nichts nach außen sickerte. Damit George euch im Nachhinein keine Scherereien machen könnte, fertigten unsere Justiziare entsprechende Dokumente an: einen Kaufvertrag, eine neue notarielle Beurkundung, die auf meinen Namen lautete, sowie eine Schenkungsurkunde, worin das Haus direkt weiter überschrieben wird.«

»An wen genau? An Anne und mich oder nur an mich?«

»Nur an dich, Richard. Ich durfte kein Risiko eingehen. Demnach durfte Annes Name nirgends auftauchen. Mit anderen Worten: Ich habe das Haus von Nan Watkins gekauft und es als neuer rechtmäßiger Eigentümer einer dritten Partei überlassen. Alles ganz legal. Im Wesentlichen musste ich Anne und Isabel von dem Besitz fernhalten. Zweifellos war Nan zu dem Verkauf berechtigt, da es um ihr ganz persönliches Eigentum ging und nicht um Nevilles Nachlass.«

Für eine kurze Weile blieb Richard stumm. Er musste das alles erst einmal auf sich wirken lassen.

Grinsend nahm Edward den dünnen Aktenordner, den er aus seinem Tresor geholt hatte, und gab ihn seinem Bruder. »Hier, das sind die entsprechenden Unterlagen. Zwar waren sie sicher bei mir aufgehoben, aber ich finde, du solltest sie haben. Schließlich gehört das Haus jetzt dir.«

»Du hast sie mir vorher nicht gegeben, weil du Nan schützen wolltest, hm?«

»Schätze mal, ja. Ich mochte ihr nicht die Freude verderben. Zumal sie euch das Haus sowieso schenken wollte.«

Richard drehte den Ordner in den Händen und betrachtete ihn gedankenvoll. Er öffnete ihn jedoch nicht. Schließlich legte er ihn neben seinem Stuhl auf den Boden und sah seinen Bruder an. Nach einer Weile sagte er leise: »Danke, Edward. Du bist der beste Bruder, den man sich wünschen kann.«

»Das Kompliment kann ich nur zurückgeben, Kleiner. Du hast mein volles Vertrauen und meine volle Unterstützung.«

6

Jane Shaw saß an dem Frisiertisch im Schlafzimmer ihres reizenden kleinen Hauses in Hyde Park Gardens.

Sie beugte sich vor, betrachtete sich in dem antiken viktorianischen Spiegel und glitt mit einem Finger behutsam über die kleinen Fältchen, die ein feines Netz um ihre Augen webten. Krähenfüße nannte man so etwas. Was für ein hässlicher Name, seufzte sie. Über ihrer Oberlippe bildeten sich ebenfalls haarfeine Linien, noch kaum sichtbar, aber durchaus vorhanden, stellte sie missmutig fest. Wenn sie beim Schminken nicht aufpasste, setzte sich der Lippenstift in diesen Fältchen ab. Ihre Wangenhaut begann kaum merklich zu erschlaffen, und ihre Kinnpartie war nicht mehr so straff wie früher. Nun, ihr fiel so etwas eben auf.

Sie lehnte sich zurück, versuchte sich zu entspannen und begutachtete sich abermals. Objektiv betrachtet war sie immer noch eine schöne Frau. Eine schöne Frau, die schlicht und ergreifend älter wurde.

Zehn Jahre.

Eigentlich war das nicht viel. 1907 hatte sie sich wegen dieses Altersunterschieds keine Gedanken gemacht. 1910 auch nicht. Aber heute, im Dezember 1918, erschienen ihr diese zehn Jahre plötzlich immens.

Sie war jetzt dreiundvierzig.

Edward war dreiunddreißig.

Für Jane hatte er sich überhaupt nicht verändert. Er sah noch genauso unverschämt gut aus wie früher. Sein volles, rotblondes Haar war ohne jedes Grau. Seine irisierend kornblumenblauen Augen sprühten vor Vitalität. Beeindruckende ein Meter neunzig groß, schlank und durchtrainiert, wirkte er jugendlich dynamisch; er hatte kein Gramm Fett am Leibe.

Jane stand auf und glitt zu dem Ankleidespiegel, der in einer Ecke des Zimmers stand. Sie zog ihren Morgenrock aus, stellte sich nackt vor das Spiegelglas und begutachtete ihren Körper.

Ihre Brüste waren noch immer straff wie die einer jungen Frau, ihre Hüften schlank, ihr Bauch flach. Gottlob hatte sich ihre Figur kaum verändert; da sie nicht übermäßig groß war, hatte sie beim Essen stets maßhalten müssen. Das zahlte sich aus. Mit ihren wohlproportionierten Rundungen wirkte sie ausnehmend jugendlich. Trotzdem gab ihr der Altersunterschied zwischen ihnen heute zu denken.

Unvermittelt wandte sie sich vom Spiegel ab und schüttelte über so viel Dummheit müde lächelnd den Kopf. Während sie abermals den weißseidenen Hausmantel überstreifte, dachte Jane, dass sie keinen Menschen kannte, der großzügiger, liebevoller und aufmerksamer war als Edward.

Die Gerüchte, die ihr ab und an zu Ohren kamen, amüsierten sie köstlich, denn sie drehten sich um sie und ihren langjährigen Geliebten und nicht etwa darum, dass er anderen Frauen Avancen machte. Man schien sich zu wundern, dass er ihr treu blieb.

Sie setzte sich auf den Stuhl und widmete sich ihrem Make-up für den Abend, trug hellen Gesichtspuder auf, tupfte einen Hauch Rouge auf die hohen Wangenknochen und konturierte ihren sinnlichen Mund mit korallenrotem Lippenstift. Sie tuschte ihre blonden Wimpern mit schwarzer Mascara, zeichnete die hellen Augenhärchen mit einem braunem Brauenstift nach, frisierte sich das modisch ondulierte Blondhaar. Kürzer geschnitten als früher, reichten ihr die weichgestuften Wellen bis zum Kinn, was ihre jugendliche Ausstrahlung noch mehr unterstrich.

Nachdem sie Seidenstrümpfe und Unterwäsche angezogen hatte, trat Jane vor ihren Kleiderschrank und entschied sich für ein schmales dunkelblaues Seidenkleid mit V-Ausschnitt und weiten Ärmeln. Dazu wählte sie eine mehrreihige Perlenkette, Perlohrringe und einen Saphirring mit passendem Armband.

Nachdem sie in dunkelblaue Seidenpumps geschlüpft war, lief sie aus dem Schlafzimmer und die Treppe zum Salon hinunter.

Als ordnungsliebender Mensch wollte Jane sichergehen, dass vor Edwards Eintreffen alles perfekt war. Sie fühlte mit ihm, weil sein kleiner Sohn krank war. Ihr Geliebter sorgte sich um den Jungen, seinen Erben und Nachfolger bei Deravenels, und dafür hatte sie volles Verständnis. Er war ein wahrhaft guter Vater und vergötterte jedes seiner Kinder, die mit schöner Regelmäßigkeit mehr zu werden schienen.

Sie drückte die Mahagonitür zum Salon auf und lächelte stillvergnügt. Ein paar ihrer Freundinnen waren recht aufdringlich in ihrer Neugier, was ihre Liaison anging. Sie nahmen kein Blatt vor den Mund und schreckten auch nicht vor unverschämt persönlichen Fragen zurück, die häufig auf Edwards Frau abzielten. Elizabeth galt als intrigant und egoistisch, aber Jane hielt sich geflissentlich bedeckt.

Sie lachte ihren Freundinnen freimütig ins Gesicht und hüllte sich in Schweigen. Was ging es sie an, wenn er gelegentlich mit Elizabeth schlief? Jane war sich durchaus bewusst, dass Ehemänner neben der Geliebten weiterhin Sex mit ihren Frauen hatten. Blieb ihnen denn eine Wahl?

Von Natur aus pragmatisch, blendete Jane Dinge, die sie nicht ändern konnte, kurzerhand aus. Grämen und Grübeln wäre bloß Zeitverschwendung gewesen. Ganz ohne Zweifel konnte sie Edward Deravenel nicht kontrollieren. Sie wusste, dass er sie liebte und ihre Gesellschaft genoss – wenn er in London war, besuchte er sie mehrmals wöchentlich. Er schätzte ihren scharfen Verstand, ihren Humor und nicht zuletzt ihr Kunstverständnis.

Dank ihrer sachverständigen Beratung besaß Edward inzwischen eine außergewöhnliche Sammlung impressionistischer und postimpressionistischer Gemälde. Sie hatte Jahre darauf verwendet, Meisterwerke für ihn aufzuspüren, darunter Renoirs, Manets, Monets, Gauguins und Van Goghs.

Ihr Blick flog durch den blauen Salon. Alles war an seinem angestammten Platz. Im Kamin prasselte ein wärmendes Feuer, die Stehlampen mit den pastellfarbenen Schirmchen spendeten ihr weiches Licht, die Sofakissen waren aufgeschüttelt, und die Gewächshausblumen, die Edward ihr vorhin geschickt hatte, erfüllten die Luft mit dem berauschenden Duft des Sommers. Auf der geschnitzten Konsole in der Ecke stand eine Flasche Champagner in einem Silberkübel, daneben ein Tablett mit zwei Kristallflöten.

* * *

Edward Deravenel atmete jedes Mal befreit auf, wenn er bei Jane eintraf. Sobald er ihr Haus betrat, fiel jegliche Last von ihm ab. Er entspannte sich und fühlte sich zusehends wieder wohl in seiner Haut. Seit sie sich kannten, war es nie anders gewesen.

Sie waren sich in vieler Hinsicht ähnlich. Im Bett verwöhnte sie ihn und gab ihm, was er brauchte; außerhalb davon genoss er ihre Gegenwart.

Neben ihrer Bildung und Belesenheit hatte Jane ein weiteres unschätzbares Attribut: Sie war verschwiegen wie ein Grab. Und nicht nur das, auch die entspannte Atmosphäre und der geordnete Haushalt trafen auf Edwards Zuspruch. Er hasste Unordnung und achtete penibel darauf, dass seine Häuser in London, Kent und Yorkshire perfekt geführt wurden.

Obwohl er einen Hausschlüssel besaß, klingelte er zunächst, bevor er sich selber aufschloss und das Haus betrat. Für gewöhnlich begrüßte ihn Mrs Longden, die Haushälterin, aber dieses Mal nicht. Jane kam ihm entgegengelaufen, ein strahlendes Lächeln erhellte ihre Züge.

»Edward, Liebling!«, rief sie. Sie stellte sich auf Zehenspitzen und küsste ihn auf die Wange. »Grundgütiger, dein Gesicht ist eiskalt. Du bist ja halb erfroren.«

Er legte seine Aktenmappe auf eine Truhe in der Eingangshalle, zog Jane in seine Arme und drückte sie kurz an sich. »Draußen weht ein eisiger Wind«, erklärte er, bevor er sie losließ und sich aus Mantel und Schal schälte.

Gemeinsam durchquerten sie die Halle zum Salon.

»Mrs Longden hat heute frei. Ihre Schwester wird heute fünfzig, das hatte ich völlig vergessen.«

»O Jane, warum hast du mir das nicht eher gesagt? Dann hätte ich dich zum Essen ausgeführt.«

»Das klingt zwar verlockend, Edward, aber ich weiß doch, dass du lieber hier bei mir zu Hause isst, und ich offen gestanden auch. Vane kann auftragen, es ist schon alles vorbereitet: Brathühnchen, hausgemachte Pastete und ein ausgezeichneter Räucherlachs von Fortnum and Mason. Na, wie hört sich das an?«

»Mmmh, köstlich, da läuft mir das Wasser im Mund zusammen.« Schmunzelnd folgte er ihr in den Salon.

Edward mochte den gemütlichen, in geschmackvollen Blautönen gehaltenen Raum, der von Akzenten in strahlendem Gelb aufgelockert wurde. Über Jahre hatte Jane erlesene Kunstobjekte gesammelt, die diesem Zimmer ein besonderes Flair verliehen. Vor allem aber hatte sie ein untrügliches Gespür für die Malerei, und die Bilder, die sie mit der Zeit angekauft oder von Edward geschenkt bekommen hatte, waren erstklassig. So verströmte der Salon gleichzeitig eine Atmosphäre gediegener Schönheit und sinnlicher Vertraulichkeit.

Jane trat an die antike Konsole in der Ecke und nahm den Champagner aus dem Kühler. »Möchtest du ein Glas von deinem geliebten Krug?«, fragte sie. Lächelnd wirbelte sie herum. »Ich nehme auch eines.«

»Eine fabelhafte Idee«, erwiderte er. Er trat vor den Kamin, rieb sich die kalten Hände. Sein Blick hing an ihr, während sie den Champagner eingoss.

Sie reichte ihm ein gefülltes Glas, ehe sie sich auf den kleinen Zweisitzer neben dem Kamin sinken ließ.

Edward setzte sich in einen Sessel und bemerkte: »Ich habe vom Büro aus mit Vicky telefoniert und mich sehr gefreut, als sie sagte, dass du ihre Einladung für morgen Abend angenommen hast.«

»Ich war unschlüssig, ich wollte nicht stören –«

»Wie kannst du so etwas sagen?«, versetzte Edward verblüfft. »Wie kommst du denn darauf? Immerhin bist du eine langjährige Freundin von mir … wir kennen uns seit zehn Jahren.« Er bedachte sie mit einem jungenhaften Grinsen. »Oder hast du das vergessen?«

»Nein, natürlich nicht. Es ist nur so, dass –«, Jane brach ab und schüttelte den Kopf. »Ich habe immer gesagt, dass ich dir unangenehme Situationen möglichst ersparen will. Ich möchte nicht, dass ich ein Problem für dich darstelle, warum, das weißt du selbst am allerbesten.«

»In der Tat«, erwiderte er, und ein amüsiertes Grinsen umspielte seine Mundwinkel. »Ich bin ein verheirateter Mann, und du bist meine Geliebte. Du darfst allerdings nicht vergessen, mein Schatz, dass es sich bei Will und seiner Schwester um zwei meiner engsten Freunde handelt. Sie sind nicht mit Elizabeth befreundet, sondern mit mir. Folglich interessieren sie sich für dich und nicht für meine Frau. Aber lass uns jetzt nicht diese unschönen Details erörtern. Jedenfalls freue ich mich, dass wir morgen Abend zusammen sind.«

Jane nickte. »Ich auch. Aber –«

»Was ist? Sprich ruhig weiter.«

»Vicky erzählte mir, dass auch Grace Rose da sein wird.«

»Na und?« Er lachte schallend, als er Janes bestürzten Blick auffing, und schüttelte den Kopf. »Schätzchen, denkst du etwa, sie weiß nicht, dass du meine Geliebte bist? Grundgütiger, sie ist achtzehn und ein intelligentes Mädchen, ganz die Tochter ihres Vaters ... weltklug und kein bisschen naiv. Vicky und Stephen sind ihr wundervolle Eltern gewesen, sie haben Grace Rose zu einer Dame erzogen und ihr eine ausgezeichnete Schulbildung ermöglicht. Sie weiß viel mehr, als sie jemals preisgeben würde. Ich bin ungeheuer stolz auf sie. Wegen Grace brauchst du dir wirklich keine Gedanken zu machen, Liebste. Sie ist auf meiner Seite; das war sie immer.«

»Ich bin ein törichtes Ding, nicht wahr?« Jane nippte an ihrem Champagner und fing an zu lachen. »Und das nicht zum ersten Mal heute.«

»Wie meinst du das?«

»Als ich mich vorhin im Spiegel betrachtete, fand ich, dass ich alt aussehe. Spontan fiel mir der Altersunterschied zwischen uns ein. Ich bin immerhin zehn Jahre älter als du, Edward.«

»Man sieht es dir aber nicht an! Ich habe immer ein Faible für reifere Frauen gehabt. Und jeder weiß, dass ich Blondinen bevorzuge, vor allem blonde Witwen.« Er grinste von einem Ohr zum anderen. »Oder geschiedene Frauen. Zehn Jahre sind doch bloß ein Klacks.« Er machte eine wegwerfende Geste.

Jane, die es für besser hielt, das Thema auf sich bewenden zu lassen, sagte lächelnd: »Ich habe eine Überraschung für dich.« Sie stellte den Champagnerkelch ab, glitt zu ihrem Sekretär und kehrte zum Kamin zurück, mit einem Umschlag, den sie Edward übergab.

»Was ist darin?«, fragte er neugierig.

»Etwas, das ich für dich gefunden habe, falls du es kaufen möchtest.«

»Aha! Ein Bild, Jane! Stimmt's?«

Sie nickte und setzte sich, sah ihn erwartungsvoll an.

Edward nahm das handkolorierte Foto aus dem Kuvert und hielt den Atem an, während er die einzigartige Schönheit des Renoirs bewunderte. Es war ein bezauberndes Gemälde. Zwei Mädchen im Alter von sechzehn oder vielleicht siebzehn Jahren saßen auf einem Fenstersims mit Blick auf einen azurblauen Himmel. Sie trugen orangefarbene Kleider mit schwarzen Applikationen, hatten ihre im Sonnenlicht rotgolden schimmernden Haare zu einem weichen Knoten hochgesteckt und lasen gemeinsam in einem Buch.

»Es ist absolut hinreißend!«, entfuhr es ihm. Sein Blick glitt zu Jane. »Großartig. Und die Mädchen erinnern mich an Grace Rose und Bess. Obwohl diese beiden jungen Damen so aussehen, als seien sie etwa gleichaltrig.«

»Das Gemälde trägt den Titel *Les Deux Soeurs*. Renoir malte die beiden Schwestern im Jahre 1889. Ich habe mich auf den ersten Blick in das Bild verliebt.«

»In welcher Galerie hängt es?«

»Es befindet sich in Privatbesitz, es wurde vor Ausbruch des Krieges nach London gebracht. Aus Sicherheitsgründen, vermute ich.«

»Und jetzt möchte der Besitzer verkaufen?«

»Offensichtlich. Wenn du interessiert bist, kannst du es dir am Freitag anschauen.«

Edward wiegte gedankenvoll den Kopf. »Am Freitagmorgen wollte ich eigentlich nach Ravenscar zurückfahren. Aber halt, da fällt mir ein, Janey … ich kann genauso gut den Zug am Spätnachmittag nehmen. Dann sehen wir uns am Vormittag das Bild an und essen nachher noch gemeinsam zu Mittag. Was hältst du davon?«

»Eine fabelhafte Idee. Also hast du Interesse, ja?«

»Aber selbstverständlich. Es ist wundervoll. Hast du eine Vorstellung, was es kosten soll?«

»Keine Ahnung. Ich wusste gleich, dass du dem Bild nicht widerstehen könntest«, antwortete sie mit einem Lächeln. »Mir war klar, dass du bei dem Motiv an deine eigenen kleinen Rotschöpfe denken würdest.«

»Da hast du, wie immer, recht gehabt. Danke, mein Schatz. Ich habe auch eine Überraschung für dich.« Edward erhob sich, trat aus dem Salon und holte ein Päckchen aus seiner Aktenmappe. Bei seiner Rückkehr hielt er es hinter seinem Rücken versteckt, bis er es ihr mit einem verlegenen Grinsen reichte.

»Was ist das?« Ihr fragender Blick glitt von dem in dunkelblaues Seidenpapier gewickelten Kästchen zu ihrem Geliebten.

»Mach es auf und sieh selbst.«

Unter dem Papier kam ein flacher, dunkelblauer Pappkarton zum Vorschein. Als Jane den Deckel hob, befand sich darin ein Schmucketui aus nachtblauem Samt. Kopfschüttelnd blickte sie abermals zu Edward. »Ich finde, du warst wieder einmal viel zu großzügig. Oh, Edward, du verwöhnst mich zu sehr.«

»Nein, im Gegenteil. Nun mach es schon auf.«

Sobald sie es öffnete, weiteten sich ihre Augen vor Erstaunen. Eingebettet in dunklen Samt, funkelte ihr ein mit Diamanten und Aquamarinen besetztes Collier entgegen. Für einen Augenblick war sie sprachlos. Schließlich murmelte sie verzückt: »Liebling, es ist einfach … unbeschreiblich schön.«

»Wie du. Eigentlich wollte ich dir eine Smaragdbrosche oder Ohrringe kaufen, aber als ich das hier sah, dachte ich spontan an deine Augen … sie haben die gleiche Farbe.« Er nahm die Kette behutsam aus dem Etui und hielt sie Jane vor, wobei die kostbaren Steine das Licht einfingen und reflektierten. »Schau, Jane, deine Iris hat das Blau der funkelnden Aquamarine.«

Edward ließ das Collier in seine Jacketttasche gleiten, fasste Janes Hand und zog sie hoch. »Ich möchte, dass du es trägst. Jetzt gleich … nur passt es nicht zu deinem Kleid. Also komm mit nach oben, Schatz. Es steht dir bestimmt fabelhaft.«

Sie protestierte nicht, als er sie aus dem Salon und die Stufen hoch in ihr Schlafzimmer schob, wo er hastig fortfuhr: »Zieh dein Kleid aus, Jane. Ich möchte, dass du das hier anlegst.« Während er sprach, nahm er das Collier aus seiner Jackentasche. »Beeil dich, ich muss einfach sehen, wie es dich kleidet.«

Lachend zog sie sich aus und stand innerhalb von Sekunden in ihrer Unterwäsche vor ihm.

Edward trat hinter sie und befestigte mit zärtlichen Fingern das Collier an ihrem Hals. Er führte sie zu ihrem Frisiertisch und drückte sie auf den Stuhl. »Das Schmuckstück ist perfekt, genau wie du.«

Sie drehte den Kopf und blickte mit verräterisch feuchten Augen zu ihm hoch. »Danke, tausend Dank. Es ist himmlisch, einfach traumhaft. Es wird mir immer sehr viel bedeuten.«

»Wie du mir, Jane. Bitte, vergiss das nie. Denk daran, wenn du dich wieder einmal mit solch seltsamen Anwandlungen tragen solltest, dass du zu alt für mich sein könntest.«

Rasch ging er zur Schlafzimmertür und schloss ab. Er zog sein Jackett aus, warf es über eine Chaiselongue und knöpfte, während er zu ihr zurückkehrte, sein Hemd auf. »Jetzt beweise ich dir, dass du noch nicht zu alt bist und ich dich nach wie vor begehre.«

Jane trat auf ihn zu und sah ihm in die Augen. »Kannst du mir bitte die Kette öffnen?«

»Nein, kann ich nicht«, flüsterte er und schloss sie ungestüm in seine Arme, so dass sich ihre Wange an seiner nackten Brust rieb. »Ich möchte, dass du sie heute Nacht trägst. Die ganze Nacht. Aber dafür öffne ich das hier«, meinte er zärtlich, während seine Hände an den Ösen ihres Büstenhalters nestelten. »Komm mit mir ins Bett«, raunte er in ihr Haar. »Ich kann es kaum noch aushalten.«

Da begriff Jane, wie sehr er sie wirklich brauchte, dass er sie begehrte; rasch entledigte sie sich ihrer restlichen Sachen. Er zog sich ebenso hastig aus wie sie. Ihre Lippen fanden sich, und er küsste sie leidenschaftlich, seine Zunge spielte mit ihrer, seine Hände glitten zu ihren Brüsten. Als sie sich nach einem endlos langen Kuss voneinander lösten, führte er sie zu ihrem Bett.

Atemlos lagen sie auf dem kühlen Laken. Schließlich stützte Edward sich auf einen Ellbogen und betrachtete ihr Gesicht.

»Jane, meine schöne, bezaubernde Jane, du bist ja so ein dummes Mädchen.« Er neigte sich dicht über sie und flüsterte: »Für mich wirst du nie zu alt sein.« Er küsste sie abermals.

Edward glitt auf sie, schob seine Hände unter ihr Becken, presste sie ungestüm an sich und drang in sie ein. So war es jedes Mal mit ihnen; Begehren gepaart mit überwältigendem Verlangen. Lust. Leidenschaft. Wie berauscht fielen sie übereinander her, fanden in ihren vertrauten Rhythmus, klammerten sich in hemmungsloser Ekstase aneinander. Genossen ihr erotisches Spiel, die Besitznahme des anderen, bis zur völligen Selbstaufgabe.

Unvermittelt hielt Edward inne, richtete sich über Jane auf und betrachtete sie entrückt.

Ihre Blicke trafen sich. Verwirrung malte sich auf ihre Züge.

Er ließ sich abermals auf sie sinken und vergrub sein Gesicht in ihrer Halsbeuge. »Ach, du ahnst gar nicht, wie tief ich für dich empfinde. Ich liebe dich, Jane. Ich gehöre dir. Und du gehörst zu mir. Komm, komm mit mir. Jetzt.« Und sie folgte ihm, schrie seinen Namen laut heraus. »O Jane, o Jane«, stöhnte auch er wie ein Echo, bevor er erschöpft auf ihren Busen sank.

* * *

Ein paar Minuten blieben sie eng umschlungen liegen. Irgendwann nahm Edward ein Kissen und bettete es auf Janes Brüste. »Das Collier kratzt ein wenig auf meiner Haut«, erklärte er mit rauer Stimme.

»Ich kann es abnehmen, Schatz.«

»Nein. Ich möchte, dass du es heute Abend für mich trägst. Und bestimmt findest du ein Kleid, das den richtigen Ausschnitt dafür hat.«

»Ganz bestimmt.«

Beide schwiegen, eine einvernehmliche Stille, die eine ganze Weile währte. Jane sprach schließlich als Erste wieder: »Was hast du eigentlich wegen des Hundes unternommen?«

»Was für ein Hund?«, fragte Edward perplex.

»Schon vergessen? Ich hatte dir vorgeschlagen, für den kleinen Edward einen Hund zu kaufen. Er hat sich immer einen gewünscht, das hast du jedenfalls gesagt. Und ich fand, es sei ein schönes Weihnachtsgeschenk.«

»Heiliger Strohsack! Der Hund! Den hatte ich völlig vergessen. Ich wollte ihm in Schottland einen kaufen … einen West Highland Terrier, weil er diese Rasse besonders gern mag. Was mache ich nur?«

»Du kannst noch immer einen besorgen, Edward. Bei Harrods. Sie verkaufen dort auch Hunde.«

»Dann müsste ich den Welpen mit nach Yorkshire nehmen. Das ist ein bisschen umständlich.«

»Ich bin sicher, sie bringen ihn auch dorthin. Mit einem Lieferwagen.«

»Hervorragende Idee. Was täte ich bloß ohne dich? Ich gehe morgen früh zu Harrods, suche einen aus und sorge dafür, dass er nach Ravenscar geschickt wird. Janey, du bist ein kluges Mädchen. Du hast mir mal wieder den Allerwertesten gerettet.« Er richtete sich geschmeidig auf, beugte sich über sie und hauchte ihr einen Kuss auf die Nasenspitze. »Dieses Collier ist lebensgefährlich«, murmelte er und fing an zu lachen. »Ein Wunder, dass ich mir noch nicht die Brust aufgeschlitzt habe.«

»Ich habe dir angeboten, es abzunehmen.«

»Und ich wollte das nicht. Weißt du auch, warum? Weil ich leidenschaftlich gern Sex mit Frauen habe, die außer Juwelen nichts am Leib haben.«

»Frauen!«, empörte sie sich. »Und welche anderen Frauen sind das, die mit dir schlafen und dabei mit Schmuck behängt sind, hmm? Gestehe, Edward Deravenel!«

»Niemand außer dir. Nur du, meine Geliebte, nur du«, beschwichtigte er sie eilends. Und das entsprach den Tatsachen.

Jane war klug genug, es dabei bewenden zu lassen, zumal sie ihm aufs Wort glaubte. Kein Zweifel, er war ihr treu. Alle wussten das, auch Elizabeth. Ob seine Frau das wohl beunruhigend fand? Schließlich konnte eine einzige Geliebte eine lauernde Gefahr für eine Ehe bedeuten. Über wechselnde Frauengeschichten konnte man bei einem verheirateten Mann bestimmt wesentlich leichter hinwegsehen.

Nach einer Weile murmelte Edward: »Ich möchte dich noch einmal verführen, bevor wir zum Essen nach unten gehen.«

»Und was ist mit der Kette?«

»Zum Teufel mit der Kette«, sage er lächelnd. »Was stören mich ein paar Kratzer, wenn ich dich dafür in meinen Armen spüren kann? Dich, Jane, meine einzige wahre Liebe.«

»O Edward –«

Er unterbrach sie, indem er ihre Lippen mit einem feurigen Kuss versiegelte.

7

Amos Finnister saß in seinem Büro in der Zentrale von Deravenels. Mit angespannter Miene hörte er Will Hasling zu.

»Und deshalb«, sagte Hasling soeben, »wäre ich Ihnen dankbar, wenn Sie sich ein bisschen umhören könnten, Amos. In Ihrer üblichen, diskreten Vorgehensweise, versteht sich.«

Amos nickte. »Meinen Sie, Mr George ist in schlechte Gesellschaft geraten? Wollen Sie das andeuten, Mr Hasling?«

»Ja. Und eine gefährliche Gesellschaft obendrein. Das Trinken und die Bordellbesuche sind an sich schon eine schlimme Sache, aber leider Gottes hat George nun einmal einen Hang zur Genusssucht. Was mir erheblichen Kummer macht, sind die Drogen und das Glücksspiel. Er verspielt regelmäßig größere Summen, um nicht zu sagen *immense* Geldbeträge. Es ist im höchsten Maße besorgniserregend.«

»Darf ich fragen, woher Sie das wissen?« Amos fixierte Will eindringlich.

»Von einem Informanten, der mich warnte.« Will nickte und murmelte: »Zum Glück.«

»Ich nehme an, es handelt sich um jemanden, dem Sie vertrauen, Mr H.?«

»In der Tat, Amos. Und es besteht kein Grund, Ihnen den Namen besagter Person zu verschweigen. Die Information stammt von meinem Bruder Howard.

Während seiner Zeit in Eton war er mit einem Jungen namens Kim Rowe-Leggett befreundet und, wie es unter früheren Eton-Schülern üblich ist, blieben sie weiterhin in Kontakt. Rowe-Leggett ist mittlerweile ein renommierter Börsenmakler in London und überaus erfolgreich. Er wettet gelegentlich bei

Pferderennen und setzt bisweilen kleinere Summen in einem der neugegründeten Spielclubs. Im Übrigen ist er Mitglied in Julian Starks Club, der auch Eton besucht hat. Um es kurz zu machen: Mein Bruder erzählte mir, Rowe-Leggett habe ihm diskret zu verstehen gegeben, dass üble Gerüchte über George in Umlauf sind. Darüber bin ich natürlich entsetzt. Es geht um Spielschulden und um Drogen!«

»Das kann ich Ihnen nachfühlen.« Amos schüttelte den Kopf. »Mr George gibt Mr Deravenel fortwährend Anlass zur Sorge.«

Will nickte. »Früher oder später wird er von der leidigen Angelegenheit erfahren, nicht zuletzt, wenn das mit den Spielschulden stimmt. Sollte George nicht zahlen, wird Julian Stark sich mit ziemlicher Sicherheit an Edward wenden.« Er seufzte. »Es geht kein Weg daran vorbei. Ich muss meinen Freund informieren, Amos. Und zwar schleunigst. Wenn ich ihn nicht schonend darauf vorbereite und er erfährt über Dritte davon, richtet sich sein Groll nämlich garantiert gegen mich.«

Amos setzte sich kerzengerade in seinem Sessel auf. »›Vorsicht ist besser als Nachsicht‹, umschrieb es mein verstorbener Vater treffend.« Er beugte sich über den Schreibtisch und setzte dumpf hinzu: »Mr Richard vertraute mir vergangene Woche an, dass sein Bruder George für Deravenels untragbar ist und mithin keinerlei Führungsverantwortung im Unternehmen übernehmen sollte. Er hält ihn für einen entscheidungsschwachen Aufschneider.«

Dieses Geständnis überraschte Will nicht. Er wusste, dass es schon seit längerem böses Blut zwischen den beiden Brüdern gab. Richard war integer und loyal gegenüber Edward, wohingegen er an George kein gutes Haar ließ.

Will schätzte und respektierte Richard, den er von Kind an kannte. Er hatte einen guten Charakter, wenn er auch bisweilen ein Prinzipienreiter und Erbsenzähler war. Er war ungeheuer fleißig und fachlich kompetent und hatte sich bei Deravenels hervorragend eingefügt, was Edward große Freude machte. »Meinen Sie, Richard weiß von dem Gerede um George? Hat er Ihnen gegenüber irgendetwas angedeutet, Amos?«

»Nein, nicht das Geringste. Aber vielleicht hat er trotzdem was läuten hören. Warten Sie, letzte Woche ließ er aus heiterem Himmel eine Bemerkung fallen – er sagte, sein Bruder sei korrupt.«

»Womit er bestimmt nicht unrecht hat.«

»Wenn Sie mich fragen, ist George Deravenel ein unbekehrbarer Quertreiber und Querulant.«

Nach einem langen Blick zu Amos murmelte Will: »Und er ist … gefährlich.«

»Das ist mir sonnenklar. Als er sich vor Jahren auf Neville Watkins und dessen Machenschaften einließ, war mein Argwohn geweckt. Ehrlich gesagt habe ich ihm seither misstraut.«

»Ich auch.« Will Hasling erhob sich. »Ich muss los, Amos, meine Frau erwartet mich im Savoy Hotel. Wir wollen heute Abend ins Theater.«

»Aber selbstverständlich. Einen angenehmen Abend, Mr H.«

Auf dem Weg zur Tür schnellte Will herum. »Ich werde bei nächster Gelegenheit mit Edward reden, ihn hinlänglich informieren und vorbereiten. Bitte, hören Sie sich inzwischen ein bisschen um, ja? Wer weiß, was Sie noch alles aufdecken.«

»Verlassen Sie sich getrost auf mich. Falls es etwas aufzudecken gibt, finde ich es heraus.«

* * *

Es würde Ärger geben. Das lag in der Luft. Er spürte es in den Knochen. Solange er zurückdenken konnte, hatte Amos Intuition und eine ausgezeichnete Menschenkenntnis bewiesen. Er hatte ein Gespür für Menschen, wusste, wie sie sich verhielten, und erkannte, welche Motivation hinter ihren Handlungen steckte. Dieses Gottesgeschenk – denn als solches betrachtete es Amos – hatte ihm das Leben als Streifenpolizist in Whitechapel, Limehouse und den anderen verrufenen Vierteln im Londoner East End gehörig erleichtert.

Diese Gabe hatte ihn auch während seiner Tätigkeit als Privatermittler für Neville Watkins ausgezeichnet, und sie tat es auch weiterhin, seitdem er bei Deravenels eingestiegen war, als Sicherheitsbeauftragter. Ein trockenes Lächeln umspielte seine Mundwinkel. Eine Sicherheitsabteilung hatte es gar nicht gegeben – zunächst war er eingestellt worden, um den Leibwächter für Edward Deravenel zu spielen, wie der es flapsig umschrieb.

Aber das war vorbei. Edwards Widersacher waren bis auf wenige verstorben; einige lebten im Ausland, machtlos, seitdem Edward die Firma so erfolgreich führte. Er hatte Deravenels, immer schon ein renommiertes, weltweit tätiges Unternehmen, in ein gigantisches Industrieimperium verwandelt, mit besseren Resultaten als je zuvor.

Edward Deravenel, inzwischen einer der einflussreichsten Londoner Großindustriellen, war weit über die Grenzen Englands hinaus bekannt. Etliche hielten ihn für noch mächtiger als seinen verstorbenen Cousin Neville Watkins, der für eine Weile als der größte Industriemagnat seiner Zeit gegolten hatte.

Irgendwann hatte Amos Mr Edward erklärt, dass er sich zur Ruhe setzen wolle. Darauf hatte Edward fast einen Tobsuchtsanfall erlitten; anders konnte man es nicht nennen.

»Ich will Sie hier an meiner Seite wissen – bis an Ihr Lebensende oder meines!«, hatte Edward gebrüllt. »Ich will nichts von Ruhestand oder dergleichen hören und damit basta. Dass Sie mir ja nie wieder davon anfangen, Amos, ist das klar? Was meinen Sie, wie langweilig Ihnen dann wäre? Sie würden am Ruhestand elendiglich verenden.«

Amos war nach dieser Tirade zwar fassungslos gewesen, er

hatte sich aber auch immens geschmeichelt gefühlt. Seinerzeit hatte er begriffen, dass er einen besonderen Platz in Edwards Leben innehatte – genau wie sein Chef in seinem.

Amos Finnister war loyal, integer und diskret, und er behielt auch unter schwierigen Umständen stets einen kühlen Kopf. Er war so vertrauenswürdig, dass Edward Deravenel den ehemaligen Privatdetektiv in sämtliche Aspekte seines nicht ganz unkomplizierten Lebens einweihte.

Es war allgemein bekannt, dass Amos Finnister dem Geschäftsführer sehr nahestand. Wie nahe, wusste niemand bei Deravenels. Außer Will Hasling, Edwards langjähriger, geschätzter Freund.

Die drei Männer arbeiteten schon seit vielen Jahren eng und harmonisch zusammen. Wie die drei Musketiere, hatte Edward einmal im Scherz gemeint, und das war gar nicht so weit hergeholt.

Amos stand auf und ging eine Weile in seinem Büro auf und ab, um sich die Beine zu vertreten. Und dachte scharf nach.

Will Hasling war beunruhigter, als er nach außen hin erkennen lassen wollte. Amos nahm an, dass er Edward bei nächster sich bietender Gelegenheit von der heiklen Angelegenheit in Kenntnis setzen würde. Edward wiederum würde ihn, Amos, dann unverzüglich auf die Sache ansetzen.

Der ehemalige Privatermittler schlenderte zum Fenster und blickte hinaus. Es würde ein schöner Abend werden, mit einem wolkenlos sternenklaren Himmel.

Nachdem er seinen Mantel aus dem Garderobenschrank geholt hatte, verließ er sein Büro und ging die Treppe hinunter. Er durchquerte die eindrucksvolle, mit kostbarem Marmor vertäfelte Eingangshalle von Deravenels und trat hinaus auf die Strand.

Der Verkehr war lebhafter, als er vermutet hatte. Taxis, Automobile und Omnibusse stauten sich auf der Straße, Fußgänger drängten sich auf den Gehsteigen und gingen eilig ihren

Geschäften nach. Ihm wurde klar, dass ihm keine Alternative blieb, als zu laufen, denn in diesem Chaos fand sich gewiss kein freies Taxi.

Eigentlich ging er gern zu Fuß; das erinnerte ihn an seine Zeit als Streifenpolizist. Häufig hatte er in der frischen Luft die besten Einfälle. Er knöpfte seinen Überzieher zu und setzte sich entschlossen in Bewegung.

Heute Abend war er im Ritz Hotel am Piccadilly verabredet. Sein alter Freund Charlie Morran logierte dort und hatte ihn in das elegante Restaurant eingeladen. Sie hatten sich über zwei Jahre lang nicht gesehen, da der jüngere Mann in Frankreich an der Front gekämpft hatte.

Bei Kriegsausbruch, im August 1914, hatte Charlie auf dem nächsten Dampfer von New York nach Southampton eine Passage gebucht und war nach England zurückgekehrt, um sich als Soldat zu melden. »Ich bin fest entschlossen, meine Pflicht für König und Vaterland zu erfüllen«, hatte er bei seiner Ankunft in London Amos erklärt.

Und daran hatte sein Freund sich gehalten. Es war das erste Mal in der Geschichte, dass ein Krieg den gesamten Erdball einbezogen und die alte Weltordnung zerstört hatte. Nichts würde mehr wie früher sein, dachte Amos. Gottlob war wieder Frieden eingekehrt, nach vier infernalischen Jahren und Millionen von gefallenen Soldaten. Blutjunge Männer, dahingerafft, bevor ihr Leben überhaupt richtig anfing.

8

Auf der Arlington Street gegenüber vom Piccadilly wechselte Amos die Straßenseite und strebte zum Eingang des Ritz Hotels.

Nach einem knappen Nicken zu dem dunkelblau livrierten Portier, der höflich an seine schwarze Mütze tippte, schob er sich durch die Schwingtüren in das weitläufige Hotelfoyer.

Es war exakt sieben Uhr. Nachdem er seinen Mantel an der Herrengarderobe abgegeben hatte, betrat er den Tearoom.

Er sah sich suchend um und entdeckte Charlie auf Anhieb. Morran kam ihm bereits entgegen. *Langsam*. Er hinkte erkennbar und stützte sich schwer auf einen Gehstock. Nach etlichen Beförderungen inzwischen Hauptmann der britischen Armee, mutete er dennoch schneidig an in seiner Offiziersuniform mit ledernem Koppel und Schulterriemen.

Amos hob die Hand zum Gruß, und Charlie winkte zurück. Finnister lief auf ihn zu, verharrte indes unschlüssig, als er näher kam. Er fing sich jedoch rasch wieder, atmete tief durch und setzte seinen Weg über den weichen Teppichläufer fort. Hoffentlich hatte Charlie sein Zögern nicht bemerkt.

Sobald sie einander gegenüberstanden, zwang sich Amos zu einem Lächeln. Er streckte die Hand aus, die Charlie kräftig schüttelte und für einen Moment festhielt.

Amos schluckte schwer, und sein Herz zog sich schmerzhaft zusammen. Der junge Schauspieler würde nie wieder auf der Bühne stehen, nicht mit diesem entstellten Gesicht. Eine Gesichtshälfte war vom Haaransatz bis zum Kinn von schlimmen Brandwunden gezeichnet, und die schlechtvernarbte Haut spannte sich rötlich über dem Wangenknochen.

Als hätte er Amos' Gedanken gelesen, sagte Charlie gleichmütig: »Ich weiß, ich werde mir einen neuen Job suchen müssen, aber wenigstens bin ich mit dem Leben davongekommen.« Seine Stimme zitterte leicht, als er hinzufügte: »Ich hab noch Glück im Unglück gehabt.«

Nachdem er sich von seinem ersten Schock erholt hatte, erwiderte Amos: »Du bist zweifellos durch die Hölle gegangen, aber jetzt bist du wieder zu Hause. Und in Sicherheit.« Heimlich bewunderte er die stoische Gelassenheit, mit der sein Freund das schwere Los ertrug.

Charlie machte eine wegwerfende Handbewegung. »Das ist Schnee von gestern, Sportsfreund. Komm, lass uns ins Restaurant wechseln, ja? Wir genehmigen uns einen Drink und plaudern über die alten Zeiten.«

»Famose Idee. Und wie geht es deiner Schwester Maisie?«

»Ausgezeichnet. Sie ist froh und zuversichtlich, nachdem es Liam mit jedem Tag besser geht. Er stand lange völlig unter Schock, hatte häufig Weinkrämpfe, schrak nachts schreiend hoch. Das machen die Erinnerungen ... sie lassen dich nicht schlafen.« Charlie schüttelte den Kopf. In betont launigem Ton fuhr er fort: »Maisie ist unschlagbar, und sie ist überzeugt, dass Liam wieder völlig genesen wird. Im Übrigen soll ich dich von ihr grüßen.«

»Ich habe ihre Weihnachtskarte bekommen, darin lädt sie mich nach Dunleith ein. Sie schlug vor, wir sollten gemeinsam hinfahren.«

»Das machen wir!«, bekräftigte Charlie. Er nickte dem Oberkellner zu, der sie schon von weitem mit einem Lächeln begrüßte.

»Guten Abend, Hauptmann Morran. Wir freuen uns, Sie heute Abend in unserem Haus begrüßen zu dürfen.« Der Mann blickte zu Amos. »Guten Abend, Mr Finnister.«

»Guten Abend«, erwiderte Amos und senkte den Kopf. Mit ziemlicher Sicherheit hatte der Oberkellner spontan registriert, dass er häufig zum Lunch mit Edward Deravenel und Will Hasling herkam.

Sie folgten dem Kellner, der ihnen einen Tisch in Fensternähe mit Blick auf Green Park zuwies.

»Ich kann froh sein, dass ich hier ein Zimmer bekommen habe.« Charlie blickte über den Tisch zu Amos. »Das Hotel ist praktisch ausgebucht, aber da ich ein alter Kunde bin, war man sehr kulant. Möchtest du ein Glas Champagner? Oder lieber etwas Stärkeres?«

»Ich schließe mich dir an, Charlie, danke.«

»Dann bestellen wir Champagner.« An den Ober gewandt, erklärte Morran: »Ich möchte eine Flasche Champagner Rosé, und zwar den besten, den Sie haben.«

»Das wäre der Krug, Sir. Stets zu Diensten, Sir.«

Als sie wieder allein waren, neigte Charlie sich vertraulich über den Tisch zu Amos und bekannte mit gesenkter Stimme: »Ich hab mitangesehen, wie die Männer um mich herum fielen, alle. Ich verlor mein gesamtes Bataillon. Und habe als Einziger überlebt.« Ihm versagte die Stimme, und er zog umständlich ein Taschentuch aus seinem Jackett. Er schnäuzte sich geräuschvoll, ehe er sich schweigend zurücklehnte, angestrengt bemüht, seine Kriegserinnerungen auszublenden.

Währenddessen winkte Amos den Kellner an ihren Tisch und bat: »Bitte, bringen Sie uns eine Karaffe Wasser. Und die Speisekarte. Wir würden gern bestellen.«

Mit einem geschäftigen Nicken eilte der Kellner davon.

Charlie zog eine bedauernde Grimasse. »Tut mir leid, alter Freund. Meistens geht es mir gut, wirklich, aber manchmal holt es mich einfach ein. Verzeih mir. Ich möchte dich damit nicht behelligen.«

»Ach Unsinn«, gab Amos zurück. »Grundgütiger, jetzt bringen sie alles auf einmal«, rief er, da ein Geschwader von Kellnern anrückte.

Wieder allein, hoben sie ihre Champagnerkelche und prosteten einander zu. Das funkelnde Kristall klirrte leise. »Auf die Zukunft!«, murmelte Charlie.

»Auf die Zukunft!«, bekräftigte Amos und nahm einen Schluck.

Schweigend vertieften sie sich in die Speisekarten, bis Charlie grinsend einräumte: »Puh, jede Menge leckerer Sachen! Ich gestehe, sie reizen mich alle. Du vermagst dir gar nicht vorzustellen, was für einen Fraß sie uns im Armeehospital in Hull vorsetzten. Das war vielleicht eine Zumutung!«

Amos lachte. Ihm fiel ein zentnerschwerer Stein vom Herzen, als er gewahrte, dass Charlie wieder zu sich selbst zurückzufinden schien. »Das hier liest sich wie ein Diner bei Hofe. Mmmh ... ich schwanke noch zwischen den Austern und den gebackenen Shrimps. Und als Hauptgang? Entweder nehme ich Lamm an Johannisbeergelee oder Roastbeef mit Yorkshire Pudding.«

Der Oberkellner trat abermals an ihren Tisch und nahm die Bestellungen auf. Sobald er verschwunden war, neigte Amos sich vertraulich zu seinem alten Freund. »Wenn ich dir in irgendeiner Weise behilflich sein kann, dann lass es mich wissen. Geld wirst du vermutlich nicht brauchen, du warst schon ein erfolgreicher Schauspieler, ein gefeierter Star –«

»Um Himmels willen, nein. Ich brauche kein Geld!«, fiel Charlie ihm ins Wort. »Ich habe einen guten Manager in New York, der meine Gagen gewinnbringend angelegt hat.«

»Hast du denn schon eine Vorstellung davon, was du jetzt machen willst? Oder wirst du dich ins Privatleben zurückziehen?«

»Das süße Nichtstun ist nichts für mich!« Charlie schüttelte heftig den Kopf. »Mit diesem entstellten Gesicht kann ich sicherlich nicht mehr als Schauspieler auftreten. Aber ich könnte als Produzent oder Regisseur tätig werden. Vielleicht schreibe ich auch für das Theater. Irgendetwas wird sich schon ergeben.«

»Da hab ich bei deinem Einfallsreichtum überhaupt keine Bedenken. Du warst schon früher voller Talente und obendrein geschäftstüchtig. Aber kann man denn nichts gegen die Narben tun? Ich meine, wenn deine Gesichtshaut wieder richtig verheilt ist.«

»Schon möglich. Einer der Krankenhausärzte in Hull meinte, dass man die Haut abschleifen könne. Es gebe da neuentwickelte Methoden und spezielle Behandlungen. Ich warte erst mal ab, und dann sehen wir weiter. Vielleicht konsultiere ich einen dieser Spezialisten, die mir von dem Mediziner empfohlen wurden.«

Zwei Kellner servierten ihre Vorspeisen: Austern für Amos und Pastete für Charlie, dazu Toast und dunkles Brot.

»Schön, dass wir heute Abend zusammen essen können«, bemerkte Charlie zwischen zwei Bissen. »Ich hab mich unwahrscheinlich auf unser Wiedersehen gefreut. Wenn ich dich sehe, fühle ich mich gleich besser. Es ist tröstlich, einen echten Freund zu haben, jemand, dem man vertrauen kann.«

»Stimmt. Das Kompliment kann ich nur zurückgeben, Charlie.«

* * *

Nach dem Hauptgang – beide hatten sich für das Roastbeef mit Yorkshire Pudding entschieden – entspannten sie sich bei einem Glas St. Emilion. Unvermittelt setzte sich Charlie jedoch wieder auf.

»Ist irgendwas?«, wollte Amos wissen. Er folgte Charlies Blick.

»Eben betritt ein guter Bekannter von mir das Restaurant. Der Offizier, der da hinten am Eingangsbogen steht. Der auf Krücken. Er ist in Begleitung von zwei Frauen und einem Mann. Siehst du, wen ich meine?«

Amos nickte.

»In der dritten Schlacht bei Ypres wurde er schwer verwundet und verlor ein Bein.«

»Lagst du mit ihm im Schützengraben?«, erkundigte sich Finnister.

»Nein. Ich hab ihn erst im Militärkrankenhaus kennengelernt. Wir wurden beide nach Leeds ins Chapel Allerton Hospital verlegt, weil ich ebenfalls Probleme mit meinem Bein hatte. Seines wurde oberhalb des Knies amputiert. Zum Glück konnten sie mein Bein noch retten. Du hast doch nichts dagegen, wenn ich kurz hinübergehe und ihn begrüße, oder?«

»Mach das, Charlie. Ich bleibe derweil hier sitzen und genieße den köstlichen Wein, den du für uns ausgesucht hast.«

»Cedric ist ein netter Kerl, er hat mir damals sehr geholfen.«

Amos runzelte die Stirn. »Wie heißt er?«

»Cedric.«

»Und mit Nachnamen?«

»Crawford. Major Cedric Crawford. Weswegen fragst du?«

»Ach, nur so.«

Charlie entschuldigte sich und schob sich, schwer auf seinen Gehstock gestützt, durch das Restaurant zu dem Mann, mit dem er seit ihrem Aufenthalt in den beiden Militärkrankenhäusern in Yorkshire befreundet war.

Amos starrte ihm nach. Er fühlte sich, als hätte man ihm eben einen Fausthieb in die Magengrube versetzt. War der Major, der dort hinten auf Krücken stand, derselbe Cedric Crawford, der mit Tabitha James, der leiblichen Mutter von Grace Rose, zusammengelebt hatte? Und der die Kleine kalt und herzlos auf die Straße gesetzt hatte? Hätte er, Amos, sie seinerzeit nicht zufällig aufgegriffen, wäre das Kind hilflos verhungert.

Finnister hatte keine Antwort. Indes war er fest entschlossen, der Sache nachzugehen.

9

Während er auf Charlies Rückkehr wartete, schaute Amos sich aufmerksam im Restaurant um. Es war voller und lauter geworden; Stimmengewirr, Gelächter, das Klirren von Gläsern und Besteck erfüllte den Raum.

Der Saal verströmte eine festliche Atmosphäre, die Gäste, die an diesem Abend im Ritz soupierten, waren sichtlich in Feierlaune. Er bemerkte etliche Offiziere mit ihren Gattinnen, Eltern und Anverwandten; viele der Herren waren verwundet, stellte er mit tiefer Anteilnahme fest. Und sie hatten noch Glück gehabt, sie hatten das Grauen überlebt und konnten Weihnachten wieder im Kreise ihrer Lieben verbringen. Es war wieder Frieden. Gleichwohl waren Millionen von Soldaten und Zivilisten gefallen. Die englische Jugend dahingerafft, eine Generation praktisch ausgelöscht.

Mehrmals streifte sein Blick heimlich Major Cedric Crawford, der sich angeregt mit Charlie unterhielt. Beide schienen erfreut über das Wiedersehen.

Amos leuchtete ein, dass seine Recherchen in dieser Sache Diskretion und Fingerspitzengefühl erforderten. Er konnte durchaus nachvollziehen, dass die im Krieg gemachten Erlebnisse und Erfahrungen zusammenschweißten. Charlie und Crawford, zwei Schwerversehrte, waren während ihrer Lazarettaufenthalte Freunde geworden. Sie standen sich bestimmt sehr nahe; das wurde aus ihren Gesten und dem Enthusiasmus ersichtlich, mit dem sie sich begrüßt hatten.

Amos wandte den Kopf und lenkte den Blick durch das Fenster auf den Green Park. Kurz darauf hinkte Charlie zurück an ihren Tisch.

»Dein Freund hat sich über euer Wiedersehen bestimmt gefreut«, bemerkte Amos.

»O ja, ich aber auch. Cedric ist ein Pfundskerl, mit dem kann man Pferde stehlen.«

»Das glaub ich gern. Sag mal, ist eine von den beiden attraktiven Begleiterinnen seine Frau?«

»Nein, es sind beides Schwestern von ihm. Rowena, die Dunkelhaarige, ist Cedrics Zwillingsschwester. Sie ist unverheiratet. Die Blonde heißt Daphne und ist die Älteste. Der andere Mann am Tisch ist ihr Gatte, Sir Malcolm Holmes, irgendein Industrieller.«

»Ich habe von ihm gehört. Demnach stammt Cedric aus einer guten Familie, oder?«

»O ja, Amos.« Breit grinsend räumte Charlie ein: »Stell dir bloß vor, Cedric wird das Victoria-Kreuz verliehen bekommen. Was für eine Ehre ... seine Schwester Rowena hat es mir vorhin zugeraunt. Sie ist sehr stolz auf ihn.«

»Das ist in der Tat sehr beeindruckend. Immerhin ist das Victoria-Kreuz die höchste Auszeichnung für Tapferkeit vor dem Feind.«

Charlie nickte. »Cedric hat es wirklich verdient, nach allem, was ich über sein Verhalten in der Schlacht an der Somme gehört habe, gleich nach Verdun. Das rettete etlichen seiner Soldaten das Leben, und dafür riskierte er seinen eigenen Kopf.«

»Also hat er dir von seinen Heldentaten erzählt?« Amos sah Charlie forschend an. Ob es womöglich zwei Cedric Crawfords gab? Das war eher unwahrscheinlich. Es war gewiss kein Allerweltsname, aber man konnte nie wissen. Nein, sann er. Der Cedric Crawford, der vor dem Krieg ein Wachoffizier und Spieler gewesen war, und der Mann im Restaurant waren bestimmt ein und dieselbe Person.

»Nein, nein, er würde sich niemals mit so etwas brüsten, dafür ist er nicht der Typ«, sagte Charlie. »Es war der Lazarettarzt in Hull, der mir gegenüber erwähnte, dass Cedric so etwas wie ein Held sei. Trotz heftiger Bombardierung durch die Deutschen habe er sieben Männer aus dem Schützengraben befreit, sie in Sicherheit gebracht und nachher noch die Verwundeten herausgeholt. Das war im Sommer 1916, als General Haig den Franzosen britische Truppen zur Verstärkung schickte. Allein am ersten Tag gab es 20 000 Tote und 40 000 Verwundete. Wer da lebend herauskam, muss einen verdammt guten Schutzengel gehabt haben.«

Amos nickte nur. Er überlegte immer noch, wie er Genaueres über Cedric Crawford erfahren könnte, falls der Mann tatsächlich mit Tabitha James liiert gewesen war. Nach Charlies Schilderung war er sich zunehmend unsicher. Aber was wusste er eigentlich über diesen Cedric Crawford? Nicht viel. Er hatte ein paar unzusammenhängende Informationen von Grace Rose vorzuweisen, die damals ein kleines Mädchen gewesen war, und von einer Bekannten Tabithas, die auch nicht viel wusste. Und die sich allem Anschein nach wenig um ihre notleidende Freundin geschert hatte.

»Du bist so still, Amos. Ist irgendwas?«

Der Angesprochene konzentrierte sich auf den jungen Mann, den er so sehr mochte. Womit sollte er anfangen? Nach einem geräuschvollen Räuspern meinte er beiläufig: »Ist dein Freund eigentlich Berufssoldat?«

»Ich glaube nicht, obwohl er früher mal Wachoffizier war. Dann hat er gekündigt, warum, entzieht sich meiner Kenntnis. Er war eine Zeitlang in Paris und nachher in Amerika. Du wirst es nicht glauben, aber er hat mich in einer Show am Broadway gesehen. Er konnte sich noch an Maisie und mich erinnern.«

»Versucht er gern mal sein Glück?«

»Du meinst beim Pferderennen? Oder in Spielsalons?«

»Letzteres, ja. Spielt er?«

»Ich glaube schon, aber hör mal, was soll das? Wieso fragst du mir hier Löcher in den Bauch?«

Ich weiß, dass er verschwiegen ist, dachte Amos. Laut sagte er: »Ich kann mit dir im Vertrauen reden?«

»Aber klar doch, leg los.«

»Es ist nicht ausgeschlossen, dass dein Freund Cedric Crawford mit Tabitha James, der leiblichen Mutter von Grace Rose, liiert war.«

»Jetzt mach aber mal einen Punkt, Amos. Das kann nicht dein Ernst sein!«

»Doch, es ist mein voller Ernst. Ich weiß, es klingt ein bisschen weit hergeholt, wenn nicht gar unmöglich, aber Tabitha kannte einen Mann mit diesem Namen. Kannst du dir vorstellen, dass es in London zwei Cedric Crawfords gibt?«

»Keine Ahnung.« Charlie schüttelte den Kopf. »Immerhin ist das kein Allerweltsname wie John Smith, nicht?« Er neigte sich dichter zu Amos. »Hilf mir mal ein bisschen auf die Sprünge … ich entsinne mich, dass du Grace Rose damals in Whitechapel gefunden hast. Unter dramatischen Umständen.«

»Sie hielt sich in einem ausgedienten Karren versteckt und trug zerlumpte Jungensachen.«

»Stimmt! Jetzt fällt es mir wieder ein. Du hast den Kleinen zu Lady Fenella ins Haddon House gebracht, und als sie ihn badeten, stellten sie fest, dass es kein Er, sondern eine Sie war. Wie geht es dem Mädchen?«

»Du hast ein gutes Gedächtnis, Charlie, und Grace Rose geht es blendend. Aber um noch einmal auf ihre Kindheit zurückzukommen, als ich sie fand, erzählte sie mir, ihre Mutter sei tot. Später beteuerte eine alte Freundin ihrer Mutter, eine gewisse Sophie Fox-Lannigan, gegenüber Lady Fenella, dass Tabitha James mit einem Mann namens Cedric Crawford zusammengelebt habe. Er sei Wachoffizier gewesen und ein notorischer Spieler. Und als sie Tabitha irgendwann besuchen wollte, habe sie sie unter der angegebenen Adresse nicht mehr angetroffen. Alle seien fort gewesen, und niemand habe ihr Auskunft geben können. Das kam ihr ziemlich merkwürdig vor.«

Zwischen Charlies Brauen schob sich eine steile Falte. »Und jetzt willst du ihn fragen, ob er der fragliche Mann ist, hm?«

»Ja. Begreif doch, wir wissen nicht einmal, wo sich Tabithas Grab befindet. Und ebendies war Lady Fenella und mir immer ein großes Anliegen. Mir liegt daran, die Fakten zu erfahren, nicht zuletzt auch für Grace Rose … Mehr will ich nicht, mein Ehrenwort, Charlie.«

»Meinst du, er weiß es?«

»Vielleicht, einen Versuch ist es jedenfalls wert. Natürlich liegt es im Bereich des Möglichen, dass er Tabitha James noch vor ihrem Tod verließ.«

Charlie holte tief Luft und blies langsam den Atem aus. »Setz ihm nicht zu sehr zu. Er hat wahrlich genug durchgemacht.«

»Das glaube ich dir gern, und ich möchte dich da auch nicht mit hineinziehen. Trotzdem würde ich mich gern mit ihm unterhalten. Könntest du das für mich arrangieren?«

»Ich denke schon«, antwortete sein Freund widerstrebend.

»Und, tust du mir den Gefallen?«

Charlie nickte. »Du musst mir aber versprechen, dass du ihn mit Samthandschuhen anfasst.«

»Mach ich, versprochen. Und noch eines. Erzähl ihm bloß nicht, weshalb ich ihn kennenlernen will. Ich möchte keine schlafenden Hunde wecken. Nachher denkt er noch, ich wollte ihm irgendwas anhängen, was Tabitha angeht. Aber das liegt mir wirklich fern.«

»Wenn ich mich nachher von ihm verabschiede, schlage ich ihm vor, ob wir uns nicht mal zum Essen treffen wollen. Was hältst du vom kommenden Freitag?«

»Das passt mir ausgezeichnet. Ich reserviere uns einen Tisch hier im Ritz. Und denk dran, Charlie, deklariere es als ein geselliges Zusammentreffen unter netten Bekannten. Er muss nicht wissen, worum es eigentlich geht.«

»Ich werde schweigen wie ein Grab.«

10

Ich merke es jedes Mal, wenn sich Regen ankündigt«, meinte Will Hasling zu Alfredo Oliveri. »Dann schmerzt meine Schulter nämlich höllisch.«

»Mir geht es ähnlich, ich spüre dann immer ein unangenehmes Ziehen in meinem lädierten Arm. Aber mir ist es lieber so, als wenn ich die Radieschen von unten sehen müsste«, gab Alfredo schmunzelnd zurück.

Will grinste. »Wohl wahr.«

Hasling und Oliveri waren beide 1917 während der Schlacht an der Somme leicht verwundet worden. Nach ihrer Rückkehr mit einem Lazarettschiff hatte man sie in einem Londoner Militärhospital weiterbehandelt. Kaum genesen, nahmen sie ihre Tätigkeit bei Deravenels umgehend wieder auf, froh, sich von neuem in ihre Arbeit stürzen zu können. Die beiden Spitzenmanager arbeiteten seit 1904, dem Jahr der Firmenübernahme, eng mit Edward zusammen. Beide bekleideten Schlüsselpositionen.

Auf dem Weg zu Edwards Büro blieb Alfredo unvermittelt stehen. Er legte eine Hand auf Wills Arm und fixierte ihn eindringlich. »Er wird nicht begeistert sein von dem, was Sie ihm da enthüllen wollen.«

»Ich weiß, ich weiß. Ich werde Edward vorschlagen, er soll die Sache bis nach Weihnachten vertagen, wenn George wieder in London ist. Es hat sicher nicht viel Zweck, wenn er seinem Bruder am Telefon eine Standpauke hält. Nach meinem Dafürhalten muss er sich George persönlich vorknöpfen, finden Sie nicht auch?«

»Doch.« Alfredo seufzte. »Er hat den MacDonald-Verkauf

mir gegenüber nur kurz erwähnt, folglich gehe ich davon aus, dass ihm die Übernahme nicht übermäßig wichtig ist.«

»Was Sie sagen, stimmt. Für Edward ist es nebensächlich, ob er den Spirituosenkonzern letztlich bekommt. Er würde ihn zwar gern seinem Imperium einverleiben, aber wenn nicht, ist es auch kein Beinbruch.«

»Mir kam schon der Gedanke, ob das Ganze womöglich ein geschickt eingefädelter Schachzug war, um dem ungeliebten Bruder eins auszuwischen? Wenn George diese Transaktion in den Sand setzt, hat Edward ihn in der Hand. Und wird ihn bestimmt noch stärker kontrollieren. Was meinen Sie?«

Will begann zu lachen. »Man merkt doch immer wieder, dass Sie Italiener sind, Oliveri, ein wahrer Machiavelli.«

Alfredo lächelte kaum merklich und ging weiter. Vor Edwards Büro blieb er stehen, klopfte und trat, gefolgt von seinem Kollegen, ein.

Edward beendete sein Telefongespräch. »Morgen, Jungs!«, rief er aufgeräumt, und sein Gesicht leuchtete auf. Er hatte sich während des Krieges große Sorgen um seine beiden Topmanager gemacht, um ihr Leben gebangt und gehofft, dass sie unversehrt zurückkämen.

»Nun, Will, was liegt an?« Er blickte zu Alfredo. »Und bei Ihnen, Oliveri? Nach euren skeptischen Mienen zu schließen, habt ihr nichts Gutes für mich.« Edward, elegant im maßgeschneiderten nachtblauen Anzug mit silbergrauer Krawatte, lehnte sich in seinem Sessel zurück und musterte seine beiden Spitzenkräfte. »Jetzt setzt euch doch erst einmal. Macht es euch gemütlich, und dann heraus mit der Sprache.«

»Du vermutest richtig«, begann Will. »Es geht um George. Er steckt in Schwierigkeiten.«

»Etwas ganz Neues«, bemerkte Edward sarkastisch. »Was ist es denn dieses Mal? Bei Ian MacDonald kann er sich noch nicht großartig in die Nesseln gesetzt haben, da die Verkaufsverhandlungen erst morgen beginnen.«

»Dein Bruder«, meinte Will gedehnt, »hat Spielschulden gemacht. Amos weiß über die Höhe bestimmt besser Bescheid als ich. Die ganze Stadt redet schon darüber, sagt jedenfalls Howard.«

»Spielschulden? Was, zum Kuckuck, geht mich das an? Die soll er schön selber zurückzahlen«, entrüstete sich Edward mit ärgerlich erhobener Stimme.

»Das ist nur die Spitze des Eisbergs«, warf Will ein. »Vor ein paar Tagen erzählte mir mein Bruder, dass geredet würde über Georges Spielsucht, seine Bordellbesuche und seinen Drogengebrauch –«

»Er nimmt Drogen?«, brüllte Edward, sein Gesicht hochrot vor Zorn. Für gewöhnlich liebenswürdig und die Ruhe selbst, konnte er bei solchen Gelegenheiten aus der Haut fahren. »Ich bring diesen Kerl um!«, explodierte er. Sein bisweilen hitziges Temperament ging mit ihm durch, und er sprang auf. »Wieso hat er überhaupt Schulden? Ich zieh ihm bei lebendigem Leib das Fell über die Ohren, diesem Mistkerl! Er bringt unseren Namen fortwährend in Misskredit. Ein Gentleman weiß auf seinen Ruf zu achten, aber darüber wähnt George sich scheinbar erhaben.«

»Sie wissen doch, wie er ist«, murmelte Oliveri begütigend. Der Manager räusperte sich unschlüssig.

Edward schüttelte den Kopf. »Tut mir leid, Oliveri. Ich habe überreagiert. Verzeihen Sie.« Er setzte sich.

»Zurück zu den Drogen, Will«, fuhr er fort. »Was nimmt er?«

»Diesbezüglich wusste Howard nichts Genaues, aber er will sich umhören. Ich tippe auf Kokain, oder er besucht womöglich die Opiumhöhlen in Chinatown, in der Gegend von Limehouse.«

»Dieser unbelehrbare Schwachkopf!« Edward sprang erneut auf, lief nervös auf und ab und wandte sich dabei wieder an Will. »Und du meinst, Amos weiß mehr?«

»Bestimmt. Ich hab ihn gestern auf die Sache angesetzt. Inzwischen hat er Interessantes erfahren. Er wollte gegen halb elf hier sein ...« Will stockte, da ein polterndes Klopfen die Tür erschütterte. »Das ist er.«

»Ganz ohne Zweifel«, bekräftigte Edward. »Herein!«

»Guten Morgen«, rief Amos in den Raum; die drei Männer grüßten zurück. Er trat vor den Schreibtisch, wartete höflich, bis Edward sich gesetzt hatte, und nahm dann auf der anderen Seite Platz.

»Was haben Sie herausbekommen können?«, wollte Deravenel wissen.

»Er hat in drei Clubs Schuldscheine ausgestellt. Im Starks, im Rosemont und im Gentleman's Club. Dem Starks Club schuldet er die größte Summe. Von meinem Informanten erfuhr ich gestern Abend, dass Julian Stark Sie persönlich aufsuchen will, um die Zahlung zu erwirken.«

»Im Ernst? Dem müssen wir vorgreifen. Julian ist eine üble Plaudertasche. Wissen Sie, wie viel mein Bruder dem Club schuldet?«

Amos nickte. »Ja, Sir. Dreißigtausend Pfund.«

Edward wurde blass. »Wie kann man so ein Idiot sein!?«, brüllte er mit zornesrotem Kopf.

»Komm wieder auf den Teppich«, murmelte Will beschwichtigend. »Er ist es nicht wert, Edward. Außerdem ist es doch bloß Geld.«

Edward rang um Fassung. »Hier geht es ums Prinzip«, sagte er. Dann wandte er sich an Alfredo. »Ich werde einen Scheck über diese Summe ausstellen, einen Barscheck aus meinem Privatkonto, und ich möchte, dass Sie und Finnister diesen noch heute Nachmittag persönlich an Julian Stark übergeben. Im Gegenzug lassen Sie sich die Schuldscheine aushändigen.«

Amos nickte. »Ah ... tja ... bei den beiden anderen Spielclubs sind Schuldscheine über jeweils fünftausend Pfund hinterlegt.«

»Ach, die hätte ich fast vergessen.« Edwards Gesicht hatte jede Farbe verloren, er kochte innerlich. »Ich schreibe selbstverständlich auch diese beiden Schecks aus. Sie leiten sie weiter, nicht wahr? Amos? Oliveri?«

»Ja, und ich lasse mir dafür die Schuldscheine geben«, antwortete Amos. Oliveri nickte bekräftigend.

Alle schwiegen. Unvermittelt war es so still in dem Büro, dass man eine Stecknadel hätte fallen hören können.

Vierzigtausend Pfund waren ein Vermögen, dachte Will im Stillen und schüttelte unwillkürlich den Kopf. Wie hatte es George Deravenel geschafft, eine dermaßen hohe Summe zu verschleudern? Mit Alkohol- oder Drogenexzessen? Durch pure Dummheit? Er war ein arroganter Schnösel, so viel stand für Hasling fest. Und ein verhätscheltes Muttersöhnchen. Ein hübscher Junge mit seidigem Blondhaar und ungewöhnlich türkisblauen Augen. Attraktiv und ohne einen Funken Verstand, ließ George kein Fettnapf aus und machte seiner Familie dauernd Ärger.

Eben sagte Edward: »Nun, dann erzählen Sie uns mal, was Sie über die Drogengeschichte herausgebracht haben, Amos.« Will blickte gespannt zu Amos.

»Gestern Abend war ich in einer ganzen Reihe von Clubs«, führte Finnister aus, »und so wie es aussieht, sind die Gerüchte über seinen Drogenkonsum übertrieben, da liegt nicht das eigentliche Problem – sondern Alkohol ist es. Er trinkt immens viel. Er ist auf dem besten Weg, zum Alkoholiker zu werden.«

»Das dachte ich mir.« Edward nickte. »Amos, ich danke Ihnen für Ihre Nachforschungen. Tja, da werde ich mir wohl etwas überlegen müssen.« Er bedachte die drei Herren mit einem warmen Lächeln. »Indes habe ich nicht vor, mir von meinem Bruder das Weihnachtsfest vermiesen zu lassen. Der Lunch im Rules findet wie vorgesehen um ein Uhr statt, und bitte, meine Herren, ich möchte im Beisein von Richard keine weitere Diskussion in dieser Sache.«

11

Nachdem Grace Rose das letzte ihrer Weihnachtsgeschenke in Goldpapier verpackt hatte, versuchte sie, das zarte Seidenschmuckband zu einer hübschen Schleife zu binden. Sie versah das Päckchen mit einem goldbemalten Mistelzweig sowie einem Paar winziger glitzernder Glöckchen und legte es beiseite. Dann schrieb sie mit ihrer schön geschwungenen Schrift eine kleine Geschenkkarte: *Für meine geliebte Bess, mit den allerbesten Wünschen von Grace Rose.* Sie steckte das Kärtchen unter die Schleife, lehnte sich zurück und betrachtete ihr Kunstwerk.

Vor ihr lagen neun zauberhaft verpackte Geschenke, die sie nach Ravenscar schicken wollte. Sechs davon waren für ihre Halbschwestern und -brüder, drei für die Erwachsenen, Tante Cecily, Tante Elizabeth und Onkel Edward.

Onkel Edward. *Ihr Vater.* Von allen liebte sie ihn am meisten, mit Ausnahme ihrer Eltern, Vicky und Stephen Forth. Die beiden hatten Grace Rose im Alter von vier Jahren adoptiert und das Mädchen vierzehn Jahre lang mit selbstloser Liebe aufgezogen. Sie war ihnen dankbar für die wunderschöne Jugend, die sie bei ihnen hatte verbringen dürfen und die ihr ohne die Fürsorglichkeit der Forths gewiss versagt geblieben wäre.

Wenige Wochen nachdem die Forths sie bei sich aufgenommen hatten, waren sie schon eine richtige kleine Familie geworden.

Zuweilen dachte Grace Rose, dass die beiden ungeheure Zivilcourage bewiesen hatten, indem sie sie adoptierten. Sie, das war das verwahrloste kleine Mädchen gewesen, ein Straßenkind in Whitechapel, das in einem ausgedienten alten Karren hauste, verängstigt, verstört und halbverhungert. Ein schmutzstarrendes Waisenkind in zerlumpten, viel zu weiten Jungensachen, das man, ohne groß nachzudenken, einem traurigen Schicksal in der Gosse ausgesetzt hatte. Bis Amos Finnister sie gefunden und zu Lady Fennella und Vicky Forth ins Haddon House gebracht hatte. Die drei – und natürlich Stephen Forth – hatten ihr das Leben gerettet. Sie schauderte bei der Vorstellung, was aus ihr geworden wäre, wenn Amos an jenem Abend nicht in die verwinkelte Gasse eingebogen wäre, um dort genüsslich seine Fleischpastete zu verspeisen. Vermutlich hätte sie kein Jahr mehr zu leben gehabt.

Grace Rose erhob sich, lief zum Spiegel, der über dem Kamin im Salon hing, und begutachtete sich kritisch. Sie konnte sich durchaus sehen lassen, überlegte sie. Wenn auch nicht im klassischen Sinne schön, so fand sie sich doch attraktiv. Vor allem ihre kupfergoldenen Locken, die ihr bis auf die Schultern fielen und die jeder bewunderte. Ihre Augen waren von einem ungewöhnlich ausdrucksvollen Blau – ein Erbe von Edward Deravenel. Wie die schmale Nase, das energische Kinn und die hohe Stirn.

Rose hatte ihn vor vierzehn Jahren in diesem Haus kennengelernt, als er in die Bibliothek stürmte, wo er Finnister und Neville Watkins vermutet hatte. Sobald sie ihn sah, hatte das Herz der Kleinen einen freudigen Hopser gemacht, und sie hätte die ganze Welt umarmen mögen. Er war es. Ihr Vater, genau wie ihn ihre Mutter beschrieben hatte. Tabitha hatte ihr erklärt, er sei breitschultrig und lang wie ein Baum, mit Augen so blau wie der Sommerhimmel und Haaren von der Farbe schimmernden Herbstlaubs. Grace Rose erkannte ihn auf Anhieb.

Sie hatte ihn angelächelt, und er hatte ihr Lächeln erwidert. Spontan begriff sie, dass sie zusammengehörten und dass sie zeitlebens eine besondere, einzigartige Beziehung verbinden würde. Und so war es auch.

Ihre Gedanken schweiften zu Tabitha … ihrer ersten Mutter. Sie seufzte schwer. Das Schicksal ihrer Mutter lag weiterhin in tiefes Dunkel gehüllt; Tabitha war eines Tages ausgegangen und nicht mehr zurückgekehrt. Rose war irgendwann hinaus auf die Straße gelaufen und weggerannt, so schnell sie ihre kurzen Beine trugen, so weit wie möglich fort von dem zugigen Loch, in dem sie gehaust hatten.

Als sie vierzehn gewesen war, hatte ihre Adoptivmutter Vicky ihr dargelegt, was man über Tabitha James in Erfahrung gebracht hatte. Ihre leibliche Mutter war die Tochter eines Earls gewesen, eine gebürtige Lady Brockhaven; sie hatte sich in ihren Musiklehrer Toby James verliebt und war mit ihm durchgebrannt. Kinder hatten die beiden nicht gehabt. Zu *ihr* war es erst später gekommen. Onkel Edward war noch nicht alt gewesen, fast ein Junge, als er und Tabitha sich kennen und lieben gelernt hatten, und dann hatte ihre Mutter den Kontakt zu ihm verloren. Vicky räumte ein, dass das bedauerlicherweise so ziemlich alles sei, was man über sie wisse.

»Es ist schon gut, Mutter«, hatte Grace Rose seinerzeit geantwortet. »Jetzt weiß ich wenigstens, wer Tabitha eigentlich war. Aber meine Eltern seid ihr, du und Stephen, und das ist das Allerwichtigste für mich. Und Onkel Edward, der nie bestritten hat, dass er mein biologischer Vater ist.«

Grace Rose drehte sich mit dem Rücken zum Kamin und wärmte sich ein wenig, während sie ihre Gedanken zu ihrem Vater laufen ließ. Edward Deravenel war immer ehrlich und geradeheraus mit ihr gewesen. Über die Jahre hatte er ihr vieles beigebracht, ihr ein Ehrgefühl und ein ausgeprägtes Gerechtigkeitsempfinden mitgegeben, sie zu Fairness und Integrität angehalten. »Da ist noch etwas«, hatte er erst vor einigen Monaten gesagt. »Lebe deine Träume. Lass sie dir von nichts und niemandem nehmen. Bisweilen tauchen nämlich Menschen und Situationen auf … die dich an dir selber zweifeln lassen. Lass dir nichts einreden, Grace Rose, geh unbeirrt deinen eigenen Weg, sei dir stets selbst treu.« Er hatte ihr an jenem

Sommerabend das Versprechen abgenommen, dass sie seine Worte beherzigen wolle.

Rose freute sich schon sehr darauf, dass er zu der Dinnerparty am Abend kommen würde, und er würde Mrs Shaw mitbringen. Sie mochte die hübsche, sanfte Jane Shaw. Und sie konnte verstehen, weshalb sie Onkel Edwards Geliebte war. Er brauchte eine Frau, die nett zu ihm war. In den Sommerferien auf Ravenscar hatte sie häufig mitbekommen, wie ungerecht Tante Elizabeth zu ihm sein konnte, geradezu unfreundlich. Sie schrie ihn an, was die jüngeren Kinder verschreckte. Außerdem hatte Rose bemerkt, dass ihre Tante die beiden Jungen den kleinen Mädchen erkennbar vorzog. Ihre liebste Freundin Bess hatte ihr das bestätigt, weil ›Söhne eben die späteren Erben‹ seien. Gelegentlich drängte sich Grace der Verdacht auf, dass Bess nicht besonders an ihrer Mutter hing. Das machte sie traurig. Eine liebevolle Mutter war nämlich das schönste Geschenk, das man sich wünschen konnte.

»Da bist du ja, Grace Rose«, rief Vicky, die eben die Tür zum Salon öffnete. Sie sah zum Tisch hinüber und nickte anerkennend. »Wie ich sehe, hast du eine Menge Geschenke verpackt, Liebes. Braves Mädchen.«

Grace Rose strahlte Vicky an. »Ja, Mutter, das sind die Päckchen für Ravenscar. Kann Fuller sie morgen für mich auf die Post geben?«

»Nein, das regeln wir anders. Onkel Edward rief vorhin an. Er nimmt sie gern mit, wenn wir sie ihm in einen handlichen Karton packen. Darum kümmern wir uns gleich nach dem Mittagessen. Aber jetzt habe ich erst einmal gute Nachrichten für dich.« Vicky schwenkte fröhlich einen Brief in der Hand und fuhr fort: »Meine Freundin Millicent Hanson hat mir geantwortet. Sie freut sich auf deinen Besuch. Du kannst gern das kommende Frühjahr und den Sommer über bei ihr wohnen. Dann kannst du nach Herzenslust Vorlesungen in Oxford besuchen!«

»Das ist himmlisch! Danke, dass du ihr geschrieben hast, Mutter. Ich bin ja so glücklich.«

* * *

Edward war ausgesprochen schlechter Laune, und er wusste genau, warum. Er war wütend auf George, und es fiel ihm schwer, darüber hinwegzukommen. Für gewöhnlich prallten derartige Dinge von ihm ab, vor allem, wenn es wieder einmal um Georges Eskapaden ging. Aber die Schuldscheine waren eine Sache für sich.

Spielschulden waren Ehrenschulden. Und George war als Ehrenmann erzogen worden und hätte seine Schulden unverzüglich begleichen müssen. Dies war nicht nur eine Katastrophe für seine persönliche Reputation, sondern sein Verhalten fügte dem Namen der Familie Deravenel erheblichen Schaden zu.

Dann war da die Sache mit dem Trinken. Es hatte Edward überrascht, als Amos ihm erklärte, dass George gemeinhin als Alkoholiker galt. Er selber hatte nicht realisiert, dass die Abhängigkeit seines Bruders so weit fortgeschritten war. Was die Drogen anbelangte, war er skeptisch. Aber wer weiß?, schoss es ihm jählings durch den Kopf. Vielleicht war George tatsächlich von etwas anderem abhängig als nur vom Alkohol.

Nach seiner Rückkehr aus Schottland würde George die Konsequenzen mit aller Härte zu spüren bekommen, beschloss Edward, und die vierzigtausend Pfund, die er notgedrungen für ihn ausgelegt hatte, bis auf den letzten Cent zurückzahlen. Für die üblen Auswüchse seiner Spielleidenschaft sollte sein Bruder gefälligst selber geradestehen. Er fragte sich, ob sich Georges Mitgliedschaft in den Clubs annullieren ließe. Vielleicht gelang es ihm sogar, ein generelles Hausverbot durchzusetzen. Jedenfalls würde er seinem Bruder nach Weihnachten gehörig den Marsch blasen. Ja, er hatte sich eine ganze Menge vorgenommen für das neue Jahr. Und in den letzten Tagen einige gute Vorsätze gefasst.

Jetzt galt es, seine Übellaunigkeit abzustreifen wie ein schlechtsitzendes Jackett. Und zwar schleunigst. Er würde ein Lächeln aufsetzen und den kurzen Weg die Straße hinunter zum Rules laufen. Er mochte das Mittagessen, das er zum Jahresausklang für seine engsten Kollegen im Management gab, nicht mit seinen persönlichen Sorgen belasten. Bald war Weihnachten, das erste Weihnachten, das sie wieder in friedlicher Eintracht feiern durften. Allerdings würden ihm bei Tisch zwei bewährte Mitarbeiter fehlen: Rob Aspen und Christopher Green, beides beliebte Kollegen, die in Frankreich im Kampf für ihr Vaterland gefallen waren. Er würde ihnen stets ein ehrendes Andenken bewahren.

Edward erhob sich, trat zu dem Schrank mit dem eingebauten Tresor und öffnete diesen mit der geheimen Ziffernkombination. Nach kurzem Überlegen nahm er zwei großformatige Umschläge heraus und verschloss den Safe wieder. Er kehrte an seinen Schreibtisch zurück, wo er die Kuverts in eine Schublade legte und das Fach abschloss. Den Schlüssel steckte er in seine Jackentasche. Dann hüllte er sich in Mantel und Schal. Es war kurz vor eins. Zeit für sein vorweihnachtliches Geschäftsessen.

12

Vicky Forth war von Natur aus optimistisch. Bei ihr war das Glas stets halbvoll und nie halbleer; nichts wurde so heiß gegessen, wie es gekocht wurde; und das Leben war voller positiver Überraschungen. Zäh und unbeirrt setzte sie durch, was sie sich vorgenommen hatte. Und wer sich ihrem Engagement in den Weg zu stellen suchte, den strafte sie mit kühler Missachtung.

Stephen, ihr Mann, liebte, bewunderte und unterstützte sie nach Kräften. Nach seinem Dafürhalten war Vicky eine Kämpferin, die die Welt mit guten Taten eroberte. Und das stimmte. Seine geliebte Frau hatte ein Herz für ihre Mitmenschen. Sie setzte sich vor allem für die bedauernswerten, häufig misshandelten Frauen ein, die Hilfe, Trost und Beratung brauchten. Ihr lag sehr daran, ihnen den Weg zu einem besseren Leben zu weisen.

Diese optimistische Grundhaltung hatte ihr vieles erleichtert, sann sie, während sie ihren Kleiderschrank inspizierte. Was sollte sie heute Abend anziehen?

Es war richtig gewesen, Grace Rose darin zu bestärken, nach Oxford zu gehen. Frauen waren zwar bislang noch nicht als ordentliche Studenten an der Universität zugelassen, es stand ihnen jedoch frei, Vorlesungen und Seminare zu besuchen.

Und ebendies konnte Grace Rose tun, wenn sie bei Vickys guter Freundin Millicent Hanson wohnte. Millicent war Witwe und hatte in Oxford ein schönes altes Haus. Es war wirklich ein grandioser Einfall gewesen, ihr einen Brief zu schicken, fand Vicky im Nachhinein.

Millicent hatte ihr zurückgeschrieben, sie freue sich, dass

Grace Rose ein Studium aufnehmen und im Zuge dessen bei ihr wohnen wolle. Vicky war froh und erleichtert für ihre Tochter, eine ausgezeichnete Schülerin, die mit dem Gedanken spielte, Historikerin zu werden.

Nach einigem Hin und Her entschied Vicky sich für ein altrosafarbenes Seidenkleid mit dreiviertellangen Ärmeln und einem schmalen Rock, der ihre Waden umspielte. Der V-Ausschnitt mit einem Einsatz aus cremefarbener Spitze unterstrich ihren schwanengleichen Hals. Sie hatte das Kleid bisher nur ein Mal getragen und fand, dass es für die heutige Dinnerparty optimal sei. Es hatte Stil, dennoch war es nicht zu elegant für ein Essen im kleinen Kreis, zumal die Männer keinen Abendanzug tragen würden.

Nachdem sie das Kleid angezogen hatte und in passende roséfarbige Brokatpumps geschlüpft war, glitt Vicky zu ihrer Frisierkommode, befestigte mit Diamanten besetzte Perlengehänge an ihren Ohren und eine passende Jugendstilbrosche mit Blütenornamenten an ihrem Revers. Zufrieden mit ihrem Spiegelbild nickte sie sich lächelnd zu.

Obschon Mitte vierzig, sah Vicky Forth bei weitem jünger aus; die wenigen silbrigen Fäden fielen in der Fülle ihrer glänzenden kastanienbraunen Haare gar nicht auf. Mit ihrer ansteckenden Lebensfreude verströmte sie eine erstaunliche Jugendlichkeit, so dass man über die winzigen Fältchen um Augen und Mund einfach hinwegsah. Ihre sprühende Energie und Begeisterungsfähigkeit unterstrichen ihre Attraktivität. Männer wie Frauen empfanden sie als sympathische, warmherzige und verständnisvolle Frau. Edward Deravenel betonte des Öfteren, sie habe immer ein offenes Ohr für seine Sorgen und Nöte.

Unvermittelt wirbelte Vicky herum. Die Tür sprang auf, und ihr Mann Stephen stand auf der Schwelle.

Ein Lächeln überzog sein Gesicht, als er sie sah. »Wie schön du bist, Vicky!«, rief er. Er schloss die Tür hinter sich, küsste sie zärtlich und hielt sie auf Armeslänge von sich, um sie ausgiebig zu begutachten.

»Hallo, mein Liebling.« Vicky strahlte ihn an.

»Du hast dich ziemlich früh umgezogen, findest du nicht, Schatz?«

Vicky schüttelte den Kopf. »Nein, das hat seine Gründe. Ich muss noch ein paar Dinge mit der Köchin klären. Und mit Fuller. Edward rief vorhin an. Er kommt ein bisschen früher, vor den anderen Gästen. Um etwas mit uns zu besprechen, meinte er.«

»Was will er denn mit uns besprechen?«, hakte Stephen interessiert nach.

»Es hat wohl mit Grace Rose zu tun.«

»Was sollte das sein?«

»Vor ein paar Jahren, nachdem er Deravenels übernommen hatte und richtig Geld verdiente, hat er ein Treuhandkonto für sie eingerichtet. Sie kann darüber zwar erst verfügen, wenn sie einundzwanzig ist, trotzdem möchte er uns die entsprechenden Dokumente heute Abend aushändigen. Damit wir sie bis zu ihrer Volljährigkeit aufbewahren.«

»Merkwürdig. Warum gerade jetzt?«

»Er hat es nicht genau erklärt, Liebling, er erwähnte lediglich, dass er bis zum Jahresende eine ganze Reihe von Dingen regeln wolle, die er immer wieder aufgeschoben habe.«

»Verständlich. Na, dann ziehe ich mich besser auch um. Ich will schließlich schön sein für deine Party.«

»Unsere Party, Stephen«, korrigierte sie ihn. »Und beeil dich, ja?« Nach einem Blick auf die Kaminuhr setzte sie nervös hinzu: »Himmel, es ist schon zehn nach sechs, gegen halb sieben wollten Edward und Jane hier eintrudeln. Die anderen Gäste habe ich für sieben Uhr bestellt.«

»Wer kommt denn noch alles?«, erkundigte er sich beiläufig. »Nur, damit ich Bescheid weiß. Zumal du mir keine Einladungsliste gegeben hast, wie sonst immer.«

»Ach je, verzeih mir, Stephen. Eigentlich sind wir ganz unter uns. Edward und Jane, wir drei plus Fenella, Amos und mein Bruder.«

»In zehn Minuten bin ich fertig«, murmelte er, während er in Richtung seines Ankleidezimmers verschwand.

Was würde sie bloß ohne ihn tun?, sinnierte Vicky lächelnd. Sie schloss die Schlafzimmertür hinter sich und ging nach unten. Hoffentlich hatte Fuller den Champagner in die Bibliothek gebracht; sie hatte Krug ausgesucht, Edwards Lieblingsmarke.

Der liebe, gute Edward. Vicky und er kannten sich seit etlichen Jahren und standen sich inzwischen sehr nahe. Zudem war er der beste Freund ihres Bruders Will.

Sie hatte Edward getröstet und mit ihm getrauert, nachdem seine Geliebte Lily bei jenem schrecklichen Unfall getötet worden war. Irrtum, korrigierte sie sich, es war kein Unfall, sondern kaltblütiger Mord. Margot Grant, Edwards erbitterte Gegenspielerin im Kampf um die Kontrolle über Deravenels, hatte den teuflischen Plan seinerzeit ausgeheckt. Sie hatte Lily Overton kaltblütig ermorden lassen. Da man Margot diesbezüglich nichts hatte nachweisen können, war sie nie belangt worden. Oder doch? Wenn man so wollte, hatte sie letztlich ihre gerechte Strafe bekommen. Die Französin hatte nämlich alles verloren, woran ihr Herz hing. Ganz ohne Zweifel waren die Wege des Herrn unergründlich.

Vicky schauderte, eine Gänsehaut breitete sich über ihrer Wirbelsäule und ihren Armen aus. Sie und Lily waren an jenem verhängnisvollen Tag aus dem Landauer herausgeschleudert worden, mit dem sie durch den Hyde Park fuhren. Wie durch ein Wunder hatte sie überlebt.

Ihre liebste Freundin Lily, so bezaubernd hübsch und viel zu jung zum Sterben. Sie war schwanger gewesen von Edward, und die beiden hatten sich so auf das Kind gefreut. Vicky würde den Anblick ihrer sterbenden Freundin nie vergessen. Lily hatte im Gras gelegen, das blassblaue Seidenkleid voller Blut. Dieses Bild hatte sich ihrem Gedächtnis unauslöschlich eingeprägt.

Vicky blieb auf der Treppe stehen und atmete mehrmals tief durch, bis die Erinnerungen an jenen schlimmen Tag allmählich verblassten. Sie fasste sich wieder und nahm gemessenen Schrittes die letzten Stufen.

In der Halle wäre sie fast mit Fuller zusammengeprallt. »Guten Abend, Madam«, murmelte er mit einem Kopfnicken. »Ich wollte gerade den Champagner in die Bibliothek bringen.«

»Danke«, antwortete sie. Er balancierte einen mit Eis gefüllten Silberkübel und Kristallflöten auf einem Tablett. »Ist sonst alles fertig?«, fragte sie. »Brennen die Kaminfeuer?«

»O ja, Madam. Die Maschinen stehen unter Dampf. Alles klar zum Ablegen. Wir können in See stechen.«

»Danke, Fuller«, wiederholte sie. Kopfschüttelnd lief sie weiter zur Küche. Bevor Fuller im Vorjahr bei ihnen angefangen hatte, war er bis zu dessen Tod Chefbutler im Hause eines ehemaligen Admirals der Royal Navy gewesen. Gelegentlich neigte er zu dieser etwas seemännischen Ausdrucksweise. Sie und Grace Rose fanden es amüsant, Stephen irritierte es bisweilen: Es käme ihm zunehmend vor, als lebe er auf einem Schlachtschiff, hatte er sich erst neulich augenzwinkernd beklagt.

Nachdem sie sich mit der Köchin ausgetauscht hatte, betrat Vicky den Salon. Es war ihr Lieblingsraum, und sie schaute sich bewundernd um. Die Wände waren mit blassgelber Seidentapete bespannt, duftige Organzavorhänge in gebrochenem Weiß mit zartgelben Streifen bauschten sich vor den Fenstern. Ja, hier fühlte sie sich wohl.

Zu dem einladenden Gelb hatte sie kontrastierende Blau- und Rottöne für die Polsterstoffe gewählt, mit denen die antiken Sessel und Sofas bezogen waren. Stehlampen aus Biskuitporzellan mit cremeseidenen Schirmchen spendeten ein angenehmes Licht, überall standen Vasen mit frischen Blumen. Perfekt, dachte sie. Der Raum sieht einfach perfekt aus.

13

Grace Rose oblag die Aufgabe, Mrs Shaw zu unterhalten, nachdem sich ihre Eltern mit Onkel Edward in die Bibliothek zurückgezogen hatten, mit der Ankündigung, sie hätten Wichtiges zu besprechen.

Sie leistete ihr gern Gesellschaft, denn sie mochte Jane. Nicht zuletzt, weil sie eine interessante, faszinierende Gesprächspartnerin war und für Rose wie eine mütterliche Freundin.

Sie sah wirklich zauberhaft aus, war liebenswürdig, charmant und hochintelligent. Grace Rose war tief beeindruckt von der kunsthistorischen Sachkenntnis, mit der Jane ihre Fragen beantwortete. Sie wusste immens viel, besonders über den französischen Impressionismus.

Die beiden saßen in dem gelben Salon und plauderten angeregt. Grace Rose musste heimlich lächeln. Jane Shaw fügte sich phantastisch in das geschmackvolle Ambiente ein. Sie trug ein modisch elegantes, saphirblaues Samtkleid, dazu Saphirohrringe, die trefflich mit dem Blau der Stoffe harmonierten, die ihre Mutter für die Dekoration des Raums ausgesucht hatte. Man müsste sie so malen, sann das junge Mädchen, und das Bild *Porträt in Blau* nennen.

Sie unterhielten sich über eine Ausstellung, die vor Kurzem in einer renommierten Galerie in Chelsea stattgefunden hatte. Jane trug mehr zu dem Gespräch bei; dann schwiegen sie. Es war beileibe kein unangenehmes Schweigen; beide fühlten sich wohl in der Gesellschaft der anderen und verstanden sich auch ohne Worte.

Nach einem Blick auf Grace Rose nahm Jane das Gespräch wieder auf und meinte: »Wie ich gehört habe, möchten Sie gern studieren. Ihr Onkel erzählte mir, dass Sie eine sehr fleißige und disziplinierte Schülerin sind. Das ist wahrhaft bewundernswert.« Sie lehnte sich auf der Chaiselongue zurück, nippte an ihrem Champagner und schenkte der jungen Frau ein warmes Lächeln.

Grace Rose nickte. Ein Strahlen breitete sich über ihr Gesicht. »Ich bin immer gern zur Schule gegangen, Mrs Shaw, und heute bekam ich die wunderbare Nachricht, dass ich bald zu einer Freundin meiner Mutter umziehen kann. Sie wohnt in Oxford, wo ich an der Universität Vorlesungen belegen werde. Ist das nicht großartig?«

»Es ist phantastisch! Meinen Glückwunsch! Sie interessieren sich sehr für Geschichte, nicht wahr?«

»Ja. Momentan lese ich besonders viel über Frankreich und die Monarchie.«

»Was für ein Zufall. Ich interessiere mich nämlich auch für die französische Geschichte und muss gestehen, dass ich ein Faible für Napoleon Bonaparte entwickelt habe. Aber verraten Sie das bitte niemandem hier in England«, scherzte sie. »Welcher Herrscher beeindruckt Sie denn am meisten?«

»Offen gestanden beschäftige ich mich mehr mit den Geliebten der jeweiligen Monarchen. Darauf spezialisiere ich mich derzeit. Auf die Mätressen. Ich finde sie faszinierend …« Grace Rose stockte entsetzt. »Ach du meine Güte, bi…bi… bitte verzeihen Sie«, stammelte sie und errötete bis an die Haarwurzeln.

Jane, die über ihre zerknirschte Miene lachen musste, tätschelte ihr begütigend den Arm. »Sie brauchen sich nicht zu entschuldigen, Liebes. Ich weiß, dass Sie wissen, dass ich die Geliebte Ihres Onkels Edward bin.«

»Ja, aber ich – ich wollte Sie wirklich nicht brüskieren.«

»Das haben Sie nicht, keine Sorge. So, und jetzt erzählen Sie mir, weshalb Sie die königlichen Mätressen derart interessieren, dass Sie sie akademisch erforschen wollen?«

Da Jane ernsthaft interessiert schien, führte Grace Rose bereitwillig aus: »Die, von denen ich bislang gelesen habe, sind allesamt außergewöhnliche Frauen gewesen. Sie spielten eine nicht zu unterschätzende Rolle in der Geschichte, übten Einfluss auf Politik und Regierung aus. Außerdem finde ich das Leben der Mätressen häufig spannender als das vieler Königinnen.«

Jane schmunzelte über die herzerfrischende Direktheit des jungen Mädchens. »Und mit welcher Mätresse beschäftigen Sie sich gerade insbesondere, Grace Rose?«, hakte sie nach.

»Diane de Poitiers, die Geliebte Heinrichs II. von Frankreich. Als sie sich kennenlernten, war er erst zwölf Jahre alt. Das war kurz nach seiner Rückkehr nach Frankreich – die Spanier hatten ihn nämlich als Geisel festgehalten. Seinen Bruder im Übrigen auch. Heinrich war ein introvertierter, schüchterner Junge, und sie gewann sein Vertrauen. Als seine Fürsprecherin und Beraterin stärkte sie zunehmend ihren politischen Einfluss. Zuerst war sie für ihn eine Art Muttterersatz.

Sie verführte ihn, als er siebzehn war«, verkündete Grace Rose freimütig. »Obwohl sie zwanzig Jahre älter war als er, blieb Diane zeitlebens seine Mätresse. Er starb noch vor ihr.«

»Wenn man den historischen Aufzeichnungen glauben darf, liebte Heinrich II. sie weit mehr als seine Frau, die berühmte Katharina von Medici«, gab Jane mit einem verschwörerischen Augenzwinkern zurück. Ein Lächeln glitt über ihre attraktiven Züge.

Um Grace Roses Mundwinkel zuckte es, und sie konnte ein Glucksen kaum unterdrücken. Jane Shaw fiel in ihr Lachen ein. Dieser Moment schweißte die beiden Frauen für immer zusammen – die Geliebte und die illegitime Tochter. Trotz der Außenseiterrolle, die sie in der Familie Deravenel spielten, standen sie Edward besonders nahe.

»Eine weitere faszinierende Persönlichkeit ist Agnès Sorel«, fuhr Grace Rose fort. »Sie wurde 1444 die Mätresse von

Karl VII. Er verehrte sie dermaßen, dass er ihr den offiziellen Status *Maitresse en titre* verlieh – das war einmalig in der französischen Geschichte.«

»Und was ist eine *Maitresse en titre*?«, wollte Edward wissen, der schwunghaften Schrittes und mit belustigter Miene den Raum betrat. Was die beiden Frauen nicht ahnen konnten, war, dass er schon eine geraume Weile hinter der Tür gestanden und ihr Gespräch belauscht hatte.

Grace Rose riss den Kopf herum und rief: »Puh, du kannst einen aber erschrecken! Onkel Edward! Ich habe Mrs Shaw gerade erzählt, dass ich mich mit dem Thema der außerehelichen Geliebten beschäftige.« Sie errötete und fuhr hastig fort: »Ich meine – ähm – mit den französischen Mätressen, also den Geliebten der Monarchen.«

»Aber nur mit denen am französischen Königshof? Interessieren dich die englischen Könige und ihre Mätressen denn gar nicht?« Er schmunzelte. »Ich vermute mal, die Engländer sind dir zu langweilig, was?«

»Aber nein, überhaupt nicht. Ich weiß eine Menge über die englischen Herrscher. Beispielsweise über Charles II. und Nell Gwynne und –«

»Ja, ja, mein Schatz, ich glaube dir. War nur ein Scherz«, zog er sie auf. Er trat hinter sie und legte seine Hände liebevoll auf ihre Schultern. Unterdessen blickte er fragend zu Jane.

»Ich fand unsere Diskussion ungemein erhellend«, meinte sie mit einem warmen, aufrichtigen Lächeln. »Grace Rose wird bestimmt eine berühmte Historikerin, Edward. Sie geht mit der richtigen Einstellung an die Sache heran. Sie scheut sich nicht vor Recherchetätigkeiten und hat gewiss einen Spürsinn für historische Fakten.«

»Stimmt, ihr Wissen ist beeindruckend«, erwiderte er nicht ohne Stolz. Tief in Gedanken blieb er hinter dem Sofa stehen.

Jane stockte der Atem; wenn man die beiden zusammen sah, war die Ähnlichkeit frappierend. Niemand hätte bezweifelt, dass Grace Rose seine Tochter war – beide hatten rotblonde Haare, strahlend blaue Augen und einen rosig frischen Teint. Ja, Grace Rose war Edward wie aus dem Gesicht geschnitten.

Ich möchte, dass wir Freundinnen werden, schoss es Jane spontan durch den Kopf. Wenn nötig, werde ich mich für ihre Belange einsetzen. Man weiß ja nie, was noch alles passieren kann. Und dann habe ich immer einen Teil von Edward.

Unvermittelt rief Vicky von der Tür her: »Unsere Gäste sind im Anmarsch! Komm, Grace Rose, Lady Fenella und Amos Finnister erwarten dich in der Halle.«

»Na geh schon und begrüße deine alten Freunde.« Edward nahm die Hände von ihren Schultern.

»O ja, natürlich, gern!« Das junge Mädchen sprang auf.

Edward sah ihr nach, bevor er zu Jane trat, sie hochzog und auf die Wange küsste. Er führte sie zum Kamin. »Bisweilen haut sie einen glatt um mit ihrer Direktheit, das muss ich bedauerlicherweise einräumen. Ich hoffe, sie hat nichts Falsches gesagt oder dich in irgendeiner Weise kompromittiert?«

»Um Himmels willen, nein. Offen gestanden fand ich unseren kleinen Plausch herzerfrischend.« Jane zögerte, ehe sie kaum hörbar hinzusetzte: »Ich würde sie gern besser kennenlernen, Edward.«

»Das wirst du«, versprach er.

* * *

»Ist irgendwas, Edward? Ich meine, du bist doch nicht krank?«, fragte Vicky gedämpft, während sie ihren Tischherrn beschwörend ansah.

Er saß zu ihrer Rechten an dem runden Esstisch und bedachte sie mit einem kurzen Blick. »Nein, natürlich nicht! Ich bin kerngesund. Wie kommst du darauf?«

»Weil du uns diese Dokumente unbedingt heute Abend aushändigen wolltest. Es kam so völlig überraschend, Edward. Ich kann mir nicht helfen, ich mache mir einfach … Sorgen, ob du uns nicht vielleicht etwas verschweigst.«

Er neigte das Gesicht zu ihr und murmelte: »Ich gestehe, der Krieg und die Grippeepidemie haben mich zum Nachdenken angeregt. Mir ist klargeworden, dass ich nicht unsterblich bin. Solange man jung ist, glaubt man, das Leben geht ewig so weiter. Was leider nicht stimmt. Keiner von uns ist unsterblich.«

Er lächelte sie an. »Ich bin nicht krank, liebste Vicky, wirklich nicht. Und ich habe auch bestimmt nicht vor, vorzeitig abzudanken. Ich habe dir und Stephen die Dokumente nur deshalb ausgehändigt, weil ich fand, dass ihr sie verwalten solltet. Ihr seid immerhin ihre Adoptiveltern. Übrigens war ich in den letzten Wochen ungeheuer fleißig. Ich habe etliche Privatangelegenheiten auf die Reihe gebracht, die jahrelang in meinen Schreibtischschubladen schlummerten.«

Vicky nickte und lehnte sich entspannt ihn ihrem Stuhl zurück. »Du warst ungeheuer großzügig zu ihr«, bekannte sie mit einem wohlwollenden Lächeln. »Aber so bist du zu allen, die dir nahestehen.«

»Ich versuche lediglich, meinen Obolus beizusteuern, mehr nicht«, sagte er mit einem leichten Achselzucken. Dann wandte er sich zu Fenella, die sich eben nach dem Befinden des kleinen Edward erkundigte.

Froh und erleichtert vergewisserte sich Vicky Forth, dass ihre Gäste sich wohl fühlten und den Abend genossen. Fuller hatte gerade die Seezunge Colbert serviert, die von allen Seiten lobende Erwähnung fand.

* * *

Als man sich nach dem Abendessen zu Kaffee und Digestif im Salon einfand, bewegte sich Amos unauffällig in Edwards Nähe.

Deravenel, der die unterschwellige Gestik des Privatdetektivs inzwischen kannte, nickte kaum merklich. Nach ein paar Worten mit Stephen entschuldigte er sich und schob sich in Finnisters Richtung.

»Was liegt an, Amos? Sie machen mir den Eindruck, als müssten Sie dringend etwas loswerden. Kommen Sie, gehen wir in die Bibliothek, da sind wir ungestört.«

»Gute Idee, Sir.«

Sobald sie in der Bibliothek waren, die den Garten überblickte, hob Edward an: »Was geht in Ihrem Kopf vor? Sie wirken besorgt, mein Freund.«

»I wo, ich bin nicht besorgt. Es ist nur Folgendes, Sir. Gestern Abend war ich mit Charlie im Ritz zum Essen verabredet. Im Restaurant begrüßte er einen Major, den er aus dem Lazarett kannte. Als er an unseren Tisch zurückkehrte, erkundigte ich mich beiläufig, wer der Mann sei, worauf er erwiderte, es sei Major Cedric Crawford, ein guter Bekannter von ihm.«

Edward stutzte, als er den ihm bekannten Namen nach langer Zeit wieder hörte. Einen Moment lang sah er Amos stumm an, unfähig, etwas zu sagen. Schließlich räusperte er sich. »Der Cedric Crawford, der mit Tabitha James zusammenlebte? Handelt es sich dabei um denselben Mann? Es ist schließlich kein Allerweltsname, nicht wahr?«

»Korrekt, Sir, ich glaube nicht, dass es den Namen zweimal gibt.«

»Wie ich Sie kenne, Amos, haben Sie sich bereits Schritte überlegt, um das haarklein zu eruieren, nicht wahr?«

»Ich habe mich mit beiden Herren, Crawford und Charlie, morgen Abend zum Essen verabredet. Und hoffe, die Frage dann abschließend zu klären.«

»Und dann?«

»Dann werde ich ihm wegen Tabitha James auf den Zahn fühlen. Ich erhoffe mir nähere Aufschlüsse über ihr Schicksal und wo sie beerdigt ist. Gerade auch im Hinblick auf Grace

Rose, Mr Edward. Es wäre beruhigend für das Mädchen, wenn sie wüsste, wo das Grab ihrer Mutter ist.«

Ein wehmütiger Ausdruck schob sich in Edwards Blick. Er schlug die Augen nieder, drehte den Cognacschwenker in der Hand und blickte in die goldschimmernde Flüssigkeit. Schließlich sagte er: »Meinen Segen haben Sie, Amos. Könnte interessant sein, was Crawford zu dem Thema beizusteuern hat. Erwarten Sie jedoch nicht allzu viel, vielleicht hat er Tabitha schon vor ihrem Tod verlassen. Oder sie ihn … aber vermutlich werden wir das nie mit letzter Sicherheit erfahren.«

14

Während seiner langjährigen Laufbahn als Polizist und später als Privatdetektiv hatte Amos Finnister eine ausgezeichnete Menschenkenntnis entwickelt. Er war ein guter Psychologe und Taktiker und wusste seine Mitmenschen mit Fingerspitzengefühl an den Punkt zu bringen, wo er sie haben wollte.

So auch an jenem Freitagabend, als er gemeinsam mit Charlie und Cedric Crawford im Restaurant des Ritz dinierte. Wie sich herausstellte, entstammte der Major einer angesehenen Familie und war ein gebildeter englischer Gentleman mit ausgezeichneten Manieren.

Amos hatte zweifellos ein Händchen dafür, Menschen aus der Reserve zu locken. Er plauderte zwanglos über irgendwelche Belanglosigkeiten und brachte den Major zum Schmunzeln, bis dieser ebenfalls heitere Episoden zum Besten gab. Währenddessen versuchte Finnister, ihn unauffällig zu beobachten, um sich ein Urteil über den Mann bilden zu können.

Nach dem Hauptgang hatte sich die Gesprächsatmosphäre so weit entspannt, dass er einen Vorstoß in Richtung Tabitha James wagte. Er blickte fragend zu Charlie, der kaum merklich nickte.

Nachdem er einen Schluck von dem hervorragenden französischen Rotwein getrunken hatte – er hatte einen Châteauneuf-du-Pape ausgesucht –, stellte Amos sein Glas auf den Tisch und lehnte sich betont lässig auf seinem Stuhl zurück.

In beiläufig neutralem Ton hob er an: »Ich hoffe, Sie nehmen es mir nicht übel, wenn ich Sie etwas Persönliches frage, Major?«

»Aber nein, überhaupt nicht, Finnister. Fragen Sie ruhig.«

Amos hatte sich vor ihrem Treffen eine Geschichte zurechtgelegt, die in weiten Teilen auf den Fakten beruhte. »Bevor ich anfange, muss ich etwas weiter ausholen ... ich frage mich nämlich, ob Sie zufällig eine gute Bekannte von mir kennen.«

Der Blick des Majors hing an Amos. »Wen, bitte, meinen Sie?«

»Lady Fenella Fayne. Kennen Sie die Dame?«

»Nein, bedaure. Aber ich habe über sie in den Zeitungen gelesen. Sie ist eine große Philanthropin, die ihre Zeit, Energie und ihr Vermögen darauf verwendet, Frauen zu helfen ... gestrauchelten Frauen, nicht wahr? Wenn ich mich nicht irre, ist sie die Witwe von Lord Jeremy Fayne.«

»Stimmt, ihr Vater ist der Earl of Tanfield. Vor ein paar Jahren versuchte Lady Fenella, eine frühere Freundin aufzuspüren, die wie sie aus Yorkshire stammte. Die beiden hatten sich in der Metropole, die London nun einmal ist, aus den Augen verloren. Über eine Bekannte erfuhr Lady Fenella, dass es ihre Freundin ins East End verschlagen hatte, wo sie irgendwo in Whitechapel mit einem Mann namens Cedric Crawford zusammenlebte. Der Name hat mich stutzig gemacht. Wissen Sie etwas darüber, Major?«

Cedric Crawford nickte bereitwillig und ohne eine Sekunde lang zu zögern. »Ich kannte eine Dame, die so hieß und in Whitechapel wohnte. Ich kannte sie sogar recht gut. Sie war mit Sebastian Lawford liiert, einem mit mir befreundeten Wachoffizier. Ich glaube sogar, sie wollten heiraten – sie waren sehr verliebt. Bedauerlicherweise ist es dazu nicht mehr gekommen.«

»Und wieso nicht, Major? Wissen Sie Näheres?«

»Selbstverständlich, Sir. Tabitha James erkrankte schwer. An einer doppelseitigen Lungenentzündung. Daran ist sie gestorben.«

»Verstehe. Und die beiden lebten in einer Wohnung in Whitechapel?«

»Offen gestanden war es Tabithas Wohnung, sofern man dieses Loch überhaupt als Wohnung bezeichnen kann. Aus irgendeinem unerfindlichen Grund mochte sie nicht von dort wegziehen, obwohl Seb sie zu überzeugen versuchte, in ein Häuschen zu ziehen, das er ihr einrichten wollte. Weshalb sie so hartnäckig blieb, entzieht sich meiner Kenntnis. Bedaure.« Er schüttelte den Kopf und setzte hinzu: »Es war alles sehr traurig, weil sie offenbar eine echte Dame war – ich meine, von Stand.«

»Das war sie wahrhaftig: Lady Tabitha Brockhaven, ihr verstorbener Vater war der Earl of Brockhaven«, informierte Amos ihn.

Der Major wirkte erkennbar überrascht, fast ein bisschen ungläubig. Amos wartete, bis er die Information verdaut hatte.

Stirnrunzelnd und mit einem gewissen Zweifel in der Stimme fragte Crawford: »Sind Sie sich da sicher, Finnister? Ich meine … sie hatte einen Adelstitel? Gute Güte.«

»Ja, absolut sicher. Um noch einmal auf Tabithas Lebensumstände zurückzukommen … Sie kannten das Haus, wo sie wohnte?«

»Aber ja, ich war mehrmals dort. Im Frühjahr 1904 muss das gewesen sein. Ja, richtig. Mein Vater wollte mit mir und meinen beiden Schwestern nach Südfrankreich reisen, in die Ferienvilla unserer Familie. Ich plante, nach Paris zu gehen. Dauerhaft. Ich wollte Maler werden, und mein Vater war einverstanden, mir das Studium an der Kunstakademie zu finanzieren.«

»Damals waren Sie doch Wachoffizier, nicht?«, hakte Amos nach.

»Ja, aber mein alter Herr war ein verständnisvoller Vater. Er ließ mich mehr oder weniger machen, wozu ich gerade Lust hatte. Er hatte nichts dagegen, als ich den Dienst quittierte. Sein eigener Vater war wohl ein ziemlicher Despot gewesen, und mein Vater« – Cedric räusperte sich – »war das Gegenteil. Ließ mir viel durchgehen. Hat mich völlig verwöhnt. Jedenfalls war er mit mir einer Meinung, dass ich nicht das Zeug für die Offizierslaufbahn hätte.«

»Trotzdem sind Sie bei Kriegsbeginn wieder der Armee beigetreten, nicht wahr, Major? Und waren mit Leib und Seele Soldat, wie Charlie mir erzählte. Ihre Tapferkeit wurde sogar mit dem Victoria-Kreuz ausgezeichnet.«

Der Major wurde rot im Gesicht und schien verlegen. Er nickte knapp und nahm einen Schluck Rotwein.

Amos beugte sich über den Tisch und stellte die Frage, die er sich bis hierher aufgespart hatte. »Haben Sie im Frühling 1904 ein kleines Mädchen kennengelernt, das mit Tabitha zusammenwohnte?«

»Grundgütiger, das Kind hätte ich fast vergessen. Ja natürlich! Tabitha hatte eine kleine Tochter. Wie hieß sie noch gleich … ich hab's! Grace.«

»Sie wissen nicht zufällig, was aus Grace geworden ist, oder?«

»Nicht wirklich.« Der Major rieb sich die Stirn und zog nachdenklich die Brauen hoch. »Moment, da fällt mir noch etwas ein, Finnister. Ich lernte das Kind kennen, als ich Tabitha das letzte Mal besuchte.«

»Können Sie sich noch entsinnen, was an jenem Tag passierte?« Amos lehnte sich zurück und nippte an seinem Wasserglas, seinen Blick an den Major geheftet. Gespannt lauschte er den Ausführungen seines Gegenübers.

»Es war ein milder Frühlingstag«, begann Crawford. »Sonnig, wenn auch ein bisschen kühl. Ich fuhr mit Seb Lawford nach Whitechapel. Er wollte Tabitha überreden, nach Hampstead umzuziehen, wo er ein nettes Häuschen gefunden hatte. Er bat mich, ihr beim Umzug behilflich zu sein, deshalb hatten wir eine Droschke gemietet. Tabitha war zu Hause, weigerte sich aber hartnäckig, dieses – dieses Rattenloch zu verlassen. Sie wirkte schrecklich ausgezehrt und hustete sich förmlich die Seele aus dem Leib. Seb schickte mich zu einer Frau, die ein paar Türen weiter wohnte. Sie hatte eine halbwüchsige Tochter, die zuweilen auf Grace aufpasste. Sie sollte sich um die Kleine kümmern, während Seb Tabitha ins Krankenhaus bringen wollte. Den Namen des Mädchens weiß ich nicht mehr, jedenfalls kam sie bereitwillig mit. Ich glaube, ich gab ihr eine Guinee fürs Aufpassen. Sie sollte bis zu unserer Rückkehr auf uns warten. Dann halfen Seb und das Mädchen Tabitha beim Anziehen. Er und ich trugen sie in die Kutsche und brachten sie ins Krankenhaus.«

»In welches Krankenhaus, Major Crawford?«

»Ins Royal London Hospital auf der Whitechapel Road. Es ist ein sehr altes Krankenhaus. Natürlich behielten sie sie dort, so krank war sie!«

»Und was geschah dann?«, erkundigte sich Amos seelenruhig.

»Seb kehrte in Tabithas Wohnung in Whitechapel zurück, und ich fuhr mit einer Droschke nach Mayfair, zu unserem Haus in der Queen Street. Fünf Tage später brachen wir nach Frankreich auf.«

»Sie sagten, Tabitha sei gestorben. Dann haben Sie Ihren Freund Sebastian Lawford vor Ihrer Abreise noch einmal gesehen, ist das richtig?«

»Zwei Tage nachdem wir Tabitha ins Krankenhaus gebracht hatten, suchte er mich auf, um mir die traurige Nachricht mitzuteilen. Sie war an den Folgen der schweren Lungenentzündung verstorben.«

»Erwähnte er in diesem Gespräch die kleine Grace?«

»Nein, und ich habe auch nicht nach dem Kind gefragt. Wir, ich meine, meine Familie und ich, standen im Begriff, für drei Monate zu verreisen, und ich musste für meinen langen Parisaufenthalt packen. Es war zugegebenermaßen alles etwas chaotisch ...« Cedric Crawford stockte wie vom Donner gerührt. »Was ist aus der Kleinen geworden, Mr Finnister? Ich hoffe, ihr ist nichts Schlimmes zugestoßen?«

»Nein, das Gott sei Dank nicht.« Amos benetzte sich die Lippen und fuhr fort: »Ich weiß, dass Lady Fenella auf ihrer Suche nach Tabitha sämtliche Londoner Krankenhäuser abgesucht hat; ich habe sie seinerzeit begleitet. Leider war Tabitha nirgendwo registriert. Finden Sie das nicht merkwürdig?«

»Doch, schon. Und auch wieder nicht. Sie müssen nämlich wissen, Tabitha benutzte den Namen Mrs Lawford ... Mrs Sebastian Lawford ... Seb hielt das für besser in jenem verrufenen Londoner Viertel. Außerdem hatte er einen Kosenamen für sie – er nannte sie immer Lucy. Keine Ahnung, warum, aber ich weiß genau, dass er sie im Krankenhaus als Mrs Sebastian Lawford anmeldete, Vorname Lucy. Ich stand direkt neben ihm, als er sich mit der diensthabenden Oberschwester unterhielt.«

»Verstehe. Das klärt natürlich einiges. Sagen Sie, Major, lud Sebastian Lawford Sie damals zur Trauerfeier ein? Oder nannte er Ihnen den Friedhof, wo sie beerdigt liegt?«

»Nein, das nicht, aber ich hätte sowieso nicht hingehen können, da wir wie gesagt kurz vor der Abreise nach Südfrankreich standen.«

»Ich würde diesen Sebastian Lawford gern einmal kennenlernen. Immer vorausgesetzt natürlich, dass Sie mir sagen können, wo er ist, Major.«

»Selbstverständlich, Sir.«

»Und wo, wenn ich fragen darf?«

»In einem Grab in Frankreich. Er wurde in der Schlacht bei Ypres tödlich verwundet, im dritten Kampfgefecht. Er starb in meinen Armen, Sir. Bedaure, aber diesbezüglich kann ich Ihnen nicht weiterhelfen.«

»Sie haben mir sehr geholfen, indem Sie mir den Namen des Krankenhauses nennen konnten. Dort werde ich hoffentlich erfahren können, wo Tabitha James oder besser gesagt Mrs Sebastian ›Lucy‹ Lawford ihre letzte Ruhestätte fand. Jedenfalls gehe ich davon aus, dass es in den Patientenakten vermerkt ist.«

»Ist es denn wichtig für Sie, das zu wissen?«, erkundigte sich der Major interessiert.

»O ja, sogar immens wichtig«, murmelte Amos und setzte hinzu: »Ich danke Ihnen nochmals, Major. Sie haben mir wirklich sehr geholfen.«

* * *

Es kam häufiger vor, dass Amos samstags in seinem Büro bei Deravenels anzutreffen war, wo er Dinge erledigte, die sich im Laufe der Woche auf seinem Schreibtisch angesammelt hatten.

An diesem Samstagmorgen hatte er jedoch einen speziellen Grund, weshalb er das altehrwürdige Gebäude an der Strand aufsuchte. Er wollte die Namen der Friedhöfe in der Umgebung von Whitechapel auflisten und einige Telefongespräche führen.

Gleich bei seinem ersten Anruf im Royal London Hospital musste er feststellen, dass die Verwaltung des Krankenhauses am Wochenende nicht besetzt war. Das hatte er fast erwartet. Darauf wählte er die Nummer von Ravenscar, und als Jessup abnahm, bat er den Butler, ihn zu Edward Deravenel durchzustellen.

»Guten Morgen, Amos«, begrüßte Edward ihn am Telefon. »Schätze, Sie haben Neuigkeiten für mich.«

»Guten Morgen, Sir. Korrekt, Sir. Es war der besagte Cedric Crawford, genau wie wir am Donnerstag angenommen hatten. Allerdings war er nie mit Tabitha James liiert.«

»Eigenartig!«, entfuhr es Edward. »Die Freundin von Tabitha, diese Sophie Soundso, war sich ganz sicher, dass er Cedric Crawford hieß.«

»Stimmt, laut Aussage von Lady Fenella. Aber nach Auskunft des Majors war es ein Kollege, ein gewisser Sebastian Lawford. Und ich glaube ihm.«

»Es kann leicht passieren, dass man Crawford und Lawford verwechselt. Die Namen sind sich ähnlich«, gab Edward zu bedenken.

»Korrekt, Mr Edward, und der Major nannte ihn gestern Abend fortwährend *Seb*. Wer die Fakten nicht kennt, kommt bei derart ähnlich klingenden Namen wie Seb Lawford oder Ced Crawford schnell etwas durcheinander. Aber lassen Sie mich rasch berichten, was ich im Verlauf des Gesprächs in Erfahrung bringen konnte.« Darauf berichtete er in kurzen Zügen von dem gemeinsamen Abendessen.

»Ausgezeichnet, Amos! Mein Kompliment«, lobte Edward. »Jetzt haben Sie endlich eine brauchbare Spur.«

»Ja, aber ich muss bis Montag warten, weil die Krankenhausverwaltung geschlossen ist. Genau wie das Somerset House, wo sämtliche Geburten, Heiraten und Todesfälle registriert sind. Nachdem ich jetzt den Namen weiß, unter dem Tabitha offiziell vermerkt war, wird man mir sicher den Totenschein zeigen können.«

»Danke, dass Sie das auf sich genommen haben, Amos. Sie haben fabelhafte Arbeit geleistet.«

»Mrs Forth wird aufatmen, dass ich das Geheimnis nach so vielen Jahren endlich lüften konnte. Bestimmt möchte sie, dass Grace Rose erfährt, was wirklich mit ihrer Mutter geschehen ist. Damit wird ihr gewiss eine Riesenlast vom Herzen genommen.«

15

Sie war die Verständigste unter den Kindern und trug folglich die Verantwortung für ihre jüngeren Geschwister. Das hatte ihre Großmama ausdrücklich betont, sehr zur Freude von Bess Deravenel. Aber es stimmte doch auch, oder? Immerhin war sie neun Jahre alt, die Älteste und Erstgeborene. Alle taten so, als wäre der Stammhalter wichtiger als sie, bloß weil er ein Junge war. Aber das kümmerte sie nicht. Sie wusste, dass sie der Liebling ihres Vaters war und er an ihr ganz besonders hing. Das hatte er ihr gesagt, als sie noch ganz klein gewesen war.

Ihr Vater hatte erst kürzlich einen Standspiegel gekauft und in einer Ecke ihres Zimmers aufstellen lassen, so dass sie sich darin in voller Länge betrachten konnte. Jetzt stellte sie sich davor und betrachtete mit leicht geneigtem Kopf ihr Spiegelbild.

Es gefiel ihr; sie fand sich ausnehmend hübsch gekleidet für das Mittagessen am ersten Weihnachtstag. Sie hatte ihre Garderobe selbst ausgesucht, weil Nanny mit den anderen Kindern beschäftigt war und meinte, sie solle nach ihrem eigenen Geschmack urteilen. Bess war sich sehr erwachsen vorgekommen und hatte sich für das langärmelige, königsblaue Samtkleid mit dem gebauschten, wadenlangen Rock entschieden, das an Kragen und Manschetten mit weißer Spitze garniert war. Ihre weißen Strümpfe und die schwarzen Lackschuhe würden ausgezeichnet dazu passen, hatte Nanny soeben bekräftigt.

Sie kehrte zu dem Frisiertisch unter dem Erkerfenster zurück und nahm die kleine Brosche aus dem schwarzsamtenen Etui. Am Morgen hatten alle ihre Weihnachtspräsente ausgepackt, in der Bibliothek, wo der riesige, festlich geschmückte Weihnachtsbaum stand. Die Brosche, eine winzige, mit Diamanten besetzte Silberschleife, war ein Geschenk ihres Vaters. Ihre Mutter schien verärgert darüber. Bess hatte gehört, wie sie dem Vater zuzischte, der Schmuck sei viel zu kostbar für ein Kind, worauf er nicht minder verstimmt zurückgab: »Aber nicht für mein Kind, Elizabeth.« Das war Bess gewöhnt. Ihre Eltern stritten ständig, mit ihren Zankereien war das Mädchen aufgewachsen. Und sie fragte sich des Öfteren, weshalb ihre Mutter es förmlich darauf anzulegen schien, ihren Vater wütend zu machen.

Behutsam befestigte Bess die Brosche am Ausschnitt ihres Kleides, so dass sie exakt zwischen den beiden Kragenschößen steckte. Sie strich sich die kupfergoldenen Locken aus der Stirn und lächelte verschmitzt. Die Haarfarbe und ihre strahlend blauen Augen hatte sie von ihrem Vater geerbt. Sie sah ihm sehr ähnlich, genau wie Grace Rose. Schade, dass Grace Rose das Weihnachtsfest nicht mit ihnen verbringen konnte. Und das nur, weil der kleine Edward Bronchitis hatte! Deshalb feierten sie im engsten Familienkreis. »Der Allmächtige stehe uns bei«, hatte Nanny neulich Madge, der Kinderschwester, zugeraunt. »Ich weiß wahrhaftig nicht, wie das ohne die Verwandten und Freunde gehen soll. Für gewöhnlich agieren sie als Puffer zwischen den beiden Streithähnen.« Bess war hastig von der Tür zurückgewichen, in der Hoffnung, dass das Kindermädchen sie nicht entdecken würde. Sie wusste genau, was Nanny meinte, und stimmte ihr aus vollem Herzen zu, aber das durfte sie nie laut sagen. Dann hätte man ihr an der Nasenspitze ablesen können, dass sie gelauscht hatte.

Sie sprang von ihrem Schemel, lief durch das Zimmer und riss die Tür auf. Die erhobene Stimme des Kindermädchens hallte aus Marys Zimmer durch den Flur. Mary teilte sich ein Kinderzimmer mit Cecily, weil die Kleine im Dunkeln Angst hatte. Ob es dort irgendein Problem gab? Bess flitzte durch den Korridor und schoss in Marys Zimmer.

Das Kindermädchen wirbelte entrüstet herum und rief: »Aber Bess! Bitte, renn nicht immer so durch die Flure. Eine Dame tut so etwas nicht. Wie oft muss ich dir das noch sagen?«

»Vermutlich jeden Tag, Nanny«, seufzte das Kind. »Entschuldige, aber ich dachte, Sie könnten meine Hilfe brauchen.«

Ihre Nanny, eine rundliche Erscheinung mit rosigen Apfelbäckchen und fröhlichen braunen Augen, presste die Lippen zusammen, um ein belustigtes Grinsen zu unterdrücken. »Es geht schon«, antwortete sie, bevor sie sich abermals Cecily zuwandte. Die Sechsjährige kämpfte mit den Tränen.

»Weswegen weinst du, Cecily?« Bess trat zu ihrer jüngeren Schwester. »Es ist Weihnachten, und gleich gibt es ein wundervolles Essen.«

»Ich hab keinen Hunger«, maulte Cecily mit bebenden Lippen. »Und ich mag dieses Kleid nicht.«

»Dein Kleid ist wunderschön. Schau mal, es hat die gleiche Farbe wie meines«, tröstete Bess.

Cecily riskierte gehorsam einen Blick und nickte. »Stimmt, es hat die gleiche Farbe. Trotzdem kann ich es nicht leiden.«

»Ach komm, Cecily, hab dich nicht so. Sieh mal, Mary trägt auch Blau und beklagt sich nicht. Ich finde es lieb von Nanny, dass sie blaue Kleider für euch ausgesucht hat. Wir sind Schwestern, und wir haben uns passend angezogen.«

»Bloß dass du dein Kleid selber aussuchen durftest«, sagte Mary.

»Na na, Mary, gib acht, was du sagst«, schaltete sich das Kindermädchen stirnrunzelnd ein.

»Eine Dame tut so etwas nicht«, trumpfte Bess mit einem von Nannys Lieblingssprüchen auf.

Das Kindermädchen sah sie über den Rand ihrer Brille tadelnd an. »Wir wollen doch nicht etwa vorlaut werden, oder, Bess?«

»O nein, Nanny, ich bin nie vorlaut zu Ihnen.«

»Das stimmt allerdings. Wenigstens etwas habe ich dir beigebracht.«

»Was eine Dame tut und was nicht«, rief Mary fröhlich und gluckste los. Die Achtjährige war ein quirliges Kind, sie fing an zu tanzen und trällerte dabei: »Blau, blau, blau sind alle meine Kleider! Blau, blau, blau ist alles, was ich hab …«

Bess unterbrach sie schroff: »Hör auf damit, Mary. Wir müssen uns beeilen, und wir sollten Nanny ein bisschen zur Hand gehen.«

»Ich habe alles im Griff, Miss Naseweis.« Nach einem suchenden Blick durch das Zimmer stellte das Kindermädchen fest, dass Richard verschwunden war. »Ach du lieber Himmel, wo ist denn unser kleiner Richard? Grundgütiger, wo mag der Lausejunge bloß stecken?«

»Ich bin hier«, ertönte ein dünnes Stimmchen, und Nanny fuhr erschrocken zusammen, als ein blonder Schopf unter dem Bett hervorlugte.

»Richard, komm sofort da raus!«

Er krabbelte unter dem Bett hervor und rappelte sich auf. Nanny inspizierte ihn kritisch auf Schmutz- und Staubspuren, konnte aber nichts feststellen. Während sie seinen schwarzen Samtjanker zurechtzupfte, brummelte sie ungnädig: »Na ja, wenigstens wissen wir jetzt, dass die Hausmädchen hier ordentlich putzen.«

»Ich will aber lieber mein rotes Kleid anziehen!«, beharrte Cecily weinerlich.

»Hör auf zu jammern!«, versetzte ihre Schwester Mary schnippisch.

»Nanny«, schaltete sich Bess ein, »was ist mit Edward? Kommt unser Bruder auch zum Mittagessen? Oder ist er noch zu schwach?«

Nanny strahlte übers ganze Gesicht. Zweifellos hatte sie sich sehr um den jungen Master Edward gesorgt. »Natürlich ist er dabei. Euer Vater hat ihm beim Anziehen geholfen und ihn vorhin nach unten getragen.«

»Dann gehen wir besser auch«, verkündete Bess. »Vater wartet sicher schon auf mich.«

»Er wartet auf euch alle«, erwiderte Nanny mit einem tadelnden Blick zu Bess.

»Ich möchte das Baby sehen«, jammerte Cecily. »Wo ist Anne?«

»Die Kinderschwester bringt sie gleich nach unten.«

»Wo ist Großmutter?«, wollte Bess wissen.

»Mrs Deravenel ist schon nach unten gegangen.«

»Sie mögen sie, stimmt's, Nanny?«

»Ja, sehr.«

»Und Mutter? Mutter mögen Sie nicht, mhm?«

»Wie kannst du so etwas Hässliches behaupten, Bess?«, sagte das Kindermädchen scharf. »Natürlich mag ich eure Mutter. Sie ist eine bildschöne Lady, und zu mir ist sie sehr nett und verständnisvoll.«

»Mag sein, aber nicht zu meinem Vater«, murmelte Bess.

Nanny warf ihr einen vorwurfsvollen Blick zu. »Dieses Thema ist völlig unpassend für ein junges Mädchen. Dergleichen billige ich nicht.« In ihrer Stimme schwang ein warnender Unterton.

»Verzeihen Sie, ich werde es nicht wieder tun«, entschuldigte sich Bess geknickt, ehe sie der Nanny leise zuraunte: »Die Kleinen verstehen das doch sowieso nicht.«

»Hast du eine Ahnung, was die alles verstehen«, gab Nanny schroff zurück. »So, und jetzt gehen wir gemeinsam nach unten zu euren Eltern und eurer Großmutter. Halt dich gerade, Richard, du stehst da wie ein Fragezeichen.«

Der Kleine blinzelte zu ihr hoch und gähnte. »Ich hab Hunger«, murmelte er.

»Ich auch«, krähte Mary. »Ich könnte ein ganzes Pferd verdrücken.«

»So etwas sagt man nicht, Mary. Das klingt nach Gossensprache. Bitte lass das künftig.«

»Dann eben ein … ein Pony. Ich könnte ein ganzes Pony verdrücken.«

Richard lachte mit Mary und Cecily, und sie tollten ausgelassen durch den Gang.

Während sie den Kleineren folgten, bedachte Bess das Kindermädchen mit einem verständnisvollen Blick. »Tststs, was soll man bloß mit ihnen anfangen?« Kopfschüttelnd setzte sie hinzu: »Aber sie sind ja auch noch sehr jung.«

Nanny wandte das Gesicht ab, damit Bess ihre belustigte Miene nicht sah. Sie waren unbezahlbar, diese Kinder, und schon viel reifer, als ihnen guttat. Das lag vermutlich daran, dass sie eine ganze Menge mitansehen mussten. Fortwährend erlebten sie die Sticheleien und Streitereien zwischen ihren Eltern, die häufig eskalierten. Aber daran war die Mutter schuld. Mr Deravenel war wirklich zu bedauern, sann das Kindermädchen mitfühlend. Schlimm, mit dieser kalten, grässlichen Frau verheiratet sein zu müssen, wo er doch so gutherzig, nett und attraktiv war. Der arme Mann. Oh, er war wahrlich zu bedauern.

* * *

Sobald sie die Treppe erreichten, baute Bess sich vor ihren Geschwistern auf und verkündete: »Großmutter hat gesagt, dass ich die Verantwortung für euch trage, deshalb müsst ihr tun, was ich euch sage. Wir gehen jetzt geschlossen nach unten. Vor der Bibliothek stellen wir uns in einer Reihe auf. Wie ich es euch gestern gezeigt habe. Dann singen wir das Weihnachtslied.«

»Ich hab aber solchen Hunger«, maulte Richard.

»Von wegen. Gegessen wird erst nach dem Weihnachtslied«, warnte Bess.

»Sei vorsichtig, Richard«, mahnte Nanny. »Komm, gib mir

deine Hand, und dann gehen wir gemeinsam nach unten.« Der Zweijährige, ein Blondschopf wie sein Bruder, schob seine kleinen Finger in Nannys Hand.

Die drei Mädchen folgten ihnen.

Jessup erwartete sie bereits in der weitläufigen Eingangshalle. »Wir singen zuerst unser Weihnachtslied, Jessup«, erklärte Bess.

»Ja, Miss Bess. Mrs Deravenel, Ihre Großmutter, bat mich, das Essen erst zu servieren, nachdem Sie Ihren kleinen musikalischen Beitrag geleistet haben. Sie wird Sie am Klavier begleiten.«

»Danke.« Bess schenkte ihm ein strahlendes Lächeln. Das hatte sie sich von ihrem Vater abgeguckt.

»Vergesst nicht, euch in einer Reihe aufzustellen«, zischelte sie im Eingang zur Bibliothek. Sie schob ihre kleineren Geschwister nach vorn und sagte: »Hier sind wir, Vater! Wir singen dir und Mutter jetzt ein Weihnachtslied.«

Sie drehte sich zu Cecily Deravenel und fügte hinzu: »Und Großmama ist so nett, uns auf dem Klavier zu begleiten.«

»Das ist aber eine schöne Überraschung, Bess«, Edward klatschte in die Hände, »dass wir vor dem Essen ein Weihnachtskonzert geboten bekommen!«

»Aber Papa, es ist doch nur ein Lied«, versetzte Bess hastig. Ihr war plötzlich mulmig zumute. »Weil … na ja, ich musste den anderen den Text beibringen … sie mussten ihn mühsam auswendig lernen.«

»Sehr lobenswert von dir, Bess, von euch allen, meine ich natürlich.« Seine Augen glitten über die vier Kinder, die in einer Reihe neben dem Pianola standen, das Jessup am Vortag aus dem Musikzimmer in die Bibliothek geschoben hatte, wie jedes Jahr an Weihnachten. Wie wunderhübsch sie waren, seine Kinder, mit ihren weizenblonden oder kupfergoldenen Haaren. Vier Augenpaare in unterschiedlichen Blautönen blickten ihn treuherzig an.

Er wandte sich zu Elizabeth und lächelte warm. Das brachte sie für einen Moment durcheinander; schließlich hatte sie ihn am Morgen so aufgebracht mit ihrer Bemerkung über die Diamantbrosche, die er Bess geschenkt hatte. Da sie an diesem besonderen Festtag aber keinen Streit haben wollte, erwiderte sie sein Lächeln, neigte sich zu ihm und drückte einlenkend seine Hand. Der kleine Edward, der neben ihr auf dem Sofa saß, kuschelte sich unvermittelt an sie. »Was hast du? Ist dir auch warm genug?«

»Ja, Mama. Ich würde so schrecklich gern mitsingen.«

»Ich weiß, du magst ungern beiseitestehen. Nächstes Jahr, mein Schatz. Nächstes Jahr darfst du wieder mitsingen.«

Cecily erhob sich aus ihrem Sessel und schritt durch den Raum zum Klavier, wo sie einen Moment stehen blieb und Richard übers Haar strich.

Er liebte seine Großmama und schaute mit strahlenden Augen zu ihr auf. »Ich hab solchen Hunger, Großmama.«

»Ich auch, Schätzchen.« Sie beugte sich zu ihm hinunter. »Gleich gibt es Truthahn mit Füllung und leckerem Kartoffelbrei. Gleich nach eurem Lied. Versprochen.«

Nach einem kritischen Blick auf ihre Geschwister murmelte Bess: »Cecily, du musst dich neben mich stellen, du bist größer als Mary. Kommt, wir machen die Reihe genau wie gestern.«

»Und ich?«, piepste Richard.

»Du bist der Kleinste.« Bess schob ihn an seinen Platz und stellte sich ans Ende der Reihe. »Wir sind bereit, Großmama.«

»Ich spiele ein paar Akkorde, und dann stimmt ihr ein«, erklärte Cecily und begann zu spielen.

Und kurz darauf sangen endlich vier helle Kinderstimmen ein altes englisches Weihnachtslied.

* * *

»Danke, Kinder, das war wundervoll!« Edward klatschte begeistert, genau wie ihre Mutter, Großmutter, der junge Edward, Nanny und Madge, die Kinderschwester, die am Fenster neben dem Stubenwagen stand, in dem die kleine Anne friedlich schlummerte.

»Das habt ihr großartig gemacht!«, beglückwünschte Edward seine Kinderschar.

Bess, Mary, Cecily und Richard strahlten über so viel Lob. Sie verbeugten sich tief und liefen lachend zu ihren Eltern, ihre Gesichter glühend vor Stolz.

Mary und Cecily steuerten zu ihrem Vater, um ihn mit Beschlag zu belegen.

Bess brachte Richard zu ihrer Mutter, die sich vorbeugte und den Kleinen auf die Stirn küsste. »Danke«, murmelte sie mit einem anerkennenden Nicken zu Bess. »Dein Vater hat recht, du hast das sehr gut organisiert.«

Das Mädchen bedankte sich mit einem verlegenen Lächeln.

Elizabeth erhob sich und glitt zum Fenster, wo Nanny und Madge zusammenstanden.

»Genießen Sie Ihr Weihnachtsessen, Nanny, und Sie natürlich auch, Madge. Die Köchin hat unten im kleinen Speisezimmer alles für Sie vorbereitet. Ich habe Jessup gebeten, ein Klappbettchen neben dem Kamin aufzustellen, für den Fall, dass Sie die kleine Anne aus dem Korbwagen nehmen möchten.«

»Danke, Madam.« Madge machte einen tiefen Knicks.

»Das ist sehr nett von Ihnen, Mrs Deravenel, vielen, vielen Dank«, pflichtete Nanny ihrer Kollegin bei und zupfte Madge heimlich am Ärmel, ein Zeichen, dass sie sich zurückziehen sollten. Eigentlich hätte sie den Kindern gern noch eingeschärft, dass sie weiterhin mit tadellosem Benehmen glänzen sollten, aber die beiden kleineren Mädchen tollten bereits mit ihrem Vater herum, und Bess lief eben zu den dreien.

Zwar war Bess Nannys Liebling, dennoch behandelte sie alle Deravenel-Kinder gleich, da sie niemals eines vorgezogen hätte. Sie sorgte sich um die Neunjährige, die viel zu ernst und verständig war für ihr Alter und die ihrer Mutter kein bisschen nahestand, dafür aber den Vater vergötterte.

Eine merkwürdige Familie. Nanny schüttelte unwillkürlich den Kopf. Sie war jetzt seit acht Jahren in dem Haushalt angestellt und kümmerte sich um Bess und ihre kleineren Geschwister. Es waren liebe und bildhübsche Kinder, und sie hing sehr an ihnen. Allerdings bereiteten ihr die Eltern gelegentlich Kopfzerbrechen. Bisweilen erweckte es den Eindruck, als legten es Mr und Mrs Deravenel bewusst darauf an, sich gegenseitig das Leben schwerzumachen.

Das Kindermädchen verwarf den Gedanken hastig. Es war Weihnachten 1918. Der Krieg war vorbei, und sie lebten endlich wieder in Frieden.

16

Elizabeth war sich gewärtig, dass sie am Morgen überreagiert hatte. Sie hätte Edward nicht anfahren dürfen wegen der Diamantbrosche, auch wenn sie das Schmuckstück als Geschenk für ein Kind zu teuer fand.

Ihr Mann hatte mit einem beißenden Kommentar reagiert und sie keines Blickes mehr gewürdigt. Dabei hätte ihr längst klar sein müssen, dass Bess sein Liebling war. Er verwöhnte das Kind nach Strich und Faden: Für seine neunjährige Tochter war das Beste gerade gut genug.

Sie hätte sich an fünf Fingern einer Hand abzählen können, dass er in diesem Punkt keine Kritik vertrug. Warum hatte sie nicht einfach den Mund gehalten? Sie konnte es sich selbst nicht erklären … aber ihr rutschten dauernd irgendwelche Bemerkungen heraus, die er in den falschen Hals bekam. Bei anderen passierte ihr das nie, bloß bei Edward. Irgendwie war sie angespannt in seinem Beisein und fühlte sich von ihm provoziert, dachte sie frustriert. Er machte sie nervös.

Erst neulich hatte ihr Bruder Anthony ihr vorgeworfen, sie würde sich ständig über Dinge ereifern, die völlig nebensächlich seien. »Reg dich nicht immer so künstlich auf«, hatte er sie gerügt. »Konzentrier dich auf das Wesentliche und lass die Nebensächlichkeiten sein … sonst wachst du eines Tages auf, Lizzie, und stellst fest, dass du die Gans geschlachtet hast, die dir goldene Eier legt.«

Er war so ärgerlich geworden, dass sie es nicht einmal wagte, ihn dafür zu kritisieren, dass er sie Lizzie nannte. Stattdessen hatte sie gemurmelt, sie habe nicht den Hauch einer Ahnung, worauf er hinauswolle.

»Für eine intelligente Frau kannst du dich gelegentlich ziemlich blöd anstellen«, hatte er mit jener herablassenden Stimme erklärt, in der kalte Wut mitschwang. »Du wirfst ihm ständig Affären vor, die vollkommen aus der Luft gegriffen sind –«

»Und was ist mit Jane Shaw?«, hatte sie Anthony unterbrochen und ihn vernichtend angefunkelt.

»Sie ist seine Geliebte, na gut, das weißt du, und ich weiß es auch. Sie ist keine ›Affäre‹ oder wie immer du das bezeichnen magst.«

»Willst du damit sagen, dass ich sie tolerieren soll?«

»Ja. Verschließe die Augen davor, wie es andere Frauen der Gesellschaft auch tun, deren Männer sich eine Geliebte halten. Und das dürften die meisten sein. Vergiss nicht: Jane Shaw ist seit längerem Edwards Geliebte und hat offensichtlich keine untragbaren Forderungen gestellt. Sie hat nie versucht, eure Ehe zu zerstören, sondern gibt sich mit dem Status quo zufrieden. Sie rüttelt nicht an eurer Beziehung. Tu du es auch nicht, Lizzie.«

»Ich fühle mich in meinen Gefühlen verletzt«, hatte sie gemault. »Ich will, dass er mir treu ist.«

»Himmel noch, werd endlich erwachsen, Elizabeth! Vernachlässigt er deine körperlichen Bedürfnisse? Dumme Frage. Wohl kaum, sonst wärst du nicht dauernd schwanger. Er verwöhnt dich, er überschüttet dich mit Luxus, behängt dich mit kostbarem Schmuck. Du kannst das Geld mit vollen Händen zum Fenster hinauswerfen und hast wahrhaftig keinen Grund, dich zu beklagen, Schwesterherz.«

»Aber …«

»Kein Aber.« Ihr Bruder neigte sich zu ihr und raunte dicht an ihrem Ohr: »Je länger er die Beziehung mit Jane aufrechterhält, umso besser für dich … Wieso will dir das nicht in den Kopf?«

»Mir wäre weitaus lieber, er hätte gar keine Geliebte.«

»Ein Mann wie Edward?! Du bist wohl nicht bei Trost. Wenn

er keine Geliebte hätte – damit meine ich wohlgemerkt eine Frau wie Jane –, dann hättest du es mit einem ganzen Haufen Gespielinnen zu tun. Frauen, die vermutlich nicht so zurückhaltend wären wie Jane, sondern Ambitionen entwickeln würden, die zweite Mrs Edward Deravenel zu werden.«

Elizabeth fühlte sich tief getroffen. Allein die Tatsache, dass sie im Ritz Hotel beim Mittagessen saßen, hielt sie davon ab, in Tränen auszubrechen. Stattdessen hatte sie sich um Fassung bemüht, hastig den Kopf gesenkt und in ihrer Handtasche nach einem Taschentuch gekramt.

»Fang jetzt bloß nicht auch noch an zu heulen«, knirschte Anthony. »Ich kann Frauen nicht weinen sehen.«

»Das eben war nicht besonders nett von dir.«

»Ich nenne die Dinge nur beim Namen, Elizabeth«, versetzte er ein wenig milder. Er fasste ihre Hand. »Du hast ein wundervolles Leben, um das man dich beneidet, und einen jungen attraktiven Mann, der enorm erfolgreich und wohlhabend ist. Er behandelt dich wie eine Königin, er trägt dich auf Händen! Überdies ist er ein guter Vater, der seine Kinder vergöttert. Und ich bin überzeugt davon, dass er nicht die Absicht hat, dich je zu verlassen. Also, gib deinem Herzen einen Stoß und lass ihn in Ruhe.«

»Was du sagst, stimmt, Anthony. Alle beteuern das. Also gut, ich halte künftig den Mund, versprochen. Ich werde ihm nicht mehr mit irgendwelchen Verdächtigungen in den Ohren liegen.«

Ihr Bruder hatte zustimmend genickt. »Ich bin davon überzeugt, dass er sich nicht scheiden lassen will, Elizabeth. Er liebt dich nämlich sehr.«

Das sagst du doch bloß, weil du für ihn arbeitest, hatte sie an jenem Tag gedacht, ihren bissigen Kommentar jedoch für sich behalten.

Heute, am Abend des Weihnachtstages, saß sie allein in ihrem Schlafzimmer und dachte zerknirscht, wie gehässig ihre

Bemerkung gewesen wäre. Und höchst unfair gegenüber ihrem Bruder, der ein durch und durch anständiger Mensch war. Er hätte genauso reagiert, wenn er nicht für Edward arbeiten würde. Ich war mal wieder schlecht gelaunt, kritisierte sie sich selbst, und kann heilfroh sein, dass ich mir diese infame Äußerung verkniffen habe. Ein Streit mit ihrem Lieblingsbruder hätte ihr gerade noch gefehlt. Er wollte doch nur ihr Bestes: Glück, Geborgenheit und Zufriedenheit.

Sie lehnte sich auf der Chaiselongue zurück und überlegte fieberhaft, wie sie das Zerwürfnis mit Edward wieder einrenken könnte. Und zwar noch heute Abend. Ihre gedankenlos dahergesagten Kritik an Bess' Brosche gehörte schleunigst aus der Welt geschafft. Er hatte sich den ganzen Tag und im Beisein der Kinder höflich distanziert verhalten. Beim Abendessen war er freundlich, wenn auch einsilbig gewesen. Nachdenklich, fand Elizabeth im Nachhinein. Nach dem Dinner hatte er ihr und seiner Mutter eine gute Nacht gewünscht und sich in die Bibliothek zurückgezogen. Cecily war auf ihr Zimmer gegangen, und sie hatte ihre Schwiegermutter notgedrungen nach oben begleitet. Was blieb ihr anderes übrig, als auch ins Bett zu gehen?

Elizabeth spähte zu der kleinen Standuhr auf ihrem Frisiertisch. Es war fast elf. Und er war noch nicht da. Oder wollte er allein schlafen? Aber selbst wenn Edward sich in das angrenzende Schlafzimmer zurückzog, kam er für gewöhnlich vorher kurz zu ihr, um noch einen Moment zu plaudern, bevor er sich hinlegte.

Sie stand auf, glitt durch das Zimmer zu der Verbindungstür und lauschte. Alles war ruhig, völlig still. Behutsam drückte sie die Klinke und öffnete die Tür einen Spaltbreit. Es brannte zwar Licht, aber das Bett war nicht angerührt und ihr Mann nirgends zu entdecken.

War er noch unten in der Bibliothek und ertränkte seinen Groll in Alkohol? Woher sollte sie das wissen? Elizabeth zuckte resigniert mit den Schultern. Dann würde sie eben warten müssen, bis er zu Bett ging. Sie musste mit ihm reden, daran führte kein Weg vorbei.

* * *

Nachdem Jessup noch ein paar Holzscheite auf das Kaminfeuer in der Bibliothek gelegt und seinem Dienstherrn einen Calvados serviert hatte, stand Edward Deravenel eine ganze Weile vor den zuckenden Flammen, nippte an seinem Glas und überlegte. Ihm schwirrte so viel im Kopf herum, dass er Mühe hatte, seine Gedanken zu sortieren. Einiges hatte er immerhin schon geregelt: Richard hatte die Besitzurkunde für das Haus in Chelsea bekommen, so dass George diesbezüglich keine Handhabe mehr hätte; und die Forths würden das Treuhänderkonto für Grace Rose bis zu deren Mündigkeit verwalten. Edward war froh, dass er sich zu diesem Schritt entschlossen hatte. Damit war sie zeitlebens unabhängig.

Für Jane Shaw hatte er ebenfalls ein Konto eingerichtet. Vor sechs Jahren. Genau wie Grace Rose wäre auch sie ohne ihn finanziell abgesichert.

Letzten Donnerstag hatte er Jane die entsprechenden Unterlagen ausgehändigt. Bei der Erinnerung an ihr verblüfftes Gesicht schmunzelte er. Er hatte sie zu der Dinnerparty bei den Forths abgeholt und ihr gleich an der Tür das mit einer roten Schleife geschmückte Kuvert in die Hand gedrückt. »Hier hab ich noch ein kleines Weihnachtsgeschenk für dich«, hatte er erklärt.

Zunächst hatte sie sich überschwänglich bedankt und dann herzzerreißend geschluchzt, als sie den Inhalt sah.

»Hör auf zu weinen, Jane«, hatte er begütigend gemurmelt. »Ich bin weder krank, noch will ich dich verlassen oder sonst irgendetwas. Ich möchte nur, dass du die Dokumente verwahrst, da sie dich betreffen. Es ist eine reine Vorsorgemaßnahme, falls du mich überlebst.«

Jane war eine intelligente und vernunftgesteuerte Frau. Sie hatte die Bedeutung der Papiere sofort begriffen und sie in ihren Safe geschlossen. Zu den Unterlagen, die das Haus in Hyde Park Gardens betrafen, das er ihr vor ein paar Jahren gekauft hatte.

Nachdem sie ihr Make-up ausgebessert hatte, waren sie zu Vicky und Stephen gefahren und hatten dort einen reizenden Abend verlebt. Jane hatte sich prächtig mit Grace Rose verstanden und wollte das junge Mädchen näher kennenlernen. Die Vorstellung, dass diese beiden Frauen gute Freundinnen werden könnten, gefiel Edward besonders.

Schon Anfang Dezember hatte er sich an seinen Schreibtisch gesetzt und ein neues Testament entworfen. Er nahm einen tiefen Schluck Calvados und ließ sich in einen der Sessel sinken, die um den Kamin gruppiert waren.

Gleich nach den Weihnachtsfeiertagen, wenn er wieder in London war, wollte er seine Notare aufsuchen, um das neue Testament beglaubigen zu lassen. Damit würde das alte hinfällig werden.

Grundsätzlich hatte er wenig verändert. Er hatte nur ganz konkret formuliert, wer was bekommen sollte, um eventuellen Fehlinterpretationen seines Vermächtnisses vorzugreifen.

Sein Hauptaugenmerk galt der extravaganten Elizabeth. Seiner Frau sollte es an nichts fehlen, denn sie war ihm wichtig, auch wenn sie das anders sah. Für seine vier Töchter Bess, Mary, Cecily und die kleine Anne hatte er ebenfalls Vorsorge getroffen. Er hatte für jedes der Mädchen einen eigenen Treuhandfonds eingerichtet, damit sie finanziell unabhängig waren. Das lag ihm sehr am Herzen.

Seine beiden Söhne Edward und Richard waren als männliche Erben bestens abgesichert. Der Älteste erbte alles: die Häuser in London und Kent, Ravenscar und das Geldvermögen, und er würde nach dem Tod des Vaters die Leitung von Deravenels übernehmen.

Und wenn er nun starb, bevor Edward junior alt genug wäre, um Deravenels zu führen? Der Gedanke zermürbte ihn schon seit längerem. Falls sein Sohn dann noch zur Schule ginge, wäre George der offizielle Anwärter auf den Chefsessel. Doch der war als Unternehmensführer unvertretbar; George war labil, verantwortungsscheu, inkompetent, sucht- und drogengefährdet.

Außerdem gönnte sein Bruder niemandem auch nur das Schwarze unter dem Fingernagel. Zu oft hatte er ihn hintergangen und belogen, stiftete Unfrieden, wo er nur konnte, und er hätte Edward bestimmt ohne jeden Skrupel ans Messer geliefert. Dennoch hatte er bislang seinem jüngeren Bruder die bösen Ausrutscher und Intrigen immer wieder verziehen.

Aber jetzt ist das Maß endgültig voll, dachte Edward. Nein, George würde niemals Firmenchef werden. Nach ihm käme Richard. Und das war eine vertretbare Lösung. Er würde den entsprechenden Passus in der kommenden Woche in sein Testament aufnehmen lassen. Der integre, loyale Richard war von jeher sein Lieblingsbruder. Er könnte Deravenels übergangsweise führen, bis Edward junior volljährig wäre. Überdies hätte sein ältester Sohn mit Will Hasling, Alfredo Oliveri und seinem Onkel Anhony Wyland gute und fähige Berater. Nicht zu vergessen Amos Finnister, der ihm den Rücken stärken würde.

Edward prustete los. Er war gerade einmal dreiunddreißig! Am 28. April des kommenden Jahres würde er seinen vierunddreißigsten Geburtstag feiern. Viel zu jung zum Sterben, oder? Er lachte aufgeräumt. Er war ein Mann, der fest daran glaubte, dass ihm ein langes Leben vergönnt sein würde.

17

Ein leises, kaum wahrnehmbares Geräusch, eine Art gedämpftes Seufzen, weckte ihn aus seinem Dämmerschlaf. Er räkelte sich entspannt in seinem Sessel vor dem Kamin, froh, dass er Hemd, Jackett und Krawatte schon vor geraumer Weile ausgezogen hatte.

Da war es wieder … ein langgezogener Seufzer, dieses Mal gefolgt von einem merkwürdigen Rascheln. Wie das Rascheln von Seide, faszinierend und verheißungsvoll.

Unvermittelt flutete süßer Gardenienduft durch die warme Luft zu ihm, und er setzte sich unwillkürlich auf.

Die Bibliothek wurde von silbrigem Mondschein erhellt, und als er blinzelnd zur Tür blickte, stand sie dort. Elizabeth. Die Beleuchtung in der Eingangshalle umschmeichelte ihre Silhouette, ließ ihre wohlgeformten Rundungen aufreizend durch das rauchgraue Chiffonnegligé schimmern. Sie hatte das taillenlange Haar gelöst; es floss wie eine silberglitzernde Kaskade über ihre Schultern.

Für Edward war es immer noch das schönste Gesicht, das er sich vorstellen konnte, absolut perfekt, als hätte es ein begnadeter Künstler in makellosen Marmor gemeißelt. Sie war elfenhaft blass und schien vor ihm zu schweben wie eine außerirdische Erscheinung. Unvermittelt drehte sie sich um, schloss die Tür und tat einen Schritt in die Bibliothek. Sie blieb stehen, die Arme an ihrer Seite, und blickte ihn schweigend an.

Sie kam, um ihn zu verführen, das war ihm sofort klar.

Und sofort spürte Edward eine Hitze seinen Körper durchzucken; selbst sein Gesicht war plötzlich glutheiß. Er vermochte den Blick nicht von ihr zu reißen, war wie hypnotisiert.

Schließlich stand er auf und trat zu ihr. Ihre blauen Augen trafen sich.

»Was machst du denn hier?«, fragte er, verblüfft über seine kehlige Stimme, aus der das Begehren sprach.

»Ich suche meinen Mann.«

»Er ist hier.«

»Wartet er auf seine Frau?«

»Ja.«

»Begehrt er sie?«

»Ja.«

»Sie gehört dir. Nur dir.«

Edward streckte seine Hand aus, verschränkte ihre langen, schlanken Finger mit seinen und zog Elizabeth an sich. Er riss sie in seine Arme, presste seine Lippen auf ihre, schmeckte sie, inhalierte ihr berauschendes Parfüm.

Elizabeth klammerte sich an ihn, ihren Mann. Der Mann, den sie liebte, ihr Ein und Alles. Sie streichelte mit ihren Fingern über sein dichtes, kupferrotes Haar, drängte ihren Körper an seinen, ließ ihre Zunge sinnlich in seinem Mund kreisen, weil er das ganz besonders mochte. Unvermittelt war er erregt. Sie spürte seine Erektion an ihrem Leib, und ihr Herz tanzte. Das sei der einzig richtige Weg, beteuerte ihre Mutter ständig. Der einzig richtige Weg, um ihn zurückzugewinnen, dass er sein Begehren wieder voll und ganz auf sie konzentrierte.

»Du musst ihn dir hörig machen«, hatte ihre Mutter neulich erst betont. »Gib ihm, was immer er von dir verlangt. Du bist seine Frau, die Mutter seiner Kinder, also sei auch seine Geliebte.«

Jetzt besann Elizabeth sich auf ihre Ratschläge. Ihre Hände glitten von seinen Schultern über seinen Rücken, verharrten verheißungsvoll auf seinem Gesäß, bis sie ihn stürmisch an ihren Schoß riss.

Erregt flüsterte er in ihr langes, seidiges Haar: »Lass uns nach oben gehen.«

»Nein, nein, lass uns hierbleiben.«

Er ließ sie schweigend los und zog seine Sachen aus, während sie mit einer verführerischen Geste das Negligé von ihren Schultern auf den Boden gleiten ließ. So standen sie da, in stummer Bewunderung, als hätten sie einander noch nie zuvor gesehen. Ihre Blicke verschmolzen.

Sie faszinierte ihn noch jedes Mal. Wie zauberhaft schön sie war! Sie schien ihm jung, als wäre sie noch unschuldig und unberührt. Obwohl sie fünf Jahre älter war als er, wirkte sie heute Abend wie ein blutjunges Mädchen.

Edward verschlang sie mit Blicken, und Elizabeth hatte Mühe, ihre Lust zu kontrollieren. Er war so maskulin, groß und breitschultrig, mit langen, trainierten Schenkeln. Sie hatte ihm einmal gesagt, er sei ein Adonis, und darauf hatte er gelacht, obwohl es stimmte.

Er fasste abermals ihre Hand, zog sie näher an das Feuer, wo sie auf den flauschigen Kaminvorleger sanken. Er grub sein Gesicht in ihre seidig blonden Strähnen, atmete den sinnlichen Duft ein. Küsste Elizabeths Schläfen, ihre Lider, ehe ihre Lippen verschmolzen. Anfangs waren Edwards Küsse zärtlich, doch als er die wachsende Glut ihrer Erregung realisierte, wurden sie zunehmend lustvoller und leidenschaftlicher.

Sie erbebte in seinen Armen, hauchte hingebungsvoll seinen Namen. »O Edward, o Edward, ich will dich …« Er glitt auf sie, senkte seinen Blick in ihren. Und dann raunte er leise, kaum hörbar: »Ich liebe dich, weißt du das?«

»Beweise es, Edward, beweis es mir.«

Und das tat er. Er nahm sie mit einer Leidenschaft, wie er es seit langem nicht mehr getan hatte. Und Elizabeth gab sich seiner Lust hin, wohl spürend, dass er heute Abend anders war als sonst. Zärtlich und liebevoll und dennoch erfüllt von einer ungestümen Leidenschaft, die an Wildheit grenzte. Sie schenkte sich ihm freimütig, wohl wissend, dass sie ihn damit zurückgewann. Geschickt und erfahren – sie hatte viel von ihm gelernt – stimulierte sie ihn, nährte seine Lust auf sie die ganze Nacht, wieder und wieder. Sie erreichten Höhepunkte wie schon lange nicht mehr. Ihre Streitereien und Differenzen waren ausgeblendet, wenigstens für diese eine Nacht, sie waren wieder Mann und Frau, sie liebten einander ohne jede Einschränkung.

* * *

Edward spürte einen kühlen Luftzug auf seinem Körper und setzte sich ruckartig im Bett auf. Noch leicht benommen vom Schlaf registrierte er, dass er sich in seinem eigenen Schlafzimmer befand; der Fensterriegel hatte sich gelöst, und die Fensterflügel schlugen gegen das Mauerwerk. Eine eisige Meeresbrise erfüllte den Raum.

Er sprang aus dem Bett, schloss das Fenster und glitt über den weichen Teppich zu der Zwischentür, durch die er in Elizabeths Schlafzimmer spähte. Dort war es stockdunkel – so mochte sie es am liebsten –, und sie schlief tief und fest. Geräuschlos schloss er die Tür, ging zurück und setzte sich auf sein Bett. Er hatte bohrende Kopfschmerzen, sein Mund war staubtrocken. Es war das typische Katergefühl … er hatte am Abend reichlich Cognac und Calvados getrunken, bevor sie in die Bibliothek gekommen war und ihn dort verführt hatte. Gottlob hatte Elizabeth die Geistesgegenwart besessen, von innen abzuschließen. In seiner Erregtheit hätte er das vollkommen vergessen.

Edward grinste amüsiert und schüttelte den Kopf. Er erhob sich und ging in das seinem Schlafzimmer angeschlossene Bad. Er drehte den Hahn auf und füllte ein Glas mit eiskaltem Wasser, das er in einem Zug hinunterkippte. Dann griff er nach der Seife und seinem Rasiermesser.

Elizabeth hatte es letzte Nacht gezielt darauf angelegt, ihn zu verführen, und das war ihr zweifellos geglückt. Sie hatte sich nicht einmal großartig anstrengen müssen. Er hatte sie mehr als reizvoll gefunden, war ihr ein überaus williger und feuriger Partner gewesen. Und da sie sich alles versagt hatte, was ihn hätte verärgern und aufbringen können, hatten sie eine berauschende, lustvoll entfesselte Liebesnacht verbracht.

Wenn sie häufiger den Mund halten würde, würde es mit ihnen beiden viel besser laufen, dachte er. Leider kamen ihr mit schöner Regelmäßigkeit irgendwelche Sticheleien und Anschuldigungen über die Lippen, worauf ihm sofort der Kamm schwoll.

Seufzend setzte er seine Rasur fort. Elizabeth konnte eine wahre Nervensäge sein, und bisweilen war er so wütend über ihre ungerechtfertigten Behauptungen, dass er hätte platzen mögen. Trotzdem hätte er sie nie verlassen, weil er ein vergleichsweise intaktes Familienleben schätzte. Dabei dachte er vor allem an die Kinder. Inzwischen waren es sechs, und er liebte jedes von ihnen. Sie brauchten ihn, brauchten zweifellos beide Eltern.

Wenn er ganz ehrlich mit sich war, musste er zugeben, dass seine Frau gewisse Qualitäten und Vorzüge hatte, die ihm immens wichtig waren. Auch nach elf Jahren Ehe fand er sie sexuell attraktiv. Er fühlte sich körperlich nach wie vor magnetisch von ihr angezogen. Hinzu kam, dass es ihr nichts ausmachte, ein Kind nach dem anderen zu bekommen. Nach der Geburt überließ sie die Kleinen freilich der Obhut ihrer Kinderschwestern und kümmerte sich nicht mehr allzu viel um sie.

Er hielt in der Bewegung inne und betrachtete versonnen sein Spiegelbild. Ob sie letzte Nacht wohl noch ein Kind gezeugt hatten? Elizabeth würde eine weitere Schwangerschaft mit stoischer Gelassenheit hinnehmen, und ihm sollte es nur recht sein. Große Familien waren in der viktorianischen Ära populär gewesen, und man betrachtete sie auch weiterhin mit Stolz und Wohlgefallen.

Darüber hinaus galt seine Frau weithin als Ideal weiblicher Schönheit. Sie besaß ein sicheres Stilgefühl, trug stets den modisch aktuellen Chic und verströmte darin Eleganz und Selbstbewusstsein. Edward genoss es, sie auszuführen.

Unter seiner Anleitung hatte sich Elizabeth zu einer parkettsicheren und charmanten Gastgeberin gemausert. Allerdings hatte die Sache einen Haken. Seine Frau provozierte gern und legte sich häufiger mit den Gästen an, die dergleichen natürlich in den falschen Hals bekamen und sich brüskiert fühlten. Diesbezüglich würde er weiterhin beide Augen zudrücken müssen, seufzte er. Er hatte alles versucht, um ihr das abzugewöhnen, leider erfolglos. »Sie hat ein loses Mundwerk und tritt in jeden Fettnapf«, hatte Will das Problem schon oft auf den Punkt gebracht.

Sosehr ihn Elizabeth im Bett auch erregte, ansonsten langweilte sie ihn unglücklicherweise. Sie konnte sich für nichts erwärmen, was ihn interessierte oder entspannte.

Stattdessen hatte er Jane Shaw, die sein Interesse an Kunst, Musik und Literatur teilte. Seine Gedanken kreisten für Augenblicke um die herzensgute Jane, die sich mit ihrer Beziehung zufriedengab und keine Forderungen stellte. An einer Heirat war sie nicht interessiert, weder mit ihm noch mit irgendeinem anderen Mann. Sie war einmal verheiratet gewesen, und das reichte ihr anscheinend. Jedenfalls beteuerte sie das des Öfteren.

Sein engster Vertrauter Will riet ihm, das Leben so zu nehmen, wie es war. Neulich hatte er noch gemeint: »Zerbrich dir nicht den Kopf wegen der beiden Frauen. Sie haben es beide ausgesprochen gut bei dir, wie übrigens deine gesamte Familie. Du hast dir wahrlich nichts vorzuwerfen.«

Er hoffte, dass das stimmte.

18

Ah, da bist du ja, Edward, mein Lieber«, sagte Cecily Deravenel. Sie stellte ihre Tasse auf den Unterteller. »Guten Morgen.«

»Guten Morgen, Mama«, begrüßte er sie mit einem Lächeln. Er steuerte durch den Frühstücksraum, blieb hinter ihrem Stuhl stehen und küsste seine Mutter auf die Wange. Dann ging er weiter zu dem Büfett, auf dem das Frühstück angerichtet war.

Er hob die silbernen Hauben von den Servierplatten und gewahrte eine Auswahl von Köstlichkeiten: gegrillte Würstchen, Bohnen, Speck, Pilze und Tomaten, Rühreier und Räucherfisch. »Grundgütiger, die Köchin will uns wohl mästen!«, entfuhr es ihm, während er sich Tomaten und Würstchen auf den Teller lud.

Er setzte sich zu seiner Mutter an den Frühstückstisch, nahm einen Schluck Tee und räusperte sich angespannt. »Ich muss etwas mit dir besprechen, aber das hat auch später noch Zeit.«

Cecily stöhnte ungehalten. »Das sagst du jedes Mal. Und dann schiebst du die Sache vor dir her, genau wie dein seliger Vater. Erzähl es mir jetzt, Edward, bitte mach nicht so ein Theater.«

»Ich möchte, dass du mir die Firmenunterlagen überlässt, die du in der Charles Street im Tresor verwahrst. Ich muss sie mir noch einmal genau ansehen.«

Cecily setzte sich kerzengerade auf und betrachtete ihn stirnrunzelnd. »Stimmt etwas nicht? Gibt es ein Problem, Edward?«

Er schüttelte den Kopf. »Nein, absolut nicht, Mutter. Ich möchte lediglich einen Blick auf die Unternehmensstatuten werfen.«

»Ach so.« Sie öffnete den Mund, schloss ihn wieder und überlegte, bevor sie gedehnt fortfuhr: »Gibt es Ärger mit diesem Verwandten von Henry Grant … wie hieß er noch gleich? Ah ja, Henry Turner, dieser junge Mann, der in Frankreich lebt? Diese unsäglichen Grants hecken doch nicht etwa wieder etwas gegen uns aus, oder?«

»Nein, nein, sei unbesorgt, Mutter! Außerdem ist Henry Turner ein junger Kerl von vielleicht siebzehn, achtzehn Jahren. Mit dem werde ich fertig. Er lebt seit Jahren in Frankreich, keine Ahnung, was er dort treibt. Er hat jedoch keinerlei Ansprüche auf Deravenels, falls du das meinst, Mama.«

»Ich meine gar nichts, ich weiß bloß, dass er vor ein paar Jahren steif und fest behauptet hat, er wäre Henry Grants designierter Erbe.«

Amüsiert schmunzelnd rückte Edward einem Grillwürstchen zu Leibe. »Erbe von was, hm? Wie ich schon sagte, er kann keinerlei Anspruch auf Deravenels geltend machen. Nach meinem Dafürhalten wäre er zudem ein ziemlich zweifelhafter Erbe. Sein Vater war Henry Grants Halbbruder, und Henry Grant demzufolge wohl sein Halbonkel oder wie immer man das nennen mag.« Edward lachte aufgeräumt.

Cecily schüttelte den Kopf. »Das ist ja alles gut und schön, aber du kennst doch das Sprichwort: Wer zuletzt lacht, lacht am besten. Bist du dir sicher, dass dieser Turner nicht doch noch irgendein Ass im Ärmel hat?«

»Das soll wohl ein Scherz sein, Mutter! Aber kommen wir auf unser ursprüngliches Thema zurück. Ich möchte mir die Unternehmensstatuten aus einem ganz bestimmten Grund ansehen. Ich will wissen, ob man sie ändern kann.«

»Das bezweifle ich doch sehr!«, entfuhr es Cecily. Über den Tisch geneigt, fixierte sie ihn eindringlich. »Und welche Regelung schwebt dir da im Speziellen vor?«

»Die Nachfolgeregelung im Unternehmen.«

»Was meinst du damit? Der älteste Sohn übernimmt von

jeher den Konzernvorsitz! Oder, wie in deinem Fall, die Alleingeschäftsführung. Edward junior ist dein Erbe, auf ihn folgt der kleine Richard, falls Edward etwas zustoßen sollte.«

»Ich weiß – so wie ich der Nachfolger meines Vaters war. Gleichwohl kann im Leben so manches passieren, und ich möchte festschreiben, dass, sofern sich kein männlicher Deravenel dafür findet, eine Frau meine Nachfolge antreten kann.«

»Eine Frau auf dem Chefsessel von Deravenels? Meine Güte, Edward, wo denkst du hin! Ich kann mir nicht vorstellen, dass der Vorstand das billigen würde. Grundgütiger, nein! Vergiss nicht, dieses Direktorium ist eine mächtige Instanz.«

»Ich weiß. Aber die Zeiten ändern sich. Und das Leben ist unvorhersehbar. Ich möchte sicherstellen, dass Bess ebenfalls erbberechtigt ist, damit sie im Ernstfall in meine Fußstapfen treten kann. Immer vorausgesetzt natürlich, es findet sich kein männlicher Nachfolger.«

»Wie kommst du denn plötzlich darauf?«, fragte Cecily mit einem nervösen Augenflattern. Ihre Züge wirkten mit einem Mal angespannt.

»Kein Grund zur Aufregung, Mutter. Ich bin sicher, dass die männliche Nachfolge geregelt ist, aber was, wenn den Jungen wider Erwarten etwas zustoßen sollte?« Edward schüttelte den Kopf und bedachte sie mit einem langen Blick. »Ich entsinne mich noch ziemlich genau, was du mir vor Jahren hier auf Ravenscar gesagt hast. ›Wusstest du noch nicht, dass das Leben eine Aneinanderreihung von Katastrophen ist, Edward?‹ So oder so ähnlich hast du es jedenfalls vor vierzehn Jahren formuliert, als du mir beibringen musstest, dass mein Vater, mein Bruder, mein Onkel und mein Cousin in Italien zu Tode gekommen waren.«

Cecily nickte. »Ja, das stimmt. Das habe ich damals gesagt.« Sie lehnte sich zurück. »Vielleicht besteht ja eine Möglichkeit, eine weibliche Nachfolgeregelung zu erwirken. Sicher gibt es neben dir noch etliche Leute, die unsere Firmenstatuten für antiquiert und überlebt halten.« Edwards Mutter schloss für einen kurzen Moment gedankenvoll die Augen, als sie sie wieder öffnete, schenkte sie ihrem ältesten Sohn ein mildes Lächeln. »Ich glaube, du könntest es schaffen, vorausgesetzt, die Gesellschafter stellen sich nicht quer.«

Von einem Gefühl der Erleichterung durchflutet, sagte er leise: »Vergiss nicht, Mutter, ich kann sehr überzeugend sein.«

»Oh, das weiß ich, das brauchst du mir nicht zu erzählen.« Sie bedachte ihn mit einem scharfen Blick.

Unvermittelt drang Lärm von draußen ins Zimmer; ein Hund kläffte böse, ein Kind weinte, und jemand schrie aus Leibeskräften. Er meinte, Bess' Stimme zu erkennen. Aber es war Mary, die lauthals kreischte: »Nein! Nein! Hör auf damit!«

»Was um Himmels willen ist denn da draußen los?«, rief Edward und sprang auf. Er öffnete die hohen Flügeltüren, die vom Frühstückszimmer auf die Terrasse hinausgingen, und stürmte in Richtung Garten. In heller Aufregung um die Kinder achtete er nicht darauf, dass die Treppe vereist war. Er glitt aus, traf schmerzhaft auf dem glatten Untergrund auf und stürzte mit Wucht die steinernen Stufen hinunter. Auf dem Rasen, der zum Kliff hinunterreichte, blieb er reglos liegen.

»Vater! Vater!«, rief Bess und eilte zu ihm. Gleichzeitig erteilte sie ihrer Schwester Befehle: »Mary! Mary! Hol Jessup. Und Nanny. Na mach schon! Beeil dich.«

»Und was mach ich mit dem Hund?«, schluchzte Mary.

»Gib Cecily die Leine. Los, lauf!«

Die Neunjährige erreichte ihren Vater, kniete sich neben ihn und betastete behutsam sein Gesicht. »Vater, Vater, hörst du mich? Mach die Augen auf.« Über Edwards Lippen kam ein Stöhnen.

»Vater, Vater«, wiederholte Bess in heller Panik. »Bitte, sag was. Irgendwas.«

Er gab keine Antwort. Sie umklammerte seine Hand, während sie auf Jessup wartete und betete, dass ihr Vater noch am Leben sein möge.

19

Nanny stand in dem holzgetäfelten Aufenthaltsraum, in dem die Kinder ihre Mahlzeiten einnahmen, und zählte die Stühle, die den runden Tisch umstanden. Sie zählte sieben und stutzte.

»Ein Stuhl fehlt«, stellte sie fest. »Wo kann er bloß sein?«, fragte sie die Kinder. »Weiß das zufällig einer von euch?«

»Er ist weggelaufen«, verkündete Cecily scheinbar gelangweilt und schlug die Augen nieder.

»Und wo ist er hingelaufen?«, fragte die Kinderfrau nach. Sie kniff die Augen zusammen.

»Keine Ahnung«, murmelte Cecily.

»So, so. Meinst du etwa, dass Stühle so einfach davonlaufen können? Wohl kaum. Also, wer hat ihn weggenommen?«

»Bess«, meldete sich eine Piepsstimme. Nannys braune Augen schweiften zu Richard.

»Danke, mein Kind. Und wo ist Bess, Mary? Du weißt doch sonst immer alles. Also verrat es mir.«

Mary plusterte sich voller Stolz auf ihrem Stühlchen auf. »Sie ist zu Papa gegangen und hat gesagt, ich soll so lange auf unsere Geschwister aufpassen. Ist er tot?«

Cecily starrte ihre ältere Schwester mit offenem Mund an und brach prompt in Tränen aus.

Nanny glitt zu ihr, legte tröstend einen Arm um die Kleine und murmelte: »Nein, euer Vater ist nicht tot. Er hat sich bloß ein bisschen weh getan.« Als sie sich wieder aufrichtete, funkelte sie Mary mahnend an. »Du darfst so etwas nicht sagen. Du machst den Kleineren Angst, Mary, Schätzchen. Du weißt doch, dass sie alles, was du sagst, für bare Münze nehmen.«

»Ja, Nanny. Verzeih mir, Nanny. Es war nicht richtig von mir.«

Nanny versagte sich jeden weiteren Kommentar. Stattdessen lief sie in das angrenzende Babyzimmer und sagte zu Madge: »Bitte pass kurz auf die Kinder auf. Ich bin gleich zurück.«

Sobald sie in den Korridor trat, gewahrte sie Bess. Das Mädchen stand vor der Tür zum väterlichen Schlafzimmer, und neben ihr saß der kleine Edward – auf dem verschwundenen Stuhl.

»Kinder, ihr kommt jetzt sofort mit mir in den Aufenthaltsraum!«, entrüstete sich Nanny. »Die anderen warten schon auf euch … es wird Zeit für euren Morgenimbiss.«

»Wir warten darauf, dass der Arzt wieder rauskommt«, meinte Bess mit gedämpfter Stimme. »Er kann uns sicher sagen, wie schlimm sich Vater bei dem Sturz verletzt hat.«

»Verstehe. Es geht jedoch nicht, dass wir hier im Gang herumlungern. Ich verspreche euch, ihr erfahrt es bald. Eure Mutter oder eure Großmutter wird es uns sicher gleich mitteilen.«

Sie fasste Edwards kleine Hand, worauf er gehorsam von dem Stühlchen rutschte. Mit einem treuherzigen Blick fragte er das Kindermädchen: »Papa wird doch nicht sterben, oder?«

»Nein, natürlich nicht, du dummes Gänschen. Er hat sich nur leicht verletzt.«

»Wenn er in den Himmel kommt, wird er dann ein Engel, Nanny?«

»Papperlapapp, Master Edward«, antwortete das Kindermädchen scharf. »Das ist kein Thema für Kinder. Euer Vater ist jung und kräftig, er wird wieder genesen.«

Bess strahlte sie an. »Er stirbt nicht, weil … weil es sich nicht gehört«, griff sie einen von Nannys Lieblingsausdrücken auf und prustete los.

Das Kindermädchen und Edward junior stimmten in ihr

Lachen ein. Nanny nahm den Stuhl, und sie kehrten zu den anderen Kindern zurück, die schon auf ihren Imbiss warteten.

* * *

»Sie haben großes Glück gehabt, Mr Deravenel«, sagte Dr. Leighton, der eben sein Stethoskop und andere Instrumente wegpackte. »Sie könnten tot sein, wissen Sie das? Bei Ihrer Größe und Ihrem Gewicht hätten Sie sich bei einem solchen Sturz das Genick brechen können.« Der Landarzt schüttelte den Kopf. »Erstaunlich, dass Sie sich bis auf die paar Prellungen und Blutergüsse keine schlimmeren Verletzungen zugezogen haben.«

»Schätze mal, morgen wird mir alles weh tun.«

Der Arzt nickte. »Vermutlich heute schon. Im Laufe des Tages werden Sie starke Rückenschmerzen bekommen. Und geben Sie auf Ihr Schultergelenk acht. Gott sei Dank haben Sie sich nichts gebrochen. Sie sind mehr oder weniger mit dem Schrecken davongekommen, wenn ich das mal so formulieren darf.«

Als er sich zum Gehen wandte, bemerkte er Edwards achtlos auf das Sofa geworfene Kleidung. »Gut, dass Sie Reitgarderobe trugen. Die Lederstiefel haben Ihre Beine vor Schlimmerem bewahrt, glauben Sie mir.«

»Ein Glück, dass Sie im richtigen Moment herkamen, um den kleinen Edward zu untersuchen. Da kann ich wirklich von Glück reden. Nochmals vielen Dank, dass Sie sich so spontan um mich gekümmert haben.«

»Keine Ursache. Zudem ging es Ihrem Sohn schon an Weihnachten erheblich besser, so dass ich mir keine großen Sorgen machte. Ich wollte mir lediglich Gewissheit verschaffen, dass der kleine Patient wieder wohlauf ist.«

Auf dem Weg zur Tür blieb Peter Leighton stehen. »Sie brauchen Ruhe, Mr Deravenel. In den kommenden Tagen werden Sie sich sicher geschwächt fühlen. Mit einer Gehirnerschütterung ist nicht zu spaßen. Nehmen Sie regelmäßig das verschriebene Aspirin und schonen Sie sich bitte. Keine Hektik, kein Stress, ja? Und noch eines – sollten Sie starke Kopfschmerzen, Rückenschmerzen oder Schwindelanfälle bekommen, informieren Sie mich umgehend. Ich komme morgen früh sowieso vorbei und schaue Sie mir an. Aber ich bin nur eine zwanzigminütige Autofahrt von Ihnen entfernt. Wenn etwas ist, zögern Sie nicht, rufen Sie mich an. So, und jetzt kümmere ich mich um Ihren Kleinen. Jessup ist vermutlich unten, nicht wahr?«

»Ja, aber meine Frau erwartet Sie bereits in der Bibliothek. Sie bringt sie zu dem Jungen. Wahrscheinlich ist er in seinem Kinderzimmer. Danke nochmals, Doktor Leighton, für Ihre umsichtige Hilfe.«

* * *

Der Unfall ihres Sohnes hatte Cecily Deravenel schwer zugesetzt. Noch am Nachmittag kämpfte sie mit dem Schock. Anders vermochte sie es nicht zu umschreiben.

Ihr Junge hätte tot sein können. Wie leicht hätte er sich das Genick oder das Rückgrat brechen können oder gar einen Schädelbruch erleiden? Nicht auszudenken, was bei einem Sturz auf dieser steilen Steintreppe alles hätte passieren können!

Und das plötzlich und aus heiterem Himmel – entsetzlich! Der Tod weilt immer unter uns, sann Cecily erschrocken. Gottlob war ihr Sohn mit ein paar Blessuren davongekommen.

Sie kniete in der vordersten Gebetbank der Familienkapelle, welche die Deravenels vor Jahrhunderten hatten errichten lassen. Schon seit einer ganzen Weile verharrte sie dort, um ihrem Schöpfer zu danken, dass er ihren Sohn vor Schlimmerem bewahrt hatte. Sie ließ den Rosenkranz durch die Finger gleiten, während sie weitere Dankgebete murmelte, in denen sie um Schutz für ihre Kinder und Enkel bat.

Ihre Gedanken kehrten zu Edward zurück, kreisten um das Gespräch, das sie am Frühstückstisch geführt hatten. Mit einer Änderung der Firmenstatuten wollte er gewährleisten, dass künftig immer ein Deravenel die Führungsspitze im Unternehmen bekleidete – egal ob Mann oder Frau. Sie fragte sich, ob es ihm gelingen würde, den Vorstand von einer Regelung zu überzeugen, die Frauen miteinbezog, und wusste sich keine Antwort. Sie konnte nur hoffen, dass er mit seinem revolutionären Anliegen Erfolg hatte.

Ein leises Seufzen entwich Cecilys Lippen, während sie den wunderschön geschnitzten Altar betrachtete, über dem der ans Kreuz geschlagene Christus hing. Was für ein makabrer Zufall – wenige Minuten vor seinem dramatischen Sturz hatte ihr Sohn noch mit ihr über seine Erbnachfolge debattiert. Unfassbar.

Seine Überlegungen waren berechtigt. Sollte Edward durch irgendeinen unvorhersehbaren Schicksalsschlag den Tod finden, gäbe es freilich ein heikles Machtvakuum bei Deravenels. Wer würde den Firmenvorsitz übernehmen? Sein Sohn Edward wäre entschieden zu jung für diese anspruchsvolle Aufgabe. Und im Grunde ihres Herzens wusste Cecily, dass Edward George nichts zutraute. Seine Wahl fiele auf Richard, als eine Art Interimslösung, bis Edward junior alt genug wäre, um seinen Onkel als Geschäftsführer zu beerben.

Irgendwie war George zu bedauern. Sie hing sehr an dem Jungen und hatte sich immer für ihn eingesetzt. Als Kind war er mit seinen Problemen stets zu ihr gekommen, hatte ihr sein Herz ausgeschüttet und noch als Heranwachsender Zuflucht und Hilfe bei ihr gesucht. Und sie hatte ihn stets ihrer mütterlichen Liebe und Zuneigung versichert, indem sie ihn selbstlos unterstützte, wenn er wieder einmal in irgendwelchen Schwierigkeiten steckte.

Natürlich war ihr bewusst, dass es so nicht ewig weiterging …

sie fürchtete schon seit längerem, dass es mit George irgendwann ein böses Ende nehmen könnte. Dauernd setzte er sich in die Nesseln und machte sich unbeliebt; nicht zuletzt, indem er Edward ständig provozierte. Bedauerlicherweise waren die beiden wie Hund und Katze. Gleichwohl empfand sie Mitgefühl für George. Er war eben nicht so weltgewandt wie sein ältester Bruder, sondern bisweilen ein ausgemachter Dummkopf, der den Mund zu voll nahm und mit seinen unüberlegten Äußerungen die Leute brüskierte. Er meinte es gewiss nicht so. Manchmal hatte sie Angst, dass George selbstzerstörerisch veranlagt war.

Wenn man es genau nahm, war der gutaussehende George ein Bonvivant, ein Herumbummler und Träumer, der in einem Wolkenkuckucksheim lebte. Trotzdem liebte sie ihn – genau wie ihre Söhne Edward und Richard, die indes mit beiden Beinen fest auf dem Boden zu stehen schienen …

Cecily stand auf und bekreuzigte sich. Gemessenen Schrittes strebte sie durch das Kirchenschiff, in Gedanken mit ihren Söhnen und deren Familien beschäftigt. Was würde ihnen die Zukunft bringen?

An jenem zweiten Weihnachtsfeiertag im Jahre 1918 konnte sie nicht ahnen, welche Katastrophe den Deravenels drohte und dass die dramatischen Ereignisse ihrer aller Leben verändern würden. So unwiderruflich, dass es die Grundfeste ihres Daseins erschüttern sollte.

20

Mark Ledbetter war schon lange nicht mehr auf Ravenscar gewesen, er erinnerte sich jedoch noch bildhaft an die spektakuläre Aussicht, die man von den Fenstern der Bibliothek hatte.

Als Cecily Deravenel ihn und Fenella dort hineinführte, wäre er am liebsten schnurstracks zum Fenster gelaufen, um den herrlichen Meerblick auf sich wirken zu lassen.

»Schön, Sie wiederzusehen«, begrüßte Cecily die beiden mit einem charmanten Lächeln. »Ah, da ist ja auch Bess, eine glühende Bewunderin von Ihnen, Lady Fenella. Und da kommt Nanny mit den anderen Kindern.«

Kurz darauf waren Fenella und Cecily von den Kleineren umringt, die die Erwachsenen stürmisch begrüßten. Mark nutzte die Gelegenheit und schlenderte zur Fensterseite des Raums.

Er stellte sich an die hohen Flügelfenster, von denen aus er einen Panoramablick über die Nordsee und den weitläufigen Küstenstrich mit seinen wellenumspülten Klippen genoss. Das Meer glitzerte metallisch im kühlen Licht der Nachmittagssonne. Der Himmel, oft verhangen und trübe wie angelaufenes Zinn, war heute von einem strahlenden Blau, über das sich winzige weiße Wolken schoben.

Das altehrwürdige, hoch auf den Klippen erbaute Herrenhaus ermöglichte Ledbetter eine phantastische Aussicht auf die Umgebung. Weit draußen entdeckte er zwei riesige Dampfer am Horizont, die sich durch die aufgewühlten Fluten pflügten. Es war stürmisch, weiße Gischt krönte die meterhohen Wellen.

Mark wandte den Kopf vom Fenster und ließ den Blick durch die Bibliothek schweifen. Er bewunderte die mit kostbaren Folianten ausstaffierten Bücherregale, die beeindruckende Ahnengalerie, die eine Wand säumte, und das gefällige, antike Mobiliar aus dunklen Edelhölzern. Vor dem Kamin, in dem ein wärmendes Feuer prasselte, standen gemütliche Sofas und Sessel. In diesem Raum fühlte man sich rundum wohl.

Er heftete seine Augen auf Fenella, die mit den Kleinsten spielte, und musste einräumen, dass es wahrhaftig bildhübsche Kinder waren. Als wären sie geradewegs einem der berühmten Gemälde von Thomas Gainsborough oder Sir Joshua Reynolds entstiegen.

Während er beobachtete, wie sich die jüngeren Deravenels um Lady Fenella scharten, glitt ein wehmütiger Zug um Marks Mundwinkel. Schade, dass sie keine eigenen Kinder hatte. Ihre Kinder wären gewiss genauso entzückend wie die kleine Rasselbande, die um ihre Aufmerksamkeit balgte. Bedauerlicherweise war ihr Mann Jeremy jedoch schon bald nach ihrer Heirat verstorben. Fenella Fayne war eine Schönheit mit ausdrucksvollen grauen Augen; blondes Haar schmiegte sich um ein apartes Gesicht. Und sie war eine gertenschlanke, elegante Erscheinung. Ja, ihre Kinder wären bestimmt genauso wohlgeraten wie sie.

Mark beobachtete die fünf Deravenels, die er in sein Herz geschlossen hatte. Vor vielen Jahren, als ihr Vater noch Junggeselle gewesen war, hatte man Edward Deravenel häufig als den Goldjungen bezeichnet. Und seine Kinder waren ihm aus dem Gesicht geschnitten, Rot- und Blondschöpfe mit strahlend blauen Augen und fein geschnittenen, aristokratischen Zügen. Unschuldige, kostbare Geschöpfe, dachte er mit angehaltenem Atem, die entsprechend beschützt werden wollten … denn das Leben war voller Gefahren …

Als Cecily zu ihm trat, riss er sich aus seinen brütenden Gedanken. »Verzeihen Sie, Mark, ich möchte Sie nicht stören. Ich hatte den Kindern eigentlich eingeschärft, Fenella nicht so zu bestürmen.«

Mark lachte. »Ach, ihr macht es bestimmt nichts aus.«

Cecily wechselte das Thema. »Elizabeth wird gleich zu uns stoßen. Sie musste noch kurz einen Anruf erledigen. Ah, und da kommt Edward – der Ärmste. Das Laufen macht ihm sichtlich Probleme, nach seinem Sturz.«

»Er ist gefallen?« Mark musterte sie mit einer Mischung aus Bestürzung und Verblüffung.

»Ja, heute Morgen. Er ist auf den Verandastufen ausgerutscht.«

Edward, der sich schwer auf einen holzgeschnitzten Spazierstock stützte, näherte sich mit schleppenden Schritten. Mit einer gequälten Grimasse schüttelte er Mark die Hand.

»Bitte, entschuldigt mich, aber Jessup winkt mir. Ich glaube, er möchte kurz etwas mit mir besprechen«, murmelte Cecily. Sie glitt zur Tür und ließ die beiden Männer allein.

»Was haben Sie denn gemacht?«, wollte Mark nach einem skeptischen Blick zu Edward wissen.

»Ich bin mit Karacho über die vereisten Stufen gesegelt. War meine Schuld, dass ich nicht aufgepasst habe. Draußen war die Hölle los … die Kinder brüllten und kreischten, und der Hund kläffte wie verrückt. Als besorgter Vater bin ich natürlich spontan hinausgerannt und bin schwer gestürzt. Dass es draußen glatt sein könnte, hatte ich in meiner Eile überhaupt nicht bedacht.«

Mark gewahrte das zugeschwollene Auge, die abgeschürfte Wange und das blutunterlaufene Kinn seines Gegenübers. »Muss ein böser Sturz gewesen sein«, stellte er fest.

»Das war es in der Tat. Dabei hatte ich noch Glück im Unglück.«

»Und wann gehen Sie zurück zum Yard?«, fuhr Edward fort, nachdem sie vor dem Kamin in zwei bequemen Sesseln Platz genommen hatten. »Will Hasling erwähnte, dass Sie befördert worden sind.«

»O ja. Es wird demnächst bekanntgegeben. Ich werde Polizeipräsident der Londoner Stadtpolizei.«

»Meinen Glückwunsch!« Edward schmiegte sich in das Sesselpolster und grinste. »Das freut mich für Sie. Das ist wenigstens eine lohnende Beförderung.«

Mark lachte. »Ich weiß, aber offen gestanden wollte ich ohnehin zurück. Das Yard hat mir richtig gefehlt. Meine Tätigkeit im Kriegsministerium war sicherlich zwingend erforderlich, aber zuweilen konnte einem die Bürokratie gehörig auf die Nerven gehen.«

»So, so, Sie haben sich mit Papierkram beschäftigt. Und wir waren der festen Überzeugung, Sie würden im Geheimdienst laufend irgendwelche Spione enttarnen«, bemerkte Edward scherzhaft.

»Hab ich gewissermaßen auch, aber nicht persönlich«, erklärte Mark grinsend.

»Soll heißen, Ihre Tätigkeit bei der Spionageabwehr war zwar langweilig, aber relativ sicher, hm?«

»Stimmt haargenau, Deravenel.«

In diesem Moment rauschte Elizabeth ins Zimmer, bezaubernd schön in einem Jäckchenkleid aus beiger Kaschmirwolle, mit einer mehrreihigen Perlenkette als augenfälligerem Schmuck. »Ich bitte vielmals um Entschuldigung.« Sie streckte Mark, der höflich aufgestanden war, ihre Rechte entgegen. »Leider konnte ich Sie nicht an der Tür begrüßen. Ich musste noch ein Telefonat mit meiner Mutter führen.«

Mark nickte verständnisvoll. Nach einem anerkennenden Blick über die Kinderschar sagte er: »Sie sind allesamt bildhübsch, Elizabeth, wie ihre Mutter.«

»Danke für das Kompliment.«

Cecily kehrte in die Bibliothek zurück, gefolgt von Jessup und drei von den Stubenmädchen. Sie schoben einen Teewagen vor sich her, den sie neben der Tür abstellten.

Nachdem sie die Kleinen endlich abgeschüttelt hatte, gesellte sich Fenella zu Elizabeth und Edward. Sie küsste beide zur Begrüßung auf die Wange. »Herrje, du Ärmster«, entfuhr es ihr bedauernd. »Deine Mutter hat mir schon von deinem schlimmen Sturz erzählt.«

»Es hätte schlimmer kommen können«, brummelte Edward. »Zum Glück ist es nichts Dramatisches.«

Fenella strahlte ihn an. Sie waren seit vielen Jahren befreundet, und sie war eine große Anhängerin und Befürworterin von Edward, für den sie eine tiefe, fast geschwisterliche Zuneigung empfand. »Gott sei Dank«, bekräftigte sie. »Und das alles wegen dieses kleinen Kläffers. Edward junior hat mir von ihm erzählt.«

Edward fing an zu lachen. »Kannst du dir das vorstellen? Ein Hund, der Macbeth heißt?«

Die anderen stimmten in sein Lachen ein, worauf Fenella einräumte: »Der kleine Edward erzählte mir, er habe einen schottischen Namen für seinen Hund gesucht, weil es ein West Highland Terrier sei. Und da hat das Kindermädchen Macbeth vorgeschlagen.«

»Stimmt.«

Cecily gesellte sich zu den vieren und murmelte: »Jessup möchte den Tee servieren. Sei doch so nett und setz dich zu mir und Elizabeth, Fenella. Nanny kümmert sich um die Kinder. Sie sitzen dort an einem eigenen Tisch.« Sie nickte in Richtung Fenster.

Fenella atmete tief durch und sprang auf. Sie trat unschlüssig von einem Fuß auf den anderen, bevor sie für alle unerwartet herausplatzte: »Ich, nein, wir müssen euch etwas gestehen. Mark und ich haben uns verlobt.«

Während sie sprach, erhob sich Mark ebenfalls. Er trat zu ihr und fasste ihre Hand. »Vor allen Dingen deshalb sind wir heute hergekommen. Wir wollten euch unbedingt die freudige Nachricht mitteilen«, schloss Fenella mit blitzenden Augen und einem strahlenden Lächeln.

Alle beglückwünschten das Paar zu dem großen Schritt, und dann sagte Elizabeth: »Da hast du ja noch mal Glück gehabt,

Fenella, dass du nicht als alte Schachtel verstaubst. Das dachten nämlich alle.«

Eine unangenehme Pause trat ein.

Edward strafte seine Frau mit einem vernichtenden Blick, auf dem Gesicht seiner Mutter malten sich Bestürzung und Empörung.

Fenella Fayne wusste längst, dass Elizabeth sie nicht ausstehen konnte, weil sie eifersüchtig auf die Freundschaft war, die sie mit Edward pflegte. Gleichwohl hätte Lady Fenella sich niemals auf ein derartiges Gesprächsniveau herabgelassen. Ruhig und gefasst lächelte sie in die Runde und antwortete mit Entschiedenheit: »Meine liebe Elizabeth, mit der Trauerzeit, der Gründung von Haddon House und dem Krieg war ich bislang vollauf beschäftigt.«

Elizabeths Seitenhieb ignorierend, legte Mark seinen Arm um Fenella und betrachtete sie verliebt. »Ich habe sie jahrelang bestürmt, sie soll mich heiraten. Und jetzt hat sie endlich ja gesagt. Ich bin der glücklichste Mensch auf der ganzen Welt!«

Cecily glitt zu Fenella und umarmte sie herzlich. Dann wandte sie sich zu Elizabeth und rüttelte sie am Arm, bis ihre Schwiegertochter sich bequemte aufzustehen. »Komm, wir kümmern uns um die Kinder, damit unsere Gäste in Ruhe ihren Nachmittagstee einnehmen können.«

»Aber Nanny küm–«

»Komm schon, Elizabeth.« Cecilys Stimme duldete keinen Widerspruch. Sie warf ihrem Sohn einen vielmeinenden Blick zu und schob ihre Schwiegertochter zum Fenster, wo das Kindermädchen die Kleinen betreute.

Nachdem sie auf dem Sofa Platz genommen hatte, wandte Fenella sich an Edward. »Ich habe eine Bitte an dich, mein lieber Edward. Ich hätte es so gern, wenn deine Töchter meine Brautjungfern wären. Erlaubst du das? Ach bitte, sag ja.«

»Aber natürlich«, rief er begeistert. Seine Miene hellte sich deutlich auf.

Fenella lächelte dankbar. Ihr war klar, dass er verstimmt war, weil seiner Frau jegliche Sensibilität im Umgang mit anderen Menschen fehlte. Ein flüchtiger Blick genügte, und sie verstand Edward auch ohne Worte. Seit je waren sie so etwas wie Verwandte im Geiste gewesen.

Mit gesenkter Stimme raunte sie ihm zu: »Wenn du nichts dagegen hast, hätte ich Grace Rose ebenfalls gern als Brautjungfer. Es würde mir viel bedeuten. Ich hänge sehr an ihr, du weißt schon, warum.«

»Eine fabelhafte Idee! Ich habe keine Einwände, und Vicky bestimmt auch nicht. Ganz im Gegenteil, sie wird sich freuen.«

»Ich hab sie noch nicht darauf angesprochen, Edward. Offen gestanden seid ihr die ersten, die wir in unsere Hochzeitspläne einweihen.«

»Gestern waren wir bei Fenellas Vater«, verkündete Mark. Er setzte sich neben Edward und fügte hinzu: »Ich war verdammt erleichtert, als der Earl uns seinen Segen gab.«

Jessup schickte Edward einen fragenden Blick, worauf dieser zustimmend nickte. Darauf schob eines der Mädchen den Teewagen zum Kamin, und der Butler goss den Tee ein. Die beiden anderen Mädchen reichten Silberplatten mit Schnittchen herum, die mit Räucherlachs, Eiersalat, Gurken, Tomaten, Schinken und Käse belegt waren.

Als im Gang das Telefon läutete, verschwand Jessup für einen kurzen Moment. Bei seiner Rückkehr trat er zu Edward und flüsterte ihm diskret etwas zu. Der nickte.

»Danke, Jessup«, erwiderte er und reichte ihm eine Hand. »Würden Sie mir bitte aufhelfen?«

Sobald er stand, sagte Edward zu Fenella und Mark: »Bedaure, aber der Anruf ist dringend. Ich bin gleich zurück.«

* * *

Schwer auf seinen Stock gestützt, humpelte Edward aus dem Zimmer. Das Telefon stand auf einem Tischchen in der Eingangshalle. Er nahm den Hörer auf.

»Deravenel am Apparat«, meldete er sich. Und dann lauschte er mit zunehmender Verblüffung seinem schottischen Verhandlungspartner, dessen aufgebrachter Wortschwall durch die Leitung an seine Ohren drang.

Schließlich hielt der Anrufer zum Luftholen inne, und Edward antwortete so einlenkend wie irgend möglich: »Selbstverständlich, Ian, da bin ich mit Ihnen völlig einer Meinung. Im Moment habe ich Gäste. Was halten Sie davon, wenn wir das morgen in aller Ruhe klären?«

Nachdem er sich mit einem Rückruf am nächsten Tag einverstanden erklärt hatte, legte Ian MacDonald abrupt auf, ohne sich zu verabschieden.

Edward drehte den Hörer in der Hand. Er war fassungslos. Sein Gesicht zornesbleich, atmete er mehrmals tief durch, bis er sich hinlänglich beruhigt hatte. Erst nach einer langen Weile sah er sich imstande, in die Bibliothek zurückzukehren.

21

LONDON 1919

»Tut mir leid, dass ich Sie an einem Samstag herbestellen musste, Amos«, entschuldigte sich Edward, »aber die Sache duldet keinen Aufschub.«

»Kein Problem, Mr Edward«, antwortete Amos. »Ehrlich gesagt bin ich froh darüber. Sie wissen ja, Müßiggang ist nicht meine Sache. Also, wie kann ich mich nützlich machen, Sir?«

»Ich möchte, dass Sie in eines unserer Büros einbrechen. Es darf aber niemandem auffallen. Schaffen Sie das?«

»Verzeihen Sie, Sir, ich schätze, es handelt sich um das Büro von Mr George, stimmt's?«

Sein Chef lachte etwas verlegen. Amos begriff verdammt schnell. »In der Tat. Am besten verlieren wir keine Zeit.«

Edward war aufgestanden. Er durchquerte mit langen Schritten den Raum, gefolgt von seinem Sicherheitsbeauftragten. »Ich muss nur noch kurz in mein Büro, um entsprechendes Werkzeug zu holen, Sir. Bin gleich zurück«, erklärte der.

Sein Chef nickte. Gedankenvoll schlenderte er durch die weitläufigen Flure zum Büro seines Bruders. George war sozusagen in der Versenkung verschwunden, aber Edward wusste sehr wohl, wo er sich verschanzte – hinter den Rockschößen seiner Frau Isabel und seiner Schwiegermutter Nan Watkins. Aber das könnte ihm so passen. Dieser Vollidiot hatte anscheinend nicht einen Funken Grips im Hirn. Nachdem er mehrere Male mit Ian MacDonald telefoniert und inzwischen ein umfassendes Bild von dem Debakel in Edinburgh gewonnen hatte, war Edward zu dem Schluss gekommen, dass er George schleunigst würde entmachten müssen. Daran führte kein Weg vorbei. Was er sich dieses Mal geleistet hatte, würde ihn seine Stellung kosten. Wäre sein Bruder in diesem Moment aufgetaucht, hätte er ihn mit bloßen Händen erwürgt.

An den Türrahmen gelehnt, wartete er auf Amos, der eben den Gang hinunterkam. »Lassen Sie sich ruhig Zeit«, murmelte Edward. »Samstags lässt sich hier vermutlich sowieso niemand blicken.« Es war der 4. Januar, und die Menschen feierten das neue Jahr 1919, den Beginn des Friedens und der ungeahnten Möglichkeiten, wie die Politiker allerorten proklamierten.

Amos öffnete ein ledernes Etui, kniete sich auf den Boden und steckte einen Dietrich in das Türschloss. Ein leises Klicken war zu hören, nachdem er diesen ein bisschen hin- und hergedreht hatte. Mit einem triumphierenden Grinsen zu seinem Chef erhob er sich und drückte die Tür auf. »Nach Ihnen, Mr Deravenel.«

Edward betrat das Büro und blieb wie angewurzelt stehen. »Meine Güte, hier drin stinkt es ja bestialisch. Vermutlich raucht er wie ein Schlot.«

»Stimmt, Sir. Er lässt die Zigarette nicht ausgehen. Ihr Bruder ist nikotinsüchtig.«

Edward schloss die Tür, trat an Georges Schreibtisch und versuchte das oberste Schubfach zu öffnen. Es war verschlossen. Er probierte es mit den anderen, jedoch ohne Erfolg.

»Tja, Amos, alter Freund, ich schätze, jetzt kommen Sie richtig ins Schwitzen. Ich möchte nämlich einen Blick in sämtliche Schubladen werfen, also zeigen Sie mal, was Sie können.«

»Kein Problem, das haben wir gleich.« Während er sprach, kauerte Amos sich vor das antike Möbel und rückte ihm mit seinem Dietrich zu Leibe, bis sich die einzelnen Fächer öffnen ließen. Nach wenigen Minuten erhob er sich und gestikulierte seinem Chef. »Bitte, Sir, tun Sie sich keinen Zwang an.«

Aus dem obersten Fach quollen ihnen unbezahlte Rechnungen entgegen. Schockiert über die gigantischen Summen, die

George diversen Maßschneidern, Schuhmachern und anderen Geschäftsleuten schuldete, legte Edward sie hastig zurück und setzte seine Inspektion fort. Er zog hörbar den Atem ein, als er in der untersten Schublade eine Waffe entdeckte. »Amos, sehen Sie sich das an. Er hat eine Pistole.«

Edward, der Schusswaffen verabscheute, blickte bestürzt zu seinem Begleiter.

Amos starrte auf die Pistole und schüttelte verdutzt den Kopf. »Keine Ahnung, wozu er so ein Ding braucht, Mr Edward. Nur zu Ihrer Information: Es handelt sich um eine Smith & Wesson.« Mit seiner Schuhspitze drückte er die Schublade zu.

Ihre Suchaktion förderte lediglich ein Adressbuch mit den Telefonnummern einschlägiger Damen sowie etlicher Londoner Nachtclubs zutage. Edward durchquerte den Raum, öffnete einige weitere Schränke, ohne jedoch irgendetwas Aufschlussreiches zu finden. »Tja, das war's dann wohl. Seien Sie so gut und verwischen Sie sämtliche Spuren.«

»Wird gemacht, Sir. Verzeihen Sie, Sir, suchen Sie etwas Bestimmtes?«

»Nein – oder doch, ja. Ich suche etwas ... Spezielles, etwas, das George gewissermaßen belasten könnte.«

Mit einem gedankenvollen Kopfnicken machte Amos sich daran, die Schubfächer wieder zu verschließen.

Wenig später verließen sie Georges Büro; Amos schloss sorgsam die Tür ab, dann gingen sie schweigend durch die Flure.

Unvermittelt blieb Edward stehen und fixierte Amos mit einem ratlosen Blick. »Ich habe da irgendeine unausgegorene Geschichte im Kopf, und ich kann mich partout nicht genau erinnern, was es war ... Ganz ehrlich, Amos, ich war ziemlich überzeugt, dass wir in seinem Büro etwas finden, irgendwas von Bedeutung, aber ich komme einfach nicht drauf, wonach wir hätten suchen sollen.«

»Wenn es Ihnen wieder einfällt, sagen Sie Bescheid, Sir. Für mich ist es ein Klacks, die Bürotür zu öffnen. Das haben Sie ja vorhin gesehen.«

* * *

Edward saß in seinem Büro, vertieft in den Jahresabschluss, den er tags zuvor von Oliveri und Will Hasling erhalten hatte. Die beiden hatten ihm den Bericht über die weltweite Konzernlage mit der positiven Stellungnahme vorgelegt, dass das Jahr 1918 außerordentlich erfolgreich gewesen sei, und das trotz des Krieges. Oder vielleicht gerade deswegen, überlegte Deravenel und lehnte sich in seinem Chefsessel zurück.

Deravenels, das weltgrößte Handelsimperium, verzeichnete wahrlich gigantische Umsätze. Ein kleines Lächeln umspielte seine Mundwinkel. Wieso auch nicht? Jetzt, da wieder Frieden herrschte, würde das Geschäft vermutlich erst recht boomen.

Er beugte sich vor, blätterte durch die Seiten und konzentrierte sich einen Moment lang auf zwei Sparten: auf den Bergbau und die französischen Weingüter. Der Rebenanbau gestaltete sich derzeit ein bisschen problematisch, aber nicht wegen des Krieges, sondern wegen der schlechten Witterungsverhältnisse. Trotzdem schrieben seine Winzer weiterhin schwarze Zahlen.

Und die weltweit betriebenen Edelsteinminen florierten. Es lief alles bestens, und in naher Zukunft würden sie in Persien Öl fördern. Davon war er fest überzeugt. Es war sein Traum. Nach einer Weile legte er den Jahresabschlussbericht in eine Schreibtischschublade, die er sorgfältig verschloss.

Das Unternehmen war in mehr als gutem Zustand. Alles, was ihm persönlich am Herzen lag, hatte er in die Wege geleitet. Die Treuhandfonds für die Frauen, die in seinem Leben eine wichtige Rolle spielten, waren geregelt; für die kommende Woche hatte er einen Termin mit seinen Anwälten anberaumt, zwecks Änderung der Unternehmensrichtlinien; und das Vermögen seiner Mutter, das er schon seit vielen Jahren verwaltete, konnte sich sehen lassen.

Edward beglückwünschte sich für seinen guten Start ins neue Jahr. Er war mit sich und der Welt im Reinen, George einmal ausgeklammert. Er schob den Gedanken an seinen nichtsnutzigen Bruder beiseite, mit ihm wollte er sich in der nächsten Woche beschäftigen. Richard drängte sich in sein Bewusstsein. Im Nachhinein erwies es sich als eine weise Entscheidung, dass er Nan Watkins das Haus abgekauft hatte. Jetzt konnte George es Richard und Anne wenigstens nicht mehr streitig machen.

Edward beugte sich zum untersten Schreibtischfach hinunter, schloss es auf und nahm das Foto von Lily heraus. Er stand auf und trat ans Fenster, wo er es bei einflutendem Tageslicht betrachtete. Wie schön sie gewesen war, liebenswert, loyal und warmherzig. Eine wundervolle Frau. Seine erste Geliebte, die Einzige, die er wirklich geliebt, die ihm alles bedeutet hatte. Ihr Tod hatte ihn monatelang in tiefe Trauer gestürzt. Der Mord an ihr und an ihrem gemeinsamen Kind, korrigierte er sich wehmütig.

Lily hatte seine Liebe von ganzem Herzen erwidert. Sie hatte ihn über den Tod hinaus bedacht und ihn zu einem wohlhabenden Mann gemacht. Sie hatte ihm alles vererbt: ihr Geld, die Immobilien sowie einen Großteil ihres Schmucks und ihrer Antiquitäten. Er hatte Lilys Vermögen gewinnbringend angelegt, davon die Treuhandkonten eingerichtet und Nan das Haus abgekauft. Lily wäre glücklich, wenn sie wüsste, dass er ihr Vermächtnis umsichtig verwaltete. Aber vielleicht wusste sie es ja … Er betrachtete das Foto, und sein Herz krampfte sich schmerzvoll zusammen. Sie fehlte ihm sehr. Natürlich hing er an der lebensklugen, verständnisvollen Jane Shaw, aber trotzdem würde sie Lily niemals das Wasser reichen können. Das konnte keine. Und Elizabeth am allerwenigsten.

Elizabeth. Seine Frau war am zweiten Weihnachtstag wieder einmal zu weit gegangen. Empörend, wie sie Lady Fenella Fayne beim Tee heruntergeputzt hatte! Ihm wäre fast der Kragen geplatzt. Am Abend hatten sie deswegen fürchterlich gestritten. Er hatte Elizabeth vorgeworfen, sie sei bloß eifersüchtig auf seine Freundschaft mit Fenella, die im Übrigen rein platonisch sei. Seine Frau war jedoch nicht davon abzubringen gewesen, ihm eine Liebesaffäre mit Fenella anzudichten.

»Deine Eifersucht ist purer Egoismus und hat mit Liebe nichts zu tun«, hatte er eiskalt festgestellt, nachdem sie sich leidlich beruhigt hatte. Darauf hatte sie ihn vernichtend angefunkelt und war wütend aus dem Zimmer gerauscht. Seitdem redeten sie nur noch das Nötigste miteinander. Was soll's, dachte er mit einem Schulterzucken und setzte sich wieder an seinen Schreibtisch.

22

Als Edward Deravenel den Grill Room des Savoy Hotels betrat, las Will Hasling an seiner finsteren Miene ab, dass ihn neue Sorgen belasteten. Spontan tippte er auf George als Auslöser des Ungemachs.

»Hab ich mich verspätet?«, fragte Edward, als er sich zu seinem Freund an den Tisch setzte.

»Nein, absolut nicht. Ich war ein bisschen früh dran. Für einen Samstagmittag ist das Restaurant recht gut besucht, findest du nicht?«

Edwards Blick schweifte durch den Grill Room. Er nickte. »Stimmt, aber vermutlich sind das Hotelgäste. Ich sehe kein bekanntes Gesicht.«

»Ich auch nicht. Was hältst du von einem Glas Champagner als Apéritif?«

»Ja, gern.«

Will winkte dem Ober, der sogleich an ihren Tisch kam und ihnen die Weinkarte reichte. Nach einem skeptischen Blick zu Edward wollte Will wissen: »Was ist denn los? Gab's mal wieder Ärger mit George?«

»Ja, leider. Er hat sich diese Woche nicht im Büro blicken lassen. Stattdessen rief Isabel bei mir an, mit der fadenscheinigen Entschuldigung, dass er eine Bronchitis habe und nicht ans Telefon kommen könnte.«

Will lachte verächtlich. »Das hast du schon kurz erwähnt. Eine bodenlose Frechheit ist das! Aber du bist doch bestimmt nicht besorgt um ihn, oder?« Will musterte Edward forschend.

»Nein. Ich bin besorgt wegen der Geschichte in Schottland. Ich hab dir noch nicht von dem Debakel mit Ian MacDonald erzählt, weil ich mir George eigentlich vorher vornehmen und mir seine Darstellung anhören wollte. Nachdem er sich jedoch in Yorkshire auf Thorpe Manor bei Nan eingebunkert hat, habe ich beschlossen, dir die Version mitzuteilen, die ich kenne.« Edward verstummte, da der Kellner an ihren Tisch steuerte.

Will bestellte eine Flasche Krug Rosé. Dann nahm er den Gesprächsfaden wieder auf. »Schätze, er hat das Geschäft vermasselt, was?«

»Tja … wie man's nimmt … noch nicht ganz. Ich konnte MacDonald davon überzeugen, dass ich weiterhin ernsthaft interessiert bin. Allerdings wirst du kommende Woche nach Schottland reisen müssen, um die Sache mit der nötigen Diplomatie zu regeln. Du hast eine Hand für derartige Missionen. Richard wird dich begleiten, da MacDonald bei den Abschlussverhandlungen auf die Anwesenheit eines Deravenels pocht. Und George ist inzwischen offenbar Persona non grata.«

»Selbstverständlich fahre ich, aber was ist denn passiert?« Will zog die Stirn in Falten und musterte sein Gegenüber eindringlich. »Soweit ich weiß, ließen sich die Verhandlungen doch blendend an.«

»Das ist wahr. Das erste Zusammentreffen am Freitag vor Weihnachten verlief harmonisch, und an dem Wochenende nahm MacDonald George mit in eine seiner Destillerien in der Nähe von Edinburgh. Schwierig wurde es wohl am Montag, am 23. Dezember. George stellte offenbar alle möglichen überzogenen Forderungen an MacDonald, aber der Schotte behielt einen genügend klaren Kopf, um die Verhandlungen zunächst zu vertagen. Er wollte nicht mit meinem Bruder über Preisvorstellungen argumentieren und hielt es für sinnvoller, die Gespräche nach Weihnachten wiederaufzunehmen. Ich glaube, ich habe dir erzählt, dass George über die Feiertage bei MacDonald und der Familie seiner Tochter in den Lammermuir Hills eingeladen war. Anscheinend hat er sich dort ziemlich danebenbenommen, sich betrunken und den arroganten Bonzen herausgekehrt – du kennst ihn ja. Am zweiten Weihnachtstag verlangte er einen Wagen mit Chauffeur, weil er mit seiner Familie nach Edinburgh ins Hotel zurückwollte. Kurz darauf erreichte mich auf Ravenscar ein aufgebrachter Anruf von einem mehr als wütenden Ian MacDonald.«

»Und unser Freund George kehrt nach England zurück, aber nicht nach London, sondern nach Yorkshire, wo sich der feige Hund bei seiner Schwiegermutter einnistet.« Will schüttelte fassungslos den Kopf. »Dein Bruder ist ein wahrer Dummkopf. Begreift er eigentlich nicht, dass ihn hier alle durchschauen?«

Edward grinste matt. »Im Moment hat er wahrscheinlich die Hosen voll, weil er die Sache mit MacDonald in den Sand gesetzt hat.«

»Der Schotte ist aber doch weiterhin bereit zu verhandeln, nicht wahr?«

»Ja gewiss, Will. Offen gestanden will mir nicht in den Kopf, wieso George mit ihm über Geld debattiert hat. MacDonald hatte uns ein attraktives Angebot unterbreitet. Wieso George versucht hat, da noch mehr herauszuholen, ist mir schleierhaft. Das Angebot war absolut fair«, betonte Edward und kniff ärgerlich die Lippen zusammen. »Wahrscheinlich wollte er sich einfach wieder einmal wichtigmachen. Und das ging wie üblich daneben.«

»George nimmt sich immer zu wichtig«, pflichtete Will ihm bei. »Er will Macht gewinnen. Das Sagen haben. Er überschätzt sich völlig und hält sich für unfehlbar, dabei benimmt er sich wie die sprichwörtliche Axt im Walde.« Will unterbrach sich und dankte dem Ober, der eben den Champagner servierte.

Er hob sein Glas, prostete Edward zu und fuhr hastig fort: »Aber eine Sache musst du mir erklären. Du hast schon vor Wochen beteuert, dass dir der Ausgang der Verhandlungen relativ egal sei. Wieso schwenkst du auf einmal um?«

»Von Umschwenken kann keine Rede sein. Ich bin nach wie vor interessiert«, versetzte Edward. »Also gut, ich erkläre es dir.« Er lehnte sich über den Tisch und sah seinen Freund an. »Ich halte die Übernahme von MacDonald auf lange Sicht für eine lukrative Investition, da sie sich mit ziemlicher Sicherheit positiv auf unser Weinbau-Geschäft auswirken würde. Für mich ist das Geschäft von zwei Faktoren abhängig, nämlich vom Preis für das schottische Unternehmen und von der Produktionskapazität. Deshalb wollte ich Näheres über die Destillerien erfahren. Dessen ungeachtet hat George mich in eine unmögliche Lage gebracht.«

Will nickte, nippte an seinem Champagnerkelch und schwieg abwartend.

»Er hat mich blamiert, um es genau zu sagen. Sein Verhalten ist absout indiskutabel. Er wird ausfallend gegenüber einem älteren, erfahrenen Geschäftsmann, benimmt sich wie ein ignoranter Rotzbengel, stellt Forderungen an seinen Gastgeber – wenn ich daran denke, könnte ich hochgehen. Immerhin ist er ein Deravenel. Und wir sind Gentlemen. Jedenfalls erwartet man das von uns.«

»Soll heißen, wir müssen MacDonald ein bisschen umgarnen, damit wir ihn letztlich doch noch vom Geschäft überzeugen können?«, wollte Will wissen.

»So ist es.«

»Und du meinst, ich bin dafür der richtige Mann?« Will lehnte sich entspannt zurück. »Mit Richards Unterstützung.«

»Sogar ohne Richards Unterstützung, Will. MacDonald hat sich lediglich ausdrücklich erbeten, dass bei den Verhandlungen ein Deravenel präsent ist.«

»Na gut, einverstanden. Ich fahre und setze Himmel und Hölle in Bewegung, damit du die MacDonald Distillery Company bekommst, das verspreche ich dir. Und ich freue mich, dass Richard mich begleitet. Wir haben uns immer prächtig verstanden, schon als er noch – der Kleine war.«

Edward grinste. »Mein Bruderherz ist absolut loyal, immer vorsichtig und voller Bedenken.« Er seufzte und bedachte seinen Freund mit einem langen, gequälten Blick. »George hat eine Pistole in seinem Schreibtisch versteckt.«

»Grundgütiger!« Will setzte sich kerzengerade auf. »Wofür das?«

»Wenn ich das wüsste, wüsste ich mehr. Bestimmt nicht, um damit im Büro herumzulaufen und irgendwelche Mitarbeiter zu erschießen. Jedenfalls darf man ihm nicht trauen.«

»Du musst etwas unternehmen, Edward«, meinte Will mit leiser, drängender Stimme. »Und zwar schleunigst.«

»Aber was? Das ist die große Frage.«

»Schick ihn auf Reisen, wie Oliveri vorgeschlagen hat.«

»Nur über meine Leiche!«, entfuhr es Edward. »Ich will George in meiner Nähe wissen, damit ich ihn ständig beobachten kann. Dazu gibt es keine Alternative.«

»Wie du meinst. So viel also zum Thema George. Sollen wir bestellen?« Will grinste, zum ersten Mal an jenem Morgen. Indes überspielte er damit seine wahren Empfindungen. George in der Nähe zu haben bedeutete nicht unbedingt, dass Edward vor ihm sicher war. George Deravenel war der Opportunist schlechthin, ein notorischer Unruhestifter und ein missgünstiger Ehrgeizling. Solange er im Unternehmen agierte, schwebte Edward latent in Gefahr. Will war klar, dass er auf seinen Freund würde achtgeben müssen. Gemeinsam mit Amos. Es würde Ärger geben, mächtigen Ärger. Das spürte er, es lag förmlich in der Luft …

23

Grace Rose stand vor dem Grab und betrachtete den Grabstein aus weißem Marmor. Darauf war mit goldenen Lettern RUHE IN FRIEDEN eingemeißelt. Darunter, ebenfalls in Goldschrift, stand der Name Tabitha »Lucy« Lawford. Gefolgt von der schlichten, ergreifenden Zeile: Geliebt von Sebastian Lawford. Gestorben 1904.

Die junge Frau zweifelte keine Sekunde lang daran, dass sie endlich die letzte Ruhestätte ihrer leiblichen Mutter gefunden hatten. Zwar erinnerte sie sich weder an einen Mann namens Sebastian Lawford, noch ließ sie der Name Cedric Crawford aufmerken, wenn Amos ihn gelegentlich erwähnte. Der Name Tabitha hingegen war so selten, dass dies hier einfach ihr Grab sein musste.

Als Amos vor kurzem das fragliche Krankenhaus aufgesucht und die Akten der Patientin inspiziert hatte, war der Friedhof auf dem Totenschein vermerkt gewesen. Er befand sich in der Brady Street in Whitechapel, in der Nähe des Krankenhauses, in der Gegend, wo sie auch gewohnt hatten. Grace verband wenig mit ihrer frühen Kindheit; damals war sie noch ein kleines Mädchen gewesen. Auch an ihre Mutter vermochte sie sich nur dunkel zu erinnern. Hätte sie nicht das Foto von Tabitha gehabt, wüsste sie nicht einmal mehr, wie sie ausgesehen hatte.

Während sie dort stand, mit Amos Finnister und Edward Deravenel an ihrer Seite, wurde Grace Rose mit Bestürzung klar, dass die Verstorbene im Grunde genommen eine Fremde für sie war, die Erinnerung in den Tiefen ihres frühkindlichen Bewusstseins verloren. Sie empfand lediglich grenzenlose Traurigkeit für Tabitha, eine junge Frau, die offenbar auf ihr Herz und nicht auf ihren Verstand gehört hatte, was eine Abwärtsspirale in Gang gesetzt hatte, die in ein Leben in Krankheit und Verzweiflung mündete.

Edward sprach als Erster. »Alles in Ordnung, Grace Rose?«

»Ja, danke, Onkel Edward«, murmelte sie und setzte nach kurzem Zögern hinzu: »Ich kann mich kaum an sie erinnern.«

»Es ist ja auch schon sehr, sehr lange her. Du warst gerade fünf Jahre alt, als Amos dich fand.«

»Ich sehe ihr Gesicht deutlich vor mir, aber sicher nur deshalb, weil ich das Foto habe«, räumte Grace Rose ein.

»Ich glaube auch«, pflichtete Edward ihr bei. »Weißt du, sie war sehr hübsch, viel hübscher als auf dem Foto. Ein liebenswertes Geschöpf, eine bezaubernde junge Frau, sanftmütig …« Er ließ den Rest des Satzes unvollendet.

Amos sagte: »Jetzt weißt du endlich, wo sie begraben liegt, Grace Rose. Ist das eine Erleichterung für dich?«

»O ja, Amos. Ich habe mich oft mit der Frage gequält, was wohl aus ihr geworden sein mag. Ob sie vielleicht doch noch lebt und irgendwann kommt, um mich von euch wegzuholen.« Sie schüttelte betreten den Kopf. »Eigentümlich, dass ich mir so etwas einbildete, nicht wahr?«

»Das war völlig normal«, beschwichtigte Amos. »Und ganz logisch. Dir fehlte letztlich die Gewissheit, was damals wirklich passiert war …« Er hob die Schultern und machte eine vage Handbewegung. »Weshalb hättest du nicht denken sollen, dass sie noch lebt und dich eines Tages finden würde?«

Mit einem kaum merklichen Nicken kniete Grace sich vor das Grab. Sie hatte Blumen mitgebracht, die sie in einer Vase arrangierte. »Ein Glück, dass Mutter mir die Vase mitgegeben hat.«

»Stimmt«, bekräftigte Amos.

Sie stand auf, legte ihre behandschuhten Finger auf seinen Arm. »Danke, Amos, danke für alles … Sie haben mich immer nach Kräften unterstützt.«

Statt einer Antwort lächelte er, seine dunklen Augen voller Zuneigung.

»Dir auch, Onkel Edward. Ich danke dir dafür, dass du mich vom ersten Tag an als deine Tochter akzeptiert hast und mich genauso liebst wie deine anderen Kinder.«

Edwards Kehle zog sich schmerzhaft zusammen. Er schlang einen Arm um die Achtzehnjährige. Gerührt murmelte er: »Du bist mein Kind, Grace, ich würde dich niemals verleugnen …«

* * *

Wenig später liefen Grace Rose und ihre beiden Begleiter über den Friedhof zu Edwards Rolls-Royce, der in der Nähe parkte. Sobald er sie sah, sprang Broadbent, Edwards Chauffeur, aus der Limousine und hielt ihnen die Fondtüren auf.

»Bitte fahren Sie uns zu Mrs Forth, Broadbent«, wies Edward ihn an, bevor er zu Grace Rose und Amos auf die Rückbank rutschte.

Es war einer jener bitterkalten, grauverhangenen Januartage, mit einem Dauerregen, der einem aufs Gemüt schlagen konnte. Kein angenehmer Tag für einen Friedhofsbesuch, sann Edward, aber waren solche Besuche jemals angenehm? Das Wetter konnte wahrlich nichts dafür, wenn man bei derartigen Gelegenheiten melancholisch wurde.

Er riss sich aus seinen brütenden Gedanken, da Grace Rose eben ankündigte: »Ich werde von Zeit zu Zeit herfahren, um ihr Blumen aufs Grab zu legen, Onkel Edward.«

»Ja, tu das, wann immer dir danach ist.« Er fasste ihre Hand, drückte sie sanft und erläuterte: »Meine vom Schicksal schwer getroffene Mutter ist das beste Beispiel dafür, dass das Leben weitergeht, Grace Rose. Vergiss das nie. Es ist sicher wichtig, dass wir uns voller Liebe an unsere verstorbenen Angehörigen erinnern, aber wir leben in der Gegenwart und Zukunft. Ich finde, du solltest dich nicht über Gebühr mit dem belasten, was schon so lange zurückliegt.«

»Was du sagst, ist richtig, Onkel Edward«, murmelte sie dumpf. Sie atmete tief durch und fuhr in lebhafterem Ton fort: »Ich freue mich ja so, dass ich eine von Lady Fenellas Brautjungfern bin und dass du es Bess, Mary und Cecily ebenfalls erlaubst. Mutter erzählte mir, dass wir Kleider aus taubenblauer Atlasseide tragen werden und aus Kornblumen geflochtene Kränze im Haar.«

Er grinste. »Ich male mir schon im Geiste aus, wie meine bezaubernden goldgelockten Töchter hinter Fenella durch das Kirchenschiff schreiten. Ich bin stolz auf euch vier. Ihr gebt bestimmt ein schönes Bild ab.«

Lachend beugte sie sich zu Amos, der neben Edward saß. »Mutter meinte, dass Sie auch zu der Hochzeit kommen werden, Amos. Das wird ein himmlischer Tag.«

»Ganz bestimmt«, antwortete Amos. Ihm fiel ein Stein vom Herzen, dass sie nach ihrem Besuch auf dem Friedhof erheblich ausgeglichener wirkte. Endlich war sie die zermürbende Sorge los, dass Tabitha James plötzlich vor der Tür stehen und sie von Vicky und Stephen Forth wegholen könnte. Zweifellos war Grace gespalten gewesen, aufgerieben von der tiefen Zuneigung für ihre Adoptiveltern und den quälenden Gedanken an ihre leibliche Mutter – Mam hatte Grace Rose sie genannt –, die sich einfach in nichts aufgelöst hatte.

Die weitere Fahrt verlief einsilbig. Der Rolls-Royce schob sich durch den dichten Verkehr im East End in Richtung Piccadilly und nach Kensington, zum Stadthaus von Stephen Forth.

* * *

Vicky erwartete sie schon im Salon. Sobald Grace Rose sie sah, stürzte sie über den dicken Teppichläufer zu ihr. Ihre Adoptivmutter breitete die Arme aus, ein warmherziges Lächeln malte sich auf ihren Zügen. Sie wusste am allerbesten, wie nervös das Mädchen vor ihrem Besuch auf dem Friedhof gewesen war.

Grace Rose umarmte sie stürmisch, und als sie sich wieder von ihr löste, murmelte sie nach einem Blick in Vickys mitfühlendes Gesicht: »Mir geht es blendend, Mutter, wirklich. Ich bin froh, dass ich hingefahren bin. Jetzt weiß ich, wo Mam ist, und brauche mir keine Sorgen mehr zu machen.«

»Das freut mich für dich, Grace Rose. Jetzt kannst du dich ganz auf Oxford und deine Zukunft konzentrieren.«

»Ja, und das mache ich auch. Ich habe Onkel Edward erklärt, dass ich ihr hin und wieder Blumen aufs Grab legen werde …« Sie brach ab.

Vicky nickte. »Eine ausgezeichnete Idee. Das nächste Mal begleiten wir dich. Nicht wahr, Stephen?«

Lächelnd trat Stephen Forth zu Grace Rose und seiner Frau. »Selbstverständlich. Wir wären auch heute mitgekommen, aber ich hatte den Eindruck, dass du uns nicht unbedingt dabeihaben mochtest.«

Grace Rose stellte sich auf Zehenspitzen und küsste ihn auf die Wange. »Aber bloß, weil ich endlich erwachsen sein wollte. Nächstes Mal dürft ihr gern mitkommen.« Ihr ausgelassenes Lachen wirkte ansteckend.

Stephen, der in ihr Lachen einfiel, begrüßte Edward und Amos, die eben den Salon betraten.

Wie üblich strebte Edward Deravenel zum Kamin und stellte sich mit dem Rücken zu den wärmenden Flammen. »Es ist unsäglich kalt und nass draußen. Herrlich, wieder im Warmen zu sein, Vicky, und ich hätte auch nichts gegen eine schöne heiße Tasse Tee einzuwenden.«

»Dein Wunsch ist mir Befehl«, lachte sie und glitt hinaus. »Der Tee kommt sofort«, verkündete sie nach ihrer Rückkehr, und an Amos gewandt: »Sie trinken doch sicher eine Tasse mit, nicht wahr, Amos?«

»Gern, Mrs Vicky. Es gibt nichts Schlimmeres als den englischen Regen, weil er die Seele und den Mantel durchweicht.«

»Das haben Sie treffend gesagt«, lachte Vicky und setzte sich auf eines der Sofas.

Stephen gesellte sich zu Edward vor den Kamin.

Wenig später schoben Fuller und das Hausmädchen einen gutgefüllten Teewagen in den Salon. Sie servierten den Tee und reichten Platten herum mit kleinen Sandwiches und süßen Hörnchen mit Erdbeerkonfitüre, gekrönt von einem Klecks dickem Rahm. Alle sprachen hungrig dem delikaten Imbiss zu.

Seit etlichen Jahren befreundet, plauderten die Forths mit Edward über Gott und die Welt, während Amos an seinem Tee nippte und mit Grace über ihren baldigen Umzug nach Oxford diskutierte.

24

Du hast dich aber ziemlich schnell von deiner schweren Bronchitis erholt, was? Alle Achtung.« Edwards frostiger Blick schoss über den Schreibtisch zu seinem Bruder George. »Soweit ich informiert bin, dauert diese Krankheit mindestens vier Wochen.«

»Es war bloß eine Erkältung«, grummelte George, den Blick starr auf seine Hände geheftet, unfähig, Edward in die Augen zu sehen.

»Das freut mich für dich.« Edward lehnte sich zurück, ehe er fortfuhr: »Erzähl mir von deinem Aufenthalt in Schottland.«

»Da gibt es nicht viel zu erzählen.«

»Oh, das sehe ich aber anders, George. Wie ich die Sache sehe, gibt es da eine ganze Menge Erklärungsbedarf. Bei deinem Anruf am Freitag vor Weihnachten, am 20. Dezember, um genau zu sein, hast du behauptet, das Geschäft sei unter Dach und Fach und es gebe überhaupt keine Probleme.«

»Es gab auch keine.«

»Nein, die Probleme kamen dann einfach aus dem Nichts, eines nach dem anderen, nicht wahr?« Aus Edwards gefährlich sanfter Stimme sprach purer Sarkasmus. Als George nicht antwortete und weiterhin seinen Blick mied, fragte Edward: »Und die Destillerien? Wie ich MacDonald verstanden habe, habt ihr sie doch am nächsten Tag besichtigt, oder? Warst du etwa nicht beeindruckt?«

George, der Edwards sarkastischen Ton nicht wahrnahm, nahm den Faden sofort auf: »Genau das ist der Punkt! Ich war eben nicht beeindruckt. Nein, nein, absolut nicht, zudem waren die Preisvorstellungen viel zu hoch!«

»Tatsächlich. Das ist ja höchst interessant. Und wie war dein Weihnachten? Soweit ich weiß, warst du mit den MacDonalds auf ihrem Landsitz in den Lammermuir Hills. Hast du dich dort mit Isabel und den Kindern wohl gefühlt?«

»Ach, es ging, es war ein bisschen langweilig.«

»Verstehe. Und deshalb seid ihr früher als geplant abgereist, nicht wahr? Am zweiten Weihnachtsfeiertag?«

»Nein, wir sind deshalb am 26. abgereist, weil Nan krank war. Isabel wollte zurück nach Yorkshire, um nach ihrer Mutter zu sehen und sich um sie zu kümmern.«

»Und das, obwohl Nan einen Haufen Personal beschäftigt. Außerdem ist der Mann ihrer Cousine Landarzt in Ripon. Es gab also genügend Leute, die sich um sie kümmern konnten.«

George nickte betreten und wandte den Kopf ab.

»Sieh mich an, wenn ich mit dir rede, verdammt noch mal!«, brüllte Edward und sprang wütend auf. Seine Miene war eisig. »Du bist wahrhaftig krank, und damit meine ich nicht die Bronchitis. Du leidest an Hybris, und zwar an einem ganz schweren Fall von Größenwahn.«

George starrte seinen Bruder mit offenem Mund an. Ihm fehlten die Worte. Er hatte keine Ahnung, worauf Edward hinauswollte, und wurde zunehmend nervös.

»Ich weiß nicht …«

»Halt den Mund! Ich hab dich zu diesen Verhandlungen mit Ian MacDonald nach Schottland geschickt. Und was machst du? Du lässt das Geschäft platzen! Darüber hinaus haben wir uns den Schotten zum Feind gemacht. Als ob wir nicht schon genug Gegner hätten. Du hast dich volllaufen lassen, dich wie der letzte Abschaum benommen und einen Mann brüskiert, der vom Alter her dein Vater sein könnte. Dann hast du einen Wagen mit Chauffeur von deinem Gastgeber verlangt, deine Familie ins Auto gepackt und dich nach Edinburgh abgesetzt.«

»Nein, das stimmt nicht. Wir sind umgehend nach Yorkshire gereist«, schoss George zurück.

»Du bist ein verdammter Lügner, George, und ein Vollidiot. Nan hat mir bestätigt, wann ihr auf Thorpe Manor eingetroffen seid, und, ich darf hinzufügen, sie war leicht perplex, als sie von ihrer vermeintlichen Erkrankung erfuhr. Mir gegenüber beteuerte sie, sie erfreue sich bester Gesundheit.«

»Jetzt ist sie auch wieder gesund«, antwortete George lahm und raufte sich den blonden Schopf. »Ich glaube, sie hatte eine leichte Lebensmittelvergiftung oder so etwas.«

Ich würde am liebsten *dich* vergiften, dachte Edward, laut sagte er: »Für wie beschränkt hältst du mich eigentlich? Den Blödsinn kannst du jemand anderem auf die Nase binden, aber nicht mir. Ich habe alles nachgeprüft – du lügst wie gedruckt.«

»Du ... du hast mir hinterherspioniert!« George vergaß sich und erhob wütend die Stimme gegen seinen Bruder, den er heimlich beneidete.

»Mäßige deinen Ton!«, schnaubte Edward. Er sank abermals in seinen Chefsessel, öffnete ein Schubfach, zog eine Handvoll Papiere heraus und versetzte mit einer Stimme, die an klirrende Eiszapfen erinnerte: »Ich habe deine Spielschulden bezahlt. Du schuldest mir vierzigtausend Pfund, die ich umgehend zurückhaben will.«

George schrak von seinem Stuhl hoch und starrte seinen Bruder an. Er wurde rot im Gesicht, und eine Woge der Angst durchflutete seinen Körper. Ich bin geliefert, dachte er panisch und fühlte sich plötzlich sterbenselend.

Ungeachtet der Befindlichkeiten seines Bruders wedelte Edward mit dem Bündel Schuldscheine und erklärte: »Die hast du alle unterschrieben. Ich habe sie ausgelöst. Sobald mir dein Scheck vorliegt und von der Bank akzeptiert wird, kannst du sie haben. Im Übrigen habe ich die drei fraglichen Clubs informiert, dass dies eine einmalige Zahlung war. Die Inhaber haben von mir die schriftliche Bestätigung, dass ich für deine künftigen Verbindlichkeiten nicht geradestehen werde. Damit erübrigen sich deine Mitgliedschaften wahrscheinlich von selbst. Du hast deinen schlechten Ruf weg, Bruderherz. Na, was sagst du dazu?«

»Ich wüsste zu gern, wieso du dich in meine Angelegenheiten einmischst«, platzte George heraus und versuchte in seiner Wut und Furcht die Flucht nach vorn.

»Ich habe mich nirgendwo eingemischt, sondern lediglich versucht, unseren guten Namen zu retten. Es gab so viel Gerede über deine Schulden, deine Weibergeschichten, Alkohol- und Drogenexzesse, dass ich etwas unternehmen musste. Und du solltest auch etwas unternehmen – in Bezug auf *dies hier*. Und zwar schleunigst.« Er griff abermals in das Schubfach und warf einen Packen Rechnungen auf den Schreibtisch. »Hier. Ich erwarte von dir, dass du umgehend die Rechnungen von deinem schicken Schneider bezahlst, und die der anderen Läden ebenfalls. Ich will keine weiteren Skandalgeschichten um deine Person hören, haben wir uns verstanden?«

»Wie kommst du an meine Rechnungen?«, gellte George und sprang wutschnaubend auf. »Wie hast du dir Zugriff auf meinen Schreibtisch verschafft? Die Schubladen sind abgeschlossen.«

»Ganz einfach: Ich hab ihn aufgebrochen. Ach, und wo wir gerade beim Thema sind – woher hast du die hier?« Edward hob mit spitzen Fingern die Pistole hoch.

George sank schwer auf den Stuhl zurück, das Entsetzen stand ihm ins Gesicht geschrieben. Für Augenblicke wie benommen, schüttelte er sprachlos den Kopf. Als könnte er nicht begreifen, was er dort sah. Das Blut wich ihm aus den Zügen. Er war erledigt, das verstand er.

Edwards Augen funkelten wie Eiskristalle, seine Lippen verzerrten sich zu einer wütenden Grimasse.

»Ich hab sie zu meinem … meinem Sch…schutz angeschafft«, stammelte George. Er schluckte, kämpfte mit einer aufsteigenden Übelkeit, wohl wissend, dass sein Bruder ihn in der Hand hatte. Und auch, dass er nicht das Standvermögen besaß, um sich aus dieser Geschichte halbwegs glaubhaft herauszulavieren.

Sein Bruder schob die Waffe in einen großen verstärkten Umschlag. »Die Pistole kommt in einen Safe, wo sie auch bleiben wird. Bezahl deine Rechnungen und kümmere dich darum, dass ich morgen einen Scheck auf dem Schreibtisch liegen habe über die vierzigtausend Pfund, die du mir schuldest.«

George nickte. Er war weiß wie eine Wand und bebte innerlich vor Zorn. Oh, er verabscheute Edward, er hasste ihn abgrundtief. Und er würde Rache an seinem Bruder nehmen, ihn stürzen und bei Deravenels die Leitung übernehmen. Es stand für ihn außer Frage, dass er der bessere Unternehmensführer war.

»Mehr hast du dazu also nicht zu sagen.« Edward runzelte irritiert die Stirn. »Dir ist wohl immer noch nicht klar, George, dass du laufend unangenehm auffällst? Spielschulden, Exzesse, unbezahlte Rechnungen, gar nicht zu reden von der Katastrophe in Schottland! Gute Güte, du bist fast sechsundzwanzig, verheiratet, Vater und du bist ein Deravenel. Du musst endlich erwachsen werden, Verantwortung übernehmen und ein bisschen Stolz und Würde zeigen. Hast du das kapiert?«

»Wie kannst du es wagen, mir Vorschriften zu machen!«, tobte George. »Was glaubst du eigentlich, wer du bist? Du bist nicht der liebe Herrgott!«

»Nein, der bin ich nicht, aber ich bin Edward Deravenel, das Oberhaupt einer traditionsreichen Familie, Chef eines weltumspannenden Handelsimperiums und nicht zuletzt dein älterer Bruder. Du arbeitest für mich. Mit anderen Worten: Ich bin dein Chef. Und noch eines: Wärest du nicht mein Bruder, würde ich dich fallenlassen wie eine heiße Kartoffel.«

»Du kannst mich nicht rausschmeißen. Ich bin einer der Firmendirektoren und ein Deravenel.«

»Oh, täusch dich da nicht. Ich kann dich ganz einfach vor die Tür setzen. Als Geschäftsführer sind mir da kaum Grenzen gesetzt. Aber sei beruhigt, George, ich kündige dir nicht, aus dem einfachen Grund, weil du mein Bruder bist. Und weil du verheiratet bist und Kinder hast. Nein, ich werde großzügig über die Sache mit Ian MacDonald hinwegsehen und hoffen, dass wir das Geschäft doch noch abschließen können. Aber ich bin nicht bereit, auf das Geld zu verzichten, das du mir schuldest. Morgen früh erwarte ich deinen Scheck.«

»Ich weiß beim besten Willen nicht, woher ich die vierzigtausend Pfund hernehmen soll«, jammerte George, seine türkisblauen Augen verräterisch feucht.

»Ach nein? Bitte deine Frau darum. Isabel ist eine der Watkins-Erbinnen und ihre Mutter eine schwerreiche Frau. Die beiden geben dir doch bestimmt Kredit, oder?« Eine rotblonde Braue schoss nach oben. »Na, was meinst du, George? Werden die Damen dir finanziell unter die Arme greifen oder nicht?«

»Keine Ahnung«, stöhnte George. Er erhob sich und wandte sich zur Tür.

»Was hast du es so eilig, Bruderherz? Nimm die Rechnungen mit. Vielleicht ist deine Schwiegermutter ja großzügig genug, sie für dich zu begleichen. Aber bitte schleunigst.«

George trat zum Schreibtisch, schnappte sich den Packen Rechnungen und bedachte Edward mit einem mordlustigen Blick. Sekunden später knallte die Tür hinter ihm ins Schloss. Es war nahezu unfassbar, überlegte Edward, seine Augen weiterhin auf die Tür geheftet. Wer hätte George, diesem blendend aussehenden jungen Mann, jemals zugetraut, dass er sich als abgrundtief skrupellos und verlogen entpuppen würde? Und er war dumm dazu, ganz anders als Richard. Zwischen den beiden lagen nur wenige Jahre, sie waren zusammen aufgewachsen und hatten die meiste Zeit auf Ravenscar verbracht. Obwohl sie aneinander hingen und sich des Öfteren gegenseitig verteidigt hatten, hatte George fortwährend versucht, Richard auszustechen, was Edward wiederum dazu bewogen hatte, den Kleinsten in Schutz zu nehmen. Missgunst, Ehrgeiz, Neid und Arroganz charakterisierten George. Und Größenwahn. Richard dagegen war loyal und integer, ein ernsthafter Mensch mit Bodenhaftung. Gottlob wird mir Richard immer treu ergeben sein, sann Edward. Wenigstens um ihn brauche ich mir keine Sorgen zu machen. Auf ihn ist hundertprozentig Verlass.

Er erhob sich und trat zu der Verbindungstür, hinter der sich Wills Büro befand.

»Komm rein, Edward«, rief Will auf sein Klopfen. »Guten Morgen. Ich habe Stimmen gehört. Du hast George ordentlich den Kopf gewaschen, stimmt's?«

Deravenel nickte. »Er ist dermaßen stur, dieser Schwachkopf. Dass er die Geschichte in Schottland vermurkst hat, will er gar nicht wahrhaben. Er wirkte zwar zunächst ein bisschen geknickt, aber dann ging er plötzlich in die Offensive und brüllte mich an, als wäre ich fürchterlich im Unrecht.«

Will grinste. »Es war unüberhörbar. Du weißt, dass ich ihn nicht für den hellsten Kopf halte.«

Edwards Mundwinkel zuckten. Er setzte sich ihm gegenüber und hob an: »Ich möchte dich etwas fragen. Meinst du, das Vorstandsgremium würde einer Änderung der Unternehmensstatuten zustimmen?«

»Da hab ich offen gestanden keine Ahnung. Hängt sicher von dem Ausmaß der geplanten Änderung ab.«

»Also Folgendes: Wir stellen Frauen zwar als Sekretärinnen, Empfangsdamen, Telefonistinnen ein, eine leitende Funktion im Management kann bislang jedoch nur eine geborene Deravenel übernehmen. Eine Wahl in das Vorstandsgremium ist allerdings auch für sie tabu – darin sitzen ausschließlich Männer. Überdies könnte ein weibliches Familienmitglied niemals Chef des Unternehmens werden –«

»Und das willst du ändern?«, unterbrach ihn Will. Gedankenvoll zog er die Unterlippe zwischen die Zähne. »Grundgütiger, findest du nicht, dass das ein bisschen radikal ist? Und wieso willst du diese Regelung überhaupt antasten?«

»Will, wir wissen doch beide, dass Frauen genauso kompetent, verantwortungsbewusst und intelligent sind wie Männer. Unsere Hirne unterscheiden sich in nichts, im Gegenteil, es gibt zuweilen Situationen, in denen Frauen wesentlich vernünftiger handeln als Männer. Das lässt sich an vielen Beispielen belegen. Schau mal, Will, mit Grace Rose habe ich fünf Töchter. Und ich möchte den Mädchen ermöglichen, dass sie in den Vorstand gewählt werden und den Vorsitz übernehmen können. Mit anderen Worten: Ich will sicherstellen, dass eine meiner Töchter die Konzernleitung übernehmen kann, falls das erforderlich werden sollte. Ich habe zwei Söhne, aber was, wenn Edward junior und der kleine Richard nicht wären und ich würde sterben? Wer würde dann das Erbe antreten?«

»Darüber brauche ich nicht lange nachzudenken. George natürlich.«

»Stimmt, obwohl ich persönlich immer für meinen Bruder Richard plädieren würde. Aber lassen wir das, bleiben wir beim Thema. Ich bin die Statuten durchgegangen, und es sieht folgendermaßen aus: Wenn zwölf von den siebzehn Vorstandsmitgliedern für die Änderung votieren, dann tritt die neue Regelung in Kraft. Also – werden unsere Manager da mitmachen?«

»Da bin ich mir ziemlich sicher. Sechs kann ich dir aus dem Stand nennen: Oliveri, Anthony Wyland, Frank Lane, Matthew Reynolds plus meine Wenigkeit und deine Stimme. Bei sechs weiteren garantiere ich dir, dass sie sich dir anschließen. Nicht unmöglich, dass sogar alle dafür stimmen. Immerhin bist du derjenige, der die goldenen Eier legt … und der hat hier das Sagen.«

»Na, danke für *das* Kompliment«, lachte Edward. Er streckte seine langen Beine aus, legte die Finger aneinander und brachte die Fingerspitzen an seine Lippen. Nach kurzem Überlegen hob er die Lider und sah Hasling prüfend an.

»Was ist?«, wollte Will wissen. »Du siehst aus, als hättest du noch etwas auf dem Herzen.«

»Nicht wirklich. Aber es ist sicher von Bedeutung. Was wissen wir eigentlich über Henry Turner, diesen Burschen, der in Frankreich lebt?«

»Sehr wenig. Von dem Lancaster-Zweig der Familie wird er als Thronfolger der Deravenels gehandelt – Henry Grant war sein Halbonkel. Seine Mutter, Margaret Beauchard, war mit Henrys Halbbruder Edmund Turner verheiratet … Ich glaube, so ist es korrekt.«

»Was du sagst, stimmt. Mehr ist uns nicht bekannt?«

Will schüttelte den Kopf. »Leider nein.«

»Ich wünschte, ich könnte Finnister nach Frankreich beordern, aber Auslandsreisen sind so kurz nach dem Krieg bedauerlicherweise immer noch schwierig zu bewerkstelligen …«

»Ich werde mich umhören, und so bald als möglich schicken wir Amos in das lockende Paradies Paris.«

Edward lachte befreit. »Du kannst dem Ganzen doch immer etwas Positives abgewinnen. Jetzt geht es mir schon besser.« Er stand auf. »Nachher habe ich noch einen Termin mit Oliveri. Was hältst du von einem gemeinsamen Lunch? Wir drei, meine ich?«

»Abgemacht. Ich reserviere einen Tisch im Rules. Sollen wir Richard dazubitten? Dann könnten wir unsere Reiseplanung und das schottische Geschäft abschließend klären.«

»Gute Idee.«

25

Jane Shaw stand zwischen den Flügeltüren ihres blauen Salons und schaute in den Garten hinaus. Es war ein sonniger Märznachmittag, und die Vorboten des Frühlings öffneten ihre Blüten ... violette, gelbe und weiße Krokusse, filigrane Schneeglöckchen und strahlend gelbe Narzissen. Es ist eine wahre Pracht, dachte sie. »Sie tanzen und wiegen sich im Wind«, sagte sie laut und lächelte. Die Zeile stammte aus einem ihrer Lieblingsgedichte von Wordsworth.

Sie lief zum Kamin, griff nach den Schürhaken und schob die Glut zusammen, bevor sie frische Scheite auflegte. Zwar hatte sich das schlechte Winterwetter mit einem Schlag verabschiedet, und der Frühling hielt allmählich Einzug, trotzdem reichte die Kraft der Sonne bei weitem nicht aus, um Wind und Kälte erträglich zu machen.

Du liebe Zeit, gleich Viertel vor vier, erschrak sie nach einem Blick auf die kleine Pendeluhr, die auf dem Kaminsockel stand. Es war später, als sie vermutet hatte. Sie verließ den Salon und durchquerte die Eingangshalle auf der Suche nach ihrer Haushälterin, Mrs Longden, die in ihrem Aufenthaltsraum ihre hauswirtschaftlichen Aufstellungen durchging.

»Ich hatte gar nicht realisiert, wie spät es schon ist, Mrs Longden«, sagte sie lächelnd. »Mrs Forth und Mr Deravenel können jeden Augenblick eintreffen. Ich nehme an, Sie haben alles vorbereitet?«

»Aber ja, Madam, selbstverständlich. Möchten Sie, dass Wells den Tee umgehend serviert? Oder sollen wir noch etwas warten?«

»Wir warten noch ein paar Minuten, denke ich, bis wir

komplett sind –« Unvermittelt läutete die Türglocke, und Jane verstummte. Worauf Mrs Longden rief: »Oh, es scheint, jemand kommt früher als erwartet, Madam. Ich mache rasch auf.« Sie eilte hinaus, und Jane folgte ihr gemessenen Schrittes. Bestimmt war es Vicky. Edward hatte ihr nämlich vorhin am Telefon dargelegt, dass er im Büro eventuell noch aufgehalten werde; sie sollten mit dem Tee nicht auf ihn warten. Er werde später nachkommen.

In diesem Moment betrat Vicky Forth die Eingangshalle, wie üblich bezaubernd schön und die personifizierte Eleganz in ihrem burgunderfarbenen Kaschmirmantel mit weichem Fellbesatz an Kragen und Armstulpen. Die dazu passende, mit einem breiten Seidenband abgepaspelte Pelzkappe war an einer Seite keck mit einem künstlichen Veilchensträußchen dekoriert.

Jane glitt auf sie zu, und die beiden Frauen umarmten sich herzlich. »Das Wetter spielt heute verrückt, meine Liebe. Draußen ist es trotz der Sonne lausekalt, es geht ein beißender Wind.«

»Dass es stürmisch ist, hab ich an den Bäumen im Garten bemerkt«, bekräftigte Jane, derweil Vicky aus ihrem Mantel schlüpfte und ihn der Haushälterin reichte. »Aber wenigstens haben wir keinen Schnee mehr.«

Die beiden Frauen schlenderten in den blauen Salon. »Ich bin etwas früher gekommen, damit wir noch ein paar Minuten für uns haben. Und ungestört über unsere Party plaudern können. Damit sie so rauschend wird, wie wir geplant haben.«

Jane nickte, unvermittelt leicht betreten, während sie ihre Freundin zum Kamin geleitete. »Ehrlich gesagt fürchte ich, dass das Ganze problematisch wird. Setzen Sie sich ans Feuer, Liebe, da ist es angenehm warm.«

»Ich weiß, worauf Sie hinauswollen, Jane. Das Problem ist Elizabeth, die vermutlich davon erfahren wird.«

»Ganz bestimmt sogar. In dieser Stadt wird entsetzlich viel

getuschelt und getratscht. Sobald Elizabeth etwas läuten hört, wird sie uns eine Riesenszene machen.« Jane setzte sich ihrer Freundin gegenüber und fuhr fort: »Etwas anderes. Sie waren heute bei Fenella, nicht wahr? Wie geht es ihr?«

»Sie lässt Sie herzlich grüßen.«

Jane seufzte. »Ich glaube, sie war ziemlich pikiert über Elizabeths Äußerungen.«

»Ja, aber Sie kennen doch Fenella. Über solchen Unfug ist sie letztlich erhaben. Sie macht ihre karitative Arbeit, lebt ihr Leben und schert sich nicht darum, was Außenstehende darüber denken.«

»Ihre Einstellung ist sehr vernünftig.« Jane lehnte sich aus den Polsterkissen vor. »So ... und was wird jetzt aus Edwards Geburtstag?«

»Ich würde ihm wahnsinnig gern ein Fest ausrichten«, rief Vicky enthusiastisch. »Er wird vierunddreißig, ein schönes Alter für einen Mann – na, eigentlich für jeden –, und er mag es gern, wenn er von seinen Freunden ein bisschen verwöhnt und hofiert wird. Sagen Sie, auf welchen Wochentag fällt eigentlich dieses Jahr der 28. April, Jane?«

»Auf einen Montag. Mir ist schon klar, dass der Termin für eine Party denkbar ungünstig ist. An seinem eigentlichen Geburtstag möchte er sicher mit seiner Familie feiern, vor allem mit den geliebten Kindern, die ihn so vergöttern. Wenn, dann müssten wir auf einen anderen Tag ausweichen, entweder vor oder nach dem achtundzwanzigsten.«

»Wie ich Edward kenne, ist ihm sicher das eine wie das andere recht«, überlegte Vicky laut. »Im Moment spielt das Datum ja auch noch keine so große Rolle. Die Frage ist eher die: Was für eine Party richten wir ihm aus? Wo soll sie stattfinden? Und wen laden wir dazu ein?«

»Ich finde, wir sollten uns auf seine engsten Freunde und Bekannten beschränken. Ich bin mir ziemlich sicher, dass er kein großes Fest möchte, wie wir es ursprünglich geplant hatten. Er wäre sicher wenig begeistert, wenn die Party in einem der großen Hotels stattfände, im Ballsaal des Ritz oder des Savoy –«, Jane stockte und schüttelte den Kopf. »Ich hab's. Edward ist am liebsten mit uns zusammen. Mit Ihnen und Stephen, Will und seiner Frau Kathleen, Amos, Grace Rose. Was halten Sie von einem kleinen Dinner bei Ihnen oder bei mir, Vicky? Das dürfte seinen Geschmack am ehesten treffen.«

»Ich glaube, Sie haben recht. Außerdem ist es letztlich unauffälliger … Alles andere würde Elizabeth nur provozieren. Und sie hat weiß Gott genug Unheil angerichtet.«

Jane nickte bekräftigend.

»Sind Sie wirklich kein bisschen eifersüchtig auf sie?«, erkundigte sich Vicky neugierig. »Wenn, dann zeigen Sie es jedenfalls nie. Sie sind stets die vollendete Dame.«

»Natürlich versetzt es mir gelegentlich einen schmerzvollen Stich, aber letztendlich weiß ich doch, wie tief Edward für mich empfindet. Ich gebe ihm Geborgenheit, Wärme, Liebe und moralischen Rückhalt, alles, was er bei ihr nicht bekommt. Außerdem möchte ich es gar nicht anders haben.«

»Und wieso nicht?«

Jane beugte sich vor, blickte Vicky tief in die Augen und erklärte mit Nachdruck: »Wenn ich wollte, könnte ich ihn wahrscheinlich ganz an mich binden. Ihn davon überzeugen, dass er sie verlassen sollte, vermutlich würde er sich sogar von ihr scheiden lassen. Im Grunde seines Herzens ist er jedoch ein Familienmensch, er liebt seine Kinder und genießt es, sie um sich zu haben. Angenommen, er entschiede sich für mich – dann würde er sie zwangsläufig vermissen und sich Vorwürfe machen, und das möchte ich nicht verantworten. Solange ich seine Geliebte bin, kommt er aus freien Stücken zu mir. Er braucht mich, er begehrt mich, denn er weiß genau, dass er mich *und* seine Kinder haben kann. Natürlich schläft er noch mit ihr, sonst wäre sie ja nicht andauernd schwanger. So ist er eben, damit muss ich mich abfinden. In seinem Leben gäbe es immer andere Frauen, ganz egal, mit wem er verheiratet wäre … so weiß ich wenigstens, dass er mir treu ist.«

Vicky lächelte. »Sie erinnern mich sehr an meine Freundin Lily Overton, Jane. Sie sind ihr in vielem ähnlich. Aber lassen Sie uns rasch das Thema wechseln, da kommt Ihr Butler mit dem Tee.«

* * *

Vicky saß entspannt auf dem Sofa und lauschte Jane und Edward, die sich angeregt über ein Gemälde austauschten, über seinen anstrengenden Tag im Büro diskutierten, was sie sonst alles gemacht und welche Pläne sie für die restliche Woche hatten.

Wenn Stephen abends von der Bank heimkam, verlief ihre Unterhaltung ähnlich, überlegte sie und schmunzelte. Die beiden Dauergeliebten klangen fast wie ein altes Ehepaar.

Unvermittelt realisierte sie, dass der Vergleich gar nicht so falsch war … nur dass den beiden der Trauschein fehlte. Hier, in Janes Haus, fand Edward Ruhe, Geborgenheit und Entspannung, etwas, das er am Berkeley Square bei seiner Frau vermisste.

Vicky grauste vor seiner Reaktion, wenn sie ihm erst berichtete, welche Gerüchte Elizabeth über Fenella in Umlauf gebracht hatte.

Sie schlug die Augen nieder und starrte auf Edwards blankpolierte, handgenähte Schuhe. Zweifellos stammten sie von der Schuhmacherei Lobb's, und der nachtblaue, modisch geschnittene Anzug war sicher von einem der Maßschneider in der Savile Row. Sein blütenweißes Oberhemd war aus feinster ägyptischer Baumwolle, Vicky tippte auf Turnbull & Asser. Die akkurat gebundene, hellblaue Seidenkrawatte unterstrich die Farbe seiner Augen.

Er war der Inbegriff maskuliner Eleganz. Als ihr Bruder Will sie vor Jahren mit Edward bekannt gemacht hatte, war sie tief beeindruckt gewesen. Allerdings weniger von seinem blendenden Aussehen und dem gewinnenden Charme, sondern vielmehr von seinem Charisma. Er verfügte über ein unerschütterliches Selbstbewusstsein, das ihm in die Wiege gelegt worden sein musste. Ein Selbstbewusstsein, das manche mit Arroganz verwechselten, aber sie verkannten ihn.

Als er jünger war, hatte man Edward oft als Playboy und Frauenheld abgestempelt, aber das war lange vorbei. Inzwischen war er seit über zehn Jahren mit Jane Shaw liiert, und soweit Vicky wusste, hatte er sich in der ganzen Zeit nicht einen Seitensprung erlaubt. Im Gegenteil, das Gerede um seine Person drehte sich ausschließlich um die Treue zu seiner Geliebten und nicht um irgendwelche sexuellen Abenteuer mit anderen Frauen. Die einzig andere Frau in seinem Leben war Elizabeth, dachte Vicky. Zweifellos fand er sie körperlich erregend, sonst wäre sie nicht mit schöner Regelmäßigkeit guter Hoffnung. Das war aber wohl das Einzige, was sie verband, das war ihr klar: Die beiden wussten außerhalb des ehelichen Schlafzimmers nichts miteinander anzufangen

»Du bist so still, Vicky«, sagte Edward unvermittelt und blickte zu ihr herüber.

Jane blickte von Vicky zu Edward und räusperte sich. »Liebling, Vicky möchte mit dir etwas besprechen – es geht um eine ziemlich heikle Angelegenheit. Wenn ihr keinen Tee mehr möchtet, bitte ich Wells vorher noch eben, das Geschirr abzuräumen.«

»Ja, mach das; ich bin fertig.« Edward schob seine Tasse auf den runden Teetisch. Stirnrunzelnd wandte er sich an Vicky. »Eine heikle Angelegenheit?«, wiederholte er.

Sie nickte stumm.

Jane läutete, und sofort erschienen der Butler und die Haushälterin, um das Geschirr abzuräumen.

Sobald sie wieder allein waren, setzte Jane sich neben Edward in einen Sessel. »Vicky wollte es erst gar nicht sagen, sich dir gar nicht anvertrauen. Ich musste sie regelrecht überreden.«

Er nickte aufmunternd. »Könnt ihr mir nicht einfach sagen, worum es geht?« Ihn beschlich das unangenehme Gefühl, dass es etwas mit ihm zu tun hatte. Er schätzte Vicky als eine gute, aufrichtige Freundin. Was auch immer ihr auf der Seele lag, musste wichtig sein.

Vicky räusperte sich und sagte mit leiser, fester Stimme: »Es geht um Elizabeth. Ich wollte die Sache eigentlich auf sich beruhen lassen, Edward, weil ich es verabscheue, mich in eine Beziehung einzumischen. Ganz besonders in eine Ehe. Allerdings bin ich nach reiflicher Überlegung und aufgrund von Janes gutem Rat zu dem Schluss gelangt, dass es besser ist, wenn du es erfährst.«

»Bitte, Vicky, ich bin ganz Ohr. Ich weiß sehr wohl, dass du dich nicht ungefragt in anderer Leute Beziehungen einmischen würdest.«

»Ich danke dir, Edward. Offenbar hat Elizabeth über Fenella mit einer ihrer Schwestern getratscht, die es brühwarm an Maude Tillotson weitergegeben hat. Maude erzählte es wiederum einer Freundin, und die ihrer Freundin, und im Nu sprach jeder darüber. Du weißt ja, wie so etwas in der Londoner Gesellschaft geht. Manche der Damen haben nichts Besseres zu tun, als über andere herzuziehen.«

Eine Woge der Verärgerung wusch über ihn hinweg. Er betrachtete Vicky eindringlich. »Ich schätze, der Klatsch über Fenella betrifft auch meine Person?«

»Ja. Elizabeth hat gegenüber ihrer Schwester beteuert, die ganze Geschichte mit Grace Rose sei von vorn bis hinten glatter Schwindel. Amos Finnister habe das Mädchen gar nicht in Whitechapel in einem Karren entdeckt, nein, sie sei Fenellas illegitime Tochter mit dir und habe als Kleinkind auf dem Landsitz ihres Großvaters mütterlicherseits in Yorkshire gelebt. Sie behauptete, Fenella sei schon seit Jahren deine heimliche

Geliebte und sie würde Mark Ledbetter nur heiraten, um sie, Elizabeth, in Sicherheit zu wiegen. Mit anderen Worten, du hast zwei Geliebte: Fenella und Jane.«

Edward war wie vor den Kopf geschlagen. Er lehnte sich zurück und starrte Vicky an. »Das ist ja ungeheuerlich!«, platzte er schließlich heraus, von einer Welle der Empörung überrollt. »Was fällt ihr ein, derart infame Unterstellungen in die Welt zu setzen? Im Übrigen ist diese Geschichte so weit an den Haaren herbeigezogen, dass kein Mensch sie glauben würde!« Er kämpfte um seine Beherrschung, aber innerlich schäumte er vor Wut.

Vicky sagte: »Ich gebe dir völlig recht, mein lieber Edward, glaubwürdig ist die Geschichte nicht. Trotzdem ist es nicht gut, dass derlei Gerede kursiert; es wirft erneut ein schlechtes Licht auf den Namen Deravenel. Von Fenellas Ruf gar nicht zu reden. Diese gütige, selbstlose Frau ist für viele doch so etwas wie eine … eine Heilige.«

»Elizabeth muss den Verstand verloren haben!«, explodierte er, nicht mehr fähig, seinen Unmut zu zügeln.

Jane legte begütigend eine Hand auf seinen Arm. »Die Geschichte glaubt bestimmt keiner, Edward. Trotzdem fand ich, Vicky solle sie dir nicht vorenthalten, damit du informiert bist. Und du wirst mit Elizabeth reden müssen.«

»Das ganz sicher.« Er warf Vicky einen scharfen Blick zu. »Sind Fenella diese Gerüchte schon zu Ohren gekommen?«

»Ja, vor kurzem, aber sie ist darüber hinweg. Sie und Mark sind klug genug, derlei einfach zu ignorieren.«

Er erhob sich mit einem versonnenen Nicken, griff in die Brusttasche seines Jacketts und zog einen Umschlag heraus. »Das wollte ich dir schon die ganze Zeit über geben, Vicky. Hier ist ein Scheck, eine Spende für das Erholungsheim.« Er drehte sich zu Jane. »Es tut mir leid, Liebes, aber ich fahre jetzt besser. Ich muss umgehend zum Berkeley Square, um die Sache aus der Welt zu schaffen.«

26

Als Edward aus Janes Haus stürmte, wartete Broadbent am Straßenrand in dem chromblitzenden Rolls-Royce. Kurz darauf steuerte er den Wagen in Richtung Mayfair und zum Berkeley Square.

Edward lehnte sich in seinen Sitz zurück und kämpfte mit seiner Verärgerung. Dieses Mal war Elizabeth entschieden zu weit gegangen. Üble Gerüchte über ihn zu verbreiten war schlimm genug, aber Fenella da mit hineinzuziehen, war einfach nicht mehr hinnehmbar. Was Elizabeth über ihn und Fenella erzählte, war ein Bündel unsinniger Lügen, und jeder, der sie hörte, musste das erkennen. Nichtsdestoweniger war er fest entschlossen, seiner Frau diesmal deutlich die Meinung zu sagen. Sie musste sich einfach zügeln.

Mallet begrüßte ihn in der Eingangshalle des Stadthauses am Berkeley Square. »Wo finde ich Mrs Deravenel?«

»Soweit ich weiß, ist sie oben im Salon, Sir.«

Jeweils zwei Stufen auf einmal nehmend, setzte er die Treppe hinauf und über die großzügige Empore. Er riss die Tür zu ihrem Salon mit einer solchen Wucht auf, dass sie gegen die brokatbespannte Wand prallte.

Elizabeth, die vor dem warmen Kamin saß und ein französisches Modemagazin durchblätterte, fuhr vor Schreck zusammen. Intuitiv drückte sie ihr Rückgrat durch und ließ den Blick durch das Zimmer schweifen. Als sie Edwards wutverzerrtes Gesicht gewahrte, sank sie tiefer in ihren Sessel, ihre Augen angstgeweitet.

»Was ist bloß mit dir los?«, brüllte er. Er versetzte der Tür einen Tritt und hielt auf Elizabeth zu. »Du musst den Verstand verloren haben! Verbreitest hässliche Geschichten über mich und Fenella Fayne. Eine Frau, die weder dir noch sonst irgendjemandem jemals etwas zuleide getan hat, eine Frau, die immer nett und freundlich zu dir gewesen ist und die dich mit äußerstem Respekt behandelt. Und du hast nichts Besseres zu tun, als ihren guten Namen in den Schmutz zu ziehen. Und was ist mit meinem guten Namen? Dem Namen Deravenel, der zufällig auch dein Name ist? Hast du gar keinen Stolz? Keinen Funken Integrität? Nein, du saugst dir hanebüchene, himmelschreiende Lügen aus den Fingern. Aber ich werde das nicht dulden. Hast du mich verstanden, ich dulde dergleichen nicht.«

»Ich weiß nicht, was du –«

»Halt den Mund! Und versuch gar nicht erst, mir mit weiteren Lügen und Ausflüchten zu kommen. Du hast mich genau verstanden.«

»Edward, ich –«

»Du sollst den Mund halten!«, gellte er, sein Gesicht hochrot vor Zorn. »Du bist unerträglich dumm und borniert!«

Ein paar Schritte von ihr entfernt blieb er stehen und ließ den Blick über die kostbaren postimpressionistischen Kunstwerke schweifen, die ausgesuchten Antiquitäten, über Brokat, Seide und Samt: Die Fülle von edlem Reichtum war beeindruckend. Er war es, der den Salon so ausgestattet hatte, weil es bei ihr an ästhetischem Geschmacksempfinden haperte. Aber sie war es, die in einem Haus lebte, das für seinen Stil, seine Anmut und Eleganz weithin bekannt war.

»Du lebst in völligem Luxus! Trägst Modellkleider von weltberühmten Modeschöpfern und behängst dich mit Schmuck. Du kannst dir alles kaufen, ich verbiete dir nichts. Und du verbreitest üble Gerüchte über mich. Meine eigene Frau!«, schrie er. Seine Stimme überschlug sich fast vor Wut. »Es ist nicht zu fassen. Und dann auch noch Gerüchte, die jeder Grundlage entbehren. Alles Lügen.«

Sie drückte sich tiefer in den Sessel und wagte nicht, sich zu verteidigen. Sie wusste, dass es zwecklos gewesen wäre.

Er trat näher, baute sich vor ihr auf und musterte sie von oben herab, seine Miene voller Abscheu.

Sie schluckte, bemühte sich um Fassung. Angst, dass er gewalttätig werden könnte, hatte sie nicht. Edward war ein Gentleman und schlug keine Frauen. Physische Gewalt war ihm in jeder Form zuwider. Stattdessen verletzte er sie mit kränkenden Äußerungen. Wenn er wütend war, so wie jetzt, nahm er kein Blatt vor den Mund, und jedes seiner Worte schnitt ihr in die Seele. Ja, es war dumm von ihr gewesen. Was musste sie solche Gemeinheiten in die Welt setzen? Edward hatte recht. Sie war dumm und borniert.

Als könnte er ihre Gedanken lesen, neigte Edward sich über sie, brachte sein Gesicht dicht an ihres und fragte eisig: »Warum? Warum hast du dieses Ammenmärchen über Fenella in Umlauf gebracht? Warum hast du behauptet, sie sei Grace Roses Mutter? Warum, Elizabeth? Grundgütiger, kannst du mir das mal verraten?«

»Ich … ich … weiß es selber nicht«, stammelte sie nervös.

»Du willst mich verletzen, ist es das?«

Sie schüttelte den Kopf.

»O doch«, konterte er hart. »Du bist so krankhaft eifersüchtig auf alle Frauen, die ich kenne, dass du ständig versuchst, mir eins auszuwischen. Selbst bei Fenella, mit der mich seit Urzeiten eine rein platonische Freundschaft verbindet. Wer ist als Nächste dran? Vicky vielleicht? Hast du dir schon überlegt, welche gemeinen Lügen du über sie verbreiten willst?«

Elizabeth schüttelte den Kopf. Wie sollte sie sich auch verteidigen? Ihr Bruder mahnte sie fortwährend, nicht so ein Dummkopf zu sein, und er hatte recht. Wieso redete sie auch solchen Blödsinn? War es so, wie Edward sagte? War es Eifersucht? Als sie zu ihm hochschaute, in sein wutverzerrtes Gesicht, seine frostigen blauen Augen, fing sie an zu weinen.

»Lass das!«, schrie er sie an. »Hör sofort damit auf, hast du mich verstanden? Deine Tränen lassen mich kalt. Du hast dem Ansehen unserer Familie erheblichen Schaden zugefügt. Darüber hinaus hast du Fenellas Namen beschmutzt. Und das nur, weil ich nicht vor dir zu Kreuze krieche. Weil ich nicht so bin, wie du mich haben willst. Du widerst mich an.«

»Es tut mir leid …«, stammelte sie.

»Nein, dir tut nichts leid. Du bist wie George. Egoistisch und arrogant. Ihr richtet fortwährend Unheil an und merkt es nicht einmal.«

»Vergleich mich bitte nicht mit G…G…George«, stammelte sie und verlor den letzten Rest Fassung.

Er überging ihre Bemerkung und beugte sich abermals dicht über sie. »Jetzt hör mir gut zu, meine Liebe. Wirklich gut, denn ich werde mich nicht wiederholen. Solltest du noch einmal eine negative Bemerkung über mich oder meine Freunde verlieren – ganz gleich, wem gegenüber, inklusive deiner oder meiner Familie –, verlasse ich dich. Oder andersherum, du wirst mich verlassen. Ich schwöre, ich werde dich aus diesem Haus aufs Land verbannen, wo ich dir ein moderates Haus kaufen werde. Für deinen monatlichen Unterhalt komme ich auf, in Grenzen. Dort bleibst du, fernab von der Londoner Gesellschaft. Du wirst dieses Haus nie wieder betreten, geschweige denn in London leben. Hast du das kapiert? Wenn du nicht vernünftig sein willst, werde ich dich verbannen.«

Sie schauderte und nickte stumm. Edward meinte es ernst, er machte keine leeren Drohungen und würde sie eiskalt abservieren. Sie wusste aus Erfahrung, dass er immer zu seinem Wort stand.

Er schnellte wortlos herum und strebte zur Tür.

»Wo willst du hin?«, flüsterte sie.

»Ich gehe aus«, antwortete er lakonisch und knallte die Tür hinter sich zu.

Er hastete nach unten, fand Mallet in der Küche und sagte:

»Ah, da sind Sie ja, Mallet. Ich werde zum Abendessen nicht hier sein. Bitte packen Sie mir einen kleinen Koffer mit dem Üblichen – frische Unterwäsche, Oberhemd, mein Rasierzeug. Ich verbringe den Abend in meinem Club.«

»Sofort, Sir.«

»Lassen Sie sich ruhig Zeit, Mallet. Ich habe noch eine Verabredung. Broadbent kann die Tasche später holen.«

»Dann steht sie für ihn bereit, Mr Deravenel.«

»Danke, Mallet, und einen schönen Abend. Sobald Broadbent die Tasche geholt hat, haben Sie frei.«

»Danke, Sir. Ich wünsche Ihnen einen angenehmen Abend.«

Der Butler blieb an der Tür stehen und beobachtete, wie sein Chef die Stufen zu dem Rolls-Royce hinunterschritt, der vor dem Eingang parkte. Mr Deravenel war ein herzensguter Mensch, der großzügig für mildtätige Zwecke spendete und denen half, mit denen es das Schicksal nicht so gut gemeint hatte. Eine Schande, dass er mit dieser Streitaxt verheiratet war, die ihn fortwährend in die Flucht trieb. Diese dumme Gans, knurrte er mit leisem Abscheu für die Dame des Hauses. Eine feine Dame war das! Kopfschüttelnd schloss er die Eingangstür und machte sich ans Packen.

27

Ich möchte die Scheidung«, sagte Edward seelenruhig, seine blauen Augen auf seine Mutter gerichtet.

Cecily Deravenel ließ sich nicht anmerken, wie schockiert sie über seine Ankündigung war. Stattdessen lehnte sie sich schweigend zurück und musterte ihren ältesten Sohn. »Ist es so weit gekommen? Endlich?«

»Ich fürchte, ja. Elizabeth ist einfach …« Er stockte auf der Suche nach dem richtigen Wort, der treffenden Umschreibung. »… untragbar, ein Zusammenleben mit ihr unmöglich. Nach meinem Dafürhalten ist sie regelrecht gefährlich; ich traue ihr zu, alle möglichen Geschichten über mich und die Deravenels zu erfinden, wenn es ihr passt.«

Cecily zog die Stirn in Falten. Ihre graublauen Augen, denen ihres Sohnes Richard so ähnlich, umwölkten sich. Sie spürte eine Woge von Betroffenheit in sich aufsteigen. »Irgendetwas ist passiert, das das Fass zum Überlaufen gebracht hat, nicht wahr, Edward? Mir ist schon bei deiner Ankunft aufgefallen, wie konsterniert du wirkst. Was ist passiert? Erzähl es mir, mein Junge. Wenn wir offen darüber reden, finden wir vielleicht zu einer für dich zufriedenstellenden Lösung.«

Edward lehnte sich an den Sofarücken, schlug die langen Beine übereinander und atmete tief durch. »Sie hat eine abstruse Geschichte über mich in Umlauf gebracht, die Fenellas Ruf in Misskredit bringt. Offenbar hat sie sie einer ihrer Schwestern erzählt, höchstwahrscheinlich Iris, dieser Plaudertasche, und die hat sie wiederum an Maude Tillotson weitergegeben, worauf das Gerücht sich wie ein Lauffeuer verbreitete.«

»Soll das heißen, dass Elizabeth dir ein … ein Verhältnis mit Fenella anhängen will?«

»Ja, und angeblich ist die Affäre zwischen uns noch nicht beendet. Und es kommt noch schöner.« Er beugte sich vor und schilderte seiner Mutter in groben Zügen, was Vicky Forth ihm erzählt hatte.

»Das ist ja unerhört!«, empörte sich seine Mutter. »Elizabeth scheint sich in den Kopf gesetzt zu haben, dir das Leben schwerzumachen.« Sie schüttelte in echter Bestürzung den Kopf. »So etwas ist gehässig, je nachgerade arglistig von ihr.« Cecily blickte in die wärmenden Flammen und überlegte scharf. Ihr Verstand arbeitete auf Hochtouren. Schließlich setzte sie hinzu: »Edward, was sie da verbreitet hat, sind gezielte Verleumdungen.«

»Es ist glatter Rufmord.«

»Seit wann weißt du davon?«, fragte seine Mutter unverblümt und baff entrüstet über das unvertretbare Verhalten ihrer Schwiegertochter.

»Seit heute Nachmittag. Als ich Elizabeth zur Rede stellte, stritt sie natürlich alles ab, aber damit kam sie bei mir nicht durch. Ich habe ihr damit gedroht, sie dauerhaft aufs Land zu verbannen, sollte sie es noch einmal wagen, irgendwelche abgeschmackten Gerüchte über mich oder meine Freunde in die Welt zu setzen.«

»Das war ein geschickter Schachzug von dir. Sie würde es niemals verkraften, völlig abgeschieden in der ländlichen Einsamkeit zu leben, abgeschnitten von den Londoner Zirkeln, die ihr doch so viel bedeuten.«

»Ich weiß, trotzdem bin ich mir nicht sicher, ob sie sich davon einschüchtern lässt. Deshalb dachte ich an eine Scheidung, um sie auf legalem Wege loszuwerden. Und das wollte ich vorher mit dir besprechen.«

»Hast du dir das auch genau überlegt, mein Junge? Denk an die Konsequenzen, immerhin sind wir Katholiken.«

»Was bedeutet denn heutzutage noch Religion, Mutter?« Er lachte ein wenig hohl. »Vor ein paar Hundert Jahren hatten wir einen katholischen Monarchen, der mit dem Papst und Rom brach, um eine Scheidung zu erwirken –«

»Lass mich dir eine etwas heikle Frage stellen«, unterbrach Cecily behutsam. Sie beugte sich etwas vor und sah ihren Sohn prüfend an. »Ist es deine Absicht, Mrs Shaw zu heiraten?«

»Eine schwierige Frage. Aber ich glaube nicht, dass die Entscheidung bei mir läge. Ich bin ziemlich sicher, dass Jane nicht heiraten wollen würde, selbst wenn ich plötzlich frei und ungebunden wäre.«

»Wieso denn das nicht?«, entfuhr es Cecily verblüfft.

»Bei einer Heirat würde sie zwangsläufig vermuten, sie hätte den Platz für eine ... hm ... für eine neue Geliebte freigemacht. Und das würde sie niemals tolerieren, jedenfalls glaube ich das nicht.«

Cecily lächelte nachsichtig und dachte sich ihren Teil. Nach einer kurzen Weile erkundigte sie sich mit ernsthaft besorgter Stimme: »Was bezweckt Elizabeth mit dieser hanebüchenen Geschichte? Wollte sie dich brüskieren? Oder ist es Eifersucht ... Eifersucht auf Jane Shaw?«

»Vermutlich beides, Mutter. Elizabeth ist eifersüchtig auf alle Frauen, die ich kenne und von denen sie glaubt, dass ich ihnen geneigt bin.« Er erhob sich, schritt zum Kamin und stellte sich mit dem Rücken zu der wärmenden Glut. »An Weihnachten war sie sogar eifersüchtig auf ihre eigene Tochter, ein neunjähriges Mädchen, kannst du dir das vorstellen? Sie war wütend, weil ich Bess diese kleine viktorianische Brosche geschenkt hatte. Dabei war es eine Anstecknadel für ein Kind, winzig klein, aus Silber gefertigt und mit ein paar Diamantsplittern besetzt. Sie war auch gar nicht teuer. Trotzdem ging Elizabeth hoch – weil ich es gewagt hatte, Bess, unserer Tochter, ein Schmuckstück zu schenken. Ungeheuerlich, nicht wahr?«

»Nein, ich fand ihr Verhalten auch nicht nachvollziehbar«, räumte Cecily ein.

»Mit Grace Rose ist es nicht anders«, resümierte Edward. »Zweifellos ist Elizabeth eifersüchtig auf sie und unsere Beziehung. Und auch auf dein gutes Verhältnis zu ihr. Aber das würde meine Frau niemals offen einräumen. Seit ein paar Wochen stichelt und stänkert sie herum, weil die Mädchen Fenellas Brautjungfern sein sollen.« Edward zuckte mit den Schultern, hob die Hände zu einer hilflosen Geste und schüttelte frustriert den Kopf.

»Meiner Meinung nach leidet sie unter einer Zwangsneurose. Ich frage mich ernsthaft, was der kluge Dr. Freud dazu sagen würde.« Cecilys Brauen hoben sich.

»Glaubst du, Elizabeth braucht einen Psychiater, Mutter?«

»Das mag durchaus sein, aber lass uns bei dem Thema Scheidung bleiben. Ich möchte, dass du dir das noch einmal gründlich überlegst. Im Falle einer Scheidung wirst du dich und die Familie nämlich übelsten Gerüchten und hässlichem Klatsch aussetzen. Elizabeth wird in ihrem Zorn und ihrer Wut alles tun, um dich zu vernichten. Sie wird die besten und gewieftesten Anwälte beschäftigen, und die machen dich nieder. Indem sie Privatdetektive auf dich hetzen werden, die jedes noch so unschöne Detail aus deiner Vergangenheit ans Licht zerren und dich mit Schmutz bewerfen. Sie wird Mrs Shaw zum Sündenbock stempeln und Vicky und Grace Rose zur Zielscheibe machen. Die Sache wird in einen Riesenskandal münden, und den können wir uns wahrlich nicht leisten, Edward.«

»Nein.« Edward musterte sie mit einem langen, versonnenen Blick.

Cecily sprach als Erste wieder. »Ich glaube, eine Scheidung ist der falsche Weg, mein lieber Junge. Unter den gegebenen Umständen, meine ich.«

Er nickte und stöhnte dann ärgerlich auf. »Was, in aller Welt, soll ich denn machen? Soll ich etwa so tun, als wäre nichts geschehen? Nach ihren gezielten Verleumdungen, wie du es nennst?«

Seine Mutter erwiderte mit ruhiger Bestimmtheit: »Ich gehe davon aus, dass du ihr zunächst einmal einen Riesenschrecken eingejagt hast mit deiner Idee, sie aufs Land zu schicken. War das wirklich ernst gemeint oder bloß eine leere Drohung?«

»Damit war es mir bitterernst, Mutter. Oder weißt du eine andere Lösung, wie ich sie loswerden kann? Ich meine, einmal abgesehen von einer Scheidung.«

»Das nicht, ich kann dir jedoch den einen guten Rat geben: Eine Scheidung oder eine offizielle Trennung ist keine Lösung. Geh den anderen Weg. Leb dein Leben wie bisher. Geh häufiger allein aus, und wenn ich das sage, meine ich *allein*. Unternimm mehr Reisen, mit Will Hasling oder mit deinem Bruder Richard, und spiele weiterhin den netten, liebenden, fürsorglichen Ehemann, der – wie etliche Männer deiner Gesellschaftsschicht – sein geheimes Privatleben hat. Sei diskret, insbesondere in Bezug auf Mrs Shaw. Mit anderen Worten: Vermeide alles, was zu Gerede führt. Verhalte dich nicht anders als in all den Jahren deiner Ehe. Und behalte immer im Hinterkopf, dass du Elizabeth jederzeit aufs Land schicken kannst. Diese Drohung wird sie nicht so rasch vergessen.«

»Was du sagst, stimmt, Mutter. Ich werde deinen Rat beherzigen.«

»Ach, und noch etwas«, gab Cecily zu bedenken. »Lenk nicht wieder so rasch ein, Edward. Lass sie erst einmal eine Weile schmoren. Vielleicht ist der Schock eine heilsame Erfahrung für sie. Und tu nichts Unüberlegtes – denk dran, du hast die besseren Karten. Immerhin sind es dein Vermögen und dein Einfluss, die Elizabeth eine privilegierte Stellung in der Gesellschaft ermöglichen. Sie würde sich eher umbringen, als darauf zu verzichten.«

28

Bedaure, dass ich Sie so spät noch störe, Jane«, sagte Richard, »aber ich muss dringend mit Edward sprechen. Ist er zufällig bei Ihnen?«

»Nein, leider nicht, Richard«, antwortete Jane. Unvermittelt besorgt umkrampften ihre Finger den Telefonhörer. »Eigentlich erwarte ich ihn auch heute nicht. Sollte er trotzdem vorbeikommen, richte ich ihm gern aus, dass Sie angerufen haben.«

»Hmmm, Mallet konnte mir auch nichts Näheres sagen, aber Sie wissen ja, wie verschwiegen und diskret Butler sind. Aus ihm bekam ich nichts Aufschlussreiches heraus. Und unsere Mutter meinte nur, dass Edward vorhin noch mal weggefahren sei. Nun gut, falls er wider Erwarten bei Ihnen auftaucht, sagen Sie ihm bitte, er soll mich kurz anrufen, ja?«

»Selbstverständlich, Richard. Gute Nacht.«

»Gute Nacht, und entschuldigen Sie die Störung.«

»Keine Ursache. Auf Wiederhören.« Sie legte auf, schlenderte durch die Bibliothek, ließ sich in einen Sessel sinken und vertiefte sich von neuem in ihre Lektüre. Indes vermochte sie sich nicht zu konzentrieren, da sie sich im Geiste intensiv mit Edward beschäftigte, dem Mann, dem sie in tiefer Liebe verbunden war. Der Ärmste hatte es wahrlich nicht leicht.

In einem Sturm der Entrüstung hatte er am Nachmittag ihr Haus verlassen, zweifellos, um Elizabeth zur Rede zu stellen. Und seiner Frau rigoros den Mund zu verbieten. Wenn es die Situation erforderte, konnte Edward sehr direkt und schonungslos brutal sein.

Elizabeth war ein wandelndes Ärgernis. Das wusste Jane seit langem, gleichwohl hätte sie sich niemals dazu aufgeschwungen, Edward irgendwelche Empfehlungen zu geben, wie er mit seiner Frau umzuspringen hätte.

Laut Richard war er heute Abend noch bei seiner Mutter in der Charles Street gewesen. Möglich, dass er sich bei Cecily Deravenel Rat und Hilfe holte. Sie war eine lebenserfahrene und weltkluge Dame, verfügte über Herzensbildung und eine ausgezeichnete Menschenkenntnis.

Seine Ehe mit Elizabeth verlief zwar nicht glücklich, und dennoch war Edward kein unglücklicher Mensch, mochten Außenstehende das auch zuweilen mutmaßen.

Er hing abgöttisch an seinen Kindern und genoss das Zusammensein mit ihnen. Ansonsten hatte er sie, Jane, als Geliebte und Seelenfreundin. Mit ihr teilte er viele gemeinsame Interessen und eine befriedigende erotische Partnerschaft.

Edward fühlte sich in ihrem Haus wohl, das er liebevoll mit ausgestattet hatte. In seiner entspannten Atmosphäre fand er Erholung von Stress und Hektik. Wenn man so wollte, lebten sie in eheähnlichen Verhältnissen; er neckte sie des Öfteren mit dem Vergleich, dass sie wie Philemon und Baucis wären, unzertrennlich wie das greise Ehepaar aus der griechischen Sagenwelt.

Jane schmiegte sich in ihren Sessel und ließ den Blick durch den mit Bücherregalen gesäumten Raum schweifen. Einmal abgesehen von ihrem kleinen Salon, hielt Edward sich hier am liebsten auf. Er hatte eine Schwäche für Bibliotheken und ihr Inventar – vermutlich, weil er Bücher genauso liebte wie sie. Von ihm stammten etliche der seltenen Erstausgaben, die er irgendwo entdeckt und ihr geschenkt hatte. Zudem verströmte der Raum trotz der maskulin anmutenden Schlichtheit ein einladend behagliches Flair.

Jane war froh, dass sie Wells gebeten hatte, Feuer im Kamin zu machen. Für einen Märztag war es zwar recht sonnig gewesen, aber gegen Abend wieder erheblich abgekühlt. Draußen pfiff der Wind um die Häuser.

Sie vertiefte sich abermals in ihr Buch, bis sie schließlich aus ihrer Versunkenheit hochschrak. Sie hatte ein leises Geräusch gehört – die Eingangstür war eben ins Schloss gefallen. Sie sprang auf, warf das Buch auf den Beistelltisch und verließ rasch den Raum.

In der Eingangshalle stellte sie erleichtert fest, dass es Edward war, der gerade seinen warmen Paletot abstreifte.

»Verzeih, dass ich dich nicht informiert habe, dass ich noch komme, Liebes«, murmelte er. Er warf den Mantel auf eine Bank und riss sie stürmisch in seine Arme. »Ich habe nicht geklingelt, weil ich niemanden wecken wollte.«

»Aber das hättest du gern tun können.« Sie hakte sich bei ihm unter und geleitete ihn in die Bibliothek. »Du siehst blass aus. Und abgekämpft, Edward. Sie hat dir doch hoffentlich keine Szene gemacht, oder?«

»Nein. Ich bin mir auch ziemlich sicher, dass sie es nie wieder probieren wird, mich in der Öffentlichkeit bloßzustellen.« Er schüttelte den Kopf. »Wenn es dir recht ist, Jane, möchte ich das Thema nicht weiter vertiefen.« Er schüttelte sich fröstelnd, ging wie üblich zum Kamin und wärmte sich den Rücken. »Jetzt ist mir nach einem Scotch. Aber bitte, du brauchst nicht nach Wells zu läuten. Ich gieß mir schon selber ein.«

»Nein, nein, ich mache das schon. Ach, bevor ich es vergesse, Richard hat vorhin angerufen. Er meinte, er müsse unbedingt mit dir sprechen. Offenbar hatte er schon am Berkeley Square und in der Charles Street angerufen, aber niemand konnte ihm sagen, wo du steckst.«

»Verstehe.« Er trat an den antiken Schreibtisch, setzte sich und wählte Richards Nummer in Chelsea. Sein Bruder nahm sofort ab.

»Du hast mich gesucht, altes Haus?«, fragte Edward warm.

»Ja, Bruderherz. Danke, dass du zurückrufst. Du bist sicher bei Mrs Shaw, hm?«

»In der Tat. Ich komme eben zur Tür herein. Du wolltest mich sprechen?«

»Ja, also, es ist Folgendes, Edward. George hat es heute wieder mit einem seiner miesen Tricks probiert. Stell dir vor, Isabel kam am Nachmittag aus heiterem Himmel bei uns zum Tee hereingeschneit und hat Anne brühwarm erzählt, dass unser Haus ihnen gehört. Ihnen – stell dir diese Dreistigkeit vor! Und dass wir ausziehen müssen. Was sagst du dazu?«

Edward warf den Kopf zurück und lachte schallend. »Das gibt's doch gar nicht!«, prustete er. »Und was hat Anne ihrer Schwester geantwortet?«

»Dass du ihrer Mutter das Haus abgekauft und es uns beziehungsweise mir überschrieben hast. Dass es George und Isabel somit auf gar keinen Fall gehört.«

»Bravo, da hat Anne richtig gekontert! Ich tippe mal darauf, dass Isabel wie eine zürnende Rachegöttin aus dem Haus gerauscht ist, um ihrem George schleunigst Bericht zu erstatten.«

»Sie brach ziemlich überstürzt auf, ja. Mehr weiß ich auch nicht«, räumte Richard schmunzelnd ein. »Ehrlich gesagt danke ich dir von ganzem Herzen, dass du so weitsichtig warst, Nan Watkins das Haus abzukaufen. George ist offenbar noch immer auf dem Kriegspfad …« Er ließ den Satz in der Luft hängen und wartete auf die Reaktion seines Bruders.

»Ich hoffe nicht, Richard. Das hätte mir gerade noch gefehlt. Bei Deravenels kehrt allmählich wieder Ruhe ein, und du hast gemeinsam mit Will die Probleme mit Ian MacDonald aus der Welt geschafft, und nun sind endlich die Verkaufsverhandlungen zur Zufriedenheit aller zu einem Abschluss gekommen. Ich hatte wirklich auf ein bisschen Ruhe und Frieden gehofft.«

»Und wir werden alles tun, damit du ihn bekommst. Was George angeht, muss er ja nun seine Finger sowieso von dem Haus lassen. Immerhin ist es *mein* Haus – dank deiner Hilfe.«

»In der Tat. Und jetzt lass uns Schluss machen, ja? Ich möchte nicht unhöflich sein, aber ich bin eben erst eingetroffen und habe meine Freundin noch nicht einmal richtig begrüßt.«

»Selbstverständlich, Edward. Gute Nacht. Wir sehen uns morgen im Büro.«

»Bis morgen, Richard. Gute Nacht.«

Jane war zurückgekehrt, in der einen Hand einen Whiskybecher mit dem Scotch für Edward, in der anderen ein Glas mit Champagner. Nachdem sie ihm den gewünschten Drink gereicht hatte, setzten sich die beiden vor den Kamin.

Unter leisem Klirren der Gläser prosteten sie einander zu, und Edward lehnte sich zurück.

Er wirkte müde und maßlos erschöpft, fand Jane. In seiner Stimme schwang ein frustrierter Unterton, und sein Gesicht blieb blass, obwohl die Wärme und der Alkohol ihm für gewöhnlich ein rosiges Aussehen bescherten. Die kränkliche Blässe und seine Resigniertheit erfüllten sie mit Besorgnis – er schien mit den Nerven am Ende. Der sonst so robuste Mann wirkte seltsam deprimiert, und das behagte ihr gar nicht.

* * *

Eine ganze Weile später enthüllte er ihr, dass er über Nacht bei ihr bleiben wolle, und sie waren nach oben in ihr Schlafzimmer gegangen. Als sie in der Dunkelheit lagen und der Feuerschein bizarre Schatten auf die Wände malte, war Edward in der friedvollen Atmosphäre eingeschlummert.

Unvermittelt schrak er wieder hoch und murmelte leise lachend: »Verzeih mir, Liebling, aber ich bin wohl eingeschlafen.«

Auf einen Ellbogen gestützt, neigte Jane sich über ihn. »Das solltest du auch, du hattest schließlich einen anstrengenden Tag. Komm, lass uns schlafen, beide.«

»Ich weiß auch nicht, was mit mir los ist«, entschuldigte er sich abermals, »aber ich glaube, ich kann keinen Sex mehr haben. Ich fühle mich völlig erschlagen, Jane.« Er legte einen Arm um ihre Taille und fügte zärtlich hinzu: »Ich küsse dich, mein Schatz.«

»Ich dich auch«, antwortete sie. »Schlaf jetzt.«

Er schlief sofort ein, während Jane noch lange wach lag und ihren brütenden Gedanken nachhing. Ihr Geliebter hatte in letzter Zeit eine Reihe von emotionalen Schlägen hinnehmen müssen, vor allem von George, diesem notorischen Nichtsnutz. Sie hatte ihm nie über den Weg getraut. Er war hinterhältig, gehässig und habgierig. Richard gegenüber hatte sie ebenfalls gewisse Vorbehalte, mochte Edward auch nichts auf seinen jüngsten Bruder kommen lassen, den er immer noch den Kleinen nannte. Für ihr Empfinden hatte Richard etwas Kleinkrämerisches und Übervorsichtiges an sich. Diejenigen, denen sie wirklich vertraute, waren Edwards engste Freunde, nicht seine Familie – mit Ausnahme seiner Mutter, die ihn abgöttisch liebte.

Irgendwann sank sie in einen unruhigen Schlaf. Sie hatte Alpträume von den Deravenels und ihren Racheakten, von Tod und Niedergang.

* * *

Anthony Wyland war ein außergewöhnlicher Mensch. Kompetent und integer war er Edward loyal ergeben und hätte für ihn vermutlich sogar sein Leben riskiert. Als die Wyland Merchant Bank vor Jahren in Schwierigkeiten steckte, hatte Edward Anthony spontan seine Hilfe angeboten. Worauf der junge Bankier so ehrlich gewesen war, Edward von einer Übernahme des bankrotten Finanzunternehmens abzuraten. Stattdessen hatte er ihn um eine Anstellung gebeten. Edward hatte ihn eingestellt und es nie bereut, und Anthony ebenfalls nicht.

Aufgrund seiner Erfahrung im Finanzwesen und seines geschickten Umgangs mit Zahlen war er in den letzten Jahren unverzichtbar für Deravenels geworden. Darüber hinaus war Anthony ein kultivierter Zeitgenosse, der sich wie sein Schwager Edward für Literatur und Kunst begeisterte. Mittlerweile war aus dem geschätzten Managementkollegen ein guter Freund geworden.

An einem regnerischen Nachmittag im März saß Anthony mit seiner Schwester in der Bibliothek von Edwards Stadthaus am Berkeley Square. Elizabeth hatte ihn ziemlich reserviert begrüßt, weil sie zweifellos wusste, weshalb er sich zum Tee eingeladen hatte. Bislang hatte sie ihn auf den Anlass seines Besuches wohlweislich nicht angesprochen, sondern sich beiläufig nach dem Befinden ihrer Mutter erkundigt.

Gottlob hatte Mallet den Teewagen genau in dem heiklen Moment hereingeschoben, als der Name ihrer Schwester Iris fiel. Anthony vermutete, dass es Iris war, mit der Elizabeth gesprochen hatte … wie töricht von ihr! Iris war die Klatschbase in der Familie, eine unsägliche Plaudertasche, die nichts für sich behalten konnte. Eine dumme Gans, in seinen Augen.

Nachdem Mallet den Tee serviert und sich zurückgezogen hatte, sagte Anthony dumpf: »Ich hoffe, du wirst in Zukunft nicht mehr Iris ins Vertrauen ziehen, Lizzie. Auf sie ist kein Verlass, und du solltest dich in Acht nehmen.«

»Nein, das ist nicht wahr, sie ist ein liebes Mädchen, und nenn mich nicht Lizzie. Du weißt, dass ich das nicht leiden kann.«

Ihr Ton ließ ihn zusammenzucken. Er meinte es doch nur gut mit ihr, aber sie war ohne jeden Grund reizbar und schien einen Streit geradezu zu suchen. Anthony, der seine Schwester in letzter Zeit nicht oft gesehen hatte, bedauerte Edward im Stillen, der mit ihr zusammenleben musste. Sie war wie ein Stachel im Fleisch, überlegte er, oder besser gesagt die sprichwörtliche Dornenkrone auf dem Haupt. Sein Schwager war wahrlich zu bedauern.

Nach einem Schluck Tee fuhr Anthony fort: »Leg dich nicht

mit mir an, Elizabeth. Ich bin einer der wenigen Freunde, die du noch hast. Und damit meine ich *echte* Freunde.«

»Das bezweifle ich doch sehr, immerhin arbeitest du für *ihn*. Wo steckt er denn im Übrigen? Er war seit Tagen nicht zu Hause.«

»Ich habe keine Ahnung – vermutlich ist er in seinem Club.«

Sie musterte ihn stumm und nippte an ihrem Tee.

Anthony beugte sich zu ihr vor und fuhr mit ruhiger, einlenkender Stimme fort: »Nun hör mir mal gut zu, meine Liebe. Edward ist ein ausgezeichneter Ehemann, er lässt es dir an nichts fehlen ... also lass ihm seine Freiräume und gib endlich Ruhe.«

»Ich hab überhaupt nichts gemacht! Ich weiß gar nicht, worauf du hinauswillst!«, fauchte sie.

»Du hast Lügen über ihn und Fenella Fayne verbreitet, streite es bloß nicht ab.«

»Das ist nicht wahr! Die ursprüngliche Geschichte ist ein reines Ammenmärchen, die Sache mit dem Findelkind in dem Karren und Finnister und der ganze Blödsinn um diese Tabitha James. Diese Person existierte nie, es war Fenella. Edward hat seit Jahren ein Verhältnis mit ihr. Sie wurde von ihm schwanger, gut möglich, dass sie's irgendwann wieder wird, weil er immer noch mit ihr schläft. Sie ist eine Schlampe. Genau wie die anderen Frauen in seinem Leben.«

Anthony schrak zurück und drückte sich entsetzt in seinen Sessel. War sie verrückt geworden? War seine Schwester nicht mehr zurechnungsfähig? Er mochte so etwas nicht denken, aber nach ihrer giftigen Reaktion zu urteilen, glaubte sie den Unsinn tatsächlich, den sie da eben wiederholt hatte.

Er räusperte sich unbehaglich. »Ich habe die Dokumente gesehen, die Beweise für das, was geschehen ist, die Vicky damals fand«, erklärte er geduldig. »Demnach bin ich der Auffassung, du solltest diese Sache auf sich beruhen lassen. Du hast unendlichen Schaden angerichtet, Elizabeth, einen Skandal ausgelöst. Ihr beide, du und Iris.«

Sie starrte ihn mit großen Augen an, als hätte sie nichts von alledem begriffen.

»Ich schäme mich für euch beide!«, entfuhr es ihm unerwartet ärgerlich. »Ihr habt euch unmöglich benommen. Unwahrheiten über deinen eigenen Mann in Umlauf gebracht!«

»Mein Mann ist derjenige, der sich unmöglich benimmt. Wo steckt er denn, in Herrgotts Namen? Das würde ich zu gern wissen.«

Anthony stellte seine Tasse ab und erhob sich. »An deiner Stelle würde ich nicht in diesem Ton von ihm reden. Sonst stehst du womöglich bald ohne Ehemann da. Und noch einen guten Rat, meine Liebe: Behalt deine Geschichtchen über Edward Deravenel und seine Familie gefälligst für dich. Sonst stehst du nämlich irgendwann vor der Tür und schaust durchs Fenster zu ihnen herein. Einen guten Tag, Elizabeth. Bedenke meine Worte! Ich habe nur dein Bestes im Sinn.«

»Wie kannst du es wagen, so mit mir zu reden!«, rief sie.

Doch ihre Worte trafen ins Leere. Ihr Bruder hatte bereits den Raum verlassen und zog geräuschvoll die Tür hinter sich zu.

* * *

Für gewöhnlich setzte sich Edward Deravenel nach der Heimkehr von einem langen Arbeitstag in die Bibliothek und gönnte sich einen entspannenden Cognac. Manchmal servierte ihn Mallet, aber heute hatte der Butler seinen freien Tag, den er regelmäßig bei seiner Schwester in einem Vorort verbrachte.

Edward öffnete die Tür zur Bibliothek, trat über die Schwelle und blieb wie angewurzelt stehen. Seine Frau saß dort in einem Sessel; sie wirkte nervös und kränklich mit ihrem blassen

Gesicht und den dunklen Ringen, die sich unter ihren Augen malten.

Stirnrunzelnd fragte er: »Was machst du hier? Natürlich wartest du auf mich, aber warum hier und nicht oben in unseren Privaträumen?«

»Ich muss mit dir reden«, sagte sie mit leiser, bedrückter Stimme.

»Ich denke nicht, dass wir einander im Moment viel zu sagen hätten. Im Gegenteil, mir scheint, in letzter Zeit hast du eher zu viel geredet. Findest du nicht?«

Sie nickte. »Es tut mir so leid, Edward, aufrichtig leid. Bitte, bitte sag, dass du mir verzeihst.«

»Ich fürchte, das wird seine Zeit brauchen … dir zu verzeihen, meine ich. Ich muss die Konsequenzen deiner Klatschgeschichten erst einmal verkraften.«

»Es tut mir so leid, wirklich so leid«, flüsterte sie mit bebender Stimme.

»Fang jetzt nicht auch noch an zu weinen, das ändert nämlich nichts.« Er schritt zu der Anrichte, goss sich einen Fingerbreit Cognac ein und lehnte sich an den gemauerten Kamin. »Du hast unseren guten Ruf geschädigt und den einer wunderbaren Frau. Fenella hat dir nie etwas getan. Im Gegenteil, sie ist dir immer eine gute Freundin gewesen. Ich kann dein Verhalten einfach nicht nachvollziehen.«

»Ich auch nicht, Edward, wirklich nicht«, flüsterte Elizabeth, während sie nervös die Hände in ihrem Schoß knetete. »Wahrscheinlich lag es an meiner schrecklichen Eifersucht. Ich bin eifersüchtig auf dich und die anderen Frauen, jetzt kann ich es ja ebenso gut zugeben. Ich komme einfach nicht dagegen an.«

»Fenella ist seit frühester Jugend mit unserer Familie befreundet, und wir hatten nie irgendeine Romanze. Es gibt auch keine anderen Frauen, auf die du eifersüchtig sein müsstest, Elizabeth.«

Sie öffnete den Mund zu einer Erwiderung und schloss ihn

hastig wieder. Besser, sie vergrätzte ihn nicht gleich wieder. Schließlich hatte sie auf ihn gewartet, um sich bei ihm zu entschuldigen, und nicht, um ihm neue Vorwürfe zu machen.

Er meinte gedehnt: »Und lass meine Geliebte aus dem Spiel. Sie existiert, ja, denn Männer wie ich haben nun einmal ihre kleinen Verhältnisse. Und du bist weiß Gott besser dran als viele andere Ehefrauen. Meine Geliebte macht weder dir noch mir noch unserer Familie irgendwelchen Ärger. Sie gibt sich mit dem Status quo zufrieden. Und das erwarte ich auch von dir.«

»Ich weiß, und ich werde mich daran halten.« Elizabeth glitt zu ihm, fasste seinen Arm. »Bitte Edward, können wir die Geschichte nicht auf sich beruhen lassen?«

Er starrte sie für einen langen Augenblick an, bevor er ihre Hand von seinem Arm schob und gepresst antwortete: »Ich werde mich bemühen, Elizabeth, der Kinder wegen. Und jetzt geh bitte ins Bett, es ist schon sehr spät.«

»Kommst du nicht mit?«

»Ich fürchte, nein. Ich habe noch eine Menge zu tun.«

29

LONDON 1920

Es war Mittwoch, der 31. März, und ihr Geburtstag. Ihr zwanzigster Geburtstag. Grace Rose konnte es kaum glauben, aber es stimmte. Sie fühlte sich unversehens auf wundersame Weise erwachsen. Sehr reif und sehr erwachsen.

Gestern Abend hatte Stephen sie eine entzückende junge Dame genannt, worauf sie ihn strahlend umarmt und ihm erzählt hatte, wie glücklich sie sei, ihn und Vicky als Eltern zu haben. Sie war der glücklichste Mensch auf der ganzen Welt, fand Grace Rose. Sie liebte die beiden und war ihnen unendlich dankbar dafür, dass sie ihr eine unbeschwerte Kindheit und letztlich auch das Studium ermöglicht hatten.

Vicky und Stephen waren ungeheuer stolz auf sie und ihre Leistungen. Stephen hatte hinzugefügt, dass sie ein wundervolles Leben vor sich habe, und sie glaubte ihm aufs Wort, denn er hatte bislang in allem recht behalten.

Ihr glühender Wunsch, nach Oxford zu gehen, war in Erfüllung gegangen … dafür hatte Vicky mit ihrem rührenden Engagement gesorgt. Im letzten Jahr hatte Grace Rose ihren Kindheitstraum verwirklicht und fleißig Vorlesungen besucht. Sie genoss das Leben in der malerisch schönen Stadt mit den schimmernden Türmen, den zauberhaften Fachwerkhäusern vor einer unvergleichlichen historischen Kulisse. Es war eine ganz neue Erfahrung für sie, in dieser berühmten Universitätsstadt zu leben, und die Zeit in Oxford würde immer einen ganz besonderen Platz in ihrem Herzen einnehmen.

Sie besuchte Seminare für englische und französische Geschichte, ihre bevorzugten Fächer, und hoffte, eines Tages selber Historikerin werden zu können, Vorlesungen zu halten und

Bücher zu schreiben. Sie liebäugelte mit der Schriftstellerei – vielleicht war das ja ihre wahre Berufung.

Hatte sie keine Vorlesungen, arbeitete und recherchierte sie in ihrem geräumigen, gemütlichen Zimmer in Millicent Hansons schönem altem Haus, das in einer ruhigen Seitenstraße stand. Die langjährige Freundin ihrer Mutter hatte sie herzlich aufgenommen, und Grace Rose hatte sich zwischen den geschmackvollen Antiquitäten und den vielen, vielen Büchern spontan wohl gefühlt. Mrs Hanson kümmerte sich rührend um sie, war dabei jedoch nicht aufdringlich und ließ der jungen Frau ihre Freiräume. Gelegentlich aßen sie zusammen und tauschten sich aus. Diese Lösung behagte beiden Frauen. Millicent, die selbst Schriftstellerin war, hielt sich meistens in ihrem Arbeitszimmer in der ersten Etage auf. Sie solle sich wie zu Hause fühlen, erklärte sie Grace Rose fortwährend. Was in dem angenehm friedvollen Haus, das wie eine Oase der Ruhe anmutete, nicht weiter schwerfiel.

»Grace Rose!«, rief Vicky vom Treppenabsatz nach oben. »Broadbent ist da, um uns abzuholen. Bitte beeil dich, Schätzchen.«

Grace Rose steckte den Kopf aus ihrer Schlafzimmertür und rief zurück: »Ich bin gleich fertig, Mutter.« Sie holte ihren blauen Mantel, Abendtäschchen und Handschuhe und warf einen letzten kritischen Blick in den Spiegel.

Das Kleid war ein Traum – eigens von Madame Henriette für sie entworfen und genäht. Taubenblaue Seide, schmal geschnitten mit einem engen Rock in der aktuellen knöchelumspielenden Länge. Lächelnd betrachtete sie die Perlenkette, die ihre Eltern ihr zum Geburtstag geschenkt hatten. Das Armband war ein Geschenk von Amos, die Ohrringe von Fenella und Mark. Sie sah auf ihre neue Armbanduhr, die Onkel Edward ihr mitgebracht hatte. Sie war von Cartier und zeigte Punkt sieben Uhr an. Sie verließ das Zimmer und lief nach unten, gespannt auf ihr Geburtstagsdinner im Ritz Hotel, das Onkel

Edward ihr ausrichtete. Sie waren zu acht: sie und ihre Eltern, Fenella und Mark, Amos, Onkel Edward und Jane Shaw. Es würde bestimmt ein schöner Abend werden.

* * *

Nachdem sie ihre Mäntel an der Garderobe abgegeben hatten, schob Vicky ihren Arm unter den von Grace Rose und erklärte: »Wir treffen uns oben mit Onkel Edward, Schätzchen. Maisie und ihr Mann sind aus Irland hergekommen, und sie möchten uns anlässlich deines Geburtstags zu einem Glas Champagner einladen.«

»Oh, wie nett«, rief Grace Rose, während Vicky sie zu dem Aufzug geleitete. Sie warf einen suchenden Blick über ihre Schulter und fragte: »Wo bleibt Vater eigentlich so lange?«

»Vermutlich bittet er den jungen Mann an der Rezeption, uns oben anzukündigen. Oh, da kommt er ja.«

Augenblicke später standen die drei in dem Aufzug, der sie in die vierte Etage brachte. »Diesen Gang entlang«, erklärte Stephen, nachdem sie ausgestiegen waren. Er ging voraus. Kurz darauf klopfte er an die Doppeltüren einer Suite.

Edward Deravenel öffnete ihnen breit grinsend. Er fasste Grace Rose bei der Hand und zog sie schwungvoll in den Salon, worauf die umstehenden Gäste im Chor riefen: »Herzlichen Glückwunsch zum Geburtstag, Grace Rose!«

Grace Rose war vor Überraschung sprachlos; ihre Kehle verengte sich, und es fehlte nicht viel, und sie wäre in Tränen der Rührung ausgebrochen.

Ihr Blick glitt durch den Raum, erfasste die Gäste, die Männer in eleganten dunklen Anzügen, die Damen in modischen Abendroben … Fenella stand mit Mark und Jane Shaw zusammen. Die beiden Frauen sahen fabelhaft aus in ihren Kleidern mit passendem Schmuck, fand Grace Rose.

Auf der anderen Seite des Zimmers, in der Nähe des Kamins,

entdeckte sie Tante Cecily, sehr vornehm in altrosafarbener Atlasseide und einer mehrreihigen Perlenkette. Bess lehnte mit der Hüfte an ihrem Sessel und sah entzückend aus in ihrem burgunderroten Kleid – die Farbe war zwar ungewöhnlich für einen Rotschopf, stand ihr aber ausgezeichnet.

Neben Bess stand Amos Finnister, den Grace Rose so sehr liebte, und an seiner Seite ein strahlender Charlie Morran mit seiner neuen Freundin, Rowena Crawford. Charlies Schwester Maisie, immer noch so schön, wie sie es als Schauspielerin einst gewesen war, und ihr Mann Liam – offiziell Lord und Lady Dunleith – waren aus Irland angereist. Maisie trug Marineblau und kostbare Saphire und sah einfach umwerfend aus.

Ihre Augen schimmerten feucht, als Grace Rose zu Onkel Edward blickte. Sie wusste, dass er diese Überraschungsparty arrangiert und die Geburtstagsgäste eingeladen hatte. Sie versuchte ein Lächeln, das ein bisschen verrutschte, doch dann stand er plötzlich neben ihr und umarmte sie mit einem entwaffnenden Schuljungengrinsen, worauf beide lachen mussten.

»Das ist mein Mädchen!«, rief Edward. Er schob sie und ihre Eltern in den Salon.

Unvermittelt war Grace Rose von Gästen umringt.

Die mittlerweile elfjährige und schon recht erwachsen wirkende Bess gratulierte ihr als Erste. Ihre Halbschwester umarmte sie und verkündete: »Ich habe ein tolles Geschenk für dich, Grace Rose. Papa hat erlaubt, dass ich es aussuche. Ich gebe es dir später.«

»Oh, danke.« Grace drehte sich strahlend zu Amos, der sie kurz an sich drückte und sie auf die Wange küsste. »Herzlichen Glückwunsch zum Geburtstag, Grace Rose«, murmelte er, seine Augen voller Liebe und Stolz. Sie hielt ihm ihren Arm hin und bedankte sich überschwänglich für das Armband.

Fenella hauchte ihr einen Kuss auf die Wange und wünschte ihr alles Liebe, Mark ebenfalls, und sie dankte ihnen für die

Ohrringe. Als Jane neben sie trat, sagte Grace: »Vielen Dank für die lederne Briefmappe, sie ist wunderschön, Jane.«

Jane freute sich, dass sie ihren Geschmack getroffen hatte. Die beiden waren in den vergangenen zwei Jahren gute Freundinnen geworden. Als sie ihren Namen hörte, wirbelte Grace erneut herum und begrüßte Charlie, der sie mit Rowena bekannt machte.

Schließlich steuerte sie zum Kamin zu Tante Cecily.

»Komm, lass dich anschauen, mein Liebes.« Tante Cecily lächelte bewundernd. »Meine Güte, du bist eine bezaubernde Schönheit geworden, Grace Rose. Und ganz der Va…« Sie unterbrach sich hastig und hüstelte. Indes wusste die junge Frau genau, was sie hatte sagen wollen.

Sie neigte sich vor und küsste Tante Cecily auf die Wange, worauf diese ihr ins Ohr raunte: »Meine Enkelin sieht aus wie eine echte Deravenel. Herzlichen Glückwunsch zum Geburtstag!«

»Danke, Tante Cecily«, antwortete Grace Rose und schluckte schwer, von ihren Gefühlen überwältigt. Es war das erste Mal, dass die alte Dame sie als … ihre Enkelin bezeichnet hatte. Jetzt setzte sie hinzu: »Danke für die Frisiergarnitur, die du mir geschickt hast. Die silbernen Bürsten und Kämme und der Spiegel mit meinen Initialen sind zauberhaft.«

»Sie sind mit Liebe geschenkt.« Cecily lächelte, in ihren Augen glitzerten Tränen. Bess sah Edward sehr ähnlich, aber dieses Mädchen, sein erstes Kind, war ihm wie aus dem Gesicht geschnitten.

Grace Rose entschuldigte sich und lief zu Maisie, die sie von zwei früheren Besuchen bei ihrem Bruder Charlie kannte. Indes hatte sie ihren Mann Liam noch nicht kennengelernt. Maisie stellte sie einander vor und sagte: »Was für ein schöner Zufall, Grace Rose! Liam und ich wollten die Ostertage hier bei Charlie verbringen, als er unverhofft Edwards Einladung zu Ihrer Geburtstagsparty an uns weitergab.«

»Ja, wirklich. Sieht Charlie nicht umwerfend aus?«

»Doch, und ich freue mich für ihn, dass er endlich eine nette junge Dame kennengelernt hat«, antwortete Maisie. »Nun ja, kennengelernt hat er viele, aber Rowena mag er wirklich gern.«

Unvermittelt knallten Korken. Zwei Kellner kamen aus dem Nebenraum und servierten Tabletts mit perlendem Champagner und kühlem Weißwein.

Eine kurze Weile später trat Charlie neben Grace Rose und murmelte: »Ich habe ein Geschenk für Sie mitgebracht. Du bekommst es später.« Nach einem verlegenen Räuspern räumte er ein: »Rowena hat mir beim Aussuchen geholfen.«

»Danke, Charlie. Ihre junge Begleiterin sieht sehr sympathisch aus. Und bildhübsch.«

»Danke.« Er grinste. »Ich bin froh, dass sie Ihren Segen hat.«

Die beiden prusteten los. Grace Rose und Charlie waren seit seiner Rückkehr von der Front gute Freunde geworden, beide hatten einen ähnlichen Sinn für Humor. »Ihr Gesicht sieht schon bedeutend besser aus, Charlie«, meinte sie in ihrer offenen, direkten Art, »die Narben sind kaum noch erkennbar. Bestimmt stehen Sie bald wieder als gefeierter Held auf der Bühne.«

»Ich hoffe es.«

»Ich auch. Ich freue mich nämlich schon auf Ihre nächsten Auftritte. Rowena sicher auch. Werden Sie sie heiraten?«

Belustigt zuckte Charlie mit den Schultern und grinste. »Ich bin mir noch unschlüssig.« Er senkte die Stimme zu einem komplizenhaften Flüstern: »Ich hab sie noch nicht gefragt, aber wenn, dann sind Sie die Erste, die es erfährt.«

Grace Rose entschuldigte sich lächelnd und schwebte zu Jane Shaw. Nicht lange und die beiden waren in eine angeregte Unterhaltung vertieft.

Als Gastgeber kümmerte Edward sich um alles. Er glitt

durch den Salon der geräumigen Doppelsuite und sorgte dafür, dass Champagner und Wein nachgeschenkt wurden. Sobald er seine Mutter erspähte, strebte er eilends zu ihr. »Fühlst du dich auch wohl, Mutter? Möchtest du noch irgendetwas? Vielleicht etwas Kaviar? Oder ein Glas Champagner?«

»Es ist alles zu meiner Zufriedenheit, mein Junge«, erwiderte sie, bevor sie leise hinzusetzte: »Hast du Will und Kathleen auch eingeladen?«

»Ja, aber Will war bis heute auf Geschäftsreise. Bestimmt kommen sie später noch nach. Ich bin mir sicher, sie werden die kleine Party für Grace Rose auf gar keinen Fall versäumen wollen.«

Cecily drückte sanft seinen Arm. »Edward, ich muss dir etwas mitteilen. Heute Nachmittag ist mir etwas eingefallen, aus heiterem Himmel, und ich dachte, du solltest es wissen. Ich verstehe bloß nicht, wie ich das vergessen konnte.«

Edward runzelte die Stirn. »Du klingst so ernst. Worum geht es denn?«

»Mir ist eine Äußerung von Neville eingefallen, die Jahre zurückliegt, als du gerade frisch verheiratet warst. Er meinte seinerzeit, es wäre ein Jammer und nicht wiedergutzumachen, dass du heimlich Elizabeth geheiratet hast, wegen seiner Verhandlungen mit Louis Charpentier ... du weißt schon, wenn es nach ihm gegangen wäre, hättest du Louis' Tochter Blanche zum Traualtar geführt. Wie dem auch sei, er beklagte sich bitter, du hättest ihn hängenlassen –«

»Das weiß ich längst, Mama. Was weiter?«

»Tja ... er erzählte mir, dass Henry Turner über seine Mutter Margaret Beauchard mit Louis Charpentier verwandt sei. Das hatte ich nicht gewusst. Er meinte, dass sich der seit Generationen währende Bruch zwischen den Lancashire Deravenel Grants und den Deravenels mit Sicherheit hätte kitten lassen, wenn du seiner Taktik gefolgt wärst und Blanche geheiratet hättest.«

Edward brach in schallendes Gelächter aus. »Das kann nicht

sein Ernst gewesen sein, Mutter! Ganz sicher nicht. Margaret Beauchard und ihr Sohn sind meine – unsere – eingeschworenen Gegner, das waren sie damals schon. Immerhin ist Turner Henry Grants Erbe. Einige bezweifeln zwar die Rechtmäßigkeit, aber wer sollte es sonst sein? Turner hat Grants Anteile an Deravenels geerbt. Allerdings nicht genug, um den Konzern auf einen anderen Kurs zu manövrieren. Jedenfalls hat es mit den Aktien seine Richtigkeit – das habe ich überprüfen lassen –, und Margaret Beauchard erhält regelmäßig ihre Dividenden, die sie für ihren Sohn treuhänderisch verwaltet.«

»Das ist mir neu«, sagte Cecily verblüfft. »Du hast mir das nie erzählt.«

»Ich hielt es nicht für wichtig, Mama. Die Grants halten seit Jahrhunderten Anteile an Deravenels. Trotzdem, nur um dich zu beruhigen, wir haben die Aktienmehrheit, und das ist doch die Hauptsache, oder? Zudem bin ich der Chef, ich führe das Unternehmen.«

»Mit eiserner Hand.« Sie schmunzelte.

»Aber in Samthandschuhen«, konterte er mit seinem schiefen, jungenhaften Grinsen, das den Frauen scharenweise den Kopf verdrehte.

In diesem Augenblick wurde die Tür zu der Hotelsuite geöffnet, und Will Hasling stand mit seiner Frau Kathleen auf der Schwelle. Kathleen, die Schwester von Neville und Johnny Watkins und eine von Cecily Deravenels Nichten, hätte man für eine jüngere Version ihrer Tante halten können. Sie hatte das anziehende Äußere der Watkins geerbt; ihre dunklen Haare und die feingeschnittenen Züge verrieten die enge Verwandtschaft.

Edward trat zu Will und Kathleen und führte sie nach einer herzlichen Begrüßung in den Salon. Sobald das Paar sämtliche Hände geschüttelt hatte und mit Champagner versorgt war, bedeutete Edward der jungen Frau, sich neben seine Mutter zu setzen.

Als das geregelt war, zog Edward sich mit Will in die ruhige Fensternische zurück, wo sie ungestört plaudern konnten. »Du lagst genau richtig mit deiner Einschätzung«, hob Will in leisem, vertraulichem Ton an. »Unser langjähriger Kontrahent Louis Charpentier war tatsächlich darauf erpicht, dass seine Nichte in die Familie Deravenel einheiratete – eine altbekannte Geschichte, was? Soweit ich informiert bin, hat er versucht, deine Schwester Margaret zu seiner Fürsprecherin zu machen. Gottlob hat sie sich dem schließlich entzogen. Sie hat offenbar noch rechtzeitig gemerkt, dass Louis, dieser alte Fuchs, dir schaden könnte, dass er versuchen könnte, das Deravenel-Imperium an sich zu bringen. Letztlich warst du ihr dieses eine Mal wichtiger als George. Ich glaube, es war sinnvoll, dass du mit Margaret gesprochen hast. Deine Schwester hängt sehr an dir, und deine Intervention war großartig.«

Edward seufzte. »George ist ein ausgemachter Schwachkopf. Ihm geht es immer nur um Macht, Geld und Einfluss. Er denkt immer noch, er kann mich ausbooten.« Er schüttelte betrübt den Kopf. »Isabel ist vor gerade einmal sechs Monaten gestorben, und er sucht schon wieder nach einer neuen Frau.«

»Aber nicht irgendeine Frau, wohlgemerkt, Edward. Er sucht eine Braut mit einem stattlichen Vermögen. Die betuchte Charpentier-Erbin wäre genau die richtige gewesen. Nachdem Blanche im Wochenbett verstarb, sah Louis sich gezwungen, das einzige Kind seines Bruders testamentarisch zu bedenken. Er hat Louise als Alleinerbin eingesetzt.«

»Das ist mir bekannt. Und was ist mit der anderen Sache? Konntest du irgendetwas herausfinden über … Henry Turner?«

»Ja, stell dir vor. Henry Turner fängt wieder bei Louis Charpentier an! Er wird einen höheren Posten im Unternehmen bekleiden, allerdings wurde es noch nicht öffentlich bekanntgegeben. Angeblich ist er ein fabelhafter Geschäftsmann. Umsichtig, gewieft, sparsam – unter uns gesagt: ein Geizkragen. Und ein Langeweiler, wie er im Buche steht, wenn man den auf ihn angesetzten Privatdetektiven glauben kann. Keine Skandale, keine Klatschgeschichten, kurzum der Bursche hat eine blütenweiße Weste. Aber es sieht so aus, als habe Louis Größeres mit ihm vor.«

»Eine Heirat mit Louise?«

»Das wohl eher nicht. Louis ist sehr strikt, was Eheschließungen innerhalb der Familie angeht. Dergleichen lässt er nicht zu.«

»Verstehe.« Edward nickte. »Damit sind wir wieder auf dem Laufenden … Aber ich denke, wir müssen Turner im Auge behalten, was meinst du, Will?«

»Absolut. Der Mann könnte uns auf lange Sicht gefährlich werden.«

* * *

Eine halbe Stunde später, nachdem die Gäste Champagner, Weißwein und feinstem Belugakaviar reichlich zugesprochen hatten, bat Edward die Anwesenden in das angrenzende Zimmer. In diesem zweiten Salon fand das abendliche Diner statt.

Die Gäste glitten durch die hohen Doppeltüren, die von zwei Kellnern flankiert wurden. Die lange Tafel war für sechzehn Personen gedeckt, mit blütenweißen Leinentüchern und Gestecken aus duftenden, weißen Rosen; weiße Kerzen in hohen Silberhaltern standen zwischen den stilvollen Rosenvasen. Kerzenlicht brach sich in schimmerndem Silber, ließ das Kristall funkelnd erstrahlen; überall im Raum waren Blumenarrangements und Kerzen verteilt. Das Ambiente mutete überaus festlich an.

Nach einem kritischen Blick in die Runde stellte Edward zufrieden fest, dass seine Gäste sich erkennbar wohl fühlten. Grace Rose war bei allen beliebt und vielbewundert, und so war die Idee zu diesem Geburtstagsfest begeistert aufgenommen worden.

Eine kurze Weile später trugen weiß behandschuhte Kellner große Platten mit schottischem Räucherlachs und gebeizter Forelle um den Tisch. Sie legten den Gästen vor, reichten Brot und Butter, Zitronenspalten und Meerrettichsahne für die Forellenfilets herum.

Edward neigte sich zu seiner Mutter, die zu seiner Rechten saß. »Will war in Paris, nicht?«, zischelte Cecily ihm ins Ohr.

»Ja. Es besteht aber kein Grund zur Besorgnis. Margaret hat sich naturgemäß auf die Seite der Deravenels geschlagen. Auf ihre Unterstützung darf Charpentier nicht mehr rechnen, berichtete mir Will.«

»Ein Glück«, sagte Cecily erleichtert.

Edward war ebenfalls erleichtert. Es hätte ihm gerade noch gefehlt, dass sein frisch verwitweter Bruder die Charpentier-Erbin heiratete. Louis, der alte Fuchs, wie Will ihn nannte, schien nach wie vor Ambitionen auf das Konzernimperium der Deravenels zu haben. Und George glaubte, er könnte den ganz großen Reibach machen. Sein Bruder entpuppte sich zunehmend als Bedrohung. Und nach Isabels plötzlichem Tod – sie war vor ein paar Monaten im Wochenbett gestorben – wurde es immer schlimmer mit ihm. Von Neid und Unzufriedenheit zerfressen, neigte er zur Heimtücke. Edward rechnete fest damit, dass George demnächst weiteren Ärger machen würde, und er hatte sich dagegen gewappnet.

Doch schließlich schob er dieses leidige Problem beiseite. Der heutige Abend war ein freudiger Anlass, ganz besonders für Grace Rose. Und den wollte er gemeinsam mit ihr feiern.

ZWEITER TEIL

Edward
Wahrheit und Liebe

Wahrheit ist Wahrheit und Liebe ist Liebe,
Wohl uns, davon zu kosten;
Doch Wahrheit, so sie mein Lieb erschreckt,
Die will ich niemals mögen.
Alfred Edgar Coppard

Bewahre, in einer letzten Zuflucht,
ein verborgenes Tal der Träume.
Ellen Glasgow

Der, der andere kennt, ist weise;
Der, der sich selber kennt, ist erleuchtet.
Lao-tse

30

Konstantinopel 1921

Öl. Schwarz, stinkend, zähflüssig, schwefelig. Das schwarze Gold. Sein langgehegter Traum hatte sich erfüllt. Er war auf Erdölvorkommen gestoßen. Endlich.

Edward Deravenel saß auf der Terrasse einer malerisch am Ufer des Bosporus gelegenen Villa. Es war ein schöner sonniger Morgen im Juli, und er nippte an einem dampfend heißen Glas Pfefferminztee, aß ein Mandelplätzchen und dachte an seinen spektakulären Ölfund.

Deravco Öl hieß das Zauberwort. Er besaß jetzt ein Ölfeld in Südpersien, dank Jarvis Mason, an dessen Vision, Kompetenz und Erfolg er stets geglaubt hatte, und dank dessen Partner Herb Lipson. Und natürlich dank seines eigenen Geldes. Deravenels hatte die gesamte Expedition finanziert.

Mason und Lipson hatten ihr Versprechen gehalten und gewaltige Erdölvorkommen entdeckt, nachdem sie von dem herrschenden Schah eine entsprechende Bohrkonzession erworben hatten. Aus ihren geologischen Analysen, Instinkt und einer Nase für Öl hatten sie gefolgert, dass dieser überaus wertvolle Rohstoff in der langgestreckten persischen Talsenke lagerte. Folglich hatten sie im Sommer 1918 mit den Probebohrungen begonnen, nachdem sie Edward von ihren Plänen überzeugt, sich seiner finanziellen Unterstützung versichert, ja ihm gleichsam eine Partnerschaft angeboten hatten. Edward hatte entschieden, sich auf das Wagnis einzulassen, einen großzügigen Scheck geschrieben und auf einen Erfolg der beiden gehofft und darum gebetet.

Die vergangenen zwei Jahre waren voller Enttäuschungen und Rückschläge gewesen, trotz der Knochenarbeit, die die beiden Teams geleistet hatten, die Jarvis und Lipson zusammengestellt hatten. Es hatte schlimme Unfälle gegeben, die sogar Menschenleben gefordert hatten. Dennoch gaben die beiden amerikanischen Abenteurer die Hoffnung auf eine sprudelnde Ölquelle nicht eine Sekunde lang auf.

Vor drei Wochen war Edward persönlich von London angereist, gemeinsam mit Alfredo Oliveri and Will Hasling. Von Marseille aus hatte er eine Passage nach Abadan gebucht. Merson hatte sie dort abgeholt und zu den Ölfeldern begleitet.

Was für ein wunderbarer Anblick war es gewesen, als er die Bohrtürme sah, die sich in den blassblauen persischen Himmel reckten. Seine Bohrtürme. Deravcos Bohrtürme. Sein Traum von einer Ölgesellschaft war Realität geworden.

Edward, Will und Alfredo waren von Merson und Lipson über das Ölfeld geführt und sämtlichen Crewmitarbeitern vorgestellt worden. Abend für Abend hatten sie spannenden Geschichten gelauscht – manche davon wirklich sehr abenteuerlich – und sich manchmal erst im Morgengrauen getrennt; sie hatten gefeiert, Bier, Whisky und russischer Wodka waren in Strömen geflossen.

Nach vier Tagen hatten sie das Tal verlassen, das immer noch »das Tal der Steine« genannt wurde, aber inzwischen mit einem Augenzwinkern; sie waren in die Türkei weitergereist. In Konstantinopel hatten sie sich mit Ismet Bozbeyli getroffen, einem charmanten Türken, der aufgrund seines Oxford-Studiums fließend Englisch sprach. Er leitete ihre türkischen Handelsniederlassungen, wie vor ihm schon sein Vater und sein Großvater.

Es war obligatorisch, dass sie in der bezaubernden alten Villa von Bozbeyli logierten, wunderschön gelegen in einem ausgedehnten Park am Ufer des Bosporus.

Nachdem sie sich einige Tage erholt hatten, waren Alfredo und Will mit Ahmet Hanum, der ebenfalls für den türkischen Zweig des Deravenel-Imperiums tätig war, zu den Marmorbrüchen auf den Inseln im Marmarameer gesegelt. Oliveri war sehr daran gelegen, weitere lukrative Marmorvorkommen für Deravenels zu erschließen. Edward hatte die beiden nicht begleitet, da er sich in Persien sehr erkältet und Angst vor einer Bronchitis hatte, für die er schon immer anfällig gewesen war.

Letztlich war er froh, dass er sich so entschieden hatte. Die Villa war luxuriös, die Diener höflich und zuvorkommend, die Speisen köstlich. Umgeben von blühenden Blumenrabatten, einem sattgrünen Rasenteppich, der sich bis zum Wasser erstreckte, und schattenspendenden Bäumen erholte er sich rasch. Die idyllische Ruhe tat seiner Seele gut, und er genoss es, den ganzen Tag über allein zu sein, während Ismet in der Innenstadt in seinem Deravenels-Büro saß.

Deravenels war schon jahrhundertelang in der Türkei ansässig und hatte sich vornehmlich im Teppichgeschäft einen Namen gemacht. Nach England wurden Teppiche und Kelims aus den Regionen um Hereke und Canakkale, Denizil und Konya importiert. Daneben waren Garne, Seide, Gewürze und der delikate türkische Honig führende Handelsgüter. Und kostbares Rosenöl, das zur Herstellung von teuren Parfüms und Körperölen benötigt wurde.

Gleichzeitig exportierte Deravenels eine ganze Reihe von Waren in die Türkei: Stoffe aus den Webereien in Bradford, Kleidung aus der Fabrikfertigung in Leeds und edle Tropfen von den französischen Weingütern. Das Handelsgeschäft hatte stets floriert, zumal die türkischen Importeure und Zwischenhändler dem Namen Deravenel blind vertrauten.

Edward erhob sich und schlenderte über den Pfad, der sich durch die grünen Rasenflächen wand, zu der unteren Terrasse, die den Bosporus überblickte. Er öffnete das kleine, in die steinerne Umfriedung eingelassene Tor und trat auf die eigentliche Terrasse. Eine weitere niedrige Mauer erstreckte sich längs der Uferböschung. Er schwang sich darauf und ließ den Blick über das spiegelblaue Meer schweifen. Und konnte sich nicht sattsehen an der majestätischen Wasserstraße – eine Verbindung zwischen Okzident und Orient.

Die Dardanellen, die türkische Meerenge zwischen Marmarameer und Ägäischem Meer, bildeten seit alters die Seeverbindung zwischen Ägäis und Schwarzem Meer und trennten Europa von Asien. Am südlichen Zipfel des Bosporus schloss sich das Goldene Horn mit dem natürlichen Hafen von Konstantinopel an. Und gleich dahinter lagen das Schwarze Meer … und Russland.

Edward hob den Blick und schaute über den Bosporus ans andere Ufer: Faszinierend, dort drüben war Kleinasien. Die riesige Stadt Konstantinopel, die sich beiderseits des Bosporus erstreckte, brachte es fertig, zwei Kontinente in sich zu vereinen.

* * *

Auf dem Rückweg ins Haus unternahm Edward eine Erkundungstour über das Villengelände. Er schlenderte durch die Blumengärten mit ihrer bunten Blütenpracht, vorbei an Springbrunnen, deren Fontänen angenehme Kühle spendeten. Ismet hatte ihm erläutert, die Gärten seien während der Tulpenblüte im Frühling am schönsten; die vielbegehrte Tulpe wurde seit vielen Jahrhunderten kultiviert, lange bevor sie nach Holland kam. Das hatte er nicht gewusst. In der Tat hatten die Niederländer die Tulpe in Konstantinopel entdeckt und heimlich in ihre Heimat geschmuggelt.

Der Morgen war sehr warm und sonnig, indes trug eine leichte Brise vom Bosporus erfrischende Kühle herüber. Ismet hatte ihn eingeladen, im Frühjahr wiederzukommen. Dann sei das Wetter wahrhaft unvergleichlich, hatte er geschwärmt, und Edward spielte mit dem Gedanken, die Einladung anzunehmen.

Ja, er würde wieder herkommen, vielleicht sogar mit seiner

Familie. Hier würde es ihnen bestimmt gefallen. Vor allem Grace Rose, die sich intensiv mit Geschichte und historischen Stätten beschäftigte. In Istanbul gäbe es eine Menge Interessantes für sie zu entdecken. Zudem hatte er in den wenigen letzten Wochen himmlisch entspannt und fühlte sich prächtig erholt, um Jahre jünger. Er sah blendend aus. Sein Gesicht war sportlich gebräunt, das rotblonde Haar von der Sonne gebleicht, sein Schritt fest und schwungvoll.

* * *

Im Zimmer herrschte friedvolle Stille, lediglich unterbrochen von dem leisen Surren des Deckenventilators, der angenehme Kühle spendete.

Edward döste auf dem Bett, nachdem er mit Ismet auf der Terrasse den Lunch eingenommen hatte. Seit seiner Ankunft in der Villa des türkischen Managers hatte er sich an diese entspannende Ruhephase nach dem Mittagessen gewöhnt und hielt sie für eine ausnehmend lobenswerte Sache.

Die weißen Holzläden waren zum Schutz vor Sonne und Hitze geschlossen, schmale Streifen Tageslicht filterten durch die engen Zwischenräume zwischen den Holzlatten, bildeten goldene Lichtstreifen in der Luft, in denen winzige Staubpartikel flirrten.

Seufzend reckte er sich und starrte an die Decke, seine Augen folgten der Bewegung der rotierenden Ventilatorblätter. Er drehte sich auf die Seite, schloss abermals die Lider und versuchte den Traum zu rekapitulieren, den er eben gehabt hatte … einen Traum von einer blonden Frau … eine blonde Frau, die ihm über die Stirn gestreichelt, ihn auf den Mund geküsst hatte …

Elizabeth? Oder Jane? Er hätte es nicht zu sagen vermocht. Vielleicht eine ideale Mischung aus beiden Frauen?

Er dachte an Elizabeth. Seine Frau. Immer noch eine überwältigende Schönheit. Während der letzten Schwangerschaft war sie ungemein friedfertig und anhänglich gewesen. Gemeinsam hatten sie sich über die Geburt ihres dritten Sohnes gefreut, den sie auf George tauften, obwohl Edward mittlerweile Zweifel an der Wahl des Namens kamen.

Mittlerweile hatten sie sieben Kinder: Bess, Mary, Cecily, Edward junior, Richard, Anne und George. Und natürlich Grace Rose, die hoch und heilig versprochen hatte, sie jeden Tag zu besuchen, wenn sie bei Vicky und Stephen auf der Stonehurst Farm die Ferien verbrachte.

Unvermittelt schwirrte sie ihm im Kopf herum … Grace Rose. Eine entzückende junge Dame von einundzwanzig Jahren, auf die man stolz sein durfte. Im März war sie volljährig geworden, und Vicky und Stephen hatten ihr eine Abendparty im Ritz ausgerichtet. Da es sich um ein formelles Familienfest handelte, gehörte Elizabeth ebenfalls zu den geladenen Gästen. Jane war – geschickt und diskret wie stets – währenddessen eine Woche lang nach Paris gefahren.

Ach, Jane, seine reizende Jane, treu und verständnisvoll, war sie die perfekte Gefährtin und Freundin. Sie war zu einem unverzichtbaren Bestandteil seines Lebens geworden, so dass er sich bisweilen fragte, was er ohne sie machen würde. Sicher, Elizabeth faszinierte ihn sexuell noch genauso stark wie am ersten Tag. Faltenlos und gertenschlank sah sie mit ihren einundvierzig Jahren wie Anfang dreißig aus. Eine jugendlich gepflegte Erscheinung, die sorgsam auf ihre Ernährung und auf ausreichend Schlaf achtete.

Er war sechsunddreißig, sah aber auch wesentlich jünger aus. Seine Frau grämte sich fortwährend darüber, dass sie fünf Jahre älter war als er. Ihn kümmerte das nicht. Für ihn war das Alter lediglich eine Zahl und gänzlich ohne Belang.

Edward trat an eines der Fenster und öffnete die Läden. Aus der Ferne drang der Gesang des Muezzin zu ihm, der die Gläubigen zum Gebet rief … es war eine eingängige, melancholische Stimme, die die warme Luft erfüllte. Wie anders dieses Land doch war und wie weit entfernt von England, dachte er unvermittelt.

Am wolkenlos blauen Himmel ging die Sonne unter … bald würde der Abend hereinbrechen.

31

KENT

Ich weiß nicht, ob es dir schon aufgefallen ist, aber George trinkt wieder, und zwar ziemlich viel«, bemerkte Elizabeth von der Tür her. Sie warf Edward einen fragenden Blick zu.

Er saß in einem Lehnstuhl vor dem Panoramafenster der Bibliothek in ihrem Sommerhaus in Aldington. Er legte das Buch, das er gerade las, beiseite, nahm die Brille ab und drehte sich zu ihr. »Stimmt, das habe ich gleich nach meiner Rückkehr aus Konstantinopel gemerkt. Aber das ist ja nichts Neues. George neigt seit je zu Exzessen.« Er schüttelte den Kopf, seine Züge verhärteten kaum merklich. »Andererseits hat er einen starken Selbsterhaltungstrieb, was meinst du?«

»Wenn du es so sehen willst.« Mit einem zustimmenden Nicken glitt Elizabeth ins Zimmer und nahm gegenüber ihrem Mann Platz. »Soll heißen, du willst nichts dagegen unternehmen? Ich verstehe dich ehrlich gesagt nicht.«

»George übertreibt mit allem, und dann hört er urplötzlich mit seinem Laster auf und fängt sich wieder. Er ist … wie ein Stehaufmännchen, sobald er sich zusammenreißt, spielt er wieder den braven Jungen und vorzeigbaren Gentleman. Als wäre er … von einem Dämon besessen, der ihm einflüstert, wie er sich verhalten soll.«

»Im Moment scheint es eher George zu sein, der anderen etwas einflüstert«, antwortete Elizabeth.

Hellhörig geworden, straffte sich Edward in seinem Sessel und warf seiner Frau aus zusammengekniffenen Augen einen Blick zu. »Inwiefern?«

»Er streut Gerüchte. Meine Freundin Olivia Davenport wies mich darauf hin«, erklärte Elizabeth. »Sie war neulich auf einer Dinnerparty eingeladen, wo George wohl irgendetwas davon murmelte, dass du das Produkt eines Seitensprungs wärest und damit nicht erbberechtigt. Dass er der legitime Erbe von Deravenels wäre und solchen Unsinn.«

Edward verschlug es die Sprache. Er starrte Elizabeth fassungslos an, bevor er schnaubte: »Allerdings ist das Unsinn!« Unversehens wurde er wieder ärgerlich auf George. »Das ist der alte Blödsinn, den die Lancashire Grants vor Jahren in die Welt gesetzt haben! Immer auf der Suche nach einem handfesten Skandal hackten sie auf meinem Vater herum, brüskierten ihn, wollten ihn zum gehörnten Ehemann stempeln. George kennt diese Geschichten und weiß, dass sie erstunken und erlogen sind.«

Edward sprang auf und lief aufgebracht durch das Zimmer. »George ist dermaßen dumm, dass es einen Hund jammert! Und es ist an Taktlosigkeit kaum zu überbieten, eine Frau wie Cecily Deravenel in den Schmutz zu ziehen. Seine eigene Mutter, Himmel noch mal! Was denkt er sich dabei? Wenn ich den zu fassen kriege, bekommt er eine Abreibung, die er nicht so schnell vergessen wird.«

Er war außer sich. Was bildete sein Bruder sich ein, ihre Mutter wie eine treulose Ehefrau dastehen zu lassen, die ihrem Mann das Kind eines anderen unterjubelte?

Elizabeth merkte, dass Edwards Temperament mit ihm durchging. Sie ging zu ihm und legte ihm begütigend eine Hand auf den Arm. »Komm und setz dich wieder, Edward. Ich bin völlig deiner Meinung. Er hat sich geradezu heimtückisch gegenüber seiner Mutter – eurer Mutter – verhalten, da musst du schleunigst einschreiten.«

Mit einem knappen Nicken setzte Edward sich hin und fasste sich wieder halbwegs. Er mochte sich weder den Tag verderben noch den himmlischen Frieden gefährden, der derzeit im Haus herrschte. Elizabeth war aufmerksam, fürsorglich und liebevoll, und sie hatten länger keinen Streit gehabt. Er war froh um die entspannte Atmosphäre und genoss den Sommerurlaub am Meer, gemeinsam mit den Kindern und seiner Mutter.

Er spähte zu Elizabeth und sagte mit leiser, drängender Stimme: »Wir müssen Mutter damit verschonen. Sie darf nichts davon erfahren, das würde sie nur unnötig aufregen.«

»Das sehe ich genauso. Es ist wirklich schlimm, wenn man genau darüber nachdenkt – sie hat sich immer schützend vor George gestellt und ihn zeitlebens verteidigt. Und was ist der Dank? Er setzt hinter ihrem Rücken rufschädigende Gerüchte in die Welt, mit denen er sie und dich kompromittiert.«

»Das ist es ja, weshalb mir die Galle überläuft!«, erklärte Edward mit zornigem Nachdruck. Dieses Mal hatte sein Bruder den Bogen wahrlich überspannt. Das gehörte unterbunden. Und zwar schleunigst. George stellte eine nicht zu unterschätzende Gefahr für die Familie dar und gehörte kaltgestellt.

* * *

Am nächsten Morgen fuhr Edward Deravenel nach London. Das war an sich nichts Ungewöhnliches, da er von Kent aus häufiger einen Abstecher in die Metropole machte – anders als von Ravenscar. Während er mit Elizabeth über die Auffahrt zu seinem Wagen ging, sagte er: »Ich muss einen Termin mit Oliveri wahrnehmen, wegen der neuen Marmorbrüche. Bitte, hab Verständnis. Wenn nichts dazwischenkommt, bin ich in ein, zwei Tagen zurück. Spätestens am Freitag.«

»Aber natürlich. Versuch wenigstens, übers Wochenende hier zu sein, Edward. Die Kinder vermissen dich sonst.«

Kaum dass sie das gesagt hatte, kam Bess über die gekieste Auffahrt gerannt, gefolgt von Mary und Edward junior.

»O Papa, musst du schon wieder in die Stadt fahren?«, rief Bess und umklammerte seinen Arm. »Du hast doch versprochen, du bleibst die ganze Woche hier bei uns!«

Er schenkte ihr ein Lächeln, während er mit einer Hand

Edwards Schopf zauste. »Ich muss leider geschäftlich nach London«, erklärte er den Kindern. »Aber halt, da fällt mir etwas ein ... ich kann bestimmt einen kurzen Abstecher ins Kaufhaus Harrods machen, um euch eure kleinen Wünsche zu erfüllen. Ich bringe jedem von euch etwas mit, hmm? Na, wie klingt das?«

Sie umarmten ihn stürmisch, worauf er Elizabeth zum Abschied auf die Wange küsste und in den Rolls-Royce stieg. Bevor er die Wagentür schloss, raunte sie leise: »Bitte unternimm etwas wegen George, wenn du in der Stadt bist, ja, Edward?«

»Ganz bestimmt«, versprach er, und damit war ihm bitterernst.

* * *

Sobald Edward die Londoner Konzernzentrale an der Strand betrat, bestellte er seine beiden engsten Führungskräfte in sein Büro.

»Ich muss wegen George schleunigst etwas unternehmen«, erklärte er Will Hasling und Alfredo Oliveri ohne Umschweife. »Er streut hässliche Gerüchte, die ein negatives Licht auf meine Mutter werfen. Er behauptet allen Ernstes, ich wäre nicht der leibliche Sohn meines Vaters, sondern das Produkt eines Seitensprungs. Und mithin nicht berechtigt, Deravenels als legitimer Erbe zu führen. Er redet zu viel, und das muss unterbunden werden.«

Will und Alfredo wirkten nicht die Spur überrascht über seine Ankündigung. »Ist mir bereits zu Ohren gekommen, dass er wieder irgendwelche Gemeinheiten vom Stapel lässt«, berichtete Will. »Ich finde auch, dass du ihm endlich den Mund verbieten musst. Er ist unberechenbar, Edward. Ich hoffe nur, dass dieser elende Klatsch noch nicht bis zu deiner Mutter vorgedrungen ist. Sie wäre am Boden zerstört.«

»Da hast du völlig recht. Ich glaube jedoch, sie weiß bislang nichts davon. Elizabeth erfuhr es von Olivia Davenport, der Gattin des renommierten Anwalts, und sie verkehren nicht in unseren Kreisen. Offenbar hat George mit diesem Quatsch auf einer Dinnerparty herumgetönt. Laut Olivia haben die Davenports zunächst stillschweigend darüber hinweggesehen. Nachher hat Roland Davenport George allerdings gewarnt, er solle vorsichtig sein mit seinen Mutmaßungen. Und dass Rufmord ein krimineller Tatbestand sei.«

»Ich sage schon seit langem, dass er ein schwerer Alkoholiker ist«, murmelte Alfredo kopfschüttelnd. Um seinen Mund legte sich ein grimmiger Zug. »Und nach Isabels Tod ist es noch schlimmer mit ihm geworden. Vermutlich sucht er Trost bei der Flasche, weil er einsam ist.«

Edward starrte Oliveri fassungslos an. »Aber er kommt doch jeden Tag ins Büro, oder? Ich meine, wenn nicht, dann …«

»Oh, dann wüsstest du längst Bescheid! Ich hätte dich selbstverständlich umgehend informiert«, unterbrach Will. »Ich hab immer ein Auge auf ihn. Er taucht zwar jeden Morgen hier auf, aber besonders produktiv ist er nicht. Wenn du mich fragst, ist er ein notorischer Faulpelz und Nichtsnutz, der anderer Leute Geld mit vollen Händen zum Fenster hinauswirft und sie zum Dank dafür auf gemeinste Weise verleumdet.«

»Wie können wir den Klatsch um meine Mutter unterbinden?«

»Indem wir ihm einen empfindlichen Dämpfer verpassen!«, knirschte Will. »Anders geht es wohl nicht.«

»Wenn das so einfach wäre«, seufzte Alfredo. »Dieser Mann lässt sich nicht so leicht erschüttern – George Deravenel ist dermaßen von sich überzeugt, dass er sein Fehlverhalten nicht einmal wahrnimmt. Bisweilen beschleicht mich der Eindruck, dass es ihm gleichgültig ist, wie er in der Öffentlichkeit dasteht.«

Edward setzte sich in seinem Chefsessel auf und musterte Alfredo mit einem scharfen Blick. »Eigenartig, was Sie da anmerken. Ich hatte in letzter Zeit gelegentlich das Gefühl, dass

George nicht ganz beieinander ist, dass er sozusagen mentale Aussetzer hat.«

»Ich bin seit je der Meinung, dass er nichts im Hirn hat«, versetzte Will ungehalten.

»Das würde bedeuten, dass er nicht besonders helle im Kopf ist. Ich möchte noch einen Schritt weiter gehen. Allmählich frage ich mich nämlich, ob … na ja, ob er vielleicht psychisch labil ist.«

»Dann könnten Sie ihn einweisen lassen … ich meine, in eine psychiatrische Einrichtung«, meinte Alfredo. »Ein paar Wochen in einer Zwangsjacke würden ihm sicher guttun.«

Edward grinste über den Kommentar und Alfredos säuerliche Miene. »Ich mache mir ernsthaft Sorgen um meinen Bruder. Meinen Sie denn, man kann ihn so einfach wegschließen?«

»Keine Ahnung«, räumte Alfredo ehrlich ein. »Ich sehe momentan nur eine Lösung. Ihr Bruder muss London verlassen, bevor er noch größeren Schaden anrichtet. Vor lauter Neid und Eifersucht auf Sie schreckt er gewiss vor nichts zurück. Das haben Sie in der Vergangenheit schon des Öfteren zu spüren bekommen.«

Edward nickte, sagte aber nichts.

»Wenn wir ihn sozusagen ins Exil schicken würden, wohin sollen wir ihn zwangsversetzen?«, wollte Will wissen. »Und überhaupt, wer garantiert uns denn, dass er da mitmacht?«

»Oho, er wird den Schwanz einziehen und freiwillig gehen, wenn ich mit ihm fertig bin«, erregte sich Edward. »Wohin, das sollten wir gemeinsam überlegen.«

»Ich plädiere dafür, dass er außer Landes geschickt wird«, antwortete Alfredo mit Bestimmtheit.

»Was schwebt Ihnen da vor?«, hakte Will nach.

»Um die Sache auf friedlichem Wege zu regeln, sollten wir es so aussehen lassen, als würde er befördert«, schlug Alfredo vor. »Sie wissen schon, was ich meine, Mr Edward. ›… wir brauchen dich dringend auf unseren Zuckerrohrplantagen in

Kuba, George. Du bist der Einzige, der den Laden dort wieder auf Vordermann bringen kann …‹ So etwa. Wir müssen ihm den Abschied entsprechend vergolden, ihn über den grünen Klee loben, damit er den Braten nicht riecht. Andernfalls stellt er sich auf stur und lehnt die ›Versetzung‹ rigoros ab.«

»Meinen Sie wirklich, dass Kuba das Richtige für ihn ist?« Edward stutzte.

Alfredo zog eine Grimasse. »Es muss nicht unbedingt Kuba sein. Ich persönlich hätte ihn lieber in greifbarer Nähe, damit wir öfter nach dem Rechten sehen können. Was halten Sie von Paris, meine Herren?« Oliveri schüttelte spontan den Kopf. »Nein, ich sehe es Ihren Mienen an, dass das indiskutabel ist.«

»Im Grunde genommen ist alles indiskutabel, weil er ein so hoffnungsloser Fall ist«, gab Edward zurück. »Ich glaube, es ist völlig egal, wo wir ihn hinschicken – Hauptsache, wir sind ihn los.«

»Als letzten Ausweg gibt es immer noch Mord«, sagte Alfredo Oliveri mit einem milde verschlagenen Grinsen.

Edward starrte ihn an. »Ich kann doch nicht meinen eigenen Bruder umbringen!«

»Und wenn es jemand anders täte?«

»Haben Sie etwa eine Idee?«, fragte Will. Er sah Oliveri tief in die Augen.

»Darüber habe ich mir offen gestanden noch keine Gedanken gemacht«, wich Alfredo aus. Was nicht stimmte. Er hatte sich das Ganze in der Tat reiflich überlegt.

* * *

Nach Kent zurückgekehrt, fand Edward in der ersten Nacht keinen Schlaf. Er warf sich stundenlang in seinem Bett hin und her, bis er schließlich gerädert aufstand, Morgenmantel und Hausschuhe überstreifte und nach unten ging.

Im Haus war es still, alle schliefen. Er schaltete eine kleine Stehlampe in der Bibliothek an und warf einen Blick auf die Kaminuhr. Es war halb drei.

Er öffnete die Terrassentüren, trat ins Freie und betrachtete sekundenlang den Himmel. Es war eine samtschwarze Nacht, am Firmament funkelten die Sterne wie geschliffene Diamanten. Der Mond zeichnete sich als silbriges Halbrund vor der Schwärze ab, so perfekt, als hätte ihn einer dieser neuen Hollywood-Regisseure dort oben als stimmungsvolle Requisite aufgehängt.

Die Luft war mild, fast lau, und er inhalierte die sanfte, salzhaltige Meeresbrise, die von der Marsch herüberwehte. Wenn er jetzt den langen, gewundenen Gartenweg hinunterschlenderte, würde er zu der Stelle gelangen, wo seine Kinder am liebsten spielten. Von seinem Aussichtspunkt konnte er bis zum Leuchtturm von Dungeness sehen, dessen Lichtsignale sich wie gigantische silberne Finger über die See tasteten. Er mochte das Marschland, trotzdem stand ihm der Sinn nicht nach einem Spaziergang. Nein, dafür war er beileibe nicht in der richtigen Stimmung.

Er trug sich mit Sorgen, die schwer auf ihm lasteten. Seine Gedanken kreisten einmal mehr um seinen Bruder. George war ein hinterhältiger Dummschwätzer, den er schon vor Jahren aus dem Unternehmen hätte entfernen sollen – diesen Fehler musste er sich leider selbst ankreiden. Er war bei weitem zu nachsichtig mit ihm gewesen, hatte stets zu schnell eingelenkt.

Nachdem George mit Isabel heimlich nach Gretna Green ausgerissen war, obschon beide noch viel zu jung für eine Heirat waren, hatte seine Mutter ihn angefleht, er möge George diese Eskapade nachsehen und ihm verzeihen. Und sie hatte ihn so lange bestürmt, bis er seinen Bruder bei Deravenels eingestellt hatte, wo er nichts Besseres zu tun wusste, als gemeinsam mit ihrem Cousin Neville Intrigen zu spinnen, die letztlich auf eine Übernahme der Firma abzielten.

Eigentlich war es unentschuldbar, was er seinem Bruder so alles hatte durchgehen lassen. Aber damit war jetzt endgültig Schluss. Er würde George für sein Fehlverhalten zur Rechenschaft ziehen.

Edward hatte Richard von den Gerüchten erzählt, die George über ihre Mutter streute, worauf dieser aufgebracht darauf bestand, dass ihr Bruder schleunigst weggeschickt würde. Allerdings plädierte Richard für Amerika.

Tja, welches Exil sollten sie für ihn wählen? Edward war sich noch unschlüssig. Amerika war verflucht weit weg; Oliveri wäre damit bestimmt nicht einverstanden. Will und Alfredo wollten George in der Nähe wissen, damit sie ihn leichter unter Kontrolle hatten. Amos Finnister hatte ihnen zugestimmt.

Edward hatte Finnister am Spätnachmittag konsultiert, und dann waren sie ins White's zum Abendessen gegangen. In den Sommermonaten war es ruhig in seinem Londoner Club, da viele Mitglieder mit ihren Familien Urlaub machten.

Amos hatte die beste Idee gehabt. Er schlug vor, George auf die französischen Weingüter zu schicken, zumal er gern Wein trank und damit prahlte, dass er ein ausgesprochener Kenner der edlen Tropfen und ihrer Lagen sei.

»Aber dann ist er doch die halbe Zeit betrunken«, versetzte Edward entrüstet.

»Vielleicht«, hatte Amos mit einem wegwerfenden Schulterzucken geantwortet. »Vielleicht auch nicht, Mr Edward. Ich halte das für die ideale Lösung. Vermutlich brauchen Sie ihn nicht einmal großartig zu überzeugen. Wenn Sie mich fragen, fährt Ihr Bruder mehr oder weniger aus freien Stücken, und das bald.«

Amos lehnte sich zurück und sah Edward prüfend an.

Deravenel starrte zurück, nickte dann kaum merklich und löste den Blickkontakt als Erster. Er und Amos waren sich einig. Sie verstanden sich auch ohne Worte.

32

London

Ich habe es irgendwie im Gefühl, dass uns der Zufall dieses Mal direkt in die Hände spielt«, rief Will Hasling auf der Schwelle zu Edwards Büro, das sich an seines anschloss.

Edward blickte auf und musterte ihn fragend. »Wie das?«

»Ich habe soeben einen langen Brief von Vincent Martell bekommen, in dem er schreibt, dass er sich zur Ruhe setzen will. Er würde zwar weiterhin gern als Berater für uns tätig sein, möchte aber die Weingüter in Mâcon nicht mehr selbst verwalten.«

»Das überrascht mich. Ich dachte immer, er sei mit seinen Weinbergen verheiratet. Schließlich ist er sein Leben lang Winzer gewesen.«

»Wir dürfen nicht vergessen, dass er weit über sechzig ist. Die harte körperliche Arbeit fällt ihm zunehmend schwer.«

Edward nickte gedankenvoll. »Empfiehlt er uns jemanden als Nachfolger?«

»Ja, einen gewissen Marcel Arnaud. Er arbeitet seit über zehn Jahren bei ihm. Ich finde, wir sollten auf Vincents Vorschlag eingehen und ihn weiterhin als Berater beschäftigen. Und ich sehe eine einmalige Chance, die wir umgehend wahrnehmen sollten.«

»Ich ahne schon, was dir vorschwebt. Du willst, dass ich George nach Mâcon schicke, damit wir ihn hier los sind. Zumal es im Burgund keine Rolle spielt, welche Gerüchte er streut. Erstens interessiert es dort keinen, zweitens verstehen sie ihn sowieso nicht.«

»Stimmt.«

»Meinst du, er lässt sich so ohne weiteres darauf ein?«, erwog Edward mit einem Hauch von Skepsis in der Stimme. Dann lachte er. »Wieso eigentlich nicht? Er spricht ein bisschen Französisch, und er wird nicht viel arbeiten müssen, da er keine Ahnung von Rebenanbau und Weinkelter hat. Er kann sich einen lauen Lenz machen, und nachdem Vincent sich zur Ruhe gesetzt hat, dürften sich für uns keine Probleme ergeben. Soweit ich weiß, versteht George sich auch mit Marcel Arnaud. Zudem lebt seine geliebte Schwester Margaret in der Nähe von Dijon. Das ist bestimmt ein zusätzlicher Anreiz für George.«

»Genau das dachte ich auch. Ich halte es für eine gute Idee, wenn ich ihn ins Burgund begleite, ihn herumführe und ihm das Château zeige. Als ich zuletzt dort war, war das Schlösschen nach der Instandsetzung ein wahrer Blickfang. George könnte dort wohnen und sämtliche Annehmlichkeiten genießen. Nein, ich kann mir keinen plausiblen Grund vorstellen, weshalb er diese Chance ausschlagen sollte«, beteuerte Will.

»Und wenn er sich aus lauter Boshaftigkeit auf stur stellt und sich gegen die Versetzung wehrt?«

»Das könnte sein«, murmelte Hasling. »Sind wir zwei uns denn wenigstens einig, dass wir diese Gelegenheit nicht ungenutzt verstreichen lassen dürfen?«

»Aber selbstverständlich! Ist er heute in der Firma?«

»Ich glaube schon.«

»Wenn das so ist, beordere ich ihn zu einem Arbeitslunch ins Savoy. Ich wäre sehr dafür, dass du uns begleitest. Schließlich bist du der Chef der Sparte Weinanbau – du kennst die Materie in- und auswendig.«

»Gern. Um welche Uhrzeit?«

»Ein Uhr?«

»Das passt bestens, Edward. Soll ich Oliveri hinzubitten?«

»Gute Idee.«

Will nickte, machte kehrt und verschwand durch die Verbindungstür.

* * *

Alfredo Oliveri verfolgte mit Blicken, wie George Deravenel durch den Grill Room des Savoy Hotels zu ihnen steuerte. Der junge Mann war eine attraktive Erscheinung, dachte Alfredo. Zwar nicht so groß und charismatisch wie sein Bruder Edward, sah er dennoch blendend aus. Wie sein Bruder hatte er einen hellen Teint, war jedoch nicht rotblond, sondern weizenblond; seine Augen schimmerten in einem ungewöhnlichen Türkisblau.

»Hallo, George, schön, dass du kommen konntest«, begrüßte Edward ihn aufgeräumt.

»Danke für die Einladung«, antwortete George, seine Stimme wie Eisnadeln, und setzte sich seinem Bruder gegenüber.

»Was möchtest du trinken?«, fragte Edward. »Champagner?«

»Ja, gern.« George blickte von Oliveri zu Will und begrüßte beide mit einem knappen Nicken. »So, was liegt an? Warum dieser ganze Affenzirkus?« Während er sprach, schob er sich eine blonde Haarsträhne aus der Stirn. Sein Blick richtete sich auf Edward. »Du hast irgendwas davon gemunkelt, dass du positive Neuigkeiten hättest, positive Neuigkeiten *für mich.*« Er grinste. »Also, spuck's schon aus.«

»Ich halte sie zumindest für positiv«, versetzte sein Bruder betont gleichmütig. Er behielt sich eisern unter Kontrolle. George klang wie gewöhnlich bockig, und Edward spürte die Feindseligkeit, die ihm entgegenschlug. Wird George denn nie klug?, fragte er sich im Stillen, laut sagte er: »Vincent Martell will sich in Mâcon zur Ruhe setzen und schlägt Marcel Arnaud als seinen Nachfolger vor. Ich dachte, das wäre eine Riesenchance für dich. Was hältst du von einem Umzug nach Frankreich und einer Spezialisierung im Weingeschäft? Vincent wird uns als Berater erhalten bleiben, von seiner Erfahrung kannst du immens profitieren. Ich finde es zwar schade, dass er in den Ruhestand geht, aber ich verstehe seine Beweggründe. Er hat wahrlich lange genug geschuftet.«

Obwohl ihm die Idee mit Frankreich und einem echten Château als Wohnsitz durchaus behagte, setzte George eine unergründliche Miene auf und versetzte betont grob: »Wie kommst du denn darauf, dass ich in Frankreich leben will? Das will ich nämlich zufällig nicht.« Er schnitt eine abfällige Grimasse.

»Bitte, weise dieses Angebot nicht gleich von der Hand«, sagte Edward milde. Er wollte mit allen Mitteln erreichen, dass George aus England verschwand, und er war bereit, dafür so freundlich und überzeugend zu sein, wie es nötig war.

»Ich weise es nicht von der Hand, ich möchte bloß wissen, was dabei für mich herausspringt.« Aus Georges Worten sprach die für ihn typische Raffgier.

Edward musterte seinen Bruder für einen langen Augenblick. »Für dich steckt eine ganze Menge darin, George. Ein schönes Domizil, ein Neustart bei Deravenels und die räumliche Nähe zu unserer Schwester Margaret, die dich vergöttert. Offen gestanden hatte ich mir mehr Begeisterung von dir erwartet.«

»Möglich, dass der Job gar nicht so verkehrt ist«, meinte George nach ein paar Minuten gedehnt. »Ich interessiere mich für Wein und kenne mich in der Materie ganz gut aus. Ich vermute mal, ich bekomme eine ordentliche Gehaltserhöhung und eine anständige Erfolgsbeteiligung, hm?«

»Aber selbstverständlich, George«, versicherte Edward eilends. Das Geld war nebensächlich, Hauptsache, sein Plan funktionierte. Andererseits stieß ihm das einnehmende Wesen seines Bruders doch bitter auf.

Schweigend hob George sein Glas und prostete Edward zu. »Auf dich, Bruderherz. Und auf die künftigen Erfolge von Deravenels.«

»Auf dein Wohl«, antwortete Edward und hob ebenfalls sein Glas. »Keine Frage, dass du erfolgreich sein wirst, George. Dafür weiß ich schon zu sorgen.«

Die vier Männer ließen ihre Gläser klirren. Schließlich

fragte Will in die Runde: »Und, wie hast du dich entschieden, George?«

»Ich muss darüber nachdenken«, gab George ausweichend zur Antwort und lächelte dünn.

* * *

»Wie habe ich das zu verstehen? Du beorderst George nach Mâcon, damit er die Leitung der dortigen Weingüter übernimmt?«, fragte Richard am folgenden Nachmittag. Er setzte sich in den Besuchersessel, der vor Edwards Schreibtisch stand.

»Ich beordere ihn nicht dorthin, Richard. Ich habe ihm angeboten, diese Aufgabe zu übernehmen, und er hat sich bislang noch nicht abschließend dazu geäußert. Er meinte, er brauche Bedenkzeit.«

»Ich halte das für keine gute Idee«, meinte Richard.

»Und warum nicht?«

»Weil es lebensgefährlich für ihn ist. Er wird sich zu Tode saufen, glaub mir.«

»Nein, so dumm ist er nicht. Und wie eben schon angedeutet, überlasse ich letztlich ihm die Entscheidung.«

Richard musterte Edward mit einem missbilligenden Kopfschütteln. »Ich kann es einfach nicht fassen.« Er seufzte schwer. »Du denkst doch sonst nicht so kurz. Und siehst doch sicher die Gefahren für ihn, oder?«

»Na wenn schon, darauf kann ich keine Rücksicht nehmen. Ich mag ihn nicht mehr sehen. Er streut grässliche Gerüchte über unsere Mutter, behauptet, ich wäre ein Bastard. Du weißt ja, wie er sein kann. Vermutlich ist der Klatsch und Tratsch auch schon bis zu dir vorgedrungen. Ich hab ihm so oft verziehen beziehungsweise stillschweigend über seine Ausschreitungen hinweggesehen, das weißt du, Richard. Das Problem ist, er lernt nicht aus seinen Fehlern, und ich bin mit meiner Geduld am Ende.«

»Verständlich. Andererseits kannst du ihm auch gleich eine Waffe in die Hand drücken, wenn du ihm die Führung eines Weingutes überlässt.« Richard schnitt ein Gesicht.

»Mag sein, dass er trinkt. Ich gehe jedoch davon aus, dass er damit nicht übertreiben wird. Womöglich entscheidet er sich auch noch anders. Es war lediglich ein Angebot meinerseits – wie ich bereits betonte, zwinge ich ihn ja nicht, die Position anzunehmen.«

* * *

Nachdem Richard gegangen war, drehte Edward sich in seinem Schreibtischsessel und starrte auf die große Weltkarte, die hinter ihm an der Wand hing. Sein Vater hatte sie dort anbringen lassen.

Sein Blick richtete sich auf Frankreich und im Besonderen auf das Burgund. Die Weingüter der Deravenels produzierten einige der berühmten Burgunder, darunter einen phantastischen Pouilly Fuissé, einen ihrer besten Tropfen, und einen vielbegehrten Beaujolais. Neben ihren Weingütern in der Provence machten auch die im Burgund von jeher Gewinn.

Unvermittelt fragte er sich, ob er George nicht besser in die Provence schickte, verwarf die Überlegung jedoch gleich wieder. Die Provence wäre noch heikler, noch kritischer wegen der Nähe zu der Hafenstadt Marseille mit ihren einschlägigen Etablissements und der lockenden Riviera, wo der unverbesserliche Lebemann vermutlich einen Haufen Geld verjuxen würde. Nein, das ruhige, beschauliche Burgund war die optimale Lösung.

Margaret und ihr Mann Charles lebten nur eine kurze Autofahrt entfernt in einem Château vor den Toren Dijons. Charles' Familie produzierte seit Jahrhunderten einige berühmte Rotweine. George könnte sie nach Herzenslust besuchen und sich bei ihnen Rat und Hilfe holen. Seine Schwester würde ihn mit offenen Armen aufnehmen, zumal er von klein auf ihr Lieblingsbruder gewesen war.

* * *

Broadbent wartete bereits vor dem Bürogebäude, um ihn zum Berkeley Square zu fahren. Edward schwang sich in den Rolls, in Gedanken bei seinen beiden Brüdern.

Sobald er die Haustür aufschloss und den Flur betrat, empfing Mallet ihn mit den Worten: »Guten Abend, Sir. Mrs Deravenel erwartet Sie in der Bibliothek. Ihre Mutter, wohlgemerkt, Sir.«

Edward nickte verblüfft. »Danke, Mallet. Sagen Sie der Köchin, ich esse um die gewohnte Zeit. Falls meine Mutter mit mir diniert, gebe ich noch Bescheid.«

»Ja, Mr Deravenel.«

Edward steuerte durch die marmorgeflieste Eingangshalle in die Bibliothek. »Guten Abend, Mutter«, begrüßte er sie und trat zu ihr. »Das ist aber eine nette Überraschung. Ich wusste gar nicht, dass du in der Stadt bist. Du bleibst doch sicher zum Abendessen?«

»Nein, nein, ich bin etwas in Eile, Edward. Trotzdem danke für die Einladung.«

Aus alter Gewohnheit stellte er sich vor den Kamin, der an diesem warmen Augustabend natürlich nicht brannte. »Bist du aus einem bestimmten Grund hergekommen, Mama?«, fragte er weich, unwillkürlich auf die kindliche Anrede zurückfallend.

»Ja, Edward. Ich möchte mit dir über deinen Bruder George reden.«

»Ich verstehe.«

»Ich möchte nicht, dass du ihn ins Burgund schickst. Das Leben auf einem Weingut bedeutet für ihn den sicheren Tod.«

»Aber Mutter, du unterschätzt meinen Bruder. Er trinkt beileibe nicht mehr so exzessiv wie früher und weiß seinen Alkoholkonsum bestimmt vernünftig zu dosieren.«

Cecily betrachtete ihren ältesten Sohn und schüttelte den Kopf. »Er hängt an der Flasche, Edward. Er sucht Trost im Alkohol, weil er Isabel vermisst. Mein Gott, der Junge kann doch nichts dafür!«

»Ob er die Position annimmt oder nicht, bleibt ihm überlassen, Mutter. Da er sich meines Wissens bislang noch nicht entschieden hat, ist unsere Diskussion ein bisschen verfrüht, findest du nicht?«

»Nein, auf keinen Fall. Er wird annehmen, weil er gar nicht anders kann. Ich bitte dich inständig, zieh dein Angebot zurück. Schick ihn meinetwegen weg, wenn es sein muss, aber nicht in ein Weingebiet. Bitte nicht, Edward.«

»Auch auf die Gefahr hin, dass ich mich wiederhole: Die Entscheidung liegt bei ihm.«

»Du bleibst also hartnäckig. Damit unterschreibst du sein Todesurteil.« Sie erhob sich und glitt gemessenen Schrittes zur Tür. Dort drehte sie sich noch einmal um und bedachte Edward mit einem langen Blick, ihre Miene bitterernst, ihr Blick sorgenvoll umwölkt. »Seit du Deravenels vor siebzehn Jahren übernommen hast, habe ich dich noch nie um irgendetwas gebeten. Ich habe dich immer unterstützt und mich hinter dich gestellt. Egal, wie deine Entscheidungen lauteten. Aber jetzt bitte ich dich, das Angebot gegenüber deinem Bruder zurückzuziehen. Ich flehe dich an, Edward.«

»Ich betone es noch einmal, Mutter, er muss die Position nicht annehmen. Wir finden auch eine andere Lösung für ihn. Immerhin haben wir weltweite Niederlassungen und Tochtergesellschaften.«

»Du willst es nicht begreifen, nicht wahr? Er wird zusagen, weil er hellauf begeistert ist, dass du ihn quasi beförderst. Ich weiß genau, dass er fahren wird. Er ist auf einmal so stolz, so voller Hoffnung, weil du … weil du ihm eine Karriere in Mâcon ermöglichst.«

»Bitte, Mutter, sieh mich nicht so missfällig an. Ich spreche morgen mit George. Er kann hingehen, wo er will, solange er England verlässt.«

»Das ist dein letztes Wort in dieser Sache?«

»Ja. Er hat lange genug gegen mich intrigiert. George ist ein unsicherer Kantonist. Man kann ihm nicht trauen.«

»Ich weiß, dass er dir gegenüber einige Untaten begangen hat. Aber er ist immer noch dein Bruder. Kannst du ihm nicht dieses eine Mal noch verzeihen?«

»Nein, unmöglich. Bitte, warte noch einen Moment, Mama«, rief Edward. Er lief mit ausholenden Schritten durch die Bibliothek, aber sie hatte schon die Tür geöffnet und war in die Eingangshalle getreten.

»Bitte bleib und iss mit mir zu Abend«, schlug Edward vor.

»Nein, danke. Ich finde schon selbst hinaus.« Dabei öffnete sie das Eingangsportal und trat auf die Vortreppe. »Du brauchst mich nicht nach Hause zu begleiten. Die Charles Street ist direkt um die Ecke. Also mach dir keine Mühe.«

Er starrte auf die Eingangstür, die seine Mutter geräuschlos hinter sich zugezogen hatte. Stöhnend zog Edward die Schultern hoch und ließ sie wieder sinken. Dann kehrte er in die Bibliothek zurück und setzte sich an den Sekretär. Er stützte die Ellbogen auf die Schreibtischplatte und ließ den Kopf in die Hände sinken. Wenn George ins Burgund zog und seine exzessiven Trinkgewohnheiten wiederaufnahm, würde seine Mutter ihn für die Konsequenzen verantwortlich machen. Das hatte sie ihm deutlich zu verstehen gegeben. Na wenn schon, seufzte er frustriert.

33

MÂCON

Will Hasling und Alfredo Oliveri saßen sich in dem kleinen, in geschmackvollen Rottönen gehaltenen Speisezimmer im Château de Poret gegenüber, tranken Café au Lait aus großen Tassen und aßen knusprig gebackene Croissants, die sie dick mit frischer Landbutter und hausgemachter Himbeerkonfitüre bestrichen hatten. Es war ein sonniger Morgen gegen Ende August, und die beiden waren am Vortag mit dem Zug von Paris im Burgund eingetroffen.

»Glauben Sie wirklich, dass George irgendwann hier auftauchen wird?«, fragte Alfredo mit einem skeptischen Blick zu Will. Er lehnte sich zurück, verschränkte die Arme vor der Brust.

»Ich weiß, dass Sie das anzweifeln«, versetzte Will nachdenklich. »Trotzdem bin ich davon überzeugt, dass er aufkreuzen wird, und zwar mit großem Getöse. Wieso auch nicht? Er hat schließlich nichts zu verlieren. Vermutlich geht er sogar davon aus, dass dies sein eigenes kleines Reich ist, wo er schalten und walten kann, wie er will.«

»Da sei Gott vor!« Alfredo schüttelte erschrocken den Kopf. »Das hätte uns gerade noch gefehlt, wo George bloß Probleme macht!«

»Ach, George ist von Natur aus stinkfaul und bequem. Das wissen Sie doch aus langer Erfahrung, Oliveri. Er will ein luxuriöses Leben und einen Haufen Geld, ohne dafür einen Finger krumm zu machen. Arbeit ist für ihn ein Fremdwort.«

Will goss sich einen weiteren Kaffee ein und gab heiße Milch und Zucker dazu. Nach einem dampfenden Schluck fuhr er fort: »Hier gibt es mit Abstand den besten Kaffee, den ich kenne. Das ist mit ein Grund, weshalb ich so gern herkomme. Der Kaffee, das köstliche Essen und das Château.« Er lachte. »Nicht unbedingt in dieser Reihenfolge.«

»Welchen Eindruck haben Sie übrigens von Marcel Arnaud? Finden Sie ihn sympathisch?«, wechselte Oliveri das Thema.

»Er ist zwar sehr zurückhaltend und ziemlich wortkarg, trotzdem vertraue ich Vincents Urteil. Wenn er Arnaud für den optimalen Nachfolger hält, muss ich ihm zwangsläufig zustimmen. Immerhin ist er hier der Fachmann. Seit dem Erwerb des Weinguts in 1906 war Vincent immer geradeheraus mit mir – gelegentlich sogar von recht brutaler Direktheit.«

Alfredo schob energisch seinen Stuhl zurück. »Ich schlage vor, wir suchen Vincent auf und machen einen Spaziergang durch die Weinberge.«

»Gute Idee. Ach übrigens, ich würde mich freuen, wenn Sie mich auf meiner Fahrt nach Beaune begleiten würden.«

* * *

Sie entdeckten Vincent Martell in einem der riesigen Weinkeller. Als er sie sah, kam er eilends herbeigelaufen und begrüßte sie herzlich. Er war ein gedrungener Mann, muskulös, mit breiten Schultern und einem braungebrannten, von Wind und Wetter gegerbten Gesicht, das mit seinem schneeweißen Haar kontrastierte. Seine tiefbraunen Augen blitzten freudig auf.

»Bonjour!« Er schüttelte erst Will und dann Alfredo die Hand. »Ich hoffe, Sie haben gut geschlafen und sich mit einem ausgiebigen Frühstück gestärkt«, setzte er in einem leicht akzentuierten Englisch hinzu.

»Ja, danke der Nachfrage«, antwortete Will und blickte sich um. »Dieser Weinkeller ist eine wahre Augenweide, Vincent. Die vielen Fässer machen mich stolz und glücklich.«

»Ah, oui, mich auch!« Der Franzose grinste breit. »Wir hatten ein sehr gutes Jahr.« Er führte sie durch einen der langen

Gänge zwischen den mit schweren Eisenreifen beschlagenen Eichenholzfässern, die sich vom Boden bis zur Decke türmten.

Alfredo folgte den beiden. In diesem allein schon von der Größe her beeindruckenden Keller war er noch nie gewesen.

Er blieb stehen, betrachtete die kunstvoll aufgeschichteten Fässer, im höchsten Maße verwundert, dass sie nicht wegrollten. Die unterste Reihe bestand aus acht Fässern, die nächste aus sieben, dann sechs, fünf, vier, drei, zwei, und obenauf lagerte ein einzelnes Fass. Jede Reihe war mit einem Holzkeil gesichert, stellte er fest.

Trotzdem war es eine gefährliche Angelegenheit, dachte er mit einem letzten Blick auf die aufgetürmten Pyramiden. Manche Stapel waren sogar noch höher. Was, wenn sich dennoch ein Fass löste? Dann stürzten doch bestimmt alle, oder?

Oliveri hatte Will und Vincent aus den Augen verloren und beeilte sich, sie einzuholen. Er schauderte kaum merklich; hier unten war es empfindlich kühl. Die beiden waren in einen anderen Gang abgebogen und plauderten angeregt miteinander.

»Stelle ich mir schwierig vor, so viele Fässer sicher aufzuschichten«, merkte Alfredo an, als er zu ihnen stieß. »Zumal sie in der Seitenlage doch wegrollen könnten, oder?«

Vincent schüttelte lachend den Kopf. »Nein. Man muss nur wissen, wie es richtig gemacht wird. Die Burgunderfässer lassen sich beispielsweise leichter handhaben als die gebräuchlicheren Bordeauxfässer.« Er erklärte ihnen das Lagerungsverfahren, die Herstellung der eigentlichen Fässer, Verkorkung, Flaschenabfüllung sowie Etikettierung und schilderte Alfredo in groben Zügen die vielen Arbeitsschritte, die erforderlich waren, um eine gute Flasche Wein zu produzieren.

* * *

Eine Stunde später saßen die drei Männer in dem hübschen Salon des Schlösschens und prosteten einander mit einem

Gläschen Pouilly Fuissé zu, einem der exzellenten Weine, für den das Weingut berühmt war und den man hervorragend als Aperitif vor dem Essen genießen konnte.

Der Raum hatte Stil, fand Will, und verströmte die Behaglichkeit friedvollen Landlebens. Tapisserien und Vorhänge waren in einem Blumenmuster gehalten, das etwas verblichen war, verhaltenes Beige, Rosa und Blau bestimmten das Bild. Mattglänzende antike Kirschbaummöbel trugen zur Wärme des Raumes bei, der mit weißem Marmor ummantelte Kamin, die stuckverzierte Decke und hohe Flügelfenster, die auf einen Park hinausblickten, gaben ihm eine gepflegte Eleganz.

Will hoffte plötzlich, dass George den altmodischen Charme des Châteaus zu würdigen wüsste. Wenn er ehrlich mit sich selber war, überlegte Will seufzend, missgönnte er dem jüngeren Deravenel das schöne Domizil, das ins siebzehnte Jahrhundert zurückdatierte.

Andererseits war Handlungsbedarf dringend vonnöten. George würde schleunigst aus England verschwinden müssen, damit Edward vor seinen Intrigen sicher wäre. Und dieses Schloss war einfach optimal für ihre Zwecke. Sobald er es sehen würde, dachte Will, wäre George bestimmt begeistert. Er schrak aus seinen Überlegungen, da die Tür elanvoll aufgerissen wurde.

Auf der Schwelle stand George Deravenel, gepflegt, erlesen gekleidet und attraktiv wie eh und je.

Will sprang auf und lief durch den Salon, um ihn zu begrüßen. »Da sind Sie ja endlich, George!«, rief er. »Wir haben uns schon gefragt, wo Sie so lange bleiben.«

»Ich habe eine fürchterliche Odyssee hinter mir«, begann George zu lamentieren. Ein aufsässiger Zug legte sich um seinen Mund. »Und ich dachte –«

»Kommen Sie, ich möchte Sie mit Vincent Martell bekannt machen«, schnitt Will ihm kurzerhand das Wort ab. »Er hat sein ganzes Leben in diesem Ort verbracht und kann Ihnen eine Menge über Weine erzählen. Ich meine natürlich, für den Fall, dass Sie sich entschließen, das Angebot Ihres Bruders anzunehmen.«

George nickte in Richtung Tisch. »Kann ich auch ein Glas von dem Zeug bekommen, das Sie da trinken? Das habe ich nach der katastrophalen Reise dringend nötig.«

»Dieses Zeug ist ein erlesener Pouilly Fuissé, der hier auf unserem Weingut produziert wird, Mr Deravenel«, gab Vincent launig zurück. Er schüttelte dem Neuankömmling die Hand. Ein blendend aussehender Mann, dieser George Deravenel, dachte er bei sich, genau wie sein Bruder Edward. Zweifellos wäre der junge Witwer für die Damen aus der Umgebung eine gute – und äußerst attraktive – Partie.

34

Kent

Das wird ja ein riesiges Freudenfeuer, Amos«, rief Grace Rose, während sie mit Bess den hohen Holzstoß umkreiste. Sie inspizierten die Äste und Zweige, die auf dem gepflasterten Hinterhof von Waverley Court aufgeschichtet lagen. »Ich wette, es gibt eine gigantische Flamme, wenn wir das Holz nachher anzünden.«

Amos erklärte lachend: »Ich bin daran völlig unschuldig. Der Gärtner und sein Gehilfe und der Botenjunge haben einen wahren Scheiterhaufen aufgeschichtet. Ich habe ihnen vorhin dabei zugesehen.«

»Das wird die tollste Freudenfeuernacht, die wir je hatten«, meinte Bess und schlang ihren Wollschal fester um die Schultern. »Nanny sagt, dass wir alle dabei sein dürfen, außer natürlich Baby George, weil der erst ein Jahr alt ist. Oh, haben Sie auch daran gedacht, Feuerwerkskörper mitzubringen, Amos?«

»Aber sicher, Bess. Leuchträder, Raketen und jede Mengen Wunderkerzen – ich weiß doch, dass du die besonders gern magst.«

»Wie schön, danke. Wir haben in der Küche geholfen«, räumte Bess eben ein, »und Pfefferkuchenmänner und Ingwerlebkuchen gebacken. Die Köchin hat Backkartoffeln vorbereitet. Die können wir später in der Glut aufwärmen, und Kastanien rösten wir auch.«

»Meine Güte, das wird ja ein wahrer Festschmaus!«, ertönte Edwards Stimme.

Bess wirbelte herum und rannte über den Hof zu ihrem Vater. Er umarmte sie zärtlich, schlang einen Arm um ihre Schultern und schritt mit ihr zu dem aufgeschichteten Reisig.

»Tag, Mr Deravenel«, sagte Amos und streckte ihm die Rechte entgegen.

»Hallo, Amos, alter Junge«, erwiderte Edward und schüttelte ihm die Hand. »Schön, dass Sie hier sind. Wann sind Sie angekommen?«

»Vor gut einer Stunde, Sir. Ich bin mit Broadbent hergefahren.«

»Ich hoffe, man hat Ihnen eine Erfrischung und einen kleinen Imbiss angeboten?«

»O ja, Sir. Die Köchin hat sich rührend um mich gekümmert, ganz reizend. Sie hat mir ein Sandwich mit kaltem Braten und eine schöne heiße Tasse Tee gemacht.«

Nach einem zufriedenen Nicken drehte sich Edward mit einem strahlenden Lächeln zu Grace Rose. Sie lief zu ihm, worauf er sie kurz umarmte und meinte: »Deine Eltern treffen sicher auch bald ein. Sie wollten auf jeden Fall kommen.«

»Aber ja, Onkel Edward. Sie freuen sich schon seit langem auf diesen Abend und möchten das Fest um nichts in der Welt versäumen.«

Es war Samstagabend, der 5. November, und Guy-Fawkes-Nacht, der Jahrestag der Pulververschwörung. Überall im Land wurden Freudenfeuer angezündet und Bilder und Puppen von Guy Fawkes verbrannt. Der Ursprung des Festes ging auf das Jahr 1605 zurück, als Guy Fawkes und seine Anhänger versuchten, das Londoner Parlament in die Luft zu sprengen.

Edward sagte: »Es ist mir schleierhaft, wie dieser Guy Fawkes auf die Idee kam, dass er mit seinem Anschlag Erfolg haben könnte. Soweit ich den Geschichtsbüchern entnehme, hatte er gar nicht genug Schießpulver, oder?«

Amos schüttelte den Kopf. »Korrekt, Sir. Es war in den Kellern des Parlaments versteckt, und wenn ich mich recht entsinne, war ein Teil davon feucht geworden. So habe ich es zumindest aus meinem Geschichtsunterricht behalten.«

»Er wollte sogar König James mit in die Luft jagen«, unterbrach Bess. »Damit hoffte er, die Katholiken zu einem Aufstand zu bewegen, weil sie über die neuen strengen Gesetze erbost waren, die sich gegen ihre Religionsgemeinschaft richteten.«

»Bravo, Bess, sehr gut aufgepasst«, rief ihr Vater und strahlte vor Stolz.

»Geschichte ist mein Lieblingsfach, Vater«, erklärte sie ihm und setzte treuherzig hinzu: »Ich trete in die Fußstapfen von Grace Rose.«

Edward lachte, genau wie Amos und Grace Rose. »Ich muss noch mal kurz ins Haus. Um ein paar Dinge mit Amos zu besprechen.« Kritisch inspizierte er den Himmel, der in ein Meer aus Rot- und Violetttönen getaucht war. »In einer halben Stunde wird es dunkel, dann stoßen wir wieder zu euch und versammeln uns um das Freudenfeuer.«

* * *

Edward führte Amos durch den Hintereingang zur Bibliothek, die auf die Vorderseite des Hauses hinausging. Er schloss die Tür hinter ihnen und stellte sich vor den Kamin. »Kommen Sie, setzen Sie sich vor das Feuer«, bat er Amos. »Sie wissen ja, ich stehe lieber oder gehe im Raum auf und ab.«

Amos nickte. »In der Tat, Mr Edward.«

Edward bückte sich, legte ein paar Holzscheite auf das Feuer und meinte dabei mit gedämpfter Stimme: »Wann sind Sie aus Mâcon zurückgekehrt?«

»Heute Morgen, Sir. Ich bin heute Nacht mit dem Zug in Paris eingetroffen und mit der nächsten Verbindung weitergefahren, damit ich die Fähre in Calais noch bekam. Ich hab mich deshalb nicht vorher mit Ihnen in Verbindung gesetzt, weil ich wusste, dass wir uns ohnehin heute Abend sehen würden.«

»Selbstverständlich, Amos, kein Problem. Wie ist es auf dem

Weingut gelaufen?« Er musterte Finnister mit einem durchdringenden Blick.

»Scheint alles friedlich, Sir. Mr George empfing uns mit offenen Armen, als Oliveri und ich mit den Kindern samt Kindermädchen ankamen. Er schien entzückt und glücklich, die kleine Rasselbande wiederzusehen. Später kam Ihre Schwester aus Dijon dazu, und sie war ebenfalls sehr erfreut, alle wiederzusehen, vor allem die kleine Margaret, die nach ihr benannt ist. Solange servierte einen klassischen englischen Nachmittagstee, und es verlief alles sehr harmonisch.«

»Ich bin froh, dass Margaret für ein paar Tage dort ist«, murmelte Edward, den Blick in eine ungewisse Ferne gerichtet. Schließlich wandte er sich wieder an Finnister: »Trinkt er noch?«

»Ich fürchte, ja, Mr Edward. Er ist rückfällig geworden und trinkt wieder … wenn sich sein Alkoholkonsum auch in Maßen zu halten scheint.«

»Schätze, er ist in Ihrer und Oliveris Gegenwart vorsichtig. Was hat Vincent Martell über die Weinberge verlauten lassen?«

»Ach, nichts Besonderes. Auf dem Gut scheint alles bestens zu laufen. Mr George macht keinerlei Scherereien.«

»Bis jetzt«, meinte Edward trocken. »Bei George kann man nämlich nie wissen, ob er nicht im nächsten Augenblick explodiert wie eine Ladung Schießpulver. Was ist mit Marcel Arnaud? Kommt er mit meinem Bruder zurecht?«

»Tja, wenn ich das so genau wüsste, Sir. Mr Arnaud wirkt sehr ruhig und introvertiert, denke ich. Von Oliveri soll ich Ihnen jedoch ausrichten, dass er sich ziemlich sicher ist, dass Ihr Bruder ihn nicht leiden kann. Obwohl wir nur drei Tage dort waren, haben wir eine Menge aufgeschnappt. Solange meint, dass Mr George in Mâcon so etwas wie ein Casanova ist – eine ganze Reihe von Frauen bemühen sich wohl um ihn. Außerdem war er mehrfach in Nizza. Das beunruhigt Oliveri, wegen der Spielcasinos. Er meinte, ich sollte Sie davon in Kenntnis setzen. Er ist überzeugt, dass Mr George wieder angefangen hat zu spielen.«

Edward nickte. »Hat Vincent irgendwas über die Arbeitsmoral meines Bruders gesagt? Setzt er sich mit dem Weinanbau auseinander, vertieft er sich in die Materie?«

»In den ersten Wochen nach seiner Ankunft war er offenbar sehr fleißig, sein Interesse hat laut Martell seither jedoch erkennbar nachgelassen.«

»Soll heißen, er legt sich wieder auf die faule Haut.«

Edward trat kopfschüttelnd zum Fenster.

Er drehte sich um und meinte an Amos gewandt: »Frauen, Alkohol und Glücksspiel, das ist seine Welt. Zweifellos spielt er nicht nur in Nizza, sondern auch in Cannes und Monte Carlo.« Seine Augen verengten sich zu Schlitzen, als er fragte: »Aber redet er auch immer noch dummes Zeug? Streut er weiterhin üble Gerüchte über mich und meine Familie?«

Amos sah ihn an und blieb zunächst stumm. Er überlegte, wie er diesen kritischen Punkt auf den nächsten Tag schieben könnte. Es fiel ihm denkbar schwer, über die üblen Verleumdungen zu berichten, die George Deravenel über seinen Bruder vom Stapel ließ. Heute Abend sollten die Kinder ihren Spaß haben, und er wollte Edward nicht die Freude am Fest verderben. Andererseits mochte er nichts beschönigen, da er seinem Chef in tiefer Loyalität und Integrität verbunden war. Behutsam hob er an: »Ja, Sir, es ist immer noch die alte Leier.«

»Mit wem spricht er über diese Sachen, Amos?«

»Mit Vincent Martell. Allerdings bezweifle ich, dass er auch bei anderen herumstänkert. Solange würde dergleichen nicht kapieren, und Mr Arnaud würde sich nicht dafür interessieren. Der neue Verwalter ist ein Einzelgänger und bleibt lieber für sich. Vincent hingegen war schwer verärgert darüber, dass Ihr Bruder Ihnen derart übel mitspielt und permanent über Sie lästert. Tief empört und entrüstet legte er uns die Anwürfe im

Einzelnen dar. Und bat darum, dass wir Sie umgehend informieren. Er ist Ihnen sehr ergeben, Sir.«

»Ich weiß.«

In diesem Augenblick ertönte ein leises Klopfen, und Edward rief: »Herein.«

Die Tür sprang auf, und Faxton, der Butler, steckte den Kopf ins Zimmer. »Bedaure, wenn ich störe, Sir, aber Mr und Mrs Forth sind soeben gemeinsam mit Lady Fenella und Mr Ledbetter eingetroffen. Mrs Deravenel ist bereits auf dem Weg nach unten.«

»Danke, Faxton, wir sind gleich fertig.«

* * *

Edward drückte sanft Elizabeths Arm, bevor er ging, um Vicky, Fenella, Stephen und Mark zu begrüßen. Nachdem er seine engsten Freunde willkommen geheißen hatte, schaute er sich suchend um. Er entdeckte seinen Gärtner, dessen Gehilfen und Elias, den Botenjungen, die gemeinsam den Holzstoß aufgeschichtet hatten. Mit vollen Zündholzschachteln ausstaffiert, warteten sie nur darauf, dass er sie anwies, das Freudenfeuer zu entzünden.

Sein Blick glitt über die Anwesenden, darunter die Köchin, die Zimmermädchen sowie Faxton, der eben aus dem Haus gelaufen kam und sich zu den anderen gesellte. Seine Augen hingen an den Kleinen, die neben ihm standen.

Edward war ungeheuer stolz auf seine Kinder. Bess war ein entzückendes Mädchen und groß für eine Zwölfjährige; neben ihr standen Edward junior, ein hübscher Junge mit seinen acht Jahren, und sein kleiner Bruder Richard, der inzwischen fünf war. Die elfjährige Mary umklammerte die Hand ihrer Schwester Cecily. Die Neunjährige war ein Blondschopf wie ihre Brüder und ein bisschen schüchtern. Das Kindermädchen hatte die dreijährige Anne auf dem Arm, und daneben stand sein Liebling, Grace Rose. Sie war eine Schönheit mit ihren einundzwanzig Jahren und bei allen beliebt. Selbst Elizabeth behandelte sie neuerdings freundlicher und schien besser mit ihr auszukommen.

Seine Familie. Seine große Familie, die er liebte und schätzte und über die er nichts kommen ließ.

Noch immer spukten ihm die Gerüchte im Kopf, die sein Bruder über ihn verbreitete, und er schob den Gedanken eilends beiseite. Er hoffte inständig, dass er sich das Problem George auf elegante Weise vom Hals geschafft hätte.

Unvermittelt trat Bess zu ihm und riss ihn aus seinen Überlegungen. »Vater, du musst den Gärtnern sagen, wann sie das Feuer anzünden dürfen.«

»Ach ja, richtig, Bess.« Er trat einen Schritt vor und rief: »Alles klar, Leute. Wir fangen an. Entfacht das Freudenfeuer!«

Innerhalb von Sekunden fingen die Zweige und Äste Feuer, und während die Flammen in den Himmel loderten und eine Strohpuppe von Guy Fawkes verbrannten, scharte Bess ihre Brüdern und Schwestern um sich. Sie fassten einander an den Händen, tanzten um das prasselnde Feuer und stimmten das traditionelle Spottlied an, in dem Guy Fawkes und sein gescheiterter Anschlag auf das Londoner Parlament verhöhnt wurden.

Als die Kinder geendet hatten, applaudierten ihnen die Erwachsenen unter lautem Jubelgeschrei; die Köchin und ihre Küchenhilfen reichten Platten mit Pfefferkuchenmännern, Ingwerschnitten und anderen Leckereien herum, während Faxton Gläser mit Limonade servierte. Und Elias rannte, mit einer langen Zange bewaffnet, um das Feuer herum und zog die gebackenen Kartoffeln aus der Glut. Nachdem alle gestärkt waren, verteilte Amos die Feuerwerkskörper. Die Männer zündeten Wunderkerzen für die Kinder an, die damit lachend und mit glänzenden Augen durch den Hof liefen.

Edward stellte sich zu Elizabeth und den Gästen. Die Männer tranken Whisky mit Soda, die Frauen nippten an einem Sherry und schwatzten im rotgoldenen Schein des Feuers.

Schließlich begannen die Männer das eigentliche Feuerwerk. Sie zauberten phantastische Bilder in den Himmel: funkelnden Sternenregen, buntglitzernde Regenbögen, glühende Feuerräder. Die Frauen wichen zurück und beobachteten die Kinder, deren Gesichter vor Begeisterung glühten. In diesem Moment gab es nichts Schöneres, als das Glück und die Freude zu erleben, die sich in ihren jungen Zügen spiegelten.

35

LONDON

Will stand in der Bibliothek von Edwards Stadthaus am Berkeley Square. Versunken betrachtete er die beiden rothaarigen jungen Mädchen auf dem Gemälde von Renoir, das über dem Kamin hing. Es war wunderschön, ein Meisterwerk und Edwards ganzer Stolz. Will konnte durchaus nachvollziehen, weshalb sein Freund sich bei diesem Bild an Bess und Grace Rose erinnert fühlte.

Er hatte Edward um ein Gespräch unter vier Augen gebeten, worauf dieser ein Treffen in seiner Bibliothek vorgeschlagen hatte. Elizabeth weilte derzeit mit den Kindern auf Waverley Court in Kent. Im Haus war es mithin angenehm ruhig und friedlich an jenem Nachmittag.

Mallet kam nicht lange darauf herein und räusperte sich vornehm. »Darf ich Ihnen etwas anbieten, Sir? Wie wäre es mit einer Tasse Tee?«

»Danke nein, Mallet«, antwortete Will. Der Butler entfernte sich mit einem höflichen Nicken.

Während Will sein Augenmerk weiterhin auf den bezaubernden Renoir gerichtet hielt, betrat Edward unvermittelt den Raum. Er entschuldigte sich für seine Verspätung.

»Was ist denn los, Will? Du siehst verdammt ernst aus, um nicht zu sagen, niedergeschlagen«, sagte Edward.

Will blieb stumm. Schweigend ging er zum Kamin, setzte sich in einen Sessel und schlug die Beine übereinander.

Edward nahm ihm gegenüber Platz und fixierte ihn eindringlich. »Ist irgendeine Katastrophe passiert?«, hakte er nach.

»Vincent Martell rief mich heute am späten Vormittag an, Edward. Er hatte es bei dir versucht, aber deine Leitung war dauernd besetzt. Nach diversen vergeblichen Versuchen hat er es dann bei mir probiert.«

»Gibt es Probleme auf dem Weingut? Ach nein, ich ahne es schon. Ein Problem mit George, was? Ist es das? Hat mein Bruder wieder etwas angestellt?«

Will atmete tief durch und sagte dann leise: »George ist tot, Edward.«

Edward sackte in seinem Sessel zusammen. Er starrte Will mit offenem Mund an. Fassungslos schüttelte er den Kopf. »George … er ist tot?«

»Ja, mein tiefempfundenes Beileid, Edward. Vincent fand ihn heute Morgen. Er bemerkte, dass die Tür zu einem der großen Weinkeller im Wind hin- und herschlug, und ging nachsehen, was los war.«

Edward war kalkweiß im Gesicht geworden. Er schluckte und fragte mit dumpfer Stimme: »Woran ist er gestorben? War er krank? Was ist passiert, Will?«

»So wie es ausschaut, ist er irgendwann letzte Nacht Opfer eines tragischen Unfalls geworden. Offensichtlich hatte George es sich zur Angewohnheit gemacht, sich in dem größten Weinkeller zu bedienen, wenn seine Vorräte im Château zur Neige gingen. Im hinteren Teil des Gewölbes stehen Probiergläser und einige Flaschen. Vincent vermutet, dass George möglicherweise in betrunkenem Zustand dort unten herumtappte. Er fand ihn heute Morgen in einem Pfuhl Rotwein liegend, umgeben von umgestürzten Fässern. Daher vermutet er, dass George das Gleichgewicht verloren hat und unglücklich gegen einen Stapel Fässer gefallen ist, worauf dieser umstürzte und ihn unter sich begrub. Er hatte mehrere schwere Kopfverletzungen, die letztlich seinen Tod verursachten.«

»O mein Gott … wie entsetzlich.« Edward schlug die Hände vors Gesicht. »Ich kann es einfach nicht glauben.«

»Ich weiß, es kommt so … plötzlich und unerwartet.« Will schüttelte bedächtig den Kopf. »Trotzdem kommt es eigentlich nicht überraschend, wenn man genauer überlegt. Anscheinend war es George vom Schicksal bestimmt … zumal er Probleme ja regelrecht anzog …« Will versagte die Stimme; er fand keine Worte.

Die beiden alten Freunde schwiegen eine Weile und hingen ihren jeweiligen Gedanken nach.

Edward sprach als Erster. »Ich schätze mal, Vincent hat sofort einen Arzt gerufen?«

»Ja natürlich, aber als er ihn fand, war George schon eine geraume Weile tot. Die Totenstarre hatte bereits eingesetzt. Die Polizei wurde ebenfalls informiert und war im Schloss. Nach deren Aussage starb er an den Kopfverletzungen, die die herunterstürzenden Weinfässer verursachten.«

»Sie werden mir die Schuld geben. Meine Mutter wird mich für Georges Tod verantwortlich machen … und Richard wird ihr beipflichten. Beide baten mich händeringend, ihn nicht nach Frankreich zu schicken. Sie prophezeiten mir, dass er dort sterben würde, und sie haben letztlich recht behalten. Meine Mutter hat mich angefleht, Will –« Edward brach ab, seine Stimme kaum mehr als ein raues Flüstern.

»Nein, das können sie nicht. Sei doch vernünftig, Edward, dich trifft keine Schuld. Glaub mir, du kannst nichts dafür. Ich habe nie recht verstanden, wieso eure Mutter George immer verteidigt hat … Ich weiß, man soll nichts Schlechtes über die Toten sagen, aber er hat sich zu seinen Lebzeiten dir gegenüber nicht wie ein Bruder benommen.«

»Was du sagst, stimmt.«

Edward erhob sich, schritt zu dem Tablett mit den Kristallkaraffen, das auf einem Tisch in Fensternähe stand, und goss sich einen Cognac ein. »Willst du auch einen, Will?«

»Gerne, ja«, antwortete sein Freund.

Als er ihm den gefüllten Cognacschwenker reichte, murmelte Edward: »Ich werde sie anrufen müssen. Das ist nun mal meine traurige Pflicht. Meine Mutter ist auf Ravenscar – ach ja, und Richard ist bei ihr. Und ich werde Margaret informieren müssen.«

»Verschieb es auf morgen«, schlug Will vor.

»Nein, ich muss das gleich erledigen. Und wenigstens meine Mutter anrufen.« Edward ging zum Schreibtisch, setzte sich und wählte die Nummer von Ravenscar. Jessup nahm das Gespräch an, und Augenblicke später vernahm Edward die Stimme seiner Mutter: »Ja, Edward?«

»Mama, es ist etwas Entsetzliches passiert. Es gab einen Unfall. In Frankreich. Auf dem Weingut.«

»Einen Unfall?«, wollte Cecily Deravenel wissen. Ihre Stimme zitterte leicht.

Er schilderte ihr, dass George im Weinkeller aller Wahrscheinlichkeit nach gestürzt sei, was den Fall der aufgestapelten Fässer erklären würde. Bevor er geendet hatte, unterbrach sie ihn.

»Er ist tot. Habe ich dich richtig verstanden, dass mein Sohn George tot ist?«

»Ja.«

»Ich wusste, er würde dort sterben«, versetzte sie und legte ohne ein weiteres Wort den Hörer auf.

* * *

Dichter Nebel. Draußen vor dem Fenster. Er drängte in den Raum, hüllte ihn ein. Hielt ihn gefangen. Er setzte sich im Bett auf und blinzelte in den undurchdringlichen Dunst. Wie hatte der Nebel ins Zimmer strömen können? Das Fenster war fest geschlossen. Er schlug das Laken zurück. Schwang die Füße auf den Boden. Tastete sich unsicher durch die Dunkelheit, stieß sich schmerzhaft die Zehe an einer Kommode. Er stöhnte auf. Wer, zum Teufel, hatte diese Kommode dort hingestellt?

Er ging ins Bad und suchte mit der Hand nach dem Lichtschalter. Erst dort wurde ihm allmählich klar, dass er nicht auf

Ravenscar war, sondern in London, in seiner Stadtresidenz am Berkeley Square. Das grelle Licht schmerzte ihm in den Augen.

Edward sah in den Spiegel, blinzelte von neuem, gewahrte schemenhaft sein Gesicht. Von einem plötzlichen Schwindelgefühl übermannt, umklammerte er den Waschtisch. Ihm war übel. Sein Kopf dröhnte. Er füllte ein Glas mit kaltem Wasser und leerte es in einem Zug. Dann spritzte er sich kaltes Wasser ins Gesicht, befeuchtete ein kleines Handtuch und kühlte sich damit die Stirn. Ah, schon besser. Der Schleier vor seinen Augen löste sich auf. Er konnte wieder sehen.

Die Kopfschmerzen waren grauenvoll. Und er hatte einen Mordskater. Er tappte zurück ins Schlafzimmer, kroch wieder ins Bett, versuchte den Kopfschmerz auszublenden. Und überlegte.

Allmählich lichtete sich der Nebel in seinem Kopf. Er erinnerte sich, dass er und Will noch stundenlang zusammengesessen und dabei einen Cognac nach dem anderen gekippt hatten. Sie hatten geredet. Über George. Über seinen plötzlichen Tod. Über die Überführung des Sarges nach England. Dass er in Yorkshire bestattet werden sollte. Auf Ravenscar. Sie hatten über seine Mutter und Richard gesprochen. Über Neville Watkins und seinen Lieblingscousin Johnny. Hatten die Vergangenheit Revue passieren lassen. Und sie hatten über Georges Kinder diskutiert, die zwangsläufig nach England zurückkehren müssten. Vielleicht könnte Margaret sie begleiten.

Broadbent hatte Will schließlich zu seinem Haus am Marble Arch gefahren. Jane wohnte ganz in der Nähe. Jane. Er wollte sie anrufen. Aber nein, das war unmöglich – mitten in der Nacht.

George. Sein Bruder George war tot. Er war so ein hübsches Kind gewesen und später ein attraktiver junger Mann. Blond. Türkisschimmernde Augen wie das Meer an einem strahlenden Sommertag. Und er hatte ihm oft Rätsel aufgegeben. Labil, ungefestigt … hilflos. Ständig war er schutzsuchend zu ihrer Mutter gelaufen. Als Kind, als Jugendlicher, als erwachsener Mann.

Früher hatte Edward sehr an ihm gehangen. Diese brüderliche Liebe wurde jedoch zunehmend von Zweifeln überschattet. Von Bedenken, Skepsis, Argwohn bis zum Vertrauensbruch. Wie offensichtlich Georges Intrigen und Komplotte immer gewesen waren. Als kümmere es ihn nicht, dass *er* davon wusste. Die tiefe Zuneigung war erst einem Misstrauen gewichen und am Schluss in eine ebenso tiefe Abneigung umgeschlagen.

Edward setzte sich ruckartig im Bett auf und starrte in die nächtliche Dunkelheit. Wieder quälte ihn die Frage, die er mit Will Hasling bereits am Abend erörtert hatte, als er sich bis an der Rand der Besinnungslosigkeit betrunken hatte.

War es ein Unfall gewesen? Oder Mord?

Er wisse es nicht, hatte Will erklärt. Und Edward hätte es ebenso wenig zu sagen vermocht. Er konnte es drehen und wenden, wie er wollte, er wusste sich keine Antwort.

Er lag wach, bis der Morgen graute und das erste Tageslicht durch die Vorhänge einsickerte. Stundenlang zermarterte er sich das Hirn über diese Frage.

* * *

Als Edward sich angezogen hatte, klopfte es. Er wusste, es war Mallet. Außer dem Butler waren nur die Köchin und ein paar Stubenmädchen im Haus.

»Kommen Sie herein, Mallet«, rief er.

Der Butler öffnete die Tür. »Guten Morgen, Mr Deravenel. Mr Hasling ist da. Er wartet im Frühstückszimmer.«

Stirnrunzelnd streifte Edward sein Jackett über, knöpfte es zu und erwiderte: »Ich bin gleich unten. Und, Mallet, eine Tasse Kaffee wäre jetzt nicht das Schlechteste.«

»Ja, Sir. Sofort.« Der Butler schloss geräuschlos die Tür und verschwand.

Edward trat vor den Schrankspiegel und nickte nach einer kurzen Bestandsaufnahme. Keinerlei verräterische Spuren, die auf eine durchzechte Nacht hindeuteten. Er sah nicht anders aus als sonst auch. Und trotzdem … er fühlte sich anders. Da war dieser tiefempfundene Verlust, eine schmerzvolle Leere … Unvermittelt wurde ihm klar, dass ihn eine nie gekannte Einsamkeit bedrückte. Er stand völlig allein da. Und das würde auch künftig so bleiben. Seine Mutter würde sich bestimmt von ihm abwenden. Richard im Übrigen auch. Weil sie ihm die Schuld an Georges Tod gaben.

* * *

Will saß an dem runden Tisch im Frühstückszimmer und trank eine Tasse Kaffee, die gefaltete, noch ungelesene *Times* neben sich.

»Guten Morgen«, rief Edward von der Tür her. Er zwang sich zu einem Lächeln und trat an den Tisch.

Will nickte. »Guten Morgen, Edward. Du hattest es vergessen, sei ehrlich? Dass wir uns heute zum Lunch verabredet haben, weil wir unsere morgige Frankreichreise besprechen wollen? Mit Oliveri. Um Georges sterbliche Reste zu überführen. Ich habe im Ritz einen Tisch bestellt. Ist dir das recht?«

»Stimmt. Das hatte ich in der Tat vergessen«, räumte Edward ein. Er setzte sich und griff nach der silbernen Kaffeekanne. Während er sich eine Tasse eingoss, fuhr er fort: »Aber das stellt kein Problem dar. Ich habe heute Mittag noch nichts vor.«

Sie tranken ihren schwarzen Kaffee und besprachen das Nötigste. Nach der zweiten Tasse verließen sie das Haus und gingen die Berkeley Street hinauf in Richtung Piccadilly.

Es war ein sonniger Morgen, mit einem strahlend blauen Himmel und einer leichten Brise, angenehm für November und kein bisschen kalt. Sie marschierten schweigend, bis Edward irgendwann anhob: »Will, erinnerst du dich noch an die Keile, mit denen die gestapelten Fässer gesichert sind? Ich bin heute Nacht aufgewacht und konnte nicht mehr einschlafen. Die ganze Zeit musste ich an diese Holzkeile denken. Ob es nicht vielleicht doch Mord war?

»Ich weiß, worauf du hinauswillst, Edward. Wenn jemand heimlich die Keile unter den Fässern gelockert hätte, wäre die Pyramide zwangsläufig eingestürzt.«

Edward nickte schweigend.

»Aber wer würde so etwas tun? Und wie hätte jemand mit Sicherheit wissen können, dass George ausgerechnet in diesen Weinkeller gehen würde?«, dachte Will laut.

»Jeder kannte seine Gewohnheiten. Und es kommen einige Leute in Frage, die die Haltevorrichtung gelöst haben könnten, Will. Und wenn es wirklich so war, dann brauchte der Täter bloß in Ruhe abzuwarten. Er wusste, dass es irgendwann unweigerlich passieren würde. Weil George zwangsläufig den Hauptgang durchschreiten musste, um zu den verkorkten Flaschen am Ende des Kellers zu gelangen.«

Will schwieg betreten.

Schließlich setzte Edward hinzu: »Vielleicht dachte irgendjemand, er würde mir einen Gefallen tun, wenn er mir George dauerhaft vom Hals schafft. Grundgütiger, mein Bruder hat mir in all den Jahren wahrhaftig genug Schwierigkeiten gemacht.«

»Ich bin sicher, es war ein Unfall«, antwortete sein Freund eine Spur zu schnell, obwohl er durchaus nicht sicher war. Wie an Edward nagte auch an ihm die Frage, ob George nicht ermordet worden sei. Aber selbst wenn es so war, würden sie den Schuldigen niemals der Tat überführen können. Dafür bedurfte es stichhaltiger Beweise. Er dachte an Vincent Martell und an Amos Finnister und schließlich an Alfredo Oliveri. Alle drei waren Edward Deravenel zutiefst ergeben und hätten die Tat von langer Hand planen können. Aber hatte einer von ihnen es wirklich getan?

36

Paris

Jane Shaw liebte Paris, zu jeder Jahreszeit und bei jedem Wetter, aber im Mai fand sie die Stadt am schönsten. Während sie durch die Tuilerien spazierte, fühlte sie sich rundum glücklich.

Es war ein herrlich milder Tag, der Himmel blau, und das Sonnenlicht filterte durch das frischgrüne Laub der Bäume. Zudem war sie bester Laune, weil sie und Edward fünf gemeinsame Tage in Paris verbringen konnten und sie mit Grace Rose vor dem Louvre verabredet war.

Die junge Frau studierte seit ein paar Jahren an der Sorbonne, und Jane freute sich riesig auf ein Wiedersehen mit ihr. Beide interessierten sich für Frankreichs Geschichte und Kultur und begeisterten sich ganz allgemein für das Land. Mithin verstanden sie sich blendend. Nach ihrem Museumsbesuch hatte Edward die Damen zum Lunch ins Grand Véfour eingeladen, ein Restaurant, das er und Jane ganz besonders schätzten. Am Vormittag nahm er an einer Konferenz in der Pariser Konzernniederlassung von Deravenels teil, später wollten sie sich zum Mittagessen im Palais Royal treffen.

Während sie durch die bezaubernden Gärten schlenderte, die ursprünglich von André Le Notre angelegt worden waren, dem berühmten Gartenarchitekten des Sonnenkönigs Ludwig XIV., dachte sie an Edward. Im vergangenen Monat hatte er seinen vierzigsten Geburtstag gefeiert, aber das sah man ihm nicht an. Er wirkte so jungenhaft wie eh und je, und Jane hoffte inständig, dass auch ihr Alter ihr nicht anzusehen war. Mittlerweile waren sie und Edward seit achtzehn Jahren zusammen, seit 1907, und sie wähnte sich sehr glücklich, dass die Beziehung noch immer hielt.

Jane war nach dem aktuellen Chic des Jahres 1925 gekleidet. Ihr Kostüm stammte von Coco Chanel, der französischen Modeschöpferin, deren Modelle seit Kriegsende Furore machten. Faltenrock und das taillenkurze, ungeknöpfte Bolerojäckchen waren aus leichtem marineblauem Schurwollstoff geschneidert und unterstrichen das aparte Aussehen ihrer Trägerin.

Seit neuestem trug Jane ausschließlich Chanel. Sie fand die erlesene Couture der renommierten Modeschöpferin elegant, ohne jedoch übertrieben vornehm zu wirken. Ihre Mode hatte Stil und war dabei tragbar, bequem und praktisch. Coco Chanel war die Erste, die Hosen für Frauen entwarf, und Jane hatte sich gestern gleich zwei zugelegt – eine aus grauem Flanell und eine aus karamellfarbenem Wolljersey. Dazu trug man lässige weiße Seidenblusen, die nach dem Muster des klassischen Herrenoberhemds geschneidert wurden. Edward, der sie in die Chanel-Boutique an der Rue Cambon begleitete, hatte sie begeistert zum Kauf der zweiten Hose und weiterer Blusen überredet.

Gestern war er heiter und gelöst gewesen, und das hatte sie sehr erleichtert. Seit Georges Tod war er gelegentlich ungenießbar, anders wusste sie es beim besten Willen nicht zu umschreiben. Er war nicht unbedingt depressiv, aber melancholisch und weit entrückt, als kreisten seine Gedanken fortwährend um seinen Bruder und den unfassbaren Unfall.

Dass der Konflikt innerhalb der Familie ausgestanden war, stimmte Jane ebenfalls froh. Seit Georges Tod vor vier Jahren hatte Cecily ihren Sohn Edward eine ganze Weile lang hartnäckig geschnitten, aber inzwischen schien das Eis gottlob gebrochen. Auch Richard hatte sich mit seinem Bruder versöhnt. Indes blieb er in Yorkshire, wo er die dortigen Konzernsparten Bekleidungsfertigung und Bergbau leitete. Edward hielt große Stücke auf seinen jüngsten Bruder, und ihre Zusammenarbeit verlief seit kurzem wieder entspannter.

Dass Cecily Deravenel, Richard und selbst Margaret ihren geliebten Edward jahrelang zum Sündenbock gestempelt hatten, fand Jane unerhört. Zumal George sich alles selbst zuzuschreiben hatte … Dieser hinterhältige, ehrlose Schuft hatte sein Schicksal jahrelang herausgefordert! Er war ein Egoist gewesen, wie er im Buche stand.

Ob er ermordet worden war oder nicht, würde sich wohl nie abschließend klären lassen. Natürlich stellte Jane diesbezüglich ihre eigenen Vermutungen an … immerhin hatten die Gendarmen aus Mâcon gegenüber Edward erklärt, dass sie an den anderen aufgestapelten Fassreihen gelockerte Keile entdeckt hätten. Und niemand wusste sich einen Reim darauf zu machen, wie es zu dieser fatalen Fahrlässigkeit hatte kommen können.

Unvermittelt gewahrte Jane das eindrucksvolle Gebäude des Louvre, ein architektonisches Meisterwerk, wie sie fand, und ein großartiges Museum, in dem einige der weltweit berühmtesten und schönsten Gemälde hingen. Grace Rose wartete sicher schon auf sie. Sie beschleunigte ihre Schritte und eilte in Richtung Eingang. Sie konnte es kaum erwarten, Edwards Tochter wiederzusehen, die sie inzwischen liebte, als wäre sie ihr eigenes Kind.

* * *

Grace Rose wartete bereits im Museumsfoyer. Sobald sie Jane sah, lief sie ihr freudestrahlend entgegen. Nach einer stürmischen Umarmung hielt Jane die junge Frau auf Armeslänge von sich und musterte sie von Kopf bis Fuß. »Grace Rose, Sie sehen absolut phantastisch aus! Sie haben wirklich ein Gefühl für französischen Chic entwickelt. Das ist ja ein todschickes Ensemble, was Sie da tragen.«

Erfreut über das Lob für ihre ein wenig unorthodoxe Aufmachung, prustete Grace Rose los. »Eigentlich ist es gar kein richtiges Ensemble, Jane, ich habe die Sachen und Accessoires überall in Paris zusammengekauft. In den kleinen Kramläden, auf dem Flohmarkt und beim Schlussverkauf in den Boutiquen. Die Sachen haben mich kaum etwas gekostet. Es hat einfach Spaß gemacht, bummeln zu gehen und hier und dort etwas Schönes zu entdecken.«

Jane stimmte in ihr Lachen mit ein. Sie begutachtete das kurze rote Seidenjäckchen mit der großen blauen Stoffrose am Revers, den schmalen, knöchellangen wollweißen Rock und das gelbe Hütchen mit den kessen roten und blauen Federn, das wie ein Schiffchen auf den rotblonden Locken wippte. Edwards Tochter sah einfach hinreißend aus.

Sie hakte sich bei Grace Rose unter und meinte: »Kommen Sie, lassen Sie uns mit dem Rundgang beginnen. Kennen Sie den Louvre gut?«

»Nicht besonders, um ehrlich zu sein. Ich war erst ein paarmal hier ... Aber was ich gesehen habe, hat mich beeindruckt.«

»Wenn Sie mögen, erzähle ich Ihnen ein bisschen über die berühmten Gemälde: über die Mona Lisa von Leonardo und die Meisterwerke von Raphael, Tizian, Veronese und Goya. Und über Delacroix, einen meiner Lieblingsmaler.«

Während die beiden Frauen durch die Ausstellung schlenderten, vermittelte Jane ihr einen kurzen kunstgeschichtlichen Abriss.

»Himmel, ich bin schier überwältigt«, murmelte Grace Rose mit einer Mischung aus Faszination und Ehrfurcht, nachdem sie einige Höhepunkte der Gemäldesammlung bewundert hatten. »Ich bin so froh, dass Sie auf diesen Ausflug bestanden haben. Ich werde bestimmt noch einmal herkommen, solange ich noch in Paris bin. Und auch bei späteren Besuchen.«

»Ganz bestimmt«, bekräftigte Jane. »Wie ich.«

* * *

Edward erwartete sie bereits im Le Grand Véfour. Er stand auf, als die beiden Frauen das Restaurant betraten. Ein warmes Lächeln erhellte seine Züge.

Sobald sie saßen, servierte der Ober ihnen Gläser mit eisgekühltem Champagner.

Edward hob sein Glas und brachte einen Toast aus: »Auf euch, meine beiden Hübschen.«

Lächelnd prosteten sie ihm zu, stießen mit den Champagnerflöten an und sagten gleichzeitig: »Und auf dich.«

Nach einem Blick zu Grace Rose meinte er mit einem skeptischen Nicken: »Eine interessante Kombination, die du da anhast. Trägt man das jetzt so?«

Grace Rose erzählte ihm, wo sie die Sachen erstanden hatte, und Jane fügte hinzu: »Ich finde sie *très chic*!«

»Nun ja, das ist Geschmackssache«, versetzte er diplomatisch. Und fügte hinzu: »Für mich ist Le Grand Véfour das schönste Restaurant in ganz Paris. Ich komme immer wieder gerne her.«

Grace Rose sagte: »Ich habe eine Schwäche für den Palais Royal. Ich schlendere für mein Leben gern durch die Arkaden.«

»Gib's zu, hier kannst du nach Herzenslust in den vielen Boutiquen herumstöbern«, meinte Edward augenzwinkernd. »Wann bist du eigentlich mit dem Studium fertig?«

»Nächsten Monat, Onkel Edward. Dann komme ich nach London zurück. Hoffentlich bekomme ich dort eine Anstellung als Lehrerin.«

»Ich dachte, du wolltest Bücher schreiben?«, bemerkte er mit einem Hauch von Verblüffung in der Stimme. »Mach dir keine Sorgen, wenn es mit der Anstellung nicht klappt. Dann konzentrierst du dich eben auf die Schriftstellerei. Schließlich bist du finanziell unabhängig.«

»Oh, ich weiß, Onkel Edward. Tausend Dank für das Konto, das du für mich eingerichtet hast, und für alles andere, was du für mich getan hast. Dafür bin ich dir von Herzen dankbar.«

Nach einem kurzen Grinsen erkundigte er sich bei Jane, wie es ihnen im Louvre gefallen habe, und winkte dem Ober, der ihnen daraufhin höflich die Speisekarten reichte.

Nachdem sie bestellt hatten, diskutierten die drei ihre Pläne für ihren weiteren Parisaufenthalt. Nach der Vorspeise sprach Grace Rose ein Thema an, das sie seit längerem beschäftigte.

»Onkel Edward«, begann sie zögernd, bevor sie sich ein Herz fasste und hastig stammelte: »Ich muss mit dir reden ... über ... über Amos Finnister.«

Edward stutzte und fragte: »Was ist denn mit ihm?«

»Ich mache mir ein bisschen Sorgen um ihn. In letzter Zeit verhält er sich merkwürdig. Er scheint immer so furchtbar nachdenklich. Ist dir das nicht aufgefallen?«

Edward lehnte sich zurück, musterte sie für den Augenblick und nickte. »Doch, das ist mir auch aufgefallen. Ich hab mich schon gewundert, was mit ihm los ist. Meinst du, er ist krank?«

»Nein, das wohl nicht. Auf mich macht er einen kerngesunden Eindruck.«

»Er ist in den Sechzigern, aber du hast recht, für sein Alter ist er ungeheuer rüstig und mobil. Ob er sich nicht doch zur Ruhe setzen mag? Er hat früher schon mit dem Gedanken gespielt, aber ich habe es ihm damals ausgeredet ... Vielleicht sollte ich noch einmal mit ihm sprechen, hm?«

Grace Rose antwortete hastig: »Ja, mach das, aber ich möchte nicht, dass er denkt, du willst ihn loswerden. Die Firma und du, ihr seid sein Leben. Er würde einfach eingehen, wenn er nicht mehr für dich arbeiten dürfte.«

»Ich weiß, ich weiß, meine Liebe.« Edward lächelte zärtlich, wusste er doch um ihre tiefe Zuneigung für den Privatdetektiv. »Keine Sorge, ich werde ganz behutsam vorgehen.«

»Ich danke dir für dein Entgegenkommen, Onkel Edward. Mutter fällt bestimmt ein Stein vom Herzen, wenn ich ihr erzähle, dass wir über Amos gesprochen haben. Sie ist mit mir einer Meinung, dass ihn … irgendetwas belastet.«

* * *

Edward und Jane logierten im Plaza Athénée Hotel auf der Avenue Montaigne. Kaum dass sie in ihre Suite zurückkehrten, glitt Edward aus seinem Jackett, lockerte die Krawatte und sank in einen Sessel, der am Fenster stand.

Jane musterte ihn fragend. »Ist irgendetwas, Liebling?«

»Aber nein. Wie kommst du denn darauf, mein Schatz?«

»Du warst den ganzen Abend so einsilbig. Ich dachte, vielleicht machst du dir Gedanken wegen Amos.«

»Nein, nein. Offen gestanden dachte ich an etwas ganz anderes. Was Amos angeht, habe ich eine Vermutung. Sobald wir wieder in London sind, werde ich ein klärendes Gespräch mit ihm führen.«

»Und was beschäftigt dich so?«, drängte Jane. Sie setzte sich ihm gegenüber.

»Ich habe noch einmal über das heutige Gespräch in meiner Pariser Niederlassung nachgedacht, das ist alles.«

»War es eine gute Besprechung?«

»Ich denke schon, ja.« Er nickte bestimmt. »Ich habe einen … einen interessanten Mann kennengelernt. Henry Turner, um genau zu sein.«

Jane starrte ihn mit offenem Mund an. »Den Erben von Henry Grant?«

»Ja.«

»Warum hast du dich mit ihm getroffen? Er ist doch dein Kontrahent!«

»Das kann man so nicht sagen. Tatsächlich ist er ein zurückhaltender junger Mann, wohlerzogen und hochintelligent. Fast ein bisschen zu ernsthaft für sein Alter, möchte man fast meinen.«

»Und warum hast du dich mit ihm getroffen?«

»Genau genommen ging die Initiative von ihm aus. Er hatte mir vor ein paar Wochen geschrieben und in dem Brief um ein persönliches Gespräch gebeten. Das war einer der Gründe, weshalb ich nach Paris fahren wollte«, erläuterte Edward. Er erhob sich und schlenderte zu dem Tischchen mit den Getränken.

»Er wollte mich treffen, weil er eine Anstellung sucht. Bei Deravenels in Paris. Er arbeitete für Louis Charpentier, mit dem er sich aber anscheinend überworfen hat. Er steckt in einer Situation, die der meinen vor Jahren durchaus vergleichbar ist. Er möchte sich nämlich seine zukünftige Frau selber aussuchen. Und Charpentier wollte ihn wohl unbedingt mit seiner Nichte Louise verkuppeln.«

»Aber diese Louise ist doch Charpentiers Erbin, oder?«

»Was du sagst, stimmt genau, mein Schatz. Aber Henry möchte sie nun mal nicht heiraten, Erbin oder nicht. Folglich kündigte er und hoffte darauf, dass ich ein Einsehen mit ihm haben und ihn einstellen würde.«

»Was heißt hier, ein Einsehen mit ihm haben? Er nagt bestimmt nicht am Hungertuch, oder?«

»Na ja, finanziell geht es ihm sicher nicht schlecht. Ich halte ihn jedoch für den Typ Mann, der ehrgeizig ist und der arbeiten will. Er und seine Mutter, Margaret Beauchard, halten einen nicht unbedeutenden Anteil an Deravenels-Aktien, und so kam er zu dem Schluss, dass er in dem Unternehmen tätig werden wollte, wo er mit seinen Stimmrechten einen gewissen Einfluss ausüben kann … in unserem Familienunternehmen.«

»Ist er denn ein Deravenel und mit dir verwandt, Edward?«, wollte Jane wissen. »Ich dachte, er sei einer der Grants.«

»Das stimmt, aber du darfst nicht vergessen, dass Henry Grant aus der Linie der Lancashire Deravenel Grants stammte, der Dynastie, die auf unseren Urahnen Guy de Ravenel zurückgeht. Genau wie ich. Henry Grant war mein Cousin.«

»Und wo genau muss ich Henry Turner einordnen?«

»Edmund Turner, sein verstorbener Vater, war der Halbbruder von Henry Grant – sie hatten dieselbe Mutter, stammten aber von unterschiedlichen Vätern. Edmund Turner war kein Deravenel, Margaret Beauchard Turner, seine Frau und Henry Turners Mutter, stammt jedoch in direkter Linie von Guy de Ravenel ab – das ist die andere verwandtschaftliche Beziehung. Sie halten das Aktienpaket der Grants, für das Henry Turner als Haupterbe eingesetzt war. Alle anderen Grants sind nämlich inzwischen tot.«

»Und, hast du ihn eingestellt?«, fragte Jane vorsichtig. Ein Anflug von Skepsis glitt über ihre Züge.

»Ja, das habe ich. Hier in meinem Pariser Büro. Anfangs erledigt er alles, was so anfällt. Ich habe ihn noch keiner bestimmten Abteilung zugewiesen.«

»Findest du deine Entscheidung nicht ausgesprochen riskant?«

»Aber überhaupt nicht, mein Schatz. Du darfst dich getrost auf mein Urteil verlassen. Henry Turner ist sich durchaus bewusst, dass er mich nicht ausbooten kann. Die Firma gehört mir, und er verfügt weder über die nötige Erfahrung, noch besitzt er genug Aktien oder die Finanzkraft, um jemals eine feindliche Übernahme in die Wege leiten zu können. Meine Güte, der Junge will doch bloß eine feste Anstellung.«

»Ja, natürlich, du wirst es am besten wissen, Edward«, lenkte Jane ein. Auch wenn sie Edwards beruflicher Kompetenz und seinem sicheren Gespür vertraute, war ihr dieser Henry Turner nicht geheuer. Und sie würde sich in nicht allzu ferner Zukunft an ihr Gespräch erinnern und sich bittere Vorwürfe machen, dass sie an jenem Abend nicht mehr Einfluss auf Edward genommen und nicht deutlichere Kritik an seiner Entscheidung geübt hatte. Aber dann würde es zu spät sein.

DRITTER TEIL

Bess
In Loyalität verbunden

Das menschliche Herz hält verborgene Schätze,
Im Geheimen bewahrt, mit Schweigen besiegelt.
Charlotte Brontë

Ich schlief und träumte von der Schönheit des Lebens.
Ich wachte auf, und es rief – die Pflicht.
Ellen Sturgis Hooper

Ich verweilte ein wenig bei ihnen unter diesem sanften Himmel, sah die Nachtfalter zwischen Heidekraut und Glockenblumen umherfliegen, lauschte, wie der Wind leicht durch das Gras strich, und wunderte mich darüber, dass jemand sich einbilden könne, es gäbe etwas auf dieser Welt, was den letzten Schlummer der Schläfer in diesem stillen Stückchen Erde stören könnte.
Emily Brontë

37

KENT

»Wie geht es deinem Vater, Bess?«, erkundigte sich Will Hasling, nachdem er das Mädchen mit einer warmen Umarmung begrüßt hatte. Er trat zurück und betrachtete sie fragend. Sie sah blass aus und wirkte besorgt. »Ich weiß bloß, dass er sich vor ein paar Tagen eine Erkältung geholt hat. Hat sich sein Zustand etwa verschlimmert?«

»Seine Erkältung hat sich zu einer Bronchitis ausgeweitet, wie es häufig bei ihm der Fall ist. Ich denke, es ist ein Familienleiden … überempfindliche Atemwege, meine ich. Deshalb hab ich dich angerufen, Onkel Will. Es geht ihm gar nicht gut.«

»Umso besser, dass du mich angerufen hast. Ein Glück, dass ich in Kent war.«

Während sie durch die Eingangshalle von Waverley Court zum Treppenaufgang liefen, fuhr Bess fort: »Dass meine Mutter über Ostern nach Rom gefahren ist, weißt du bestimmt schon. Cecily und meine beiden Brüder begleiten sie. Ich wollte nicht mitfahren, und jetzt bin ich froh, dass ich daheimgeblieben bin und mich um unseren Vater kümmern kann.«

»Hast du schon den Arzt angerufen?«

»Ja, er wird gleich hier sein. Faxton und ich haben Vater vorab seine Medizin gegeben. Er hat inhaliert und Hustensaft genommen. Ich glaube, das hilft ein wenig.«

Als die beiden die letzten Stufen zum ersten Geschoss nahmen, gewahrten sie, dass Faxton aus Edwards Schlafzimmer kam.

Will fragte: »Wie geht es Mr Deravenel, Faxton?«

»Sein Zustand ist unverändert, Sir.«

»Sobald der Arzt eintrifft, schicken sie ihn bitte umgehend zu ihm hoch, ja?«

»Selbstverständlich, Mr Hasling.«

Bess betrat als Erste das väterliche Schlafzimmer. »Papa, Onkel Will ist da!«

Edward, der an einem Berg blütenweißer Leinenkissen gelehnt im Bett saß, bedachte Will mit einem schiefen Grinsen und hob matt die Hand. »Stell sich das einer vor«, krächzte er mit leiser Stimme. »Ich musste Rom doch tatsächlich sausen lassen, weil es mir dermaßen mies ging. Dabei hatte ich mich so auf diese Reise gefreut.«

»Ich weiß«, erwiderte Will. Er zog einen Stuhl neben das Bett, setzte sich und musterte Edward kritisch. »Sei froh, dass du in deinem Zustand nicht gefahren bist. Deine Gesundheit sollte dir wichtiger sein, und Rom ist schließlich nicht aus der Welt. Ach übrigens, wer hat Elizabeth und die Kinder denn begleitet?«

»Anstelle von mir ist Anthony mitgefahren. Es macht ihm nichts aus, mit seiner Schwester zu verreisen. Und Miss Coleman, die neue Gouvernante der Mädchen, und Elizabeths Zofe sind ebenfalls mit…« Er stockte, angelte nach einem Taschentuch und hustete hinein. Nach ein paar Minuten ließ der Hustenkrampf nach, und er sank erschöpft in die Kissen.

Als er wieder gleichmäßiger atmete, fragte Will: »Möchtest du ein Glas Wasser, Edward?«

»Lieber wäre mir heißer Tee mit Zitrone«, ächzte Edward. Und nach einem Blick zu Bess: »Holst du mir welchen, Kleines?«

»Aber ja, Vater, möchtest du auch etwas, Onkel Will?«

»Gern, auch einen Tee. Ich danke dir, Bess.«

Sie nickte und verschwand.

Sobald sie allein waren, stellte Will fest: »Du siehst entsetzlich blass aus, Edward. Gibt es irgendetwas, das ich für dich tun kann? Ich fühle mich so hilflos.«

»Dr. Lessing ist ein fähiger Bursche«, konstatierte Edward leise. »Er kriegt das im Nu wieder hin. Im Moment fühle ich mich allerdings sterbenselend. Letztes Wochenende, als ich mit meinen Jungen auf Ravenscar zum Fischen war, hab ich mich wohl erkältet. Es war eisig kalt an der Nordsee und stürmisch, und es schüttete wie aus Eimern. Wir wurden nass bis auf die Haut. Trotzdem waren die Jungen begeistert.« Er nahm einen keuchenden Atemzug. »Bevor es mir nicht bessergeht, kann ich nicht ins Büro kommen, Will.«

»Mach dir in Gottes Namen keine Gedanken um Deravenels. Die Firma funktioniert präzise wie ein Uhrwerk – nicht zuletzt dank deiner Führung. Es läuft alles wie am Schnürchen.«

»Gut.« Edward schloss für einen Wimpernschlag die Augen. Er fühlte sich elend, gleichwohl ging ihm so vieles durch den Kopf. Dringende Angelegenheiten, die der Erledigung bedurften.

Will fixierte ihn schweigend. Sein Freund war noch nie ernsthaft krank gewesen, aber seine aschgraue Gesichtsfarbe machte ihm Sorgen, und seine Wangen glühten fiebrig. Er streckte seine Hand aus und legte sie auf Edwards, die schlaff auf dem Laken lag.

Unversehens schlug Edward die Augen auf und suchte Wills Blick. »Du warst immer mein bester Freund, Will. Mein allerbester Freund und Partner –« Seine Stimme verlor sich.

Seine Worte gefielen Will gar nicht. Das klang verdächtig nach Abschiednehmen. Zwischen seine Brauen schob sich eine tiefe Falte. »Das bin ich auch jetzt, Edward. Und wir werden noch viele Jahre gute Freunde bleiben.« Er nötigte sich ein Grinsen ab. »Wir sind gerade mal über vierzig, da liegt das Beste noch vor uns.«

Edward erwiderte sein Grinsen. »Stimmt, und ich für mein Teil will noch eine Menge Unsinn machen.«

In diesem Moment ging die Tür auf, und Bess betrat in Begleitung eines Stubenmädchens das Zimmer. Ihnen folgte Dr.

Ernest Lessing. Er war der Landarzt, den die Deravenels bemühten, wenn sie auf ihrem Anwesen in Kent waren.

Hasling stand auf und begrüßte mit einem freundschaftlichen Händedruck den Arzt, den er gut kannte. »Wie geht es Ihnen, Dr. Lessing?«

»Ausgezeichnet. Danke der Nachfrage, Mr Hasling«, antwortete er, bevor er an das Bett trat, die lederne Arzttasche auf einen Stuhl stellte und sein Stethoskop herausnahm. Er konzentrierte sich auf seinen Patienten und sagte: »Guten Morgen, Mr Deravenel. Wieder mal Bronchitis, was?«

»Ich fürchte, ja, Lessing. Anscheinend bin ich dafür wirklich sehr anfällig.«

Nach einem kurzen Nicken beugte sich der Mediziner über das Bett und horchte Edwards Brustkorb ab. Kurz darauf meinte er: »Bedaure, aber Sie werden sich kurz auf die Bettkante setzen müssen. Ich muss Ihre Lungen abhören.«

»Kein Problem.« Edward bemühte sich hochzukommen, benötigte aber die Hilfe der beiden anderen Männer. Will knöpfte ihm das Schlafanzugoberteil auf und streifte es über seine breiten Schultern.

Während der weiteren Untersuchung ging Will diskret zu der Sitzecke am hinteren Ende des Schlafzimmers, wo das Stubenmädchen das Tablett abgestellt hatte. Bess, die dort saß und den Arzt nicht aus den Augen ließ, raunte Will zu: »Er wird doch wieder gesund, oder? Vater hat eine Konstitution wie ein Pferd und schon öfter Bronchitis gehabt. Er hat sich immer schnell wieder erholt.«

»Ja, ich weiß.« Will nahm sich eine Tasse Tee, warf einen Zuckerwürfel hinein und rührte um. Er setzte sich und nippte die heiße Flüssigkeit in kleinen Schlucken. Ein unbehagliches Gefühl beschlich ihn, und seine Kehle zog sich schmerzhaft zusammen. Er hatte plötzlich … Angst um seinen Freund. Was Bess eben gesagt hatte, stimmte. Ihr Vater hatte eine gute Konstitution und war selten krank. Er war immer kräftig und voller

Energie gewesen; Will kannte ihn gar nicht anders. Trotzdem überfiel ihn nun eine dunkle Ahnung, die er sich selbst nicht erklären konnte.

Will schrak aus seinen Gedanken auf, als er Dr. Lessing sagen hörte: »Mr Deravenel, wie Sie schon vermuteten, handelt es sich bei Ihnen um einen schweren Fall von Bronchitis. Aber das wird schon wieder. Inhalieren Sie weiterhin mit Kräuterbalsam, und nehmen Sie regelmäßig Ihr Hustenmedikament. Ich komme morgen wieder. Schlafen Sie sich erst einmal aus. Sie brauchen viel Ruhe.« Nachdem er sich verabschiedet hatte, beteuerte er, dass er allein hinausfinden würde.

Bess brachte ihrem Vater eine Tasse Tee, den Edward dankbar trank. »Ich bin müde, Will, und würde gern ein bisschen schlafen.«

»Das musst du auch. Ich fahre jetzt wieder, aber wenn du mich brauchst, bin ich nur zehn Minuten entfernt, okay?«

»Keine Sorge.«

»Ich begleite dich nach unten, Onkel Will.« An ihren Vater gewandt, sagte Bess sanft: »Ich schau später noch mal nach dir, Papa. Ruh dich jetzt aus.«

Edward schenkte ihr ein mildes Lächeln und schloss die Augen.

* * *

Auf den Stufen nach unten blieb Will abrupt stehen und fasste Bess am Arm. »Versprich mir, dass du mich umgehend anrufst, falls sich sein Zustand verschlechtert oder ich dir irgendwie helfen kann.«

»Versprochen, Onkel Will. Trotzdem, der Arzt hat sicher recht. Vater erholt sich schnell von dieser Bronchitis, wenn er brav seine Medikamente einnimmt und sich schont.«

»Wer ist denn noch im Haus außer Faxton, Bess?«, wollte Will wissen, während sie weitergingen. »Ich nehme mal an, die

Köchin und die Hausmädchen. Aber wo sind deine kleineren Schwestern, die nicht mit nach Rom gefahren sind?«

»Sie sind hier im Haus. Das Kindermädchen kümmert sich um sie. Anne sollte eigentlich mitfahren, weil sie schon acht ist, aber Katharine und Bridget waren Mutter noch zu klein. Anne wollte nicht mit, Onkel Will. Sie spielt viel lieber den Mutterersatz für ihre kleineren Schwestern. Sie vermisst George und Mary sehr. Oft weint sie sich nachts in den Schlaf.«

Will nickte. Edwards dritter Sohn George war 1922 im Alter von nur zwei Jahren gestorben. Genau wie das süße Baby Margaret ein paar Jahre zuvor. Nach diesen tragischen Todesfällen waren Edward und Elizabeth noch zweimal Eltern geworden. Die 1922 geborene Katharine hatte sie über den Verlust des kleinen George hinweggetröstet, 1923 war dann die inzwischen dreijährige Bridget auf die Welt gekommen. Mary, ihre zweitälteste Tochter, war im letzten Jahr mit gerade einmal fünfzehn Jahren einem tückischen rheumatischen Fieber erlegen. Es war ein tragischer Schicksalsschlag für die ganze Familie.

Will seufzte schwer. Kopfschüttelnd ging er durch die Halle zur Eingangstür.

Bess sah ihn von der Seite an. »Was hast du, Onkel Will?«

»Ich dachte gerade, dass deine Eltern in vieler Hinsicht zu beneiden sind. Überleg mal, welcher Kindersegen ihnen vergönnt war – zehn insgesamt, von denen nur zwei im Kleinkindalter gestorben sind. Und dann natürlich die arme Mary. Auf ihre Kinder können sie mit Recht stolz sein, finde ich.«

»Ja.« Ein Anflug von Traurigkeit mischte sich in ihre Stimme, als sie weich hinzusetzte: »Mary fehlt mir sehr. Sie war nur zwei Jahre jünger als ich, und wir waren uns sehr nah.«

»Ich weiß, dass sie dir fehlt. Sie fehlt uns allen sehr. Trotzdem darfst du darüber deine anderen Brüder und Schwestern nicht vergessen, die dich über den Verlust hinwegtrösten können.«

»Ja, es sind hübsche, sanfte Kinder, genau wie Mary. Und wirklich liebe Geschwister.«

»Die Deravenels sind offenbar eine fruchtbare Familie. Ich hoffe, du bekommst auch so eine große Familie, wenn du erwachsen bist und heiratest«, scherzte Will.

»Bloß nicht! Ich will bestimmt keine zehn Kinder haben!«, rief sie, entsetzt über die Vorstellung, und kicherte, als sie seine belustigte Miene gewahrte. »Außerdem *bin* ich erwachsen, Onkel Will. Schon vergessen? Ich bin siebzehn.«

»Und demnach eine verantwortungsbewusste junge Dame«, konterte er hintergründig. »Das hast du als kleines Mädchen fortwährend beteuert. ›Ich trage die Verantwortung für meine kleineren Geschwister‹, hast du mir bei jedem Besuch stolz verkündet. Und weißt du was, Bess? Ich hab dir das wirklich geglaubt.«

* * *

Bess fand das Kindermädchen im Kinderflur von Waverley Court, in dem es neben einem Aufenthaltsraum ein paar Bäder, ein Babyzimmer und mehrere Kinderzimmer gab. Die Nanny und ihre Assistentin Madge hatten dort ebenfalls ihre Zimmer.

Als Bess den gemütlichen, kindgerecht eingerichteten Aufenthaltsraum betrat, saß Nanny am Tisch bei einer Tasse Tee, während ihre drei kleineren Schwestern Milch tranken. Vor ihnen stand eine Platte mit Obststückchen, die Nanny ihnen statt Keksen und Schokolade servierte, Naschwerk, das die Kleinen zweifellos lieber gegessen hätten. »Denkt an den vielen Zucker und an eure Zähne«, warnte das Kindermädchen jedes Mal mit scherzhaft erhobenem Zeigefinger, wenn die Kleinen um Süßigkeiten bettelten.

»Da bist du ja endlich, Bess«, rief Nanny und stellte ihre Tasse ab. »Wie geht es deinem Vater?«

»Es geht so. Er hat wieder mal eine verschleppte Bronchitis, Nanny. Der Arzt war bis eben bei ihm.«

»Ich hab am Fenster gestanden und gesehen, wie er wieder wegfuhr. Mr Hasling im Übrigen auch.«

»Onkel Will ist heimgefahren, er will aber umgehend herkommen, wenn wir ihn anrufen.«

»Kommt Dr. Lessing morgen wieder zur Visite?«

»Ja, das sagte er. In der Zwischenzeit werden wir uns um Vater kümmern und ihm seine Medikamente geben.«

Das Kindermädchen nickte bekräftigend. »Ja, das machen wir. Scheint in der Familie zu liegen«, murmelte sie und dachte an den kleinen Edward, der genau wie sein Vater häufiger unter Atemwegserkrankungen litt.

»Ich möchte zu Papa«, rief Anne mit einem beschwörenden Blick zu Bess. »Darf ich? Bitte. Ich möchte ihm ein Küsschen geben – er mag meine Küsse, das hat er mir selber gesagt.«

»Später, Schätzchen«, tröstete Bess ihre Schwester. »Vater schläft jetzt … du weißt doch, er ist krank.«

»Er hat mir versprochen, er gibt mir am Karfreitag ein Dreipencestück. Und heute ist Karfreitag«, maulte die Achtjährige.

»Wenn er das versprochen hat, bekommst du das Geld bestimmt, Anne, aber später.« Sie sah von der vierjährigen Katharine zu Bridget, die ein Jahr jünger war, und bekräftigte: »Jede von euch bekommt heute eine Münze. Von Papa. Das verspreche ich euch.«

Ihre drei jüngeren Schwestern strahlten sie an, und Bess musste unwillkürlich schmunzeln. Sie waren alle blond und wohlgeraten, genau wie ihre Brüder und ihre Schwester Cecily.

Katharine betrachtete sie aus tief türkisblauen Augen und tat mit wichtiger Miene kund: »Wir bekommen frisch gebackenen Kuchen zum Tee. Nicht wahr, Nanny, das hast du uns versprochen!«

»Fein, dann geselle ich mich zu euch«, versprach Bess.
»Und was ist mit Papa?«, drängte Katharine.
»Erst mal schauen, wie er sich fühlt.« Während sie sprach, blickte Bess zu Nanny und wiegte bedenklich den Kopf.

38

London

Bess saß am Bett ihres Vaters in ihrem Haus am Berkeley Square. Auf seinen Wunsch hin waren sie tags zuvor, am Ostersonntag, nach London zurückgekehrt. Nachdem sich sein Gesundheitszustand seit Karfreitag stabilisiert hatte, hatte er erklärt, dass er lieber in der Stadt sei, worauf Broadbent sie am Spätnachmittag zurückgefahren hatte.

Bess betrachtete ihn. Sie musste zugeben, dass er ein bisschen besser aussah. Seine Gesichtsfarbe wirkte wieder etwas frischer, seine Augen waren nicht mehr so glasig, und das Fieber hatte nachgelassen, wofür sie Gott dankte.

Nachdenklich erwiderte Edward ihren Blick. »Danke, dass du mir das Wichtigste aus der *Times* vorgelesen hast, Bess. Und jetzt möchte ich dir etwas erklären.«

Seine älteste Tochter setzte sich auf ihrem Stuhl auf. »Was denn, Vater?«, fragte sie gespannt, denn seine Stimme hatte ernst geklungen.

Er zog die Schublade des Nachtschranks auf, nahm einen Zettel heraus und reichte ihn ihr. »Erst einmal möchte ich, dass du das hier liest.«

Den Blick auf das Stück Papier geheftet, murmelte sie: »Diese Ziffern da … das ist die Zahlenkombination für deinen Tresor, nicht wahr?«

»Richtig, du bist ein kluges Mädchen! Für den Tresor hier in meinem Schlafzimmer und für den auf Ravenscar. Mit dieser Kombination lassen sich beide Safes öffnen, das schien mir sinnvoller als zwei unterschiedliche Zahlenfolgen. Ich möchte, dass du den Tresor in meinem Ankleidezimmer öffnest und mir den Umschlag aus dem obersten Fach holst.«

Mit dem Zettel in der Hand sprang sie auf und lief geschäftig durch sein Schlafzimmer. Nach wenigen Minuten kehrte sie mit dem dicken Kuvert zurück. Sie gab es ihrem Vater und setzte sich wieder hin.

Edward betrachtete den Umschlag für einen langen Augenblick, bevor er ihn aufs Bett legte. »Diese Dokumente sind für dich bestimmt, Bess. Bewahre sie gut auf. In dem Kuvert befinden sich die Unternehmensstatuten für Deravenels – ich habe sie 1918 ändern lassen. Nachdem ich auf der Terrasse von Ravenscar gestürzt war … damals an Weihnachten, weißt du noch?«

»Natürlich, Vater.«

»An dem Tag hatte ich verflixt viel Glück. Ich hätte mir bei dem Sturz das Genick oder das Rückgrat brechen können. Oder tot sein können. Aber gottlob ist nichts Schlimmeres passiert. Jedenfalls ist mir bei dem Unfall deutlich bewusst geworden, dass ich nicht unsterblich bin und Vorsorge treffen muss. In diesem Zusammenhang beschloss ich, die Unternehmensrichtlinien zu ändern. Und die Gesellschafterversammlung stimmte meiner Entscheidung zu. Die Neuregelung, die ich in diesem Umschlag aufbewahrt habe, besagt, dass der Konzern künftig auch von einer Frau geführt werden kann, sofern sie eine geborene Deravenel ist. Verstehst du?«

»Ja, Vater. Und was ist mit den männlichen Erben? Haben sie nicht Vorrang?«

»Absolut. Aber was, wenn deine Brüder und ich gemeinsam einen tödlichen Unfall hätten? Oder wenn die beiden Jungen verunglückten? Das Schicksal geht oft verschlungene Wege. Man kann nie wissen, was das Leben bereithält, Bess. Nach reiflicher Überlegung gelangte ich zu dem Schluss, dass du nach deinen Brüdern nachfolgeberechtigt sein solltest. Folglich setzte ich mich mit der alten Regelung auseinander, modifizierte sie und brachte die Änderungen im Januar 1919, in der alljährlich stattfindenden Gesellschafterversammlung, zur

Sprache. Sie wurde von den anderen Gesellschaftern durchweg positiv aufgenommen und somit verabschiedet.« Edward sah seine Tochter an.

»Die Gesellschafter billigten, dass eine Frau oberste Chefin von Deravenels werden kann?«, entfuhr es Bess verblüfft. »Ich kann es kaum fassen!«

»Nun, die Zeiten haben sich geändert. Im Jahre 1926 dürfen die Männer die Augen vor der fortschreitenden Emanzipation nicht mehr verschließen, oder sehe ich das falsch? Wie dem auch sei, sollten ich oder deine Brüder sterben oder aus irgendeinem Grund unfähig sein, das Unternehemen zu führen, würdest du automatisch als meine Haupterbin eingesetzt. Mit anderen Worten, du als meine älteste Tochter würdest alles erben, einschließlich Deravenels. Ausgenommen natürlich die Treuhandkonten, die ich für deine Schwestern und für deine Mutter eingerichtet habe. Grace Rose ist ebenfalls versorgt. Und du selbstverständlich auch, dieses Konto bleibt von der Neuregelung unberücksichtigt.«

Für Augenblicke war Bess sprachlos. Als sie die Tragweite seiner Worte allmählich begriff, rief sie mit bebender Stimme: »Aber du wirst nicht sterben, Papa! Und meine Brüder auch nicht! Bitte rede nicht so viel vom Sterben. Das macht mir Angst.«

»Ich weiß, aber wir müssen vorausschauend und unternehmerisch denken, dafür steht zu viel auf dem Spiel. Ich will und muss den Konzern vor dem Zugriff Dritter schützen. Ich habe ihn zu dem gemacht, was er heute ist. Mir geht es einzig darum, dass Deravenels den Nachkommen der Familie Deravenel erhalten bleibt.«

Er händigte seiner Tochter den Umschlag aus. »Außer den Unternehmensstatuten liegt in dem Kuvert noch ein Scheck über fünftausend Pfund, auf dich ausgestellt. Ich möchte, dass du mit Tante Vicky telefonierst, wenn sie Ende der Woche aus Kent zurückkehrt. Sie wird dich zu ihrer Bank begleiten, wo du ein Konto eröffnest und dir ein Schließfach geben lässt. Der Scheck –«

»Vater, das ist unermesslich viel Geld. Es ist ein Vermögen!«

»Der Scheck ermöglicht es dir, ein Konto zu eröffnen. Es ist wahrlich nicht ausgeschlossen, dass du irgendwann einmal Geld für Notfälle brauchst. Erklär dem Bankier, dass du es festverzinslich anlegen willst, ja?«

Bess nickte stumm. Ihr fehlten die Worte.

»Und in dem Schließfach hebst du den Umschlag mit den Dokumenten auf, verstanden?«

»Ja, Vater.«

»Bitte, lies sie dir später durch.«

»Ja, Vater.«

»Und noch etwas. Präge dir die Zahlenkombination für die Tresore gut ein und wirf den Zettel weg.«

»Ja, Vater.«

Er lächelte. »Kopf hoch, Liebes. Mir wird nichts geschehen, und deinen Brüdern auch nicht. Wir alle haben bestimmt noch ein langes Leben vor uns. Aber du kennst mich ja – ich habe nun einmal gern Ordnung in meinen Angelegenheiten.«

Bess nickte nur, unfähig zu sprechen. Es beunruhigte sie maßlos, wenn ihr Vater von Schicksalsschlägen, tragischen Unfällen und vom Sterben sprach. Eine kurze Gesprächspause schloss sich an, bevor sie schließlich anhob: »Vater, du hast dich zwar rasch von der Bronchitis erholt, trotzdem musst du dich weiterhin schonen. Du willst doch nicht etwa schon morgen wieder ins Büro, oder?«

»So unvorsichtig bin nicht einmal ich. Nein, ich werde Dr. Lessings Rat befolgen, im Bett bleiben und es mir mit Hustensaft und Kräuterbalsam gemütlich machen.« Edward lehnte sich gegen die aufgeschüttelten Kopfkissen. Er zog es bei Bronchitis vor, aufrecht im Bett zu sitzen – weil das nach seiner Erfahrung den Hustenreiz linderte.

Bess erhob sich, nahm das dicke Kuvert und ging damit zum Tresor zurück. »Ich schließe es besser wieder weg, bis ich ein Schließfach bei der Bank eingerichtet habe.«

»Die Idee ist vernünftig, mein Kind.«

Sie kehrte zu seinem Bett zurück und musterte ihren Vater lächelnd, ihre bedrückte Stimmung unversehens wie fortgeblasen. »Ich gehe jetzt nach unten und bespreche mich mit der Köchin, Vater. Hast du einen besonderen Wunsch, was du zum Abendessen möchtest?«

»Ich hab keinen sonderlichen Appetit, Bess. Irgendetwas Leichtes.« Er sank vor die Kissen. »Ich bin ein bisschen müde und möchte schlafen. Weckst du mich in einer Stunde, Liebes?«

»Ja natürlich.« Sie lief aus seinem Schlafzimmer, um in der Küche nach dem Rechten zu sehen.

Edward sah ihr nach. Seine hübsche kleine Tochter hatte sich zu einer bezaubernden jungen Frau entwickelt, dachte er. Sie strahlte von innen heraus, sprühte vor Leben, dass es ihm zuweilen den Atem raubte. Von ihm hatte sie die rotblonden Haare und die schimmernden blauen Augen geerbt. Dabei war sie ihrer Mutter wie aus dem Gesicht geschnitten: eine klassische Schönheit mit feinen Zügen und von gertenschlankem Wuchs. Er war in vieler Hinsicht sehr stolz auf Bess. Sie genoss sein volles Vertrauen, zumal sie häufig für ihn Partei nahm und nicht für Elizabeth. Er hatte das Gefühl, dass Bess ihrer Mutter schon seit Jahren mit einer gehörigen Portion Skepsis begegnete.

Sobald sie die Tür hinter sich zugezogen hatte, schloss Edward die Augen und versuchte sich zu entspannen. Er schlief jedoch nicht. Alles Mögliche drängte in sein Bewusstsein. Sein Bruder George tauchte plötzlich vor seinem geistigen Auge auf. Als hübscher Junge, als attraktiver Mann. Zu jung, um zu sterben … genau wie Neville, sein Cousin und Mentor, den er tief verehrt hatte – auch er viel zu jung verstorben. Der dramatische Unfall auf Ravenscar … lag lange zurück … zwölf Jahre. Sein geliebter Johnny, der gemeinsam mit seinem Bruder Neville am Strand von Ravenscar einen grausigen Tod gefunden hatte. … Edward besann sich auf ihre Jugend in Yorkshire, sie waren dort aufgewachsen, gemeinsam ausgeritten über die weiten Moore. Sie hatten diese Ausritte geliebt, vor allem im Spätsommer, wenn das blühende Heidekraut das Hochland in ein prachtvolles Farbenmeer verwandelte … blau und violett … schimmernde Wogen, gezaust von einer sanften Brise. Die Moore … unvergleichlich … wild, unwegsam und erfüllt von Schweigen und Einsamkeit … er hatte sich dort nie einsam gefühlt … das karge Hochland, das sich bis zum nördlichen Horizont erstreckte, war seine Heimat …

Unvermittelt kreisten seine Gedanken um Amos Finnister. Voriges Jahr, bei seinem Parisbesuch, war Grace Rose sehr besorgt um ihren Freund und Retter gewesen, und folglich hatte er sich Finnister nach seiner Rückkehr in London zur Brust genommen. Auf die Frage, ob ihn etwas belastete, hatte Amos sich spontan seinen Kummer von der Seele geredet. Edward hatte noch seine leise, schuldbewusste Stimme im Ohr. »Es ist wegen Ihres Bruders, Mr George«, hatte er eingeräumt. »Oliveri und ich … nun, wir fühlen uns in gewisser Weise schuldig an seinem Tod, Sir. Wir waren nämlich diejenigen, die im Beisein von Vincent Martell diesen schicksalsträchtigen Ausspruch erwähnten, müssen Sie wissen … *Wer erlöst mich von diesem unsäglichen Pharisäer?*, so oder so ähnlich formulierte es König Heinrich seinerzeit in Bezug auf Thomas Becket. Worauf seine Häscher Thomas Becket in der Kathedrale meuchelten. Seitdem sind Oliveri und ich davon überzeugt, dass Vincent die Keile an den Fässern gelöst hat. Er hat es … indirekt sogar anklingen lassen. Das hatten wir mit unserer Äußerung zwar nie bezweckt, aber womöglich hat er es sogar als Wink verstanden. Und jetzt fühlen wir uns zwangsläufig mitverantwortlich am Tod Ihres Bruders.«

Edward hatte Amos an jenem Tag versichert, dass er weder ihm noch Oliveri einen Vorwurf mache und dass sein Bruder sich alles selbst zuzuschreiben habe. Später hatte Amos eingeräumt, dass Vincent Martell George abgrundtief gehasst habe, weil er Edward aufs Übelste verleumdete. Das alles ließe sich natürlich niemals beweisen, aber daran war Edward auch nicht gelegen. Vincent litt an einer unheilbaren Krebserkrankung und würde ohnehin über kurz oder lang sterben.

Wenn einer die Schuld trägt, dann ich, dachte er. Ich habe viel zu lange die Zügel schleifen lassen … ich hätte George viel eher an die Kandare nehmen müssen und nicht ständig beide Augen zudrücken dürfen. Wenn ich ihn an der kurzen Leine geführt hätte, würde er vielleicht noch leben … Mama hat mir jedoch fortwährend damit in den Ohren gelegen, ich solle Nachsicht üben, George helfen, ihm vergeben und vergessen. Seine Mutter hatte ihm noch nicht verziehen … sie hielt ihn weiterhin für einen Mörder … »Du hast meinen Sohn auf dem Gewissen«, hatte sie ihm eiskalt an den Kopf geschleudert … Und ihm brannte die Retourkutsche auf den Lippen: »Ich bin genauso dein Sohn wie er.« Er hatte es nicht laut gesagt, aber manchmal … so wie jetzt … wünschte er sich, er hätte es getan.

* * *

Unten in der Bibliothek saß Bess am Schreibtisch ihres Vaters und telefonierte mit Will Hasling: »Vater geht es besser, wirklich, Onkel Will. Glaub mir, ich sage die Wahrheit.«

Will, der kritisch auf ihren Wortlaut hörte, erwiderte: »Ich wollte nur sichergehen, dass alles in Ordnung ist. Wir fahren heute Abend zurück in die Stadt. Wenn du mich brauchst, erreichst du mich unter meiner Londoner Nummer.«

»Gut, danke, Onkel Will.«

»Ach, und Bess, da wäre noch eine Sache. Hast du deine

Mutter informiert, dass die Erkältung deines Vaters sich wieder zu einer Bronchitis ausgeweitet hat?«

Bess umkrampfte den Hörer und zog die Stirn in Falten. »Nein, Vater hat mich nicht darum gebeten. Meinst du, ich sollte sie trotzdem anrufen?«

»Nein, nein, das ist sicher nicht notwendig«, gab Will zu. »Wenn es deinem Vater heute schon wieder bessergeht, dann ist er bestimmt bald über den Berg.« Unvermittelt beschlich ihn wieder jenes unbehagliche Gefühl, eine dunkle Ahnung, wie er sie bereits am Freitag verspürt hatte. Er beschloss, Anthony Wyland in Rom anzurufen. Er fühlte, dass es notwendig war, ihn und Elizabeth auf den Stand der Dinge zu bringen.

»Onkel Will, bist du noch dran?«, wollte Bess eben wissen.

»Ja sicher, Bess. Bestell deinem Vater herzliche Grüße von mir und richte ihm aus, dass ich morgen vorbeischaue.«

Bess legte auf und starrte eine lange Weile versunken auf das Telefon. Stand es etwa schlimmer um ihren Vater, als er zugab?, sann sie deprimiert. Wieso hätte Will sie sonst gefragt, ob sie ihre Mutter in Rom angerufen hatte? Verschwieg er ihr irgendwas? War ihr Vater ernsthaft krank, und sie wusste nichts davon? Andererseits war Will sein bester Freund und seine rechte Hand im Unternehmen und womöglich deshalb übertrieben besorgt.

Bess lief aus der Bibliothek und zurück nach oben; sie stürmte durch den Gang zum väterlichen Schlafzimmer, klopfte kurz und trat unaufgefordert ein. Zu ihrem Erstaunen saß er aufrecht im Bett.

»Ich wollte dich wecken, Vater«, sagte sie, unversehens von einer Welle grenzenloser Erleichterung durchflutet, »aber du bist ja schon wach.«

Ein Lächeln umspielte seine Mundwinkel. »Was hat die Köchin denn Schönes für mich gekocht?«

»Hühnerbouillon mit Nudeln, gegrillte Seezunge in Petersiliensauce mit Kartoffelbrei. Klingt doch verlockend, oder?«

»Nicht besonders. Hört sich eher nach einem Menü für einen Kranken an.«

»Wenn es dir recht ist, esse ich hier oben mit dir, Papa. Ich hole uns rasch ein Tablett.«

»Ja, mach das, mein Kind.«

* * *

Edward wurde mitten in der Nacht wach. Er hatte das Gefühl, als umklammerten eiserne Fesseln seine Brust. Der Schmerz war schier unerträglich. Er versuchte sich zu bewegen und sich im Bett aufzurichten; es gelang ihm nicht. Mit Mühe konnte er sich auf die Seite wälzen, was ihm etwas Erleichterung verschaffte. Seine linke Körperhälfte schmerzte. Und plötzlich war er wieder da, jener grässlich brennende Schmerz in seinem ganzen Brustkorb, der ihm den Atem nahm. Das liegt an der schweren Erkältung, beschwichtigte er sich.

Eine leise Stimme in seinem Kopf mahnte, dass dies nicht die Bronchitis war, sondern etwas anderes, Schlimmeres. Ein Herzinfarkt? Er hätte es nicht zu sagen vermocht.

Er lag ganz still und bemühte sich, gleichmäßig zu atmen, bis der Schmerz allmählich nachließ und endlich ganz verebbte. Seine linke Seite tat zwar immer noch weh, aber wenn er sich nicht bewegte, war es auszuhalten. Irgendwann fiel er in einen unruhigen Schlaf.

In seinen Träumen erwartete ihn Lily Overton, seine wunderbare Lily, die Frau, die er als junger Mann so sehr geliebt hatte …

39

Bess saß in der Bibliothek, wo sie angespannt auf Dr. Avery Ince wartete, ihren Londoner Hausarzt. Er war schon eine ganze Weile oben bei ihrem Vater, und allmählich begann sie sich ernsthaft Sorgen zu machen. Wieso dauerte die Visite bloß so lange?

Kurz darauf vernahm sie Schritte, die die marmorgeflieste Halle durchquerten. Sie sprang auf und lief zur Tür. »Wie geht es ihm, Dr. Ince?« Bedrücktheit malte sich auf ihrer Miene.

»Kommen Sie, setzen wir uns für einen Augenblick in die Bibliothek, Bess«, schlug der Mediziner vor und schob sie zurück ins Zimmer. Er kannte sie von klein auf und bewunderte sie seit zwei, drei Jahren: Sie schlug ganz nach ihrem Vater.

»Geht es Papa schon besser?« Sie setzte sich, rutschte aber nervös auf der Stuhlkante herum.

»Nein, sein Zustand ist leider unverändert«, antwortete Dr. Ince, der ebenfalls Platz nahm. »Zudem wirkt er heute Morgen sehr erschöpft auf mich.«

»Gestern Nachmittag bat Vater mich, ein paar seiner Freunde anzurufen. Sie kamen zum Tee«, erklärte Bess. »Vielleicht hat ihn dieser Besuch ein wenig überanstrengt.« Sie lehnte sich zurück, unschlüssig, ob sie dem Arzt beichten sollte, dass gestern Abend dann auch noch Alfredo Oliveri, Amos Finnister und Onkel Will gekommen und stundenlang bei ihrem Vater geblieben waren.

»Ab jetzt bitte keine weiteren Besucher mehr, Bess«, ermahnte sie der Arzt. »Ihr Vater braucht absolute Ruhe. Und bitte, sorgen Sie dafür, dass er regelmäßig das schleimlösende Medikament einnimmt, das ich ihm verschrieben habe. Damit er das zähe Sekret abhustet, das sich in seiner Lunge gebildet hat.« Dr. Ince erhob sich, nahm seine Tasche vom Boden und schritt zur Tür.

Bess folgte ihm. »Kommen Sie morgen wieder zur Visite, Doktor?«

»Ja, ich schaue am späten Vormittag bei Ihnen vorbei. Ach, da fällt mir ein, wann erwarten Sie eigentlich Ihre Mutter aus Rom zurück?«

»Morgen. Onkel Will hat mit Onkel Anthony telefoniert. Er begleitet Mutter und hat die gesamten Formalitäten für die Rückreise erledigt.«

»Ausgezeichnet.« Er schenkte ihr ein warmherziges Lächeln, ehe er begütigend hinzusetzte: »Grämen Sie sich nicht, Bess, wir bekommen Ihren Vater schon wieder auf die Beine. In ein paar Tagen ist er wieder ganz der Alte. Sorgen Sie dafür, dass er viel trinkt, ja?«

»Selbstverständlich, Dr. Ince«, antwortete sie. »Auf Wiedersehen, Dr. Ince.« Sie schloss die Haustür ab und lief durch die Empfangshalle in den Frühstücksraum. Dort saßen Will, Grace Rose und Jane Shaw. Heute war Mittwoch, und Mallet hatte seinen freien Tag. Sonst hätte Jane sie unmöglich besuchen können.

»Was hat der Doktor gesagt?«, bestürmte Jane die junge Frau, kaum dass sie eintrat. Sie sah blass aus und tief besorgt.

»Dass Vaters Zustand unverändert ist und dass er sich überanstrengt hat.« Bess schüttelte ungehalten den Kopf. »Das liegt zweifellos daran, dass er gestern Gäste hatte. Dabei hat er sich so über Vickys und Fenellas Besuch gefreut.«

Will räusperte sich. »Dieses Mal hat es deinen Vater arg erwischt, Bess. Er muss diese Bronchitis schleunigst auskurieren. Sorg dafür, dass er im Bett bleibt. Er braucht unbedingt Ruhe. Er sprach sogar davon, dass er nächste Woche wieder ins Büro kommen will, aber das halte ich für sehr unklug.«

»Ich auch.« Jane erhob sich. »Kann ich jetzt zu ihm gehen?«

Vorsichtig lächelnd fügte sie hinzu: »Bess, Sie können sich sicher vorstellen, dass ich mir ein bisschen … merkwürdig vorkomme … hier in diesem Haus.«

»Natürlich. Und natürlich können Sie ihn sehen. Kommen Sie!« Bess geleitete sie über die Treppe nach oben.

Kurz darauf kehrte sie in die Bibliothek zurück und setzte sich neben ihre Halbschwester. »Vater möchte, dass du in einer Viertelstunde zu ihm hochkommst, Grace Rose. Er freut sich auf deinen Besuch.«

»Ich freue mich auch.« Grace Rose nickte bekräftigend und räusperte sich. »Wäre Onkel Edward in einem Krankenhaus nicht besser aufgehoben?« Sie blickte mit fragenden Augen von Will zu Bess.

»Wir haben dieses Thema ausgiebig mit Dr. Ince diskutiert«, antwortete Will. »Edward will nichts davon wissen, und der Arzt mag ihn zu nichts zwingen. Er scheint den Standpunkt zu vertreten, dass er hier medizinisch ebenso gut versorgt wird wie in der Privatklinik, die ich empfohlen hatte.«

»Tja dann …« Grace seufzte schwer. »Dr. Ince ist sehr kompetent – er ist auch unser Hausarzt. Ich schätze, er weiß, was er tut.« Trotzdem war sie der Überzeugung, dass ihr Vater in ein Krankenhaus gehörte, einerlei, ob er sich dagegen sträubte. Er war und blieb ein Dickkopf, der seinen Willen für gewöhnlich durchsetzte; aber dieses Mal war sein Zustand wahrlich besorgniserregend.

»Der Arzt fragte, wann Mutter heimkehrt. Ich hab ihm gesagt, dass wir sie morgen zurückerwarten. Das stimmt doch, oder, Onkel Will?«

»Laut Auskunft deines Onkels dürfen wir sie am Donnerstagnachmittag zurückerwarten.«

Bess bedachte Will mit einem vielsagenden Blick. »Hoffentlich provoziert sie ihn nicht wieder, so dass er einen Rückfall erleidet. Sie schafft es regelmäßig, Papa auf die Palme zu bringen.«

Wie wahr, dachte Hasling und schwieg.

Grace Rose dachte sich ihren Teil. Auch sie hatte miterlebt, wie Elizabeth ihre schlechte Laune an Onkel Edward ausließ. Sie erhob sich rasch und murmelte: »Ich gehe jetzt zu ihm.«

* * *

Endlich herrschte wieder Ruhe im Haus. Friedvolle Stille ringsum.

Bess' Mutter war noch am selben Nachmittag eingetroffen, einen Tag früher als erwartet, und für eine kurze Weile hatte Chaos geherrscht. Hocherhobenen Hauptes hatte Elizabeth das Haus betreten: die Eiskönigin, eine kühle, kontrollierte Schönheit, gefolgt von Cecily, Edward junior und dem kleinen Richard, im Schlepptau Miss Coleman, die neue Gouvernante, und Elsie, Elizabeths Zofe. Hinter ihnen hatten sich Onkel Anthony, der Laufbursche Flon, die drei Hausmädchen und der neue Unterbutler Jackson mit dem Gepäck abgemüht.

Ohne Bess zu begrüßen, war ihre Mutter an ihr vorbei nach oben gerauscht und im Krankenzimmer ihres Vaters verschwunden. Geräuschvoll war die Tür hinter ihr ins Schloss geschnappt.

Bess ärgerte sich, dass ihre Mutter nicht die geringste Notiz von ihr nahm. Es blieb ihr überlassen, sich um ihre Geschwister zu kümmern und Onkel Anthony einen detaillierten Bericht über die Krankheit und den Genesungsverlauf ihres Vaters zu liefern.

Während sie ihrem Onkel eine Tasse Tee einschenkte und dafür sorgte, dass ihre beiden Brüder und ihre Schwester ein Glas Milch und Vollkornkekse bekamen, sandte sie ein stummes Dankgebet zum Himmel, dass ihre Familie nicht zwei Stunden früher hereingeschneit war.

Dann hätte man sie nämlich alle auf frischer Tat ertappt – sie, Grace Rose, ihren Vater und Onkel Will –, wie sie mit Jane

Shaw zum Mittag einen kleinen Imbiss aus Lachsschnittchen und einem Glas Weißwein eingenommen hatten. Diese Entdeckung wäre in eine Katastrophe gemündet und mit Sicherheit der Anfang vom Ende der Ehe ihrer Eltern gewesen. Doch Jane, immer so wohlerzogen und taktvoll, hatte sich in dem Haus am Berkeley Square sichtlich unwohl gefühlt und war nach einem kurzen Lunch rasch aufgebrochen, zu ihrer aller Glück.

Nach einer halben Stunde war ihre Mutter völlig aufgelöst wieder nach unten in den Salon gekommen und hatte Bess endlich mit einem Kuss auf die Wange begrüßt. Ihren kranken Ehemann erwähnte sie mit keinem Wort. Als ihr Bruder Anthony Fragen stellte, hatte Elizabeth ihn mit einem ärgerlichen Blick gestraft und geknurrt: »Jetzt nicht, darüber können wir später noch sprechen.«

Ihre Schwester Cecily hatte sich schließlich ein Herz gefasst und darum gebeten, ihren Vater besuchen zu dürfen. Ihre Brüder Edward und Richard hatten sich diesem Wunsch angeschlossen. Bess durfte sie nach längerem Hin und Her nach oben ins Krankenzimmer begleiten.

Sie ließ den Nachmittag noch einmal vor ihrem inneren Auge vorüberziehen und seufzte. Der Besuch war gewiss anstrengend für ihren Papa gewesen, obwohl er ihnen nach außen hin gute Laune vorgespielt hatte.

Kleine Rabauken, die sie waren, gingen seine Söhne für gewöhnlich über Tische und Bänke. An diesem Nachmittag jedoch hatten sie sich gut benommen und ihr Temperament sichtlich gezügelt. Möglich, dass sie auch ein bisschen erschrocken waren, ihren sonst so vitalen Vater krank ans Bett gefesselt zu sehen.

Ihre beiden Brüder und Cecily hatten sich reizend und liebevoll um ihn gekümmert, und als ihr Vater sich nach seinen anderen Töchtern erkundigte, hatte Bess sofort gedacht, dass sie nun besser zur Familie heimkehren sollten, jetzt nachdem ihre Mutter wieder da war.

»Sie sind mit Nanny in Kent«, hatte sie ihn erinnert. Nach einem gedankenvollen Nicken hatte er seine älteste Tochter darum gebeten, Broadbent auszurichten, er möge sie gleich am nächsten Morgen aus Kent nach London zurückholen. Darauf hatten sich seine Lippen zu jenem unvergleichlich charmanten Lächeln verzogen – unwiderstehlich wie kein zweites auf der ganzen Welt.

* * *

Bess schrak aus dem Schlaf.

Sie setzte sich auf, schaute sich verwirrt um und merkte, dass sie in der Bibliothek, im Sessel hinter dem väterlichen Schreibtisch, eingenickt war. Sie blinzelte zu der Kaminuhr auf dem Marmorsockel. Es war fast zehn. Unverhofft fühlte sie ein seltsames Unbehagen und lief, getrieben von einer unerklärbaren Furcht, aus dem Zimmer, flog förmlich die Stufen hinauf und verharrte vor der Schlafzimmertür ihres Vaters. Alles war ruhig. Nach einem kurzen Moment öffnete sie die Tür und glitt hinein, durchquerte das Zimmer. Die Nachttischlampe brannte, und er wandte den Kopf zu ihr und sah sie an. Wie blau seine Augen heute Abend leuchteten, war das Erste, was sie dachte, viel intensiver als sonst.

»Hallo, mein Schatz.«

»Papa, brauchst du noch irgendwas?«

»Will … Will soll herkommen.«

»Jetzt, Papa?«

»Ja.«

Bess ging zum Telefon und wählte Will Haslings Nummer. Sobald sie seine Stimme hörte, raunte sie gedämpft in den Hörer: »Onkel Will, hier ist Bess. Mein Vater möchte dich sehen. Kannst du gleich herkommen?«

»Natürlich, ich fahre sofort los. Ist denn irgendetwas?«

»Ich … ich … keine Ahnung. Ich gehe rasch nach unten

und erwarte dich an der Haustür, damit wir … niemanden aufwecken.«

»In Ordnung.«

Nachdem sie den Hörer aufgelegt hatte, trat sie erneut an das Bett ihres Vaters. »Er kommt, Papa.«

Edward nickte. »Schließ die Tür ab.« Er deutete auf die Verbindungstür.

»Die Tür zum Schlafzimmer nebenan?«

»Ja.«

Bess lief in das Ankleidezimmer und schloss geräuschlos die Tür ab, die zum Schlafzimmer ihrer Mutter führte.

»Schon erledigt. Ich gehe jetzt nach unten, Vater«, erklärte sie bei ihrer Rückkehr. »Ich warte an der Tür auf Onkel Will. Ich möchte nicht, dass er klingelt und mit dem Lärm womöglich das ganze Haus aufweckt.«

»Ja, mach das, mein Schatz.«

40

Jackson, der Unterbutler, hatte bereits zugesperrt, und Bess musste sämtliche Riegel zurückschieben und die Haustür wieder aufschließen. Sie brauchte nicht lange zu warten.

Nach kaum einer Viertelstunde hörte sie das Brummen eines Motors, das Schlagen einer Autotür, leise Stimmen, näher kommende Schritte.

Sie öffnete die Tür einen Spaltbreit, zog Will ins Innere und schloss hinter ihm ab.

»Das ganze Haus schläft tief und fest. Vater wollte niemanden aufwecken. Die Jungen und Cecily waren hundemüde nach der langen Reise«, erklärte das Mädchen.

Will nickte. »Wie geht es ihm?«

»Vaters Zustand ist unverändert, und er ist sehr still. Als Mutter und ich nach dem Abendessen eine Weile bei ihm saßen, wirkte er ziemlich … apathisch. Als wäre er ganz weit weg mit seinen Gedanken. Zumindest fand ich das. Als ich eben bei ihm hereinschaute, war er zugänglicher. Er bat mich dich anzurufen, damit du herkommst.«

»Ich nehme an, zwischen deinen Eltern ist alles in Ordnung, hmm? Nach Elizabeths Rückkehr ist nichts Ungewöhnliches vorgefallen, oder?«

»Nicht dass ich wüsste, Onkel Will. Mutter ist gleich nach ihrer Rückkehr nach oben zu Vater gegangen. Als sie zum Tee herunterkam, war sie zwar sehr einsilbig, aber später hat sie mir Löcher in den Bauch gefragt. Dabei weinte sie und war völlig aufgelöst wegen Vater. Ich hab ihr geraten, sich ein Weilchen hinzulegen. Beim Abendessen wirkte sie wieder ein bisschen gefasster.«

Will sagte nichts; schweigend hakte er sich bei Bess unter, bevor sie zusammen nach oben gingen.

»Da bin ich, Edward.« Will Hasling trat an das Krankenbett und inspizierte skeptisch seinen Freund. Hatte er einen Rückfall erlitten oder sich vielleicht zu sehr aufgeregt? Zu seiner tiefen Erleichterung konnte er jedoch nichts Ungewöhnliches feststellen. Wahrscheinlich hatte Elizabeth ihn nach ihrer Rückkehr aus Rom wieder mit irgendetwas verärgert.

»Danke, dass du hergekommen bist, Will«, murmelte Edward. »Hilfst du mir, dass ich mich aufsetzen kann?«

Will schob ihm behutsam die Kissen in den Rücken und setzte sich auf einen Stuhl neben das Krankenbett.

Bess, die im Türrahmen lehnte, räusperte sich verlegen. »Ich lasse euch jetzt allein, Papa.«

»Nein, nein, du brauchst nicht zu gehen, Bess.« Edward deutete mit einer müden Geste seiner Hand zu der Sitzecke am anderen Ende des Zimmers. »Setz dich ruhig dorthin, während ich mich mit Will unterhalte.«

Bess gehorchte.

Eine längere Pause schloss sich an. Will sprach als Erster. »Von Anthony erfuhr ich, dass sie einen Tag früher zurückgekehrt sind. Und dass alle wohlauf sind.«

Ein schwaches Lächeln flog über Edwards Züge. »Ja, man hätte *uns*, wie Bess es ausdrückt, um ein Haar erwischt, was?«

Will lachte. »Da stimme ich ihr zu.«

»Elizabeth ist außer sich vor Sorge«, räumte Edward ein. »Sie hat mir einen Vorschlag gemacht, den ich mit dir diskutieren möchte. Sie will, dass ich drei Monate Ferien von Deravenels mache und eine Schiffsreise nach New York buche. Sie meint, die Reise würde mir bestimmt gut bekommen – wegen der Seeluft und so weiter. Um mir das Ganze noch schmackhafter zu machen, wies sie mich darauf hin, dass wir Büros in New York und Bohrtürme in Louisiana unterhalten. Was hältst du von ihrem Vorschlag?«

»Endlich mal eine gute Idee von ihr. Ich finde den Plan ausgezeichnet. Macht das.«

»Übernimmst du während meiner Abwesenheit die kommissarische Geschäftsführung im Konzern?«

»Selbstverständlich, das weißt du doch.«

»Wann erwarten wir Richard aus Persien zurück?«

»Nicht vor nächster Woche. Er wollte deinen Rat beherzigen und nach der Inspektion der Ölfelder nach Konstantinopel weiterreisen. Anne ist bei ihm. Er möchte ihr einen kleinen Erholungsurlaub gönnen. Ihr geht es wohl nicht besonders gut.«

Edward seufzte. »Sie war immer sehr anfällig. Wie ihre verstorbene Schwester Isabel hat sie eine schwache Konstitution geerbt. Merkwürdig, nicht? Nevilles Töchter sind übermäßig empfindlich, wo ihr Vater sich so einer robusten Gesundheit erfreute.«

»Stimmt.«

Unvermittelt blitzten Edwards Augen vor Vorfreude. »Ich kann es kaum erwarten, meine kleinen Hübschen morgen wiederzusehen. Sie kommen mit ihrem Kindermädchen aus Kent zurück.« Er blickte von Bess, die auf dem Sofa neben dem Kamin saß, zu seinem Freund. »Meine Tochter hat sich fabelhaft verhalten. Sie kümmert sich seit Tagen rührend um mich und liest mir jeden Wunsch von den Augen ab. Ich glaube, ich sollte der Anregung von Dr. Ince folgen und eine Krankenschwester einstellen. Das kann ich Bess nicht dauernd zumuten. Aber da ist noch etwas –« Er stockte, sah Will eindringlich an und schwieg.

»Was denn?«

»Nun ja, ich möchte dich um deine Einschätzung bitten. Ich hab dir bislang nicht erzählt, dass ich im vorigen Jahr ein Gespräch unter vier Augen mit Finnister geführt habe ... über die Umstände, unter denen George starb. Grace Rose hatte mich darauf gebracht, weil er derart niedergeschlagen wirkte. Als ich ihn gezielt darauf ansprach, räumte er ein, dass er und Oliveri sich schuldig am Tod meines Bruders fühlen. Er führte aus, dass sie im Beisein von Vincent Martell über ein makabres Zitat geflachst hätten und mittlerweile annehmen müssten, dass Martell die Keile unter den Fässern lockerte.«

»Er hat Martell unterstellt, dass er bewusst eine Situation herbeiführte, bei der George zu Tode kam?«

»Ja, das hat er in der Tat.«

»Aber Edward, wenn das stimmt, dann wäre es ein heimtückisch geplanter Mord!«

»Das weiß ich … heimlich hatte ich das seit längerem befürchtet. Ich habe es gedreht und gewendet, mir das Hirn zermartert, ob es Mord an meinem Bruder war. Die Frage lässt mich nachts nicht mehr schlafen. Will, was meinst du? Wurde George ermordet?«

Vermutlich lag Finnister völlig richtig, überlegte Will, und Martell hatte die Tat tatsächlich begangen, weil er es nicht mehr mitanhören mochte, wie George fortwährend über seinen Bruder herzog. Andererseits gab es dafür keinerlei Beweis, und er durfte Edward nicht unnötig aufregen. Es lag ihm daran, die Sache zu einem Ende zu bringen, und er log: »Ich kann mir nicht vorstellen, dass das stimmt, nein, auf gar keinen Fall. Überleg doch mal, weshalb sollte Martell George umbringen? Sicher, dein Bruder neigte dazu, kein gutes Haar an dir zu lassen. Als pragmatischer Mensch hätte Martell jedoch nicht viel um derart unhaltbare Anschuldigungen gegeben und das Geschwätz deines Bruders einfach überhört.«

»Da bin ich mir nicht so sicher …«

Will neigte sich über den Kranken und murmelte tonlos: »Edward, du glaubst doch nicht etwa, dass Martell Hunderte von Fässern edlen Beaujolais geopfert hätte, nur um damit deinen Bruder ins Jenseits zu befördern? Wie ich schon sagte, er ist ein durch und durch praktisch denkender Mensch, der sich mit Leib und Seele seiner Arbeit und dem Weingut verschrieben hat.«

Um Edwards Mundwinkel zuckte ein kaum merkliches Lächeln, und er nickte. Kurz darauf gab er zu bedenken: »Aber abgrundtiefer Hass kann das beste Urteilsvermögen trüben.«

»Möglich, aber jetzt denk nicht mehr an Martell. Schlag dir Amos' Verdacht aus dem Kopf und sei vernünftig. George ist tot, und man kann die Toten nicht wieder lebendig machen. Bewahr ihm ein ehrendes Andenken, das ist besser für deinen Seelenfrieden.«

»Du hast wie immer recht ... Du warst mir in all den Jahren ein verlässlicher Freund und ein kompetenter Berater. Was hätte ich bloß ohne dich getan, Will?«

* * *

In dieser Nacht fand Bess keinen Schlaf. Sie stand mehrmals auf und schaute nach ihrem Vater. Er schien jedoch friedlich zu schlummern.

Als sie gegen drei Uhr morgens ein weiteres Mal nach unten schlich, schlief ihr Vater tief und fest. Nach der Rückkehr in ihr Schlafzimmer nickte auch Bess schließlich ein. Einige Zeit später, es dämmerte bereits, und das erste Tageslicht strömte durch die Vorhänge, schrak das junge Mädchen aus dem Schlaf hoch. Sie setzte sich auf, knipste die Nachttischlampe an und blinzelte zur Uhr: fast fünf. Mit einem mulmigen Gefühl in der Magengegend schlüpfte sie in Morgenmantel und Hausschuhe. Intuitiv wusste sie, dass ihr Vater sie brauchte.

Tief bestürzt gewahrte sie sein eingefallenes Gesicht. Dunkle Ringe malten sich unter seinen Augen, seine Wangen waren bleich wie ein Leichentuch. Um seinen Mund hatten sich tiefe Falten gegraben. Seine Hände, die auf dem Laken ruhten, zitterten unkontrolliert. Ihr Herz krampfte sich angstvoll zusammen.

Sie kniete sich neben sein Bett, fasste seine Hand und flüsterte: »Papa, ich bin's, Bess. Ich bin bei dir.«

Eine ganze Weile reagierte er nicht, dann schlug er unvermittelt die Augen auf. Sie lagen tief eingesunken in ihren Höhlen und waren rot geädert. Er sagte nichts, verstärkte lediglich den Druck auf ihre Hand.

Bess wiederholte: »Papa, ich bin's. Ich bin hier, um dir zu helfen. Ich bin's, Bess.«

»Es tut mir so leid, so unendlich leid, Bess.«

Er war bei Bewusstsein und erkannte sie wieder, realisierte das Mädchen. »Dir muss nichts leidtun, Papa«, flüsterte sie, derweil sie ihren Blick beschwörend auf seine trüben Augen heftete. »Du bist bald wieder gesund, glaub mir.«

»Verzeiht mir … ich möchte euch wahrlich noch nicht verlassen …«

»Bitte, Vater, sag so etwas nicht. Da gibt es nichts zu verzeihen. Und du darfst uns nicht verlassen, wir lieben dich doch so sehr.« Tränen traten in ihre Augen, rollten über ihre Wangen, fielen auf ihre ineinander verschränkten Finger. »O Papa, bitte versuch zu kämpfen.«

»Ich bin so müde … die Schmerzen in meinem Brustkorb …«

Unvermittelt war er hellwach. Seine blauen Augen blitzten wie früher. Und er sagte mit ruhiger, gefasster Stimme: »Ich verlasse mich voll und ganz auf dich, meine brave Bess. Kümmere dich um alle …« Er lächelte sein unvergleichliches Lächeln, das ihr zeitlebens im Gedächtnis bleiben würde.

Bess legte ihre Wange auf seine Brust, schlang die Arme um seine Schultern und schmiegte sich an ihn. Überwältigt von ihrem tiefen Kummer, hielt sie ihn ganz fest.

Kurz darauf vernahm sie ein leises Rascheln und hob den Kopf. Ihre Mutter stand im Morgenrock an der Tür und starrte sie an. »Bess«, sagte sie mit bebender Stimme. Und dann noch einmal: »Bess …«

»Er ist tot«, flüsterte Bess mit tränenerstickter Stimme. »Mein Vater ist tot.«

Elizabeth wankte unsicher zu seinem Bett, als wollten ihre Füße ihr nicht gehorchen. Vor Angst war ihr Gesicht erstarrt, ihre Augen mit Tränen gefüllt.

Am Freitag, dem 9. April 1926 – nur neunzehn Tage vor seinem einundvierzigsten Geburtstag am 28. April –, war Edward Deravenel einem schweren Herzinfarkt erlegen.

* * *

Drei Söhne hatte sie hier auf Ravenscar beerdigt. Erst Edmund, dann George und jetzt Edward.

Es war Dienstag, der 13. April 1926, und Cecily Deravenel verfolgte mit demütig gesenktem Kopf, wie der Sarg ins Grab hinuntergelassen wurde. Einmal mehr zerriss es ihr das Herz, und die sonst so kontrollierte alte Dame ließ ihren Tränen freien Lauf.

Ihr geliebter Edward war für immer von ihr gegangen. Von ihren Söhnen lebte nur noch der jüngste – Richard. Er weilte nicht unter den Trauergästen, sondern in der Türkei, am Krankenbett seiner Frau. Er musste am Boden zerstört sein über Edwards Tod. Richard hatte an seinem älteren Bruder mit abgöttischer Liebe gehangen.

Im Nachhinein wünschte Cecily sich sehnlich, sie hätte ihrem Ältesten nie die Schuld an Georges Tod gegeben. Wäre sie wenigstens so gescheit gewesen einzulenken und ihr vorschnelles Urteil zurückzunehmen! George hatte die Weichen für sein tragisches Schicksal letztendlich selbst gestellt. Aber nie hatten sie ein klärendes Gespräch miteinander geführt, und jetzt war ihr geliebter Edward tot.

Cecily hob den Kopf und blickte zu Elizabeth: auch sie totenblass, ihre vielgerühmte Schönheit von Schmerz und Trauer gezeichnet. Die Sonne schob sich tastend durch die bleigraue Wolkendecke, erhellte die unschuldigen Gesichter der Kinder und ließ ihre rotgoldenen Locken für einen Moment aufleuchten. Cecily, Anne, Katharine, Bridget, Edward junior und der kleine Richard schmiegten sich ängstlich verstört aneinander. An ihren Seiten standen Bess und Grace Rose, die, Schutzengeln gleich, über ihnen Wacht hielten, dabei verzweifelt um ihre eigene Fassung bemüht.

Cecily vernahm ein unterdrücktes Schluchzen. Sie wandte sich zu Will Hasling und fasste begütigend seinen Arm. Er war für sie stets wie ein Sohn gewesen, und sie wünschte, sie könnte ihm in dieser schicksalsschweren Stunde Trost spenden. Neben ihm standen Mr Finnister und Mr Oliveri, ihre Augen wie Wills verräterisch feucht. Seine engsten Weggefährten hatten große Stücke auf Edward gehalten und ihn tief verehrt, stellte die alte Dame im Stillen fest, sonst würden sie ihre schmerzliche Rührung gewiss nicht in der Öffentlichkeit zeigen.

»Asche zu Asche, Staub zu Staub«, intonierte Father O'Connor eben, und als die erste Schaufel Erde mit dumpfer Endgültigkeit auf den Sarg hinunterprasselte, setzte ihr Herz einen Schlag lang aus; sie schwankte, worauf Will stützend den Arm um sie legte. »Die Kinder, diese schutzbedürftigen Kleinen … was soll bloß aus ihnen werden? Ohne ihren liebenden Vater, der sich immer so aufopfernd um sie kümmerte?«, wisperte Cecily ihm zu.

»Ab jetzt werde ich mich um sie kümmern«, versicherte Will mit sanftem Nachdruck in der Stimme. Das tröstete sie; auf Wills Versprechen war Verlass. Er hatte sie noch nie enttäuscht. Ganz bestimmt würde sich letztlich alles finden, und die Dinge würden wieder ins rechte Lot gerückt.

Doch da irrte sie sich. Die Sorgen, die die Welt der Deravenels verändern sollten, begannen eben erst.

41

Was zum Teufel hast du getan, Richard? Was hast du dir bloß dabei gedacht?«, wollte Will Hasling wissen, seine Stimme betont kontrolliert, obwohl er vor Ärger hätte platzen mögen. Er starrte Richard an, nach dem Tod seines Bruders der neue Unternehmenschef bei Deravenels.

Der Angesprochene, der hinter Edwards früherem Schreibtisch in dessen Chefsessel saß, sah auf und erwiderte Wills Blick. »Ich weiß gar nicht, worauf du hinauswillst, Will.«

Will stand auf der Schwelle zwischen den beiden Büroräumen. Edward hatte die Verbindungstür vor einundzwanzig Jahren einbauen lassen, damit sie sich – quasi auf dem kleinen Dienstweg – schneller austauschen konnten.

Er steuerte auf Richards Schreibtisch zu und sagte: »Ich habe gerade erfahren, dass du Anthony Wyland gekündigt hast – fristlos, er ist schon weg.« Seine Augen verengten sich zu Schlitzen. »Weshalb?«

»Als oberster Chef dieses Konzerns bin ich niemandem Rechenschaft schuldig, auch dir nicht. Im Übrigen dürfte auch dir das alte Sprichwort geläufig sein: Neue Besen kehren gut.«

»Ah, und das praktizierst du gerade, was? Tabula rasa, Großreinemachen, Stühlerücken, und dabei wird ein kompetenter, loyaler Manager kurzerhand vor die Tür gesetzt. Anthony Wyland arbeitet seit vielen Jahren hier und hat sich um dieses Unternehmen sehr verdient gemacht. Ich bin, ehrlich gesagt, irritiert, und das ist noch verdammt vorsichtig ausgedrückt.«

»Spar dir die Irritation, Will«, gab Richard kalt zurück. »Gewöhn dich lieber beizeiten daran, dass hier ein neuer Wind weht. Ich trage mich mit einer ganzen Reihe von strukturellen

Veränderungen, die bereits in unmittelbarer Zukunft greifen werden.«

»Lass die Finger von Deravenels, Richard!«, entfuhr es Will. »Dein Bruder hat ein Imperium geschaffen, um das man ihn überall beneidet. Der Laden läuft wie geschmiert. Edward hat ein effizientes und höchst erfolgreiches Unternehmen auf die Beine gestellt. Lass alles, wie es ist. Wenn du versuchst, daran herumzuspielen, wird es dir leidtun.«

»Willst du mir etwa drohen?« Richard biss die Kiefer zusammen und setzte sich kerzengerade auf.

Verdutzt über die arrogante Haltung seines Gegenübers und die Frage an sich, wich Will zurück. Er schüttelte den Kopf. »Red keinen Unsinn, Richard. Natürlich will ich dir nicht drohen. Das war schlicht ein gutgemeinter Rat.«

»Den kannst du für dich behalten. Ich weiß, was ich tue. Schließlich arbeite ich schon eine ganze Weile in der Firma. Oder ist das deiner werten Aufmerksamkeit entgangen?«

»Nein, nein. Aber ich weiß auch, dass du bislang Leiter der nordenglischen Niederlassung von Deravenels warst. Du hast noch nie die weltweite Konzernführung innegehabt – und damit eine weit höhere Verantwortung!«

»Hältst du mich für unfähig, den Konzern weltweit zu führen?«

»Um Himmels willen, nein! Edward hat deine Kompetenz nie angezweifelt, ganz im Gegenteil! Nicht umsonst hat er dich bis zur Volljährigkeit seines ältesten Sohnes kommissarisch als Leiter des Konzerns eingesetzt. Es war ein Zusatz zu seinem Testament, und das akzeptiere ich. Aber um noch einmal auf Anthony zurückzukommen – mir ist einfach schleierhaft, wieso du ihm, einer so erfahrenen Führungskraft, einfach kündigst.«

»Ganz einfach: weil er ein Wyland ist. Ich traue dieser Familie nicht über den Weg. Offen gestanden hab ich nie begriffen, wie mein Bruder ihn überhaupt einstellen konnte.« Richard lachte kurz und trocken. »Falsch formuliert. Natürlich habe ich es begriffen. Er musste Wyland ihretwegen einstellen. Bestimmt hat dieses hinterhältige Biest, Elizabeth, Edward so lange bedrängt, bis er es getan hat. Anders ist es nicht zu erklären.«

»Dazu kann ich nichts sagen. Ich weiß nur, dass Wyland die Abteilung Finanzen ausgezeichnet managt. Willst du dir die Entscheidung nicht doch noch einmal durch den Kopf gehen lassen?«

»Nein, wieso sollte ich? Nur weil du willst, dass ich ihn wieder einstelle? Großer Gott, du überraschst mich, Will. Ich dachte, du würdest die Wylands genauso verabscheuen wie ich. Hast dich wohl auf ihre Seite geschlagen, was?«

»Ich wusste nicht, dass die Wylands eine ›Seite‹ haben«, sagte Will, um Fassung bemüht. »Anthony ist ein herzensguter Kerl, absolut zuverlässig und loyal. Diesem Mann kannst du vertrauen. Edward hat es getan.«

»Wie leichtsinnig von ihm. Nein, meine Entscheidung steht fest.«

Will schüttelte den Kopf, seine Miene unvermittelt sorgenvoll. »Ich kann mir beim besten Willen nicht vorstellen, wer ihn ersetzen soll.«

»Keine Sorge, ich habe schon einen Ersatz gefunden«, versetzte Richard mit einem auftrumpfenden Grinsen.

Will ließ sich seine Verblüffung nicht anmerken. »Und wer soll das sein?«

»Alan Ramsey – er hat bereits seinen Vertrag unterzeichnet und sitzt in Wylands früherem Büro. Du siehst, wenn ich einen Entschluss gefasst habe, setze ich ihn rasch um.«

»Das sehe ich.« Will nickte. »Ramsey ist ein fähiger Kopf.«

»Das brauchst du mir nicht zu sagen. Alan und ich sind seit unserer Kindheit gute Freunde. Ich würde die Hand für ihn ins Feuer legen.«

Will wandte sich zum Gehen.

»Da ist noch etwas, Will«, sagte Richard rasch.

»Ja?« Will blieb stehen, drehte sich halb um und blickte Richard an.

»Mich würde brennend interessieren, weshalb du Edwards Beerdigung so arrangiert hast, dass sie ohne mich stattfand. Gute Güte, mein verstorbener Bruder wurde innerhalb weniger Tage unter die Erde gebracht. Das Begräbnis hätte man doch auch bis zu meiner Rückkehr aus Konstantinopel verschieben können, oder?«

»Es lag bestimmt nicht an mir, das kannst du mir glauben.« Will baute sich vor dem Schreibtisch auf und setzte ruhiger hinzu: »Ich schlage vor, du klärst das mit eurer Mutter. Ja, das wäre nur angemessen. Vermutlich wird sie dich in dem Gespräch wissen lassen, wie sehr es sie getroffen hat, dass du nicht rascher zurückgekehrt bist. Sie fand es unbegreiflich, dass du ihr in diesen traurigen Stunden kein Rückhalt warst. Das weiß ich von Kathleen. Meine Frau erzählte mir überdies, dass eure Mutter tief enttäuscht war, weil keiner von uns – Elizabeth eingeschlossen – es für nötig erachtete, einen Geistlichen an Edwards Krankenbett zu holen. Sie empörte sich darüber, dass er zu seinem Schöpfer zurückgekehrt sei, ohne die Letzte Ölung zu empfangen.«

»Wie das passieren konnte, wüsste ich auch gern.«

»Weil keiner von uns damit rechnete, dass er so kurz vor dem Tod stand, deshalb! Kannst du dir vorstellen, wie Edward reagiert hätte, wenn wir ihm einen Priester gebracht hätten?! Vor allem, nachdem Dr. Ince beteuert hatte, er wäre auf dem Weg der Besserung. Außer Edward wusste niemand, wie es wirklich um seine Gesundheit stand, und er verheimlichte uns die Wahrheit. Wenn du sein Begräbnis also unbedingt noch einmal zum Thema machen musst, dann wende dich an eure Mutter.«

»Danke für den Rat«, gab Richard sarkastisch zurück.

Will hütete sich vor einem weiteren Kommentar, warf einen Blick auf seine Taschenuhr und rief: »Ich bin spät dran.

Ich muss dringend weg. Bin gespannt darauf, Alan Ramsey kennenzulernen.«

»Ich werde es arrangieren.«

Mit einem knappen Nicken glitt Will in sein Büro und schloss die Tür.

An den Türrahmen gelehnt, atmete er tief durch. Er schäumte innerlich vor Wut. Dieser junge Großtuer, dachte er bei sich. Finnisters Charakterisierung passte exakt: Richard war ein arroganter, selbstgefälliger Besserwisser. Machtgierig und übertrieben ehrgeizig. Will schauderte trotz des warmen Junitages. Dieser Mann geht über Leichen, dachte er, wobei es ihm eiskalt den Rücken hinunterlief.

Er trat an den Schreibtisch, griff zum Telefon und wählte Oliveris Durchwahl. Als der Manager abnahm, raunte Hasling leise in den Hörer: »Falls Sie einen Lunchtermin haben, sagen Sie den bitte umgehend ab. Ich muss Sie und Finnister dringend sprechen. Ich gehe schnell in sein Büro und hole ihn ab. Sie stoßen in zehn Minuten zu uns, ist das machbar?«

»Was liegt denn Dringliches an?«, erkundigte sich Alfredo alarmiert.

»Das erkläre ich Ihnen, wenn wir uns sehen.«

»Soll ich uns einen Tisch im Savoy reservieren lassen? Oder im Rules?«

»Weder noch. Das Ritz kommt ebenfalls nicht in Frage.«

»Und was halten Sie von White's, Will?«

»Eine fabelhafte Idee. Ich reserviere uns einen Tisch für ein Uhr.« Will legte auf und lehnte sich in seinem Sessel zurück. Da Richard keine Mitgliedschaft im White's hatte, verkehrte er dort nicht. Es sei denn, er war eingeladen. Eher unwahrscheinlich, denn er hasste das gesellige Clubleben.

Wills Blick glitt prüfend über den Schreibtisch: keine dringlichen Angelegenheiten, nichts, was pressierte. Also brach er kurz entschlossen auf, steuerte durch den Korridor, klopfte bei Finnister an und betrat dessen Büro.

»Amos, ich lade Sie zum Mittagessen ein. Jeder Widerspruch ist zwecklos! Sie begleiten mich zum Lunch ins White's, wo Oliveri zu uns stoßen wird. Falls Sie eine andere Verabredung haben, müssen Sie leider absagen.«

»Aha, Probleme«, konstatierte Finnister geistesgegenwärtig und erhob sich. »Im Übrigen habe ich keine Verabredung.«

»Na dann los, beeilen wir uns.«

Die beiden Kollegen verließen das Firmengebäude und traten hinaus auf die Strand. Draußen schlug ihnen die Schwüle eines heißen Junitages entgegen, weshalb Will nicht lange zögerte und ein Taxi anhielt.

Auf der Fahrt zu seinem Club erkundigte sich Will bei Amos: »Wieso tippten Sie eigentlich gleich auf Probleme, als ich Sie zum Essen einlud?«

»Weil ich Ihnen das anmerken konnte: Ihr Verhalten, die plötzliche Eile. Außerdem weiß ich aus sicherer Quelle, dass Anthony Wyland geschasst wurde. Und ich kannte unseren neuen Boss schon als kleinen Rotzlöffel. Der Bursche hat mich schon damals nicht besonders beeindruckt. Daran hat sich nichts geändert. Er hat nicht das Format seines Bruders, kein Charisma, keine Ausstrahlung. Aber Sie kennen ja das alte Sprichwort: Stille Wasser sind tief, und der Teufel sitzt auf dem Grund.«

42

Heute haben wir den 3. Juni, und Edward Deravenel ist gerade mal sieben Wochen tot«, seufzte Alfredo in die Runde. Er blickte von Will zu Amos. »Der Chef würde sich im Grab umdrehen, wenn er wüsste, dass sein Bruder Leute entlässt. Nach meinem Dafürhalten ist es eine bodenlose Frechheit, was Richard sich da leistet.«

»Leute?«, wiederholte Will mit einem fragenden Blick zu Alfredo. »Ich weiß bisher nur von Anthony Wyland. Wurde noch jemand entlassen? Wenn ja, dann entzieht es sich meiner Kenntnis.«

»Ich dachte, Sie wüssten davon«, versetzte Alfred hastig und zog die Stirn in Falten. »Edgar Phillips hat die Kündigung bekommen. Sicher, er war erst acht Jahre bei uns, aber Edward hielt große Stücke auf ihn. Ein effizienter Manager, wenn Sie mich fragen.«

»Nein, das war mir neu«, knirschte Will. »Was Wyland betrifft, wurde ich genauso wenig informiert. Von seiner Kündigung erfuhr ich über den üblichen Büroklatsch.«

»Richard hat ihn gestern Nachmittag fristlos entlassen. Da waren Sie nicht in der Firma, Will. Wenn ich mich recht entsinne, hatten Sie einen Termin in St. Alban's«, erinnerte ihn Oliveri. »Edgar Phillips bekam vorgestern Abend seine Papiere. Was denken Sie, wer wird der Nächste sein?«

»Der bin höchstwahrscheinlich ich«, stellte Amos fest. »Richard konnte mich noch nie besonders leiden, aber bisher musste er mich zähneknirschend tolerieren. Aber nachdem Mr Edward tot ist, folgert er bestimmt, dass ich hier überflüssig geworden bin –«

»Amos, glauben Sie mir: Dann bekommt er es mit mir zu tun«, sagte Will mit Nachdruck. »Himmel noch mal, Sie sind seit über vierzehn Jahren im Unternehmen beschäftigt. Mr Edward schätzte und bewunderte Sie für Ihre kompetente Mitarbeit und Recherche.«

»Dergleichen interessiert Richard Deravenel nicht die Spur«, antwortete Amos. »Ich kenne den Mann in- und auswendig. Nach außen hin mag er klug und kultiviert erscheinen, aber das sieht nur so aus.«

Sie saßen im White's, dem alteingesessenen Londoner Herrenclub. Der große, gediegen eingerichtete Speiseraum war an diesem warmen Junitag nur spärlich besetzt und verströmte eine angenehm ruhige Atmosphäre. Um das schöne Wetter auszunutzen, verließen etliche Gentlemen nämlich schon am Donnerstagnachmittag ihre Büros und fuhren hinaus auf ihre Landsitze.

Die drei Manager schwiegen gedankenvoll. Wills Gedanken kreisten um Edward, dessen Tod eine so große Lücke gerissen hatte; Oliveri erwog, ob er wohl als Nächster den Hut nehmen müsse; Finnisters Überlegungen konzentrierten sich auf Grace Rose. Als er sie am Vortag zum Nachmittagstee besucht hatte, hatte sie ihm anvertraut, dass es Jane Shaw gar nicht gutgehe und dass sie sich große Sorgen um ihre Freundin mache. Jane leide unter Depressionen, da ihre Trauer um den geliebten Edward ungebrochen sei. Nachts weine sie sich vor Kummer in den Schlaf.

Nachdem der Ober ihre Bestellungen aufgenommen hatte, räusperte Will sich unbehaglich. »Ehrlich gesagt bin ich ziemlich irritiert über Richards heutiges Verhalten. Wie er mit mir umgesprungen ist – kurz angebunden, schroff und kalt, geradezu feindlich. Der Mann entwickelt sich zu einem echten Problem.«

Oliveri musterte seinen Kollegen mit einer Mischung aus Bestürzung und Verblüffung, bevor er mit gedämpfter Stimme zurückgab: »Ich habe das Gefühl, dass er uns allen das Leben schwermachen wird.«

»Wie meinen Sie das?«, wollte Will wissen.

»Er wird mit dem Gedanken spielen, das Unternehmen Deravenels dauerhaft in seinen Besitz zu bringen. Für seinen eigenen Sohn und Erben, für den kleinen Eddie, wie die Großmutter ihn mit Kosenamen nennt. Sie werden sehen, er wird den Konzern, so schnell er kann, an sich reißen, mit allem, was dazugehört.«

»Aber das ist unmöglich«, sagte Will. »In dem testamentarischen Zusatz ist genau fixiert, dass Richard die Konzernführung kommissarisch innehat, bis Edwards Sohn achtzehn ist. Dann wird er unter der Aufsicht seines Onkels in die Geschäfte eingeführt, und mit einundzwanzig übernimmt er die unternehmerische Gesamtverantwortung. Edward setzte Richard zudem als Vormund für seine beiden Söhne ein.«

»Nur für die Söhne? Für seine anderen Kinder nicht?« Oliveri lehnte sich zurück, und in seine Stirn gruben sich drei skeptische Falten.

»Nein, nur für die beiden männlichen Erben«, gab Hasling zurück. »Das weiß ich genau, weil ich einer der Testamentsvollstrecker bin.«

Darauf erregte sich Finnister: »Grace Rose findet diese Regelung höchst bedenklich. Und sie sagt, Mr Edwards Witwe ist außer sich, dass sie in dem Kodizil mit keinem Wort erwähnt wird. Immerhin ist sie die Mutter der Kinder und somit verantwortlich für ihre Erziehung. Sie sträubt sich mit Recht dagegen, dass ihr Schwager sich in ihre Belange einmischt.«

Will schwieg und fixierte geistesabwesend einen ungewissen Punkt an der Wand des Speisesaals. Er fühlte sich plötzlich unbehaglich, von einer dunklen Ahnung durchflutet, dass sich eine Katastrophe anbahnte. Edward Deravenel hatte seinem jüngsten Bruder einen immensen unternehmenspolitischen Handlungsfreiraum zugebilligt. Und für Will Hasling stellte sich die Frage, ob dem ambitionierten Richard nicht der Griff nach der Macht wichtiger war als brüderliche Liebe und Pflichterfüllung. »Wir werden uns in Acht nehmen müssen, dass wir Richard nicht ins offene Messer laufen«, brach Oliveri das Schweigen. »Sonst sind wir die Nächsten, die er zur Strecke bring, weil wir zum engsten Beraterkreis seines Bruders gehörten.«

»Keine Frage, ich stimme ich Ihnen voll und ganz zu. Der Kleine, wie Edward ihn so gern nannte, will uns sicher gern zeigen, wer der Größte ist.«

43

Kent

Ich bin ja so froh, dass du kommst, Will«, meinte Vicky erleichtert. Sie fasste ihren Bruder am Arm und zog ihn durch die weitläufige Eingangshalle der Stonehurst Farm. »Bess ist ziemlich aufgebracht, um nicht zu sagen, hellauf entrüstet. Sie möchte unbedingt mit dir sprechen.«

»Hat sie gesagt, weshalb?«

Vicky schüttelte den Kopf. »Nicht direkt. Ich weiß aber von Grace Rose, dass Elizabeth außer sich ist, weil Edward seinen Bruder Richard als Vormund für seine Söhne eingesetzt hat.« Nach einem Blick zu ihrem Bruder fuhr sie fort: »Ich habe den Verdacht, dass Richard versuchen könnte – die Dinge nach seinem Willen zu gestalten. Was denkst du?«

»Es würde mich jedenfalls nicht überraschen«, antwortete Will ausweichend. Sein Herz sank. Wie es aussah, machte Richard seine Präsenz überall spürbar. »Wo ist denn Bess?«

»Draußen im Garten, mit Grace Rose. Ich bring dich zu ihnen und serviere euch eine Erfrischung. Was möchtest du? Tee oder Limonade?«

»Bei diesen Temperaturen bin ich mehr für Limonade.«

Es war ein herrlicher Samstag im Juni, der Himmel wolkenlos und strahlend blau, eine leichte Brise spielte mit dem Blattwerk der Baumreihen, welche rings um die makellos gepflegten Rasenflächen standen. Frisch erblühte Rosenknospen erfüllten die Luft mit ihrem betörenden Duft; der Park schwelgte nachgerade in verschwenderischer Farbenpracht. Es war ein zauberhaftes Idyll und Vickys ganzer Stolz. Sie hatte viel Arbeit und Mühe darauf verwendet, den Garten in diesen paradiesischen Zustand zu versetzen, mit exotischen Gewächsen, blühenden

Büschen und Springbrunnen, die kühlende Fontänen in die Luft sprühten.

Bess und Grace Rose saßen auf der Terrasse, an einem Tisch unter einem großen, grün-weiß gestreiften Sonnenschirm, der angenehmen Schatten spendete. Beide winkten, als sie Will und Vicky kommen sahen.

»Hallo, ihr beiden Hübschen.« Will grinste breit. Die beiden sahen bezaubernd aus in ihren leichten Sommerkleidern.

»Hallo, Onkel Will«, riefen beide gleichzeitig.

»Danke, dass du hergekommen bist«, sagte Bess, nachdem Hasling sich zu ihnen an den Tisch gesetzt hatte. »Ich muss dringend mit dir sprechen, Onkel Will.«

»Ich bin ganz Ohr, und ich helfe gern, wenn ich kann. Worum geht es denn eigentlich, Bess?«

Bess lehnte sich in das Stuhlkissen und betrachtete den langjährigen Freund ihres Vaters. Will war aus ihrem Leben nicht mehr wegzudenken, er hatte immer ein offenes Ohr für ihre kleinen Sorgen und Nöte gehabt und ihr mit Rat und Tat beiseitegestanden.

Plötzlich merkte sie, dass sie ihn unverhohlen anstarrte. Sie räusperte sich verlegen und sagte dann: »Es geht um Onkel Richard. Er mischt sich massiv in die Erziehung meiner Brüder ein, und das bringt unsere Mutter maßlos auf.«

»Was hat er denn getan?« Will setzte sich kerzengerade auf. Angespannt hörte er Edwards Tochter zu, während diese ihm im Einzelnen darlegte, wie es zu dem Konflikt gekommen war.

»Er pocht darauf, dass sie den gesamten Sommer in Ravenscar verbringen, und vom Herbst an sollen sie dort von einem Hauslehrer unterrichtet werden. Dagegen hat Mutter schwerste Bedenken. Sie findet, ihre Kinder gehören zu ihr, weil wir alle sehr traurig sind, weil Vater erst so kürzlich verstorben ist. Sie sagt, dass meine Brüder ihre tröstliche Zuwendung genauso nötig haben wie die Mädchen. Zudem wollte sie den Sommer gern mit uns gemeinsam verbringen und im August oder September mit uns verreisen, nach Frankreich. Sie kann nicht verstehen, weshalb Onkel Richard ihr die Jungen wegnehmen will, ihr und uns, ihren Schwestern. In dieser schweren Zeit wollen wir alle zusammen sein.«

»Was du sagst, stimmt. Richards Verhalten ist nicht nachvollziehbar. Fest steht, dass dein Vater ihn als Vormund für die Jungen eingesetzt hat. Soweit ich den Wortlaut des Testaments rekapituliere, ist eure Mutter aber weiterhin vorrangig verantwortlich für eure Erziehung.«

»Was soll ich tun, Onkel Will? Soll ich mit Onkel Richard sprechen? Meine Mutter befürchtet nämlich, dass er ihr gar nicht zuhören wird.«

»Das liegt durchaus im Bereich des Möglichen. Hör mal, Bess, was hältst du davon, wenn ich mit ihm rede? Ich sehe ihn während der Woche in der Firma.«

»Aber gern, tausend Dank, Onkel Will! Du kannst vermutlich mehr bei ihm erreichen als ich.«

»Weißt du was? Wenn er uneinsichtig bleibt, kannst du immer noch nachhaken, Bess. Dich mag er, du warst von jeher sein Liebling.«

»Das stimmt. Zu mir war er immer sehr nett.«

»Wie geht's eigentlich deinen Brüdern?« Will hob fragend eine Braue. »Ich weiß, sie trauern um ihren geliebten Vater, da wäre ein wenig Ablenkung bestimmt nicht verkehrt.«

»O ja, sicher. Für sie ist es ein kleiner Lichtblick, dass sie wenigstens in Kent mit mir und ihren anderen Schwestern zusammen sein können. Mal ganz ehrlich, Onkel Will, ich glaube, sie finden Ravenscar ein bisschen düster.«

Will musste lachen. »Ich kann das gut nachempfinden, obwohl dein Vater sehr an Ravenscar hing. Er war nirgends lieber als dort.«

»Der kleinen Cecily und mir gefällt es dort auch, aber Mutter und meine Brüder Edward und Richard sind viel lieber auf Waverley Court.«

»Das kann ich ihnen nicht zum Vorwurf machen. Es ist ein schönes Anwesen mit einem herrlichen Park. Außerdem ist das Klima milder.« Will lächelte sie an. »Versuche, dir keine Sorgen zu machen, ich kümmere mich darum.«

Unvermittelt schaltete Grace sich in das Gespräch ein. »Bess, du hast bislang nicht gesagt, weshalb Richard sich in den Kopf gesetzt hat, dass die Jungen den Sommer über oder womöglich sogar noch länger auf Ravenscar bleiben sollen.«

»Nun ja, er hat sich nicht sehr deutlich ausgedrückt, wie Mutter meinte. Großmutter verbringt das kommende halbe Jahr auf Ravenscar. Da liegt es nahe, dass Onkel Richard und Tante Anne auch dort sind, zumindest an den Wochenenden.«

»Mit dem kleinen Eddie?«, erkundigte sich Grace Rose interessiert.

»Wahrscheinlich.« Bess wandte sich von neuem an Will und meinte halb fragend: »Vielleicht möchte Onkel Richard, dass unser Cousin dort Spielgefährten hat? Glaubst du, das könnte der Grund sein?«

»Ich weiß es nicht, und aufs Rätselraten verstehe ich mich nicht.« Will streckte die Hand aus und tätschelte begütigend ihren Arm. »Kopf hoch, Bess. Ich werde das klären, das verspreche ich dir«, fuhr er mit tröstlich warmer Stimme fort.

Vicky trat mit einem Tablett voller Gläser und dem Limonadenkrug beladen auf die Terrasse, und Will Hasling nutzte die Gelegenheit, die Unterhaltung geschickt auf allgemeinere Themen zu lenken. Er wollte nicht, dass Bess sich noch mehr Sorgen über Richards Verhalten und Pläne machte. Es war schlimm genug, dass er selber zutiefst alarmiert war.

44

LONDON

Amos Finnister klopfte kurz an die Tür von Alfredo Oliveris Büro und trat unaufgefordert ein.

Oliveri, der ihn bereits erwartete, sah auf und sagte: »Nehmen Sie doch Platz, Amos. Bitte berichten Sie mir haarklein, was Sie in Erfahrung bringen konnten.«

Es war Dienstag, der 8. Juni. Tags zuvor hatte sich im Unternehmen wie ein Lauffeuer das Gerücht verbreitet, dass Richard Deravenel weitere leitende Angestellte entlassen wollte. Niemand wusste, wen es treffen würde, und folglich gerieten sämtliche Manager in Panik um ihren Arbeitsplatz. Zum ersten Mal seit mehr als dreißig Jahren herrschte eine Atmosphäre der Furcht, auf allen Etagen hielt eine gedrückte Stimmung Einzug.

Amos hatte sich inzwischen hinlänglich informiert. Er beugte sich über den Schreibtisch zu Oliveri und sagte: »Frank Lane musste letzten Freitag seinen Schreibtisch räumen. Diese Woche verlassen uns John Lawrence und Peter Stokes, zwei weitere effiziente Mitarbeiter.«

»Meine Güte, Frank Lane! Es ist völlig unverständlich, Amos. Der Mann ist seit zig Jahren bei Deravenels beschäftigt. Fast so lange wie ich. Er unterstützte Mr Edward maßgeblich in seinen Bestrebungen, den Grants die Geschäftsführung des Konzerns streitig zu machen. Frank stand auf unserer Seite, er ist einer von uns!« Oliveri war schockiert, das sah man ihm an. Er fühlte eine plötzliche Traurigkeit in sich aufsteigen. Das Unternehmen hatte sich schlagartig verändert, seit Richard Deravenel das Sagen hatte, und das stimmte ihn im höchsten Maße bedenklich.

»Das Ganze ist mir nicht geheuer, Amos. Haben Sie eine Ahnung, was da abläuft?«

»Ich kann nur bestätigen, was Sie neulich im White's vermuteten. Unser neuer Chef schafft Platz für seine eigenen Leute … Jugendfreundschaften scheinen ihm viel zu bedeuten. Ich wette also, dass wir bald drei neue Kollegen bekommen: Francis Lowell, Robert Clayton und Robin Sterling. Sie halten zusammen wie Pech und Schwefel …«

»Kann ich hereinkommen?« Will Hasling steckte den Kopf zur Tür herein und trat ein. »Ich erfuhr soeben, dass Frank Lane am Freitagnachmittag gehen musste. Ich war nicht hier, ich war in Kent. Was wissen wir darüber?« Er setzte sich und blickte von Finnister zu Oliveri.

Alfredo gab eilends zurück: »Amos kann Sie umfassend informieren. Im Übrigen suchte unser neuer Boss Sie vorhin.«

»Ach ja? Das beruht auf Gegenseitigkeit. Ich muss ihn nämlich dringend sprechen. So, und jetzt heraus damit, Amos.«

Während der Angesprochene rekapitulierte, was er Oliveri bereits enthüllt hatte, lauschte Will mit zusehends düsterer Miene. »Der Mann läuft Amok«, sagte er knapp.

Nachdem er in sein eigenes Büro zurückgekehrt war, bat er seine Sekretärin herein und reichte ihr einen Stapel Post zur Erledigung. Dann ging er mit langen Schritten zu der Verbindungstür, die Edward vor vielen Jahren hatte einbauen lassen – sie hatte die meiste Zeit offen gestanden, so dass die beiden Freunde ganz zwanglos miteinander kommunizieren konnten. Will merkte jedoch schnell, dass Richard diese Form des informellen Austauschs nicht tolerierte. Seit Edwards Tod blieb die Tür geschlossen.

Er hob die Hand, klopfte und wartete Richards »Herein« ab.

Mit einem Lächeln sagte Will: »Guten Morgen, Richard. Ich hoffe, du hattest ein angenehmes Wochenende?«

»Danke für die Nachfrage. Ich habe dich Montag gesucht.

Du warst gestern Nachmittag nicht in der Firma.« Richard musterte ihn kalt.

Weshalb diese Feindseligkeit?, überlegte Will, aber laut sagte er freundlich: »Stimmt. Ich bin vor dem Mittagessen weg, weil ich am Nachmittag einen Termin mit Rice und Hepple hatte. Wegen der Montecristo-Weinberge in Italien. Die Besprechung dauerte länger, als ich gedacht hatte, deshalb bin ich nachher nicht mehr ins Büro gekommen.«

»Ach ja richtig, du verhandelst mit ihnen. Wie läuft es?«

»Die Sache lässt sich gut an. Ich halte dich auf dem Laufenden. Du hast mich gestern gesucht? Worum ging es denn?«

»Ich wollte dir mitteilen, dass Francis Lowell nächste oder spätestens übernächste Woche bei uns anfängt.«

Obwohl Will das bereits von Finnister erfahren hatte, tat er überrascht. »Das ist gut zu wissen! Lowell hat in unseren Fabriken in Yorkshire Hervorragendes geleistet. Ich bin gespannt darauf, ihn wiederzusehen und besser kennenzulernen.«

»Lowell ist ein Spitzenmann«, grummelte Richard. Er senkte den Blick auf die Unterlagen, die vor ihm lagen, und blätterte abwesend darin herum. Dann blickte er wieder zu Hasling, der vor dem Schreibtisch stehen geblieben war. »Das ist alles, Will.«

»Verstehe. Aber ich wollte dich auch etwas fragen, Richard. Bess ist unglücklich darüber, dass ihre Brüder den Sommer in Yorkshire verbringen sollen. Und ich verstehe ehrlich gesagt nicht ganz, weshalb du dich in die Erziehung von Edwards Kindern einmischst?«

»Das geht dich verflucht noch mal nichts an«, zischte Richard und funkelte ihn an.

»Es geht mich sehr wohl etwas an, wenn Bess mit der Bitte zu mir kommt, dass ich dich darauf ansprechen soll. Das Mädchen war völlig aufgelöst.«

»Warum ist sie nicht direkt zu mir gekommen? Ich bin schließlich ihr Onkel, oder?«

»Es ergab sich zufällig so«, gab Will bedachtsam zurück. »Sie war letzten Samstag auf der Stonehurst Farm und besuchte Grace Rose. Und ich musste ein paar familiäre Dinge mit Vicky klären. Bess erwähnte es eher nebenbei.«

»Nicht zu fassen, was sie sich herausnimmt. Bess hätte damit zu mir kommen sollen. Du gehörst schließlich nicht zur Familie.«

»Das stimmt so nicht, Richard. Meine Frau ist eine Nichte deiner Mutter und deine Cousine.«

»Ich habe von dir gesprochen und nicht von Kathleen.«

Will zuckte zusammen, bass erstaunt über diese verletzende Bemerkung. Er nahm sich zusammen und sagte beschwichtigend: »Du teilst die Vormundschaft immerhin mit Elizabeth. Das solltest du berücksichtigen.«

»Ach was! Edward wollte, dass *ich* die Verantwortung für die Kinder übernehme. Die *volle* Verantwortung.«

»Erstens gilt das nur für seine Söhne. Zweitens ging es Edward darum, Vorsorge zu treffen, falls ihre Mutter stirbt oder dergleichen. Er wollte bestimmt nicht, dass du sie … kontrollierst.«

»Pass auf, dass du den Bogen nicht überspannst.«

»Richard, warum verhältst du dich mir gegenüber so feindselig? Ich war zeitlebens der beste Freund deines Bruders. Da ist es doch töricht, dass wir wegen seiner beiden Söhne streiten, um Kinder! Sie trauern um ihren Vater und brauchen ihre Mutter in dieser schweren Zeit. Nach meinem Empfinden sollte man die Geschwister in diesem Sommer nicht voneinander trennen. Bitte lass diesen Plan fallen.«

»Sie fahren nach Ravenscar und werden den Sommer gemeinsam mit ihrer Großmutter und meinem Sohn verbringen. Anne und ich besuchen sie an den Wochenenden. Ravenscar ist seit Jahrhunderten der Familiensitz der Deravenels. Sie sollen lernen, was es bedeutet, ein Deravenel zu sein, und dazu müssen sie die Geschichte unserer Familie und ihre Verantwortlichkeiten kennen.«

»Richard, es sind noch Kinder. Gib deinem Herzen einen Stoß und lass sie wenigstens dieses Jahr noch in Ruhe. Sie sind tieftraurig über den Verlust des Vaters und brauchen die Mutter.«

»Versuch nicht, mit mir zu feilschen!«, rief Richard aufgebracht. »Sie müssen lernen, erwachsen zu werden und ihren Mann zu stehen.«

Kopfschüttelnd starrte Will ihn an. Er hatte sämtlichen Respekt vor Richard verloren. »Ist das dein letztes Wort in dieser Sache?«

»Ja.«

»Gut, dann werde ich Bess darlegen, dass du darauf bestehst, dass ihre Brüder nach Ravenscar fahren. Allerdings hat Elizabeth da auch noch ein Wörtchen mitzureden.«

»Wann wirst du es endlich begreifen? Ich bin ihr Vormund.«

»Gemeinsam mit ihrer Mutter, Richard. Als einer von Edwards Testamentsvollstreckern kenne ich den genauen Wortlaut des Kodizils und weiß, wovon ich spreche. Im Zweifelsfall kann Elizabeth die Angelegenheit den Anwälten ihres Mannes übergeben.«

»Willst du mir schon wieder drohen?«, brüllte Richard mit wutverzerrtem Gesicht.

»Keineswegs«, versetzte Will scharf. »Red keinen Blödsinn. Ich kannte dich schon, als du noch in kurzen Hosen herumgelaufen bist.«

Nun verlor Richard den letzten Rest Selbstkontrolle. Er sprang auf, packte Will am Arm und versuchte, ihn aus seinem Büro zu zerren.

Verblüfft und völlig unvorbereitet versuchte Will Hasling sich der Umklammerung zu entziehen. Sein Angreifer ließ ihn los, ballte stattdessen wütend die Hände zu Fäusten und stieß ihn mit aller Kraft in den Brustkorb. Will, der damit nicht gerechnet hatte, verlor unter der Wucht der Schläge das Gleichgewicht und schlug der Länge nach hin, mit dem Kopf gegen die Kante der geöffneten Tür.

Schwer atmend beugte Richard sich über den Gestürzten und musterte ihn. »Na komm schon, steh auf. Los, los, wieder an die Arbeit«, rief er nervös.

Aber Will rührte sich nicht. In diesem Augenblick entdeckte Richard eine Blutspur auf dem Teppich, unter Wills Kopf. Alarmiert fühlte er nach dem Puls. Er war zwar schwach, aber Will Hasling lebte und war offenbar nur bewusstlos. Richard umklammerte Wills Füße und zog ihn von der Tür weg. Dann trat er hinter seinen Schreibtisch und betätigte die Sprechanlage. »Eileen?«

»Ja, Mr Deravenel?«, meldete sich seine Sekretärin.

»Mr Hasling ist eben zusammengebrochen. Er fühle sich nicht wohl, meinte er, als er in mein Büro kam. Bitte rufen Sie einen Krankenwagen. Ich glaube, er ist ohnmächtig geworden. Wir müssen ihn in ein Krankenhaus bringen lassen.«

* * *

Es war mittlerweile vierzehn Jahre her, dass Amos Finnister als Sicherheitsbevollmächtigter bei Deravenels angefangen hatte. Nach wie vor war er Chef der Abteilung Sicherheit.

Aufgrund seiner Beliebtheit konnte er überall im Unternehmen auf Zuträger und Informanten zurückgreifen. So erfuhr er innerhalb von Minuten, dass Will Hasling in Richards Büro ohnmächtig zusammengebrochen war. Er erfuhr auch, dass ein Krankenwagen bestellt sei.

Sofort war Amos' Misstrauen geweckt. Noch vor zwanzig Minuten, während ihres Gesprächs in Oliveris Büro, hatte Will Hasling einen sehr gesunden Eindruck auf ihn gemacht.

Was war in dieser kurzen Zeitspanne passiert? Amos war fest entschlossen, der Sache auf den Grund zu gehen. Nachdem er Alfredo mit einem trockenen Unterton in der Stimme informiert hatte, dass Will »plötzlich indisponiert« sei, steuerte er in den Raum, den er weiterhin hartnäckig als »Mr Edwards Büro« bezeichnete.

Die Tür stand sperrangelweit offen; Richard brüllte herum; seine Sekretärin wirkte eingeschüchtert, während zwei Sanitäter Will vorsichtig auf eine Trage hoben.

Amos trat sofort zu Richard und erkundigte sich: »Was ist Mr Hasling zugestoßen, Mr Deravenel?«

Richard funkelte ihn ärgerlich an. »Woher soll ich das wissen?«

»Soweit ich informiert bin, ist er in Ihrem Büro zusammengebrochen«, versetzte Finnister.

»Das stimmt, ja. Er kam wegen irgendeiner Sache in mein Büro, meinte, er fühle sich nicht wohl, und dann fiel er plötzlich zu Boden. Er brach einfach zusammen. Es war sonderbar, höchst sonderbar, Finnister.«

Darauf kannst du deinen letzten Penny verwetten, dachte Finnister. Laut sagte er: »Ich verstehe. Jetzt ist er ja in guten Händen. Die Sanitäter werden sich um ihn kümmern. Ich begleite sie hinaus.«

Richard, dem eine Entgegnung auf der Zunge zu liegen schien, überlegte es sich offenbar anders. Er schluckte. »Wie Sie meinen, Finnister, ganz wie Sie meinen.«

»Soll ich Mrs Hasling anrufen? Oder erledigen Sie das, Sir?«

»Nein, nein, kein Problem, ich mache das schon«, sagte Richard gereizt. Er schob Amos hinter den Sanitätern in den Gang.

Oliveri erwartete Amos bereits in der Empfangshalle. Gemeinsam begleiteten sie Will ins Krankenhaus. Auf der Fahrt kam er langsam wieder zu sich. Als er Amos und Alfredo sah, lächelte er matt.

»Wie fühlen Sie sich, Sir?« Amos beugte sich besorgt über ihn.

»Ich habe Kopfschmerzen«, klagte Will. »Wohin fahren wir?«

»Ins Krankenhaus, Mr Hasling. Das Guy's ist das nächstgelegene«, erklärte Alfredo.

»Verstehe.« Er blickte zu Amos und murmelte: »Meine Frau, Amos … könnten Sie sie bitte benachrichtigen?«

»Aber sicher, Sir, und jetzt ruhen Sie sich erst mal aus, bis wir im Krankenhaus sind. Ich rufe Mrs H. von dort aus an.«

Will schloss die Augen und verlor erneut das Bewusstsein.

* * *

Amos Finnister und Alfredo Oliveri saßen in einem Aufenthaltsraum, wo sie auf die Diagnose des Arztes warteten. Beide rätselten, weshalb Will aus heiterem Himmel gestürzt war.

»Ohnmächtig zusammengebrochen – wer's glaubt, wird selig«, grummelte Finnister und wechselte einen langen Blick mit Alfredo. »Auf dem Teppich in Mr Edwards Büro war Blut. Und mir kann keiner erzählen, dass man sich bei einem Sturz auf einen weichen Perserteppich eine Platzwunde holt. Entweder wurde Mr Will am Kopf mit einem harten Gegenstand verletzt, oder er fiel gegen ein Möbelstück, und seine Lage wurde danach verändert.«

Alfredo nickte. Was sollte er auch argumentieren? Als ehemaliger Polizist kannte Finnister sich in diesen Sachen bestens aus. »Worauf wollen Sie hinaus, Amos? Dass unser neuer Boss den Sturz herbeigeführt hat?«

»Ganz genau. Hoffentlich kommt Mr Will bald wieder auf die Beine.«

Nach etwa einer Stunde tauchte einer der Ärzte bei ihnen auf. Mr Hasling habe eine Gehirnerschütterung, die auf eine massive Kopfverletzung zurückzuführen sei, lautete sein Befund. Infolgedessen habe man beschlossen, ihn über Nacht zur Beobachtung dazubehalten.

Oliveri fragte den Mediziner: »Können wir ihn sehen?«

»Bedaure, aber da muss ich Sie auf später vertrösten. Die Untersuchungen sind noch nicht abgeschlossen.«

»Sagten Sie eben, dass Sie bei Mr Hasling eine Kopfverletzung diagnostiziert haben?«, wollte Finnister wissen. »Eine blutige Wunde, korrekt?«

»Ja, Sir, das stimmt. Wir haben uns deswegen schon gewundert. Wir gehen davon aus, dass er mit dem Kopf irgendwo aufgeschlagen ist. Anders ist es nicht zu erklären.«

»Verstehe.« Finnister nickte gedankenvoll, ehe er in Begleitung von Oliveri das Krankenhaus verließ.

* * *

Will Hasling erholte sich erstaunlich schnell, und schon nach wenigen Tagen durfte er das Krankenhaus verlassen. Am Samstag, dem 12. Juni – am Abend nach seiner Entlassung –, klagte er über starke Kopfschmerzen. Eine Stunde später erlag er einer tödlichen Gehirnblutung.

Amos Finnister war fassungslos, wie alle, die Will Hasling gekannt hatten. Er würde nie abschließend klären können, was genau sich an jenem Tag in Mr Edwards Büro abgespielt hatte. Gleichwohl gab er Richard Deravenel die Schuld an Wills Tod. Und damit stand er nicht allein. Richard war mit einem Kainsmal gezeichnet, das ihn in seinem weiteren Leben wie ein Fluch begleiten würde.

45

RAVENSCAR

Mit Angeln und Reusen beladen, kletterten die beiden Jungen die steilen, in die Klippen gehauenen Stufen hinunter, die von der Heidelandschaft zum Meer führten. Sie waren auf dem Weg zum Kormoranfelsen, ihrem Lieblingsplatz an dem weiten menschenleeren Strand.

Als sie das erste Mal mit ihrem Vater hierhergekommen waren, hatte er ihnen erklärt, dass dies die beste Stelle zum Fischen sei. Wie zum Beweis hatten sie an jenem Tag mehrere große Dorsche geangelt. Seitdem kamen sie am liebsten hierher, um ihr Anglerglück herauszufordern.

Edward junior, der den Angelkorb trug, hoffte, dass der bei ihrer Rückkehr gut gefüllt sein würde. Er hatte der Köchin versprochen, dass er ihr einen guten Fang mit nach Hause bringen würde, worauf sie ankündigte, dann werde sie ihm zum Abendessen sein Lieblingsgericht, gebackenes Fischfilet, auf den Tisch bringen. Wie sein Vater hielt auch er große Stücke auf Mrs Latham. Obwohl seine Großmutter des Öfteren betonte, dass die Köchin bei weitem nicht mehr die Jüngste sei, hatte sein Vater sie nicht entbehren mögen. »Sie ist doch erst neunundfünfzig und bei bester Gesundheit«, hatte er Mrs Latham bis zu seinem Tod verteidigt. Jedes Mal, wenn Cecily andeutete, dass sie dringend Ersatz für die Köchin bräuchten, hatte ihr Sohn so getan, als würde er sie nicht hören, und hatte einfach den Raum verlassen. Laut Papa hatte Mrs Latham eine Lebensstellung in ihrem Haushalt, und daran gab es nichts zu rütteln. Sein Sohn konnte das durchaus nachvollziehen, denn sie war mütterlich und warmherzig, immer freundlich und bekochte ihre Schützlinge mit köstlichen Leckerbissen. Und genau wie

Mrs Collet, die Küchenfee in ihrem Landhaus in Kent, linderte Mrs Latham mit ihren Hausmitteln sein Zahnweh, und das hatte er in letzter Zeit leider häufig.

Nachdem Edward junior sich den Lederriemen des Angelkorbs fester auf die Schulter geschoben hatte, trottete er seinem Bruder Richard nach. Immer wieder hielt er Ausschau nach den seltenen Kormoranen, die auf den ausgezackten Klippen brüteten. Der Strand lag verlassen, weit draußen auf See erspähte er jedoch einige Fischerboote und Fischer, die ihre Netze auswarfen.

Trotz des sonnigen Augustmorgens war es auf Ravenscar kühl, wie fast immer im Sommer. Von der Nordsee blies ein beständiger Wind, und deshalb hatte Nanny sie in warme Flanellhemden und Wollpullover gepackt; ihre Hosen steckten in hohen, wetterfesten Stiefeln. Für den Fall, dass sie von einem Regenguss überrascht würden, hatten sie sogar ihre dunkelgrünen Öljacken anziehen müssen.

Richard rief mit einem Blick zu seinem Bruder: »Meinst du, wir können nachher noch nach Fossilien und Muscheln suchen, Edward? Ich hab der kleinen Rasselbande versprochen, ich würde ihnen Schätze aus dem Meer mitbringen.«

»Na klar, machen wir.« Edward grinste. »Ich helf dir sogar beim Suchen.« Er legte dem mittlerweile Zehnjährigen einen Arm um die Schultern.

Die beiden stapften einträchtig schweigend weiter. Sie glichen sich sehr mit ihren blonden Locken und den blauen Augen, nur dass der bald dreizehnjährige Edward größer war. Sie hatten die klassisch ebenmäßigen Gesichtszüge ihrer Mutter geerbt und eine starke Ähnlichkeit mit Bess.

Als sie den Kormoranfelsen fast erreicht hatten, platzte Richard unvermittelt heraus: »Ich hab Hunger. Können wir nicht was essen, bevor wir die Angeln auswerfen?«

»Gute Idee.« Edward setzte den Angelkorb zu Boden, öffnete den Deckel und nahm das Lunchpaket heraus, das ihnen die Köchin mitgegeben hatte. »Hmm, lecker, die Würstchen im Schlafrock sind noch warm!«, rief er, während er das Butterbrotpapier zerknüllte.

Die beiden Jungen setzten sich auf den Kiesstrand, lehnten sich mit dem Rücken an einen niedrigen Felsen und verputzten das warme Blätterteiggepäck, das sie so gern mochten.

»Wir hätten Klein Eddie mitnehmen können, aber seine Mutter wollte unbedingt, dass er heute mit ihr nach Ripon fährt – er muss seine Großmutter auf Thorpe Manor besuchen. Er würde so gern mal mit uns auf dem Kormoranfelsen herumklettern, hat er mir heimlich anvertraut.«

»Wenn du willst, kann er nächste Woche mitkommen … wenn er wieder hier ist. Das wird ihm bestimmt Spaß machen. Er ist ein netter kleiner Kerl, findest du nicht? Richard?«

Sein Bruder nickte abwesend. Nach einer kurzen Weile legte er die Stirn in Falten und wiegte gedankenvoll den Kopf. »Edward, wieso musste unser Vater eigentlich schon so früh sterben? Ich hab gehört, wie Mutter Onkel Anthony zuflüsterte: Er war noch zu jung zum Sterben. Aber wieso ist er denn dann gestorben?«

Edward schluckte schwer. Von einer Woge neu aufbrechenden Schmerzes überwältigt, verschlug es ihm für einen Augenblick die Sprache. Als er sich wieder gefasst hatte, murmelte er weich: »Er hatte eine schwere Bronchitis und erlitt dann einen Herzinfarkt … aber das habe ich dir doch schon alles erzählt, Richard.« Als er sah, dass sein Bruder weinte, zog er ihn in eine tröstliche Umarmung. »Weine nicht, Richard. Wir müssen starke, tapfere Jungen sein, hat Bess gesagt. Im Übrigen kommt sie heute Nachmittag nach Ravenscar und bleibt eine ganze Woche. Das wird sicher lustig!«

»O ja! Ganz bestimmt!«, rief Richard. Er rieb sich mit seinen kleinen Fäusten die tränenfeuchten Augen und strahlte übers ganze Gesicht.

Nachdem sie ihren Imbiss vertilgt hatten, gingen sie weiter

zu dem Bootsschuppen, den ihr Vater auf einem Stück befestigten Uferstreifen hatte errichten lassen. Über einen schmalen, von Strandhafer und Dünengras gesäumten Pfad, der nur wenig über Meeresniveau lag, erreichten sie die Hütte. Edward kramte den Schlüssel aus der Jackentasche und schloss auf. Dann schlüpften sie hinein und inspizierten die dort aufbewahrten Boote. Edward hievte eins von den größeren Ruderbooten zu Boden.

»Was machst du da, Edward?« Sein Bruder machte große Augen. »Du willst doch nicht etwa … auf die Nordsee hinausfahren?«

»Da soll es jede Menge Schellfisch geben, sagte Vater immer.«

»Er sagte aber auch immer wieder, dass wir nicht ohne ihn rausfahren dürfen«, versetzte Richard mit Nachdruck.

»Ich weiß, aber heute ist so ein schöner, sonniger Tag, das Wetter ist gut … Ich wette, dass sich die Fische da draußen nur so tummeln.«

»Und wenn nicht?«, brummelte der Jüngere. Trotzdem half er seinem Bruder, das Boot auf den Strand zu tragen. »Meinst du wirklich, wir sollten aufs Meer hinausrudern?«, fragte er einen kurzen Augenblick später.

Edward zögerte. »Na ja, ich werd erst noch mal den Himmel beobachten und sehen, ob sich eine Wetteränderung anbahnt. Das Klima ist sehr unbeständig in Yorkshire, da muss man vorsichtig sein.«

»Das ist ein wahres Wort! Komm, Edward, lass uns zum Kormoranfelsen laufen.«

»Ich bin schneller als du!«, brüllte Edward.

Die beiden rannten um die Wette am Ufer entlang, schwenkten dabei ihre Angeln und prusteten vor Lachen. Der Wind trug ihr Jauchzen mit sich fort.

Der Kormoranfelsen ragte groß und gewaltig aus den Wellen empor und bot beiden Jungen mühelos Platz. Sie kletterten hinauf, stellten sich nebeneinander und warfen ihre Angeln aus. Ihre Kindergesichter strahlten in der Hoffnung auf einen guten Fang.

* * *

Den Wind im Rücken, ruderte der Mann stetig durch die schiefergrauen Wellen. Er würde früher ans Ufer gelangen, als er ursprünglich kalkuliert hatte. Kein schlechter Tag, um draußen auf See zu sein, entschied er, und ein guter Tag für den Fischfang. Wolkenloser Himmel, keinerlei Anzeichen auf eine Wetteränderung. Ob ich wohl einen guten Fang machen werde? Zumindest ein paar kleine Fische müssten drin sein.

Sein Boot, die Gay Marie, war groß und solide gezimmert und bot Platz für ein halbes Dutzend Fischer. Eigentlich hätten sich zwei Mann in die Ruder legen müssen, aber er war kräftig gebaut, mit einem trainierten Oberkörper und kräftigen Armen. Folglich hatte er das Boot im Griff, und wenige Minuten später näherte er sich der Küste. Der Mann ruderte kraftvoll und zügig weiter. Sobald er den Ufersaum vor sich sah, verstaute er die Ruder im Boot und sprang in das seichte Wasser, froh, dass er hohe Gummistiefel trug. Er zog das Boot über den gekiesten Strand und schob es unter einen Felsvorsprung.

An den Felsen gelehnt, zündete er sich eine Zigarette an. Zog den Rauch tief in seine Lungen und blinzelte in die wärmende Morgensonne.

* * *

Nicht weit davon erhob sich der Kormoranfelsen, auf dem Edward und Richard standen und Kabeljau angelten. Richard war selig, als er schließlich einen fing, und kurz darauf hatte sein Bruder ebenfalls das Glück. »Juchhuu!«, riefen sie vor Begeisterung wie aus einem Mund.

Erst eine geschlagene Stunde später war Edward davon überzeugt, dass es an dieser Stelle keine weitere Ausbeute geben würde, außerdem wurde sein Bruder allmählich müde. Besorgt, dass Richard ins Wasser fallen und sich an den scharfkantigen Felsvorsprüngen verletzen könnte, sagte er: »Wir brechen besser auf, Richard. Es ist zwecklos. Sämtliche Dorfbewohner angeln hier auf den Kormoranfelsen, und das Wasser ist vermutlich leergefischt.«

Sein kleiner Bruder nickte. »Trotzdem rudern wir besser nicht hinaus aufs Meer«, gab er zurück und deutete auf die unendlichen Weiten der Nordsee. »Papa wäre bestimmt böse mit uns.«

»Was du da sagst, stimmt. Dann angeln wir eben keinen Schellfisch. Komm jetzt, lass uns von den Felsen verschwinden –«

»Na, was haben wir denn hier? Zwei kühne junge Fischer«, rief der Mann mit einem Blick auf die zwei hübschen blonden Jungen und grinste.

»Hallo!« Edward grinste zurück. »Wir haben sogar zwei Fische geangelt, nicht wahr, Richard?«

Richard strahlte übers ganze Gesicht und nickte. »Stimmt! Zwei schöne Dorsche!«

»Darauf hoffe ich auch. Dass ich zwei hübsche kleine Fische angeln werde. Meint ihr, das klappt?«

»Keine Ahnung«, antwortete Edward. Er sprang von dem Felsen und streckte seinem Bruder hilfsbereit eine Hand entgegen.

»Wohl eher nicht«, setzte Richard hinzu und machte ebenfalls einen Satz auf den Strand.

»Wir werden sehen, Jungens«, murmelte der Mann und grinste sie von neuem an. »Wir werden sehen.«

46

Ich bin ja so froh, dass du da bist, Bess!«, rief das Kindermädchen. Sie stürzte aus der Dienstbotenküche in die große Empfangshalle von Ravenscar. Ihre Stimme klang angespannt und voller Sorge.

Bess war eben erst aus London angekommen. Sie hatte den Zug nach York genommen und stand mit ihrem Gepäck in der Halle. Als sie die Nervosität des Kindermädchens bemerkte, lief sie zu ihr. »Nanny, was ist denn passiert?«

»Die Jungen«, antwortete Nanny aufgeregt. »Wir können sie nicht finden. Sie sind verschwunden.« Sie war den Tränen nahe.

»Verschwunden?«, wiederholte Bess verwirrt. »Bedaure, aber ich kann dir nicht folgen, Nanny.«

Jessup war hinter dem Mädchen aus der kleinen Küche getreten und erklärte: »Sie sind heute Morgen zum Fischen gegangen, Miss Bess. Unten an den Strand. Sie gehen am liebsten zum Kormoranfelsen. Ihr Vater, ähm … ähm … Mr Deravenel nahm sie oft dorthin mit. Die Köchin machte ihnen ein Picknick, das Edward junior in den Angelkorb packte. Dann marschierten sie los. Seitdem haben wir sie nicht mehr gesehen.«

»Aber … aber sind sie denn nicht unten am Strand?«, meinte Bess verdutzt. Sie warf Jessup einen scharfen Blick zu.

»Nein, da sind sie nicht«, seufzte die Kinderfrau. »Ich hab ihnen eingeschärft, sie müssten um zwei, spätestens halb drei wieder hier sein. Edward und Richard sind sehr verlässlich und kommen für gewöhnlich nie verspätet heim. Jetzt ist es vier Uhr. Vor einer halben Stunde fing ich an, mir Sorgen zu machen. Ich bat unseren Gärtnergehilfen Jeremy, zum Strand hinunterzulaufen und die beiden zu holen. Aber da waren sie nicht. Jeremy kam ziemlich aufgelöst zurück, zumal er nicht eine Spur von ihnen fand, weder ihre Angeln noch den Korb oder sonst irgendetwas. Der Strand war wie leergefegt.«

»Merkwürdig«, murmelte Bess. »Halten sie sich vielleicht hier irgendwo im Haus auf, Nanny?«

»Nein, hier sind die beiden bestimmt nicht.« Nanny schüttelte mit Bestimmtheit den Kopf. »Ich habe überall nachgeschaut. Wie dem auch sei, Sie wissen doch selber, dass die Jungen immer folgsam sind und einem nie Anlass zu Kummer geben.«

»Und wenn sie ins Dorf gelaufen sind?« Fragend blickte Bess von ihrem Kindermädchen zu dem Butler. »Was meinen Sie, Jessup?«

»Der Weg ins Dorf ist zu weit, Miss Bess. Außerdem würden sie nicht ungehorsam sein und gegen Nannys Verbote handeln. Möchten Sie trotzdem, dass ich vorsichtshalber einen der Stallburschen bitte, ins Dorf zu reiten und sich dort nach ihnen umzusehen?«

»Ja, Jessup, veranlassen Sie das bitte. Und jetzt gehe ich rasch zur Großmutter. Ich bin gleich zurück. Dann komme ich zu den Mädchen nach oben, Nanny.«

Bess lief durch den ausgedehnten Flur in die Bibliothek, wo sich die Familie am liebsten aufhielt, besonders nachmittags.

Cecily Deravenel hatte sich vor zwei Wochen das Bein gebrochen, das nun in einem Gipsverband steckte. Sie saß in einem Rollstuhl am Fenster und blickte übers Meer. Als sie Schritte hörte, rollte sie in dem Gefährt herum. Ihr müdes Gesicht hellte sich auf, als sie ihre Enkelin gewahrte. »Bess! Da bist du ja, mein Liebes. Ich bin so froh, dass du für eine Weile bei uns sein kannst.«

Bess eilte durch die Bibliothek, die voller Erinnerungen an ihren Vater war. Dies war sein Raum gewesen und würde es immer sein. Überall spürte man seine überwältigende Präsenz. Und über dem Kamin hing das beeindruckende Gemälde von ihm, das kurz vor seinem vierzigsten Geburtstag fertiggestellt worden war.

Bess zwang sich zu einem Lächeln, lief zu ihrer Großmutter und küsste sie auf die Wange. »Ich freue mich auch, Großmama.« Sie hockte sich auf die Kante eines Stuhls. Mit mühsam kontrollierter Stimme sagte sie: »Großmutter, ich glaube, es gibt ein Problem.«

Cecily bedachte sie mit einem fragenden Blick. »Was denn für ein Problem?«

»Wir machen uns Sorgen um die Jungen. Edward und Richard sind spurlos verschwunden ... Als hätten sie sich in Luft aufgelöst.«

Cecily wurde blass; Besorgnis schob sich in ihre Züge. »Wie können sie denn so einfach verschwinden? Das verstehe ich nicht. Sie wollten hinunter zum Strand und an einer Stelle fischen gehen, die Edward ihnen gezeigt hatte. Sie sagten, sie freuten sich schon auf den Tee mit mir und dir und der kleinen Rasselbande, wie sie ihre Schwestern nennen. Ich habe sie noch ermahnt, dass sie sich nicht verspäten sollen. Wo können sie bloß sein?«

»Sie sind weder am Strand noch irgendwo im Haus. Nanny macht sich entsetzliche Sorgen. Sie hat den Gärtnergehilfen zum Meer hinuntergeschickt, aber er konnte sie nirgends entdecken. Auch ihre Sachen nicht.«

Cecily lehnte sich in dem Rollstuhl zurück; ein Schatten flog über ihr Gesicht. »Ich wünschte, Richard wäre hier«, murmelte sie schließlich und rieb sich nachdenklich das Kinn. »Er würde wissen, was in einem solchen Fall zu tun ist.«

»Wo ist denn Onkel Richard?«

»Er war übers Wochenende in Ripon, auf Thorpe Manor, mit Anne und dem kleinen Eddie. Gestern musste er wieder nach London.«

»Und Anne und Eddie sind noch auf Thorpe Manor bei Nan Watkins?«

»Ja.«

Eine kurze Pause schloss sich an; beide Frauen schwiegen.

»Bitte, entschuldige mich kurz, Großmama. Ich rufe die Polizei an –«

»Vorher solltest du aber mit Richard telefonieren«, unterbrach Cecily.

»Weswegen? Er ist in London. Ich bin hier vor Ort. Und je eher wir etwas unternehmen, umso besser.« Bess lief hinaus, glitt in das Arbeitszimmer ihres verstorbenen Vaters und setzte sich an den Schreibtisch. Sie überlegte kurz, dann wählte sie Lady Fenellas Nummer in London. Der Butler in der Curzon Street meldete sich, und kurz darauf kam Lady Fenella ans Telefon. »Hallo, Bess, wie geht es dir?«

»Hallo, Tante Fenella. Ich rufe an, weil ich ein heikles Problem habe und deinen Rat brauche. Ich bin eben auf Ravenscar eingetroffen. Meine Brüder sind verschwunden.« Hastig schilderte Bess ihr, was sie erfahren hatte. Sie schloss mit den Worten: »Eigentlich wollte ich die örtliche Polizei informieren, aber dann dachte ich, ich rufe lieber zuerst dich an. Vielleicht kannst du Mark fragen, wie er die Situation sieht und was ich seiner Meinung nach machen soll.«

»Das ist ja furchtbar, Bess«, antwortete Fenella. »Glaubst du, die beiden Jungen wurden entführt? Um Lösegeld zu kassieren? Jeder weiß, dass die Deravenels eine einflussreiche Familie sind … und steinreich.«

»Möglich wäre es … Im Moment weiß ich wirklich nicht, was ich glauben soll.«

»Ist Richard bei euch?«

»Nein, unser Onkel ist in London. Tante Anne ist bei ihrer Mutter in Ripon, und ich bin hier bei meiner Großmutter, die ein Bein gebrochen hat und an den Rollstuhl gefesselt ist.«

»Das tut mir aufrichtig leid für sie. Bestell ihr meine besten Genesungswünsche. Deine Mutter ist nach Monaco gefahren, nicht wahr?«

»Ja, mit Cecily und Anne. Ich möchte sie nicht benachrichtigen, jedenfalls noch nicht. Sie würde sich nur unnötig aufregen.«

»Das sehe ich genauso. Ich spreche mit Mark, dann rufen wir sofort zurück. Bis gleich, Bess.«

Bess lehnte sich in dem Sessel zurück, starrte ins Leere und wartete. Sie wusste, auf Mark Ledbetter war Verlass. Er würde zurückrufen, sobald Fenella ihm die Sachlage erklärt hätte.

Sie irrte sich nicht. Zehn Minuten später klingelte das Telefon. Sie schnappte sich eilends den Hörer, noch bevor Jessup abnehmen konnte.

»Ich bin's, Mark. Das ist ja eine schlimme Geschichte.«

»Hallo, Mark.«

»Berichte mir alles, was du weißt.«

Nachdem sie ihm in knappen Worten die Situation geschildert hatte, fragte sie: »Soll ich nicht besser die Polizei benachrichtigen?«

»Nein, das erledige ich für dich. Es ist für alle Beteiligten einfacher und effizienter, wenn ich die Telefonate übernehme. Die für euch zuständige Polizeiwache ist in Scarborough, aber ich rufe zusätzlich in York an: Dort ist der Sitz der größeren Polizeidienststelle.«

»Danke, Mark.«

»Bitte, hör mir jetzt genau zu, Bess. Falls die Jungen bis heute Abend spät nicht auftauchen, rufst du mich an, egal um welche Uhrzeit. Sollte eine Lösegeldforderung an euch herangetragen werden, rufst du mich ebenfalls an. Dann komme ich umgehend zu euch. Nicht als Chef vom Scotland Yard, sondern als Freund der Familie. Du begreifst gewiss, dass ich den örtlichen Beamten nicht auf die Zehen treten mag. Kopf hoch, Bess. Wir finden sie bestimmt.«

* * *

Bess blieb am Schreibtisch ihres Vaters sitzen, ihr Verstand raste. Eine kurze Weile später kam sie zu folgendem Schluss: Für das Verschwinden der Jungen gab es nur zwei Erklärungen. Entweder waren sie am Strand von irgendwelchen Schurken, die es auf ein Lösegeld abgesehen hatten, entführt worden, oder sie waren mit einem Boot hinausgerudert und hatten einen Unfall gehabt. Hatten sie womöglich ein Ruder verloren und trieben hilflos im Meer? Oder war das Boot gekentert? Oder gesunken? Dann wären ihre Brüder wahrscheinlich ertrunken. Bei diesem Gedanken wurde ihr angst und bange. Sie begann zu zittern.

Unvermittelt kam ihr eine Idee. Sie sprang auf, stürmte durch den langen Korridor und die Treppe hinunter in ihr Zimmer. Sie zog ihr leichtes Reisekostüm aus und schlüpfte in einen sportlichen Tweedrock, Pullover und Strickjacke. Dann zog sie bequeme Wanderschuhe an. Warm ausstaffiert betrat sie das Zimmer des Kindermädchens.

Die Kinderfrau blickte auf und fragte besorgt: »Gibt es irgendetwas Neues, Bess?«

»Im Moment nicht. Ich habe eben mit Lady Fenella und Mark Ledbetter telefoniert. Er will sich mit den Polizeidienststellen der Umgebung in Verbindung setzen … mit Scarborough und mit York. Und ich gehe jetzt an den Strand und schaue mich selbst noch einmal um.«

Unten in der Halle beschloss Bess, ihren Onkel bei Deravenels anzurufen. Seine Sekretärin nahm das Gespräch an und erklärte ihr, dass ihr Chef in der Stadt einen geschäftlichen Termin habe.

Bess überlegte, ob sie seiner Mitarbeiterin den Grund für ihren Anruf schildern sollte, verwarf den Gedanken jedoch wieder. »Bitte richten Sie ihm aus, dass er mich zurückrufen möchte. Ich bin in Ravenscar und muss ihn sprechen, Eileen. Es ist dringend.«

* * *

Während Bess die unebenen Felsstufen hinuntersprang, spähte sie suchend über die Klippen. Der Strand war menschenleer. Sie rannte über den Kies das Ufer entlang, bis sie den berühmten Kormoranfelsen erreichte. Ein wenig atemlos verlangsamte sie ihr Tempo und schritt den Felsen ab. Schäumend und gurgelnd brach sich die dunkle See am Fuß des ausgewaschenen Gesteins, wie zu allen Zeiten.

Angestrengt suchte das junge Mädchen mit den Augen das Terrain ab, nach … ja, was suchte sie eigentlich? Sie hätte es nicht zu sagen gewusst … irgendetwas, irgendein Hinweis, der ihr Aufschluss über das hätte geben können, was passiert war. Aber da war nichts. Als sie den Kopf hob, gewahrte sie die Fischerhütte auf dem Felsausleger. Die Tür schwang im Wind hin und her. Weshalb stand sie offen? Natürlich, Edward. Er musste sie früher am Tag geöffnet haben.

Sie lief über den Pfad zum Schuppen und schaute sich um. Hier lagerten für gewöhnlich ihre vier Fischerboote: zwei große und zwei kleine. Jetzt entdeckte sie jedoch nur drei – ein großes und die zwei kleinen. Offenbar hatten ihre Brüder sich eines von den beiden großen Ruderbooten genommen. Die *Sea Dog*, die *Meg O'My Heart* und die *Macbeth* standen aufgebockt auf ihren Stützen, indes fehlte die *Lady Bess*, die ihr Vater nach ihr benannt hatte. Sie schlug die Hände vors Gesicht, ihr Herz krampfte sich schmerzvoll zusammen. Wenn die Jungen mit dem Boot auf die Nordsee hinausgerudert waren, lag es durchaus im Bereich des Möglichen, dass sie einen Unfall gehabt hatten. Und ertrunken waren.

Bei der Vorstellung schauderte sie. Sie taumelte und hielt sich am Türpfosten, bis sie sich wieder halbwegs gefasst hatte. Schließlich wankte sie zurück ins Freie und verschloss sorgfältig die Tür. Sie ließ den Schlüssel in ihre Jackentasche gleiten und lief erneut zum Strand. Inzwischen rechnete sie mit dem Schlimmsten.

Wieder schweifte ihr Blick suchend vom Ufer über das Meer

bis zu der fernen Linie am Horizont, wo Wasser und Himmel verschmolzen. Nirgends ein Boot, weit und breit war keine Spur von ihnen zu entdecken.

Schweren Herzens kletterte Bess die Stufen zu dem steinigen Hochplateau hinauf und marschierte zurück nach Ravenscar. Vielleicht hatten ihre jüngeren Brüder nur die Zeit vergessen oder sich verlaufen. Sie konnte nur hoffen, dass sie bald wiederauftauchten. Oder dass man sie schleunigst fand.

* * *

»Ich war unten am Strand, Großmutter.« Bess setzte sich zu ihr in die Bibliothek. »Es ist wie verhext … ich habe keinerlei Anhaltspunkt entdecken können, nichts, was die Situation erhellen könnte.«

»Ich verstehe.« Cecily Deravenels blasses, angespanntes Gesicht, die geweiteten blaugrauen Augen signalisierten ihre aufkeimende Angst.

Wie gewöhnlich war der Nachmittagstee serviert worden, sie hatte ihre gefüllte Teetasse jedoch nicht angerührt, und ihr Teller blieb leer, weil sie ohnehin keinen Bissen hinunterbekommen hätte. »Richard rief vorhin an, Bess. Ich habe ihm die Sachlage geschildert. Wenn die Jungen bis heute Abend nicht wiederaufgetaucht sind, kommt euer Onkel umgehend nach Ravenscar.«

»Gut zu wissen, Großmutter. Ich hab mit Tante Fenella und Mark Ledbetter gesprochen. Er hat die Polizeidienststelle von Scarborough informiert, die für dieses Gebiet zuständig ist. Und die von York, weil sie dort mehr Leute haben.«

Cecily rieb sich mit einer verräterischen Geste die Augen und fragte mit leiser, zitternder Stimme: »Wo mögen sie bloß stecken, Bess? Oh, wo können die armen Kinder nur sein?«

* * *

Gegen sechs Uhr abends fand sich die lokale Polizei auf dem Anwesen ein und durchsuchte das Gelände und den Strand bis in den letzten Winkel. Inspektor Wallis von der Polizeidienststelle in Scarborough und der Yorker Chefinspektor Allison stellten Befragungen an. Die beiden erfahrenen Kriminalbeamten waren letztlich jedoch genauso ratlos wie die Bewohner von Ravenscar.

Alle standen vor einem Rätsel. Das Verschwinden der beiden Jungen war das größte Mysterium, das ihnen je untergekommen war.

47

Amos Finnister hatte sich in London ins Auto gesetzt und war die ganze Nacht durchgefahren. Als er in die Auffahrt bog und im Schritttempo zu den Stallungen rollte, entwich ihm unwillkürlich ein Seufzer der Erleichterung. Endlich! Er hatte es geschafft.

Er parkte seinen Wagen auf dem gepflasterten Innenhof und steuerte zum Hintereingang, wie Bess es ihm am Telefon erklärt hatte.

Gerade als er den Türklopfer betätigen wollte, wurde die Tür aufgerissen, und Bess stand auf der Schwelle. »Guten Morgen, Amos«, rief sie und winkte ihn ins Innere.

»Morgen, Miss Bess.« Er betrat den Korridor und schloss die Tür hinter sich. »Irgendwas Neues?«

Sie schüttelte den Kopf. »Leider nein. Kommen Sie mit, Sie haben bestimmt Hunger. Jessup serviert das Frühstück, die Köchin hat bereits alles vorbereitet.«

»Das ist sehr nett, danke.«

»Nach der langen Fahrt sind Sie doch sicher müde, oder?«

»Es geht«, meinte er gedehnt. Er folgte ihr durch die Halle ins Frühstückszimmer.

Der Butler führte Amos zum Büfett, auf dem wie jeden Morgen eine Auswahl kalter und warmer Speisen stand. »Was darf ich Ihnen servieren, Sir?« Jessup hob die Warmhaltehauben von den diversen Silberplatten. »Es gibt Würstchen und gebratenen Speck, Nierchen, gebackene Tomaten und Räucherfisch, falls Sie dergleichen zum Frühstück mögen. Wenn Sie lieber Rührei oder Spiegeleier möchten, sage ich Mrs Latham rasch Bescheid. Dann macht sie sie ganz frisch.«

»Würstchen, Speck und eine gegrillte Tomate, Jessup, vielen Dank. Das reicht mir.«

Er kehrte an den Tisch zurück und setzte sich zu Bess. »Das Übliche für Sie, Miss Bess?«, erkundigte sich der Butler, und als sie nickte, eilte er zu dem Büfett und brachte ihr einen Teller mit gebackenen Tomaten. Kurz darauf stellte er ihnen warmen Toast, Butter und eine Auswahl köstlicher Marmeladen auf den Tisch und goss ihnen frisch aufgebrühten Tee ein.

Sobald sie allein waren, bemerkte Bess: »Die beiden örtlichen Kommissare beteuern, dass sie vor einem Rätsel stehen, Amos. So etwas ist ihnen noch nie untergekommen.«

»Es ist in der Tat mysteriös, Miss Bess, und das ist im höchsten Maße beunruhigend. Erzählen Sie mir noch einmal von dem Bootsschuppen. Sie sagten, die Tür stand offen?«

»Ja, richtig. Es ist mir aufgefallen, weil die Tür im Wind hin- und herschlug. Da war mir sofort klar, dass Edward dort gewesen war und vergessen hatte, sie zu schließen. Ich ging hin und sah mich im Schuppen um. Dabei stellte ich fest, dass eines der großen Boote fehlt.«

»Die *Lady Bess.*«

»Ja, Vater benannte sie nach mir.«

»Gut, dass wir wenigstens den Namen des Bootes haben –« Amos brach abrupt ab. Er hätte sich ohrfeigen mögen, weil ihm das herausgerutscht war.

»Falls ein Schiffswrack gesichtet wird, meinten Sie das, Amos?«, gab sie bitter zurück. »Wenn man den Namen des Bootes weiß, lässt sich das Wrack leichter identifizieren, nicht wahr?«

Er nickte betreten. »Bedaure, aber was Sie da sagen, stimmt.«

»Machen Sie sich keine Vorwürfe … darauf wäre ich auch selbst gekommen.« Sie senkte den Kopf. Unvermittelt füllten sich ihre strahlend blauen Augen – das Erbe ihres Vaters – mit

Tränen. Sie versuchte sie wegzublinzeln und schluckte schwer, aber ihre Kehle war wie zugeschnürt, und das Herz hämmerte ihr schmerzhaft gegen den Rippenbogen.

»Oh, liebe Bess«, murmelte Amos, voller Mitleid für das junge Mädchen. Er stand auf und trat zu ihr.

Sie schüttelte den Kopf. »Nein, nein, es geht schon wieder. Weinen hilft auch nicht weiter.« Sie zog ein Taschentuch aus ihrer Jackentasche und betupfte sich damit die Augen. Als sie es in die Strickjacke zurücksteckte, berührten ihre Finger den Schlüssel. »Oh, und Amos, der Schlüssel steckte im Schloss, deshalb schloss ich ab. Sehen Sie, ich hab den Schlüssel mitgenommen.« Sie hielt ihm den Schlüssel hin.

»Ich habe alles Nötige dabei, um ihn auf mögliche Fingerabdrücke zu prüfen. Aber das mache ich später, Bess. Vorher erzählen Sie mir noch einmal ganz genau, was Sie mir gestern Abend am Telefon berichtet haben.«

* * *

»Köchin, da draußen auf dem Hof steht so ein komischer Mann«, stellte Polly fest, während sie durch die Küchengardine aus dem Fenster spähte.

Einen Holzlöffel in der Hand schwenkend, wirbelte Mrs Latham herum und starrte das neue Küchenmädchen an. »Was war das eben, Mädchen? Was sagst du da?«

»Der Mann da draußen. Kommen Sie, gucken Sie mal selber.«

Die Köchin trat ans Küchenfenster und registrierte mit einem Blick, was Polly meinte. Im Innenhof, vor den Stallungen, lungerte in der Tat ein merkwürdig aussehender Fremder herum, der eben in Richtung Hintereingang steuerte.

Sie legte den Kochlöffel auf die Arbeitsplatte, wischte sich die Hände an einem Küchentuch trocken und rückte ihr weißes Häubchen zurecht. Dann lief sie aus der Küche und durch den Gang. Sie riss die Hintertür auf und baute sich mit argwöhnischer Miene im Türrahmen auf.

Als der Mann unschlüssig vor ihr stehen blieb, wurde ihr sofort klar, womit er seinen Lebensunterhalt verdiente. Er roch dermaßen nach Fisch, dass sie unwillkürlich zurückschrak. Vermutlich war er einer der ortsansässigen Fischer, entweder aus Ravenscar oder vielleicht aus dem nahen Scarborough.

Er tippte höflich mit dem Zeigefinger an seine Mütze und sagte: »Morgen Ma'm, kann ich mal den Chef sprechen?«

»Bedaure nein. Aber vielleicht kann ich Ihnen weiterhelfen?«, versetzte Mrs Latham geistesgegenwärtig.

Der Mann spitzte die Lippen und zog eine verächtliche Grimasse. »Nee, ich will den Hausherrn sprechen. Ich hab ihm was zu sagen.«

Die Köchin schüttelte den Kopf. »Ich kann ihn nun mal nicht wie ein Kaninchen aus dem Hut zaubern, oder? Mr Deravenel ist nicht hier. Das Beste wird sein, Sie erzählen mir, was Sie auf dem Herzen haben. Und zwar schnell, ich hab zu arbeiten.«

»Es geht um die zwei kleinen Bengel, die Deravenel-Jungs, die werden vermisst.«

Mrs Latham erstarrte und maß ihn aus zusammengekniffenen Augen. »Wenn Sie da was wissen, dann reden Sie, Mann … Na kommen Sie, spucken Sie's schon aus.«

»Tja, das war so … ich hab gesehn, wie die Bengel am Kormoranfelsen fischten. Dann krieg ich mit, wie ein Fischerboot da ans Ufer fährt. Und seh, wie ein Mann den Kahn auf den Strand zieht.«

»Und was war dann?«

»Nix weiter, ich war fischen … bin rausgerudert, hab geangelt, war aber gestern nicht doll mit dem Schellfisch.«

»Warten Sie hier … gehen Sie nicht weg. Ich bin gleich zurück.«

Der Mann nickte, und die Köchin stürmte in heller Aufregung durch den Korridor, auf der Suche nach Jessup. Als sie ihn in der Butlerloge fand, berichtete sie ihm, was der Fischer am Strand beobachtet hatte. »Ich muss ihm einen Shilling geben oder so etwas, Jessup, für seine Bemühungen. Ich hoffe, dass uns die Information weiterhilft, was meinen Sie?«

»Möglich. Bitte gehen Sie wieder zu ihm. Unterhalten Sie sich mit dem Fischer, Mrs Latham, halten Sie ihn auf, bis ich Mr Finnister gefunden habe. Besser, er fühlt ihm auf den Zahn.« Mit diesen Worten verschwand Jessup, und die Köchin eilte zum Dienstboteneingang zurück.

»Bitte, warten Sie noch einen Moment. Der Butler holt rasch einen – eine Autoritätsperson. Sind Sie von hier?«

»Klar doch, ich leb schon immer im Dorf. Tom Roebottom heiß ich.«

»Nennen Sie mich einfach Köchin, das tun alle hier.«

Jessup näherte sich in Begleitung von Finnister und Bess. Hastig trat die Köchin beiseite, damit der Detektiv mit dem Mann reden konnte.

»Mein Name ist Finnister«, stellte Amos sich vor. »Soweit ich das verstehe, wissen Sie Genaueres über das Verschwinden der beiden Jungen, die gestern Nachmittag am Strand von Ravenscar fischen waren. Bitte erzählen Sie mir alles, was Sie gesehen haben. Es geht um Leben und Tod.«

Der Fischer erzählte ihm dieselbe Geschichte wie vorher Mrs Latham. Als er geendet hatte, erkundigte sich Amos: »Haben Sie gesehen, dass der Mann die Jungen ansprach? Oder sich mit ihnen unterhielt?«

»Nee.«

»Aber Sie sahen, wie er ans Ufer ruderte und sein Boot auf den Strand schob?«

»Jaaa. Er zog es über die Steine, bis zu den großen Felsen.« Tom überlegte. »Dann hat er sich hingesetzt.«

»Das war alles, was Sie bemerkt haben?«

»Jaaa. Ich bin weiter rausgerudert. Schellfisch angeln.«

»Können Sie uns den Mann beschreiben? Konnten Sie ihn deutlich erkennen?«

Der Fischer schüttelte den Kopf. »Nee, dafür war ich zu weit draußen. Tja, groß war er. Breite Schultern, kräftig. Und es war ein großes Fischerboot.«

»Wie viele Leute hätten darin Platz gehabt, was schätzen Sie?«

Tom Roebottom zuckte die Schultern. »Fünf, vielleicht auch sechs.«

»Gut. Ich hab noch eine sehr wichtige Frage an Sie. Haben Sie gesehen, ob der Mann den Strand in seinem Fischerboot auch wieder verlassen hat?«

»Nee, wissen Sie, ich war zu weit draußen. Ziemlich weit draußen.«

»Verstehe. Sagen Sie mir schnell …« Finnister stockte und fragte dann: »Wie war Ihr Name noch gleich?«

»Tom … Roebottom, Sir.«

Finnister hielt ihm die Hand hin. »Nett, Sie kennenzulernen, Tom, und danke, dass Sie hergekommen sind und uns informiert haben.«

Sie schüttelten einander die Hände; Tom nickte respektvoll.

Amos beobachtete ihn für einen langen Augenblick. »Weshalb sind Sie überhaupt hergekommen, Tom? Wie kamen Sie darauf, dass Ihre Beobachtungen wichtig für uns sein könnten?«

»Ähm, eigentlich war es meine Frau, Betty. Sie sah gestern überall Polizei und erzählte mir, dass die Jungs vermisst würden. Da fiel mir wieder diese komische Geschichte ein. Und Betty, also meine Frau, meinte, ich müsste herkommen und Mr Deravenel alles erzählen.«

»Dafür bin ich Ihnen sehr dankbar.« Amos drückte ihm ein paar Münzen in die Hand.

Tom erwiderte: »Nee, ich will nix. Ich tu nur meine Pflicht.

Mr Deravenel, also Mr Edward, war immer gut zu uns Leuten im Dorf. Ist viel zu jung gestorben.« Er schüttelte den Kopf. »Vielleicht ist ja auch nix dran an dem, was ich gesehn hab. Dachte mir nur, besser, ich sag es Mr Richard. Hat meine Frau auch gemeint.«

* * *

Amos wurde schnell klar, dass sie am Strand nichts Aufschlussreiches finden würden, weder Anhaltspunkte noch irgendeine Spur von den beiden Jungen. Das Problem war der steinige Felsstrand, der dem immerwährenden Rhythmus von Ebbe und Flut unterlag. Kies, Muscheln und Steine wurden angetrieben und mehrmals am Tag wieder ins Meer gewaschen … genau wie andere Gegenstände oder Kleidungsstücke.

Nachdem sie den Kormoranfelsen abermals inspiziert hatten, führte Bess ihn zu der Fischerhütte auf dem Felsvorsprung. Sie hatte ihm den Schlüssel schon vorher ausgehändigt, damit er die Fingerabdrücke nehmen konnte. Das stellte sich allerdings als zwecklos heraus, weil den Schlüssel einfach zu viele Leute angefasst hatten.

Die beiden blieben in der geöffneten Tür stehen, und Bess deutete auf die drei verbliebenen Fischerboote: »Vater hatte nie mehr als die vier Boote hier, aber jede Menge Ersatzruder.«

»Verstehe.« Amos nickte. Er schob sich an Bess vorbei in den Schuppen und sah sich kurz um. Wieder entdeckte er nichts Auffälliges – oder Verdächtiges. Zu ihr gewandt, meinte er: »Tom, der Fischer, will gesehen haben, wie der Mann ein Boot über den Strand bis hoch zu den Klippen gezogen hat. »Ich schlage vor, wir schauen uns dort mal ein bisschen um, was?«

Bess war sofort einverstanden. Minuten später stapften sie am Ufer entlang zu den hohen Klippen, die eine Seite des Kormoranfelsens begrenzten.

Es war erneut ein herrlicher Tag, sonnig und windstill mit einem wolkenlos blauen Himmel. Indes hatten die beiden keinen Blick für die Schönheit der Umgebung, ihre ganze Konzentration galt der Suche nach den Kindern.

Irgendwann blieb Amos unvermittelt stehen und bückte sich. Er deutete auf das Strandstück, auf dem sie gerade standen. »Schau sich das einer an, Miss Bess. Tom hatte recht mit seiner Behauptung, der Mann habe das Boot ein ganzes Stück über den Strand gezogen ... hier sieht man noch die Spur, die der Bootsrumpf im Kies hinterließ.«

»Ja, jetzt sehe ich es auch. Tom Roebottom ist ein guter Beobachter.«

»Ja.« Amos richtete sich auf und seufzte schwer. Bess warf ihm einen scharfen Blick zu, sagte aber nichts.

Schließlich murmelte Amos: »Hier finden wir nichts mehr, da können wir suchen, solange wir wollen. Ich will ganz offen sein, Miss Bess, ich glaube, Edward und Richard sind gestern hier am Strand entführt worden. Aber von wem und mit welchem Motiv, entzieht sich bislang meiner Kenntnis.«

Bess starrte ihn mit großen, schmerzerfüllten Augen an, ihre Mundwinkel zitterten kaum merklich. »So langsam glaube ich das auch. Ob das der Bursche war, den Tom hier gesehen hat?« Sie rang um Fassung.

»Ich bin mir fast sicher. Außerdem schätzt Tom, dass das Boot Platz für mindestens fünf Fischer hatte. Folglich war es groß genug für den Mann und die zwei kleinen Jungen.«

»Aber wer würde so etwas tun?«, fragte sie mit bebender Stimme.

»Keine Ahnung. Ich kann mir das auch nicht erklären. Wann kommt euer Onkel?«

»Pünktlich zum Mittagessen, meinte er gestern Abend zu mir. Er fliegt für sein Leben gern und hat eine Maschine gechartert, die ihn und Mark hierherbringt. Etliche Leute gründen mittlerweile solche Charterunternehmen, erklärte er mir am Telefon. Er hat sich für ein Unternehmen entschieden, das von zwei Piloten geführt wird, die im Krieg in der Luftwaffe gedient haben. Sie landen das Flugzeug auf dem neuen Flugfeld bei Scarborough.«

»Flugzeuge sind eine fabelhafte Erfindung. Und die Zukunft des Reisens.«

»Im Ernst? Großmutter beteuert fortwährend, dass sie schrecklich gefährlich sind und vom Himmel fallen können. Dabei begeistert sie sich für gewöhnlich für jede neue Erfindung.«

Nacheinander kletterten sie die glitschigen Felsstufen hoch. Unvermittelt blieb Amos stehen und fasste Bess am Arm. »Wann willst du es deiner Mutter sagen, dass die Jungen verschwunden sind?«

»Wahrscheinlich heute, nach Onkel Richards Ankunft. Sobald wir die Situation noch einmal gemeinsam durchgesprochen haben.«

* * *

Nach ihrem Eintreffen, gegen halb eins am Mittag, gesellten sich Richard Deravenel und Mark Ledbetter zu Cecily Deravenel, Bess und Amos Finnister in die Bibliothek. Die kleine Gruppe, die sich dort eingefunden hatte, wirkte niedergeschlagen und tief beunruhigt.

Richard eröffnete die Diskussion um die Jungen, indem er sich mit der Frage an seine Mutter wandte: »Ich gehe davon aus, dass du in der Zwischenzeit kein neues Personal eingestellt hast, ja? Niemanden, den ich noch nicht kenne und der sich hier irgendwo im Haus oder auf dem Grundstück herumtreiben könnte?«

»Nein, das hab ich nicht, Richard. Oh, oder doch, da ist Polly, die neue Küchenhilfe. Aber ihre Mutter arbeitete jahrelang hier. Sie ist aus dem Dorf.«

»Wie steht es mit neuen Kräften auf dem Anwesen?«

Seine Mutter schüttelte den Kopf und streifte ihn mit einem missbilligenden Blick. »Außerdem würde ich niemals fragwürdige oder zwielichtige Gestalten einstellen.«

Richard, der ihren scharfen Ton registrierte, lenkte ein: »Du verstehst, warum ich das fragen musste, Mutter.«

»Selbstverständlich verstehe ich das.«

Mark Ledbetter schaltete sich an diesem Punkt in ihr Gespräch ein. »Ich habe mich mit den beiden verantwortlichen Kriminalbeamten unterhalten, die gestern hier die Untersuchungen leiteten. Beide haben nicht die kleinste Spur gefunden.«

»Ich habe neue Informationen, die wichtig sein könnten«, warf Amos ein. Er schilderte ihnen die Beobachtungen, die Tom Roebottom gemacht hatte.

Richard lauschte angespannt, und als Amos geendet hatte, fragte er in drängendem Ton: »Meinen Sie, dieser Bursche, der da am Strand landete, hat die Jungen entführt?«

»Ich fürchte, ja«, sagte Amos bitter.

»Wie kommen Sie darauf?«

»Weil es die einzig naheliegende Erklärung ist«, versetzte Amos. »Es sei denn, die Jungen sind selbst mit einem Boot auf die Nordsee hinausgerudert. Bess hat entdeckt, dass die *Lady Bess* verschwunden ist.«

»Was Sie damit sagen wollen, ist, dass die beiden auf die Nordsee hinausgerudert sein könnten, wo ihr Boot leckschlug oder kenterte und sie ertranken, nicht wahr? Und die andere Möglichkeit wäre, dass sie gewaltsam entführt wurden«, konstatierte Mark.

»Wer käme denn auf die grässliche Idee, meine beiden Brüder zu kidnappen?«, fragte Bess mit tränenerstickter Stimme.

Richard tätschelte begütigend ihren Arm und sagte sanft: »Es gibt genug skrupellose Menschen auf dieser Welt, die zu dergleichen fähig wären, Bess, Liebes. Menschen, die … nun ja, mit Menschen handeln … Kinder stehlen … und Lösegeld fordern oder die Kleinen verhökern, an Leute, die gern ein Kind haben möchten und keines bekommen … oder … oder zu Zwecken der Prostitution.«

»O Gott, nein, sag so etwas nicht!«, erregte sich Cecily. Entsetzt schlug sie eine Hand vor den Mund. »Nur das nicht, Richard!« Schockiert starrte sie ihren jüngsten Sohn an.

»Da draußen gibt es eine Menge böser Leute, Mrs Deravenel«, mischte Amos sich ein. »Skrupellose, brutale, geldgierige Zeitgenossen. In meinen Augen sind das wilde Bestien.«

Cecily nickte. »Was meinen Sie, Mark?«

»Ich hätte auf einen Unfall auf See geschlossen, Mrs Deravenel, wäre da nicht dieser Fischer, der einen Mann am Strand hatte herumlungern sehen. Tja … ich muss gestehen, momentan bin ich ein wenig gespalten. Es sind sehr hübsche Jungen und –« Er unterbrach sich mitten im Satz, als er sah, dass Bess und Cecily ihn mit panikgeweiteten Augen anstarrten.

»O Gott, nein, nicht das. Ich kann das nicht mehr mitanhören«, wisperte Cecily und schloss die Augen. Bess trat zu ihrer Großmutter und legte ihr tröstend einen Arm um die Schultern.

In Richards Stimme schwang Besorgnis, als er fragte: »Mark, gibt es Ihrer Ansicht nach irgendetwas, das wir tun können? Was meinen Sie, Amos?«

Amos schüttelte den Kopf. »Ich hab den Strand inspiziert und nichts entdeckt außer einer tiefen Spur im Kies, die sich vom Ufer bis zu den Felsvorsprüngen erstreckte. Sieht mir ganz danach aus, als ob ein Boot dorthin gezogen worden sei. Das war alles. Ich hab heute Morgen ausgiebig mit Jessup gesprochen und mir sämtliche Kräfte auf dem Anwesen vorgeknöpft, auch die Gärtner und die Stallburschen. Keiner von ihnen hat bemerkt, dass ein Fremder auf dem Anwesen herumstrolchte. Offenbar war auch niemand Fremdes im Dorf. Ich stehe vor einem Rätsel. Genau wie die Polizei. Die Beamten haben gestern hier jeden letzten Winkel durchsucht und keinerlei Indizien gefunden. Rein gar nichts.«

An Mark gerichtet, fragte Richard: »Falls jemand meine Neffen entführt hat, um Lösegeld zu fordern, dann hätten wir doch inzwischen schon von den Erpressern gehört, oder?«

»Mit absoluter Sicherheit! Kidnapper verlieren in der Regel keine Zeit, sie kontaktieren umgehend die Angehörigen der Opfer. Sie ziehen die Sache blitzschnell durch, weil sie ihre Geisel loswerden und im Gegenzug das Geld haben wollen. Was Inspektor Wallis und Chefinspektor Allison angeht, so neigen allerdings beide dazu, eine Entführung anzunehmen.«

»Wie kommen die Herren zu dem Schluss?«, wollte Richard wissen.

»So ein Gefühl, meinten sie gestern Abend, beide.«

»Wir sind der Situation völlig ausgeliefert«, stellte Richard fest. »Grundgütiger, was sollen wir bloß machen?«

»Ich hätte einen Vorschlag.« Amos blickte von Richard zu Mark. »Weshalb wenden wir uns nicht einfach an das Volk? Was ich meine, ist, dass wir die Presse in den Fall einschalten sollten. Wir könnten eine Pressekonferenz geben, die Situation schildern, dafür sorgen, dass Fotos von den beiden Kindern in den Tageszeitungen abgedruckt werden. Wir bitten die Öffentlichkeit um Unterstützung bei der Aufklärung dieses Verbrechens.«

»Ein sehr guter Vorschlag!«, stimmte Mark zu. »Und ich rate Ihnen, eine Belohnung auszusetzen, Richard. Eine stattliche Summe bei Rückkehr der Jungen und kleinere Beträge für polizeidienliche Hinweise, die zur Lösung des Falles beitragen.«

»Ich bin dabei!«, bekräftigte Deravenel enthusiastisch. Er schien innerlich aufzuatmen. »Vermutlich ist es das einzig Sinnvolle, was wir überhaupt tun können. Der Entführer kann die Jungen schließlich nicht dauerhaft verstecken, oder? Ich bin mir ganz sicher, dass irgendjemand sie irgendwo sehen wird, und dann bringt man sie zu uns zurück.«

Aber da irrte er sich. Und es sollte nicht lange dauern, bis man ihn bezichtigte, beim Verschwinden seiner Neffen die Hand im Spiel gehabt zu haben. Und er sollte dafür gestraft werden.

48

LONDON

Elizabeth Deravenel stand am Fenster ihres Schlafzimmers und blickte über den Berkeley Square. Es war ein klirrend kalter Dezembernachmittag, und es schneite schon seit Stunden.

Die Rasenfläche auf dem Platz war mit einer weichen Flockenschicht bedeckt, Eiskristalle glitzerten an den kahlen Ästen der Bäume, der ihrer Blätter ... beraubten Bäume.

Beraubt. Ja, so fühlte sie sich. Beraubt und untröstlich. Fast fünf Monate waren seit dem Verschwinden ihrer Jungen vergangen. Als wenn sie sich in Luft aufgelöst hätten, wie Bess es umschrieb.

Man hatte sie nie gefunden.

Sie lehnte ihren Kopf an das Fenster, betrachtete die Schneeflocken, die an der Scheibe schmolzen und als Wassertropfen hinabperlten ... und dachte an die Tränen, die sie vergossen hatte. Seit August weinte sie Tag um Tag. Bisweilen glaubte sie, sie habe keine Tränen mehr, aber dem war nicht so; noch jede Nacht weinte sie sich in den Schlaf.

Tagsüber versuchte sie stark und tapfer zu sein, für ihre Mädchen, ihre fünf Töchter: Bess, Cecily, Anne, Katharine und Bridget. Eine rein weibliche Familie waren sie jetzt, nach Edwards Tod und seit dem Verschwinden der Jungen – Gott wusste, wohin.

Sie schloss die Augen und sah im Geiste ihre Söhne vor sich. Wo waren sie jetzt? Ihr grauste vor der Vorstellung, dass sie lebten und die Hölle auf Erden durchmachen mussten, während sie sich unablässig fragten, warum ihre Mutter sie nicht aus ihrer Not befreite. Aber war es nicht noch schlimmer, sich vorzustellen, sie seien tot?

Ihre kleinen Jungen … Edward und Richard … so hübsche Kinder, dabei lieb und folgsam … unschuldige Geschöpfe, die keiner Menschenseele etwas zuleide getan hatten. Ihr hatte es das Herz gebrochen, als Bess sie am 18. August anrief, um ihr die Schreckensnachricht mitzuteilen. Dieses Datum würde sie niemals vergessen. Sie war umgehend nach Hause gefahren und zwei Tage später, am Freitag, in Yorkshire eingetroffen, wo sie Mutlosigkeit, Schmerz und Verzweiflung empfingen. Haltloser Kummer, der schier unerträglich war.

Ihre geliebten Söhne … Ihre Augen füllten sich von neuem mit Tränen. Elizabeth wischte sie fort, atmete tief durch. Sie durfte nicht aufgeben, musste sich in Gelassenheit üben, aber das war schwer.

1926. Die Jahreszahl war in ihr Herz geschnitten. Am 9. April war Edward gestorben, im Juni Will Hasling. Sie waren zwar nie Freunde geworden, dennoch wusste sie, dass er sie nie im Stich gelassen hätte. Er war nicht nur mit Edward eng befreundet gewesen, sondern auch mit Anthony, ihrem Bruder.

Ihr Herz zog sich schmerzhaft zusammen. Ihr Bruder war im September einem Schlaganfall zum Opfer gefallen. Seither hatte sie niemanden mehr, an den sie sich wenden konnte. Nun, das stimmte nicht ganz. Amos Finnister war für sie da, wenn sie ihn brauchte, genau wie Alfredo Oliveri. Sie würden sie nicht im Stich lassen, da sie viele Jahre mit Edward zusammengearbeitet hatten und ihm ein ehrendes Andenken bewahrten. Zudem hatte Grace Rose sich nach dem Verschwinden der Jungen rührend um sie gekümmert und ihr jede nur erdenkliche Unterstützung angedeihen lassen. Gewiss tat sie das vor allem aus ihrer tiefen Liebe zu Edward und Bess. Elizabeth hatte jedoch schon lange erkannt, dass Grace Rose eine ernsthafte und einfühlsame junge Frau war, die vor den Problemen anderer Menschen nicht wegschaute.

Es klopfte an der Tür, und als Elizabeth »Herein« rief, steckte Mallet den Kopf ins Zimmer.

»Verzeihen Sie, wenn ich störe, Mrs Deravenel, aber Mrs Turner ist eben eingetroffen. Sie wartet im Salon.«

»Danke, Mallet. Ich komme gleich.«

»Sehr wohl, Madam.«

Sie blickte auf die Kaminuhr. Es war Schlag vier Uhr. Immerhin ist sie pünktlich, sann Elizabeth, während sie sich die Nase puderte und sich zum wiederholten Male fragte, warum Margaret Beauchard Turner sie wohl um diese Unterredung gebeten haben mochte.

Margaret Beauchard Turner kam aus einer adligen Familie und verkehrte in den besten Kreisen. Die beiden Damen hatten sich bislang jedoch nie kennengelernt. Als Elizabeth wenige Minuten später den Salon betrat, verblüffte es sie mithin umso mehr, als sie dort ein kleines, zierliches Persönchen erwartete. Mrs Turner war attraktiv und nach dem aktuellen Chic gekleidet.

Ihr schwarzweißes Bouclékostüm war ein Modell von Coco Chanel, und auch der Schmuck trug die charakteristische Handschrift der Modeschöpferin: ein langes, mehrreihiges Perlencollier, ein stilisiertes Malteserkreuz an einer Goldkette und Perlenohrringe.

Elizabeth schätzte sie auf Mitte vierzig.

»Guten Tag, Mrs Turner.« Edwards Witwe trat zu ihr und reichte ihr die Hand.

Margaret Turner war aufgestanden, kam ihr entgegen und fasste ihre Hand. »Ich freue mich, Sie kennenzulernen, Mrs Deravenel«, sagte sie höflich. »Danke, dass Sie mich empfangen.«

Elizabeth deutete mit einem Kopfnicken auf das Sofa. »Bitte, setzen wir uns doch.«

Die beiden Frauen beäugten einander abwägend. Elizabeth überlegte immer noch, was der Grund des Besuches sein mochte, Margaret Turner wiederum, wie sie anfangen sollte.

Schließlich räusperte sie sich lächelnd und ergriff die Initiative. »Sie sind gewiss neugierig, weshalb ich Ihnen schrieb, dass ich Sie kennenlernen möchte. Dazu komme ich gleich. Zunächst möchte ich Sie jedoch meines tiefempfundenen Mitgefühls versichern. Ich bin selbst Mutter und ahne, wie Sie sich fühlen müssen. Lange Jahre lebte ich von meinem einzigen Kind getrennt – nicht durch mein Verschulden –, und es war eine äußerst schmerzliche Erfahrung. Gewiss leiden Sie an Herz und Seele jeden Tag, Mrs Deravenel.«

Elizabeth war gerührt über ihre verständnisvolle Reaktion. »O ja, Mrs Turner. Manchmal glaube ich, dass ich nicht mehr weinen kann. Wir leiden alle sehr, nicht zuletzt meine Töchter. Ich danke Ihnen. Ich weiß Ihre Anteilnahme zu schätzen.«

In diesem Moment klopfte Mallet und schob den Servierwagen mit dem Teegeschirr in den Salon.

»Danke, Mallet«, sagte Elizabeth. »Stellen Sie den Wagen ruhig hier neben meinen Stuhl. Ich serviere den Tee selbst.«

»Sehr wohl, Madam.« Er verschwand mit einem kurzen Nicken.

Elizabeth beschloss, das Ritual des Nachmittagstees rasch hinter sich zu bringen. Sie stand auf, trat zu dem Servierwagen und blickte zu ihrem Gast. »Möchten Sie Milch? Oder lieber Zitrone, Mrs Turner?«

»Zitrone, danke«, erwiderte Margaret, derweil sie Elizabeth genauer in Augenschein nahm. Eine wahrhaft schöne Frau, dachte sie bewundernd. Momentan vielleicht ein bisschen zu dünn und verhärmt, aber das hing gewiss mit ihrer nervlichen Anspannung zusammen. Sie litt zutiefst unter dem Verschwinden ihrer Söhne, das war deutlich zu sehen. Margaret fühlte mit ihr; sie wirkte unendlich traurig. Das Leben dieser Frau war zerstört.

Elizabeth brachte ihrem Gast eine Tasse Tee, schenkte sich selber ein und setzte sich wieder. »Ich habe Ihnen gar keinen Imbiss angeboten, Mrs Turner. Möchten Sie etwas essen?«

»Nichts, nein danke.«

Eine kurze Weile nippten sie stumm an ihrem Tee. Elizabeth bemühte sich um Haltung, während Margaret weiterhin über ihre Gastgeberin nachdachte.

Margaret Beauchard Turner war eine lebenskluge, rücksichtsvolle und diplomatische Frau. Jetzt lehnte sie sich zurück, trank schweigend ihren Tee und ließ Elizabeth Zeit, um sich zu sammeln. Wie viel mochte Elizabeth von dem Klatsch und Tratsch erfahren haben, insbesondere von den Gerüchten um ihren Schwager Richard Deravenel? Margaret hatte keine Ahnung, ob man Edwards Witwe bereits angetragen hatte, wie unbeliebt er im Unternehmen war und dass etliche Leute mutmaßten, er hätte am Verschwinden seiner Neffen mitgewirkt.

Nach einer Weile stellte Elizabeth die Teetasse ab und murmelte: »Wie ich schon sagte, bedeuten mir Ihre tröstlichen Worte sehr viel. In Ihrem Brief deuteten Sie an, dass Sie etwas Wichtiges mit mir zu besprechen haben.« Elizabeth maß sie mit festem Blick.

»Ganz recht.« Margaret stellte ihre Tasse auf einen Beistelltisch und hob an: »Darf ich Sie zunächst etwas fragen, Mrs Deravenel?«

Elizabeth nickte.

»Welche Schlüsse ziehen Sie und Ihre Familie aus der Tatsache, dass Sie seit nahezu sechs Monaten kein Lebenszeichen von Ihren Söhnen erhalten haben?«

Elizabeth starrte sie mit großen Augen an, sprachlos vor Bestürzung, dass die vornehm distinguierte Margaret Turner eine dermaßen persönliche Frage stellen konnte. Statt einer Antwort faltete sie die Hände im Schoß, die unkontrolliert zitterten.

Mit ihrer weichen, angenehmen Stimme fuhr Margaret fort: »Bitte halten Sie mich jetzt nicht für impertinent. Sicher, Sie kennen mich nicht einmal, ich bin eine Fremde, die sich ungefragt in Ihr Privatleben einmischt. Indes finde ich meine Frage durchaus berechtigt, auch wenn sie im ersten Augenblick grausam klingen mag. Sehen Sie … falls Ihre Söhne innerhalb der nächsten Monate nicht wiederauftauchen, müssen Sie ernsthaft davon ausgehen, dass man sie niemals finden wird. So furchtbar das ist, ich bin fast überzeugt, dass es so kommen wird, Mrs Deravenel. Und in dem Moment wird Ihre älteste Tochter Bess die Erbfolge Ihres Mannes antreten. Sehe ich das richtig?«

»Ja, was Sie sagen, stimmt«, brachte Elizabeth kaum hörbar heraus.

»In London wird viel über Ihre schreckliche Not geredet, und über Ihre Familie. Auch das ist Ihnen sicher bekannt.«

»Und wie immer wird alles verzerrt und übertrieben«, seufzte Elizabeth. Ihre Anspannung ließ unversehens nach, dank der Aufrichtigkeit und Direktheit ihrer Besucherin. Sie schien niemand zu sein, der sich verstellte. »Ihre älteste Tochter ist die rechtmäßige Erbin des Vermächtnisses, das Ihr verstorbener Mann hinterließ. Und damit berechtigt, Geschäftsführerin bei Deravenels zu werden. So weit bin ich informiert. Sehen Sie, im Konzern ist allgemein bekannt, dass Edward Deravenel die alten Bestimmungen 1919 modifizieren ließ. Ich weiß von diesen Dingen durch meinen Sohn Henry. Er arbeitet in der Pariser Konzernniederlassung – um genau zu sein, ist er seit kurzem der Leiter des Büros dort. Ihr Mann sorgte dafür, dass mein Sohn diese Anstellung bekam. Er nahm ihn in die Firma auf. Und Henry hat sich dort sehr gut entwickelt.«

»Ich weiß zwar von der Änderung der Statuten, aber ich wusste nicht, dass Ihr Sohn bei Deravenels in Paris tätig ist.«

»Er ist sehr beliebt und anerkannt in dem Pariser Büro. Aber Henry ist nicht nur ein hochintelligenter junger Mann, sondern auch überaus sympathisch. Er wird ohne Zweifel eines Tages einer Frau ein sehr guter Ehemann sein.«

Elizabeth schaute ihr Gegenüber mit großen Augen an. Plötzlich begriff sie. Sie verstand, weshalb Margaret Turner in ihrem Salon saß. Sie holte tief Luft und sagte: »Wenn ich Sie recht verstehe, schwebt Ihnen eine Heirat zwischen meiner Tochter und Ihrem Sohn vor. Deshalb wollten Sie mich kennenlernen, nicht wahr?«

Ihre Besucherin nickte. »Bitte lassen Sie mich das etwas weiter ausführen. Mein Sohn ist nicht durch seinen verstorbenen Vater Edmund Turner mit den Deravenels verwandt, sondern durch mich. Ihnen ist bestimmt bekannt, dass ich eine Beauchard bin und direkt von John Grant Deravenel abstamme, dem vierten Sohn Guy de Ravenels, dem Gründervater der Deravenel-Dynastie. Überdies wurde mein Sohn als Alleinerbe des verstorbenen Henry Grant eingesetzt. Er hat dessen sämtliche Unternehmensanteile geerbt.«

»Wollen Sie damit zum Ausdruck bringen, dass Ihr Sohn einen Anspruch auf die Unternehmensführung hat?«

»Nein, ich will damit lediglich sagen, dass er gute Chancen hätte, einen Anspruch auf die Unternehmensführung durchzusetzen, wenn er die Deravenel-Erbin heiratete.« Margaret beugte sich vor, ihre dunklen Augen eindringlich auf Elizabeth geheftet. »Stellen Sie sich vor, Mrs Deravenel ... Ihre Tochter und mein Sohn könnten eine neue Dynastie begründen – die der Turners. Und in den Adern ihrer Kinder würde das Blut der Deravenels und der Turners fließen. Das ist doch eine Überlegung wert, oder?«

Elizabeth nickte, um ihre Lippen glitt ein feines Lächeln. Ungeachtet der Sorgen um ihre Söhne sah sie einen Hoffnungsschimmer für Bess.

Margaret Beauchard Turner, eine der raffiniertesten Frauen ihrer Zeit, erwiderte das Lächeln. »Lassen Sie uns ganz offen miteinander reden.«

Und das taten sie über mehrere Stunden, wobei sie mit den Planungen für eine Hochzeit begannen.

49

London 1927

Bess saß am Bett ihrer Tante Anne und hielt ihr die Hand. Anne Deravenel kränkelte schon seit Wochen, nachdem ihr einziges Kind, der kleine Eddie, aus heiterem Himmel einem Blinddarmdurchbruch erlegen war. Seine Eltern waren untröstlich gewesen. Seitdem war Anne nur noch ein Schatten ihrer selbst und verließ selten das Bett. Richard dagegen gelang es besser, mit seiner Trauer umzugehen, weil die Arbeit bei Deravenels ihn auf andere Gedanken brachte.

Unvermittelt wandte Anne den Kopf, blickte Bess in die Augen und murmelte: »Ich muss immer wieder an den 9. April denken, als der kleine Eddie auf Ravenscar starb. Warum hat unser Schöpfer ihn zu sich geholt? Auf den Tag genau ein Jahr nach Edwards Tod? Wollte Gott Richard strafen?«

Ihre strahlend blauen Augen vor Überraschung geweitet, neigte das junge Mädchen sich über ihre Tante. »Das verstehe ich nicht, Tante Anne. Weswegen sollte Gott Onkel Richard strafen?«

Anne lag blass und zart in den Kissen und blieb stumm. Sie bereute das Gesagte, als sie sah, wie sich Schock und Verblüffung auf dem Gesicht ihrer Nichte malten. Vermutlich hatte Bess sie missverstanden.

»Wie hast du das gemeint?«, presste Bess halb verwirrt, halb ängstlich hervor.

Anne lächelte matt. »Richard bestand darauf, dass deine Brüder zu uns nach Ravenscar kamen, damit Eddie Spielgefährten hatte. An dem Wochenende, das wir bei meiner Mutter in Ripon verbrachten, nahmen wir sie nicht mit. Danach fuhr Richard wieder nach London. Sie blieben in der Obhut des

Kindermädchens und des übrigen Personals zurück, Bess. Die Leute hier tuscheln schlimme Sachen über Richard, dass er seiner Aufsichtspflicht nicht nachgekommen und damit maßgeblich verantwortlich für ihr Verschwinden ist ... aber das stimmt nicht. Er liebte die Jungen, als wären es seine eigenen Kinder. Wer hätte denn ahnen können, dass sie auf Ravenscar nicht sicher aufgehoben waren und dass irgend so ein Schurke sie vom Strand weglocken würde?«

Anne fing an zu weinen, und Bess reichte ihr mechanisch ein sauberes Taschentuch. »Bitte weine nicht, Tante Anne, du darfst dich nicht aufregen. Du musst wieder gesund werden. Onkel Richard braucht dich, er trauert genau wie du um den kleinen Eddie. Weißt du was, ich laufe schnell nach unten und bitte die Köchin, uns eine Kanne Tee aufzubrühen. Meinst du, du könntest eine Kleinigkeit essen?«

Anne tupfte sich die Augen trocken und schüttelte den Kopf. »Ich hab keinen Hunger, Liebes, wirklich nicht.« Ihr Blick fiel auf die kleine Uhr, die auf dem Nachtschrank stand, und sie fuhr leise fort: »Grundgütiger, schon fast sechs Uhr. Richard kommt sicher gleich nach Hause.«

»Warum versuchst du nicht mal aufzustehen, Tante Anne, und mit Onkel Richard zu Abend zu essen? Das fände er bestimmt schön.«

»Ich fühle mich noch zu schwach ... aber vielleicht geht es ja morgen.«

Bess musterte ihre Tante. Es war nicht zu übersehen, dass Anne zunehmend verfiel. Sie aß kaum noch, und weil sie so gut wie nie aufstand, war ihre Beinmuskulatur geschwächt.

Unvermittelt ging die Tür auf, und ihr Onkel stand auf der Schwelle. Er wirkte müde und abgespannt, sein Lächeln, als er das Zimmer durchmaß, war gequält. »Bess, schön, dich zu sehen. Danke, dass du Anne Gesellschaft leistest. Du kümmerst dich rührend um sie.«

»Ich bin schon den ganzen Nachmittag hier«, erwiderte

Bess. Dabei strahlte sie ihn an. Sie hatten sich immer nahegestanden, und sie mochte ihn sehr. »Ich hab mit Engelszungen auf Tante Anne eingeredet, dass sie zum Abendessen aufstehen soll.«

»Und?« Über das Bett gebeugt, schob er seiner Frau zärtlich eine silberblonde Strähne aus der Schläfe und küsste ihre Wange. »Komm doch nach unten, Liebling. Du brauchst dich nicht einmal anzuziehen, und ich trage dich. Ich fände es schön, wenn du mir beim Abendessen Gesellschaft leisten würdest.«

Anne bedachte ihn mit einem liebevollen Blick und murmelte: »Ich ruhe mich noch ein bisschen aus, dann komme ich nach unten. Versprochen.« Ihr Blick glitt zu Bess, und sie lächelte. »Bleib doch zum Abendessen, Bess, Liebes. Vielleicht kannst du mir ja beim Ankleiden helfen?«

»Das ist doch selbstverständlich«, antwortete Bess. An ihren Onkel gerichtet, setzte sie hinzu: »Dann gehe ich jetzt nach unten und lasse euch zwei allein.«

* * *

Bess spazierte über die weitläufige Terrasse und durch den Park bis zu der Flutmauer, die das Haus ihres Onkels vor den Wassern der Themse schützte.

Die Ellbogen auf die Mauer gestützt, blickte sie in die Strömung. Früher hatte Amos ihr und Grace Rose viele spannende Geschichten über den Fluss erzählt, und sie waren beide ebenso fasziniert von der Themse wie er. An jenem Spätnachmittag im Mai fuhren nur ein paar vereinzelte kleine Schiffe darauf, und sie dachte unwillkürlich an die *Lady Bess*.

Was war aus dem Fischerboot geworden? Ganz offensichtlich hatten ihre Brüder es zum Strand hinuntergezogen. Aber waren sie auch damit hinausgefahren? Waren sie unterwegs gekentert und ertrunken? Oder hatte der Unbekannte, den Tom Roebottom beobachtet hatte, ihr Boot einfach an seines geknotet, als er die Jungen gewaltsam fortgebracht hatte?

Erst neulich hatte sie Amos das noch einmal gefragt, worauf er genickt und geantwortet hatte: »Wenn ich zwei Kinder entführen wollte, würde ich ihr Boot ebenfalls verschwinden lassen. Dass die *Lady Bess* nie wiederaufgetaucht ist, nährt den Zweifel der Leute, ob die Jungen nicht vielleicht doch mitsamt ihrem Boot untergegangen sind.« Er persönlich glaubte nach wie vor fest, dass sie entführt worden waren. Allerdings war er ratlos, was das weitere Schicksal oder den Verbleib ihrer Brüder anging.

Bess seufzte, während sie den Wortlaut ihres Gespräches mit Amos rekapitulierte. Sie musste ihm notgedrungen zustimmen … niemand wusste, was mit ihren Brüdern geschehen war. Und das war das Allerschlimmste: nicht zu wissen, was geschehen war. Inzwischen waren sie seit nahezu einem Jahr spurlos verschwunden. Heute war der 31. Mai 1927. Sie hatte im März ihren achtzehnten Geburtstag gefeiert … und Grace Rose wurde demnächst siebenundzwanzig. Sie waren gute Freundinnen, fast wie Schwestern, und häufig zusammen; für ihre Mutter war Grace Rose inzwischen wie eine erwachsene Tochter. Und Bess war froh, dass es so war.

»Ich hab dich überall gesucht«, sagte Richard, der über den Gartenweg auf sie zukam.

Bess wirbelte herum und antwortete lächelnd: »Gib's zu, Onkel Richard, mein Versteck war nicht besonders schwer zu finden.«

»Ich wollte dir noch einmal danken, Bess, mein Kind.« Er stützte sich mit einem Arm auf die Mauer und sah sie an. »Du bist die Einzige, die Anne auf andere Gedanken bringen kann. Sie ist sehr geschwächt und antriebslos, aber der Doktor kann nichts Organisches finden.« Er schüttelte den Kopf, seine Züge angespannt.

»Sie ist krank vor Kummer«, murmelte Bess.

Eine lange Pause entstand, ehe er antwortete, seine Stimme kaum mehr als ein Flüstern: »Hoffentlich stirbt sie uns nicht an einem gebrochenen Herzen.«

»Hoffentlich nicht«, bekräftigte Bess. Sie fasste seine Hand und drückte sie zuversichtlich. »Ich weiß, wie sehr du dich um Anne sorgst, du wirst uns davon bald auch noch krank! Glaub mir, ich komme sie besuchen, wann immer ich kann.«

Richard legte begütigend eine Hand auf ihre. »Du bist ein Gottesgeschenk. Du tust ihr gut, und mir auch. Was würde ich bloß ohne dich machen, liebste Bess?« Er brachte ihre Hand an seine Lippen und hauchte einen Kuss auf ihre Fingerspitzen. »Du bist wirklich ein Schatz.«

Bess beugte sich vor und küsste ihn auf die Wange. »Ich helfe euch, so gut ich kann. Ich liebe euch beide sehr, Onkel Richard. Wozu ist eine Familie sonst da?«

»Das frage ich mich bisweilen ernsthaft, vor allem bei unserer Familie.«

Er starrte in eine ungewisse Ferne, als würde er dort etwas sehen, was ihr verborgen blieb. Seine Augen schimmerten in einem blassen Blaugrauton, und mit seinen dunkleren Haaren und den gutgeschnittenen Gesichtszügen sah er seiner Mutter – ihrer Großmutter Cecily – sehr ähnlich, stellte Bess fest. Richard Deravenel hatte das Äußere von der Watkins-Seite der Familie geerbt. Er war ein gutaussehender Mann, der sie bisweilen an ihren Vater erinnerte, auch wenn er bei weitem nicht so groß und nicht so anziehend war.

Es war ein wahrhaft sonderbarer Zufall, dass sein siebenjähriger Sohn, der kleine Eddie, auf den Tag genau ein Jahr nach ihrem Vater gestorben war. Unversehens fiel ihr wieder ein, was Anne gesagt hatte. Was hatte sie bloß gemeint?

Sie platzte heraus: »Onkel Richard, warum reden die Leute so hässlich über dich?«

Er wandte sich ihr abrupt zu und starrte sie verblüfft an. Vor ihren Augen verhärtete sich seine Miene: Er kniff die Lippen zu einer schmalen Linie zusammen, und seine blassblauen Augen verdunkelten sich zu einem stumpfen Grauton.

»Ich weiß es nicht«, antwortete er schließlich gepresst. »Ich weiß es wirklich nicht … da bin ich genauso überfragt wie du. Ich hab deine Brüder nicht entführt. Welchen Grund hätte ich dafür gehabt? Außerdem war ich zu jenem Zeitpunkt in London, wie du weißt. Aber viele scheinen zu glauben, ich hätte ihre Entführung arrangiert … und Ihre Ermordung? Ich habe mit dem Verbrechen nichts zu tun, falls es sich wirklich um ein solches handelt, Bess. Das musst du mir einfach glauben.«

»Ich glaube dir. Ich weiß, dass du die Jungen geliebt hast, und ich weiß auch, dass du immer loyal gegenüber Vater warst … Ich kann mir nicht vorstellen, dass du ihnen auch nur ein Haar krümmen würdest … nein, das würdest du gewiss nicht übers Herz bringen.«

Tränen traten in Richards Augen, und von neuem fasste er ihre Hand. »Sieh mich an, Bess. Bitte sieh mich an. Ich schwöre bei allen Heiligen, dass ich deine Brüder nicht angerührt habe. Du musst mir glauben.«

Bess sah die Aufrichtigkeit in seinen Augen und hörte sie in seiner Stimme. Er sprach die Wahrheit. Sie glaubte ihm, auch wenn die Leute anderes behaupteten. Immerhin war er zeitlebens der Lieblingsbruder ihres Vaters gewesen, und sie vertraute Onkel Richard.

»Ich glaube dir«, sagte sie schließlich. »Ich würde dir mein Leben anvertrauen, und das meiner Schwestern.«

»Danke, Bess. Danke, dass du Vertrauen zu mir hast.« Er drehte sich zum Fluss und legte einen Arm um ihre Schultern. Gedankenversunken betrachteten sie beide die träge dahinfließende Themse. Und beide dachten an die Zukunft.

* * *

Amos Finnister stand in der Bibliothek der Deravenels am Berkeley Square. Wie alle Besucher dieses anheimelnden Raums betrachtete auch er den Renoir über dem Kamin. Die Mädchen auf dem Gemälde erinnerten ihn immer wieder an Bess und Grace Rose – bestimmt hatte Mr Edward das Bild in erster Linie deshalb gekauft.

»Hallo, Mr Finnister«, begrüßte ihn Elizabeth.

Er schnellte zu ihr herum. »Guten Abend, Mrs Deravenel.«

Elizabeth glitt ins Zimmer, schüttelte ihm die Hand und deutete mit einer einladenden Geste auf die Sessel vor dem Kamin.

»Danke, dass Sie gekommen sind.« Elizabeth setzte sich. »Ich möchte mit Ihnen über Deravenels sprechen.«

»Das dachte ich mir bereits. Allerdings weiß ich nicht viel Neues zu berichten, Madam. Sonst hätte ich mich umgehend mit Ihnen in Verbindung gesetzt.«

»Ich weiß. Sie und Mr Oliveri haben mich im letzten Jahr maßgeblich unterstützt. Kommt er auch?«

»Ja. Er wurde noch in der Firma aufgehalten, wird aber sicher in den nächsten Minuten eintreffen.«

»Schön. Ich hatte mich nämlich gefragt, wie es um unsere Pariser Niederlassung steht.«

»Sehr gut, soweit ich informiert bin. Oliveri weiß bestimmt besser Bescheid, weil er ständig mit dem Büro dort in Kontakt steht.«

Sie nickte und verschränkte die Finger. »Und wie geht es hier in London?« Sie hob eine geschwungene blonde Braue. »Hat es noch weitere Kündigungen gegeben?«

»Mehrere, ja, bedauerlicherweise. Und Mr Richard hat noch einige weitere Veränderungen vorgenommen.«

»Aber das Unternehmen steht gut da, ja?«, fragte sie. Unvermittelt schob sich eine sorgenvolle Falte zwischen die schön geschwungenen Brauen über den aquamarinblauen Augen. Sie fasste sich nervös an den Hals. »Er ruiniert das Unternehmen doch nicht etwa mit seinen merkwürdigen Geschäftspraktiken, oder?«

»Das wäre schwer möglich, Mrs Deravenel. Mr Edward – nun ja –, er hat alles bestens abgesichert.«

»Madam, verzeihen Sie, aber Mr Oliveri ist eingetroffen«, verkündete Mallet von der Tür her.

»Hervorragend, bitte bringen Sie ihn zu uns, Mallet.«

Elizabeth erhob sich, um Alfredo zu begrüßen, der eben die Bibliothek betrat und sich für seine Verspätung entschuldigte. »Kein Problem«, versicherte sie und schüttelte ihm die Hand. »Bitte, setzen Sie sich zu uns. Oje, Sie müssen mich für sehr unhöflich halten, dass ich Ihnen noch nichts angeboten habe. Möchten Sie einen Drink, Mr Finnister? Und Sie, Mr Oliveri? Was darf ich Ihnen bringen lassen?«

Die beiden Männer lehnten höflich ab, worauf Elizabeth sich in ihrem Sessel zurücklehnte. »Ich habe eben mit Mr Finnister über Deravenels diskutiert, und er hat mir versichert, dass dem Unternehmen nichts geschehen kann, ganz egal, was mein Schwager anstellen mag.«

»Das ist korrekt, Mrs Deravenel. Mr Edward war ein genialer Kopf. Bedaure, wenn ich das am Rande erwähnen muss, aber sein Bruder kann ihm nicht das Wasser reichen. Mr Richard ist beileibe nicht dumm, so habe ich das nicht gemeint. Er mag hier und da ein paar Leute entlassen, aber grundlegend etwas verändern kann er letztlich nicht, glauben Sie mir.«

»Ich erwähnte das Pariser Büro gegenüber Mr Finnister. Dort läuft alles bestens, oder?«

»Ja. Es könnte nicht besser sein. Henry Turner führt die Niederlassung schon eine Weile sehr erfolgreich«, antwortete Oliveri. »Er hat sich ausgezeichnet entwickelt. Zugegeben, als Mr Edward ihn vor ein paar Jahren einstellte, waren wir alle ein bisschen perplex, aber er entpuppt sich wahrlich als Glücksgriff für das Unternehmen.«

»Das hoffe ich, denn immerhin ist er einer der Anteilseigner. Immerhin ist er der Haupterbe des verstorbenen Henry Grant.«

»Mr Deravenel … ähm … Mr Edward hatte das genau bedacht«, gab Oliveri zurück. »Er hielt große Stücke auf Henrys Führungsqualitäten.«

»Das habe ich auch gehört. Ich möchte Sie beide etwas fragen und bitte Sie, mir völlig aufrichtig zu antworten. Alles, was Sie sagen, bleibt absolut unter uns.«

Die beiden Herren nickten.

Elizabeth fuhr in vertraulichem Ton fort: »In letzter Zeit sind mir schlimme Gerüchte über meinen Schwager zu Ohren gekommen. Allmählich gewinne ich den Eindruck, dass Richard Deravenel nicht übermäßig beliebt im Unternehmen ist … stimmt das?«

»Ja, so ist es in der Tat. Ich würde sogar so weit gehen zu behaupten, dass er sehr unbeliebt ist. Die Beschäftigten können ihn nicht leiden«, erläuterte Oliveri.

»Bis auf die Mitarbeiter, die er aus seiner Jugend kennt und die er nach Mr Edwards Tod eingestellt hat«, fügte Amos hinzu. »Sie katzbuckeln vor ihm.«

»Aber das ist doch sicher nur eine Handvoll Leute, oder?«, warf Elizabeth ein.

»O ja, Mrs Deravenel, es ist bloß eine kleine Gruppe«, versicherte Oliveri hastig.

»Glauben die Beschäftigten, dass er etwas mit dem Verschwinden meiner Söhne zu tun hat?« Endlich hatte sie ihre wichtigste Frage ausgesprochen.

»Ja, viele glauben das«, gab Finnister ohne Zögern zurück. Er war entschlossen, ihr die Wahrheit zu sagen. Sie sollte ruhig wissen, wie sehr die Gerüchteküche inzwischen brodelte. »Nach meiner Einschätzung vermuten etwa achtzig Prozent der Belegschaft, dass Ihr Schwager bei der Entführung seine Hand im Spiel hatte. Fragen Sie mich nicht, warum, es ist einfach so.«

»Die Leute nehmen an, dass er die Jungen verschwinden ließ, damit er das Unternehmen ganz an sich bringen kann«, fügte Oliveri hinzu. »Für sich und seinen eigenen Sohn.«

»Der jetzt tot ist«, murmelte Elizabeth. »Merkwürdig, dass der Kleine auf den Tag genau ein Jahr nach meinem Mann verstarb, nicht?«

Die beiden Herren schwiegen und nickten betreten. Es war in der Tat merkwürdig. Gleichsam ein Gottesurteil, munkelten nicht wenige.

Elizabeth blickte von Finnister zu Oliveri. »Meine Tochter Bess ist die eigentliche Erbin und nicht ihr Onkel. Sie sind bestimmt darüber informiert, dass mein verstorbener Gatte die antiquierten Unternehmensrichtlinien im Jahre 1919 ändern ließ und sicherstellte, dass eine Frau, eine gebürtige Deravenel, mit ihrer Volljährigkeit Geschäftsführerin im Konzern werden kann.«

»Ja, das war uns bekannt«, antwortete Alfredo für beide.

Nach einer kurzen Weile gab Edwards Witwe zu bedenken: »Sie ist noch ein bisschen jung, um ins Geschäftsleben einzutreten. Im Moment jedenfalls.«

»Trotzdem könnte sie bei Deravenels anfangen und einige Erfahrungen sammeln«, schlug Alfredo eifrig vor, begeistert von der Idee.

»In ein paar Jahren, ja. Meinen Sie, sie wäre dort überhaupt willkommen?«, wollte Elizabeth wissen.

»Sehr sogar«, versicherte Alfredo, obschon er sich da nicht sicher war. Etliche der Manager würden sie gewiss ablehnen.

Finnister wiegte den Kopf. »Sie ist sehr reif und erwachsen für ihr Alter, Mrs Deravenel, dazu außergewöhnlich intelligent und geschickt wie ihr Vater. Ich kenne sie immerhin von klein auf und weiß, wovon ich spreche. Sie hat seine Führungsqualitäten geerbt – und sie ist sehr pragmatisch.«

»Stimmt, ja.« Unvermittelt wechselte Elizabeth das Thema. »Etwas anderes – was hielten Sie davon, wenn Henry Turner in unserer Londoner Konzernzentrale anfangen würde? Wäre er ebenfalls willkommen?«

Alfredo warf Amos einen vielsagenden Blick zu, worauf beide zustimmend nickten. »Ich denke doch, ja. Bei den Beschäftigten auf jeden Fall, immerhin ist er eng mit den Deravenels verwandt, nicht wahr?«

»Ja, durch seine Mutter Margaret Beauchard Turner. Zudem hält er ein bedeutendes Aktienpaket.«

»Mr Richard wäre er bestimmt nicht willkommen«, sagte Amos Finnister in ernstem Ton. »Ganz im Gegenteil.«

»Er würde ihn nicht über die Schwelle lassen wollen«, ergänzte Oliveri mit einem resignierten Grinsen.

»Das ist mir klar«, sagte Elizabeth.

Amos stutzte, während er versuchte, ihre Miene und ihren Tonfall einzuschätzen. Dann fragte er sehr leise und eindringlich: »Dachten Sie an ein … wie soll ich sagen … ein Bündnis, Mrs Deravenel? Ein Bündnis zwischen Bess und Henry Turner?«

Statt einer Antwort lächelte Elizabeth.

Amos lächelte zurück.

Nach kurzem Schweigen erhob sie sich. Sie trat an den Kamin und stellte sich mit dem Rücken vor die wärmenden Flammen – so wie Edward es früher getan hatte. Ihr Blick glitt über die beiden engsten Vertrauten ihres verstorbenen Mannes. Bislang war es ihnen gottlob geglückt, Richards Kündigungswelle zu entgehen und ihre Stellung bei Deravenels zu behaupten.

Sie straffte sich. »Veränderung. Das einzig Bleibende ist die Veränderung. Die Dinge ändern sich oft, wie wir alle erfahren haben. Und das Leben wartet nicht, stimmt's?«

50

Ravenscar

Eine Katastrophe. Das war es, was sein Bruder Edward immer befürchtet hatte, und er hatte alles in seiner Macht Stehende getan, eine solche zu vereiteln. Und es war ihm geglückt. Gewiss, er war viel zu jung gestorben, indes war er friedvoll in seinem eigenen Bett entschlafen, auf der Höhe seiner Erfolge.

Ihm dagegen war es nicht geglückt, die Katastrophe zu verhindern – sie hatte ihn mit der Wucht einer Lawine überrollt. Sein Privatleben war ein einziger Scherbenhaufen; beruflich ging es mit ihm bergab. Um Deravenels stand es kritisch, und dafür war er verantwortlich. Er hatte den falschen Leuten vertraut, auf die falschen Ratschläge gehört, Fehler gemacht … Sie waren eine vom Glück gesegnete Familie gewesen, aber jetzt waren sie verflucht.

Richard Deravenel stand in der Bibliothek von Ravenscar und blickte versonnen auf das beeindruckende Panorama, das die wild wogende Nordsee bot. Man schrieb den August 1928, und er war dreiunddreißig Jahre alt. Und Witwer. Seine Frau war im vergangenen März gestorben, an Tuberkulose. Für Richard stand jedoch fest, dass sie an einem gebrochenen Herzen gestorben war, aus Kummer um den kleinen Eddie, der nur sieben Jahre alt geworden war.

Richard seufzte bei dem Gedanken an sein geliebtes Kind. Er hatte seinen Sohn und Erben verloren. Die einzigen männlichen Nachkommen der Deravenels, die noch lebten, waren jetzt er selbst und Georges kleiner Sohn, der in Dijon von seiner Tante Margaret aufgezogen wurde. Es war unwahrscheinlich, dass der Junge die Nachfolge im Unternehmen antreten würde.

Sollte ihm etwas zustoßen, überlegte Richard, gäbe es keinen männlichen Nachfolger im Unternehmen. Die Einzige, die dann dafür in Frage käme, wäre seine Nichte Bess, Edwards älteste Tochter. Aber wie sollte Bess einen Geschäftsführerposten bekleiden? Es war unvorstellbar: Sie hatte keinerlei berufliche Erfahrung und war mit neunzehn Jahren viel zu jung für eine derartige Verantwortung. Die Manager würden ihre Präsenz zudem nicht gutheißen – nein, es war undenkbar.

Er verließ seinen Platz am Fenster und schritt zu dem Porträt seines Bruders, das über dem Kamin hing. Der große Edward Deravenel. Ja, er war großartig gewesen, und es würde keinen zweiten wie ihn geben. Er war einzigartig.

Das Ölgemälde zeigte ihn in Lebensgröße. Er stand vor dem Kamin, in Reithosen, mit hohen, blankpolierten Stiefeln und einem blauen Hemd, das die Farbe seiner Augen unterstrich. Der Hemdkragen stand offen, und das Medaillon mit der emaillierten weißen Rose von York blitzte darunter hervor.

Unwillkürlich presste Richard eine Hand auf den Brustkorb, wo er *sein* goldenes Medaillon fühlte; er trug die Rose direkt auf der Haut und die andere Seite, die die aufgehende Sonne zeigte, nach oben. Edward hatte die Schmuckstücke im Jahre 1904, nach seiner Konzernübernahme, anfertigen und mit dem Wahlspruch der Familie versehen lassen: Fidelitas in Eternitas.

»Ich war es nicht, Edward«, murmelte Richard plötzlich, »ich habe deine Kinder nicht auf dem Gewissen. Ich hing an ihnen, Edward, genau wie an dir. Ich schwöre bei Gott, dass ich ihnen kein Leid zugefügt habe ... sie waren meine Verwandten ... Deravenels.«

Richard rieb sich die Augen und schluckte schwer, er kämpfte mit seiner Fassung. Bess und Grace Rose weilten auf Ravenscar, und er durfte sich vor den beiden jungen Frauen nicht gehen lassen. Er spürte eine schmerzhafte Enge in der Kehle, wie so häufig, wenn er an seine kleinen Neffen dachte. Sie waren seit zwei Jahren verschwunden – spurlos. Ein schreckliches, ungelöstes Rätsel … und alle gaben ihm die Schuld.

Er vernahm Schritte und wandte sich um. Bess und Grace Rose betraten soeben das Zimmer.

»Ich habe wieder einmal das Porträt eures Vater bewundert«, sagte er. Seine Stimme klang fremd für seine eigenen Ohren, von Tränen fast erstickt.

Bess, der dies nicht verborgen blieb, lief zu ihm und fasste ihn begütigend am Arm. »Onkel Richard, fehlt dir auch nichts?« Sie musterte ihn besorgt.

»Nein, nein, Bess, mir geht es gut. Wie kommst du darauf?«

»Deine Stimme klingt so komisch.« Sie schenkte ihm ein Lächeln. »Ich dachte, du wolltest einen Strandspaziergang machen.«

»Später vielleicht. Das charmante Lächeln deines Vaters hat mich abgelenkt.« Er wandte sich an Grace Rose. »Und, wie steht es mit dir? Begrüßt du deinen alten Onkel denn gar nicht?«

Grace Rose trat zu ihnen. Genau wie ihre Halbschwester Bess hing sie an Richard und glaubte ihm, dass er mit dem Verschwinden der beiden Jungen nichts zu tun hatte. Allein die Vorstellung war ihr unbegreiflich. Sie verabscheute das hässliche Gerede in der Londoner Gesellschaft, das seinen Namen fortwährend mit Häme übergoss.

»Ach, ehe ich es vergesse«, hob der Onkel der Mädchen an, »eure Großmutter rief heute Morgen an. Sie lässt euch beide herzlich grüßen.«

»Wie geht es ihr denn?«, wollte Grace Rose wissen.

»Ausgezeichnet. Derzeit genießt sie das beschauliche Leben in dem Stift in Hampshire.«

»Wann kommt sie zurück?«, warf Bess ein. »Oder will sie etwa dauerhaft dort bleiben? Mutter meinte schon, dass Großmama auf ihre alten Tage noch Nonne werden will.«

Richard grinste. »Das sollte wohl eher ein Scherz sein. So,

und jetzt mache ich meinen Spaziergang. Wir sehen uns beim Mittagessen.«

Seine Nichten schauten ihm nach. Bess setzte sich auf eines der Sofas und sagte zu Grace Rose: »Ich finde es schön, dass du dir die Zeit genommen hast, mir hier Gesellschaft zu leisten. Und Richard. Danke.«

»Nichts zu danken, Bess. Ich komme immer wieder gern hierher. Also tu nicht so, als würde ich ein großes Opfer bringen ...« Sie gestikulierte mit ihrem Notizbuch und fuhr fort: »Außerdem kann ich mich hier intensiv mit der Recherche für mein Buch beschäftigen. In dieser ruhigen, friedvollen Atmosphäre fühlt man sich himmlisch ungestört. Demnach bin ich eher diejenige, die zu danken hat.«

»Du bist hier immer willkommen. Ich bin nach Yorkshire gefahren, damit Richard Gesellschaft hat. Er ist sehr einsam und vergräbt sich in seinen Sorgen.«

Grace Rose nickte. Sie setzte sich in einen Sessel und fokussierte sich auf Bess. »Wenn ich es recht begreife, steht es bei Deravenels nicht zum Besten. Amos deutete so etwas an.«

»Was hat er gesagt?«, fragte Bess hastig. Sie brannte vor Neugier.

»Dass Richard bei dem Gros der Belegschaft sehr unbeliebt ist. Im Unternehmen stößt er auf wenig Sympathie. Unser Vater konnte eben besser auf Menschen zugehen und hatte eine Begabung dafür, sie sich zu Freunden zu machen.«

»Nein«, seufzte Bess. »Leider ist Onkel Richard viel besser darin, sie sich zu Feinden zu machen.«

* * *

Richard befand sich in Höhe des Kormoranfelsens, als er zwei Männer gewahrte, die auf ihn zukamen. Zunächst hielt er sie für Fischer aus dem Ort, aber als sie näher kamen, erkannte er einen von ihnen und winkte. Der Mann winkte zurück. Richard fragte sich, wer der andere Mann war. Er hatte ihn noch nie gesehen.

»Geht es raus zum Fischen?«, rief Richard, als er sie fast erreicht hatte.

»Mal sehen«, antwortete der, den er kannte. Er war dicht an ihn herangetreten.

In seiner Verblüffung wollte Richard zurückweichen, doch dann fühlte er einen scharfen Schmerz in der Seite und in seinem Brustkorb. Ungläubig starrte er sein Gegenüber an und gewahrte das Messer in dessen Hand. Als er an sich herabblickte, sah er das Blut auf seiner Strickjacke.

»Weshalb, Jack? Weshalb *ich?*«, ächzte Richard und taumelte zurück, während der Mann wieder und wieder auf ihn einstach. Seine Beine knickten unter ihm ein, und er schlug mit einem dumpfen Aufprall auf den Strand.

»Los komm, wir verschwinden«, rief der Mann mit dem Messer und wandte sich zur Flucht. Richards Kappe, die über den Strand rollte, versetzte er einen wütenden Tritt. Sie flog durch die Luft und in die Klippen, wo sie unter einem dornigen Busch landete.

Der Mörder und sein Kumpan rannten über Kies und Geröll davon. Sie zerrten ihr Boot unter den Uferfelsen hervor, zogen es ins seichte Wasser, stiegen ein und ruderten davon. Es war Mittwoch, der 22. August 1928, und Richard Deravenel war tot.

* * *

»Ist Mr Deravenel schon zurückgekehrt, Miss Bess?«, erkundigte sich Jessup. Er stand an der Tür zu Edwards früherem Arbeitszimmer, wo Bess die Tagespost erledigte.

Die junge Frau sah auf und runzelte die Stirn. »Ich weiß nicht, Jessup. Haben Sie schon in der Bibliothek nachgeschaut?«

»Ja, Miss, da ist er nicht. Miss Grace Rose im Übrigen auch

nicht. Ich werde die Köchin bitten, das Essen noch ein paar Minuten warmzuhalten, während ich die beiden suche.«

»Danke, Jessup.« Bess stand auf, warf einen Blick zur Uhr und registrierte, dass es schon Viertel nach eins war. Sie folgte dem Butler in die Halle, wo Grace Rose eben die Treppe hinunterkam. »Hast du Onkel Richard gesehen?«, rief Bess.

»Nein«, antwortete Grace Rose. »Ich glaube auch nicht, dass er schon von seinem Strandspaziergang zurückgekehrt ist. Ich habe nahezu die ganze Zeit in der Bibliothek gesessen und meine Notizen überprüft. Ich war nur mal kurz oben, um mir einen neuen Bleistift zu holen. Nein, er ist sicher noch nicht wieder da. Sonst hätte ich ihn gesehen.«

»Er ist eigentlich immer pünktlich«, murmelte Bess mehr zu sich selbst und hatte unversehens ein mulmiges Gefühl in der Magengrube. »Vielleicht sollte ich mal zum Strand hinunterlaufen.«

»Ich komme mit«, erbot sich Grace Rose.

An Jessup gewandt, meinte Bess: »Wir gehen zum Strand und holen ihn. Mein Onkel hat vermutlich die Zeit vergessen.«

»Er ist sonst immer sehr auf Pünktlichkeit bedacht«, gab der Butler zu bedenken. »Ungewöhnlich für Mr Richard, dass er sich verspätet.«

»Ich weiß«, versetzte Bess. Sie stürmte mit Grace Rose ins Freie und lief über die Terrasse und durch das abschüssige Parkgelände, auf die Felsstufen am Ende des Grundstücks zu.

An der Treppe angelangt, entdeckte Grace Rose ihn als Erste. »Bess, sieh mal!«, schrie sie auf. »Da liegt er, unten am Strand. Er muss gestolpert und gestürzt sein … Hoffentlich ist es nichts Ernstes wie ein Herzinfarkt …«

»O mein Gott!«, entfuhr es Bess. Gemeinsam setzten die beiden jungen Frauen die Stufen hinunter und stürzten über den kiesigen Strand. Winzige Steinchen stoben unter ihren eiligen Schritten auf.

Bess war eine gute Läuferin und im Nu bei ihrem Onkel. Er

lag auf dem Rücken; sofort bemerkte sie das Blut auf seiner Jacke und presste eine Hand vor den Mund, um den Entsetzensschrei zu dämpfen, der sich ihrer Kehle entringen wollte. Sie kniete sich neben ihn, fasste sein Handgelenk und fühlte ihm den Puls. Sie fühlte nichts – das dunkle Gefühl, ihre plötzliche Panik von vorhin hatte sich auf grausige Weise bestätigt. Ihr Onkel war tot; es schien ihr, als habe sie immer schon geahnt, dass Richard kein langes Leben beschieden sein würde.

Grace Rose beugte sich über Richards totenbleiches Gesicht und sagte leise: »Seine Augen, Bess, schau mal, sie sind so strahlend blau, wie ich sie noch nie gesehen habe.«

Bess folgte ihrem Blick. Richards Augen schimmerten in einem seltsam opalisierenden Blau. Was ihr jedoch besonders auffiel, war sein verblüffter Gesichtsausdruck. Er war von dem Anschlag überrascht worden, so viel stand fest.

Ihre Augen füllten sich mit bitteren Tränen, und sie schluchzte haltlos, während sie ihrem Onkel behutsam die Lider schloss. Sie küsste ihn auf die Wange und murmelte: »Gute Reise, Onkel Richard. Mein Vater erwartet dich.«

Die beiden jungen Frauen liefen zurück zur Treppe und kletterten die Stufen empor. Bess hob den Blick zum Himmel. Er war wolkenlos blau, und die Sonne schien. Die Temperaturen waren angenehm warm wie selten auf Ravenscar. Was für ein schöner Tag es wieder ist, seufzte das Mädchen im Stillen. Und wieder rollten die Tränen über ihre Wangen.

Jessup erwartete sie auf der Terrasse, sein Gesicht blass und angespannt. »Was ist denn, Miss Bess?«, fragte er tonlos. Unversehens schien er um Jahre gealtert.

»Mein Onkel ist tot … überall war Blut, auf seiner Jacke, auf dem Strand …« Ihr versagte die Stimme. Sie atmete tief durch und setzte bemüht gefasst hinzu: »Bitte schicken Sie die Gärtner zum Strand, damit sie ihn bergen. Sie sollen Decken mitnehmen und ihn darin einhüllen. In der Zwischenzeit rufe ich bei der Polizei an.«

Grace Rose und Bess verschwanden im Arbeitszimmer, und der Butler veranlasste, dass die Gärtner sich um die Bergung des Leichnams kümmerten. Grace Rose fasste Bess am Arm und sagte leise: »Die Polizei wird zwar Beamte zu uns hinausschicken, aber sie werden nichts finden. Der Täter kam mit einem Boot, erstach Richard und verschwand ungesehen. Heute ist Mittwoch, da arbeiten die Leute im Dorf. Der Strand lag heute Morgen bestimmt völlig einsam und verlassen.«

Bess nickte zustimmend, während sie die Nummer der Polizeidienststelle in Scarborough wählte und nach Inspektor Wallis fragte. Als er an den Apparat kam, berichtete sie ihm, was passiert war.

Am anderen Ende der Leitung trat für einen kurzen Augenblick betroffenes Schweigen ein, dann sagte er mitfühlend: »Ich bin gleich bei Ihnen. Mein tiefempfundenes Beileid, Miss Deravenel.«

Nachdem sie ihm ihren Dank ausgesprochen hatte, legte Bess auf und wandte sich zu Grace Rose. »Ich glaube, ich mag nie wieder zu diesem Strand hinuntergehen«, sagte sie.

* * *

Bess war allein auf Ravenscar.

Sämtliche Angehörige waren zur Beerdigung ihres Onkels gekommen, der auf dem kleinen Familienfriedhof seine letzte Ruhestätte fand. Nachdem die Trauergäste wieder abgereist waren, hatte sie beschlossen, noch zu bleiben. Sie wollte allein sein und ihr Leben neu überdenken, ihre Zukunft und auch das Gespräch, das sie mit ihrer Mutter geführt hatte.

Inzwischen war es Mitte September. Sie saß in der Bibliothek und ließ die vergangenen Jahre Revue passieren. So vieles war geschehen … Onkel George war unter mysteriösen Umständen auf dem Weingut in Mâcon zu Tode gekommen; dann hatte es ihren Vater plötzlich und unerwartet aus dem Leben gerissen.

Ihre Brüder waren spurlos verschwunden und nie wiederaufgetaucht. Und im letzten Monat war Onkel Richard von einem unbekannten Mörder erstochen worden. Wie von Grace Rose prophezeit, hatte die Polizei keinerlei Anhaltspunkte gefunden. Es sei einer von vielen ungeklärten Mordfällen, hatte Inspektor Wallis erklärt. Dergleichen sei leider nichts Ungewöhnliches. Inzwischen glaubten alle, dass Richard von einem Geschäftsrivalen oder von einem empörten Freund ihres Vaters ermordet worden war.

Ihre Familie war auf tragische Weise dezimiert worden. Sämtliche Männer aus der Deravenel-Dynastie waren tot. Jetzt lag die Verantwortung bei den Frauen. Richard hatte irgendwann einmal gesagt, dass ein Fluch auf der Familie laste. Nun, vielleicht war es wirklich so.

Sie erhob sich, trat zum Fenster und sah hinaus auf die Nordsee. Ihr Leben hatte sich auf dramatische Weise verändert … noch vor kurzem war sie so glücklich, so sorglos gewesen. Jetzt erdrückte sie das Gefühl, auf Schritt und Tritt von Tod und Tragik verfolgt zu werden.

Ihre Gedanken schweiften zu ihrer Mutter. Elizabeth war mit ihren vier Schwestern und ihrer Großmutter zu der Beerdigung angereist. Bess machte sich große Sorgen um die alte Dame, die gramgebeugt und erschöpft gewirkt hatte. Nach dem Begräbnis war Cecily Deravenel umgehend nach London zurückgefahren. Um ihre Ärzte zu konsultieren und um wichtige Termine wahrzunehmen, hatte sie beteuert. Bess konnte sich jedoch des Eindrucks nicht erwehren, dass ihre Großmutter es nicht ertrug, länger auf Ravenscar zu sein … jedenfalls nicht in der momentanen Situation.

Bess war gern hier. Vielleicht, weil ihr Vater das Anwesen so sehr geliebt hatte. Allerdings war sie seit Richards Tod nicht wieder am Strand gewesen; sie spazierte durch den Garten und besuchte gelegentlich die verfallene Ruine – einer der Lieblingsplätze ihres Vaters.

Aus einem plötzlichen Impuls heraus lief sie auch jetzt nach draußen und hinunter zu der Festungsruine.

An das verwitterte Mauerwerk gelehnt, blickte sie über das Meer und dachte an ihren Vater. Wie hätte er für sie entschieden? Sie hatte zwei Möglichkeiten. Sie konnte bleiben, wie sie war, allein, oder sie heiratete, gründete eine Familie, wurde Ehefrau und treusorgende Mutter.

Bevor Elizabeth nach London zurückgefahren war, hatten sie eine längere Diskussion geführt. Dabei hatte ihre Mutter das Gespräch wieder einmal auf Henry Turner gebracht. Seit dem Verschwinden ihrer Söhne versuchte sie hartnäckig, Bess eine Hochzeit mit dem Grant-Erben schmackhaft zu machen. Und Bess hatte ihrer Mutter einmal mehr klipp und klar zu verstehen gegeben, dass sie nicht das geringste Interesse an einer Heirat habe.

Bei dieser letzten Debatte hatte ihre Mutter wiederholt betont, dass eine Ehe mit Turner Bess die einmalige Chance bieten würde, Deravenels auf Kurs zu halten. Richard Deravenel war tot. Und sie, Bess, war die designierte Nachfolgerin ihres Vaters. Offenbar traute man ihr jedoch nicht zu, das Familienunternehmen zu führen wie ihr Vater und Onkel Richard vor ihr. Sie sei zu jung, eine Frau, die im Konzern allein dastehen würde, abgelehnt von Management und Belegschaft. Deswegen plädierte ihre Mutter für Henry Turner: Er sei der geborene Leiter des Unternehmens, mit ihr an seiner Seite, die mit dem Namen Deravenel für Glaubwürdigkeit bürgte. Dabei hatte sie Henry bislang noch nicht einmal kennengelernt und hätte nicht zu sagen vermocht, ob er ihr sympathisch war. Könnte sie diesen Mann lieben?, dachte sie zum wiederholten Male. Immerhin wäre es eine arrangierte Heirat. Aber blieb ihr überhaupt eine andere Wahl?

Nach einem Blick auf ihre Uhr wurde ihr klar, dass Elizabeth und Henry in Kürze eintreffen würden. Minuten später hörte sie, wie ihre Mutter nach ihr rief.

»Bess! Bess, Schätzchen! Bist du unten in der Ruine?«

»Ja, Mutter«, rief Bess pflichtschuldig zurück und wandte sich um.

»Möchtest du, dass wir zu dir kommen? Henry ist bei mir.«

Für einen Moment wusste sie nicht, was sie sagen sollte. »In Ordnung«, rief sie schließlich nervös. Ihr zitterten vor Aufregung die Knie, und sie hielt sich mit einer Hand an den steinernen Zinnen fest.

Ihre Mutter trug ein elegantes, cremefarbenes Reisekostüm. Ihr Begleiter war ein hochgewachsener, schlanker junger Mann mit aschblonden Haaren, haselnussbraunen Augen und sympathischen Zügen, der in einen dunkelgrauen Anzug mit grauer Seidenkrawatte gekleidet war.

Elizabeth schob in nach vorn und stellte ihn mit den Worten vor: »Bess, das ist Henry Turner. Henry, meine Tochter Bess.«

Er schüttelte ihr die Hand und lächelte freundlich. In seinen Augen malten sich Wärme und Verständnis. »Ich freue mich, Sie endlich kennenzulernen«, sagte er.

»Ganz meinerseits«, murmelte sie, während sie ihm hastig ihre Hand entzog und einen Schritt zurücktrat.

»Ich lasse euch für eine Weile allein«, verkündete Elizabeth. »Ich muss mich umziehen. Wir sehen uns dann zum Tee.«

Allein gelassen, standen die beiden eine ganze Weile beieinander und wussten nicht, was sie sagen sollten. Schließlich sagte Henry mit sanfter Stimme: »Ich verstehe durchaus, dass Sie sich dagegen sträuben, mich zu heiraten. Andererseits sagt man mir nach, dass ich kein übler Kerl sei. Ich wäre sehr glücklich, wenn Sie mir Ihr Jawort geben würden. Und ich verspreche, ich werde Sie auf Händen tragen. Außerdem bin ich ziemlich sicher, dass ich mit der Zeit lernen könnte, Sie zu lieben.«

Bess brach in Gelächter aus.

Henry Turner sah sie mit einer Mischung aus Verblüffung und Bestürzung an.

Bess schnappte nach Luft und rang um Fassung. »Was Sie da

eben gesagt haben, Henry Turner, macht Sie mir richtig sympathisch.«

»Was meinen Sie?«

»Na ja, Ihre Ehrlichkeit einzuräumen, dass Sie sich *ziemlich* sicher sind, dass Sie *mit der Zeit* lernen könnten, mich zu lieben. So ähnlich empfinde ich auch für Sie – unsicher, unschlüssig, ob wir uns überhaupt mögen werden …«

Er nickte. »Wie ich schon sagte, möchte ich um Ihre Hand anhalten. Aber das wissen Sie ja schon von unseren kupplerischen Müttern.« Er schenkte ihr ein jungenhaftes Grinsen. »Ich möchte Sie glücklich machen … Bess. Und bin mir sicher, dass mir das auch gelingen wird. Ich würde alles für Sie tun.«

Bess blieb stumm. Zu ihrer Überraschung stellte sie fest, dass sie ihn recht gern mochte. Er war nicht unbedingt attraktiv, aber auch nicht hässlich, und er schien ein angenehmes, ausgeglichenes Wesen zu haben. Vor allem war er ein aufrichtiger, nahezu schonungslos offener Mensch. Und das gefiel ihr. Sie atmete tief durch und fasste seine Hand. »Nachdem wir uns kennengelernt haben, möchte ich gern für eine Weile allein sein. Ich hoffe, Sie verstehen das.«

»Aber ja, natürlich. Ich warte im Haus auf Sie.«

Ohne ein weiteres Wort zu verlieren, verschwand er.

Bess schmiegte ihre Wange an den kalten Stein und sah versunken über die Nordsee. Wer würde ihre Belange vertreten, wenn sie ihn nicht heiratete? Niemand. Nicht einmal ihre Mutter. Sie wäre allein. Völlig allein.

Ich würde für mich selber kämpfen müssen, dachte sie. Und ich würde es schaffen.

Wir werden Kinder haben … Und wenigstens eines davon wird ein Junge. Ich muss einen Jungen bekommen. Ich brauche einen Sohn und Erben für Deravenels. Und ich werde meinen Sohn unterstützen, seinen Ehrgeiz wecken, ihm Mut machen und ihm den Weg weisen.

Ein wehmütiges Lächeln schob sich in ihre Züge. Sie dachte

an ihren geliebten Vater. Mein Sohn wird so sein wie der große Edward Deravenel … auf Papas Stuhl soll weiterhin ein Deravenel sitzen. Und ich gedenke, meinen Mann und meinen Sohn tatkräftig bei der Geschäftsführung zu unterstützen.

Bess Deravenel wirbelte herum und trat den Rückweg zum Haus an. Ihr Entschluss war gefasst.

Sie fand Henry Turner in der Bibliothek, wo er das Porträt ihres Vaters betrachtete.

»Mr Deravenel war ein charismatischer, kompetenter Unternehmer mit einer gewinnenden Persönlichkeit«, sagte Henry zu ihr. »Ich würde fast sagen, er war der netteste und sympathischste Mensch, den ich je kennenlernen durfte.«

»Stimmt.« Bess nickte. »Und wir werden einen Sohn haben, der genauso ist wie Papa. Sie werden sehen.«

VIERTER TEIL

Die Turners
Harrys Frauen

Unendlich klug, beredsam, überzeugend,
Den Abgeneigten herb und schroff gesinnt,
Allein dem Freunde liebreich wie der Sommer.
William Shakespeare
Heinrich VIII., 4. Aufzug, 2. Szene

Ich habe bisweilen den seltsam bewegenden Traum
Von einer schönen Unbekannten, die ich liebe und
die mich liebt.
Paul Verlaine
Poèmes Saturniens, ›Mon Reve Familier‹

Ich höre nicht auf die Vernunft …
Vernunft bedeutet immer auch Zwang.
Elizabeth Gaskell

Ein Unglück kommt selten allein.
Cervantes

51

RAVENSCAR 1970

Er stand in der Bibliothek von Ravenscar und betrachtete bewundernd das große Gemälde, das über dem Kamin hing. Es war ein außergewöhnliches Porträt, von einem außergewöhnlichen Mann in der Blüte seiner Jahre.

Der große Edward Deravenel. Sein Großvater.

Seine Mutter, Edwards älteste Tochter Bess, hatte immer gesagt, dass er ganz nach ihrem Vater schlagen würde, und sie hatte recht behalten.

Das Gemälde war kurz vor Edwards vierzigstem Geburtstag fertiggestellt worden, und in ein paar Tagen würde er selbst sein vierzigstes Lebensjahr vollenden. Er war das Ebenbild seines Großvaters: fast einen Meter neunzig groß, breitschultrig, mit rotblonden Haaren und blauen Augen. Könnte Edward Deravenel aus ebendiesem Gemälde steigen und sich neben ihn stellen, würden sie sich zum Verwechseln ähnlich sehen – beinahe wie Zwillinge.

Harry Turner kehrte dem Bild den Rücken und schlenderte nach draußen auf die Terrasse. Sein Ziel war die Festungsruine unterhalb des parkähnlich angelegten Hangs. Seine Mutter hatte ihn in seiner Kindheit häufig dorthin mitgenommen und ihm erzählt, das sei auf Ravenscar der Lieblingsplatz ihres Vaters gewesen und damit auch ihrer. Jetzt war es seiner.

Sie hatte ihm wieder und wieder die Geschichte der Familie Deravenel erklärt und dass sie ihren Vater bewundert und tief verehrt habe. Harry hatte seine Mutter geliebt. Natürlich hatte er auch an seinem Vater gehangen, aber der schweigsame Henry Turner war bei weitem nicht so warmherzig, impulsiv und liebenswert gewesen wie seine Mutter. Im Grunde genommen war er ein verschlossener Mensch gewesen, ein Langweiler, Bess Deravenel dagegen eine extrovertierte, lebensssprühende Persönlichkeit. Von ihr hatte er den hellen Teint geerbt, Temperament, Willensstärke, Ehrgeiz und eine positive Weltanschauung.

Seltsamerweise wies sein Leben einige Parallelen zu dem seines Großvaters auf. Genau wie er hatte Harry eine fünf Jahre ältere Frau geheiratet. Auch ihm grauste bei der Vorstellung, von irgendeiner schweren Katastrophe überrollt zu werden. Indes hatte es Edward vermocht, sich dem letztlich auf tragische Weise zu entziehen.

Wohingegen es für Harry derzeit nicht besonders gut aussah. An jenem 23. Juni 1970 fühlte er sich, als balanciere er mit einem Bein am Rande einer schleichenden Katastrophe. Eine Flut privater und beruflicher Probleme schien ihn innerlich auszuhöhlen. Die Flaute bei Deravenels würde er in den Griff bekommen. Was sein konfliktbelastetes Privatleben betraf, war er sich da nicht so sicher.

Es führte kein Weg daran vorbei: Er würde die Scheidung mit allen Mitteln durchsetzen müssen … und erneut heiraten … um endlich einen Sohn und Erben zu bekommen. Seine derzeitige Ehefrau sträubte sich natürlich mit Händen und Füßen gegen die Auflösung ihrer Ehe. Nichts vermochte sie zu überzeugen, ihn aus seinem Joch zu entlassen. Eine Scheidung sei ausgeschlossen, war ihr fester Standpunkt.

Die letzten Worte seines Vaters verfolgten ihn wie ein Fluch. Noch auf dem Sterbebett hatte Henry Turner ihm eingeschärft, dass er für Deravenels einen männlichen Erben von ihm erwarte. Wieder und wieder hatte er es gesagt.

Harry hatte jedoch nur eine Tochter, und ihm war klar, dass eine Frau niemals der Boss sein könnte. Mary war ihr einziges Kind, und das, obwohl Catherine und er seit über zwanzig Jahren verheiratet waren. Dazu kamen leider mehrere Fehl- und Totgeburten.

Die Zeit lief ihm davon. Am 28. Juni, in exakt vier Tagen, würde er vierzig, und Catherine war schon fünfundvierzig. Wie sollten sie noch ein Baby bekommen? Für eine weitere Schwangerschaft war sie ganz bestimmt zu alt, es war gewiss unmöglich. Ganz davon abgesehen, dass er sie nicht mehr begehrte. Nein, er begehrte Anne, er sehnte sich nach ihr, verzehrte sich nach ihrer Zärtlichkeit und ihrem Körper. Und sie pochte darauf, dass er sie heiratete, denn für die Rolle der Dauergeliebten war sie sich zu schade. In den vergangenen sieben Jahren hatte sie sich strikt geweigert, mit ihm zusammenzuziehen ... so lange währte ihre Romanze nun schon. Bisweilen machte sie ihn rasend.

Ihm war durchaus bewusst, dass er es mit zwei überaus selbstbewussten und unnachgiebigen Frauen aufnehmen musste. Manchmal hatte er das Gefühl, dass er zwischen ihnen regelrecht erstickte.

Harry lehnte die Stirn an die steinernen Zinnen und schloss die Augen. Was sollte er nur tun? Die Antwort hallte in seinem Kopf wider: die Scheidung einreichen, erneut heiraten, einen Erben bekommen, einen neuen Riesenauftrag für Deravenels an Land ziehen ... und das alles, bevor es zu spät war.

* * *

»Harry! Harry! Bist du da unten?«, rief Charles Brandt. Er lief die letzten Treppenstufen zu der verfallenen Festung hinunter.

Harry riss sich aus seinen brütenden Gedanken und richtete sich auf. Er sah Charles näher kommen, seinen besten Freund, den er seit Kindertagen kannte. Unvermittelt wurde ihm klar: Charles ist für mich, was Will Hasling für meinen Großvater war.

Harry wusste alles über den langjährigen Freund und engsten Mitarbeiter seines Großvaters. Seine Mutter hatte große Stücke auf Will Hasling gehalten. Und sie hatte ihrem Sohn anvertraut, dass er unter nie geklärten Umständen gestorben sei …

In seiner Familie gab es etliche rätselhafte Todesfälle … das brachte einen ins Grübeln, nicht wahr? George, der Onkel seiner Mutter, war auf ihrem Weingut in Mâcon von einem Weinfass niedergestreckt worden und quasi in Beaujolais ertrunken. Ihr Onkel Richard war hier am Strand von Ravenscar erstochen worden. Den oder die Täter hatte man nie gefasst. Hinzu kamen etliche weitere Familienmitglieder, die auf unerklärliche Weise verstorben waren. Die Deravenels schienen prädestiniert für einen frühen Tod. Und für Mord? Waren unter den Deravenels auch Mörder gewesen? Man konnte wirklich ins Grübeln geraten …

Charles Brandt schob sich durch das schartige Mauerwerk der Festung, ehemals ein runder Turm, inzwischen ohne Dachstuhl und den tosenden Küstenwinden ausgesetzt. An jenem Dienstagmorgen im späten Juni war es jedoch sonnig, und Charles spürte die wärmenden Sonnenstrahlen auf seiner Gesichtshaut. Er konnte es plötzlich kaum erwarten, in sein Haus nach Südfrankreich zu kommen. In einer Woche würde er fahren. Er brauchte endlich einmal Ruhe.

Er baute sich vor Harry auf, sah ihn eindringlich an und fühlte plötzlich Ärger in sich aufsteigen. »He, alter Junge. Reiß dich zusammen!«, rief er. »Du siehst verdammt mies aus. Was ist denn los?« Charles grinste matt und schüttelte den Kopf. »Als wenn ich es nicht wüsste … du denkst an die beiden Grazien in deinem Leben, die dich an der kurzen Leine führen, was?«

»Du hast den Nagel auf den Kopf getroffen.«

»Autsch!«, gab Charles lachend zurück. »Tut mir leid, wenn's weh getan hat.«

Harry lachte freudlos. »Stimmt, Charles. Ich meine, ich denke über die Frauen nach. Aber auch über mich. So kann ich nicht mehr lange weitermachen. In vier Tagen werde ich vierzig. Stell dir das vor, Charles, vierzig! Und mein Privatleben ist ein einziger Scherbenhaufen. Ich komme einfach nicht weiter, weder mit der einen noch mit der anderen, das darfst du mir glauben.«

»Das kann ich dir nachfühlen bei den Zicken. Catherine spielt seit zig Jahren die brave, keusche, liebende Ehefrau, und nun ist sie vollends zur Märtyrerin geworden – wenigstens in ihren eigenen Augen. Und Anne Bowles, dieses falsche Biest, macht dich permanent scharf, und dann lässt sie dich eiskalt abblitzen. Kein Wunder, dass du am Verzweifeln bist. Ich an deiner Stelle würde beiden den Laufpass geben und mir schleunigst eine neue suchen. Frauen gibt es schließlich wie Sand am Meer.«

An den verfallenen Mauervorsprung gelehnt, musterte Harry seinen Freund. Charles' Großvater hatte bei Deravenels gearbeitet und war in Indien bei einem Minenunglück umgekommen. Danach hatte der kleine Charles völlig allein dagestanden, denn seine Eltern waren beide früh verstorben. Henry Turner hatte sich für das Waisenkind verantwortlich gefühlt und es in die eigene Familie aufgenommen. Charles und Henry waren zusammen aufgewachsen.

Charles war sechs Jahre älter als sein bester Freund und genauso attraktiv, hochgewachsen und gut gebaut. Zudem war er mit Harrys Lieblingsschwester Mary verheiratet. Und der Einzige, der ein offenes Wort mit Harry reden und ihm die Wahrheit ins Gesicht sagen konnte, ohne gleich befürchten zu müssen, dass Harry ihm die Freundschaft aufkündigte.

Seufzend erwiderte Harry: »Es ist nicht so einfach, wie du dir das vorstellst.« Er wühlte in seiner Sakkotasche. »Hast du zufällig Zigaretten dabei?«

Charlie nickte und zog ein Päckchen heraus. Nachdem er Harry eine Zigarette angeboten hatte, nahm er sich selber eine.

Die beiden Männer rauchten schweigend und blickten gedankenverloren aufs Meer hinaus.

Charles fand die Situation einfach lächerlich, in die sich

Harry Turner hineinmanövriert hatte. Sein Freund, weltweit einer der bedeutendsten Unternehmenstycoone, steckte in einem komplizierten Dreiecksverhältnis: Manipuliert und ausgetrickst von zwei gerissenen Frauen, war er zu schwach, sich aus eigenem Antrieb daraus zu lösen.

Harry dachte wohl ähnlich. Er verfluchte sich insgeheim und fragte sich, weshalb Anne ihn dermaßen gefangen nahm. Er fand sie begehrenswerter als je eine andere Frau.

Unvermittelt bemerkte Charles: »Das zeigt mal wieder, wie zwei richtig clevere Frauen einen Mann gängeln können ... natürlich nur einen Dummkopf, wenn du mich fragst.«

Harry schnellte zu ihm herum, seine strahlend blauen Augen blitzten zornig auf. Naturgemäß eitel, mit einem Hang zu Arroganz und Überheblichkeit, hasste er es, als dumm bezeichnet zu werden, selbst wenn die Kritik aus dem Mund seines engsten Freundes kam.

»Nenn mich nicht dumm. Du weißt, wie ich das hasse«, knirschte Harry eingeschnappt.

»Sorry, alter Junge.« Charles erwiderte Harrys Blick und setzte einlenkend hinzu: »Du hast mehr Charisma, Intelligenz und Geschick als sonst irgendjemand, den ich kenne. Aber du bist von allen guten Geistern verlassen, sobald es sich um diese beiden Frauen dreht. Wieso schickst du nicht beide in die Wüste? Ich besorge dir eine andere: hübsch, anschmiegsam und begehrenswert, eine Frau, die deinen Ansprüchen gerecht wird und die dich nicht dauernd zum Idioten stempelt.«

»Das stimmt so nicht«, protestierte Harry kopfschüttelnd. »Ich meine, das mit dem Idioten.«

»Ich weiß.« Brandt winkte ab. »Ich weiß auch, was du jetzt anführen wirst, also lass es. Die Sache zwischen dir und Anne ist eine völlig verfahrene Kiste. Meine Güte noch mal! Es ist 1970, Harry, und wir leben nicht mehr im Mittelalter! Ihr solltet zusammenziehen. Es ist mir schleierhaft, wieso das ein Problem für Anne ist.«

Harry nickte betreten. »Keine Ahnung, sie sträubt sich einfach dagegen.«

»Ihr Pech.« Charles fasste ihn am Arm. »Komm. Bradley hat unser Gepäck schon im Wagen verstaut. Wir diskutieren das auf der Fahrt in die Stadt weiter. Okay?«

»Gute Idee. Na, dann los.«

Die beiden Freunde kehrten über die Terrasse in die Bibliothek zurück. Charles blieb vor Edwards Porträt stehen und zog Harry an seine Seite.

»Schau ihn dir an. Dein Großvater. Er hätte einen derartigen Konflikt mit links gemanagt, und er lebte in den zwanziger Jahren, wo auf Anstand und Moral noch erheblich mehr Wert gelegt wurde. Edward Deravenel lebte nach seinen eigenen Regeln, und das solltest du auch tun. Du musst diese Sache endgültig klären, Harry, sonst drehst du irgendwann einfach durch.«

Harry blieb stumm. Er betrachtete das Porträt für einen langen Augenblick, ehe er sich von Charles durch die Eingangshalle zur Tür schieben ließ.

Bradley, der Butler, stand auf der Vortreppe und drehte sich zu ihnen um. »Da sind Sie ja, Mr Turner. Es ist alles verstaut, Sir.«

»Danke, Bradley. Kommendes Wochenende bin ich nicht in Yorkshire. Wir sehen uns also erst in ein paar Wochen wieder.«

»Sehr wohl, Sir.« Mit einem höflichen Nicken trat der Butler zu dem eleganten schwarzen Rolls-Royce und hielt den Gentlemen die Wagentüren auf.

»Ich fahre«, entschied Charles.

Harry nickte und schwang sich auf den Beifahrersitz, froh, dass sein Freund hinter das Lenkrad glitt. Er fühlte sich abgespannt und zerrieben von seinen Sorgen.

Nachdem die Sicherheitsgurte eingeschnappt waren, ließ Charles die Zündung an, und der Rolls glitt leise schnurrend die lange Auffahrt hinunter.

Kurz darauf brummelte Brandt: »Lehn dich zurück und entspann dich endlich. Ich sag dir jetzt, was du zu tun hast und wie du mit den beiden … ähm … Damen umspringen wirst.« Er schmunzelte. »Mal ganz ehrlich, ich hätte für die beiden noch bedeutend blumigere Umschreibungen parat.«

Harry lachte, zum ersten Mal seit Tagen.

52

London

Ich verstehe nicht, weshalb du immer noch hier wohnst, Catherine«, sagte Mary Turner Brandt mit einem fragenden Blick zu ihrer Schwägerin. »Harry hätte dir bestimmt schon längst ein viel schöneres Haus gekauft.«

Catherine nickte und erklärte hastig: »O ja, das weiß ich, Mary. Offen gestanden liegt er mir damit dauernd in den Ohren – er würde mir glatt einen Herrensitz mit einem Riesenpark kaufen, aber ich mag mein kleines Haus. Es ist gemütlich. Und es gehört mir.«

»Stimmt, du hast es damals selbst gekauft.« Mary lächelte. »Ich kann verstehen, dass es dir viel bedeutet.« Sie mochte ihre Schwägerin und hing sehr an ihr. Andererseits verstand sie ihren Bruder und akzeptierte seine Beweggründe. Und fand es unbegreiflich, dass eine Frau sich weiterhin an einen Mann klammerte, der sie nicht mehr wollte. Catherines Verhalten war ihr schleierhaft. Trotzdem besuchte sie ihre Schwägerin weiterhin regelmäßig zum Tee, weil sie wusste, wie einsam und zurückgezogen sie lebte.

Mary atmete tief durch. »Weshalb stimmst du nicht endlich der Scheidung zu? Ihr lebt jetzt seit sieben Jahren getrennt, und dir ist doch hinlänglich klar, dass er nicht mehr zu dir zurückkommt, oder? Verzeih, wenn ich das so schonungslos offen sage, aber es ist die Realität.«

»Ja, wahrscheinlich hast du recht. Aber ich bin nun mal katholisch; du ja schließlich auch. Da musst du doch verstehen, wie ich empfinde.«

»Einerseits ja … andererseits auch wieder nicht.« Mary legte die Stirn in Falten, ihre hellblauen Augen spiegelten Verwirrung. »Ehrlich gesagt begreife ich nicht ganz, weshalb du dich weiterhin an Harry klammerst, obwohl er seit Jahren auf die Scheidung pocht. Dafür wäre ich zu stolz. Du etwa nicht?«, schloss sie milde.

»Meine Religion ist mir wichtiger als mein Stolz«, antwortete Catherine eisig.

Wie frömmelnd und selbstverliebt sie klingt, dachte Mary. Charles hatte recht. Gestern Abend, nach seiner Rückkehr aus Yorkshire, hatte er gemeint, dass Catherine in eine Opferrolle geschlüpft sei und sich darin erkennbar wohl fühle.

»Harry meint, er braucht unbedingt einen Erben«, murmelte Mary. Sie schaute über den Couchtisch zu Catherine, die an ihrem Tee nippte. »Vergiss das nicht.«

»Nein, das vergesse ich bestimmt nicht. Er hat aber schon einen. Unsere Tochter Mary. Die nach dir benannt ist. Sie könnte jederzeit bei Deravenels anfangen. Immerhin wird sie demnächst achtzehn. Und erzähl mir jetzt bloß nicht, dass eine Frau nicht fähig sein soll, ein Unternehmen zu führen. Schließlich war es dein Großvater Edward Deravenel, der ebendies ermöglicht hat.«

»Das streite ich ja gar nicht ab.« Es war zwecklos, seufzte Mary im Stillen. Es war, als rede sie gegen eine Wand; die Mühe konnte sie sich sparen. Sie lehnte sich auf der Couch zurück und ließ den Blick durch den Wohnraum des kleinen Stadthauses schweifen. Es war zauberhaft, geschmackvoll möbliert und geräumiger, als es von außen wirkte. Mary war sich klar darüber, weshalb ihre Schwägerin daran hing. Es war das ideale Haus für zwei Personen. »Wie geht es eigentlich meiner Nichte Mary?«, erkundigte sie sich ablenkend. »Ich hab sie bestimmt seit einer halben Ewigkeit nicht mehr gesehen.«

»Es geht ihr gut, aber sie vermisst ihren Vater.« Catherine neigte sich vor und fragte ungewohnt lebhaft: »Meinst du, Harry kommt am Wochenende zu uns zum Tee, Mary? An seinem Geburtstag kommt er für gewöhnlich immer vorbei. Oh, und veranstaltet er eine Party? Immerhin feiert er seinen Vierzigsten.«

Mary, die sich ertappt fühlte, rutschte unbehaglich auf dem Sofa hin und her und überlegte hastig. »Er hat nichts von einer Party erwähnt«, meinte sie ausweichend. »Ich hab keine Ahnung, ob er dich besuchen wird, Liebes. Harry verrät seiner kleinen Schwester lange nicht alles.« Sie nötigte sich ein Lächeln ab. »Er hat eben seine kleinen Geheimnisse. Darin ist er unserem Vater und nicht zuletzt unserem Großvater Edward Deravenel sehr ähnlich.«

»Du stehst auf seiner Seite, nicht?«, sagte Catherine unvermittelt. Ihre Stimme war hart.

Mary schaute sie mit großen Augen an. »In gewisser Weise schon, ja«, gab sie mit unverblümter Direktheit zurück. »Ich finde, du solltest der Scheidung zustimmen. Dann kann er wieder heiraten und versuchen, noch einen Stammhalter zu bekommen.«

»Du bist mit diesem Luder Anne Bowles einverstanden, was?«

»Ob ich einverstanden bin oder nicht, ist hier nicht die Frage, Catherine. Ich denke einfach, dass mein Bruder nach der langen Trennungszeit das Recht auf seine Freiheit hat.«

»Eine Scheidung verstößt gegen das Sakrament der katholischen Kirche und widerstrebt meiner Glaubensauffassung.« Harry Turners Frau schüttelte heftig den Kopf und setzte betont hinzu: »Nein, ich werde mich niemals von ihm scheiden lassen.«

* * *

Während sie den Eaton Square überquerte, versuchte Mary Brandt ihren Unmut und Ärger auszublenden. Mit Catherine konnte man nicht vernünftig reden; sie war unglaublich verbohrt und stockkonservativ. Obwohl die gebürtige Spanierin schon seit ihrem sechzehnten Lebensjahr in England lebte, war sie in vieler Hinsicht eine Fremde geblieben.

Mary konnte gut nachvollziehen, wie ihr Bruder sich fühlen musste. Catherines Uneinsichtigkeit konnte einem den letzten Nerv rauben. Kein Wunder, dass Harry mit seiner Weisheit am Ende war. Er wünschte sich händeringend einen Stammhalter. Er hatte sich zu sehr zu Herzen genommen, was ihr Vater noch auf dem Sterbebett geäußert hatte. Bisweilen konnte sie sich dem Eindruck nicht verschließen, dass er auf die Sache mit dem männlichen Erben regelrecht fixiert war.

Charles hatte ihn gestern, nachdem sie endlich aus Ravenscar zurück waren, zum Abendessen eingeladen. Die Rückfahrt auf der A1 musste ein wahrer Alptraum gewesen sein, sie hatten die ganze Zeit im Stau gestanden. Mary hatte bald erkannt, wie verzweifelt ihr Bruder war, und ihr Herz lief über vor Mitgefühl. Harry war so ein großzügiger, herzensguter Mensch, rücksichtsvoll und liebenswürdig im Umgang mit anderen.

Nachdem er in sein Haus am Berkeley Square zurückgefahren war, wo sie einen Teil ihrer Kindheit verbracht hatten und das er jetzt allein bewohnte, hatte Charles ihr detailliert Aufschluss über seinen Gemütszustand gegeben.

Es sah nicht gut aus, schloss sie nach Charles' Ausführungen.

Sie hatte Catherine heute in der Hoffnung besucht, ihr ernsthaft ins Gewissen reden zu können. Leider hatte es nicht geklappt.

Im Grunde genommen teilte sie die Auffassung ihrer Schwägerin, dass Anne Bowles ein ausgekochtes Luder war und sich Harry einfach gekrallt hatte. Aber was nützte das? Ihr Bruder wollte Anne. Er war ihr verfallen, absolut hin und weg von ihr, wie Charles lakonisch meinte. Und bestimmt nicht bereit, ihr den Laufpass zu geben.

Anscheinend hatte Charles ihm auf der Rückfahrt nach London den Tipp gegeben, mit beiden Frauen endgültig Schluss zu machen und sich eine neue zu suchen. Aber hatte Harry ihm überhaupt zugehört? Und würde er den Rat beherzigen? Sie hatte keine Ahnung.

Mary liebte ihren Bruder. Sie konnte seine Beweggründe gut nachvollziehen. Es war ihre persönliche Erfahrung, dass es nichts Schlimmeres gab als eine unglückliche Ehe mit einem Partner, mit dem man sich nichts mehr zu sagen hatte.

Ihre erste Ehe war eine derartige Katastrophe gewesen. Antoine war ein schwieriger Mensch, um etliches älter als sie und ständig krank. Und dann hatte sie sich verliebt. Hals über Kopf. In Charles Brandt, als er die Pariser Filiale des Deravenel-Konzerns besucht hatte. Das Verrückte war, dass sie Charles, Harrys allerbesten Freund, seit ihrer Kindheit kannte. Und in Paris, bei einem Lunch im Ritz an der Place Vendôme, hatte es schließlich zwischen ihnen gefunkt.

Da kam es gar nicht so ungelegen, dass Antoine Delacroix, ihr erster Mann, unerwartet verstarb und sie endlich frei war – völlig frei und ungebunden. Frei, den Mann zu heiraten, den sie schon ihr halbes Leben lang gekannt und doch nicht gekannt hatte: Charles Brandt, mit dem sie schon zu Lebzeiten ihres Mannes geschlafen hatte und den sie abgöttisch liebte. Sie hatte Glück gehabt, unverschämtes Glück. Sie hatten zwei Töchter und waren das am glücklichsten verheiratete Paar, das sie kannte.

Nachdem sie Catherine, die in einer Gasse gleich hinter dem Eaton Square wohnte, verlassen hatte, hatte sie eigentlich bei Harvey Nichols Sommersachen für ihre Frankreichreise kaufen wollen. Sie entschied sich jedoch anders, trat an den Straßenrand und winkte einem Taxi. Innerhalb von Augenblicken hielt eines an, und sie glitt hinein, nannte dem Fahrer ihre Adresse in Chelsea. Das Shopping konnte ihr gestohlen bleiben, sie wollte zu Hause sein, wenn Charles heimkam. Er mochte es nicht, wenn das Haus bei seiner Ankunft abends leer war.

* * *

»Ich will die Scheidung, und zwar so schnell wie möglich.« Harry blickte über den Schreibtisch zu seinem Anwalt Thomas Wolsen. Seine Augen waren von eisigem Blau und sein Mund grimmig zusammengepresst. Er wirkte ungeduldig.

Thomas Wolsen, seit dreiundzwanzig Jahren Harrys Anwalt, beriet seinen Mandanten in sämtlichen Angelegenheiten – in juristischen wie in Lebensfragen. Nach all dieser Zeit war Harry Turner beinahe so etwas wie ein Sohn für ihn. Er legte die Kuppen seiner gespreizten Finger aneinander und antwortete milde, den Blick auf sein Gegenüber geheftet: »Ich würde alles für Sie tun, aber das brauche ich sicher nicht zu betonen. Ich würde für Sie durchs Feuer gehen, Harry. Aber nicht einmal ich vermag die Gesetzgebung und die Sakramente der römisch-katholischen Kirche zu ändern.«

Harry lehnte sich schweigend zurück. Zwischen seine Brauen schob sich eine tiefe Unmutsfalte.

Thomas lehnte sich ebenfalls zurück, seine Miene nachdenklich und angespannt.

Die beiden Männer saßen in Thomas Wolsens Anwaltskanzlei in der Upper Grosvenor Street und diskutierten seit zwanzig Minuten diverse Rechtsangelegenheiten. Die Atmosphäre war wie üblich entspannt und herzlich, aber sie kühlte merklich ab, als Harry das Thema Scheidung anschnitt. Thomas war sich darüber im Klaren, dass Harry sich an dieser Geschichte die Zähne ausbeißen würde. Dummerweise wollte sein Klient dies jedoch nicht einsehen. Er blieb stur.

Harrys Stimme klang plötzlich schrill: »Es muss doch irgendetwas geben, was wir tun können, oder? Können wir nicht jemanden bestechen? Ein paar Räder schmieren?«

»Ich wüsste nicht, wie, Harry.«

»Wieso kann ich mich nicht von Catherine scheiden lassen? Wir leben seit Jahren getrennt von Tisch und Bett.«

»Weil Sie Ihre Frau verlassen haben und nicht umgekehrt. Sie könnte die Scheidung durchsetzen, wegen böswilligen Verlassens, aber den Gefallen tut sie uns leider nicht. Also sind uns die Hände gebunden.«

»Vielleicht kann ich sie ja doch noch umstimmen.«

»Harry, seien Sie vernünftig. Im Falle einer Scheidung würde Catherine exkommuniziert, und sie dürfte die Heilige Kommunion nicht mehr empfangen. Als tiefgläubige Katholikin würde sie sich niemals darauf einlassen. Immerhin kenne ich Ihre Frau seit vielen Jahren – sie wäre niemals bereit, die Ausübung ihres Glaubens zu kompromittieren.«

»Meinetwegen kann sie alles haben, Thomas, alles, was sie will. Geld, so viel sie mag. Von mir aus auch Waverley Court. Das Haus am Berkeley Square zwar nicht, aber dafür das in Kent, ja. Ich will die Scheidung … und zwar um jeden Preis. Sie müssen mich dabei unterstützen, Thomas.«

»Eine Scheidung um jeden Preis, so, so. Was für ein Bekenntnis, Harry.« Thomas schüttelte bedachtsam den Kopf. »Manchen Anwälten wäre das Musik in den Ohren. Besonders denen auf der Gegenseite.«

»Tun Sie alles, was in Ihrer Macht steht. Lassen Sie sich etwas einfallen, Thomas!«, erregte sich Harry und sprang auf. Er setzte zur Tür, wo er herumschnellte. »Die Zeit läuft mir davon …« Mit einem beschwörenden Blick zu seinem Anwalt fügte er hinzu: »Sie müssen die Scheidung erwirken. Und zwar sofort, Thomas … sonst drehe ich noch durch. Haben wir uns verstanden?«

Er wartete die Antwort nicht ab, sondern stürmte grußlos hinaus und schlug die Tür hinter sich zu.

Thomas Wolsen starrte ihm kopfschüttelnd nach. Dann lehnte er sich in seinen Bürosessel zurück und zermarterte sich das Hirn. Wie, zum Teufel, sollte er das anstellen? Wenn nicht irgendein Wunder passierte – und Catherine mitspielte –, dann war es ein Ding der Unmöglichkeit.

Eine kurze Weile später bat Thomas über die hausinterne Sprechanlage einen seiner Juniorpartner zu sich.

John Upstone kam umgehend. »Sie wollten mich sprechen, Sir?«

Thomas nickte bestimmt.

»Ich habe mitbekommen, wie aufgebracht Harry Turner Ihr Büro verließ. Zweifellos wollten Sie darüber mit mir reden«, schloss John messerscharf.

»In der Tat. Harry liegt mir wieder einmal mit der Scheidung von Catherine in den Ohren. Er will sie sofort durchsetzen. Wobei die Betonung auf ›sofort‹ liegt, Upstone.«

»Die Scheidung entbehrt jeder Grundlage. Da kann er lange warten«, konstatierte John matt.

»Wir müssen alle Hebel in Bewegung setzen. Der Ruf unserer Kanzlei steht auf dem Spiel, John. Wenn wir nicht irgendetwas aus dem Hut zaubern, verlieren wir ihn womöglich als Klienten.«

John Upstone war völlig perplex. »Nach all den Jahren? Und was ist mit der engen Bindung, die Sie zu ihm pflegen?«

»Enge Bindungen bedeuten unserem alten Freund Harry nicht viel. Für Harry ist ausschließlich Harry wichtig.«

»Na ja, mir wird sicher etwas einfallen, Sir. Irgendetwas.«

»Schön, das zu hören«, murmelte Thomas. Er neigte sich über den Schreibtisch und setzte hinzu: »Tun Sie etwas. Egal was, damit er seine verflixte Scheidung bekommt. Alles außer Mord natürlich.«

53

An einem lauen Mittwochabend im Juni saß Sir Tommy Morle, Journalist, Autor, Philosoph und Anwalt, mit Harry Turner an einem Ecktisch im Rule's. Die beiden Herren ließen sich vor dem Dinner einen Apéritif schmecken.

Nachdem er den Ausführungen seines alten Freundes eine halbe Stunde lang aufmerksam gelauscht hatte, meinte Tommy gedehnt: »Harry, jetzt hör mir mal bitte gut zu. Das kannst du dir abschminken. Es ist reines Wunschdenken, was dir da vorschwebt. Du kannst keine Annullierung erwirken. Das ist völlig illusorisch.«

»Das hat Wolsen auch gesagt, trotzdem gibt es immer Ausnahmen von der Regel. Ich kenne eine ganze Reihe von Paaren, die das nach langjähriger Ehe durchsetzen konnten und –«

»Okay, noch mal ganz langsam«, schnitt Tommy ihm ungehalten das Wort ab. »Nach geltendem Kirchenrecht ist eine Annullierung nur möglich, wenn der Verbindung zwingende Gründe entgegenstehen, wie etwa der Nichtvollzug der Ehe oder Bigamie. Oder Fälle von Zwangsheirat, Inzucht oder Geistesgestörtheit. Ihr wart bei eurer Hochzeit im Vollbesitz eurer geistigen Kräfte – niemand hat euch gezwungen, und ihr habt die Ehe vollzogen. Immerhin läuft als Beweisstück deine erwachsene Tochter herum.«

Harry nickte und seufzte. »Ich weiß«, grummelte er. »Das ist mir alles geläufig. Ich hab die entsprechenden Gesetzeskommentare von vorn bis hinten gewälzt. Ich sitze ganz schön in der Tinte.«

»So ist es.«

»Ich brauche einen Erben, Tommy, aber wem erzähle ich

das? Du hast meinen Vater gekannt und weißt, wie er war. Davon abgesehen liebe ich Anne, und sie liebt mich. Ich will mit ihr zusammen sein. Ich möchte ein Kind von ihr. Meinen Erben.«

Tommy lehnte sich nachdenklich zurück. »Du hast mich seit je ins Vertrauen gezogen, Harry, aber ich weiß wirklich keinen Rat in dieser Sache, daran hat sich nichts geändert. Du bist mit einer Katholikin verheiratet, die tiefgläubig ist.«

»Soll heißen, meine Chancen in punkto Scheidung sind gleich null. Ich werde mit Anne zusammenziehen, und wenn sie schwanger wird, wird sie eben schwanger. Dann ist mein Erbe eben ein uneheliches Kind.« Er hob die Hände zu einer hilflosen Geste. Unvermittelt schob sich ein Grinsen in seine Züge, und er platzte heraus: »Das ist es! Das ist die einzige Lösung für mein Problem. Wir leben einfach zusammen.«

»Nein, es gäbe da noch eine Möglichkeit. Du könntest Anne den Laufpass geben und die Tatsache akzeptieren, dass du schon einen Erben hast«, gab Tommy zurück, sein Ton milde belehrend.

»Du meinst Mary?«

»Ja. Sie ist deine rechtmäßige Erbin.«

»Und ein Mädchen. Ich will aber –«

»Das lässt du mal besser nicht in Gegenwart irgendwelcher Emanzen verlauten. Die würden Strumpfbänder aus deiner Skalphaut machen. Schließlich haben wir 1970 und nicht 1907. Und leben im Zeitalter der Gleichberechtigung. Etliche Frauen bekleiden inzwischen Schlüsselpositionen in Industrie und Politik. Denk mal an diese junge Kabinettsministerin, Margaret Thatcher.«

»In gutinformierten Kreisen wird gemunkelt, dass sie es nicht weit bringen wird«, murmelte Harry.

Tommy grinste von einem Ohr zum anderen. »Von wegen. Die bringt es bis an die Spitze. Mrs Thatcher wird irgendwann Premierministerin, wollen wir wetten?«

»Eine Frau als Premierminister?« Harry schüttelte den Kopf. »Da bin ich doch sehr skeptisch.« Er lachte.

Tommy stimmte in sein Lachen mit ein. »Heutzutage ist alles möglich.«

»Außer der Scheidung von einer Katholikin.«

»Wohl wahr. Um noch einmal aufs Geschäftliche zurückzukommen, was ist denn mit Mary?«

»Meine Tochter zeigt nicht das geringste Interesse am Unternehmen, Tommy. Edward Deravenel wollte den weiblichen Familienmitgliedern zwar ermöglichen, Spitzenpositionen zu bekleiden, aber ich glaube nicht, dass Mary dafür prädestiniert ist. Sie interessiert sich mehr für Kunst und Musik.«

»Das tun die meisten jungen Frauen, aber vielleicht hat sie trotzdem Talent fürs Geschäft. Hast du sie überhaupt schon mal gefragt, ob sie im Konzern anfangen möchte?«

»Nein, das nicht. Nach meinem Dafürhalten muss eine Frau wirklich konsequent hinter einer solchen Karriere stehen, sonst bleibt sie auf der Strecke. Meinst du nicht auch? Außerdem müsste sie sich fortwährend gegen die männliche Konkurrenz durchsetzen.«

Tommy nickte. »Eine Frau muss verdammt viel Ehrgeiz und Fingerspitzengefühl mitbringen, wenn sie erfolgreich sein will.«

Harry, der keine Lust hatte, das Thema Mary weiter zu vertiefen, lenkte mit den Worten ab: »Anne ist sehr ambitioniert.«

Was du nicht sagst, dachte Tommy, und behielt es für sich. Er nippte gedankenvoll an seinem Whisky. Für ihn war Anne Bowles die Raffiniertheit in Person und ein knallhart berechnendes, intrigantes Flittchen. Er mochte die Frau nicht und konnte Harrys Liaison nichts abgewinnen; da war ihm die freundlich zurückhaltende Catherine bei weitem lieber. Aber er war ein treuer und verständnisvoller Freund, auch wenn er hoffte, Harry, wann immer es nötig war, einen kleinen Schubs in die richtige Richtung geben zu können.

Harry klopfte ihm auf den Arm und sagte: »He, Tom, wo bist du mit deinen Gedanken? Anne ist ein kluges Köpfchen, ihr Antiquitätengeschäft in Paris floriert prächtig. Genau wie der Laden in London. Sie hat einen außergewöhnlichen Geschmack und ein gutes Auge. Die Frau hat Talent, wenn ich das mal selbst so sagen darf.«

Tommy blieb die Antwort erspart, da zwei Kellner mit der Vorspeise anrückten: geräucherte Forelle, gefangen in den kristallklaren schottischen Gebirgsbächen, an Meerrettichsahne mit Schwarzbrot und Butter.

»Das sieht aber lecker aus«, murmelte Tommy. Er blickte zu Harry, in der Hoffnung, das sterbenslangweilige Thema Anne Bowles habe sich mit dem Beginn des Essens erledigt. Wenn Harry erst einmal davon anfing, war er für gewöhnlich nicht zu bremsen.

* * *

Während des Essens hatte Harry Turner seinem Freund in epischer Breite dargelegt, wie er sich das Zusammenleben mit seiner Geliebten vorstellte. Und nachdem er sich warmgeredet hatte, war die gemeinsame Wohnung für ihn beschlossene Sache; obwohl ihm klar war, dass Anne sich zunächst querstellen würde. Ihr fiel dieser Schritt schwer, aber er war zuversichtlich, dass er ihre Skepsis überwinden könnte.

Charles Brandt hatte ihm auf der Fahrt von Yorkshire nach London die eine oder andere Argumentationshilfe an die Hand gegeben. Das musste reichen, um Anne zu überzeugen, dass er sie niemals verlassen würde, egal was passierte.

Wenn er am Sonntag zu Anne nach Paris flog, um mit ihr gemeinsam seinen vierzigsten Geburtstag zu feiern, würde er ihr ein verlockendes Angebot machen – vollkommene materielle Absicherung und ihn selbst dazu. Ob sie sich dann noch sträubte? Bestimmt nicht. Für Harry war es beschlossene Sache. Glaubte er wenigstens.

Zudem könnte er Anne wahrheitsgemäß berichten, dass er einen letzten Versuch gemacht und sich nochmals mit Thomas Wolsen zusammengesetzt hatte. Bei einem Abendessen hatten sie erneut die heikle Scheidungssache durchdiskutiert. Am Samstag, vor seinem Parisflug, würde er sich über seinen Stolz hinwegsetzen und zum Geburtstagstee bei Catherine erscheinen. Natürlich war das nur ein Vorwand; eigentlich wollte er sie nur ein letztes Mal beknien, ihn freizugeben. Sollte sie sich weigern, würde er die Sache auf sich beruhen lassen und mit Anne ein Haus bauen. Jedenfalls konnte er seine Geliebten nachher reinen Gewissens informieren, dass er Himmel und Hölle in Bewegung gesetzt hatte, um diese verdammte Scheidung zu erwirken.

In seiner Bibliothek im Haus am Berkeley Square schlenderte Harry zum Bartisch und goss sich einen Cognac ein. Er setzte sich wieder auf das Sofa und nahm versunken einen Schluck.

Sein Blick glitt zu dem Gemälde, das über dem Kamin hing … der berühmte Renoir mit den zwei jungen Mädchen. Er hing seit ungezählten Jahren in dem Haus am Berkeley Square. Edward Deravenel hatte ihn gekauft, weil er fand, dass die rotblonden Schönheiten seinen Töchtern Bess und Grace Rose ähnelten.

Bei dem Gedanken an Grace Rose grinste Harry stillvergnügt. Sie war seine Lieblingstante … inzwischen siebzig Jahre alt und ungemein rüstig für ihr Alter, schrieb sie einen historischen Bestseller nach dem anderen. Charles Morran, ihr Ehemann, war ebenfalls geistig fit und elanvoll und eine lebende Legende mit seinen über achtzig Jahren. Er war ein begnadeter Schauspieler gewesen, ein gefeierter Star am Londoner Theater und am Broadway.

Seine Mutter hätte ihm viel von Charlie erzählt: Sein Gesicht war nach dem Ersten Weltkrieg von Brandverletzungen entstellt gewesen und mittels plastischer Chirurgie wiederhergestellt worden. Grace Rose hatte sich nach dem frühen Krebstod seiner Frau Rowena mit ihm angefreundet. Irgendwann hatten sie geheiratet, sehr zur Freude von Amos Finnister. Kurz nach ihrer Heirat war der umtriebige Sicherheitschef verstorben, was seine Mutter mit den Worten kommentierte: »Schau, jetzt konnte er endlich abtreten, Harry. Weil er wusste, dass seine geliebte Grace Rose mit Charlie den einzig Richtigen gefunden hatte.«

Ja, Bess Deravenel Turner, seine wunderbare Mutter, war eine begnadete Geschichtenerzählerin gewesen. Sie hatte ihm faszinierende und tragische Episoden aus dem Leben der Deravenels berichtet, ihm die Familiengeschichte nahegebracht. Sie hatte ihn stets erinnert, dass er von seiner Abstammung her halb Deravenel, halb Turner sei und dass der gigantische Handelskonzern auch künftig von einem Mitglied der Familie Deravenel-Turner gelenkt werden müsse.

Sie und sein Vater hatten eine neue Dynastie begründet: die Turners. Trotzdem hielt seine Mutter das Vermächtnis der Deravenels in ihm wach. Bess war es gewesen, die ihn und seine jüngere Schwester großgezogen und beide entscheidend beeinflusst hatte.

Henry Turner hatte das Unternehmen sicher durch die problematische Phase der Weltwirtschaftskrise gesteuert, den Börsenkrach an der Wall Street, die Depression in Amerika und England, die heiklen dreißiger Jahre und – nicht zu vergessen – durch den nächsten Weltkrieg. Wegen der vielen geschäftlichen Verpflichtungen und des ständigen Termindrucks sah Harry seinen Vater so gut wie nie, und Henry blieb letztlich gar nichts anders übrig, als die Erziehung seiner vier Kinder Bess anzuvertrauen.

Nach einem weiteren Schluck Cognac sann Harry über die Ehe seiner Eltern nach. Sie waren glücklich gewesen, trotz der Tatsache, dass seine beiden Großmütter die Verbindung arrangiert hatten.

Seine Eltern hatten einander stets die Treue gehalten, und

nach dem plötzlichen Tod von Arthur, seinem ältesten Bruder, hatten Trauer und Schmerz sie noch stärker zusammengeschweißt. Er und seine Schwestern Margaret und Mary hatten sich fast die Augen ausgeweint. Und dann war ihm siedend heiß klargeworden, dass er damit im Unternehmen der designierte Nachfolger seines Vaters war.

Als seine Mutter mit siebenunddreißig Jahren im Wochenbett gestorben war, waren sie alle untröstlich gewesen. Bess' früher Tod war eine Tragödie für ihre Familie. Er vermisste seine Mutter mit ihrem aparten Gesicht, dem strahlenden Lächeln, der positiven Lebenshaltung. Grace Rose hatte ihn damals getröstet. Seine Tante hatte ihren Vater Edward Deravenel nicht minder vergöttert als Bess. Und nach dem Tod seiner Mutter war sie es gewesen, die die Erinnerung an ihn weiter wachgehalten hatte.

Im Leben der Deravenels hatten sich etliche Dramen abgespielt: Jane Shaw hatte den Tod seines Großvaters, ihres langjährigen Geliebten, nicht verwinden können. Als sie kurze Zeit nach Edward an ihrem tiefen Kummer starb, hatte sie ihr ganzes Geld und ihren Besitz Bess und Grace Rose vermacht. Seine Mutter wiederum war traumatisiert von dem nie aufgeklärten Mord an seinem Onkel. Richard hatte ihr zweifellos viel bedeutet. Hinzu kam das rätselhafte Verschwinden ihrer Brüder, die man nie gefunden hatte. Grausam und unvorstellbar. Ein weiteres ungeklärtes Verbrechen.

Elizabeth Deravenel hatte nach dem Tod ihres Mannes sehr zurückgezogen gelebt. Harry hatte sie nicht besonders gemocht – genauso wenig wie seine andere Großmutter. Margaret Beauchard Turner hatte in seiner Jugend nämlich dauernd versucht, ihn zu bevormunden und zu manipulieren. Es war ihm aber gottlob geglückt, sich ihr zu entziehen. Seither hasste er starke, einflussreiche, intrigante Frauen.

Dafür hatte er seine Tanten umso mehr gemocht: Cecily, Anne, Katharine und Bridget, um die Bess sich stets gekümmert hatte, so gut sie vermochte – anders als sein Vater, der die jüngeren Schwestern seiner Frau häufig genug zu brüskieren wusste. Was Bess ihm schwer übelgenommen hatte, überlegte Harry.

Unvermittelt fiel ihm etwas ein. Harry sprang auf, lief in sein Ankleidezimmer und öffnete den Safe. Er entnahm ihm das schwarzlederne Etui, in dem das goldene Medaillon lag. Es hatte seinem Großvater gehört; seine Mutter hatte es für ihren Bruder Edward aufbewahrt, weil es ihm rechtmäßig zustand. Edward junior hatte es nie getragen ... weil er mit zwölf Jahren spurlos verschwunden war. Jetzt war es seines. Bess Turner Deravenel hatte es ihm geschenkt und ihm die Entstehungsgeschichte dargelegt.

Harry betrachtete das Schmuckstück versunken. Auf der einen Seite war eine strahlende Sonne abgebildet, auf der anderen die emaillierte Weiße Rose von York, und rings um den Rand war das Motto der Familie eingraviert: Fidelitas in Eternitas.

Er wog es längere Zeit in der Hand, während er an seine Mutter dachte, an den Einfluss der Familie Deravenel und den immensen Machtgewinn, den der Konzern Edward Deravenel verdankte. Und er nahm sich fest vor, das Imperium zu konsolidieren ... Sobald die Sache mit Anne geregelt war, würde er sich intensiv um die Nachfolge kümmern ... er würde seinem Vermächtnis gerecht werden – sein Großvater wäre stolz auf ihn.

54

Sobald er vor Catherines Londoner Stadthäuschen stand, wünschte Harry, er wäre nie hergekommen. Obwohl das Haus eine durchaus akzeptable Größe hatte, bekam er allein vom Hinsehen Platzangst und wäre brennend gern Hals über Kopf geflüchtet.

Aber das ging nicht. Er musste die Sache durchstehen und wenigstens ein paar Stunden bleiben. Die Vorstellung jagte ihm einen unangenehmen Schauer über den Rücken; er hatte Catherine absolut nichts mehr zu sagen.

Er hatte sie seit nahezu acht Monaten nicht mehr gesehen und war erschrocken über ihr verändertes Aussehen. Zwar war sie fünf Jahre älter als er, aber sie sah aus wie eine Frau um die sechzig. Die einstmals kupferrot schimmernden Haare waren verblasst und von grauen Fäden durchzogen. Ihre früher ausdrucksstarken, strahlend blauen Augen hatten das lebenslustige Funkeln eingebüßt. Zudem hatte sie abgenommen, sie war nur noch Haut und Knochen.

Als sie ihn in ihr Wohnzimmer führte, konnte er es immer noch nicht fassen. War das die hübsche Spanierin, die er vor über zwanzig Jahren geheiratet hatte? Die junge Frau, die den rosigen Teint und die leuchtende Haarfülle von ihrer englischen Urgroßmutter geerbt hatte, einer Aristokratin? Inzwischen sah Catherine aus wie eine … verbitterte alte Jungfer.

»Warum starrst du mich so an, Harry?«, fragte sie, als sie ihm gegenüber in einen Sessel sank. »Hab ich irgendwo einen Schmutzfleck im Gesicht?«

»Nein, nein«, rief er ertappt und fügte hastig hinzu: »Du hast abgenommen, das ist alles. Ich hab mich lediglich gefragt, ob du wieder Diät hältst?« Letzteres klang wie eine Frage. »Du weißt, dass du so etwas bei deiner Figur nicht nötig hast.«

Catherine schüttelte den Kopf. »Ich bin nicht auf Diät, Harry.« Es brannte ihr auf der Zunge, ihm einzugestehen, dass sie ihn vermisste und dass der Kummer an ihr zehrte. Sie presste die Lippen zu einer schmalen Linie zusammen. Nein, sie mochte sich nicht vor ihm bloßstellen.

Als spüre er ihren inneren Konflikt, wurden seine Züge unversehens weicher, und er lächelte. »Bitte sag es mir, wenn du irgendetwas brauchst, Catherine. Ich möchte nicht, dass du dich vernachlässigt fühlst.«

Sie sah ihn groß an, ihr Gesicht ein Spiegel der Entrüstung, bevor sie herausplatzte: »Wie kannst ausgerechnet du so etwas sagen, Harry!? Natürlich fühle ich mich vernachlässigt. Du fehlst uns, Mary und mir. Wir fühlen uns in der Tat beide von dir vernachlässigt.«

Er begriff, dass er den falschen Ansatz gewählt hatte, und setzte eine bedauernde Miene auf. »Das tut mir aufrichtig leid. Aber du weißt ja – die ganzen Termine und Projekte nehmen mich stark in Anspruch. Ich bin eben ein vielbeschäftigter Mensch«, seufzte er mit einem schuldbewussten Lächeln.

»Ja, das weiß ich.« Sie warf einen Blick über ihre Schulter. Ihre Haushälterin betrat eben mit einem Tablett beladen das Zimmer. »Bitte, stellen Sie es hier auf den Kaffeetisch, Mrs Aldford«, wies Catherine sie an. »Vielen Dank.«

Die Haushälterin lächelte, nickte Harry kurz zu und verschwand, nachdem sie das Tablett auf den Tisch geschoben hatte.

Catherine wandte sich erneut Harry zu. »Keine Frage, die Firma kam für dich immer an erster Stelle. Daran gab es nichts zu rütteln. Im Übrigen kannst du tatsächlich etwas für mich tun. Ich würde in den Sommermonaten gern einen Ort haben, wohin ich mich mit Mary zurückziehen kann … Vielleicht ein

Häuschen am Meer?« Aus ihrer Stimme sprach nun unnachgiebige Härte, während sie ihn eindringlich musterte.

»Kein Problem, du kannst auch Waverley Court haben. Wenn du willst, lass ich das Haus umgehend auf dich überschreiben.«

Ihre Augen blitzten einen Wimpernschlag lang auf, um sich gleich darauf zu misstrauisch schmalen Schlitzen zu verengen. »Was verlangst du dafür?«

»Die Scheidung, Catherine. Das dürfte dir doch klar sein, oder?«

»Ja. Und du kennst meine Antwort. Nein, nein und nochmals nein. Es ist unmöglich. Dann werde ich eben den Schmuck verkaufen, den du mir während unserer Ehe geschenkt hast, und die Familienerbstücke, darunter auch die Juwelen deiner Mutter. Von dem Erlös kaufe ich ein Haus auf dem Land – für deine Tochter und für mich.«

Seine Kehle verengte sich schmerzhaft, und er brachte keinen Ton heraus. Plötzlich fühlte er sich schuldig an der Situation. Immerhin hatte er Catherine einmal sehr geliebt, und sie ihn ebenfalls. Sie war die Witwe seines Bruders Arthur, der wenige Monate nach der Heirat verstorben war. Nach einiger Zeit hatte sein Vater angeregt, er solle Catherine heiraten. Der Vorschlag kam ihm nicht ungelegen. Er hatte schon als Junge für sie geschwärmt und hatte ihre Schleppe getragen, während Arthur am Traualtar auf sie wartete. Also hatten sie geheiratet und waren miteinander glücklich geworden – ja, es war ganz ohne Zweifel eine glückliche Ehe gewesen. Er und Catherine hatten viele gemeinsame Interessen, und für eine Weile hätten sie die ganze Welt umarmen mögen. Nach der ersten Fehlgeburt – es war der Sohn, den sie sich sehnlich gewünscht hatten – war Mary geboren worden, ihr ganzer Stolz.

Danach hatte sie keine weiteren Kinder mehr bekommen … Fehl- und Totgeburten hatten Catherine in gewisser Weise zerbrochen. Er wusste das. Weil es ihm nicht anders ging. So traurig es klingen mochte, aber die Tatsache, dass sie ihm keinen Stammhalter geboren hatte, hatte ihn schließlich in die Arme einer anderen getrieben. Harry Deravenel Turner wollte und brauchte einen männlichen Erben, und seine Frau konnte ihm den ersehnten Sohn nicht schenken.

Er war mit kühler Berechnung vorgegangen. Irgendwann hatte er eine ausnehmend hübsche Brünette kennengelernt – sie war sechzehn Jahre jünger als er –, die ihn mit ihrem zauberhaften Lächeln und ihrem verführerischen Augenaufschlag in ihren Bann gezogen hatte. Er war ihrem Charme restlos verfallen. Es gab nur noch sie, seine Anne …

Harry lehnte sich zurück und beobachtete, wie Catherine mit fürsorglicher Anmut Tee eingoss; sie war zweifellos eine kultivierte, gebildete Frau und eine ausgezeichnete Gastgeberin. Sie hatten sich immer gut verstanden, nie hatte es Streit oder irgendwelche Auseinandersetzungen gegeben. Ihre gemeinsamen Interessen hatten sie völlig in Anspruch genommen und ihnen Freude bereitet. Bis ihm das Leben und die Liebe zu seiner Frau langsam entglitten waren.

Während diese Überlegungen durch seinen Kopf zogen, sann Catherine über den Mann nach, der ihr gegenübersaß. Ihr geliebter Harry. Er hatte zugenommen, und obschon er sich das bei seiner hochgewachsenen Statur leisten konnte, gefiel er ihr schlanker besser. Trotzdem hatte er nichts von seiner attraktiven Erscheinung eingebüßt: Er war noch immer der attraktivste Mann, den sie kannte, groß und breitschultrig, mit seinem vollen, rotblonden Haarschopf und den stahlblauen Augen. Er wirkte machtvoll und charismatisch.

Früher hatte sie eine ähnlich frische Gesichtsfarbe gehabt wie er. Mary dagegen ähnelte keinem von ihnen – sie schien die dunklen Haare und Augen von ihren spanischen Vorfahren geerbt zu haben.

»Wie läuft es denn bei Deravenels, Harry?« Catherine reichte ihm eine gefüllte Tasse über den Couchtisch.

Er zog eine Grimasse. »Ach, immer das Gleiche.«

Sie nippte an ihrer Tasse und deutete auf die Gebäckschale. »Bediene dich. Es sind deine Lieblingsplätzchen.«

»Hmm, ja, Mandelmakronen. Hast du sie selbst gebacken?«

»Ja, eigens für deinen Geburtstag.« Es entstand eine Pause.

Er knabberte einen Keks. »Wo steckt eigentlich Mary? Ich dachte, sie wäre an meinem Geburtstag hier.«

»Sie kommt gleich. Sie wollte uns ein bisschen Zeit für uns allein geben. Zeit für ein Gespräch.«

»Ach so.« Nachdem er zwei weitere Makronen gegessen hatte, leerte er die Teetasse in einem Zug und meinte dann gedehnt: »Ich frage mich … tja … was meinst du, was sie später einmal machen will? Hat sie beruflich schon eine konkrete Vorstellung?«

»Sie interessiert sich für Kunst, Harry, aber einen konkreten Berufswunsch hat sie noch nicht geäußert. Vielleicht könntest du mal mit ihr sprechen.«

Er nickte. »Das mache ich, wenn ich aus Paris zurückkomme.«

»Wann fliegst du?«

»Morgen.«

»Ich schätze, du feierst dort deinen Geburtstag.« Sie bedachte ihn mit einem frostigen Blick.

Mechanisch schüttelte er den Kopf. Er wollte sie nicht unnötig provozieren. Stattdessen erwiderte er mit einem milden Lächeln: »Nein, ich muss dienstlich nach Paris. Wie es ausschaut, ist die Angelegenheit sogar ziemlich dringend.«

Ihre Augen auf die Tür geheftet, nickte Catherine abwesend. Unvermittelt erhellte ein strahlendes Lächeln ihr Gesicht.

Harry folgte ihrem Blick. Auf der Schwelle stand seine Tochter Mary – groß, schlank und ausnehmend hübsch. Sie glitt ins Zimmer, beladen mit mehreren in Geschenkpapier gewickelten Päckchen. Ihre Augen strahlten vor Wiedersehensfreude.

Er lächelte sie an und merkte, dass er sich genauso freute, sie wiederzusehen.

»Hallo, Vater«, rief sie. »Wie schön, dass du uns besuchst! Ich wünsche dir für deinen morgigen Geburtstag alles Liebe und Gute.«

»Komm her, mein Liebling, und gib deinem Vater einen Kuss.« Er stand auf und breitete die Arme aus.

Mary legte die Geschenke auf einem Stuhl ab, stürzte sich in die Arme ihres Vaters und drückte ihn liebevoll.

Harry blieb noch ein paar Stunden, genoss das Zusammensein mit seiner Tochter. Catherine war nach wie vor eine intelligente, kurzweilige Gesprächspartnerin; an jenem Nachmittag gelang es ihr sogar mehrere Male, ihn zum Lachen zu bringen. Wahrscheinlich hätte er sie niemals verlassen, wenn sie ihm einen Sohn und Erben geboren hätte, dachte er an jenem Nachmittag niedergeschlagen. Er hätte eine rundum glückliche Familie, und ihr Leben wäre bestimmt anders verlaufen – und nicht von Tragik und Tragödie überschattet.

55

Paris

Anne Bowles ging mit raschen Schritten über die Avenue Montaigne. Auf der hektischen Suche nach einem freien Taxi nahm sie die Blicke der Passanten gar nicht wahr, die ihr bewundernd nachschauten. Sie trug schmalgeschnittene schwarze Jeans, eine weiße Baumwollbluse, hochhackige schwarze Sandaletten und lange Perlenohrringe. An einer Schulter baumelte ein großer schwarzer Stoffbeutel, und unter den Arm hatte sie eine Chaneltasche aus weißem Leder geklemmt.

Ihre schlichte Garderobe hatte Stil, unverwechselbaren französischen Chic und unterstrich ihr phantastisches Aussehen. Anne hatte ein apart geschnittenes Gesicht mit glutvollen schwarzbraunen Augen und dichtes dunkles Haar, das ihr fast bis zur Taille reichte. Frauen fanden sie elegant und kopierten ihren Stil; Männer fanden sie sexy und erregend und ließen nichts unversucht, sie ins Bett zu bekommen.

Als das Taxi mit quietschenden Reifen neben ihr bremste, glitt sie geschmeidig auf den Beifahrersitz und nannte dem Fahrer in fehlerfreiem Französisch ihr Ziel.

Man mochte ihr vieles nachsagen, eins stimmte jedenfalls: Anne Bowles war frankophil – sie liebte Frankreich und die französische Lebensart. Sie lebte mehr oder weniger seit frühester Kindheit in Paris. Ihre Eltern waren hierhergezogen, als sie noch ein Baby war. Sie und ihre ältere Schwester waren zweisprachig aufgewachsen; Französisch war jedoch ihre Lieblingssprache und Paris die Stadt, in der sie sich wirklich zu Hause fühlte.

Als ihr Vater, ein britischer Diplomat, wieder nach England versetzt worden war, zog die Familie nach London. Anne hatte sich dort indes nie heimisch gefühlt. Nach ein paar Jahren war sie in die Stadt der Lichter zurückgekehrt, hatte Kunstgeschichte an der Sorbonne studiert und nach dem Examen ein Antiquitätengeschäft am berühmten *Rive gauche*, dem linken Seine-Ufer, aufgemacht. Und zwei Jahre darauf ein weiteres in London. Mittlerweile pendelte sie zwischen den beiden Metropolen und vertraute ansonsten ihrem kompetenten Mitarbeiterstab. Aufgrund der großen Nachfrage hatte sie ihre Geschäftstätigkeit im vorigen Jahr ausgedehnt – seitdem beriet sie ihre Kunden zusätzlich als Innenausstatterin.

Heute war sie unterwegs ins siebte Arrondissement, eine traumhafte Wohngegend, wie sie fand. Irgendwann, so schwebte ihr vor, wollte sie sich dort eine Wohnung kaufen. Derzeit wohnte sie in einem relativ neuen Gebäudekomplex in der Avenue Montaigne, weil Harry bei seinen Besuchen am liebsten im Plaza Athénée logierte. Es war bequem für ihn: Das Hotel lag in der Nähe ihres Hauses, und er hatte mithin nur ein kurzes Stück Fußweg zu ihr.

Während das Taxi sich durch das Pariser Verkehrschaos quälte, kreisten Annes Gedanken um Harry Turner. Morgen war sein Geburtstag, den er gemeinsam mit ihr feiern wollte. Sie nahm sich fest vor, am Wochenende ein ernstes Gespräch mit ihm zu führen, bevor er am Montag nach London zurückflog.

Harry lebte zwar getrennt von seiner Frau, war aber nach wie vor verheiratet. Und so wie es ausschaute, würde er die Scheidung nie erreichen. Obwohl sie seit langem zusammen waren, sträubte Anne sich vehement dagegen, ohne Trauschein mit ihm zusammenzuziehen. Ihre Familie und besonders ihr konservativer Vater hätten einen solchen Schritt bestimmt niemals akzeptiert. Mit fast sechsundzwanzig kam sie zudem in das Alter, wo eine Frau langsam an eine solide Beziehung, an Heirat und Kinder dachte.

Gestern hatte sie ihren Bruder Greg zum Abendessen in seiner Wohnung besucht. Er hatte ihr Harrys wegen ins Gewissen geredet. Fast sofort war er damit herausgeplatzt, dass sie entweder eine Entscheidung herbeiführen oder ihn verlassen solle. Er machte sich Sorgen, weil Harry sechzehn Jahre älter war als sie. Und er hatte wieder einmal betont, dass Harrys Frau eine Religionsfanatikerin war. Was sie nicht war, wie Anne sehr gut wusste. Catherine war schlicht und einfach eine gläubige Katholikin, die sich nie scheiden lassen könnte, weil sie dafür ihren Glauben aufs Spiel setzen müsste.

Die junge Frau seufzte schwer. Nachdem Greg jetzt in Paris wohnte, durfte sie mit an Sicherheit grenzender Wahrscheinlichkeit davon ausgehen, dass das nicht die letzte Standpauke gewesen war.

* * *

Anne stand in ihrem Wohnzimmer, spähte aus dem Fenster, das die Avenue Montaigne überblickte, und hielt Ausschau nach Harry. Eigentlich wollte er sie um sieben Uhr abholen, aber er war nirgends in Sicht.

Auf ihrer Armbanduhr war es fünf vor sieben. Lächelnd dachte sie darüber nach, wie altmodisch Harry in manchen Dingen war, und wie galant.

Am Morgen, lange vor seinem Abflug aus London, hatte er sie angerufen und sie für den Abend ins Plaza Athénée eingeladen. Er habe einen Tisch auf der Gartenterrasse des Hotels reservieren lassen und werde sie von zu Hause abholen. Das kleine Stück Fußweg hätte sie bequem allein gehen und sich mit ihm im Restaurant treffen können, aber das war nicht sein Stil.

Kurz darauf hörte sie das Klappern seines Schlüsselbunds. Sie fuhr herum, glitt durch den weitläufigen Korridor.

Er schloss die Tür mit einem jungenhaften Grinsen und lief ihr entgegen.

Nach einer längeren Trennung von Harry hatte sie jedes Mal wildes Herzklopfen vor Wiedersehensfreude – das war ihr noch bei keinem Mann passiert. Er sah umwerfend aus in seinem perfekt sitzenden dunkelblauen Seidenanzug, einer Maßanfertigung aus den Ateliers in der Savile Row. Das tadellos gebügelte, blütenweiße Hemd unterstrich seine leicht gebräunte Haut, die Seidenkrawatte harmonierte mit dem Blau seiner Augen. Seine handgenähten Schuhe waren auf Hochglanz poliert.

Sie trafen sich in der Mitte des Flurs. Er betrachtete sie stumm, mit unvermittelt ernster Miene, bevor er sie stürmisch in die Arme schloss.

Anne schmiegte sich an ihn. Ihr war klar, dass sie ihn niemals würde verlassen können, jedenfalls nicht freiwillig. Während er sie sanft auf die Stirn küsste und sie zärtlich an seinen Körper presste, fielen sämtliche Sorgen und Probleme, die seit Wochen wie ein zentnerschweres Gewicht auf ihre Brust drückten, von ihr ab.

Er hielt sie eng umschlungen und raunte ihr ins Ohr: »Du meine Güte, du ahnst gar nicht, wie sehr du mir gefehlt hast, Anne. Ohne dich kann ich nicht leben, weißt du das?«

»Ich hab dich auch sehr vermisst, Harry. Ich war ziemlich deprimiert, aber jetzt, wo du da bist, fühle ich mich himmlisch.«

Er hob ihr Gesicht und betrachtete es für einen Augenblick, bevor sich ihre Lippen zu einem sehnsuchtsvollen Kuss fanden.

Es war ein langer, glutvoller Kuss, den Anne mit gleicher Leidenschaft erwiderte. Schließlich löste er sich von ihr, ein schalkhaftes Funkeln in den Augen. »Wenn wir nicht sofort zum Abendessen aufbrechen, kommen wir vermutlich überhaupt nicht mehr weg.«

Lachend stimmte sie ihm zu. Sie wühlte in ihrer Flurkommode und entschied sich für eine Abendtasche aus schwarzem

Seidenbrokat, die zu ihren eleganten schwarzen Pumps passte und einen grandiosen Kontrast zu dem weißen Seidenkleid bildete, dessen breiter schwarzer Lackgürtel ihre schlanke Taille betonte.

»Ich bin so weit«, lachte sie und hakte sich bei ihm ein.

Sie schlenderten zur Tür. Bevor sie ihr Apartment verließen, flüsterte sie ihm ins Ohr: »Alles Liebe und Schöne zum Geburtstag, mein Schatz.«

* * *

Etliche Gäste verrenkten sich die Hälse nach ihnen, als sie die Hotelhalle durchquerten, um zu der überdachten Restaurantterrasse zu gelangen. Die beiden waren ein schönes Paar, gutaussehend, elegant gekleidet und erkennbar verliebt.

Kaum dass der Oberkellner sie im Eingangsbereich des Restaurants entdeckte, eilte er zu ihnen und begrüßte sie. »Guten Abend, *Monsieur* Turner, ich habe den üblichen Tisch für Sie reserviert, dort drüben in der Ecke.«

Harry nickte und folgte ihm lächelnd. Er führte Anne zu seinem Lieblingstisch in einer lauschig mit Efeu umrankten Nische. »*Merci beaucoup*«, murmelte er. Erfreut registrierte er die Flasche Dom Perignon, die in einem silbernen, mit Eis gefüllten Sektkübel auf dem Tisch stand.

Nachdem der Ober ihnen den prickelnden Champagner eingeschenkt hatte, tranken sie auf ihr gemeinsames Wohl. »Ich habe ein kleines Geschenk für dich, Liebling«, sagte Anne. »Es ist in meiner Handtasche. Ich kann es dir aber auch später geben, wenn dir das lieber ist.«

Er schüttelte den Kopf und grinste. »Nein, ich möchte es lieber jetzt. Was Geschenke angeht, bin ich neugierig wie ein kleiner Junge.«

Sie öffnete ihr schwarzes Brokattäschchen, nahm ein rechteckiges rotes Etui mit dem goldgeprägten Aufdruck Cartier heraus und reichte es ihm. »Ich dachte, du magst so etwas bestimmt nicht umständlich vor allen Leuten auspacken. Deshalb habe ich auf Geschenkpapier und Schleife verzichtet.«

Harry, der wirklich strahlte wie ein kleiner Junge, öffnete die Schmuckschachtel. Seine Augen weiteten sich kaum merklich, als er das auf schwarzen Samt gebettete Paar goldener Manschettenknöpfe gewahrte. Einer war mit einer emaillierten weißen, der andere mit einer roten Rose versehen, beide in kleine Diamanten eingefasst. »Anne, sie sind wunderschön. Einzigartig. Tausend Dank, Liebes.« Er fasste ihre Hand, die locker auf der Tischplatte ruhte, und küsste zärtlich ihre Finger. Lächelnd fuhr er fort: »Ich hab auch etwas für dich … ein kleines Geschenk. Aber das würde ich dir lieber später geben.«

»Was denn?«, fragte sie neugierig. Ihre dunklen Augen funkelten vor Neugier.

»Wenn ich es dir sagen würde, wäre es ja keine Überraschung mehr, nicht wahr?«

»Stimmt. Ich bin ja so froh, dass dir die Manschettenknöpfe gefallen. Ich dachte, sie würden gut zu dir passen … Die weiße Rose von York und die rote Rose von Lancaster … Deravenel und Turner schließlich zu einer Dynastie vereint, durch deine Mutter und deinen Vater.«

»Sie gefallen mir sehr«, murmelte er nach einem weiteren Schluck Champagner. »Ich hab eine Menge Neuigkeiten für dich, Anne«, fuhr er fort. »Aber das hat auch später noch Zeit. Lass uns erst ein bisschen entspannen und unser Wiedersehen genießen. Was darf ich dir bestellen?«

»Wie wäre es, wenn wir zur Feier des Tages mit Kaviar beginnen würden? Immerhin hast du heute Geburtstag.«

»Eine fabelhafte Idee, Anne.«

* * *

Beim Kaffee fühlte Harry in seine Jacketttasche und sagte: »Hier, das habe ich für dich, Anne. Gib mir deine Hand, Schatz.«

Sie stutzte und reichte ihm zögernd ihre Rechte.

»Nein, nein, nicht die. Die andere Hand, bitte.«

Ihre glutvollen dunklen Augen vor Verblüffung geweitet, hielt sie ihm ihre Linke hin und schnappte nach Luft, als er ihr einen funkelnden Zwanzigkaräter auf den Ringfinger schob.

»Gütiger Himmel, Harry! Der Ring ist phantastisch.« Anne bestaunte den ovalen, perfekt geschliffenen Diamanten, ehe ihr Blick sich wieder auf Harry richtete. »Heißt das, du machst mir einen Heiratsantrag?«, fragte sie ein wenig atemlos und aufgeregt.

»Du weißt, dass ich nichts lieber tun würde, Anne, Liebes, aber es geht einfach nicht.«

»Dann hat sich also nichts geändert«, flüsterte sie plötzlich niederschlagen; ihre Miene umwölkte sich. »Wie stellst du dir das vor? Weshalb sollte ich diesen Verlobungsring tragen, wenn du mich nicht heiraten kannst?«

Sein eben noch strahlendes Gesicht ernst und angespannt, neigte er sich zu ihr über den Tisch. »Anne, versteh mich bitte. So kann es nicht weitergehen. Ich möchte, dass wir wie ein ganz normales Paar für alle sichtbar zusammenleben. Vielleicht kommt Catherine dann irgendwann zur Vernunft und willigt endlich in die Scheidung ein. Was ich – und da bin ich ganz ehrlich – jedoch bezweifle. Wie dem auch sei, ich finde, wir sollten zusammenziehen. Wir könnten so glücklich zusammen sein.«

»Meine Familie würde auf die Barrikaden gehen, vor allem mein Vater. Ihn träfe der Schlag.« Annes rehbraune Augen blickten bekümmert, und sie schüttelte den Kopf. »Die Vorstellung, mit dir eine gemeinsame Wohnung zu suchen, macht mich nervös.«

»Verständlich. Ich habe mir da schon so meine Gedanken

gemacht, Schatz. Ich erwarte nicht, dass du zu mir in das Haus am Berkeley Square ziehst; damit würde ich dir zu viel zumuten. Nein, ich hab mir überlegt, dass ich dir eine größere Wohnung oder ein Haus kaufe. Ich habe mich auch schon erkundigt – in Mayfair stehen einige hübsche Anwesen zum Verkauf. Sobald du ein eigenes Zuhause hast, wohne ich mit dir dort … jedenfalls meistens. Um die Details kümmern wir uns später. Zudem sichere ich dich für die Zukunft ab, für den Fall, dass mir etwas geschehen sollte. Ich werde dir ein Treuhandkonto einrichten, einen größeren Betrag für dich anlegen … nun ja, was man eben so braucht für ein angenehmes, sorgenfreies Dasein.«

»Ich … ich weiß nicht, Harry«, antwortete sie matt. Auch wenn man zu Beginn der siebziger Jahre und nach den befreienden Sechzigern fortschrittlicher und freizügiger dachte, so gab es weiterhin Verhaltensnormen, die es zu beherzigen galt. Und gewisse Moralvorstellungen und gesellschaftliche Konventionen. Ihr Vater beispielsweise wäre erschüttert über diesen Schritt und würde mit Verständnislosigkeit und Wut reagieren. Und was war mit ihrem Selbstwertgefühl, ihrer Selbstachtung? Könnte sie überhaupt mit einem verheirateten Mann zusammenleben? Ein Mann, der ihr nie ganz gehören würde, weil er schon eine Ehefrau hatte?

»Möchtest du nicht mit mir zusammenleben, Anne?«

»Doch, schon, Liebling. Als du heute Abend nach zwei Wochen Trennung in meine Wohnung kamst, wurde mir schlagartig bewusst, dass ich dich niemals verlassen könnte. Andererseits wünsche ich mir ein harmonisches Familienleben und Kinder, Harry. Und du möchtest – keine Frage – einen Stammhalter. Und ich will kein uneheliches Kind haben, und zudem wäre ein außerehelich geborener Sohn de jure auch nicht dein Erbe …«

»Kein Problem. Ich kann ihn adoptieren, ihm meinen Namen geben und ihn testamentarisch als meinen Erben einsetzen. Du wirst mir bestimmt einen Sohn schenken, Anne. Und ich möchte ihn jetzt, solange ich noch jung genug bin, ihn aufwachsen zu sehen, und meine Freude an ihm haben kann. Oh, bitte, Anne, sag ja.«

»Und meine Familie …«

»Ich mag nichts mehr davon hören«, schnitt er ihr das Wort ab. »Es ist nicht ihr Leben, sondern deines und meines. Und für uns steht viel auf dem Spiel.«

»Du hast recht. Ich sollte dabei wirklich nur an mich denken, und an dich. Allerdings fände ich es einfacher, wenn wir in Paris lebten. Dann hätte ich … hmm … ein bisschen mehr Distanz zu ihnen.« Sie stockte, weil ihr mit einem Mal klarwurde, dass sie einlenkte.

»Paris! Das klingt großartig!«, rief er. »Du findest bestimmt eine schöne geräumige Wohnung für uns. Im siebten Bezirk – das ist doch die Gegend, die du so magst.« Er strahlte übers ganze Gesicht. »Außerdem besorge ich uns eine Wohnung in London. Sag ja, Anne, bitte sag ja.«

»Ja«, murmelte sie leise und zaghaft.

Er spürte ihr Zögern und griff nach ihrer Hand. »Vertrau mir, Liebling, alles wird gut. Wir werden zwei gemütliche Wohnungen haben, und ich sichere dich in finanzieller und juristischer Hinsicht so ab, dass du in jedem Fall versorgt bist. Komm, lass uns wieder in deine Wohnung gehen. Ich möchte bei dir sein und dich in meinen Armen halten. Ich sehne mich nach dir. Sehr sogar.«

* * *

Kaum dass sie Annes Wohnung betraten, begann Harry, sie leidenschaftlich zu küssen. Eng umschlungen glitten sie in ihr Schlafzimmer, wo er sich von ihren Lippen löste und sie auf Armeslänge von sich schob. Sein Blick senkte sich in ihre Augen.

»Ich will dich, Anne, und keine andere. Glaub mir, du bist alles für mich.«

»Oh, Harry«, seufzte sie. Sie trat einen Schritt vor, schlang einen Arm um ihn und vergrub ihr Gesicht an seiner Brust. »Oh, mein Liebling.«

»Ich liebe dich«, hauchte er in ihr Haar.

»Ich liebe dich«, antwortete sie mit erstickter Stimme.

Er trat einen halben Schritt zurück, öffnete ihren Gürtel und ließ ihn zu Boden gleiten; dann schob er ihr das Cocktailkleid von den Schultern und über die Taille. Mit einem verführerischen Rascheln bauschte es sich um ihre Knöchel. Anne trat über den hauchzarten Seidenstoff und begann an seiner Krawatte zu nesteln.

Hastig zog er sein Sakko aus, und innerhalb von Sekunden lagen beide nackt auf ihrem Bett. Er schloss sie ungestüm in seine Arme, murmelte zärtlich ihren Namen, presste eine Handvoll ihrer vollen dunklen Strähnen an seine Lippen und küsste sie. Er neigte sich über Anne, hauchte federnde Küsse auf ihre Stirn, ihre Lider, ihren Hals, ihre Brüste, und zwischen seinen Küssen flüsterte er ihr seine geheimsten Phantasien zu. Seine Hände glitten über ihren Körper, streichelten sie, stimulierten sie, bis sie stöhnte vor Erregung. Und vor Lust erschauerte.

Unvermittelt küsste er sie mit feuriger Heftigkeit, stieß seine Zunge lustvoll zwischen ihre Zähne. Seine Hände schoben sich unter ihren Körper und hoben sie ihm entgegen. Er drückte sie gegen seine Brust, stöhnte in ihr Haar. Er begehrte sie und verzehrte sich nach ihr, aber er wollte sie verwöhnen, ihr ekstatische Wonnen bescheren. Er bettete sie auf die Kissen, streichelte ihre Haare und flüsterte rau: »Ich möchte ein Kind von dir. Unser Kind.«

Sie streichelte seine Wange, ließ ihre Finger spielerisch zu seinem Nacken gleiten; ihre Blicke verschmolzen. »Ich auch.« Ihre Stimme senkte sich zu einem sehnsuchtsvollen Wispern. »Komm zu mir. Nimm mich, Harry. Lass es uns gleich heute Nacht tun. Ich liebe dich. Oh, ich liebe dich so sehr.«

Er konnte der lockenden Versuchung nicht länger widerstehen und glitt in ihre feuchte Mitte, nahm sie mit der Erfahrung des reifen Liebhabers. Tief in ihr verharrend, betrachtete er ihr Gesicht, und sie schlug die Lider auf, versank in seinem Blick. In ihren Augen spiegelte sich die tiefe Liebe, die sie für ihn empfand, und Harry wurde von einer berauschenden Woge der Glückseligkeit erfasst.

Anne bog ihm ihren Schoß entgegen und bewegte sich aufreizend unter ihm. Er reagierte sofort, und sie fanden in den Rhythmus ihrer Leidenschaft. Er presste sie fester an sich, stieß fester, gieriger in sie hinein, bestürmte sie mit einer Glut und Leidenschaft, wie er sie noch bei keiner anderen Frau empfunden hatte. Keine war wie sie, so erregend, fordernd und sinnlich. Sie schlang die Schenkel um seine Lenden und grub ihre schlanken Finger besitzergreifend in sein Gesäß. Er begehrte diese Frau mit allen Sinnen, mit jeder Pore seines Körpers. Liebte sie, wie er noch keine Frau geliebt hatte.

Tief entrückt hörte Harry, wie sie seinen Namen keuchte; als sich ihr Körper in ekstatischen Zuckungen wand, riss er sie an seine Brust. Er kam mit ihr, erschauerte in seinem Orgasmus, schrie ihren Namen laut heraus, schwor ihr, dass sie auf ewig zusammengehörten. Viel später, als sie atemlos und eng umschlungen auf dem Laken lagen, murmelte er an ihrer Halsbeuge: »Bestimmt haben wir gerade einen Sohn gezeugt, Liebes. Meinen Stammhalter. Das habe ich im Gefühl.«

56

NEW YORK 1971

Charles Brandt hatte sich im Konferenzraum der TexMax Oil auf der Fifth Avenue eingefunden, wo er einen Gesprächstermin mit den drei verantwortlichen Gesellschaftern des Unternehmens wahrnahm. Es handelte sich um ein mittelständisches, aber sehr erfolgreiches Unternehmen mit Sitz in Midland, das die Deravco übernehmen wollte.

Zunächst beantwortete Charles Fragen zur Deravco, die Edward Deravenel in den zwanziger Jahren gegründet hatte, und skizzierte den Verantwortlichen in kurzen Zügen das amtierende Management. Unvermittelt kam die Diskussion auf Harry Turner.

»Sie bekommen den Zuschlag, Charles«, konstatierte Peter Proctor, der Präsident der Ölgesellschaft. »Sie haben ganze Arbeit geleistet. Das Ergebnis der Verhandlungen stimmt uns überaus zufrieden, und wir sind sicher, dass das Unternehmen auch künftig florieren wird.« Nach einem anerkennenden Blick zu Charles setzte er hinzu: »Allerdings sind wir drei mächtig neugierig, was unseren neuen Eigentümer Harry Turner angeht.«

Charles richtete den Blick von Peter Proctor, den er kennen und schätzen gelernt hatte, auf Max Nolan, den Aufsichtsratsvorsitzenden der TexMax Oil, und dessen Sohn Tony, der zusammen mit seinem Vater die Aktienmehrheit an der texanischen Gesellschaft hielt.

Schmunzelnd antwortete Brandt: »Nun ja, ihm hängt seit neuestem die Reputation des skrupellosen Börsenspekulanten an, ich kann Ihnen versichern, dass er beileibe nicht der eiskalte Gewinnler ist, als den manche Journalisten ihn gern hinstellen. Ganz im Gegenteil, Sie werden ihn als ruhigen, besonnenen, höflichen Pragmatiker kennenlernen. Ich bin mir ziemlich sicher, dass die Chemie zwischen Ihnen stimmen wird.«

In diesem Moment ging die Tür auf, und Harry Turner betrat den Konferenzraum.

Er schritt zu dem langen Konferenztisch aus Mahagoniholz und begrüßte die Anwesenden mit den Worten: »Guten Morgen, meine Herren. Bitte entschuldigen Sie meine Verspätung. Meine Frau hatte einen schweren Sturz. Und ich war in Sorge um sie, wegen ihrer fortgeschrittenen Schwangerschaft.«

»Charles hat uns darüber informiert.« Max Nolan erhob sich und schüttelte Harry die Hand. Die beiden anderen Gesellschafter folgten seinem Beispiel.

Harry setzte sich neben Charles und raunte ihm zu: »Keine Sorge. Es ist alles okay. Anne und das Baby sind wohlauf.«

Charles nickte und lehnte sich zurück. Nach einem eher hektischen Morgen, den Harry vor allem mit Telefonaten nach London verbracht hatte, während er allein den Termin bei der Ölgesellschaft hatte wahrnehmen müssen, konnte er nun endlich aufatmen.

Nach einem Blick in die Runde erklärte Harry auf seine ruhige, besonnene Art: »Ich bedaure inständig, dass ich an den diversen Verhandlungen während der letzten sieben Monate nicht teilnehmen konnte. Ich bin jedoch überzeugt, dass Charles hervorragende Arbeit geleistet und die Sache in meinem Sinne vorangetrieben hat. Wie ich erfuhr, sind Sie mit dem Ergebnis der Verhandlungen zufrieden. Bitte seien Sie versichert, dass meine Abwesenheit nichts mit mangelndem Interesse zu tun hatte. Ich war unabkömmlich in unseren europäischen Geschäften und vor allem von ein paar schwierigen Akquisitionen in den Niederlanden in Anspruch genommen.«

»Wir haben vollstes Verständnis«, erwiderte Max Nolan und wandte sich an Peter Proctor. »Ich glaube, Sie hatten noch ein paar Fragen, nicht, Peter? Was halten Sie davon, meine

Herren, wenn wir die Sache vom Tisch bringen, bevor wir gemeinsam zum Lunch gehen?«

»Das ist ganz in meinem Sinne«, bekräftigte Harry. »Wenn von Ihrer Seite noch Unklarheiten bestehen, bin ich selbstverständlich gern bereit, Ihnen Rede und Antwort zu stehen.«

Proctor nickte. Er öffnete einen Ordner und blätterte darin herum. »Ja, ich habe hier noch einige Punkte notiert, die der Klärung bedürfen.« Damit übernahm er die Gesprächsführung in der weiteren Diskussion.

* * *

Am späteren Abend saßen Harry und Charles an einem Ecktisch in Bemelmans Bar im Carlyle Hotel – das Hotel ihrer Wahl, wann immer sie sich in New York aufhielten.

Nach einem Schluck Cognac drehte Charles den Schwenker nachdenklich in der Hand. »Und? Zufrieden, Harry? Jetzt gehört dir TexMax Oil. Da ist dir ein wahrer Geniestreich gelungen, das muss man dir lassen.«

Harry grinste seinen Schwager an. »Ich fühle mich großartig. Heute ist uns eine bedeutende Akquisition für Deravco geglückt. Damit behaupten wir uns noch massiver im Ölgeschäft.« Er nahm einen durstigen Schluck von seinem Mineralwasser und seufzte. »Ich muss mich bei dir entschuldigen. Tut mir wirklich leid, dass ich heute Morgen dermaßen aufbrausend und übellaunig war, wo du dich auf das Treffen bei TexMax vorbereiten musstest. Aber Anne ... na ja, die Sache mit dem Sturz ist mir schon ordentlich an die Nieren gegangen. Ich kapiere das nicht. Anstatt sich zu schonen, ist sie ständig in Bewegung und macht zig Dinge auf einmal. Es ist immerhin August, und das Baby soll Anfang September kommen. Ich darf gar nicht darüber nachdenken, wie unvorsichtig diese Frau ist! Dieser Sturz mitten auf der Straße ... Meine Güte, sie hätte das Baby verlieren können.«

»Und sich ernsthaft verletzen können«, betonte Charles. »Aber das ist typisch Anne, sie liebt das Risiko. Oh, übrigens –« Er stockte und nippte an seinem Cognac.

»Im Übrigen was?« Harry runzelte fragend die Stirn. »Spuck's aus, alter Knabe.«

Charles schüttelte den Kopf und lachte verlegen. »Ich wollte bloß wissen, wie die Sache mit Catherines Schmuck ausgegangen ist? Das hast du mir nie erzählt?«

»Pfft«, entfuhr es Harry herablassend. »Ich habe, wie du weißt, deiner Frau einen Teil davon geschenkt, meiner Schwester. Und meine Tochter Mary hat einige wertvolle Erbstücke bekommen. Der Rest liegt in meinem Privatsafe am Berkeley Square.«

»Und Anne ist leer ausgegangen? Nach dem ganzen Theater, das sie veranstaltet hat, nachdem du Catherine den Schmuck abgekauft hattest?« Charles stutzte, seine Miene ein einziges Fragezeichen.

»Ich hab ihr eine Diamantkette geschenkt und ein passendes Armband, das war's. Ehrlich gesagt war mir nicht wohl dabei. Ich hatte Catherine gerade erst den Schmuck abgekauft … und dann starb sie völlig unerwartet an diesem Herzinfarkt. Du kannst dir vorstellen, wie mies ich mich fühlte.« Und schuldig, setzte er im Stillen hinzu.

»Ja, ihr Tod kam sehr plötzlich. Ich bin froh, dass du einverstanden warst, als Mary zu uns ziehen wollte, Harry. Das hat ihr über den größten Schmerz hinweggeholfen.«

»Ja, und mir war damit ebenfalls sehr geholfen. Mary wollte partout nicht in das Haus am Berkeley Square umziehen, von daher war es für alle Beteiligten die beste Lösung.« Harry blickte brütend ins Leere. Catherines plötzlicher Herzinfarkt war ihm unbegreiflich, zumal sie immer so gesund gelebt hatte.

Er und Anne hatten im März in einer kurzen Zeremonie geheiratet. Und seine junge Braut konnte endlich aufatmen, denn ihr ungeborenes Baby war damit ein eheliches Kind. Natürlich war er auch froh darüber, aber er hätte sich deswegen nie graue Haare wachsen lassen. Er hätte das Kind schlichtweg adoptiert und den Jungen als Erben in seinem Testament eingesetzt.

Die beiden alten Freunde und Kollegen plauderten noch eine Weile übers Geschäftliche, dann gingen sie nach oben in ihre Suite.

»Nachdem die Verträge mit TexMax eine sichere Sache sind, können wir doch Ende der Woche nach London zurückfliegen, oder?«, erkundigte sich Charles an der Tür zu seinem Schlafzimmer.

»Ich denke schon. Es läuft alles nach Plan.« Harry nickte bekräftigend. »Und noch mal danke, Charles, ganz besonders für deinen Einsatz bei TexMax.«

* * *

Harry wälzte sich in seinem Hotelbett. Er hatte Probleme mit dem Einschlafen. Trotz der Klimaanlage fand er die Luft im Zimmer erdrückend heiß. Der New Yorker Sommer mit seiner ungewohnt hohen Luftfeuchtigkeit brachte ihn fast um.

Nach einer Weile stand er wieder auf und goss sich ein Glas Wasser ein. Er setzte sich in den Wohnraum der Suite, schaltete den Fernseher ein. Ein alter Spielfilm flimmerte über den Bildschirm, irgendeine Gangsterkomödie aus den Dreißigern mit Jimmy Cagney. Er schaute abwesend hin, stellte das Gerät jedoch nach kurzer Zeit wieder ab. In Gedanken war er bei Anne.

Er liebte sie: Sie war seine Frau und trug sein Kind unter dem Herzen. Seinen Sohn und Erben. Das Zusammenleben mit ihr hatte er sich allerdings einfacher vorgestellt. Anne entpuppte sich zunehmend als eigenwillige Persönlichkeit: Sie war egozentrisch und für sein Empfinden viel zu emanzipiert und selbständig. Und unverantwortlich, was ihre Gesundheit anging. Sie verbreitete künstliche Hektik, ging noch jeden Tag in ihren

Antiquitätenladen und traf sich mit Kunden. Das Baby konnte jeden Tag kommen, doch das schien sie nicht zu kümmern. Bestimmt hätte sie sich mehr schonen müssen.

Wenigstens jettete sie nicht mehr ständig zwischen Paris und London hin und her. Er hatte sie gebeten, das Pariser Geschäft aufzugeben, war mit diesem Wunsch jedoch auf taube Ohren gestoßen. Seufzend erhob er sich. Nach ihrer Niederkunft würde er nicht lockerlassen, bis sie den stressigen Job an den Nagel hing. Es war ihre Pflicht, ihrem Kind eine gute Mutter zu sein. Sein Stammhalter und Erbe. Er würde ihn auf den Namen Edward taufen, nach dem großen Edward Deravenel. Ein Lächeln huschte um seine Mundwinkel. Schließlich legte er sich wieder ins Bett und dachte an den Sohn, den er sich sehnsüchtig wünschte, und das schon so lange. Er freute sich unbändig darauf, den Kleinen endlich in den Armen zu halten.

57

London

Am 7. September, gleich nach der Mittagspause, verließ Harry Turner sein Büro in der Londoner Konzernzentrale in großer Hast. Bei seiner Frau hatten eben die Wehen eingesetzt, und er machte sich auf den Weg ins Westminster Hospital. Sein Fahrer legte die Strecke in rekordverdächtiger Zeit zurück. Von einem Gefühl der Erleichterung durchflutet, betrat Harry schließlich die Wochenstation.

Anne lag zwar noch in den Wehen, aber immerhin war er in der Nähe, falls sie ihn brauchte. Er lief nervös vor ihrem Privatzimmer hin und her, durchquerte den Korridor, Stunde um Stunde, in einem hektischen Auf und Ab, bis ihm schließlich vor Sorge die Nerven blanklagen.

Charles hatte angeboten, ihn zu begleiten, aber Harry hatte abgelehnt. Jetzt wünschte er sich, er hätte das nicht getan. Charles Brandt war der Einzige, der in jeder Situation vollkommene Ruhe ausstrahlte.

Er war drauf und dran, seinen Schwager bei Deravenels anzurufen, als Annes Arzt auf den Flur trat. Ein breites Lächeln lag auf seinem Gesicht.

Harry stürzte sich förmlich auf ihn, erleichtert von der fröhlichen Miene des Arztes. »Wie geht es ihr? Wie geht es meiner Frau, Dr. Hargrove?«, erkundigte er sich, obwohl er die Antwort bereits wusste.

»Ihre Frau hat die Geburt sehr gut überstanden, Mr Turner. Und Sie haben eine wunderschöne kleine Tochter bekommen. Sie ist einfach perfekt!«

»Gott sei Dank!«, rief Harry mit Nachdruck. Er strahlte übers ganze Gesicht – damit der Arzt nicht dachte, dass er enttäuscht war. Aber das war er. Anne hatte ihm nicht den heißersehnten Sohn geschenkt; er hatte wieder keinen Erben bekommen. Eine Tochter, dachte er mit einem Anflug von Niedergeschlagenheit. Schon wieder ein Mädchen. Als er den skeptischen Blick des Arztes gewahrte, fragte er hastig: »Wann kann ich sie sehen?«

»Gleich, Mr Turner. Die Schwester wird sie hereinholen. Gedulden Sie sich bitte noch einen kurzen Moment.« Er hielt ihm die Hand hin. »Außerdem möchte ich Ihnen ganz herzlich gratulieren.«

»Danke, Dr. Hargrove. Ich bin Ihnen sehr dankbar, dass Sie sich so gut um Anne gekümmert haben.«

Der Mediziner nickte kurz und verschwand.

Harry sank auf einen Stuhl und schloss frustriert die Augen. Er hatte sich so sehr einen Sohn gewünscht, dass die Enttäuschung nun umso stärker war. Aber es galt, das Beste aus der Situation zu machen. Auf gar keinen Fall durfte er Anne jetzt spüren lassen, dass er enttäuscht war. Damit würde er sie tief verletzen.

Er schlug die Augen auf, atmete tief durch und versuchte, sich davon zu überzeugen, was er für ein Glückspilz war. Sie hatten ein gesundes Baby bekommen, und das Kind würde Anne noch enger an ihn binden. Seine Frau war jung und gesund, sie konnte noch viele Kinder bekommen. Das nächste Mal war es bestimmt ein Junge, ganz logisch. Aller guten Dinge sind drei, grinste er stillvergnügt.

* * *

Es war Liebe auf den ersten Blick. Harry Turner war hingerissen von seiner kleinen Tochter. Sie war bildhübsch und in jeder Hinsicht vollkommen; auf ihrem Köpfchen spross sogar schon feiner rötlich blonder Flaum.

Sobald er das Zimmer betrat, fing er Annes bekümmerten

Blick auf. Er lief zu ihr, küsste sie zärtlich und betrachtete den winzigen Säugling in ihren Armen.

»Sie bekommt bestimmt rotes Haar wie du, Harry«, murmelte Anne. Zwar lächelte sie, doch der ängstliche Ausdruck in ihren Augen blieb.

»Das ist mir als Allererstes aufgefallen«, strahlte er. Er fasste die kleine Hand, bestaunte die winzigen Nägel. »Was Dr. Hargrove sagt, stimmt. Sie ist perfekt. Ein kleines Wunder.«

»Ich weiß, wie sehr du dir einen Jungen gewünscht hast, Harry. Es tut mir leid, dass es ein Mädchen geworden ist«, murmelte Anne und schmiegte das Baby unwillkürlich enger an sich, als müsse sie es beschützen.

Er schüttelte den Kopf und bedachte Anne mit einem beschwörenden Blick. »Nein, nein, das darfst du nicht sagen, Liebling. Wir haben jetzt ein Kind. Sie gehört zu uns. Wir haben sie gezeugt, und ich liebe sie. Das nächste Mal wird es ein Junge, ganz bestimmt. Du darfst nicht denken, dass ich sie nicht liebhabe. Nein wirklich, ich liebe sie.«

»Wenn es ein Sohn geworden wäre, hätten wir ihn Edward genannt«, begann Anne zaghaft und fuhr fort: »Ich hab mir überlegt –«

Er unterbrach sie und rief aufgeregt: »Was hältst du von Elizabeth? Nach meiner Mutter: Sie wird bestimmt genauso schön und klug wie die wundervolle Bess Deravenel Turner.«

Er wirkte rundum glücklich über ihr Kind, und Anne lachte befreit. Ihre Anspannung ließ zusehends nach, und sie konnte endlich aufatmen.

»Und wann können wir dieses Freudenbündel nach Hause holen?« Harry zog sich einen Stuhl neben ihr Bett.

»In ein paar Tagen, hat der Arzt gemeint. Es war eine relativ leichte Geburt, Harry. Ich bin kräftig und kerngesund.«

Sie plauderten noch ein bisschen, ehe er aufstand, sich über das Bett neigte und Anne küsste. Er streichelte dem Baby mit einem Finger über den fedrigen Flaum. »Ich komme heute

Abend wieder, Schätzchen. Jetzt muss ich zurück zu Deravenels, eine Runde Zigarren ausgeben und allen erzählen, dass ich stolzer Vater einer zauberhaften Tochter bin.«

* * *

Einzig Charles Brandt ahnte um die Enttäuschung, die sich hinter der strahlenden Fassade seines Freundes verbarg. Harry Turner machte die Runde durch die Abteilungsleiterbüros, spendierte Zigarren und schwärmte von seiner rothaarigen Tochter. Die Belegschaft gratulierte ihm. An jenem Nachmittag sahen ihn alle als stolzen, glücklichen Vaters.

Alle Achtung, dachte Charles. Was er da hinlegt, ist eine darstellerische Glanzleistung. Harry vertrat rigoros den Standpunkt, dass es niemanden etwas anginge, wie er sich wirklich fühlte, und Charles war darin mit ihm einer Meinung. Lass es sie nie wissen, wenn etwas dich schmerzt, rief Charles sich ins Gedächtnis und stärkte seinem Freund den Rücken. Baute ihn moralisch auf, damit er bei seinem Rundgang durch das Unternehmen eine gute Figur machte.

Brandt, der selber Vater von zwei Mädchen war, war stolz auf seine beiden Töchter. Dies betonte er in den nächsten Wochen und Monaten, während Harry das kleine Mädchen mit den roten Haaren und den schimmernden dunklen Augen immer mehr in sein Herz schloss. Er vergötterte die Kleine und ihre Mutter und wünschte sich sehnsüchtig ein weiteres Kind, niedlich wie Elizabeth … aber natürlich ein Junge.

* * *

»Ich hatte schon wieder eine Fehlgeburt«, vertraute Anne ihrer Schwägerin mit deprimiert leiser Stimme an.

Ein mitfühlender Ausdruck glitt über das hübsche Gesicht von Mary Turner Brandt. Zwischen ihre rotblonden Brauen schob sich eine steile Falte. »Das tut mir furchtbar leid für dich, Anne.« Sie seufzte und spitzte die Lippen. »Du hättest dich mir ruhig schon eher anvertrauen können. Ich kann dir nachfühlen, wie du jetzt empfindest.«

In zwei Monaten, im September 1973, würde die kleine Elizabeth zwei Jahre alt werden, und Anne hatte ihrem Mann noch nicht den ersehnten Stammhalter und Erben geschenkt, eine Tatsache, die sie sehr schmerzte.

Die beiden Frauen saßen im Frühstückszimmer im Haus der Brandts in Chelsea und nahmen einen leichten Mittagsimbiss aus Spargelsalat, Räucherlachs und Toast zu sich.

Aha, überlegte Mary im Stillen, also deshalb war ihr Bruder dauernd schlecht gelaunt; er ging nicht mehr aus und stürzte sich stattdessen bis über beide Ohren in seine Arbeit bei Deravenels. Sonst war er für gewöhnlich sehr gesellig, charmant und umgänglich, aber in letzter Zeit hatte Harry sich zu einem regelrechten Griesgram entwickelt.

Sie räusperte sich betreten und erkundigte sich bei ihrer Schwägerin: »Was meint denn dein Gynäkologe?«

»Er beteuert fortwährend, dass mir nichts fehlt und ich kerngesund bin. Trotzdem habe ich ständig Fehlgeburten.«

»Wie viele waren es?«

»Drei in den vergangenen zwei Jahren, und ganz ohne Frage drei zu viel für Harrys Verständnis. Er ist bitter enttäuscht von mir.«

Mary blieb zunächst stumm. Sie kannte Harry und seine abstruse Obsession, dass Anne ihm unbedingt einen Erben gebären sollte. Schließlich sagte sie: »Bitte denk jetzt nicht, ich wolle dich kritisieren, das liegt mir wirklich fern. Trotzdem finde ich, du solltest es etwas ruhiger angehen lassen, Anne. Du bist ständig im Stress, ständig unterwegs. Du arbeitest in deinem Antiquitätengeschäft in Kensington, berätst Kunden, gestaltest ihre Häuser und Wohnungen, du fährst wieder zwischen London und Paris hin und her …« Mary stockte und wiegte den Kopf, ehe sie schloss: »Meinst du nicht, du solltest ein bisschen zur Ruhe kommen? Und dich auf eine weitere Mutterschaft konzentrieren?«

»Ich pass schon auf mich auf, Mary, wirklich. Für mich ist das kein Stress. Immerhin hab ich einen Fahrer, jede Menge Assistenten und zuverlässiges Hauspersonal.«

»Ist dieses Geschäft in Paris denn wirklich nötig, Anne? Und die riesige Wohnung in der Faubourg Saint-Germain?«

Anne nickte und erwiderte ungewohnt heftig: »Ich denke nicht daran, das Pariser Geschäft aufzugeben. Und ich hänge an der Wohnung in der Faubourg Saint-Germain. Ich bin nirgendwo lieber als dort.«

»Das dachte ich mir«, murmelte Mary und verstummte. Sie nahm sich eine Ecke gebutterten Toast. Die beiden aßen schweigend.

Nach dem Mittagessen sagte Mary leise: »Darf ich dich etwas ganz Persönliches fragen? Wie ist deine Beziehung zu Harry im Moment?«

»Na ja, es geht. Ich will da nichts beschönigen. Wir schlafen immer noch zusammen. Und er ist zweifellos ein feuriger Liebhaber.« Sie lächelte spöttisch und sagte: »Er will einen männlichen Erben, also muss er sich ranhalten. Du weißt schon. Immerhin ist er nicht mehr der Jüngste.«

Mary stöhnte insgeheim auf. Sie versagte sich einen Kommentar und nippte an ihrem Weinglas. Unversehens fiel ihr Jane Selmere ein, die neue Assistentin, die Harry eingestellt hatte. Laut Charles flirtete sie hemmungslos mit ihrem Chef. Ob mehr dahintersteckte, wusste ihr Mann nicht. Noch nicht. Bislang vermutete er lediglich, dass zwischen den beiden etwas lief, registrierte die Blicke, die sie austauschten. Und witterte Probleme.

»Du bist auf einmal so still, Mary, ist irgendetwas? Bist du sauer auf mich?«

»Aber nein, natürlich nicht!«, versetzte Mary wahrheitsgemäß. In letzter Zeit tat ihr Anne zunehmend leid. Nach kurzem Überlegen stellte sie ihr Weinglas ab, sprang auf und sagte: »Los, komm, Anne! Ich habe einen grandiosen Einfall. Hoffentlich kann ich dich von meiner Idee überzeugen.«

Anne stand auf, umrundete den Tisch und folgte ihrer Schwägerin in die Eingangshalle. »Na sag schon, Mary. Spann mich nicht auf die Folter.«

Mary blieb stehen. »Schau dich hier ruhig mal ein bisschen genauer um. Und dann sehen wir uns Charles' Heiligtum an, seine geliebte Bibliothek. Im Übrigen halte ich mich dort auch sehr gern auf.« Nach einer kurzen Weile schob sie ihre Schwägerin weiter. »Los, komm mit.«

Leicht verdutzt betrat Anne die Bibliothek und sah sich mit dem kritischen Blick der erfahrenen Innenausstatterin um. Das Zimmer machte einen schäbig verwohnten Eindruck. »Ein schöner heller Raum«, rang sie sich schließlich ab, um ein Kompliment bemüht. Sie mochte ihre Schwägerin nicht kränken.

»Stimmt, hell ist er, das ist aber auch schon alles. Das Haus ist seit über siebzig Jahren in Familienbesitz. Und seither ist nicht viel daran getan worden, mal abgesehen von ein paar Anstrichen und ein paar neuen Möbeln.«

»Worauf willst du eigentlich hinaus, Mary?«

»Hmmm, was hältst du davon, wenn du das Haus für uns umgestaltest und modern ausstattest? Charles und ich hängen nämlich sehr daran. Und der alte Kasten hat es verflixt nötig. Ich dachte, es würde dir vielleicht Spaß machen … Na sag schon? Wäre das nicht ein tolles Projekt für dich?«

»Ja … doch … ganz bestimmt sogar –« Annes Mundwinkel zuckten, und sie fing an zu lachen. »Du willst mich ködern, damit ich in London bleibe, stimmt's? Und nicht mehr in der Weltgeschichte herumreise, mmh?«

»Okay, du hast mich durchschaut«, räumte Mary freimütig ein. Sie stimmte in Annes Lachen ein. »Trotzdem musst du doch zugeben, dass das Haus eine Schönheitskur bitter nötig hat, nicht?«

»Mary, danke, dass du mich gefragt hast. Ich bin total begeistert … und übernehme den Job natürlich mit Kusshand!«

58

Paris

Harry Turner lehnte sich in die Kissen in dem großen französischen Bett, löffelte ein gekochtes Frühstücksei und las dabei den Finanzteil der *Herald Tribune*. Als er das Klappern von Schritten auf dem Parkettboden im Flur vernahm, blickte er von seiner Lektüre auf. Anne glitt soeben in ihr Schlafzimmer.

Er betrachtete sie mit einer Mischung aus Bewunderung und Verblüffung. In dem hellgrauen, schmalgestreiften Hosenanzug mit weißer Seidenbluse sah sie wieder einmal hinreißend aus. An jenem Morgen ging ein besonderes Leuchten von ihr aus, sie verströmte Jugendlichkeit und eine Lebensfreude, die ihn faszinierte. Kurzum, sie bot das Bild einer vitalen jungen Frau … Und diese vitale junge Frau war nicht in der Lage, sein Kind auszutragen, dachte er säuerlich. Er hatte diese ständigen Fehlgeburten restlos satt.

»Guten Morgen, Harry, Liebling«, unterbrach sie fröhlich seine missmutigen Gedankengänge. »Ich wollte dir nur kurz sagen, dass ich jetzt fahre.«

»Wo willst du denn um diese unchristliche Zeit hin? Es ist nicht mal sieben«, schnaubte er nach einem Blick auf den Radiowecker, der auf dem Nachttisch stand.

»An die Loire.«

»Weswegen?« Er klang vergrätzt und musterte sie argwöhnisch. Sein ständiges Misstrauen ging Anne langsam auf die Nerven.

»Harry, ich habe es dir in der letzten Woche doch schon zigmal erklärt. Im Loiretal steht ein bezauberndes Schlösschen zum Verkauf, deshalb fahre ich heute Morgen hin. Sämtliche

Möbel, Teppiche, Gemälde und Kunstgegenstände sollen versteigert werden.«

»Ich hoffe, du fährst nicht selbst. Du bist eine lausige Autofahrerin«, befand er mit Nachdruck. »Besonders in Frankreich. Dauernd fährst du auf der falschen Straßenseite. Und wann gedenkst du, wieder hier zu sein?«

»Die Versteigerung beginnt morgen früh und dauert fünf Tage, also bis Samstag. Greg fährt mich. Wir kommen am Sonntag zurück.«

Harry funkelte sie ärgerlich an, atmete tief ein und ließ die Luft langsam aus seinen Lungen entweichen. »Dann bist du am Donnerstagabend gar nicht hier, was?«

Anne schüttelte den Kopf. »Nein. Ist denn etwas Wichtiges? Hab ich irgendeinen Termin verschlampt?« Sie schlug sich mit der flachen Hand vor die Stirn. Herrje, am Donnerstag hatte Harry zu einem Abendessen im Le Grand Véfour eingeladen. »Oh, verflixt, Harry, dein Diner …« Ihr versagte die Stimme. Sie gewahrte seine versteinerte Miene. Ihr Mann machte aus seiner Verstimmung nie einen Hehl, und mit seiner Launenhaftigkeit konnte er einem den ganzen Tag vermiesen.

»Ja, *mein* Diner, wie du es nennst. Ich wollte mit euch die erfolgreiche Übernahme der französischen Handelsbank feiern. Greg hat die Einladung anscheinend auch vergessen.«

»Können wir das nicht auf Sonntagabend verschieben, Liebling? Ich richte es auch bestimmt so ein, dass ich pünktlich wieder hier bin.«

»Die Mühe kannst du dir sparen. Ich verschiebe das Essen auf nächste Woche. Charles und Mary haben bestimmt nichts dagegen, zumal sie noch länger in Paris sind. Nach unserer erfolgreichen Banküibernahme gibt es für Charles und mich zwangsläufig noch eine Menge zu tun.«

Anne flog durch das Zimmer zum Bett, umarmte ihn, drückte ihm einen hastigen Kuss auf die Wange und war verschwunden.

Er blickte ihr stirnrunzelnd nach. Blinde Wut kochte in ihm hoch. Diese Frau war unmöglich, sie reizte ihn bis aufs Blut. »Dann geh doch! Verschwinde! Ich will dich nicht mehr sehen!«

* * *

Harry schlenderte über die Champs-Élysées, ärgerlich und enttäuscht über Annes unangekündigte Loire-Tour. Er war aus allen Wolken gefallen, denn ganz egal, was sie beteuern mochte – ihm gegenüber hatte sie ihr Vorhaben mit keinem Wort erwähnt. Er hatte ein ausgesprochen gutes Gedächtnis, und er hätte den Termin für das Abendessen, das ihm und Charles so viel bedeutete, von vornherein anders gelegt, hätte er von ihren Reiseplänen gewusst. Anne hatte ihn am Morgen angelogen.

Ob sie ihm überhaupt noch treu war? Harry konnte ihr nichts Gegenteiliges nachweisen, trotzdem vertraute er ihr nicht mehr. Die schnippischen Bemerkungen und ihr flatterhaftes Benehmen zermürbten ihre Beziehung auf Dauer.

Sie verbrachte mittlerweile mehr Zeit in Paris als in London und hatte einen Haufen neuer Bekannter, die er nicht immer sorgfältig gewählt fand. Sie war viel mit ihrem Bruder zusammen, wogegen er im Prinzip nichts einzuwenden hatte, aber was ihn störte, waren Gregs halbseidene Freunde. Der Junge ließ nichts anbrennen. In der letzten Zeit beschlich Harry das Gefühl, dass sich Anne seinem Einfluss mehr und mehr entzog.

Um seine Mundwinkel legte sich ein grimmig befriedigter Zug. Vermutlich fand sie es eher störend, dass er seit neuestem häufiger geschäftlich in Paris zu tun hatte. Dass er ihre Freiheit einengte.

Zehn Jahre kannten sie sich inzwischen. Er war damals vierunddreißig gewesen und sie neunzehn. Jetzt war sie knapp neunundzwanzig, und er würde im Juli vierundvierzig. Zehn Jahre. Wie die Zeit verging

Und er hatte noch immer nicht den Sohn, den er sich sehnsüchtig wünschte.

Gewiss, er hatte zwei Töchter, die er abgöttisch liebte. Harrys Züge wurden weicher. Die kleine Elizabeth würde im September ihren dritten Geburtstag feiern. Und Mary, seine Tochter aus erster Ehe, war zwanzig und eine hübsche junge Frau. Sie studierte Kunstgeschichte in Florenz, und sie verstanden sich inzwischen blendend. Daran war seine Schwester nicht ganz unschuldig.

Harry legte viel Wert auf ein harmonisches Familienleben. Jetzt war Mai, und er nahm sich fest vor, im Sommer gemeinsam mit seinen Töchtern Urlaub zu machen. Er traf die Entscheidung spontan. Er würde für Juli oder August eine Yacht chartern und mit ihnen die französische Riviera entlangsegeln und die italienische Küste hinunter. Die Mädchen wären begeistert. Seine Schwester und Charles bestimmt auch. Gleich nach seiner Ankunft im Büro wollte er eine Gästeliste zusammenstellen.

Seine Miene hellte sich auf, und er schritt schwungvoll aus. Blickte zum Himmel, der sich in sämtlichen Blauschattierungen präsentierte, getupft von fedrigweißen Schäfchenwolken. Es war einer jener traumhaften Maitage, die Sonne strahlte, und doch war es nicht zu heiß. Seine Laune hob sich zusehends. Er hielt über die berühmte Prachtstraße zum Arc de Triomphe, auf dem sich die Trikolore im Wind bauschte. Harry straffte die Schultern und beschleunigte sein Tempo. In wenigen Minuten würde das Deravenels-Gebäude an der Avenue George V. auftauchen, einer Seitenstraße, die von den Champs-Élysées abzweigte.

Unvermittelt hatte er einen weiteren brillanten Einfall. Er würde Jane Selmere, seine Assistentin, ebenfalls mit auf die Yacht einladen. Sie leistete eine hervorragende Arbeit, war tüchtig und zuverlässig und überdies eine reizende junge Frau. In letzter Zeit hatte sie sich unentbehrlich gemacht … ganz unentbehrlich.

* * *

Am Donnerstagabend fand Harrys kleines Festdiner statt, wie ursprünglich geplant und ohne Anne und Greg, die an der Loire auf Antiquitätensuche waren.

Er hatte seine Gäste ins Le Grand Véfour gebeten, das Traditionsrestaurant, das es schon zu Zeiten der Französischen Revolution gegeben hatte. Im Palais Royal war es eine Institution und eines seiner Lieblingsrestaurants in Paris.

Sie waren nur zu viert, worüber Harry nicht unglücklich war. Er warf einen Blick in die Runde, nickte seiner Schwester Mary und ihrem Mann Charles freundlich zu. Schließlich hefteten sich seine blauen Augen auf Jane Selmere. Seine Assistentin hatte sich über die Einladung erkennbar gefreut, und sie sah heute Abend bezaubernd aus in dem schlichten, taubenblauen Seidenkleid. Dazu trug sie die einreihige Perlenkette, die er ihr im Vorjahr zu Weihnachten geschenkt hatte. Die Perlen standen ihr wundervoll und unterstrichen ihren makellos zarten, rosigen Teint. Ja, sie erinnerte ihn an eine englische Rose.

Das Quartett fühlte sich sichtlich wohl in der gediegenen Atmosphäre, die das historisch geprägte Ambiente aus dem achtzehnten und neunzehnten Jahrhundert verströmte.

Sobald der roséfarbene Krug-Champagner in den Gläsern perlte, prostete Harry seinen Gästen zu: »Auf unsere neueste Akquisition, die Banque Larouche. Möge sie florieren und wir alle davon profitieren!«

Grinsend versetzte Charles: »Und auf dein brillantes Können. Du hast einen ganz großen Wurf gemacht, Harry.«

»Ohne dich hätte ich das nie geschafft«, bekannte sein Freund schmunzelnd.

Sie ließen die Gläser klirren und tranken.

Mary schenkte Jane ein warmes Lächeln. »Wenn man so will, ist das hier quasi unser Familienrestaurant, Jane. Harry und ich waren früher oft mit unserer Mutter Bess Deravenel Turner hier, und sie wiederum kannte es von ihrem Vater.«

»Der große Edward Deravenel«, bemerkte Jane. Sie schaute zu ihrem Chef und fügte hinzu: »Und Sie, Mr Turner, werden einmal als der große Harry Turner in die Firmengeschichte eingehen.« Sie lächelte ihm über den Rand ihrer Kristallflöte zu, in ihren Augen ein lockendes Versprechen.

Ein wohliger Schauer kroch über Harrys Wirbelsäule. Es stimmte ihn euphorisch, dass sie die Einladung angenommen hatte. Er wettete darauf, dass sie die Nacht gemeinsam verbringen würden. Jedenfalls würde er nichts unversucht lassen. Jane war Anfang dreißig, ledig und schien reife, gestandene Männer wie ihn zu schätzen. Zweifellos war sie nicht mehr ganz unerfahren, oder? Eben neigte sie sich zu Charles, und er gewahrte den Ansatz ihrer vollen, milchweißen Brüste, die sich verführerisch aus ihrem Ausschnitt schoben. Es juckte ihm in den Fingern, die süße Fülle zu berühren. Sein Herz raste – diese sanftmütige, zurückhaltende Frau erregte ihn wie schon lange keine mehr. Stille Wasser sind tief, überlegte er. Wie mochte sie wohl im Bett sein? Sinnlich und willig, entschied er.

Decken und Wände des Restaurants waren mit antiken Spiegeln dekoriert, und als er sich nach dem Ober umschaute, gewahrte er Janes Spiegelbild, das ihm aus unterschiedlichen Winkeln entgegenlächelte. Er beugte sich zu ihr und raunte: »Wohin ich auch blicke, ich sehe nur noch Sie, meine Liebe … in jedem der vielen Spiegel. Ich kann Ihnen gar nicht sagen, wie glücklich mich das macht, Jane.«

»Ich *möchte Sie* glücklich machen«, wisperte sie, ihre Lippen leicht geöffnet. Sie trank einen Schluck Champagner, ließ ihre Zungenspitze lasziv um den Glasrand kreisen. Ein stummes Einverständnis. Er wähnte sie zu allem bereit. Und wenn sie sich so gut verstanden, wie er annahm, würden sie zusammenbleiben, vielleicht für immer. Ein Sohn, dachte er. Jane schenkt mir sicher den ersehnten Erben.

Nachdem der Ober ihnen die Speisekarten gereicht hatte, begann Harry, Jane von der Geschichte des Restaurants zu erzählen. Napoleon und Josephine und etliche andere berühmte Zeitgenossen hätten hier diniert. Die junge Frau hing fasziniert an seinen Lippen. Irgendwann streifte sie einen Schuh ab und schob heimlich ihren Fuß zwischen seine Schenkel.

Er stutzte und senkte kaum merklich den Kopf, worauf sie ihn anstrahlte und mit ihrem Fuß sanft seine Genitalien massierte. Sie hat es faustdick hinter den Ohren, dachte er. Umso besser.

»Das Essen ist hier ausgezeichnet, Jane. Raymond Oliver, der Küchenchef, ist berühmt für seine Spezialitäten«, warf Mary eben ein. »Ich nehme die Seezunge, sie ist einfach göttlich. Das Täubchen gefüllt mit Gänsestopfleber kann ich ebenfalls sehr empfehlen. Das ist einmalig.«

»O ja, das bestelle ich«, verkündete Harry, seine strahlend blauen Augen versanken in Janes. »Ich liebe Täubchen.«

»Dann nehme ich das auch«, murmelte seine Assistentin. Sie zog ihren Fuß weg und glitt wieder in ihren Schuh, wohl wissend, dass sie ihn unsagbar gereizt hatte. Ich werde ihm später alles geben, dachte sie, erregt von der Vorstellung.

Nachdem das Essen bestellt war, nahmen sie die angeregte Unterhaltung wieder auf. Charles stieß seine Frau unter dem Tisch heimlich mit dem Knie an und signalisierte ihr, dass er Jane richtig eingeschätzt hatte. Keine Frage, Miss Selmere flirtete hemmungslos mit seinem besten Freund, und Harry war gewiss kein Kostverächter.

59

Das ist der endgültige Entwurf der Kaufverträge, Harry.« Charles legte seinem Schwager die Dokumente vor. »Sobald du sie unterzeichnet hast, gehört die Bank dir.« Es war Montagmorgen, der 20. Mai 1974.

»Nichts täte ich lieber.« Grinsend schraubte Harry seinen Füllfederhalter auf und setzte schwungvoll seine Unterschrift auf das Papier. Nach einem Blick zu Jean-Pierre Larouche meinte er: »Es ist das erste Mal, dass Deravenels eine Bank besitzt … Ich bin froh, dass wir diese Akquisition getätigt haben.«

»Und ich bin froh, an Sie verkauft zu haben«, erwiderte der französische Bankier. »Ich will mich schon lange aus dem aktiven Geschäft zurückziehen. Claude, meine Frau, liegt mir deswegen schon seit Jahren in den Ohren. Und dankt Ihnen überschwänglich.«

Die Teilnehmer der Konferenz mussten schmunzeln. »Ich habe einen Tisch im Fouquet's reserviert, meine Herren. Sie haben doch sicher nichts dagegen einzuwenden, wenn wir den erfolgreichen Abschluss der Verhandlungen ein bisschen feiern«, hob Charles an und stockte, da Jane eben den Kopf ins Zimmer steckte. Sie winkte ihn mit einer zaghaften Geste ihrer Hand zu sich.

Er stand auf und steuerte auf sie zu. Ihm fiel auf, dass ihr Gesicht weiß wie eine Wand war. Was sie ihm zuraunte, verschlug ihm den Atem. Um Fassung bemüht, wandte er sich an Harry: »Harry, bitte komm doch kurz mit in mein Büro, ja? Es scheint da ein Problem zu geben. Etwas Privates.«

Harry räusperte sich hörbar, ärgerlich über die störende Unterbrechung. Sobald er die bestürzten Mienen von Charles und

Jane bemerkt hatte, stand er auf und klopfte mit der flachen Hand auf die Verträge. »Alles in Ordnung, meine Herren. Bitte entschuldigen Sie mich für ein paar Minuten. Ich muss mich nur noch kurz um eine private Angelegenheit kümmern, bevor wir gemeinsam zum Mittagessen gehen.«

Jean-Pierre Larouche, der für die Vertreter der Bank sprach, antwortete: »Bitte, lassen Sie sich ruhig Zeit, Mr Turner.«

»Was ist denn? Was ist passiert?«, wollte Harry wissen, sobald sie draußen im Gang waren.

»Lass uns in dein Büro gehen«, schlug Charles vor. Er packte Harry am Arm und schob ihn hastig weiter.

Jane blieb zurück, unschlüssig, wie sie sich verhalten sollte. Bis Charles sich umdrehte und ihr winkte. Also folgte sie ihnen, nachhaltig schockiert über die Nachricht, die sie soeben erfahren hatte.

In seinem Büro blickte Harry zwischen Charles und Jane hin und her. »Um Himmels willen, was ist denn bloß los!«, wetterte er los. »Ihr zwei macht Gesichter, als wäre eine Riesenkatastrophe passiert!«

»Das siehst du bedauerlicherweise richtig«, gab Charles mit zitternder Stimme zurück. Erneut fasste er Harrys Arm. »Komm, setz dich erst einmal hin.«

Harry sank stirnrunzelnd auf eines der Besuchersofas. Er starrte von der sterbensbleichen Jane zu Charles. »Nun red schon, Mann!«

Charles glitt ihm gegenüber in einen Sessel und bedeutete Jane, sich neben ihren Chef zu setzen.

»Es ist ein tragischer Unfall passiert«, hob Charles an. »Anne und ihr Bruder Greg hatten in den frühen Morgenstunden einen Autounfall. Auf dem Rückweg von der Loire.«

»O mein Gott, nein! Ich hab sie noch ausdrücklich gewarnt, nicht selbst zu fahren!«, erregte sich Harry, während sein Gesicht rot anlief. »Sind sie im Krankenhaus? Wo ist der Unfall passiert?«

»Das weiß ich nicht genau, aber wir bekommen sicher bald nähere Informationen.« Charles schluckte schwer und fuhr mit rauer Stimme fort: »Ich weiß nur, dass es ein sehr schlimmer Unfall war. Harry … Anne ist tot. Es tut mir so leid für dich … mein tiefempfundenes Beileid.«

»Mein Gott, nein! Wie konnte das bloß passieren? Sagt mir doch, was passiert ist?!«, stammelte Harry, inzwischen aschfahl im Gesicht. Er zitterte unkontrolliert. Anne war tot. Es war unbegreiflich. Die Nachricht traf ihn völlig unvorbereitet. Er war fassungslos. Anne …

»Ich glaube es einfach nicht«, murmelte er, als Charles ihm begütigend die Hand drückte. Er schüttelte immer wieder den Kopf. Der Schock war ihm in sämtliche Glieder gefahren. »Was weißt du über den Unfall? Erzähl mir alles, Charles. Bitte«, bestürmte er seinen Freund.

»Ich weiß auch nicht viel mehr, Harry. Die Untersuchungsbeamten von der Polizei sind eben hier eingetroffen. Jane hat sie in mein Büro geschickt.« Er blickte zu ihr und fragte kaum hörbar: »Was haben sie gesagt, Jane?«

Jane schluckte schwer und erklärte mit bebender Stimme: »Dass ihr Wagen frontal mit einem entgegenkommenden LKW zusammengestoßen ist. Auf einer der Nationalstraßen. Angeblich … angeblich …«, stammelte Harrys Assistentin völlig aufgelöst und brach ab. Als sie sich etwas gefasst hatte, fuhr sie stockend fort: »Angeblich waren … die beiden … sofort tot. Die Beamten möchten umgehend mit Ihnen sprechen, Mr Turner.«

Er atmete tief durch und nickte. »Gut, dann bringen Sie sie her.«

Jane sprang auf und verließ das Büro.

Charles, der ebenfalls aufgestanden war, setzte sich zu seinem Freund auf die Couch und legte ihm einen Arm um die Schultern. »Ich bin immer für dich da. Wenn du etwas brauchst, lass es mich wissen.«

»Es ist ein entsetzlicher Schock für mich. Die Nachricht von ihrem Tod …« Harry versagte die Stimme. Nach einem kurzen Augenblick flüsterte er: »Wie – wie soll ich Elizabeth das erklären?«

»Du wirst die Kraft finden, du wirst sehen. Mary und ich sind schließlich auch noch da. Wir unterstützen dich in jeder Hinsicht, Harry.«

»Ich weiß.« Er starrte auf seinen besten Freund und murmelte: »Ich war wütend auf sie und enttäuscht, aber ich wollte ihr nie etwas Böses, Charles. Und jetzt ist sie tot. Du musst mir glauben, Charles, ich wollte ihr nie etwas Böses.«

»Natürlich glaube ich dir.«

Die beiden Polizisten betraten das Büro, nahmen umständlich Platz und erklärten Harry kurz und sachlich, dass sich der Unfall bei Brissac in der Loire-Region ereignet habe und dass sämtliche Insassen, auch der LKW-Fahrer, dabei getötet worden seien.

Harry hörte zu, nickte gelegentlich und versuchte, der Schilderung zu folgen, aber er war wie betäubt. Charles schaltete sich schließlich ein und bat die Beamten in sein Büro, wo sie ihm die näheren Einzelheiten darlegten. Die Toten waren in Brissac aufgebahrt, in der Leichenhalle des örtlichen Krankenhauses, und würden innerhalb der nächsten vierundzwanzig Stunden nach Paris überführt.

Charles wies seine Sekretärin an, nach Absprache mit den beiden Ermittlungsbeamten die entsprechenden Vorkehrungen zu treffen, dann rief er seine Frau Mary an.

* * *

»Danke, dass du mich begleitest, Jane«, sagte Harry, als sie am Nachmittag darauf durch die Tuilerien spazierten. »Ich musste einfach mal raus aus der Wohnung, mir fiel die Decke auf den Kopf. Ich fühle mich wie erschlagen.«

»Du stehst noch immer unter Schock«, gab Jane zu bedenken. Wie um ihn zu trösten, streichelte sie begütigend seinen Arm. »Ein bisschen frische Luft wird dir bestimmt guttun.«

»Anne liebte Paris. Die Stadt, die Menschen, einfach alles. Sie hatte mehr von einer Französin als von einer Engländerin.«

Schweigend setzten sie ihren Spaziergang fort, hingen ihren Gedanken nach, verstanden sich auch ohne Worte.

Unversehens blieb Harry stehen und wandte sich ihr zu. »Ich möchte dir etwas sagen, ich muss es einfach loswerden. Ich habe sie nicht gehasst. Sicher, wir hatten Probleme und Differenzen, aber die kommen schließlich in den besten Familien vor, oder?«

»O ja, sogar öfter, als man meint«, sagte Jane milde.

»Du kennst mich doch inzwischen recht gut, nicht?«

»Ja, Harry.«

»Ich wollte ganz bestimmt nicht, dass ihr etwas zustößt.«

»Das weiß ich.« Jane drückte seinen Arm.

»Wenigstens war sie sofort tot und musste nicht leiden. Das beteuern zumindest die Beamten. Oder meinst du, sie hat noch gelitten?«

»Nein.«

»Aber ihr Genick, Jane – die Untersuchungsbeamten sagten, dass bei dem Aufprall der Kopf von den Halswirbeln abgetrennt wurde.« Bei der bloßen Vorstellung schauderte er.

»Du musst dich von jenen schrecklichen Bildern lösen, Harry. Glaub den Beamten, dass Anne nicht leiden musste. Und hör auf zu grübeln, du kannst sie nicht wieder lebendig machen.«

»Ich werde es versuchen. Aber wie soll ich bloß der kleinen Elizabeth erklären, dass ihre Mutter nicht mehr zurückkommt?«

»Behutsam, Harry«, antwortete Jane und setzte zaghaft hinzu: »Wenn du willst, helfe ich dir dabei.«

»Ja, würdest du das für mich tun, Jane?«, fragte er eifrig. Er schaute ihr tief in die Augen und merkte mit einem Mal, dass er ihren Trost und Beistand bitter nötig hatte.

»Ich würde alles für dich tun, Harry, alles, das weißt du doch. Ich hänge sehr an Elizabeth, sie ist ein reizendes Geschöpf und hat viel von dir.«

»Findest du?«

»O ja.«

Schweigend musterte er sie.

Sie erwiderte seinen langen, forschenden Blick. Harry bedeutete ihr viel, sie empfand tief für ihn. Im Moment kam es ihr nur darauf an, ihm zu helfen.

»Eigentlich wollte ich für den Sommer eine Yacht chartern, Jane. Ich glaube, ich hab dir letzte Woche von meinen Plänen erzählt.«

»Richtig, das stimmt. Und ich fand die Idee gut.«

»Wenn ich ein Boot miete, kommst du dann mit? Außer uns wären Mary und Elizabeth mit dabei, meine Schwester Mary, ihr Mann Charles und ihre Töchter Frances und Eleanor. Oder wäre dir das zu langweilig?«

»Ich fände so etwas wundervoll. Richtig aufregend. Ich wollte immer eine große Familie haben und habe mir einen Haufen eigener Kinder gewünscht. Aber wahrscheinlich ist mir so eine Rasselbande nicht vergönnt. So ist das eben im Leben.«

»Das darfst du nicht sagen, Jane. Niemand weiß, was das Leben letztlich bereithält.«

Anstatt zu antworten, schaute sie ihn an, ihr Blick ernst und aufrichtig. Es war nichts Falsches in ihr, sondern sie war offen und aufrichtig, überlegte Harry mit einem Anflug von Erleichterung. Er spürte, dass er ihr vertrauen konnte. Während sie weitergingen, fühlte er seine Trauer mit einem Mal ein wenig erträglicher werden. Von ihr ging eine innere Ruhe aus, die fast heilend auf ihn wirkte.

»Es hilft, wenn man an etwas Positives denkt, wie beispielsweise die Sache mit der Yacht. Findest du nicht?« Sie gingen auf den Louvre zu.

»Doch, das ist wirklich etwas sehr Positives. Ich freue mich schon jetzt auf die Kreuzfahrt mit dir und deiner Familie. Danke, dass du mich eingeladen hast … allein die Vorstellung ist traumhaft.«

Seine Laune hob sich zusehends, und zum ersten Mal seit Tagen umspielte ein scheues Lächeln seine Mundwinkel. »Ich weiß zwar nicht, wie du so mir nichts, dir nichts in mein Leben gestolpert bist, Jane Selmere, aber ich bin verflixt froh darüber.«

»Ich auch.« Jane hakte sich bei ihm ein und zog ihn dicht an sich. Die Liebe einer Frau konnte Balsam sein für die verwundete Seele eines Mannes. Und sie wollte ihn heilen … wenn er sie nur ließ. Und dann würde sie dafür sorgen, dass sein Leben schöner wurde als je zuvor.

Epilog

Harry Turner stand in der Bibliothek von Ravenscar und betrachtete das eindrucksvolle Porträt seines Großvaters, des großen Edward Deravenel. Auf Harrys Zügen malte sich väterlicher Stolz, während er seinen winzigen Sohn in den Armen wiegte. Seinen Stammhalter und Erben, der drei Tage zuvor, am 12. Oktober 1975, das Licht der Welt erblickt hatte.

Jane hatte ihm einen gesunden, hübschen Jungen geschenkt, und in ein paar Tagen würde der Kleine auf Ravenscar, in der Familienkapelle, getauft werden.

»Hier ist er, Großvater!«, rief Harry dem meisterlich porträtierten Patriarchen ausgelassen zu. »Mein Sohn. Mein Erbe … Und er bekommt deinen Namen. Er soll Edward heißen. Und irgendwann genauso berühmt werden wie du. Ich verspreche dir, wir werden wieder einen großen Edward in unserer Familie haben.«

Mit einem breiten Lächeln hob er das Kind in seinen Armen hoch und hielt es näher an das Bild. »In seinen Adern fließt das Blut der Deravenels und der Turners, und eines Tages wird er dein Imperium lenken und seine Stellung weiter ausbauen.«

Harry betrachtete den Kleinen in seinen Armen, streichelte behutsam über den weichen rotblonden Flaum auf seinem Köpfchen, bewunderte die strahlend blauen Augen. Die Ähnlichkeit ist frappierend, staunte er, er sieht Großvater und mir wahrhaftig sehr ähnlich. Jane hat mir ein Herzensanliegen erfüllt und mir den Sohn geschenkt, den ich mir so sehnsüchtig wünschte, schon damals, während meiner Ehe mit Catherine.

Ich bin fünfundvierzig und damit nicht zu alt für weitere Kinder. Jane wird mir noch mehr Söhne und Töchter gebären.

Sie träumte immer von einer großen Familie, und die werden wir bestimmt haben.

Er spürte ein zaghaftes Zupfen an seinem Hosenbein und blickte an sich hinunter.

Die kleine Elizabeth stand neben ihm und spähte mit ihren dunkel schimmernden Augen zu ihm hoch. »Darf ich meinen Bruder mal sehen, Papa?«

Ihr Vater beugte sich zu ihr hinunter und zeigte ihr das winzige, in eine feingestickte Seidendecke gehüllte Baby. »Das ist er … dein Bruder, der kleine Edward. Mein Sohn. Mein Erbe.«

Nach einem weiteren Blick auf das Gemälde beschloss Harry, sich ebenfalls porträtieren zu lassen. Er wollte das Bild seinem kleinen Stammhalter schenken. Dann würde der es eines Tages seinem Sohn präsentieren und mit vor Stolz geschwellter Brust erklären: Das hier war dein Großvater, der große Harry Turner. Er neigte sich über den Säugling und küsste ihn auf die Stirn, voller Liebe für das langersehnte Kind.

»Darf ich meinen Bruder mal halten?«

»Nein, Elizabeth, dafür bist du noch viel zu klein. Du bist erst vier. Stell dir mal vor, du lässt ihn fallen.«

»Bitte, Papa!«

»Kannst du nicht hören? Ich habe nein gesagt. Und jetzt sei ein braves Mädchen und troll dich. Wie du siehst, bin ich mit meinem Sohn und Erben beschäftigt.«

Gekränkt und eingeschüchtert wandte sich das kleine Mädchen um und lief zu ihrer Nanny, die auf der Schwelle zur Bibliothek wartete.

Avis Paisley, ihr Kindermädchen, hätte vor Ärger platzen mögen. Elizabeth schluchzte bitterlich, dicke Tränen rollten über ihre Wangen. Wie konnte Harry Turner seine kleine Tochter dermaßen lieblos zurückweisen? Hatte der Mann denn gar kein Herz? Sie fasste das Kind bei der Hand und führte sie in den Flur.

»Nicht weinen, Elizabeth«, murmelte sie begütigend. »Kopf hoch, Schätzchen. Es wird alles wieder gut, verlass dich drauf.«

»Nein, wird es nicht«, schniefte die Kleine. »Ich wünschte, ich wäre ein Junge. Dann wäre ich der Sohn und Erbe, und Papa würde mich lieben.«

»Er liebt dich. Ganz bestimmt«, versuchte sie sie zu trösten. »Alle lieben dich.«

»Ist das wahr?« Elizabeths Miene hellte sich auf. Sie rieb sich verstohlen die Augen. »Wie viele Leute sind das … alle?«

»Mmh, ich glaube … ganz England, Elizabeth«, improvisierte ihre Kinderfrau schnell. »Alle Leute in England lieben dich.«

Das rothaarige Kind mit den dunklen Augen strahlte und wischte sich die Tränen von den Wangen. »Und ich werde sie auch alle lieben«, versetzte sie, und sie meinte es auch so.

Danksagung

Zunächst möchte ich Lonnie Ostrow und Damian Newman von Bradford Enterprises danken, die mich bei meinen umfassenden historischen Recherchen maßgeblich unterstützten.

Der Roman *The Sons of Adam* von Harry Bingham gewährte mir unschätzbare Einblicke in das Ölgeschäft der 1920er Jahre. Mein Dank gilt diesem talentierten Autor, der mir das Thema auf spannende, unterhaltsame Weise näherbrachte.

Meine Lektorin Patricia Parkin von HarperCollins, London, hat bereits zweiundzwanzig Romane von mir lektoriert. Der vorliegende ist ihr dreiundzwanzigster. Neben ihrer Sachkompetenz, ihrer Sorgfalt und dem Einfühlungsvermögen, mit dem sie meine Bücher betreut, weiß ich die seit vielen Jahren harmonische Zusammenarbeit, die uns verbindet, sehr zu schätzen.

Jennifer Enderlin von St. Martin's Press, meiner New Yorker Lektorin, kann ich das Gleiche attestieren. Auch sie zeichnet sich durch Begeisterungsfähigkeit, Verlässlichkeit und Engagement aus. Es ist ein schönes Gefühl, sich auf beiden Seiten des Atlantiks großartiger Lektorinnen und zuverlässiger Unterstützung versichern zu können. Tausend Dank!

Es ist mir wichtig, meinen Verlegern ein perfekt gestaltetes Manuskript zu präsentieren – dies könnte ich ohne Liz Ferris von Liz Ferris Word Processing nicht schaffen. Sie hat etliche meiner Manuskripte in Rekordzeit und unter großem Termindruck fertiggestellt. Und dafür bin ich ihr zutiefst dankbar.

Des Weiteren möchte ich mich bei all denjenigen Mitarbeitern bei HarperCollins in London und bei St. Martin's Press in New York bedanken, die am Entstehungsprozess meiner Bücher beteiligt sind. Lektorat, Korrektorat und Herstellung sind unverzichtbar für Autoren und Autorinnen, und ich bin sehr froh über die Sorgfalt, die auf meine Romane verwendet wird.

Ich habe etliche Freundinnen, die immer für mich da sind, die mich aufmuntern und mir den Rücken freihalten, wenn ich schreibe. Das ist wahnsinnig lieb von euch … Ich kann euch gar nicht genug danken.

Last but not least könnte ich nicht schreiben ohne die liebevolle Unterstützung, die Zuneigung und das Verständnis meines Ehemannes Robert Bradford. Jemanden wie ihn gibt es kein zweites Mal, meinen geliebten, geduldigen Bob.

Barbara Taylor Bradford

Ein Geschenk des Schicksals

Roman

ISBN 978-3-548-26699-2
www.ullstein-buchverlage.de

Emma Harte hat die Geschicke des Kaufhaus-Imperiums an ihre Nachfolgerinnen übergeben. Doch ihr Wille gilt in der Familie noch immer als ungeschriebenes Gesetz. Auch die junge Evan muss lernen, dass ihr Anspruch allein nicht ausreicht. Barbara Taylor Bradford erzählt von den Träumen und Kämpfen der Frauen und beweist einmal mehr, warum sie zu den meistgelesenen Autorinnen weltweit gehört.

»Barbara Taylor Bradford ist eine der besten Geschichtenerzählerinnen der Welt.« *The Guardian*

UB441

ullstein